W0402492

LA BÊTE NOIRE

L'AUTRICE

Née en 1973, Yana Vagner a grandi au sein d'une famille russo-tchèque. Elle a travaillé comme interprète, animatrice radio et responsable logistique. Son premier roman, *Vongozero* (2014), a été finaliste de plusieurs prix, dont le Grand Prix des lectrices de *Elle*, catégorie Polar, traduit dans dix-sept pays et adapté en série sur Netflix. Il est suivi du *Lac*, en 2016, puis de *L'Hôtel*, en 2017. *Le Tunnel* est en cours d'adaptation pour une série télévisuelle sur IVI.RU, la première plateforme de VoD russe.

Titre original :
© Тоннель
© Yana Vagner, 2024
The publication of the book was negotiated through Banke, Goumen & Smirnova Literary Agency
(www.bgs-agency.com)
Traduction française : © Éditions Robert Laffont, S.A.S., 2025

ISSN 2431-6385
ISBN 978-2-221-27760-7
Édition originale : 978-5-17-132737-8
Dépôt légal : mars 2025
Éditions Robert Laffont – 92, avenue de France, 75013 Paris
info@lisez.com

YANA VAGNER

LE TUNNEL

Traduit du russe par Raphaëlle Pache

LA BÊTE NOIRE
Robert Laffont

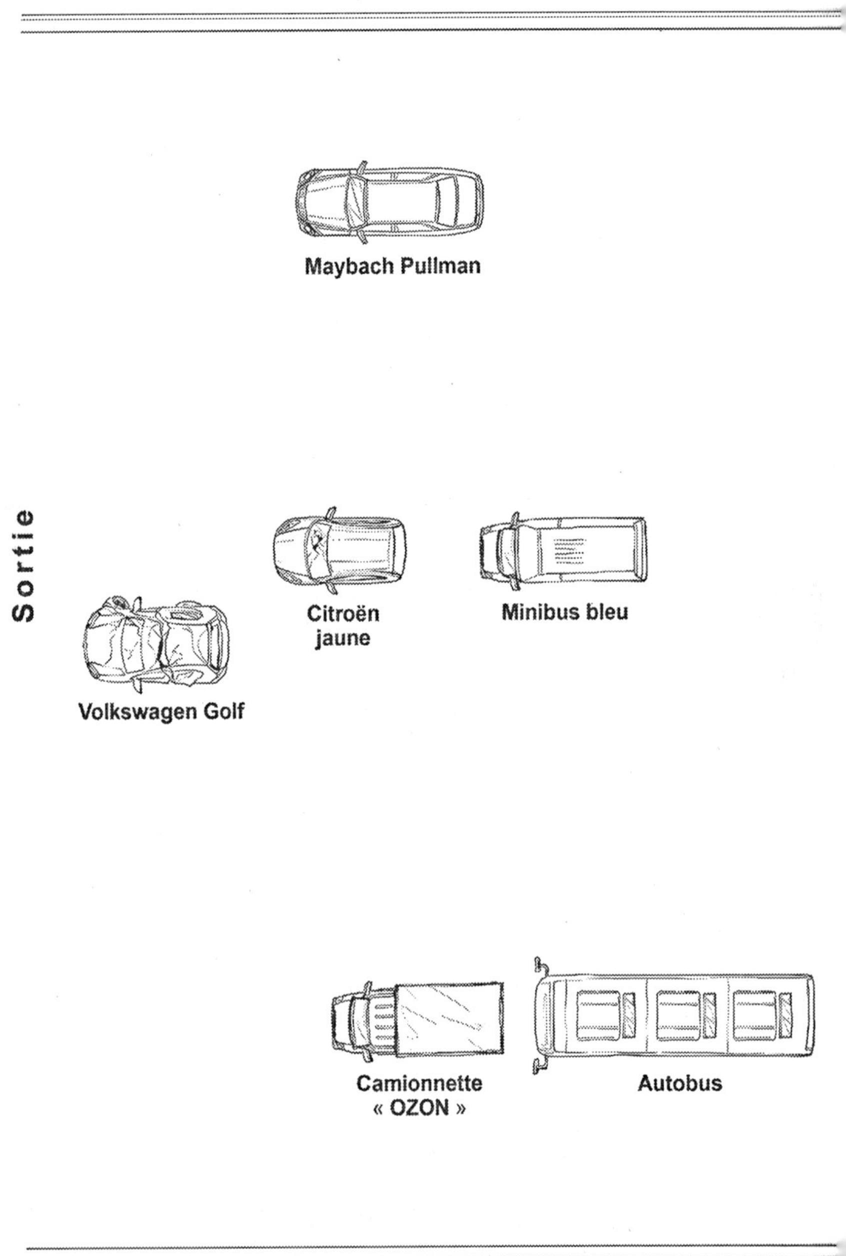

Maybach Pullman
Sortie
Citroën jaune
Minibus bleu
Volkswagen Golf
Camionnette « OZON »
Autobus

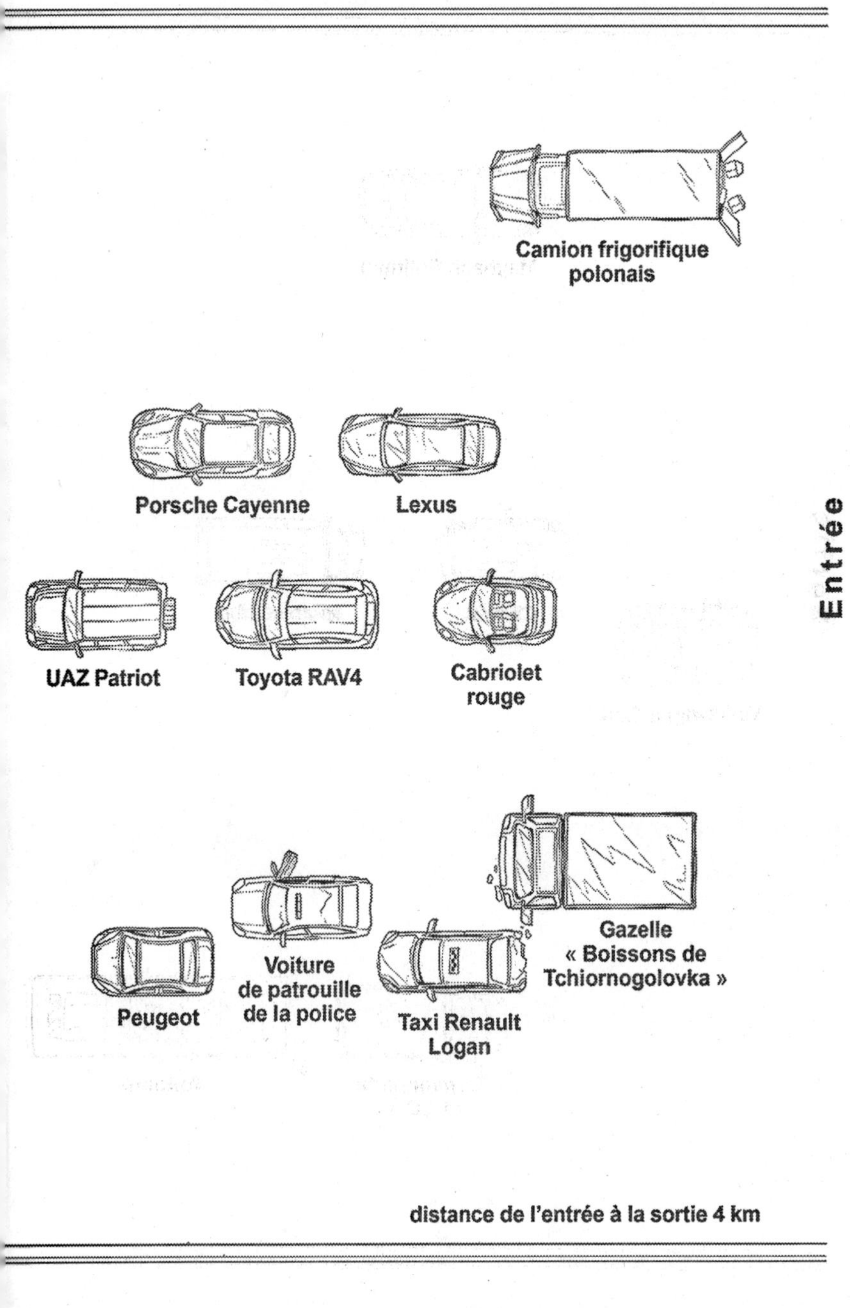

Camion frigorifique polonais
Porsche Cayenne
Lexus
UAZ Patriot
Toyota RAV4
Cabriolet rouge
Entrée
Voiture de patrouille de la police
Gazelle « Boissons de Tchiornogolovka »
Peugeot
Taxi Renault Logan
distance de l'entrée à la sortie 4 km

« S'il faisait jour, la honte les brûlerait
en reconnaissant certaines choses.
Mais il faisait noir. »

William Golding,
Sa Majesté des mouches[1]

1. Nous citons la traduction de Lola Tranec pour les éditions Gallimard. (*Toutes les notes sont de la traductrice, sauf mention contraire.*)

Dimanche 6 juillet, 23 heures

La nuit était tombée, mais la ville brûlante ne s'était pas encore refroidie. Pourtant, après le coucher du soleil, la situation s'était un peu améliorée, de sorte qu'il y avait deux fois plus de voitures que d'habitude sur l'autoroute en provenance de la banlieue et que les ralentissements avaient commencé avant même le périphérique. Le flux de ceux qui étaient allés passer le week-end dans leur datcha et à qui il était venu en même temps l'idée de différer leur retour à la capitale s'était densifié et avait ralenti : quand l'autoroute avait rétréci pour ne plus compter que trois voies, il s'était formé un banal embouteillage dominical. Malgré l'heure tardive, la chaleur était insupportable et, dès l'entrée du tunnel, l'air parut s'arrêter de circuler, épaissi par les gaz d'échappement.

— Remonte la vitre, exigea Sacha. C'est irrespirable.

Mitia aurait pu répliquer que fermer les vitres ne ferait qu'empirer les choses. Seuls ceux qui disposaient d'une climatisation en état de marche avaient le luxe de s'enfermer dans leur voiture, or celle de la Toyota était tombée en panne l'année précédente. Cependant, il y avait longtemps qu'il ne sortait plus gagnant de leurs disputes. Il se contenta donc d'appuyer sur le bouton, même s'il n'avait pas oublié que le mécanisme ne fonctionnait qu'une fois sur deux. La vitre côté passager frémit, puis se leva tout de même et, traîtresse, s'embua sur-le-champ de l'intérieur. Il ne restait plus trace de la joie que lui avait procurée la bière de midi, si ce n'était des aigreurs d'estomac et la buée sur la vitre. Il se détourna et inspira prudemment par le nez.

Les voitures avançaient au pas dans le tunnel, en trois rangées compactes, telle la farce au sortir d'un hachoir. En un quart d'heure, les automobilistes avaient dû progresser de trois cents mètres, pas plus, puis s'étaient arrêtés, complètement. Depuis dix minutes déjà, la radio gargouillait et grésillait, signe précurseur de sa mort imminente, au point qu'il était presque impossible de distinguer les mots ou la musique à travers les interférences. Pourtant, au lieu d'éteindre le récepteur, Sacha augmenta le volume. Et, de nouveau, Mitia s'abstint de tout commentaire, car les fenêtres hermétiquement closes et ces sons cauchemardesques étaient pour l'heure tout ce qu'elle avait à dire. Aussi furieuse que pût être sa femme, elle ne s'était jamais disputée avec lui devant Assia. Jamais, pas une fois en dix ans. Or cet accord tacite, déjà fragile, devait être préservé.

Sa fille était assise derrière lui, le nez dans son téléphone, et lorsqu'il se retourna pour échanger un regard complice avec elle, Assia lui refusa le sourire qu'elle lui aurait adressé quelques années plus tôt, elle ne lui lança pas non plus une grimace compatissante, elle ne haussa même pas les sourcils. Son visage était celui d'une adulte agacée, d'une étrangère.

— Maman veut savoir à quelle heure on sera rentrés, dit-elle. J'ai école demain.

— Moi aussi, j'aimerais bien le savoir, lâcha Sacha sans se retourner. Mais il y a peu de chances qu'on ait la réponse avant d'être arrivés.

Ils parlaient souvent ainsi maintenant, sans se regarder, en lançant simplement des remarques en l'air, comme si leur destinataire n'avait pas encore été déterminé. Mitia aurait pu feindre de considérer les mots qui lui étaient adressés et répondre, ou même plaisanter, mais il n'en avait pas la force aujourd'hui.

Assia pianota sur son clavier, attendit, pianota encore.

— Génial ! En plus, il n'y a pas de réseau, maugréa-t-elle en se laissant glisser sur la banquette.

Elle donna un coup de genoux dans le dossier du siège conducteur.

Sacha se mordit la lèvre et serra le volant de plus belle. Mitia, lui, détourna la tête. *D'accord, super*, pensa-t-il. *On va déposer Assia, et on terminera l'engueulade à la maison.* Sa tête menaçait d'exploser, il avait la bouche sèche, le dos en nage. Maudites soient la canicule, la datcha et cette foutue bière. Il regarda ailleurs et ferma les yeux.

La radio gargouilla une dernière fois et se tut.

Dimanche 6 juillet, 23 h 19

Après avoir cessé de capter, le téléphone se déchargea : 22 %, 14 % et finalement 8 %. Le câble se trouvait dans son sac à dos, mais pour le brancher sur le port du tableau de bord, elle aurait dû se pencher en avant et demander, s'entendre répondre par un de ces soupirs mécontents de martyre dont Assia avait soupé au cours des deux derniers jours.

C'était sa mère qui traitait de « martyre » la seconde femme de son père. Le surnom n'était pas venu d'emblée, au début elles l'appelaient simplement « l'autre », sans la nommer, et elle n'était devenue « la martyre » qu'assez récemment, et bien entendu pas lorsque le propos s'adressait à Assia. « Mitia et sa martyre », disait sa mère en baissant la voix, que ce soit au téléphone ou à ses amies autour d'un verre de vin. Et toutes riaient un peu, en femmes mûres qui comprenaient la vie. Et Assia gloussait elle aussi.

« Je ne sais pas à quelle heure on va arriver, écrivit-elle à sa mère. *Y a un embouteillage d'enfer et il fait une chaleur à crever. »* Faute de réseau, le message ne partit pas. *« C'est la dernière fois que je vais avec eux »*, ajouta-t-elle pour la forme, puis elle jeta le téléphone inutile sur la banquette. Elle décocha un nouveau coup de genoux vengeur dans le dossier de la martyre et regarda par la fenêtre. Il n'y avait rien d'autre à faire de toute façon.

Plus rien ne bougeait, les voitures étaient collées les unes aux autres comme les wagons d'un train sans fin. À droite de la Toyota se trouvait une Porsche Cayenne d'un noir mat, semblable à un énorme pain de savon de marque, avec deux femmes à l'intérieur, l'une et l'autre aussi chics que leur voiture, dans leur robe noire moulante. *Je te parie qu'elles sont au frais, elles, et en plus, ça doit sentir le parfum et le cuir,* songea Assia. *Si ça se trouve, il y a même un frigo là-dedans, avec du Prosecco. Je me demande qui elles sont l'une pour l'autre : copines ? Sœurs ? Et d'où est-ce qu'elles viennent ? Pas possible qu'elles arrivent de la campagne.* Celle qui était au volant avait des bagues énormes, tandis que sa voisine, frange blonde et raide sur le front, avait un tatouage à l'épaule – un papillon ou un oiseau. Assia bougea un peu pour presser son nez contre la vitre et examiner le tatouage, mais la blonde à frange poussa soudain un cri inaudible, agita les bras et, semble-t-il, se mit à pleurer. L'autre, celle aux bagues, ne bougea même pas : elle resta assise, cramponnée au volant, le regard droit devant elle, aussi indifférente et calme que la martyre. Il était maintenant évident qu'elle était beaucoup plus âgée que la première : pas des sœurs, c'était une certitude. Et sans doute pas des amies.

La plus jeune des femmes se retourna, croisa le regard d'Assia et dressa son majeur avec colère. Son visage était en effet strié de larmes et l'ongle de son doigt avait été rongé jusqu'à la chair. Assia recula de la vitre et se déplaça vers la gauche de la banquette.

De ce côté-ci, il y avait une voiture de patrouille poussiéreuse dont le flanc était sérieusement cabossé. À travers la vitre trouble du conducteur, elle distinguait un gros type en chemise bleue, le visage luisant de sueur, et à côté de lui, un deuxième homme, également en uniforme, mais plus jeune. Elle ne poussa pas plus avant son examen : elle n'allait quand même pas mater des flics. Les autres véhicules autour du leur étaient tout aussi ennuyeux : une Gazelle[1] cradingue avec une pub pour les « Boissons de Tchiornogolovka » ; une Lexus rutilante conduite par un vieux barbu somnolent ; un taxi jaune défoncé, une UAZ Patriot avec un autocollant « Merci grand-père pour la victoire » collé en travers de la portière arrière. Assia s'apprêtait à revenir au spectacle fascinant des deux femmes de la Porsche Cayenne quand, soudain, elle avisa derrière eux une décapotable. Rouge vif, avec des phares bridés comme des yeux et des banquettes d'un blanc de neige. Le couple dans le cabriolet semblait lui aussi tout droit sorti d'une publicité : un bel homme aux épaules larges, vêtu d'une chemise en lin, et une nymphe bronzée aux longs cheveux. Qui avait l'air de s'ennuyer ferme. Elle se déchaussa et jeta les pieds sur le tableau de bord de la décapotable. La position n'avait pas l'air confortable, mais ses jambes étaient

1. Véhicule utilitaire fabriqué par le constructeur russe GAZ.

vraiment belles, interminables et nues. Le jeune policier de la voiture de patrouille la reluquait, bouche bée comme un gosse, et Assia se surprit à la regarder, elle aussi, ce qui acheva de la mettre hors d'elle. De nouveau rencognée sur sa banquette, elle consulta une énième fois son téléphone à moitié mort et se prépara à périr d'ennui.

À cet instant précis, la Gazelle vantant les « Boissons de Tchiornogolovka » s'ébranla, avança lentement et percuta le pare-chocs arrière d'une Renault Logan jaune dont le flanc était orné d'une bande à damier. Un chauffeur de taxi, trapu et basané, sauta de la Renault comme un ninja et se précipita en hurlant vers la Gazelle, dont il ouvrit la portière avant pour grimper à l'intérieur.

Le bouchon, qui commençait à ne plus savoir comment se distraire, s'anima à la perspective d'un esclandre. La nymphe de la décapotable baissa les jambes et se redressa pour mieux voir. Assia débattit une seconde avec sa conscience, puis ouvrit la vitre.

Le conducteur de la Gazelle était tout aussi petit et basané que le chauffeur de taxi, mais très jeune. Il se laissa docilement tirer de son véhicule et resta cloué là, à battre des paupières ensommeillées. Il avait l'air confus d'un homme qui vient de se réveiller et n'a aucune idée de ce qu'on lui reproche. Le chauffeur de taxi l'attrapa par l'épaule et le traîna jusqu'à sa voiture endommagée. En voyant le pare-chocs défoncé, le jeune conducteur de la Gazelle gémit, tout à fait réveillé désormais, et eut une réaction inattendue : il se libéra de la poigne du chauffeur de taxi et courut, abandonnant l'une de ses tongs en caoutchouc sur l'asphalte. Un instant stupéfait, le petit chauffeur de taxi féroce se baissa, ramassa la tong sans qu'on comprenne trop pourquoi et s'élança à la poursuite de son propriétaire, jurant toujours dans sa langue courroucée. Ils disparurent derrière la Gazelle et réapparurent un peu plus tard, de l'autre côté.

— Vas-y, djihad ! cria joyeusement le conducteur à la grosse trogne de l'UAZ[1] Patriot. Attrape-le, il va se tailler !

Le type de la Gazelle avait trente ans de moins, mais boitillait sans sa tong. Le chauffeur de taxi, lui, était animé par la rage,

1. UAZ : Ulianovski Avtomobilny Zavod [Usine automobile d'Oulianovsk].

si bien qu'à la fin du deuxième tour, il avait rattrapé sa cible, l'avait plaquée contre le flanc de la Renault et la menaçait de la tatane récupérée.

La voix indignée d'une femme retentit soudain par-dessus le chaos.

— Ne vous avisez pas de le toucher ! Enlevez vos mains tout de suite, vous m'entendez ?

Une petite dame en surpoids, visage rond et joues rouges, se précipitait entre les voitures. Elle tenait un téléphone qu'elle braquait vers le chauffeur de taxi et mitraillait la scène de son appareil, comme si elle prenait des clichés à la sauvette.

— Et j'ai aussi relevé votre plaque en photo, déclara-t-elle, haletante. Si vous ne laissez pas partir ce garçon tout-de-suite-tout-de-suite, je veillerai à ce que vous vous retrouviez au chômage, n'ayez aucun doute là-dessus !

Sur quoi elle fourra le téléphone sous le nez du petit chauffeur de taxi et appuya encore une fois sur le bouton. Il y eut un flash, qui obligea le bonhomme à plisser les paupières. On entendait sa respiration rauque, sifflante. *À tous les coups, il va la frapper avec la godasse*, pensa Assia. Mais cette éventualité n'avait à l'évidence pas même traversé l'esprit de la femme au téléphone, car elle tourna le dos au chauffeur et regarda autour d'elle avec dégoût.

— Il y a des bonshommes partout, constata-t-elle, et pas un pour intercéder en sa faveur. Vous restez assis là, comme au cirque. On tuerait un type sous vos yeux que vous ne sortiriez pas de vos voitures.

— Laissez les métèques se débrouiller entre eux, répliqua l'UAZ Patriot, ils sont assez nombreux comme ça. Pas plus tard qu'hier, ils circulaient à dos de mulet, ils connaissent pas les règles, rien.

La femme au téléphone le jaugea du regard, puis fila vers la voiture de patrouille sans daigner lui répondre. Les deux policiers, le jeune comme le vieux, l'observaient avec la même angoisse à travers leur vitre embuée.

— Et vous alors ?! lança-t-elle d'une voix forte en tapant sur la portière cabossée. C'est votre travail. Ou vous n'êtes bons qu'à recevoir des pots-de-vin ?

Le petit chauffeur de taxi repoussa son prisonnier, jeta sur l'asphalte la tong devenue inutile et se dirigea vers l'UAZ.

— Mulet toi-même, marmonna-t-il dans un russe clair et sans accent. J'ai eu mon permis que t'étais même pas né, espèce de merde.

— On n'est pas de la police de la route, déclara le policier le plus âgé à la femme au téléphone. On ne s'occupe pas des accidents.

— Vous ne vous occupez de rien du tout, répliqua-t-elle du tac au tac. Pourquoi vous me parlez d'accident ? Il a failli tuer ce garçon !

Tout le monde, y compris le chauffeur de taxi, se tourna vers la Gazelle. Le jeune Tadjik, qui avait ramassé sa tong, se hâtait de remonter dans son véhicule. La femme au visage rond tendit les bras et lui cria :

— Tout va bien, n'aie pas peur ! Ne crains rien, il ne te touchera pas !

Mais le jeune conducteur de la Gazelle semblait avoir du mal à croire à ses promesses, à moins qu'il ne les comprenne même pas. Toujours est-il qu'il claqua sa portière et s'immobilisa, caché derrière son volant. La femme au téléphone secoua la tête sur un soupir, en personne qui a fait tout ce qui était en son pouvoir.

— Et ça s'appelle la police, siffla-t-elle à l'intention de la voiture de patrouille avant de s'éloigner.

Sans avoir remarqué l'homme menotté au visage ensanglanté et contusionné qui gisait sur la banquette arrière.

Le chauffeur de taxi s'accroupit à côté de son pare-chocs éclaté, qu'il tira et arracha pour rapporter le morceau de plastique dans sa voiture, en le serrant contre sa poitrine comme un bébé.

Le policier le plus âgé s'adossa à son siège, afin de regarder l'hystérique joufflue s'installer sur le siège de sa Peugeot bleue, toute ronde elle aussi. Ayant essuyé la sueur de son front, le policier repéra à tâtons une bouteille d'eau gazeuse à moitié vide dont il dévissa le bouchon et but trois grandes gorgées. Après quoi, il la tendit à son jeune collègue. Celui-ci s'en saisit, certes, mais n'y porta pas les lèvres, considérant avec scepticisme le goulot sale.

— Chef ! lança le prisonnier depuis la banquette arrière. Si tu vas pas boire, j'aimerais bien une petite gorgée, je fais pas mon bégueule, moi.

Le gros capitaine se retourna aussitôt pour lui balancer un coup de poing indifférent dans les lèvres. Le lieutenant grimaça et abandonna la bouteille.

Dimanche 6 juillet, 23 h 26

— Non, mais c'est pas possible, ça fait une demi-heure qu'on est là, marmonna Sacha, la voix tendue.

Mitia ouvrit les yeux. L'embouteillage n'avait pas bougé d'un poil, la chaleur était insupportable et sa tête le faisait souffrir encore plus violemment.

— Peut-être qu'on devrait sortir voir ce qui se passe ? suggéra Assia. Regardez, tout le monde descend de voiture.

Il y avait en effet plus de piétons sur la chaussée. Fatigués de ce séjour prolongé dans leur voiture, les gens se promenaient entre les rangées, échangeant des propos à voix basse. De temps en temps, quelqu'un se posait une paume sur le front, étirait son cou et portait son attention au-devant, comme s'il espérait vraiment résoudre le problème, déterminer la cause de l'embouteillage.

— Il n'y a rien à voir, rétorqua Mitia. Le tunnel fait trois kilomètres et demi de long, on ne verra rien d'ici.

— Eh ben OK, restons donc à poireauter, lâcha Assia.

— On aurait dû rentrer ce matin, dit Sacha, les yeux fixés droit devant elle.

S'ils n'avaient pas réussi à partir dans la matinée, se remémora Mitia, c'est que, pour lui, la matinée avait commencé en début d'après-midi par une bouteille de bière, qu'il avait bue d'un trait près du réfrigérateur, planté en sous-vêtements dans la cuisine d'une datcha qui n'était pas la sienne. Il avait sous les yeux la table jonchée des reliefs du petit déjeuner. Ça n'avait même pas été son idée d'aller passer le week-end dans cette datcha. Et encore moins d'emmener Assia avec eux. En revanche, c'était assurément sa faute s'ils n'étaient pas repartis dans la matinée.

— J'ai une interview demain matin à 9 heures, à Krasnye Vorota, dit Sacha.

— Maman doit devenir folle, ajouta Assia.

Dehors, l'air était un peu plus frais, juste un peu. Mitia redressa le dos avec soulagement, s'éloigna de quelques pas et fit la même chose dénuée de sens que tout le monde : il tendit le cou pour tenter de discerner le bout du tunnel, qui, naturellement, n'était pas visible. Les trois files ininterrompues de voitures pouvaient facilement s'étirer jusqu'au Kremlin, mais on ne voyait pas à plus de trois cents mètres environ, après quoi le flux s'incurvait, enfermé entre les parois de béton comme de l'eau dans un tuyau.

— Qu'est-ce qui se passe ? demanda la conductrice de la Porsche Cayenne en baissant sa vitre.

Il se retournait déjà pour lui lancer : « Mais enfin, comment voulez-vous que je le sache ? », quand il remarqua ses yeux fatigués et tristes. Elle était très belle, incroyablement même, le genre de femme à côté de qui vous réalisez aussitôt que vous n'êtes pas rasé et que vous portez le T-shirt de la veille, avec une tache humide entre les omoplates.

— Un accident, probablement, répondit-il. Ne vous inquiétez pas, ça va bientôt se débloquer. Vu que nous sommes dans un tunnel, tout est plus lent.

— N'importe quoi, intervint le costaud rougeaud de la Patriot. Si ç'avait été un accident, la voie aurait été dégagée depuis longtemps. À tous les coups, on est arrêtés pour laisser passer un convoi. Y a encore un type du gouvernement qui se déplace, et nous, on reste cloués là.

— Ça arrive tout le temps sur la Roubliovka[1], commenta le beau-gosse-Cabriolet-bronzé en s'approchant. Ils nous ont déjà retenus pendant une heure et demie comme ça. Ça fait longtemps que je ne la prends plus, d'ailleurs, je préfère me taper un détour plutôt que de rester coincé.

— Un détour, oui, c'est plus facile, évidemment, dit Patriot en jetant un coup d'œil désobligeant à la décapotable rutilante avec ses banquettes et sa nymphe à moitié nue. Mais si ça ne tenait qu'à moi, vous seriez tous obligés de circuler sur votre Roubliovka et vous dérangeriez pas les gens qui vont au boulot le lendemain.

---

1. Surnom donné à la Roubliovskoïé Chossé, voie rapide menant à une banlieue luxueuse de Moscou, portant elle aussi le nom officieux de Roubliovka.

— Moi aussi, je dois travailler demain, répliqua Cabriolet en levant le menton. Pour votre information, sachez que je me lève à 6 heures tous les jours.

Pas moi, en revanche, pensa Mitia.

— Une heure et demie ? répéta la femme de la Cayenne avec horreur.

Elle se plaqua une paume sur les yeux et fut soudain secouée par un petit sanglot si amer que Mitia s'approcha involontairement pour l'observer de plus près.

— Il vous est arrivé quelque chose ? demanda-t-il.

— Ne vous inquiétez pas, déclara Patriot. Dès qu'on aura laissé passer tous ces richards de la Roubliovka, on poursuivra notre route.

— Je ne vis pas à la Roubliovka, s'offusqua Cabriolet.

— Voilà pourquoi tu es là avec tout le monde, espèce de couillon, conclut Patriot d'un ton enjoué.

— Je suis désolée, balbutia Cayenne, sa paume étroite toujours plaquée sur le visage. C'est juste que je dois vraiment rentrer chez moi. J'ai eu une journée très éprouvante.

La seconde femme, qui était restée silencieuse sur le siège passager à côté d'elle pendant tout ce temps, lâcha un ricanement sonore, se pencha par-dessus sa compagne affligée et actionna le bouton de la vitre. Mitia eut le temps de remarquer qu'elle avait, elle aussi, le visage tourmenté et strié de larmes, puis la vitre fut entièrement remontée et les dissimula toutes les deux.

— On crève de chaud, purée ! grommela Patriot avec une anxiété soudaine. C'est encore jamais arrivé qu'on ait quarante pendant trois semaines d'affilée. On se croirait en Afrique, putain.

— Si au moins les gens coupaient leur moteur, siffla Cabriolet en serrant les dents. Mais non, ils restent là, à nous enfumer. Je comprends bien, la climatisation, mais on n'a pas de capote, nous, on ne peut plus respirer.

— J'ai coupé le mien, le rassura Mitia en se souvenant des vitres remontées par Sacha. Ma clim ne fonctionne pas.

— Moi, j'en ai pas, renchérit Patriot.

Ils s'arrêtèrent de parler. La Porsche Cayenne ventrue avec les deux femmes affligées à bord ronronnait doucement à côté d'eux.

La portière de l'UAZ qui les précédait s'ouvrit, et une femme corpulente, moulée dans un T-shirt rose vif trop serré – manifestement l'épouse de Patriot –, en sortit et leur jeta un regard désapprobateur.

— Il est presque minuit ! lança-t-elle avec un air de défi, apparemment jeté non seulement à son mari, mais aussi à Mitia et à Cabriolet, lesquels regardèrent aussitôt leur montre d'un air coupable. Les enfants n'ont pas dîné, je te rappelle !

— Tu veux quoi ? Que je dégage la route *manu militari* ? ironisa Patriot.

Mais sa femme avait déjà tourné les talons et claqué sa portière.

— OK, reprit-il en jetant un œil autour de lui. D'accord.

Et le voilà qui traversait les files de véhicules pour s'approcher de la voiture de patrouille. Mitia et Cabriolet lui emboîtèrent le pas, animés par un inexplicable sentiment de culpabilité à la pensée des petits Patriot affamés et de sa femme en colère.

Le gros capitaine dormait la bouche ouverte, affalé sur son siège comme un homme qui aurait reçu une balle en plein front. Même dans son sommeil, il avait l'air mécontent, et lorsque Patriot le réveilla en frappant quelques coups à sa vitre sale, aucune joie ne vint colorer les traits de son visage.

— Bon, les gars, dit Patriot avec un entrain simulé sous le regard peu amène des deux policiers. Qu'est-ce qu'y a devant nous ? On laisse passer quelqu'un ?

— On n'est pas de la police de la route, grommela le capitaine, répétant ce qu'il avait dit peu de temps avant à la femme joufflue de la Peugeot.

— N'empêche, vous pourriez peut-être poser la question avec votre radio, suggéra Patriot. Vous êtes sur la même fréquence qu'eux, non ? Parce que, bon, ça fait déjà quarante minutes qu'on patiente.

— On. N'est. Pas. La. Police. De. La. Route, martela le capitaine en levant vers l'homme ses yeux envasés par le sommeil.

Et Mitia se sentit soudain envahi d'une vive colère : contre le gros malappris, contre la chaleur, contre l'embouteillage, contre toute cette interminable journée de merde.

— Écoutez, commença-t-il, vous-mêmes, on doit bien vous attendre quelque part. Essayons juste de comprendre ce que…

Il s'interrompit : il venait d'apercevoir, gisant sur la banquette arrière de la voiture de patrouille, un homme à la chemise tachée de sang, les mains menottées et le visage couvert de contusions toutes fraîches. Le prisonnier releva sa tête cabossée, regarda Mitia et, contre toute attente, lui lança un clin d'œil. Pendant ce temps, le gros capitaine allumait sa radio et approchait le micro du visage de Mitia, étirant dangereusement le câble torsadé.

— Tiens, demande toi-même, proposa-t-il.

Dans les haut-parleurs qui grésillaient, les sons se fondaient en un bourdonnement homogène sans rien d'intelligible.

— On est sous le fleuve, se réjouit le capitaine. Il y a vingt mètres d'eau au-dessus de nous plus trois de béton. Ça capte que dalle ici.

— Peut-être que je devrais vraiment aller jeter un coup d'œil ? souffla le jeune policier. Histoire de voir ce qui se passe. Vite fait !

Il était clair que ce n'était pas la première fois qu'il avançait cette suggestion et que lui aussi en avait assez d'être coincé dans un habitacle étouffant avec un chef désagréable et un prisonnier tuméfié.

Son supérieur remit tranquillement le micro à sa place, ouvrit une bouteille d'eau gazeuse toute gondolée, but une gorgée, revissa le bouchon, puis hocha la tête, sans se presser.

— D'accord, concéda-t-il à contre cœur. Mais si ça redémarre, je t'attendrai pas ici, tu te débrouilleras tout seul pour rentrer.

Dimanche 6 juillet, 23 h 42

— Vous m'accompagnez ? demanda le jeune policier avec impatience. Allez, pourquoi vous hésitez ? On sera de retour dans une vingtaine de minutes.

— Pas tout à fait, nuança Mitia. Trois kilomètres, c'est au moins une demi-heure aller et une demi-heure retour. En marchant vite.

— Et alors, les gars ? Allez, on y va, les encouragea Patriot. À quoi ça sert qu'on reste assis sur nos culs ? Ma bourgeoise m'a bouffé toute la cervelle.

— Ça marche, acquiesça Cabriolet. Ça nous fera au moins prendre l'air. Donnez-moi une minute.

Sur quoi, il se dirigea vers son élégante voiture pour informer la nymphe.

— D'acc, renchérit Patriot. Dans ce cas, je vais chercher de l'eau. Il fait aussi chaud qu'à Tachkent, ici.

Et il se dirigea vers son UAZ.

Mitia se tourna vers la Toyota. Vues de l'extérieur, sa femme et sa fille ressemblaient à deux mannequins qui n'avaient ni bougé ni échangé la moindre parole pendant tout ce temps, et il brûla soudain d'envie, à l'instar du jeune lieutenant, de détaler vers l'entrée du tunnel. Et si la circulation se remettait en route sans crier gare, il rentrerait à pied.

— On a décidé d'aller voir ce qui se passe à l'avant, annonça-t-il en ouvrant la portière. Histoire de comprendre pourquoi ça bloque.

Il n'y avait pas un souffle d'air dans la voiture. Sacha haussa les épaules sans se retourner. Assia, qui fouillait rageusement dans son sac, ne releva même pas la tête.

— Je vais essayer de faire vite, déclara-t-il. Vous devriez baisser quand même les vitres, il n'y a pas d'air dans cette voiture.

— Si seulement je pouvais boire une bière bien fraîche, dit Patriot en prenant, tristement résigné, une gorgée de Sviatoï Istotchnik[1]. Tout le dimanche de foutu par terre, avec cette datcha. C'est bon, on y va ?

— *Yes,* acquiesça le jeune lieutenant, sans pour autant bouger de son siège.

Tout à sa contemplation de Cabriolet en train de faire ses adieux à son amie à moitié nue, il avait retrouvé un visage enfantin.

— Allô ! s'écria Patriot. On y va ou quoi ?

La propriétaire joufflue de la Peugeot bleue le fixa sur-le-champ, manifestement bien décidée à empêcher que ne se produise un malheureux incident. Elle les considéra l'un après

1. Marque d'eau minérale.

l'autre pour s'assurer qu'il n'y avait pas de bagarre dans l'air, sans jamais se départir de sa sinistre détermination. Elle tendit un index potelé, tapota l'épaule du jeune policier, puis demanda d'une voix sonore :

— Ça va durer encore longtemps ?

L'interpellé tressaillit, détourna les yeux de la nymphe, penaud, avant de se rendre compte que ce n'était pas son intérêt pour les cuisses bronzées d'autrui qui indignait la femme-Peugeot.

— À votre avis, on va devoir rester encore combien de temps coincés comme ça ? demanda-t-elle. Ils sont vraiment sans vergogne de bloquer des gens dans un tunnel en pleine nuit, et en pleine canicule, et d'obliger tout le monde à attendre, tout ça pour qu'un môssieur passe ! Il y a des enfants ici, il serait plus que temps qu'ils aillent au lit !

Le lieutenant tenta de reculer, mais le regard mécontent de la femme le punaisait à l'asphalte aussi fermement que si elle lui avait emprisonné le bras. Il se figea, résigné, et vit sur la banquette arrière de la Peugeot un garçon obèse d'environ onze ans, étroitement ficelé dans un siège pour bébé malgré son âge. Il n'avait pas l'air épuisé. Accroché aux sangles, il dessinait en tirant la langue, concentré, dans un cahier posé sur ses genoux. Il avait les mêmes joues rebondies que sa mère.

— Bon alors, vous allez vous transformer en statue ? insista maman-Peugeot, de façon assez illogique, puisque c'était elle-même qui empêchait le lieutenant de partir.

— Écoutez, intervint Mitia, jugeant qu'il était temps de venir à la rescousse du jeune homme. On était sur le point d'aller voir…

— Mais à quoi bon ? le coupa maman-Peugeot. Ces messieurs vont « aller voir » ! Mais qu'on rouvre plutôt la route. Dites-leur de la rouvrir !

Et elle détourna enfin les yeux. Le lieutenant s'arracha aussitôt à son emprise et partit au galop, soulagé, vers la sortie du tunnel. Patriot et Cabriolet, revenus sur ces entrefaites, s'élancèrent à sa poursuite.

— Pourquoi vous l'agressez comme ça ? protesta Mitia. Il n'y est pour rien.

La femme ne l'écoutait plus. Elle se tourna vers son fils, couvrit sa main de la sienne et essaya doucement de lui retirer le crayon.

— Ça suffit, dit-elle d'une voix complètement différente. On arrête, lâche-le. S'il te plaît, mon chéri.

Le garçon remua son épaule avec impatience, rejeta la main maternelle et continua à percer le cahier avec la mine du crayon, feuille après feuille. Il n'y avait pas de dessin sur le papier, rien que des taches noires dénuées de sens.

Lundi 7 juillet, 0 h 12

Il était terriblement malcommode de se frayer un chemin entre les rangées de voitures : elles étaient stationnées trop près les unes des autres, et il fallait sans cesse contourner une portière ouverte ou un groupe de conducteurs accablés par la chaleur et l'oisiveté. L'idée d'emmener le lieutenant avec eux ne s'avérait finalement pas non plus judicieuse : au lieu de lui céder le passage, les gens se précipitaient avec des questions, des plaintes et des injures, et Mitia commençait à se dire qu'ils iraient beaucoup plus vite sans lui. Même si, de toute façon, il était inutile d'espérer que l'entreprise leur prenne moins d'une demi-heure.

— Ça, pour construire ils ont construit, les saligauds, lâcha Patriot d'une voix rauque. Pourquoi faut qu'ils fassent des tunnels aussi longs ?

Il avait bu son eau depuis longtemps et jeté la bouteille vide sous les pneus d'une voiture. Son T-shirt était trempé, son visage rouge et bouffi, comme au sortir d'un bain.

— Personne n'a prévu que quelqu'un le parcoure à pied, répliqua Cabriolet d'un air sombre.

Au bout du premier kilomètre, lui aussi avait beaucoup perdu de sa superbe : sa chemise de lin lui collait au dos, ses mocassins souples étaient couverts de poussière. Mitia s'efforçait de ne pas s'imaginer de quoi lui-même avait l'air. Tourmenté par la soif, il sentait le sang cogner dans ses oreilles. Ce maudit tunnel semblait vraiment interminable maintenant : un long boyau exigu rempli de voitures, de gens indignés et de gaz d'échappement. *Et après, il faudra faire le trajet inverse,* pensa Mitia avec angoisse. *Le pire, c'est que ça n'aura servi à rien. En arrivant là-bas, on verra qu'il y a eu un accident monstrueux, avec des cadavres, de l'huile partout sur la chaussée et de l'essence qui gicle. Ou bien, en effet, encore le cortège d'un porc pour qui ils ont fermé l'autoroute. Quelle différence ça fera, qu'on découvre ce qui se passe ? Et cet imbécile, ce gamin en uniforme, il ne nous sera absolument d'aucune utilité. On va juste nous renvoyer d'où on vient, pour qu'on ne soit pas dans leurs pattes et on sera bons pour trois putains de kilomètres dans l'autre sens.*

— Génial, grogna Patriot en portant son poignet sous ses yeux. Ça y est, on est lundi.

— Peut-être qu'on devrait rebrousser chemin, non ? suggéra Cabriolet en s'arrêtant. Imaginez que ça se remette à rouler. On va se faire écraser comme des crêpes, il n'y a même pas de trottoir.

— Non, ce serait quand même idiot, protesta le lieutenant d'une voix mal assurée. Qu'est-ce qu'on dira aux autres ?

— Ben la vérité : qu'on s'est pissés dessus, déclara Patriot. Dégagez, les fillettes, on se débrouillera sans vous. N'est-ce pas, Binoclard ?

Il posa sa grosse paluche humide sur l'épaule de Mitia.

La dernière fois qu'il avait été appelé « Binoclard » remontait à l'époque du collège, aux alentours de ses douze ans, et tout ce dont il avait envie, c'était se débarrasser de la paume de Patriot et faire demi-tour, mais toute retraite était coupée. Cette brève altercation avait suffi pour que le charisme de l'uniforme opère à nouveau : une petite foule s'était instantanément agglutinée autour d'eux. On dévisageait le lieutenant, naturellement, et avec une lueur mauvaise dans l'œil.

— Quand est-ce qu'on repart ? demanda quelqu'un.

— Vous avez pas bientôt fini de vous foutre de nos gueules ! lança quelqu'un d'autre dans leur dos.

— C'est abusé ! cria plaintivement la passagère d'un bus bondé. On est comme dans un wagon à bestiaux, là-dedans !

— Je suis désolé, intervint en s'avançant un type en survêtement, cuit par le soleil. On a un train à la gare de Kiev dans quarante minutes, c'est déjà serré, je voudrais pas le manquer. Y aurait moyen ? Hein, lieutenant ?

— Je ne suis au courant de rien du tout, gémit l'interpellé, épuisé. Laissez-moi passer…

Baissant la tête, il tenta de se faufiler, prudemment, en se positionnant de côté, mais la foule resserra les rangs et gronda.

Les passagers enfermés dans le bus se mirent à vociférer, un petit vieux s'accrocha même à sa manche.

— Non, attendez ! Répondez d'abord. Je suis médaillé du travail !

Le lieutenant retira son bras, sa manche craqua, le vieil homme se cramponna plus énergiquement, pareil à un teckel arrachant un renard à son terrier. Patriot, menaçant, tendit la main vers lui. Le type bronzé s'assombrit sur-le-champ et intercepta son geste.

— Ça fait six mois qu'on n'est pas rentrés chez nous, figure-toi, dit-il sans la moindre amabilité. On a des billets, on a tout, on veut juste ficher le camp de Moscou !

Des hommes sur le même moule, solides et brûlés par le soleil, au nombre de quatre ou cinq, étaient en train de descendre d'un minibus bleu pour le moins délabré, histoire de prêter main-forte à leur camarade.

— Et qui c'est qui t'a demandé de venir ? grogna Patriot. T'avais qu'à y rester, dans ton bled du Donbass.

Et il s'élança vers le type.

Les deux hommes s'empoignèrent, puis se figèrent, deux costauds en colère. Pris entre leurs feux, le lieutenant et le médaillé du travail grisonnant se ratatinèrent en même temps, comme s'ils en avaient reçu l'ordre. Cabriolet, livide, ne respirait presque plus. *Super*, se dit Mitia. *Tu vas voir qu'on va se faire dérouiller.*

Mais il n'y eut pas de bagarre. La vitre teintée d'une longue Mercedes de fonction, immobilisée de l'autre côté de la file centrale, s'abaissa et la voix froide d'une personne habituée à commander, retentit :

— Arrêtez immédiatement ce foutoir.

C'était une voix de femme, pas particulièrement puissante, mais l'assurance autoritaire qui s'en dégageait était parfaitement identifiable : une voix de haut fonctionnaire, de maîtresse d'école, de juge ou d'inspectrice des impôts. Le ton ne tolérait aucune objection, mais promettait en revanche un châtiment immédiat. Il eut donc un effet égal sur Patriot et ses six adversaires bronzés, qui se dégonflèrent aussitôt et baissèrent la tête, à commencer par le lieutenant, qui, tremblant, chercha à retirer sa chemise, en même temps que le vieil homme cramponné à la manche.

La vitre remonta en douceur, la femme ayant manifestement la certitude que sa brève remarque avait suffi à mettre un terme à l'incident. Mitia eut juste le temps de constater que cette créature à la voix désagréable n'était pas seule dans la voiture : derrière elle, dans l'habitacle ténébreux de la Mercedes, s'était dessiné un profil sec et jaunâtre, avec des lunettes cerclées d'or et la moue dédaigneuse d'une bouche aux lèvres minces. Puis la vitre miroir s'était complètement refermée et tout avait disparu. Mais, un instant après, la lourde portière s'ouvrit, la femme descendit du véhicule, observa la foule avec une réprobation teintée d'indifférence, comme si ces gens n'étaient que des écoliers surpris avec une cigarette dans les toilettes, puis se désintéressa de tout le monde, à l'exception du lieutenant.

— Qu'est-ce qui se passe ici ? demanda-t-elle en s'adressant à lui et uniquement à lui.

Elle croisa les bras dans l'attente de la réponse, en personne certaine que l'explication lui serait donnée sans tarder.

Malgré sa voix d'adulte fatiguée, elle était assez jeune, environ trente-cinq ans, la quarantaine tout au plus. Grande, avec des cheveux blonds coupés court et le visage lourd d'une femme qui se sait laide et n'a nulle intention de le cacher. Son tailleur-pantalon coûteux, qui tenait plus d'une exhibition de son statut que d'un accessoire de séduction, lui collait à la peau.

— Euh…, commença le lieutenant avant de se taire, manifestement dans l'attente de soutien.

— On a un train qui part de la gare de Kiev, avança aussitôt l'un des costauds.

— Ça fait une heure qu'on n'a pas bougé ! cria-t-on depuis le bus.

— Je suis médaillé du travail, geignit le vieil homme.

Il faut croire que le charisme d'une fonctionnaire est plus puissant que celui d'un policier. Toujours est-il que le lieutenant trempé et recroquevillé fut aussitôt oublié. Les demandes et les plaintes fusèrent de nouveau, mais adressées désormais à l'occupante de la Mercedes. Qui ne tarda pas à grimacer et leva la main, telle une cheffe d'orchestre accablée d'entendre ses musiciens jouer en dépit du bon sens et, dans le silence respectueux qui s'ensuivit, elle posa encore une question au jeune lieutenant :

— Si je comprends bien, vous ne disposez d'aucune information, c'est bien ça ?

L'intéressé secoua la tête d'un air coupable.

— Où est votre véhicule ?

Il agita vaguement la main vers l'extrémité de la colonne sans fin.

— D'accord, dit Mme Mercedes. Alors, voici ce qu'il faut faire…

Mais elle n'eut pas le temps de terminer. Sa phrase fut interrompue par un nouveau bruit qui paraissait composé d'une multitude de sons distincts. Fronçant des sourcils contrariés, elle regarda autour d'elle pour en identifier la source, laquelle se trouvait manifestement quelque part à l'avant, du côté de la sortie. Alors, à son exemple, toute la foule tendit l'oreille, ceux qui se tenaient dans les allées comme ceux qui n'avaient pas quitté leur voiture et, finalement, même les passagers prisonniers du bus. Il y eut un imperceptible frémissement dans les alignements de voitures figées, comme celui qui se produit juste avant qu'un embouteillage ne s'ébranle. Les portières claquèrent, les moteurs grondèrent, les feux de stationnement clignotèrent. Les six ouvriers en bâtiments de Donetsk grimpèrent dans leur minibus bleu, tandis que le vieux médaillé du travail courait vers sa Lada Kalina.

— On repart ? s'enquit nerveusement Cabriolet. Mince, je vous l'avais bien dit…

— Attends, l'interrompit Patriot.

Tous deux, comme les autres, avaient les yeux tournés vers l'avant du tunnel, et ils virent la moto en même temps. Ce fut d'abord un crissement de pneus et le rugissement strident d'un moteur qui s'engouffrèrent dans le tube incurvé du tunnel, puis la moto surgit – agressive, féroce, jaune vif, avec un conducteur gainé de cuir – et fonça droit sur eux, multipliant les embardées et des zigzags inquiétants entre les rangs serrés des voitures, arrachant la peinture des portières et les rétroviseurs. Indifférente aux cris des occupants des voitures endommagées, la moto filait – sans que l'on puisse seulement commencer à s'expliquer pourquoi – à contre-courant, vers l'entrée du tunnel. En une seconde, elle avait disparu, dissoute dans le boyau de béton, puis le bruit du moteur s'estompa lui aussi, avec un léger temps de retard, aussitôt remplacé par un silence sidéré. Enfin, une femme du bus cria :

— Oh, regardez ! Regardez, là !

Lundi 7 juillet, 0 h 23

Un flot humain. Les gens déferlaient de là où avait surgi la moto jaune et occupèrent aussitôt tout l'espace entre les rangées comme de l'eau dans un tuyau. Au début, on aurait dit qu'ils couraient en silence, mais il devint bientôt évident que ce bourdonnement indistinct et lointain, entendu cinq minutes plus tôt, c'étaient eux, mélange de piétinements, de respirations et d'innombrables voix. De loin, on ne pouvait pas encore distinguer leurs mots, mais une portion de tunnel touchée par la vague s'animait mètre par mètre et éclatait telle une ola dans une tribune sportive. Les gens sautaient de voiture, traînaient leurs affaires, prenaient leurs enfants sous le bras et se joignaient au flux qui ralentissait et s'intensifiait tout à la fois.

Étrangement, aucun de ceux qui regardaient la foule approcher ne bougeait. Il fallait apparemment attendre une explication, voir la source de ses propres yeux, avant de céder à la panique. Les visages étaient tous identiques, confus et vides. De fait, la peur n'avait pas encore eu le temps de transparaître, faute d'impulsion, à croire qu'elle ne fonctionnait qu'à courte distance. *On a sans doute ce genre de visage lorsqu'on observe une armée qui attaque,* supposa Mitia, s'étonnant de concevoir une pensée avec autant de détachement. *Ou un tsunami. Quand une vague aussi haute qu'un immeuble de cinq étages te fonce dessus. Vu qu'il est de toute façon trop tard pour courir, la seule chose que tu peux faire, c'est observer.*

— Qu'est-ce qu'il y a là-bas, un incendie ? demanda soudain une femme.

Il n'en fallut pas davantage pour que la stupeur se dissipe. L'engourdissement cessa et les premiers à crier furent les passagers du bus, qui, se bousculant, se ruèrent vers la sortie pour tambouriner à la vitre du conducteur. Quand les portières du lourd véhicule agité de soubresauts s'ouvrirent enfin dans un sifflement, la cinquantaine de prisonniers libérés se précipita dehors, effrayant ceux qui les entouraient.

— Un incendie ! gémit une femme. On va tous brûler !

— L'eau, l'eau arrive, on est sous le fleuve ! lança une autre voix.

Une portière s'ouvrit, suivie d'une autre, et l'espace restreint entre les automobiles fut soudain rempli. En revanche, aucune fumée ni aucune déferlante en vue. La cause réelle de la panique demeurait toujours inconnue, mais après le premier cri, nul n'avait plus besoin de la connaître. L'un sortait des sacs de son coffre, l'autre se débattait avec les sangles d'un siège d'enfant pour en extraire un bébé en larmes, un troisième renversait un sac de pommes, et tout le monde criait en même temps, sans que l'on comprenne quoi. Mais il n'y avait plus de temps à perdre : la foule les avait atteints entre ses rugissements et le martèlement de ses pieds digne d'une cavalerie ennemie. Les deux groupes inégaux se percutèrent, puis se mélangèrent. On se tamponna, on se marcha sur les pieds, on glissa sur les pommes qui avaient roulé, sans le vouloir, simplement parce que ceux qui couraient depuis l'avant du tunnel avaient été depuis longtemps infectés par la peur et en connaissaient la véritable cause, tandis que ceux qui s'étaient trouvés sur leur chemin venaient juste d'être effrayés et n'avaient pas encore eu le temps d'adopter le bon tempo.

Mitia s'adossa à la paroi brûlante du bus. L'esprit toujours vide, il songea, sans trop savoir pourquoi, que cette paroi était probablement très sale et qu'il ne réussirait jamais à ravoir son T-shirt. Il avança d'un pas, mais fut immédiatement poussé à l'épaule. Il se prit les pieds dans un sac de courses piétiné, trébucha et tomba à genoux, en pensant : *Mes lunettes, ils vont m'écraser mes lunettes.* Il parvint *in extremis* à les attraper et les serra dans son poing. Quelqu'un le souleva alors sous les aisselles, le traîna derrière le bus et le remit sur pied d'un coup sec. Les lunettes de nouveau en place, il découvrit devant lui un Patriot rouge et en nage et, derrière son large dos, Mme Mercedes et le jeune lieutenant. Cabriolet n'était plus avec eux.

— Merci, dit-il d'une voix rauque.

Ils se tenaient dans l'espace exigu entre la gueule du bus et la Lada Kalina, d'où le vieil homme avait disparu. Ne restaient plus que le coffre ouvert où traînaient quelques chiffons bariolés, la portière conducteur entrouverte et, dans le porte-gobelet, une Thermos colorée sans couvercle, d'où s'échappaient encore quelques vrilles de vapeur.

— De rien, fit Mme Mercedes.

Puis elle se pencha, tendit le bras et immobilisa l'un des fuyards, un homme chétif portant un chat dans une cage en plastique qu'il serrait contre sa poitrine. Elle venait de l'arracher à la foule.

— Que s'est-il passé là-bas ? demanda-t-elle.

— Lâchez-moi ! s'écria le petit bonhomme.

Il se débattait, cherchant à se libérer, mais la cage de son chat le gênait. À l'intérieur, le gros matou blanc hurlait désespérément.

— Je ne vous lâcherai pas tant que vous ne m'aurez pas répondu ! cria Mme Mercedes. Qu'est-ce. Qui. S'est. Passé ?

— Mon Dieu, mais je n'en ai aucune idée, gémit-il. Les portails se sont refermés, vous comprenez ? Des portails gigantesques ! Et une voiture s'est fait réduire en miettes ! On nous a enfermés, vous pigez ? Lâchez-moi !

Il se libéra enfin et disparut. Patriot se tourna vers Mitia, la mine féroce.

— Qu'est-ce que t'attends ? brailla-t-il. Faut qu'on coure !

Et il plongea dans le torrent. Toujours incapable de réfléchir, Mitia prit docilement une profonde inspiration, digne d'un plongeon depuis un promontoire, et s'élança à sa poursuite.

— Eh, s'écria le lieutenant, attendez-moi !

Ayant recouvré ses esprits, il prenait déjà son élan quand Mme Mercedes tendit à nouveau son bras puissant et l'agrippa par le colback. En réalité, elle l'attrapa par la peau du cou, comme s'il n'était rien de plus qu'un chiot, et tira.

— Halte-là, lieutenant, dit-elle. Où vous allez comme ça ?

Lundi 7 juillet, 0 h 32

Assia ajusta son sac à dos sous sa tête et tenta pour la énième fois de s'allonger confortablement. Elle se tourna sur le côté gauche, puis sur le côté droit, et enfonça son nez dans le dossier étouffant de la banquette arrière. Elle avait les jambes raides, le siège arrière de la Toyota était trop court et son sac à dos trop rigide. Martyre s'était figée comme un clou derrière son volant. On aurait dit qu'elle avait complètement cessé de bouger. S'était-elle endormie ? Avait-elle succombé à un coup de chaleur ? Son père était parti depuis plus d'une heure, et, pendant cette heure, Assia n'avait pas adressé un mot à Martyre. Elle n'avait pas quémandé d'eau ni le chargeur du portable. En revanche, elle avait ouvert ses deux fenêtres, à droite et à gauche, il y avait un bon moment, examiné toutes les voitures voisines et prêté l'oreille à toutes les conversations. Grâce à la sociabilité de la nana de la Peugeot, qui avait sillonné les rangées et interrogé tout le monde, elle savait maintenant que les beautés de la Porsche Cayenne n'étaient ni amies ni sœurs, mais la seconde épouse et la fille d'un homme décédé deux jours plus tôt, qui se détestaient et revenaient justement de l'enterrement. Que le vieux barbu de la Lexus était un prêtre important et que la bonne femme dans l'UAZ était tourmentée par deux enfants qui se battaient et pleurnichaient, ce qui leur avait valu à chacun une gifle (catégoriquement opposée à cette manière de faire, la nana-Peugeot s'était lancée dans un discours passionné, que la bonne femme de l'UAZ avait interrompu sans délicatesse en lui claquant sa portière au nez). Que la nymphe aux longs cheveux dans la décapotable ne savait pas conduire, et que si la circulation reprenait avant que son dandy de protecteur ne revienne, elle resterait là comme une idiote, klaxonnée et insultée par tout le monde, alors qu'elle lui avait justement dit, à son protecteur, qu'il était inutile de se rendre où que ce soit, mais lui, en plus, allez savoir pourquoi, il avait emporté les clés, même si elle ne savait pas conduire de toute façon.

Les plaintes volubiles de la nymphe avaient même réussi à plonger l'infatigable Mme Peugeot dans l'anxiété, et on l'avait entendue mettre fin à la conversation et se retirer, manifestement désireuse de se trouver une nouvelle victime. Les seuls voisins restant étaient le gros policier, le petit chauffeur de taxi en colère et le conducteur de la Gazelle, qui ne parlait pas russe. Aussi, lorsqu'un visage rond aux boucles teintes apparut à la fenêtre de la Toyota, Assia ne fut-elle pas surprise.

—

— Bonjour ! lança Mme Peugeot avec un grand sourire. C'est un scandale, qu'ils nous retiennent aussi longtemps, vous ne pensez pas ? Mais à quoi s'attendre, dans ce pays ? Ces gens-là, ce sont toujours de vraies saletés. Tout va bien pour vous ? J'ai de l'eau si vous en avez besoin. À vrai dire, juste un peu et non gazeuse, c'est de l'eau pour enfants, avec une purification spéciale, mon fils ne boit que cette eau, il ne peut pas boire autre chose...

— Merci, lâcha Martyre. Ça va pour l'instant, nous n'avons besoin de rien.

Bon ben, faut croire qu'elle n'est pas morte, ironisa Assia *in petto.*

— Quelle jolie fille vous avez là, s'extasia maman-Peugeot.

Couvant Assia d'un regard prédateur, elle se pencha plus avant dans la Toyota.

— Elle vous ressemble, poursuivit-elle. Elle n'est pas censée aller à l'école demain ? Et l'homme aux lunettes, c'est votre mari, c'est ça ? Ils sont partis depuis un moment, ils devraient être revenus. Il leur faut combien de temps pour couvrir deux kilomètres ? Ou trois ? Ils ont pourtant l'air jeunes et vigoureux. Mais, évidemment, pourquoi ils se presseraient ? Peut-être qu'ils discutent tout simplement le bout de gras, quelque part par là-bas. Sans se soucier que l'heure de coucher de leurs enfants est largement dépassée, et nous...

— Vous me pardonnerez, s'il vous plaît, l'interrompit sèchement Martyre. Mais je ne sais vraiment rien. Nous sommes juste assis ici à attendre, exactement comme vous.

Il fallait bien lui reconnaître qu'elle savait toujours vous couper le sifflet en pleine phrase, et sans élever la voix. Elle n'avait même pas eu besoin de se retourner. Le sourire de Mme Peugeot s'effaça, elle ressortit la tête de la fenêtre et se redressa. L'espace d'une seconde, Assia se demanda si elle ne devrait pas balancer une réplique quelconque, juste pour faire enrager Martyre. Par exemple, que Martyre n'était pas sa mère. Ou réclamer un peu de cette eau spéciale enfants, histoire de vérifier si cette nana-Peugeot souriante avait vraiment l'intention de partager. Mais sa montre indiquait 0 h 30, il faisait une chaleur d'enfer, elle avait mal aux genoux à force de les plier et, plus que tout, elle voulait rentrer chez elle. *Je veux juste être à la maison, c'est tout. Je n'irai plus jamais avec eux,* répéta-t-elle mentalement à sa propre attention comme à celle de sa mère. S'allongeant sur le dos, elle ferma les yeux. *Plus jamais.*

Le prêtre aux cheveux gris de la Lexus s'essuya le front avec son mouchoir et poussa encore la climatisation. S'étant péniblement redressé sur son siège, il jeta un œil dans le rétroviseur et tira d'un doigt sa paupière inférieure. Après quoi, sur un soupir, il se versa une poignée de pilules colorées dans le creux de la main et se les fourra dans la bouche.

« À toutes les voitures », crachota subitement la radio dans la Ford de patrouille. Deux hommes abrutis par la chaleur, le gros capitaine et son prisonnier menotté, se réveillèrent en sursaut. « Préserver la sécurité », glouglouta la radio avant de se taire. Irrité, le capitaine tourna le bouton de réglage, mais cela ne fit qu'empirer les choses : le signal disparut complètement, et l'on n'entendit plus qu'un craquement sans vie sur les ondes. Il regarda sa montre, poussa un juron, attrapa la bouteille de soda et s'en versa les dernières gouttes tiédasses dans la bouche.

— Tu n'arriveras à rien, lâcha paresseusement le menotté en bâillant. J'appellerai mon avocat demain matin, et ça va barder. Les militants des droits de l'homme, la presse... Vous aurez des piquets de grève devant le commissariat. Et ton lieutenant, il a tout vu, il mentira pas pour te couvrir. Demain, tu vas être obligé de me raccompagner chez moi et tu me présenteras tes excuses par-dessus le marché. Peut-être même que tu te feras virer, si ça se trouve.

Le capitaine froissa la bouteille vide et la jeta sur le siège du lieutenant absent.

— Je t'ai pincé, répliqua-t-il. Et je vais te coffrer. Rien à foutre de tes piquets de grève.

Il s'adossa à son siège, referma les yeux et recommençait à somnoler quand le silence ensommeillé fut brusquement brisé par le rugissement strident d'un moteur. Sourcils froncés, le capitaine entrouvrit la portière et s'engagea dans l'espace entre les voitures. Deux secondes plus tard, une moto de sport de couleur jaune passa en trombe, manquant de renverser l'hystérique joufflue de la Peugeot et de décapiter le capitaine.

Lundi 7 juillet, 0 h 36

Déserté par les humains, le tunnel encombré d'automobiles ressemblait à un supermarché pillé. Des coffres béants, des phares encore allumés ici et là, des sacs éparpillés et des pommes piétinées sur l'asphalte. Trois ou quatre moteurs oubliés ronronnaient doucement et, quelque part, une portière ouverte émettait un *bip* sinistre. *On se croirait dans les* Chroniques martiennes, pensa le lieutenant, qui avait des lettres. Les autres allaient bientôt ficher le camp, encore cinq ou dix minutes, et ils atteindraient l'air libre, de l'autre côté du tunnel. Et lui était resté là sans même savoir pourquoi, bon sang, il n'arrivait pas seulement à comprendre. Juste parce qu'elle n'avait pas voulu le laisser partir, cette désagréable bonne femme.

— Eh bien, lieutenant, dit Mme Mercedes, allons voir ce qui se passe là-bas.

— En fait, moi, je dois y retourner, répondit-il sans la moindre amabilité. Faut que je fasse mon rapport. C'est pour ça qu'on m'a envoyé ici.

— Et qu'est-ce que vous allez rapporter ? répliqua-t-elle froidement. Vous n'avez rien vu par vous-même. Qu'est-ce qui est vrai là-dedans, selon vous, l'incendie ou l'inondation ? Ou ces portails en béton et... quoi d'autre ? Une voiture écrasée ? Avant de faire un rapport, lieutenant, vous devez être sûr de vous. Ce n'est pas ce qu'on vous a appris ? Trêve de bavardages, allons-y. Nous perdons du temps.

Et sans attendre sa réponse, elle s'engagea le long de la file de voitures abandonnées, martelant le sol de ses solides talons.

— Chef ! lança-t-il à l'adresse de son dos, tout en sachant qu'il obéirait et la suivrait aussi docilement que si elle avait, en effet, le droit de le commander.

Comme s'il n'avait pas assez de supérieurs sans cette garce sortie de sa Mercedes !

— Je suis lieutenant-chef, précisa-t-il.

Elle ne se retourna même pas.

— Attendez !

L'appel avait retenti dans leur dos, derrière eux, puis Cabriolet sortit du bus, pâle et plutôt défait : il manquait des boutons à sa chemise de lin et une écorchure cramoisie lui barrait le front.

— Je vous accompagne.

L'espace entre les voitures était si étroit qu'il fallait marcher en file indienne, dans les pas les uns des autres, en enjambant sans arrêt des sacs, des bouteilles en plastique et des tas d'autres détritus. Mme Mercedes faisait claquer ses semelles comme un cadet du Kremlin, réglant l'allure de ses compagnons, et il n'était pas facile de la suivre. *Même pas essoufflée,* pensa le lieutenant avec haine. *Une putain de Terminator. Où est-ce qu'ils les trouvent, les modèles de ce genre ?* Cabriolet, qui lui envoyait sa respiration sifflante dans la nuque, finit par trébucher, à force de lui marcher sur les talons. Encornant le lieutenant entre les omoplates, il faillit les flanquer tous les deux par terre. Un autre rétroviseur retourné craqua.

— Écoutez, finit par lâcher le lieutenant en se retournant. Pourquoi vous regagneriez pas votre voiture, hein ? Votre copine vous attend sûrement là-bas. Nous, passe encore, mais vous, qu'est-ce que vous espérez ?

Cabriolet ne répondit pas, se contentant de secouer la tête. Il semblait même ne pas avoir entendu. Son visage était tendu, comme celui d'un homme qui, sorti de l'eau, s'est accroché au bord du bateau d'un inconnu et ne desserrerait pas les doigts, même si on le frappait avec une rame. *Tu as les jetons,* constata le lieutenant avec un plaisir inattendu. *Vise-moi ça.*

— L'heure tourne ! aboya Mme Mercedes. Ne vous laissez pas distancer, lieutenant !

Un kilomètre et demi plus loin, dans l'épicentre de la foule qui se précipitait vers l'embouchure, Mitia, sourd et presque aveugle, sauta par-dessus un individu tombé à terre – sans même prendre le temps de déterminer s'il s'agissait d'un homme ou d'une femme ; il se rendit seulement compte qu'il avait marché sur une main, la main vivante et douce de quelqu'un, et il pensa : *C'est bon, je n'en peux plus, terminé.*

— Andreï ! cria-t-on non loin de lui. Andreï !

On le poussa dans le dos, il trébucha à nouveau, perdit l'équilibre, se prépara à tomber à son tour, ce qui lui procura quelque chose comme du soulagement, mais Patriot cria juste au-dessus de ses oreilles :

— Les nôtres sont là-bas ! Katia, Katia, j'arrive tout de suite ! Ne sors pas !

Et de s'élancer comme un éléphant de combat.

Mitia releva la tête et aperçut en effet, à une vingtaine de pas, la gueule poussiéreuse d'une UAZ, une Porsche Cayenne familière ; entre elles, Mme Peugeot et son visage joufflu, la bouche toujours ouverte sur le même O, et enfin, le gros capitaine, qui sortait de la voiture de patrouille avec une vivacité qu'on n'aurait pas attendue de lui.

Mitia parvint jusqu'à sa Toyota, dont il ouvrit la portière d'un coup sec. Sacha leva aussitôt vers lui des yeux assombris par la peur. Patriot les dépassa à toute allure avec un garçon de six ans endormi dans les bras, suivi de sa femme et de sa fille au trot, vêtues de T-shirts roses assortis.

— Adieu, Binoclard, cria-t-il. Maintenant, débrouille-toi tout seul !

Mitia fut à nouveau poussé : sa portière ouverte gênait l'écoulement de la foule. Prenant appui sur une épaule, il extirpa ses deux femmes de la voiture, l'une, puis l'autre, regretta brièvement qu'Assia soit trop grande pour être portée, puis il les attrapa fermement par un bras et les entraîna à sa suite. Parmi les gens qui couraient, il reconnut la beauté-Cayenne et sa compagne en colère, le chauffeur de taxi qui avait quitté sa Renault et le jeune conducteur de la Gazelle. Devant tout ce petit monde galopait, légère comme une antilope, la nymphe aux jambes nues de Cabriolet, qui s'était débarrassée de ses vertigineux talons. Avant de reléguer derrière lui le tronçon familier du tunnel, il aperçut Mme Peugeot qui se précipitait au-devant du gros capitaine et s'accrochait à lui, l'entourait de ses bras comme l'eût fait une bouée de sauvetage bien gonflée.

— Ah, mais tu vas me lâcher ! Lâche-moi, je te dis, t'as perdu la boule ? protesta le capitaine.

Mais cette maudite bonne femme, qui s'accrochait à lui avec l'énergie du désespoir, ne le laissa pas faire seulement un pas.

— Vous devez m'aider ! lui hurlait-elle au visage. C'est votre devoir. J'ai un fils, il ne peut pas marcher tout seul…

Elle avait l'air enragée au point de lui planter ses dents dans la joue et, pendant un instant, le capitaine se perdit dans un été lointain, chez sa grand-mère près de Voronej. Il se rappela les tilleuls qui bruissaient, la rue du village soudain déserte, et lui-même, âgé de dix ans, la gueule mouillée d'un chien aux babines retroussées, les yeux troubles et l'écume aux lèvres de la bête, son impuissance et sa terreur d'enfant.

Il se soumit et se dirigea à contre-courant vers la voiture bleue dont le coffre laissait dépasser un fauteuil roulant, et pendant tout le temps que maman-Peugeot mit à ouvrir la portière arrière et à triompher des sangles du siège bébé, elle lui tint fermement le coude de son autre main pour l'empêcher de changer d'avis.

— Qu'est-ce que vous avez à rester figé comme ça ? s'insurgea-t-elle. Dépêchez-vous !

Avisant un inconnu au visage rougeaud en lieu et place de sa mère, le garçonnet s'effraya et poussa un cri. Le capitaine saisit le lourd bambin de onze ans dans ses bras et le transporta en maugréant.

Oublié sur la banquette arrière de la voiture de patrouille, le prisonnier menotté se redressa avec difficulté et donna de l'épaule contre la portière verrouillée… Une fois, deux fois.

— Hé ! cria-t-il. Hé, capitaine !

Puis il se rejeta sur le dos et entreprit de marteler la portière à coups de pied.

Lundi 7 juillet, 0 h 42

Le petit bonhomme avec la cage à chat n'avait pas menti, et le début du tunnel ne révéla ni fumée, ni feu, ni eau, ni même cordon de police. Là où, jusqu'à récemment, se situait la sortie vers la ville, se dressait maintenant un portail de béton grossier avec des chiffres géants, « 0-61 », tracés à la peinture à l'huile sur les vantaux. Des « STOP » en lettres rouges clignotaient sur les tableaux électroniques de contrôle de la vitesse suspendus à la voûte, et une énorme grille métallique s'était abaissée en travers des voies, dix mètres avant la barrière de béton. Elle avait dû tomber rapidement, car elle ne s'était pas refermée complètement : une Volkswagen Golf orange s'était retrouvée coincée dessous. Le lourd cadre soudé avait presque sectionné la petite voiture en deux, enfoncé le toit et fait exploser les vitres. Une flaque d'huile noire s'étalait sous les roues tordues.

Cabriolet s'approcha de la Volkswagen et tenta de soulever la porte mutilée du coffre, mais la carrosserie s'étant déformée, celle-ci refusa de bouger. À l'intérieur il y avait deux sacs de sport, une valise en plastique jaune et une raquette de tennis. Il sortit la valise, la mit de côté et grimpa sur le coffre pour jeter un coup d'œil dans l'habitacle. Il fit volte-face sur-le-champ. On l'aurait dit sur le point de vomir.

— Je ne comprends pas, fit le lieutenant. Comment ça se fait qu'il y ait des portes hermétiques ici ? On n'est pas dans le métro.

— Des portes hermétiques ? De quoi s'agit-il ? demanda Mme Mercedes.

Le lieutenant s'étonna.

— Vous ne lisez pas de romans ? demanda-t-il. Des portes hermétiques, quoi. Pour bloquer l'eau, les gaz et la poussière radioactive. La science-fiction parle que de ça, en ce moment. Le métro, c'est l'abri idéal en cas de catastrophe, on peut même y survivre à une attaque nucléaire.

— Je n'ai pas de temps à consacrer à la littérature, répliqua sèchement Mme Mercedes. Et puis c'est une idée un peu idiote, l'air n'entre pas par les portes dans le métro. Ou bien vous pensez que ces machins arrêtent aussi la poussière radioactive ?

Elle pointa son doigt vers le plafond. Le lieutenant renversa la tête en arrière et son regard rencontra la bouche d'un gigantesque conduit d'aération suspendu au plafond, semblable à une turbine d'avion. De lourdes pales tournaient à l'intérieur, soufflant de l'air par le haut. Il se détourna et sentit qu'il rougissait. Voilà une question qu'il ne s'était jamais vraiment posée.

Lundi 7 juillet, 0 h 47

L'homme menotté rampa avec difficulté jusqu'au siège avant de la voiture de patrouille. Par chance, ils lui avaient lié les mains devant, et non dans le dos, et la portière du conducteur n'était pas verrouillée. Il s'empressa de l'ouvrir, mais, après un instant d'hésitation, examina d'abord le contenu de la boîte à gants. Elle ne contenait rien d'utile : des papiers, une pile de serviettes Burger King jaunies et un paquet de cigarettes froissé. Il sortit et regarda autour de lui.

Personne alentour, seule une Lexus rutilante, de l'autre côté de la file voisine, abritait encore un passager : un vieil homme barbu qui avait l'air malade et somnolent. L'homme menotté leva ses mains entravées, sourit et salua le vieil homme, puis il s'éloigna en boitant vers l'entrée du tunnel, avant de disparaître entre les voitures.

Au même instant, ceux qui couraient loin devant se sentirent mieux, eux aussi : le dernier tiers du tunnel était vide, fini les files compactes de voitures, la foule se dispersa et commença aussitôt à ralentir, comme si la panique n'avait été le fruit que de cet amas impénétrable de voitures. Face à trois larges bandes d'asphalte propres et sèches, on jugeait en quelque sorte gênant de crier et de se bousculer. Les cinq cents mètres restés vides jusqu'à l'entrée du tunnel accueillirent sans difficulté plus d'un demi-millier personnes, lesquelles y déboulèrent d'un seul coup, et juste à temps, car lorsque les premiers rangs ne purent plus avancer, les derniers ne poussaient plus. Il n'y eut donc pas de bousculade. Mais, de fait – et cela étonna tout le monde en même temps –, il n'y avait vraiment nulle part où continuer à courir.

Le long tuyau de trois kilomètres était scellé aux deux extrémités et, de même qu'à la sortie, la haute arche était maintenant bloquée par un énorme portail en béton caverneux, identique à l'autre à ceci près que les chiffres inscrits dessus étaient différents : « 0-60 », et la même lourde grille en acier était tombée juste devant, dotée de barreaux aussi épais que des câbles.

— C'est quoi, ce bordel ? marmonna quelqu'un.

— Au moins, ce n'est pas un incendie, répliqua une autre voix. Même si mon petit doigt me dit qu'on va certainement être en retard au boulot.

Curieusement, la remarque suscita quelques rires. Et plus globalement, constata Mitia, les visages autour de lui étaient plutôt perplexes et confus. Difficile de croire que c'étaient les mêmes personnes qui venaient tout juste de courir en troupeau affolé, à s'en faire mutuellement trébucher. Comme si cette humiliante explosion de peur devait être oubliée de toute urgence. Au moins sa cause s'était-elle enfin matérialisée, concrétisée. Bon, des portails. Certes, on ne savait pas qui les avait fermés, ni pourquoi ni pour combien de temps, mais ces vantaux de béton ne présentaient aucun danger en soi. Le feu, l'eau ou un éboulement auraient été pires : les éléments sont toujours plus effrayants parce qu'on ne peut pas négocier avec eux. Mais ces portails, avec leurs chiffres banals, avaient assurément été installés par quelqu'un, prévus, et leur fermeture résultait de l'exercice d'une volonté, dont on pouvait chercher à percer les intentions, à comprendre la logique. N'empêche, d'où venaient-ils, ces portails ? Et quand s'ouvriraient-ils ? Assia et Sacha se tenaient à côté de lui, sans rien dire, les mains brûlantes.

— Bien, allez ! lança une voix bourrue dans leur dos. Laissez passer.

Docile, la foule s'écarta. Mitia se retourna et reconnut le capitaine à la grosse trogne, qui, une heure plus tôt, avec le même air mécontent, avait sifflé entre ses dents : « On n'est pas la police de la route », mais avait ensuite envoyé le jeune lieutenant vers la sortie du tunnel pour déterminer la cause de l'embouteillage. Il tenait dans ses bras le garçonnet mafflu de la Peugeot, qui y pendouillait telle une lourde poupée. On l'aurait cru endormi, avec ses jambes ballantes et sa tête sur le côté, mais il suffisait au capitaine de faire un pas pour que le garçon se débatte, mugisse et lui donne un coup de tête dans le menton.

— Il n'aime pas la façon dont vous le tenez, remarqua maman-Peugeot en attrapant le gros capitaine par le coude. Ne le portez pas comme ça, vous lui faites peur !

Le capitaine ferma les yeux et se figea, avec l'air de compter mentalement jusqu'à dix. Arrivé environ à « deux », il se pencha, déposa son fardeau sur la chaussée et s'avança vers le portail. Le garçon se mit aussitôt à se balancer et à pleurnicher plus fort : manifestement, sa nouvelle position ne lui plaisait pas davantage que la précédente. Sa mère s'agenouilla à côté de lui, mais sans le prendre pour autant dans ses bras. Elle se borna à lui caresser la jambe, précautionneusement, comme si cette jambe d'enfant potelée était en verre sous son jean, puis elle releva la tête et déclara d'une voix forte :

— S'il vous plaît, reculez un peu. Juste de quelques pas, s'il vous plaît, il a peur des inconnus.

Il y avait en effet assez de place, à la fois pour permettre au policier en colère de passer, et pour ne pas rester planté au-dessus de l'enfant et de sa mère. Tous les regards étaient maintenant rivés sur le capitaine, qui, à chaque pas l'éloignant de Mme Peugeot, retrouvait son importance de tantôt. Il en paraissait même grandi.

S'étant approché sans plus se presser de l'énorme grille d'acier, il leva la tête et l'examina d'un air désapprobateur. Puis il saisit les épais barreaux et les secoua – une fois, deux fois –, pour finir par y flanquer un coup de pied.

— Milice, ouvrez ! lança-t-on dans la foule.

Les derniers rangs s'esclaffèrent.

Lundi 7 juillet, 0 h 49

— Ils ont dû s'engouffrer à la dernière minute, commenta Cabriolet. Ils attendaient au feu rouge, puis le portail a commencé à se fermer, et ils ont pensé qu'ils auraient le temps de passer, alors ils ont accéléré. Et puis cette chose leur est tombée dessus. Non, mais c'est normal, ça, d'écraser les gens avec une grille ? Il faudrait filmer ce truc, avant qu'on le déblaie. Quelqu'un a un téléphone ? J'ai laissé le mien dans ma voiture.

Il se tenait maintenant à une dizaine de mètres, faisant nerveusement claquer la poignée de la valise qu'il avait récupérée. Son visage avait beau être pâle, sa voix était un peu plus gaillarde.

Le lieutenant s'accroupit à côté de la grille et y appuya l'épaule. Le lourd cadre ne frémit même pas.

— Vous ne vous imaginez tout de même pas la soulever, si ? ironisa Mme Mercedes. Tout seul, à mains nues ?

Cabriolet cessa de torturer la valise, s'approcha et saisit des barreaux à côté de lui. À l'évidence, cette maudite bonne femme lui tapait aussi sur le système. Ils poussèrent et tirèrent pendant une demi-minute, puis Cabriolet se redressa et secoua ses paumes.

— Non, ça ne sert à rien, déclara-t-il. Il faut qu'on prenne des photos. Pour nos proches. Sans ça, ils vont entendre des mensonges gros comme une maison, et nous, on n'arrivera plus à rien prouver. Tu imagines, là, les poursuites que tu pourras intenter, tu les trouveras par tes propres canaux, et eux, ils seront trop contents de s'en tirer à bon compte…

Il n'acheva pas sa tirade, parce que quelque chose remua dans l'habitacle de la Volkswagen, quelqu'un s'y retourna et se mit à geindre, et tous deux, le lieutenant et Cabriolet, reculèrent aussitôt d'un pas, éprouvant la même horreur, comme si c'était précisément leur vaine manipulation de la grille qui avait causé les souffrances de la personne qu'ils ne voyaient pas, à l'intérieur du véhicule, et que s'ils n'y touchaient plus, ne faisaient plus osciller la carrosserie de la voiture mutilée, cette souffrance cesserait.

Non, pensa le lieutenant, *je ne veux pas voir ça.*

Mais la portière côté conducteur s'ouvrait déjà en grinçant, des éclats de verre se déversèrent au sol et un homme s'écroula sur la chaussée. Il tomba comme une masse sur le côté, gémit douloureusement, resta figé un instant, puis, presque aussitôt, s'agita de nouveau et finit par s'asseoir, non sans mal. Il était très jeune, une vingtaine d'années tout au plus, presque un adolescent. Il saignait du nez, car son visage avait été fracassé, très probablement par l'airbag qui s'était gonflé à l'intérieur de la Volkswagen, avant de se dégonfler tel un ballon blanc éclaté. Son bras gauche, manifestement cassé, pendait selon un angle affreux, signe que la fracture devait être grave. Le lieutenant eut même l'impression de voir pointer un os.

— Aidez-moi, s'il vous plaît, balbutia le jeune homme. J'ai très mal.

Mais il n'y avait aucun moyen de parvenir jusqu'à lui. Absolument aucun, parce que la grille insoulevable avait presque coupé la Volkswagen en deux et emprisonné le jeune conducteur dans l'espace étroit qui le séparait du portail de béton, aussi solidement que la cage d'un zoo.

— Il nous faudrait un cric, suggéra le lieutenant, accablé. Quelqu'un en a probablement un dans sa voiture, allons voir.

Mme Mercedes ricana.

— Ne dites pas de bêtises, voyons. Cette grille pèse plusieurs tonnes. Regardez ce qu'elle a fait au véhicule.

Le jeune Volkswagen regarda autour de lui, effrayé, et découvrit ce qui restait de sa guillerette petite voiture orange.

— Vous pourriez... vérifier comment ils vont ? demanda-t-il.

— Non, trancha aussitôt Cabriolet. Ne regardez pas.

Je ne peux pas, pensa le lieutenant avec angoisse. *Ce n'est pas mon truc, j'aurais dû entrer dans le transport de fonds, comme Liocha, ou dans une banque. À l'heure qu'il est, je serais assis dans un fauteuil en cuir et je vérifierais des laissez-passer.* Il baissa la tête, serra plus fort le cadre soudé et tira de nouveau.

— Mais vous allez lâcher ce truc, espèce d'idiot ! s'emporta Mme Mercedes derrière lui. Relevez-vous, il faut qu'on y retourne.

— Quoi ? s'écria le garçon, alarmé, en tentant de se remettre sur pied. Vous allez où ?

Il se releva, chancelant, et jeta un coup d'œil dans l'habitacle de sa voiture écrasée, là où s'était trouvée la banquette arrière. Un gargouillis monta de sa gorge quand il se mit à pleurer.

Mme Mercedes examina les détritus éparpillés sur l'asphalte, ramassa une canette de Coca qui avait roulé d'un sac, la décapsula et la lui tendit entre les barreaux. Le jeune Volkswagen s'en saisit avec avidité de sa main valide, la porta à ses lèvres fendues et commença à boire en s'étouffant dans ses sanglots. Le soda ruisselait sur son menton en filets de bave rosâtres.

— Mais qu'est-ce qu'on va faire de lui ? demanda le lieutenant. On le laisse ici ?

Le garçon trembla, avala de travers et cligna des yeux. Les cils de ses yeux exorbités étaient collés par les larmes.

— Ôtez votre chemise, lui dit Mme Mercedes. Et enveloppez votre bras aussi étroitement que possible.

— Non, protesta-t-il aussitôt, en prenant soin de ne pas regarder son coude. Non, je ne peux pas, je vais attendre l'ambulance.

— Écoutez, commença Cabriolet, nous allons repartir pour vous ramener quelqu'un...

— Non, on attend ! cria le jeune homme, qui laissa tomber la canette à moitié bue à ses pieds, ferma les yeux et serra même son poing droit survivant, comme un enfant dans un magasin de jouets. On reste là et on attend, s'il vous plaît, ils vont pas tarder !

— Allez, c'est bon, on y va, insista Mme Mercedes en regardant sa montre.

— Je pourrais rester lui tenir compagnie, proposa le lieutenant. En attendant que vous rameniez un docteur.

— Pas question, ça, c'est votre travail, lieutenant-*chef*, répliqua-t-elle d'un ton venimeux. Allez donc lui chercher un médecin vous-même. Je n'ai pas le temps pour ça.

Sur quoi, elle fit demi-tour et s'en fut dans le claquement furieux de ses talons. Le lieutenant et Cabriolet lui emboîtèrent le pas avec le même soulagement, visiblement effrayés de se retrouver sans cette grande gueule antipathique dans une portion de tunnel vide seulement remplie d'échos, à côté d'une voiture pleine d'adolescents morts.

Derrière eux, le jeune Volkswagen hurlait et martelait les barreaux de sa cage. Enfin, il voyait les files de véhicules abandonnés, les phares allumés et les objets éparpillés.

— Attendez ! leur lança-t-il. Où ils sont tous passés ? Vous allez revenir ? S'il vous plaît, ne m'abandonnez pas ! Je ne peux pas rester ici tout seul !

Lundi 7 juillet, 0 h 52

Observer la lutte du capitaine contre la grille s'avéra sans le moindre intérêt. Il avait assez rapidement cessé de la secouer et d'y donner des coups de pied, l'avait plusieurs fois longée d'un mur à l'autre et se tenait à présent debout, les mains derrière le dos, à la fixer d'un œil perçant, comme si son acuité allait inspirer une telle honte à ce gros machin d'acier récalcitrant qu'il ne tarderait pas à fondre. Le dos du capitaine continuait d'exsuder ressentiment et assurance, pourtant la grille avait clairement gagné, et la foule se lassa.

— Dites donc, vous n'arrêtez pas de m'écraser les pieds, s'insurgea une femme. Vous êtes obligé de me coller comme ça ?

— Je ne vous colle pas, répliqua une voix masculine exaspérée. Comme si j'avais besoin de ça.

— Dans ce cas, écartez-vous. Qu'est-ce que vous avez à rester cloué derrière moi ?

— Comment voulez-vous que je recule ? Ça pousse derrière !

— Ben dites-leur de ne pas pousser, on n'est pas dans une file d'attente, Dieu merci !

— Madame, pourquoi vous vous en prenez à ce monsieur alors que vous avez déjà fait des bleus à tout le monde avec votre sac !

Bref, l'habituelle querelle qui éclate tous les jours dans un tramway bondé ou au bureau de poste, le jour où les retraités viennent retirer leur pension. Et celle-ci s'enflamma en un éclair, avec un certain soulagement, parce que, contrairement à la panique mutique de tantôt, c'était une manifestation normale, voire nécessaire. Il était enfin possible de penser à autre chose et de ne plus regarder les effrayants vantaux de béton aux chiffres incompréhensibles, puisque cet idiot de policier avec sa grosse trogne et sa chemise d'uniforme trempée de sueur se tenait devant, et que leur ouverture était désormais son problème. *Au moins pour un temps*, songea Mitia. De fait, au-dessus du bruit banal qui ne faisait pas peur, une voix se refit entendre, digne d'un rassemblement de pionniers tant elle était sonore, et tout s'écroula à nouveau d'un coup.

— J'aimerais quand même bien qu'on me réponde ! lança maman-Peugeot.

Ayant manifestement réussi à consoler son fils, elle se redressa de toute sa hauteur, au point qu'on aurait pu la croire sur la pointe des pieds.

— Combien de temps ils vont nous garder ici ? Capitaine, vous m'entendez ? C'est à vous que je parle ! Qu'est-ce qui se passe ? Vous avez contacté vos supérieurs ?

Le gros capitaine desserra ses mains et se retourna lentement, le visage rouge et féroce, pour la toiser d'un air dégoûté.

— Je n'ai contacté personne, répondit-il avec une sorte de joie mauvaise. Il n'y a pas de réseau. Pas une seule barre. Rien.

Lundi 7 juillet, 0 h 58

Sur cette déclaration inattendue, plusieurs centaines de personnes s'empressèrent de sortir leur téléphone pour le brandir au-dessus de leur tête, dans l'espoir de capter quelque chose. La portion bondée du tunnel ressembla aussitôt à un concert de rock ou à une énorme flashmob de selfies. Les écrans clignotaient, les boutons cliquetaient, mais, en effet, pas la moindre connexion. De toute évidence, le capitaine n'avait pas menti : les énormes portes hermétiques empêchaient non seulement toute sortie vers la surface, mais aussi la réception du signal mobile, déjà faible sous terre.

Assia retira sa main de la paume de son père et fouilla dans sa poche, avant de se rappeler son téléphone déchargé, oublié sur la banquette arrière de la Toyota. Elle sentit sa colère revenir. Le moment était parfaitement choisi pour leur dire qu'elle n'avait eu aucune envie de les accompagner dans une datcha ou n'importe où, d'ailleurs. D'autant qu'on s'y ennuyait à mort, qu'il y avait plein d'adultes inconnus qui fanfaronnaient les uns devant autres, que papa avait été, fidèle à son habitude, le plus saoul, au point que c'en était gênant, que Martyre levait les yeux au ciel sans rien dire, comme toujours, et qu'elle avait dû dormir dans la même chambre qu'une gamine. Et voilà qu'elle était coincée ici à cause d'eux, pour une durée indéterminée, pendant que sa mère devenait folle de ne pouvoir la joindre.

— Mais ce n'est pas grave, si ? Ils savent qu'on est coincés là ?

Assia reconnut la plus jeune des beautés-Cayenne, celle à la frange blonde.

— Qu'ils sachent ou pas, ils s'en contrefoutent, tout bêtement, rétorqua-t-on quelque part derrière.

— Ça veut dire quoi, « ils s'en contrefoutent » ? lui demanda-t-on. Il y a tout un tunnel rempli de voitures. Et dehors aussi, il y a probablement un embouteillage monstre. Ils vont rouvrir, ils peuvent pas faire autrement !

— C'est quand même bizarre, renchérit-on. Pas de réseau, OK, mais il doit bien y avoir, je ne sais pas, des solutions de repli ! Pour regagner la surface en cas d'urgence. Si jamais le tunnel est inondé, par exemple, ou en cas d'incendie ? Ne serait-ce que pour appeler les secours !

— On dirait que vous n'avez jamais essayé d'appeler une ambulance à la campagne ! lança une voix lugubre depuis la foule. Ou les pompiers, tiens. Ils mettent deux heures à arriver, on n'est pas à Moscou.

— Pardon, mais ça fait plus de deux heures qu'on poireaute, là ! Et on est à Moscou, dans cette satanée ville, au cas où vous ne l'auriez pas remarqué !

Les interventions se multipliaient, gagnaient en intensité, et toutes, jusqu'à la moindre réplique, étaient destinées au capitaine, sans que personne le regarde ni s'adresse à lui personnellement. Le gros bonhomme désagréable ne servait plus à rien, il ne comprenait pas mieux la situation que les autres et ne pouvait certainement rien entreprendre, mais, comme avec le lieutenant une heure plus tôt, sa fonction et son uniforme en faisaient le responsable de tout : de l'étrange portail surgi on ne savait d'où, de l'absence de réseau, du fait qu'il était 1 heure du matin et qu'il faudrait quand même aller au travail le lendemain... On lui reprochait jusqu'à l'insupportable chaleur moite.

— Essayez d'appeler la police de la route sur une autoroute en pleine nuit ! lança quelqu'un. Pas besoin de portail pour qu'on vous fasse mariner jusqu'au matin, le temps qu'ils aient fini leur nuit et bu leur tasse de thé.

— Ça vaut aussi pour la police. Notre datcha a été cambriolée l'année dernière, mais les flics ne sont arrivés que le soir et n'ont pas voulu prendre notre plainte à ce moment-là. « De toute façon, on pincera pas le voleur », qu'ils ont dit, et l'un des types était tellement ivre qu'il puait l'alcool. Ils ont rien trouvé de mieux que de nous conseiller d'aller jeter un œil au marché, parce que c'est là qu'on retrouve les objets volés. Et je m'étais fait tirer une tronçonneuse japonaise dans mon garage.

— Ils veulent pas travailler, c'est rien que des fainéants, ils font du gras ! On est là depuis combien de temps ? Et ils se bougent même pas. Va falloir qu'on dorme ici ou quoi ?

Ouh là, tu vas voir qu'ils vont te lui flanquer une raclée, au capitaine maintenant, songea Mitia. Il jeta un coup d'œil au gros policier rougeaud avec une pitié à laquelle il ne s'était pas attendu. Les sens du capitaine lui permirent de percevoir la chose aussi, car il réagit rapidement et attaqua le premier. Le sang lui monta au visage, il se gonfla d'importance et aboya :

— Il va peut-être bien falloir vous y résoudre ! À passer la nuit ici ! Pas d'inondation, pas de fumée, la situation n'est pas critique. Et ça sert à rien de bavasser en l'air, regagnez vos véhicules et attendez sans hystérie, sans provoquer de désordre !

Regardez-les monter leur piquet de grève ! Laissez travailler les spécialistes, ils se débrouilleront sans vous, pigé ?

Étrangement, la contre-attaque ingénieuse du capitaine fonctionna. Si les raisons en étaient probablement différentes pour chacun, la colère de l'homme en uniforme eut le même effet sur tout le monde. Non pas que les gens se soient fait une raison ou aient pardonné au capitaine, en même temps qu'à ses complices invisibles, ce désordre scandaleux et leur inefficacité coutumière. Mais au moins cessèrent-ils de protester. Brusquement, ils se souvinrent de leurs sacs abandonnés, de leurs portières ouvertes, de leurs phares allumés et de leurs clés laissées sur le contact. Il ne servait vraiment à rien d'organiser une manifestation devant l'entrée bloquée du tunnel alors que quelqu'un faisait main basse sur votre portefeuille resté sans surveillance ou que votre batterie était en train de se vider. La foule se calma, de petits groupes se formèrent et l'on regagna les véhicules qui, maintenant que la panique avait reflué, seraient atteints en une demi-heure, sinon plus.

Les deux Cayenne s'éloignèrent précipitamment, sans se regarder, comme si chacune espérait doubler l'autre ; le petit chauffeur de taxi au visage basané se précipita vers sa Renault. Patriot, qui, remis des effets de sa course, avait repris une couleur presque normale, s'en fut d'un pas résolu, portant son garçonnet de six ans aux cheveux blonds presque blancs, flanqué de sa femme et de sa fille, créatures identiquement dodues et vêtues de rose. Mitia voulut lui aussi tendre les mains, mais ni Sacha ni Assia ne l'avaient attendu : elles étaient déjà loin devant. Derrière elles, il avisa la nymphe-Cabriolet qui suivait, pieds nus, entre grimaces et gémissements. L'adrénaline s'étant dissipée, elle marchait sur l'asphalte comme sur des charbons ardents.

— Où est le capitaine ? s'enquit maman-Peugeot en tirant sur la manche de Mitia. Vous avez vu le capitaine ? Bon sang, où il est passé ? Il était là y a un instant.

Mais il semblait que ce sournois de policier avec sa grosse trogne n'avait pas l'intention de devenir l'otage de cette mère sur le chemin du retour : il demeurait introuvable et, de façon générale, l'on n'apercevait plus guère de visages familiers dans les parages.

— Mon Dieu, soupira maman-Peugeot. Je ne peux pas le porter moi-même.

Elle baissa les yeux vers son fils, qui s'était enfin calmé et restait maintenant assis à ses pieds, avec une esquisse de sourire aux lèvres qui l'apparentait à un bouddha en jean aux joues roses.

Le visage mécontent de sa mère s'adoucit une seconde, révélant son niveau de fatigue et d'impuissance. Mitia se retourna une nouvelle fois à la recherche de ses femmes, mais il les avait perdues de vue.

— Laissez-moi vous aider, proposa-t-il.

Elle le jaugea d'un air dubitatif, puis s'approcha et… le renifla. Elle renifla, vraiment, et fronça même le nez.

— Vous avez bu, on dirait, constata-t-elle. Il ne supporte pas cette odeur.

Parce que le capitaine, lui, il sent le myosotis ? eut envie de répliquer Mitia, mais il tint sa langue. Quelle femme insupportable ! Elle demeurerait là toute seule, immobile, par pure obstination, et ce serait la faute des autres. Il se pencha pour tenter de soulever l'enfant. Celui-ci tressaillit, laissa retomber sa tête en avant et se mit à gémir, avec un désespoir teinté de colère.

— C'est bon, non, éloignez-vous, décréta aussitôt la femme. Vous m'entendez ? Ne le touchez pas, il a peur des ivrognes, il va me piquer une crise, là !

— Dans ce cas, laissez-moi faire, proposa-t-on à proximité.

Mitia s'écarta et vit un type baraqué vêtu d'un T-shirt distendu sur son large torse, affichant le logo de l'opérateur MegaFon. Il reconnut en lui l'un des ouvriers bronzés du minibus. Ses cinq camarades faisaient le pied de grue non loin de là, observant la scène avec une réprobation évidente. Totalement sourd aux cris éperdus de l'enfant et aux protestations de sa mère alarmée, le gaillard souleva le garçonnet sans le moindre effort.

— T'inquiète, maman, dit-il avec bonhomie. Ton gamin va brailler un coup, ça lui fera pas de mal. Allez, montre-moi le chemin. On va te le livrer de la meilleure façon possible, j'ai un petit frère qu'est aussi nigaud que celui-là.

Mme Peugeot releva le menton. Ses narines avaient blanchi.

— Nigaud ? répéta-t-elle. Qu'est-ce que ça veut dire : « nigaud » ? C'est quoi, ce mot d'arriéré ? Et je ne suis pas votre « maman », je suis plus jeune que vous, je vous signale ! D'ailleurs, qui vous a autorisé à me tutoyer ?

Le sourire du malabar s'effaça, mais il était trop tard. Poursuivant son monologue indigné (« Nigaud ! Comment vous osez seulement dire une chose pareille, vous comprenez qu'il vous entend ? »), maman-Peugeot lui courut derrière pendant qu'il retournait vers les voitures. Après une brève concertation, les autres ouvriers du bâtiment, désormais sûrs de rater leur train, les suivirent à contrecœur. Il ne fut guère difficile de doubler ce malheureux cortège et, en les dépassant au pas de course, Mitia vit le garçonnet frapper de sa paume dodue le crâne de son infortuné sherpa.

Il ne courut pas longtemps : il apparut que la foule s'était à nouveau arrêtée après la première courbe du tunnel, car une moto jaune s'était couchée sur le flanc, près du mur de gauche, écrasant son pilote dans sa chute. Alors que le bolide avait effectué plus de trois kilomètres à fond de train dans un tunnel encombré de voitures, il s'était couché ici, sur un tronçon sec et dégagé, après avoir laissé en travers de la chaussée une large traînée de caoutchouc noir qui traversait deux des voies. Sans jamais atteindre l'entrée. Son conducteur – blouson de cuir orné de motifs et casque à visière miroir – était allongé sur le dos, les bras écartés. Il ne bougeait pas. De toute évidence, personne n'osait s'approcher de lui ni le toucher, mais on ne pouvait pas non plus passer à côté comme si de rien n'était.

— Y a-t-il un médecin ? finit par demander quelqu'un. Non, sérieusement, il a besoin d'aide. Est-ce qu'il y a un médecin parmi vous ?

— Appelez une ambulance, lui répondit-on avec un humour sinistre.

— Très drôle !

— Est-ce que j'ai l'air de rire ?

— Laissez-moi passer, entendit-on. S'il vous plaît, poussez-vous, je suis médecin.

Les gens s'écartèrent avec empressement et livrèrent passage, vers la moto renversée, à un petit bonhomme fluet, portant une cage à chat en plastique. *C'est lui que la blonde-Terminator a arraché à la débandade en le traînant derrière le bus,* constata immédiatement Mitia, avant de songer, affligé : *Encore quelques heures et nous nous connaîtrons tous de vue.* Le bonhomme à la cage de transport n'était manifestement pas à l'aise non plus. Il posa son encombrant chargement au pied du mur, s'accroupit à côté du motard immobile et tendit la main vers son casque, mais s'arrêta au dernier moment. La visière opaque reflétait le plafonnier jaune, et le petit médecin semblait espérer qu'il n'y ait pas de visage en dessous, que le casque pimpant soit simplement rempli de plastique, telle une éclatante boule de bowling.

— Je suis désolé, dit-il d'une voix rauque. Je suis stomatologue, je ne suis pas souvent confronté à ce genre de choses.

Il souleva néanmoins la visière miroir et regarda à l'intérieur, puis il toucha le cou du motard juste en dessous de l'oreille, avant de se lever et d'écarter les bras.

— Je crains de ne pouvoir rien faire, il est mort. Nous devrions probablement tous regagner nos véhicules.

Sur quoi, il empoigna sa caisse de transport, passa la main sur sa grille et, marmonnant des excuses, entreprit de se frayer un chemin à travers la foule.

Tout le monde se remit à marcher en silence.

Lundi 7 juillet, 1 h 13

Comme il n'osait pas pousser les gens, Mitia rattrapa Assia et Sacha presque au niveau de la Toyota. Elles avaient le visage blême et fatigué. Assia, qui baillait à s'en décrocher la mâchoire, semblait sur le point de s'endormir.

— Où étais-tu ? demanda Sacha.

— J'ai dû aider quelqu'un, répondit-il d'un air coupable. Désolé.

— Et donc, tu l'as aidée, cette personne ?

Il n'y avait aucun reproche dans cette question, aucune ironie même. Elle savait poser des questions comme ça, sur un ton égal, sans jugement, avec un intérêt totalement neutre, et c'était pour cela qu'on l'appréciait à son travail. Une intervieweuse irréprochable, objective, avec laquelle on en disait toujours plus que prévu et si, au bout du compte, on se sentait mal de s'être montré aussi bavard, il n'y avait rien à lui reprocher, elle ne vous avait pas poussé dans vos retranchements.

Je suis juste fatigué, pensa Mitia. *Trois kilomètres dans un sens, puis dans l'autre, et par cette chaleur...*

— Maman va te tuer, fit Assia d'un air ensommeillé avant de lâcher un nouveau bâillement.

— On va t'aménager une couchette sur la banquette arrière, répondit-il gaiement. Je parlerai à maman. Tu n'iras pas à l'école demain, c'est tout. Qui aurait pu prévoir un truc pareil ?

La Toyota était là, boudeuse, les portières ouvertes, mais rien de ce qui se trouvait à l'intérieur n'avait été touché. Apparemment, ni le sac de Sacha, ni le sac à dos dézippé d'Assia, ni le téléphone oublié sur la banquette arrière n'avaient attiré le regard de qui que ce soit, et pourtant elles grimpèrent toutes les deux en même temps, l'une à l'avant, l'autre à l'arrière, pour vérifier leurs affaires. De l'extérieur, Mitia entendit Sacha proposer poliment de l'eau à Assia, qui refusa tout aussi poliment parce qu'elle n'avait pas soif, merci beaucoup. Et il se rendit aussitôt compte qu'il n'avait pas la moindre envie de regagner l'habitacle, mais plutôt, au contraire, une insupportable envie de fumer. Il s'assit sur la chaussée, adossé à la Toyota poussiéreuse, sortit un paquet de Winston de sa poche et s'en alluma une.

Devant lui, la mine affairée, l'épouse-Patriot fouillait le coffre de l'UAZ, dans un bruissement de cellophane. Son bras gauche était replié et elle coinçait dans le creux de son coude des paquets de chips, des pommes et calait contre sa poitrine des bouteilles d'un soda coloré. Elle ressembla soudain à une personne s'apprêtant à partir à la plage, qui n'allait pas tarder à sortir du coffre une serviette, de la crème solaire et une bouée gonflable. Ou peut-être une casserole de bortsch enveloppée dans un torchon. Ses enfants sautillaient impatiemment à côté d'elle, tels des oisillons affamés.

À droite, dans la Porsche, la beauté-Cayenne s'adossa à son siège de cuir et s'essuya le front, les tempes et ses fins bras nus avec une lingette humide, puis, après un regard prudent du côté de la fenêtre (dont Mitia se détourna précipitamment), se la passa rapidement sous les aisselles. Sa jeune compagne en colère arriva peu après et regagna sa place. À travers la vitre teintée, il put la voir se pencher pour ôter ses chaussures, replier ses jambes sur le siège et entreprendre de se masser les pieds. Il put aussi constater que sa robe était courte et ses genoux jolis, quoiqu'un peu ronds, et qu'elle se moquait bien qu'on puisse la voir ou non en cet instant.

— Comment va, Binoclard ? s'enquit Patriot en s'asseyant lourdement à côté de lui.

Il tenait une bouteille rousse – deux litres de bière Jigoulevskoïé – déjà bien entamée. Il la porta à ses lèvres, but quelques gorgées bruyantes et la tendit à Mitia. Manifestement, il allait devoir se résigner à « Binoclard » et à la soudaine affection de Patriot pendant les quelques heures à venir, aussi Mitia se saisit-il de la bouteille et but-il une gorgée, puis une autre et encore une autre. La bière était amère, chaude et éventée, et cependant incroyablement bienvenue. Pour consolider encore ces relations de bon voisinage, il offrit une cigarette à Patriot.

Ils fumèrent en silence quelques minutes, assis côte à côte et s'échangeant la bouteille. Les gens continuaient de les dépasser, mais le flux tarissait. Le petit chauffeur de taxi, qui avait été l'un des premiers à revenir, posa la tête sur son volant et s'endormit profondément, comme seuls peuvent le faire les gens habitués à profiter de la moindre minute de repos. Le jeune conducteur de la Gazelle s'était déjà barricadé dans sa cabine. L'une des dernières à arriver, clopin-clopant, fut la nymphe pieds nus aux longues jambes, ses chaussures inconfortables serrées contre sa poitrine, aussi précautionneusement que s'il s'agissait de chatons.

— J'ai eu du mal à les retrouver, expliqua-t-elle à Mitia et Patriot. J'ai regardé partout, je ne me souvenais plus de là où je les avais laissées. La lanière s'est cassée… Dommage, elles étaient toutes neuves.

Puis elle jeta un coup d'œil à sa voiture rutilante et son doux minois s'assombrit.

— Quoi, il n'est pas encore revenu ? C'est normal, ça ? Vous êtes bien partis ensemble ?

— On s'est perdus de vue quand tout le monde s'est mis à courir, expliqua Mitia. Il y a eu un de ces bazars ! Il va revenir. Où voulez-vous qu'il aille ?

— Une gorgée de bière, ça te tente ? demanda Patriot en secouant son énorme bouteille.

— Allez, pourquoi pas, accepta la nymphe en jetant ses chaussures dans la décapotable avant de s'approcher d'eux. Et une petite cigarette serait pas de refus.

— Vous fumez ? Ici ! s'insurgea la voix qu'ils connaissaient bien, désormais.

Mitia leva les yeux : maman-Peugeot, petite, enragée et de nouveau pleine d'une énergie qu'elle devait probablement à l'infortuné costaud du minibus.

Son fils ne se débattait plus : il restait dans les bras de l'homme, paisible et somnolent, piquant du nez, tandis que le bonhomme avait le visage de qui vient de perdre deux litres de sang en chemin. Le laissant debout devant le cabriolet, cheval pas encore dessellé par son cavalier, maman-Peugeot s'approcha de la Toyota avec détermination.

— Éteignez-moi ça immédiatement, exigea-t-elle. Vous pouvez fumer chez vous autant qu'il vous plaira, mais ici c'est un lieu public, personne ne doit être obligé de respirer cette puanteur.

Mitia soupira et écrasa docilement le mégot sur l'asphalte, mais Patriot ne s'en laissait pas aussi facilement conter.

— Où est-ce que vous voyez un lieu public ? On est dans un hôpital ou quelque chose comme ça ? C'est une route ici ! Et par-dessus le marché, y a deux cents voitures qui sont là à cracher leurs gaz d'échappement, mais c'est une putain de cigarette qui empuantit l'atmosphère ? Ras le bol, ajouta-t-il en s'allumant une nouvelle tige avec ostentation. L'odeur te dérange ? Remonte tes vitres. Ta clim souffle à la gueule de tout le monde depuis deux heures, elle nous a bien plus pollué l'air.

La nymphe gloussa et tira sur sa cigarette avec délectation. Maman-Peugeot resta un bref instant à soupeser ses chances. Si l'on en jugeait par les éclairs qui allumaient ses yeux, la perspective d'une bataille ne l'intimidait pas le moins du monde, mais son otage trempé se mit à rechigner derrière elle.

— Eh, mémère ! supplia-t-il. On y va, là ? Il est lourd, ton gosse !

Les protestations de son prisonnier auraient très bien pu ne produire aucun effet, mais son fils était concerné, alors maman-Peugeot supervisa le chargement dans la voiture. Même son dos montrait qu'il s'agissait d'une retraite temporaire et que la conversation n'était pas terminée. D'ailleurs, elle ne s'interrompit même pas, à proprement parler : en ouvrant la portière, en détortillant les sangles du siège enfant et en y installant le petit, elle ne cessa de commenter la maladresse de son assistant, les qualités morales du capitaine déserteur, l'inutilité des hommes en général et, en particulier, l'irresponsabilité de certains qui s'apprêtaient à reprendre le volant, mais avaient décidé de boire devant tout le monde, parce que, bien sûr, à quoi d'autre s'occuper quand on ne savait même pas ce qui se passait.

Enfin libéré de son fardeau, le grand gaillard essuya la sueur de son front, redressa le dos et regarda autour de lui d'un air farouche. Il avait l'expression choquée de qui a plongé le regard dans un abîme. Patriot lui tendit sans mot dire le reste de la Jigoulevskoïé, que l'autre s'empressa de se jeter dans le gosier. Son visage s'éclaircit un peu, il hocha la tête, posa soigneusement la bouteille vide sur l'asphalte et se précipita vers ses compagnons de minibus, qui n'avaient cessé de lui adresser des signes désespérés et impatients pendant tout l'épisode.

Le capitaine revint enfin. Mitia alla même jusqu'à supposer qu'il s'était attardé près du cadavre du motard (naturellement, dans le seul but de vérifier ses papiers, et pas pour lui faire les poches), même s'il avait très bien pu être retardé par quelque chose d'autre. Inutile de chercher à deviner le fin mot de l'histoire. La première chose que le gros policier remarqua fut la portière ouverte de la voiture de patrouille. Il y grimpa, se dressa à genoux sur le siège avant et resta là, son cul massif et ses deux semelles poussiéreuses pointés à l'extérieur. Après quoi, il ressortit et se plongea dans une réflexion qui n'avait pas l'air de le réjouir. Ce fut seulement alors que Mitia se souvint de l'homme au visage tuméfié et aux mains entravées, qu'ils avaient vu sur la banquette arrière avant de courir vers l'entrée du tunnel. L'expression sinistre du capitaine indiquait que cet homme n'était plus dans la voiture. *Une aubaine pour lui,* pensa Mitia. Ce qu'il n'arrivait pas à deviner, en revanche, c'était comment le prisonnier allait se débarrasser des menottes à présent.

— Qu'est-ce que t'en dis ? lâcha Patriot avec un petit coup de coude. On s'en ouvre une autre ?

Et le voilà parti vers son UAZ pour y récupérer une deuxième bouteille de deux litres.

Lundi 7 juillet, 1 h 22

Lorsque le lieutenant et le Cabriolet prodigue revinrent enfin, le rose était monté aux joues de la nymphe, qui riait de la dixième plaisanterie de Patriot, si bien qu'elle accueillit beaucoup plus gracieusement le retour de son compagnon, d'autant que le beau gosse tiré à quatre épingles n'avait plus la mine aussi éclatante. Alors qu'il décrivait les difficultés qu'ils avaient rencontrées (la marche sur plusieurs kilomètres, le portail en béton, la grille, la voiture écrasée pleine d'adolescents morts), Mitia se leva pour aller prêter l'oreille à ce que racontait le lieutenant.

Le rapport de ce dernier n'était pas très différent, en substance, de celui de Cabriolet, cependant les accents étaient tout autres. Il employa à plusieurs reprises la jolie expression de « portes hermétiques », à l'évidence tout droit sortie d'un jeu vidéo. Il avait aussi été très impressionné par le conducteur blessé, qui ne semblait pas pouvoir être atteint à cause des barreaux. Pourtant, ni les théories postapocalyptiques du lieutenant ni le sort du conducteur piégé n'éveillèrent le moindre intérêt chez le capitaine. Il écouta distraitement son jeune subordonné avant de l'interrompre assez vite pour le faire pivoter vers la banquette arrière vide de leur voiture de patrouille.

— Il s'est taillé, le salopard, cracha-t-il, féroce. Regarde. Il a fichu le camp. On va se faire démonter à cause de lui.

Le lieutenant s'arrêta en plein milieu d'une phrase et cligna des yeux. Ce retour forcé à la réalité n'avait absolument rien de réjouissant.

— Peut-être qu'on devrait faire une annonce ? suggéra-t-il d'une voix éteinte. Où il a pu s'enfuir ? Il est menotté, bon sang…

— T'as perdu la boule ? siffla le capitaine. Qu'est-ce que tu vas annoncer ? « Un dangereux criminel s'est échappé » ? Ils sont déjà tous sur les nerfs. Pas un mot à qui que ce soit, pigé ? On va régler ça nous-mêmes.

Puis il remarqua Mitia et s'arrêta de parler, pour s'empourprer de nouveau.

— Qu'est-ce qu'il a fait ? demanda celui-ci de la manière la plus neutre possible. Votre criminel.

— Il a fait ce qu'il a fait, répliqua le capitaine de mauvaise grâce. Secret de l'enquête.

Prêtant l'oreille à ses propres réactions, Mitia se rendit compte que l'évasion de l'homme menotté ne l'inquiétait pas le moins du monde. La Jigoulevskoïé avait fait naître un bourdonnement agréable dans ses oreilles, et toute la situation lui paraissait aussi lointaine qu'inoffensive : le portail de béton, la récente panique, et même le motard mort qui restait étendu près de l'entrée. Mais il brûlait d'envie d'énerver ce crapaud boursouflé dans son uniforme.

— Non, mais s'il est vraiment dangereux, insista-t-il en écarquillant les yeux, nous devrions quand même être prévenus, non ?

— *Vous*, rétorqua le capitaine en détachant le pronom, vous devez retourner à votre voiture. Vous vous asseyez sur votre siège et vous n'empêchez pas les autres de travailler.

Mitia était en train de composer sa réplique suivante, juste histoire de voir jusqu'à quel point le rouge de la face du crapaud pouvait s'assombrir, quand, à cette seconde précise de leur conversation, une nouvelle participante vint y mêler sa voix : la fonctionnaire de la Mercedes, boudinée dans son costume bleu foncé. Elle écarta le lieutenant, se planta directement devant le capitaine et lui demanda :

— C'est vous qui commandez ici ? Venez avec moi, on veut vous parler.

Bizarrement, son instinct de flic lui fit défaut cette fois et il ne décela pas la menace, pas plus qu'il ne remarqua le frémissement qui agitait son jeune partenaire depuis l'apparition de cette inconnue fort peu cérémonieuse. Il se détendit, se redressa pour être plus à l'aise et bomba le torse.

— Écoutez, ma petite dame, commença-t-il avec désinvolture, comme s'il poursuivait une conversation avec maman-Peugeot. Vous n'auriez pas quelque part où aller, par exemple… ?

Derrière lui, le lieutenant soupira et ferma les yeux. Mitia se figea, aux anges, prêt à regarder le gros père se faire tailler en pièces. Mais rien de tel ne se produisit. Mme Mercedes ne prit pas ombrage, pas plus qu'elle ne se délecta de la méprise du capitaine. Elle sortit de sa poche de poitrine un petit livret à la couverture rouge et le fourra sous le nez du policier en colère.

— Dépêchez-vous, capitaine, déclara-t-elle sèchement. Nous n'avons pas de temps à perdre.

Ni Mitia ni le lieutenant ne purent voir ce qui figurait sur le livret rouge, en revanche le capitaine se ratatina et s'assombrit d'une nuance supplémentaire. Néanmoins, de manière assez surprenante, même après cette démonstration d'autorité, il ne capitula pas sur-le-champ.

— On est dans une situation d'urgence, marmonna-t-il, cherchant auprès du lieutenant un soutien qu'il n'obtint pas.

— Elle va devenir encore plus critique si vous me faites perdre ne serait-ce qu'une minute supplémentaire, déclara Mme Mercedes. Et veuillez vous reboutonner.

Sur ces mots, elle tourna les talons et s'éloigna. Le capitaine se rapprocha du lieutenant et lui lança rapidement, sans plus se soucier de la présence de Mitia :

— OK, voilà le topo ! Tu circules entre les rangées, en commençant par une extrémité. Tu passes tout le tunnel au peigne fin, voiture par voiture. Tu te débrouilles comme tu veux, mais pas question qu'il se taille d'ici. Et ne t'avise pas de discuter avec lui, pigé ? Au moindre mouvement suspect, tu tires.

— Je vise ? lui fit préciser le lieutenant, désagréablement surpris par cette injonction.

— Tu vises, confirma le capitaine, en jetant un regard haineux dans le dos de Mme Mercedes qui s'éloignait.

Après quoi, il lui emboîta le pas sans traîner, tout en refermant son bouton du haut.

— Dis-moi, reprit Mitia lorsqu'ils se retrouvèrent seuls, le lieutenant et lui. C'est vrai qu'il est dangereux ?

— Je sais pas, répondit le jeune policier, qui observait avec angoisse l'interminable alignement de voitures sur sa droite comme sur sa gauche. Comment on va le retrouver là-dedans, de toute façon ?

— Dans ce cas, pourquoi ne pas le laisser s'enfuir ? suggéra Mitia. Je ne sais pas, il a peut-être rien fait de grave.

Mais le jeune policier n'écoutait plus. Il verrouilla la voiture, ajusta sa ceinture alourdie par un holster en cuir, puis, s'étant curieusement lissé les cheveux, entreprit de remonter une rangée de véhicules.

Lundi 7 juillet, 1 h 28

Toujours muni de la cage de son chat, le petit stomatologue regagna enfin sa Škoda Rapid verte et commença par retirer la clé du contact pour la glisser dans sa poche. Étrangement, ce n'était pas la mallette contenant son portefeuille ni sa tablette, abandonnées l'une et l'autre dans sa fuite, mais la clé oubliée dans le contact qui l'avait le plus tourmenté, même s'il n'y avait toujours aucun moyen de s'enfuir où que ce soit dans sa Škoda, bloquée des quatre côtés. Il posa ensuite la cage sur la banquette, grimpa dans la voiture et regarda son chat.

— Tu en as marre d'être enfermé là-dedans ? demanda-t-il. Encore un tout petit peu de patience, mon garçon.

Il vérifia que les vitres étaient bien remontées, puis libéra le chat et s'affala dans son siège. Il avait une fébrilité dans les jambes tant l'envie de dormir le taraudait. Le chat sauta sur ses genoux et se mit à trépigner, griffes sorties et queue frétillante. *J'aurais dû prendre au moins un sac de nourriture,* songea le docteur qui se sentait coupable. Fermant les yeux, il revit aussitôt le visage mort du motard, ses sourcils blonds froncés vers l'arête du nez, suggérant qu'il avait eu le temps de se mettre en colère avant de percuter le mur. Peut-être parce qu'il avait aperçu la grille et compris que ses trois kilomètres de course à rebrousse-poil, en arrachant tous les rétroviseurs sur son passage, n'avaient été qu'une vaine entreprise. Finalement, cette foutue grille l'avait tué, comme les passagers de la Golf orange, alors que lui ne l'avait même pas atteinte.

Et la peau derrière son oreille – peau humaine tout ce qu'il y avait d'ordinaire – était encore chaude. On ne pouvait plus rien pour lui, bien entendu, une ambulance ne l'aurait pas aidé non plus, puisqu'il était mort instantanément en se rompant le cou. D'une certaine manière, il avait eu de la chance : les choses auraient pu se passer autrement et il serait alors allongé là, en train d'agoniser, pour finir par mourir de toute façon, des suites du choc ou d'une hémorragie, parce que sans secours à leurs côtés, les gens finissent par mourir, même quand on aurait pu les sauver. *Si ça se trouve, ce sauvetage n'aurait nécessité qu'une intervention toute simple, comme un bandage bien serré, par exemple,* pensa le médecin, qui se redressa et regarda devant lui par-delà son pare-brise tacheté de mouches. Le portail en béton comportant les numéros rouges « 0-61 » était là, tout près, à cinq ou six voitures de la Škoda.

— Bon, pardonne-moi, dit le docteur au chat, qu'il prit sous son ventre mou pour le renfermer dans la cage de transport. Je sais, je sais.

Il ressortit de son véhicule, en tira la caisse volumineuse où son animal boudait, sortit la clé de sa poche et actionna le verrouillage centralisé. Après une hésitation, il déverrouilla à nouveau la voiture, en fit le tour et ouvrit le coffre pour en sortir une trousse de premiers secours de couleur grise. Ayant refermé le coffre, il actionna une nouvelle touche de la clé, ouvrit la portière arrière d'un coup sec et s'empara de deux boîtes en plastique, l'une petite et l'autre grande, qu'il transporta jusqu'à la grille d'où dépassait la Volkswagen orange écrabouillée.

Lundi 7 juillet, 1 h 32

La Mercedes vers laquelle le conduisait la femme renfrognée au tailleur bleu n'était pas une voiture quelconque. Il s'agissait d'une Maybach Pullman de six mètres de long, très probablement blindée – en tout cas, le capitaine intimidé eut l'impression que l'asphalte s'affaissait même un peu sous la longue limousine, tel un matelas sous une lourde valise. Une pénombre fraîche régnait dans son habitacle vide et stérile, comme si cette voiture n'avait jamais transporté personne. La seule odeur qu'il perçut en se glissant sur le cuir clair du siège fut d'ailleurs la sienne, douteux relents aigres qui n'avaient clairement pas leur place ici. Clignant des yeux, le capitaine vit que l'habitacle était occupé par trois individus, un à l'avant et deux à l'arrière, individus qui, eux, ne dégageaient aucune odeur, rien, et ne semblaient même pas bouger, pas des personnes, mais plutôt des mannequins pour un crash-test. D'un autre côté, ils n'avaient assurément nul besoin de parcourir à fond de train les six kilomètres d'un boyau de béton surchauffé. À l'évidence, ils s'étaient tranquillement contentés d'attendre au frais dans la pénombre, pendant que les gens alentour, paniqués, se piétinaient. Eux n'avaient pas eu peur et ne s'étaient précipités nulle part, à croire qu'ils avaient su à l'avance qu'il n'y avait rien à craindre. Ou, par exemple, que se précipiter n'avait aucun sens.

La bonne femme aux cheveux blond-blanc s'assit en face de lui et poussa la lourde portière avec le même effort que si elle avait manipulé une porte d'avion. Le silence et la pénombre s'intensifièrent encore. *C'est le bon moment pour comprendre enfin ce qui se passe ici,* songea le capitaine, qui commença par jeter un coup d'œil derrière lui, au chauffeur. L'homme au volant, d'un certain âge, était corpulent. Cravaté et vêtu d'une chemise blanche, il avait de grosses paluches rouges, abîmées par les intempéries. Un conducteur ordinaire, pas un type dangereux. Beaucoup plus désagréable était l'individu à la droite du capitaine : pâle, taiseux et tendu, un pistolet sous l'aisselle. Cependant, le poisson aux grandes dents, dans ce véhicule *business class,* ce n'était pas l'individu au pistolet ni même la garce autoritaire aux godasses en cuir, mais le troisième personnage, assis à l'oblique : un rabougri d'environ soixante-dix ans, sec et jaunâtre, avec de fines lunettes dorées. Et c'était sur lui qu'il était logique de se focaliser.

— Je suis content que vous ayez enfin trouvé le temps de me rendre une petite visite, fit le jaunâtre. Vous buvez quelque chose ?

Une carafe en cristal, quatre verres carrés et un compotier plein de fruits trônaient sur une table coulissante entre les fauteuils. Le capitaine n'avait rien à perdre. Il prit la lourde carafe par le col, dévissa le bouchon, approcha l'un des verres et se versa deux doigts du liquide, qu'il but d'un trait. Sans en sentir le goût. *Un* single malt, *probablement,* pensa-t-il après coup. *Vingt ans d'âge, peut-être même plus. Jusqu'à quel âge ils vont ?*

— Je vous ai fait venir, parce qu'on m'a dit que vous vous étiez bien débrouillé, commença le jaunâtre en portant son verre à ses lèvres.

Toutefois, au lieu d'avaler, il fit rouler le whisky dans sa bouche et le recracha.

— Vous avez organisé la foule, évité un mouvement de panique. Cependant, je dois introduire une nuance : vous ignorez ce qui se passe, n'est-ce pas ?

Le capitaine, qui venait de se rappeler son prisonnier évadé et les problèmes qui l'attendaient s'il ne le rattrapait pas, acquiesça et loucha sur la carafe.

— Bien sûr que vous ne savez pas, poursuivit le jaunâtre. Et je vous ai fait venir pour vous expliquer la gravité de la situation. Ce n'est pas un hasard si les portes hermétiques se sont refermées à chaque extrémité du tunnel. Il existe un protocole spécial pour les situations d'urgence. Les véritables urgences, vous me suivez ?

Le lieutenant ne le trouvera pas, se dit le capitaine. Il avait un goût amer dans la bouche, des filets de sueur ruisselaient dans son dos. La journée avait été dure, et il s'emporta soudain contre lui-même pour ne pas avoir verrouillé cette putain de voiture, contre son imbécile de lieutenant, contre cette arrogante bonne femme-Gestapo et sa momie jaunâtre, pure émanation des ervices honnis, et surtout, sans qu'il parvienne à se l'expliquer, contre l'avorton pâlichon à sa droite, qui n'avait pas bougé d'un pouce pendant la conversation, mais à qui, c'était évident, il ne fallait pas tourner le dos. Sans attendre d'y être invité, il se resservit un verre de whisky et le vida. Du *single malt,* c'était sûr. Pas particulièrement goûtu, d'ailleurs.

— Je n'ai pas entendu parler du moindre protocole, déclara-t-il.

— Vous n'en aviez nul besoin, répliqua le jaunâtre de sa voix de bureaucrate. Ça ne relève pas de votre niveau de sécurité. Mais on pourrait avoir besoin de vous. Je n'entrerai pas dans les détails pour l'instant, cependant, si vous continuez à vous comporter intelligemment, cela pourrait mieux se terminer pour vous que pour tous les autres. Vous avez votre arme avec vous, je suppose ? Et votre collègue aussi, n'est-ce pas ?

Secoué par une quinte de toux, le capitaine se renversa du whisky sur les doigts. Il n'y comprenait plus rien.

— Alors voilà, reprit le jaunâtre. Écoutez-moi bien.

Lundi 7 juillet, 1 h 34

— Qui vous êtes ? Vous êtes médecin ? demanda le jeune conducteur de la Volkswagen, qui tenta de se lever sans y parvenir.

Il avait les lèvres enflées, la voix pâteuse, des yeux striés de vaisseaux sanguins éclatés. Le choc à la tête avait dû être rude. Mais c'était son bras gauche qui offrait le spectacle le plus inquiétant. La fracture était ouverte et très grave.

— Je suis là pour vous aider, déclara le médecin. Il y a quelqu'un d'autre dans la voiture ?

Le garçon ne répondit pas : la tête entre ses genoux, il respirait lourdement, comme un ivrogne. Peut-être était-il saoul, d'ailleurs, sinon pourquoi aurait-il percuté le portail en béton de plein fouet ?

— Vous avez bu ? s'enquit le médecin.

Le garçon secoua la tête.

— Non, répondit-il d'une voix rauque.

L'impact avait touché la banquette arrière, brisé les montants, fracassé les vitres, froissé et déchiré le toit. Il était difficile de croire qu'une voiture pouvait se fendre en deux de cette manière, se transformer en un paquet de ferraille colorée complètement déformée, mais le docteur grimpa dans le coffre qui pointait de son côté de la grille et, comme Cabriolet l'avait fait une heure plus tôt, jeta un coup d'œil à l'intérieur. La Volkswagen n'avait plus de banquette arrière. *Non,* pensa-t-il, *non. Je suis stomatologue, ça, ça relève du domaine de quelqu'un d'autre.*

Il ressortit, s'accroupit et ouvrit sa trousse de secours. Elle ne contenait rien d'utile, évidemment, sauf des tas de morceaux de gaze, un paquet de compresses stériles, une paire de gants jetables et des ciseaux.

— Il faut que je soigne votre bras, annonça le médecin. Vous n'êtes pas obligé de vous lever, mais essayez de vous rapprocher de moi, sinon je ne pourrai pas vous atteindre.

Le garçon se tint d'abord immobile, à croire qu'il s'était endormi et n'avait pas entendu. Mais il finit par se déplacer un peu, sans se lever, poussant sur ses jambes, puis encore un peu, jusqu'à toucher la grille.

De près, son bras avait encore plus mauvaise allure. Combien de temps s'était-il écoulé, deux heures ? Ou bien déjà trois ? *Il doit souffrir beaucoup,* pensa le médecin. *Je suis surpris qu'il soit toujours conscient.*

— Il faudrait que vous enleviez votre montre, lui dit-il. Laissez-moi faire.

Il commençait à détacher le bracelet qui maintenait son poignet enflé quand le garçon poussa un sanglot et fut agité d'un soubresaut.

— T'es qui, toi ? demanda-t-il. Qu'est-ce que tu me veux ?

Il avait les yeux troubles et dénués d'expression, et ses cils, comme ses sourcils, étaient du même blond que ceux du motard mort sur une expression de colère.

— Vous vous êtes cassé le bras, répondit le médecin. Mais ce n'est pas grave, je vais vous aider.

— Elle est où, l'ambulance ? demanda le garçon. On l'a pas appelée ? Ça fait un moment que je suis ici, l'ambulance devrait déjà être là, il suffit de l'appeler. Pourquoi personne l'a appelée ?

Il fallut fabriquer une attelle avec une raquette de tennis dénichée dans le coffre de la Volkswagen. Comme il n'y avait rien d'autre à faire pour le bras enflé et mutilé du jeune conducteur, le médecin se contenta de refermer la plaie avec les pansements stériles que contenait sa trousse de premiers soins, puis glissa la raquette entre les barreaux de la grille, afin de la lui fixer sous le coude à l'aide de sparadrap. La raquette était trop longue : il aurait fallu, bien entendu, scier ou casser son manche en kevlar pour le raccourcir d'une quinzaine de centimètres, afin que l'objet n'occasionne pas de souffrances supplémentaires au blessé, mais le médecin n'en avait pas la force. Pendant qu'il s'activait, la joue et l'épaule inconfortablement pressées contre le métal rugueux des barreaux, le jeune Volkswagen pleurait et exigeait qu'on appelle des secouristes, des vrais, qu'on lui fasse une piqûre, qu'on appelle son père, qui allait passer un savon à tout le monde, t'as pigé, et qu'on lui rende sa montre, tout de suite, c'est une montre qui coûte bonbon entre parenthèses, t'entends, toi, où tu l'as planquée ? Tu te l'es mise dans la poche, hein, tu crois que je vais oublier, tu te crois le plus malin, t'es qui d'ailleurs, me touche pas, putain, me touche pas, appelle une ambulance, s'il te plaît, laisse-les venir, ils feront tout comme il faut, parce que toi, tu sais pas t'y prendre, t'y connais rien, ça fait mal, touche pas, ça fait mal, t'es qui d'ailleurs, rends-moi ma montre, salopard, qu'est-ce que tu veux, pourquoi tu les appelles pas, je vais te buter, salopard, appelle-les, s'il te plaît. Et pendant tout ce temps, son bras souffrant ne tressaillit pas une seule fois, endurant patiemment les manipulations douloureuses du petit stomatologue malhabile, comme s'il existait séparément, tout seul, et qu'il avait son objectif à lui, à savoir obtenir de l'aide, peu importait de qui.

— Ça y est, annonça enfin le médecin. Fini, j'ai terminé. Voilà votre montre, regardez, je la mets là, vous voyez ? Bien. Maintenant, il faut vous allonger. Vous avez une commotion cérébrale, vous devez vraiment vous allonger.

— Mais je ne veux pas m'allonger, rétorqua mollement le jeune Volkswagen en s'allongeant. Un vrai délire. Un délire infernal.

— Oui, convint le médecin. Je sais.

— Vous ne pouvez vraiment pas passer un coup de fil ? insista le garçon.

Couché sur le dos, il fixait du regard l'arche bétonnée du plafond.

— Je ne peux vraiment pas, répondit le médecin. Je suis désolé.

— Du délire, répéta le garçon, qui cilla, puis ferma les yeux. Sa respiration se fit plus lente.

Le docteur appuya son épaule contre la grille, s'épongea le visage avec la dernière compresse stérile à sa disposition, s'essuya les mains du mieux qu'il put et, finalement, la glissa dans sa poche pour ne pas laisser de saletés. Tout était crasseux autour de lui, et il se sentait sale lui-même ; ses doigts collaient, sa joue éraflée par les barreaux rugueux le démangeait, ses aisselles le piquaient. Aucune lingette ne saurait l'aider, bien sûr : seule une douche, une longue douche fraîche, résoudrait le problème. Dans la cage de transport qu'il avait posée contre le mur, le chat hurlait son ressentiment, toujours sur la même note, et le médecin eut l'impression qu'il avait même fini par s'enrouer.

— Eh bien, eh bien, dit-il au matou en tirant la caisse vers lui. Un peu de patience.

— Vous allez pas me laisser là, hein ? demanda le jeune Volkswagen d'une voix somnolente. Pas avant qu'ils arrivent.

— Je ne bouge pas, promit le docteur. Je vais m'asseoir ici avec vous. Essayez de dormir un peu.

Il bâilla douloureusement, à s'en décrocher la mâchoire, et regarda sa montre. 1 h 55, génial. Ils prenaient leur temps, les gars. Et il semblait bien qu'il allait devoir passer la nuit non pas dans sa voiture, mais ici même, assis sur l'asphalte, au milieu des éclats de verre. *Quelle camelote que ces trousses de secours modernes, pas d'analgésiques, pas d'antiseptiques, pas même un flacon d'iode. Premiers secours, mon œil. Qui donc a conçu ce contenu idiot, ce serait bien de lui écrire une lettre ouverte ou même un article, oui, c'est ça, un article. Si vous avez peur de mettre des médicaments dans une trousse de secours, faites donc en sorte que l'ambulance arrive de suite et ne nous enfermez pas dans des tunnels pendant toute une nuit. Personne n'achète un flacon de chlorhexidine pour le mettre dans sa voiture, moi, par exemple, je ne l'ai pas fait, même moi je n'en ai pas acheté, imbécile que je suis.*

Ses pensées ralentissaient, le plafonnier bourdonnait au-dessus de sa tête, ça sentait l'essence et l'huile qui s'étaient déversées, et le docteur commença à somnoler, sans se rendre compte qu'il basculait dans le sommeil, continuant à penser au genre d'article qu'il écrirait et à qui il le montrerait, ou simplement à un message qu'il posterait sur Telegram, sarcastique et plein d'esprit, que tout le monde lirait, et il en conçut même la première phrase, mais on lui tapota sur l'épaule. Ouvrant les yeux sur un sursaut, il vit, serrée dans une main de femme, une brique de lait, petit cube de carton orné du dessin d'un bébé aux joues rouges. Au début, il ne comprit même pas le sens de ce geste et ce qu'il était censé faire de la brique.

— Tenez, dit l'inconnue. Pour votre chat. Il miaule tellement que c'en est insoutenable.

— Merci, balbutia le médecin en s'emparant de la brique. Merci beaucoup. Il en a simplement assez d'être enfermé.

— Qui n'en a pas ras le bol ? renchérit la femme avant de s'éloigner.

— Je suis désolé ! lança le médecin. Et… vous n'auriez pas de l'eau par hasard ? Vous pourriez en apporter un peu ? Pas pour moi, pour lui. Vous comprenez, il a besoin de beaucoup boire maintenant.

La femme s'arrêta, croisa les bras et regarda le jeune Volkswagen, qui avait cessé de se plaindre et dormait sans bruit derrière la grille.

— Ils se croient tout permis, lâcha-t-elle lentement. Ils brûlent les feux rouges, renversent les gens sur les passages piétons. De sacrés culottés qui font tout ce qui leur passe par la tête, et qu'est-ce que ça leur coûte ? Son papounet fera en sorte qu'il ne lui arrive rien. Eh bien, il n'a qu'à lui apporter de l'eau, son papounet, là.

Lundi 7 juillet, 1 h 35

— Tout d'abord, dit le jaunâtre, nous devons dresser une liste aussi détaillée que possible de toutes les personnes qui se trouvent dans le tunnel. Profession, sexe, âge. Une attention particulière doit être accordée aux camions, afin de clarifier la nature des cargaisons et, si possible, de collecter les bordereaux de transport. Nous devons agir avec calme, précision et, surtout, rapidité. Dans deux heures au plus tard, nous devons disposer d'informations complètes sur le nombre de personnes présentes dans le tunnel et leur identité. Vous comprenez la tâche qui vous attend ?

— Et qu'est-ce que je dois leur dire ? demanda le capitaine, qui sentait sa colère revenir, car au cours des dernières heures, seul un fainéant n'avait pas tenté de lui assigner une tâche. Ils posent tous des questions, mais moi, je ne sais…

— Comprenez-vous la mission, capitaine ? l'interrompit le jaunâtre. Pas de paroles inutiles, vous dressez juste une liste. S'ils commencent à poser des questions, répondez-leur que c'est la procédure habituelle. Vous êtes policier, les gens coopéreront.

Le capitaine se souvint de sa solitude inconfortable, une heure plus tôt, quand il s'était trouvé près des barreaux, sous le regard de plusieurs centaines de personnes en colère, et secoua irrespectueusement la tête.

— Ils ne sont pas tout à fait prêts. À coopérer, précisa-t-il d'un ton lugubre. Dans deux heures, je ne sais pas.

— Dans ce cas, prenez le contrôle de la situation, lâcha le jaunâtre, tranchant. C'est votre travail. Il ne faut en aucun cas laisser la panique se propager. La situation ne peut être contrôlée que si les gens sont en mesure de vous entendre, et vous devez faire en sorte qu'ils vous écoutent. L'inquiétude et les questions viennent avec l'inaction, alors trouvez-leur des occupations. Le fonctionnement humain n'est pas compliqué et si vous leur fournissez une explication, n'importe laquelle, ils l'accepteront. Personne ne veut du chaos, ce n'est pas un état naturel, tout le monde a besoin d'un plan. Inventez-leur un plan, ça vous fera gagner du temps. Débrouillez-vous, par exemple, pour qu'ils se chargent eux-mêmes de dresser les listes. Impliquez toutes les personnes que vous jugez fiables, nommez des responsables, distribuez des tâches. Finalement, constituez un groupe actif, qui comprendra le plus grand nombre possible d'hommes solides. Oubliez les armes pour le moment, considérez que vous n'en avez pas. Elles ne font pas le poids face à une foule, et nous ne pouvons pas nous permettre un mouvement de panique pour le moment. C'est bien compris ?

Perturbé par le mot « arme » dans cette courte et étrange conversation, le capitaine fronça les sourcils et toucha machinalement l'étui accroché à sa ceinture. Aussitôt, le garde du corps pâlichon à côté de lui remua tel un robot qui aurait pris vie. Mais pas entièrement : son visage demeurait toujours aussi inexpressif, ses yeux ternes étaient rivés droit devant eux, sur les genoux couverts d'un plaid de son employeur au visage jaunâtre. Seule sa main s'était soudain portée à son aisselle, où elle s'était immobilisée. Le capitaine regarda cette petite main, écouta ce que lui soufflait sa voix intérieure et comprit qu'il ne voulait plus poser de questions, non, il voulait être dehors, dans l'étouffant couloir de béton bondé de voitures, aussi loin que possible de cette Mercedes, et ne plus jamais y revenir. Il devait vérifier si l'émetteur de la voiture de patrouille ne s'était pas remis à fonctionner, envoyer la bavarde de la Peugeot se faire voir, mettre la main sur son imbécile de lieutenant et lui passer une soufflante, et enfin résoudre cette histoire de prisonnier évadé, qui lui vaudrait de se faire bel et bien couper la tête, pas plus tard qu'une heure après l'ouverture de ces putains de grilles. Bref, il allait s'occuper de ses affaires courantes, et laisser la bande de clowns de la limousine jouer toute seule sans lui à Docteur Denfer. *Ils ont du whisky dans une putain de carafe. Et ce vieux cinglé avec son plaid ! Ils auraient dû creuser une fosse à crocodiles autour de leur Maybach.* Mince, comment avait-il pu se faire avoir d'ailleurs ? De nos jours, rien n'était plus facile que de se fabriquer de faux documents sur un ordinateur et, bien entendu, d'engager qui on voulait – un chauffeur, une infirmière, une pute, un gars renfrogné avec un pistolet, une cyborg blonde en guise de secrétaire, voire un sosie de Lénine ou un chœur de garçonnets, du moment qu'on avait de l'argent.

— J'ai saisi le topo, déclara gaillardement le capitaine, qui montra ses mains vides au garde du corps et s'apprêta à descendre. Vous me permettez d'aller exécuter vos ordres ?

— Allez-y, l'autorisa le vieux jaunâtre. Vous avez deux heures. C'est à elle que vous ferez votre rapport.

Miss Gestapo aux cheveux blond-blanc poussa la portière.

Lundi 7 juillet, 1 h 49

Tout en essayant de ne pas claquer la portière, Mitia remonta dans la Toyota silencieuse, prit place sur son siège et se sentit aussitôt dans la peau d'un homme qui rentre chez lui à 5 heures du matin et, debout près du lit conjugal, s'efforce d'ôter son pantalon en veillant à ce que la boucle de sa ceinture ne cliquette pas. Et, naturellement, c'est à ce moment-là que les lumières s'allument. Ou que ses poches laissent échapper de la monnaie. Il y a des jours où il n'est même pas besoin d'ôter son pantalon pour avoir l'impression d'être en sous-vêtements, et cette journée-ci en faisait partie. En fait, la veille aussi, ç'avait été exactement la même chose. Bien sûr, il aurait pu simplement s'adosser à son siège, fermer les yeux et tout remettre à plus tard, au lendemain matin ou au moment où on déverrouillerait ces portails, mais le silence, qui s'était épaissi, était devenu aussi pesant que si les lumières s'étaient allumées au-dessus du noceur et que sa monnaie s'était éparpillée sur le sol dans un tintement sonore. Alors, résigné, il se tourna vers sa femme.

— Tu es vraiment une merde, dit Sacha. Tu sais, c'est même incroyable, la merde que tu es devenu, Mitia.

Il jeta un rapide coup d'œil à l'arrière. Assia dormait, les jambes repliées dans une posture inconfortable, son sac à dos monstrueux glissé sous la tête.

— Je n'arrête pas de me demander quand c'est arrivé, continuait Sacha à mi-voix, parce qu'elle aussi venait de se souvenir d'Assia, du moins pour l'instant. Comment j'ai pu ne pas m'en apercevoir. Ou peut-être que tu as toujours été comme ça et que c'est moi, l'idiote ? J'ai honte de toi, Mitia, tu comprends ? J'ai tellement honte de toi en permanence que je ne peux tout simplement plus te regarder.

Il n'était pas obligé de répondre, il n'était même pas obligé de se tourner vers elle maintenant ; il pouvait encore se borner à fermer les yeux, et la dispute aurait lieu plus tard, chez eux, le lendemain, ou peut-être qu'elle n'aurait pas lieu du tout, parce qu'il devrait d'abord déposer Assia, puis faire descendre Sacha à Krasnye Vorota, et d'ici le soir, tout se serait estompé, aurait cessé d'être d'actualité et perdu de son acuité. Mais lui aussi avait eu une journée pourrie, trop pourrie pour qu'il résiste, impossible tout bêtement.

— Mais tu ne me regardes pas, répliqua-t-il. Ça fait longtemps que tu ne me regardes plus.

— Qu'est-ce que tu veux que je regarde ? Hein ? Dis-moi. Comment tu peux te saouler devant mes amis ? Tu étais déjà bourré avant le dîner, Mitia, avant même que tout le monde soit là, tu étais rond comme une queue de pelle. Tu te souviens de ce que tu disais ? Tu veux savoir à quoi ça ressemble, ce que je ressens ? Tu as envie que je te le dise ? Ils me regardent tous en même temps, Mitia, ils me regardent et ils me plaignent, mais je n'ai pas besoin de leur pitié, je me débrouille bien, vraiment bien, Mitia, et j'ai fait des tas de choses. Alors pourquoi je devrais avoir honte ? Je voulais juste me détendre, je suis fatiguée, je travaille tellement, une soirée, une putain de soirée en agréable compagnie pour me sentir bien, pour me détendre, c'est si compliqué ?

— Mais, dans ce cas, va donc les voir toute seule, tes amis, répliqua-t-il. Pourquoi tu me prends la tête, vas-y toute seule, puisque tu as tellement honte de moi. Mais toi-même, ça te gave, de passer la soirée avec eux, et tu ne te détends pas, ne mens pas, c'est juste qu'on fait tache dans le tableau, c'est ça ? Dans ce cas, tu devrais y aller seule. Assia et moi, on aurait passé un super moment à la maison. Elle non plus n'avait aucune envie d'aller chez tes snobinards guindés.

— En quoi ce sont des snobs, Mitia ? Tu le vois où, leur snobisme ? Ils supportent ton comportement de cochon depuis une éternité, et ils nous appellent quand même, parce qu'ils m'aiment. Et qu'est-ce qu'ils viennent faire là-dedans, de toute façon ? Assia, c'est toi qu'elle n'a aucune envie de voir, toi, et depuis longtemps. Tu ne discutes même pas avec elle, vous déambulez sans rien dire dans différentes pièces, vous regardez vos montres, c'est infernal ! Je me suis dit : *Bon, allons-y, il y aura beaucoup de monde, des brochettes, on discutera, on ira à la rivière, comme ça au moins, on ne sera pas obligés de rester enfermés dans l'appartement, tous les trois, à attendre et attendre que cette galère se termine, ce week-end dont personne n'a envie. Personne, ni toi ni elle...*

— C'est toi ! la coupa-t-il. C'est toi qui n'as pas envie qu'elle vienne, c'est toi que ça dérange. Tu devrais voir ta tête, au moins une fois, de l'extérieur, quand elle entre dans une pièce. Tu crois qu'elle s'en rend pas compte ? Elle a seize ans, elle comprend tout ! C'est pour ça qu'elle veut pas venir, moi non plus, d'ailleurs je ne veux pas : à cause de toi.

— Je suis méchante, oui, convint Sacha. D'accord. Seulement, Mitia, moi, je n'oublie pas son anniversaire. Je lui achète des yaourts pour le petit déjeuner, je change ses draps et j'accroche une serviette propre dans la salle de bains. Ça fait même deux ans que je paie la pension alimentaire à ta place. Et j'en ai marre, tellement ras le bol que j'ai vraiment hâte qu'elle grandisse.

Il entendit un mouvement dans son dos et se dit qu'ils devaient parler fort depuis un moment, trop fort, presque à pleine voix. Alors il se retourna et murmura :

— Assia. Attends, Assia.

Mais le siège était vide, il ne restait que son sac à dos et son téléphone déchargé.

— Pourquoi tu restes assis sans rien faire ? insista Sacha. Pourquoi tu ne fais rien, là, maintenant ?

Lundi 7 juillet, 2 h 08

Curieusement, à part le petit chauffeur de taxi, toujours affalé sur son volant, les bras croisés sous la tête, personne alentour ne s'était endormi. Peut-être à cause de la chaleur ou par peur de manquer quelque événement important, comme l'arrivée de l'équipe de secours ou une annonce diffusée parmi les files de voitures, ou peut-être simplement parce que la tension des dernières heures n'avait pas encore eu le temps de retomber et les empêchait de dormir. Les lumières au plafond brillaient si fort qu'on se serait cru en plein jour, et les trois longs rubans de voitures à l'arrêt ressemblaient à trois trains immobilisés en gare, dans l'impossibilité de repartir, sans qu'on comprenne pourquoi. Quant aux personnes errant entre les rangées, c'étaient autant de passagers insomniaques qui en auraient par-dessus la tête d'être enfermés dans les wagons, mais ne pourraient s'en éloigner beaucoup au cas où un coup de sifflet annoncerait l'ébranlement de leur train.

— Je vais pas faire ça là, s'exclamait la fillette rose et dodue de Patriot. Je peux pas !

— Regarde, j'ai ouvert la portière, répliqua le père.

Il était clair à son visage, de nouveau rouge pivoine, que ce n'était pas la première ni même la deuxième fois qu'il avançait cet argument.

— Tu vois ? insista-t-il. J'ai ouvert les portières pour toi, ici, accroupis-toi entre les deux, c'est tout, et personne te verra !

— Mais bien sûr. Et ceux qui sont devant ?

— Je vais me mettre ici pour leur bloquer la vue ! Là, comme ça, regarde, je bloque la vue !

— Nooooon !

— OK, alors c'est maman qui va se mettre là pour leur bloquer la vue ! Moi, je m'en vais, je pars !

— On me verra quand même ! Par en dessous !

— Mais qu'est-ce qu'ils en ont à faire de toi ? Tu crois que tu les intéresses ? Mince, Katia, dis-lui !

— Ne lui crie pas dessus !

— Eh ben, qu'elle fasse dans son froc, alors ! Vous voulez quand même pas que je vous construise des W.-C. ici ? Fallait pas boire cette canette de Mirinda, vous n'aviez qu'à attendre d'être la maison !

— Fallait pas ? Alors qu'elle crevait de chaud ! Toi, tu as biberonné deux litres, mais la petite aurait pas dû ?

— Maaaman ! Maman !

Un peu à l'écart des trois aînés Patriot en colère, le garçonnet de six ans – impassible, complètement réveillé et même joyeux – se curait le nez avec un plaisir non dissimulé. Une petite flaque jaune s'étalait près d'une roue arrière de l'UAZ, preuve de sa supériorité inattendue et d'autant plus remarquable sur sa sœur.

— Viens, dit Assia en attrapant le poignet dodu de la fillette rose, que ceignaient déjà trois rangées de perles serrées. Qu'est-ce que t'attends ? On y va. Il n'y a personne là-bas au bout, personne nous verra.

La gamine lui retira sa main, se la fourra derrière le dos et secoua la tête. Les joues en feu, exactement comme celles de son père, la lèvre inférieure avancée dans une moue obstinée.

— Mais bien sûr, dit-elle. Et si quelqu'un vient ?

— Personne ne viendra, affirma Assia. Je vais faire le guet. Et toi, après, tu feras pareil pour moi. Ça marche ?

— Et je vous accompagne, ajouta l'épouse-Patriot. Moi aussi, j'ai envie.

Sur quoi, elle se saisit de l'autre main de sa fille.

— Voilà, on y va toutes ensemble, décréta Assia, qui abattit sa paume sur le flanc sonore de l'UAZ, une fois, puis une seconde.

— Doucement, maugréa Patriot.

Elle inclina la tête et cria :

— Ohé ! Y en a parmi vous qui ont besoin d'aller aux toilettes ?

— Assia, intervint Mitia.

— Ohé ! répéta celle-ci en frappant cette fois sur le capot de la Peugeot.

Contournant l'UAZ, elle donna ensuite deux coups sur celui de la Porsche Cayenne noire et remonta la file de voitures, passant devant la Toyota silencieuse et la décapotable rouge.

— Assia ! répéta Mitia, qui, naturellement, venait de se rappeler l'évadé menotté, planqué Dieu seul savait où, et dont Dieu seul, ainsi que peut-être le capitaine, connaissait les forfaits et la dangerosité.

— C'est loin, Assia, où est-ce que vous allez, toutes seules ?

Sans se retourner, elle leva son majeur au-dessus de sa tête. Les portières claquèrent, des femmes sortirent des voitures, le petit groupe s'étoffait peu à peu.

— C'est ta fille ? s'enquit Patriot, qui avait également perdu la moitié féminine de sa famille. Tu as essayé de la fouetter ?

Mitia soupira et s'en fut rejoindre les femmes.

Ce fut à cet instant précis que le capitaine regagna enfin sa voiture de patrouille, fou furieux. Il n'avait pas retrouvé son jeune subordonné en chemin, mais il avait pleinement éprouvé l'effet magique de l'uniforme de police, qui avait presque doublé le quart d'heure de trajet depuis la maudite Maybach. Des gens s'étaient accrochés à lui, posant des questions, exigeant, se plaignant et menaçant. Ils laissaient entrevoir de potentielles conséquences, prétextaient diverses circonstances urgentes et insistaient pour qu'on leur remette immédiatement un certificat qu'ils pourraient présenter au travail, à la gare ou à l'aéroport, et qui devrait obligatoirement avoir été tamponné. On lui proposa même de l'argent s'il pouvait, d'une manière ou d'une autre, entrouvrir le portail, juste un peu et pas longtemps, pour laisser sortir une personne, une seule, même sans voiture à la limite. Toutes ces conversations étouffantes, l'évadé qui, au lieu d'une promotion, lui vaudrait de se faire arracher les jambes, le pépé cinglé de la Mercedes avec son couplet sur le chaos, le contrôle et le plan, la chaleur infernale et poisseuse et une gueule de bois, inattendue et honteuse, due à deux putains de verres de whisky, tout cela s'entremêlait et se fondait en un écheveau qui ne laissait aucun choix au capitaine. Il s'assit dans son fauteuil défoncé, alluma l'émetteur et écouta brièvement, avec une joie mauvaise, le grésillement de l'appareil inutilisable, puis il s'adossa, croisa les bras et ferma les yeux.

Dans la petite voiture bleue, maman-Peugeot regarda le groupe de femmes qui s'en allait et se retourna vers son fils. Le petit n'avait nullement l'intention de dormir : accroché aux lanières croisées de son harnais, il hachurait une nouvelle feuille de cahier. Le carton s'incurvait, le crayon crissait. Elle dévissa la Thermos, versa un peu de thé à la menthe dans un gobelet de plastique bleu, puis but une minuscule gorgée pour se lancer dans un décompte, en remuant les lèvres sans bruit. Après quoi, elle fit une nouvelle tentative et tendit le gobelet à son fils. Sans se détourner du dessin, il but une petite gorgée lui aussi, grimaça et secoua la tête. Sa main gauche tressaillit, renversa le gobelet et gifla sa mère.

— Il a refroidi, dit-elle. Il n'est plus chaud, je t'assure, il n'est plus chaud. Tu veux qu'on attende encore un peu ?

Elle essuya la tasse avec une serviette, versa la rasade suivante et recommença son décompte. La trace du coup sur sa joue, rouge vif au départ, avait commencé à s'estomper un peu.

Lundi 7 juillet, 2 h 15

Tous les moteurs étant enfin coupés, il n'y eut bientôt plus aucun bruit de fond. Les pas et les voix résonnaient aussi fort que dans un musée ou une église.

— Quel endroit flippant, tout de même ! lâcha la nymphe-Cabriolet. Le pire, c'est que je suis déjà passée par ici une centaine de fois, mais je viens seulement de m'en rendre compte : il y a de l'eau au-dessus de nous, c'est ça ?

Plus d'une dizaine de femmes levèrent la tête en même temps, machinalement. Tout semblait normal : la voûte du tunnel était sèche et solide, les canons à air tournaient, les lampes jaunes au plafond étaient allumées, pourtant, en vérité, la solidité de ce gros tuyau de pierre ne leur apparaissait plus comme une certitude absolue.

— Je déteste les tunnels, déclara la passagère inconnue d'un break Volvo. Ils auraient mieux fait de construire un pont.

— Et s'il s'était vraiment passé un truc ? demanda la jeune Cayenne. Un truc grave.

— Mais qu'est-ce qui peut bien s'être passé ? s'empressa de répliquer l'épouse-Patriot en serrant sa fille rose contre elle. Y a juste un machin qui s'est détraqué. Ils vont le réparer et on rentrera chez nous, non ?

— On ne devrait pas aller trop loin, suggéra la propriétaire âgée d'une Land Rover grise. On va bientôt atteindre l'endroit où se trouve la moto et je ne tiens pas à la revoir.

— Mais moi, ici, je n'y arriverai pas, c'est sûr, objecta la nymphe. Faudrait qu'on avance encore au moins un peu. Inutile de se donner en spectacle devant tout le monde.

Assia se retourna et constata que les dernières rangées de voitures n'étaient effectivement pas loin, à une centaine de mètres. Et un peu plus près, à une cinquantaine de mètres, se trouvait son père, qui les suivait, sans essayer de les rattraper, mais sans se laisser distancer non plus. Pendant tout le temps que leur groupe bruyant, qui ne cessait de croître, avait cheminé entre les rangées, pendant qu'elles frappaient joyeusement sur les vitres embuées, elle ne s'était pas retournée une seule fois, elle n'avait même pas cherché à savoir s'il la suivait, parce que cela n'avait pas d'importance : elles étaient nombreuses, il y avait beaucoup de gens autour d'elles, et des voitures pare-chocs contre pare-chocs. Mais ici, dans cet espace aussi vide et sonore qu'un aéroport fermé pour la nuit, tout était différent. Il lui apparut soudain qu'une dizaine de pas suffiraient, par-delà la courbure du tuyau de béton, pour que tout s'évanouisse, les véhicules comme leurs passagers, et qu'il ne resterait plus qu'une bande d'asphalte, trois kilomètres propres et secs. Et il lui serait impossible de revenir en arrière si, à mi-chemin entre le vide et le non-vide, il n'y avait pas au moins une personne.

Elle resta légèrement en retrait, leva la main et lui fit signe : « Ça suffit, arrête-toi. » Il s'immobilisa sur-le-champ et leur tourna le dos.

— Allez, faisons ça ici, on nous voit plus, déclara-t-elle en déboutonnant son jean.

Elle fut la première à s'accroupir contre le mur.

Elles revinrent presque en courant, sans parler, avec un soulagement partagé, comme si ces vingt-huit femmes adultes et deux fillettes-adolescentes avaient sombré dans le même rêve effrayant dès l'instant où elles s'étaient engagées dans la courbe du tunnel. Elles avaient fait le même cauchemar visqueux et, pour s'en débarrasser et recommencer à parler, elles devaient d'abord laisser le vide derrière elles.

Ayant attendu jusqu'à la disparition complète des bruits de pas, l'homme menotté s'extirpa de sous la moto couchée sur le flanc, s'agenouilla à côté du motard rejeté sur le dos, et continua de lui retirer son blouson, malgré ses mains entravées.

Lundi 7 juillet, 5 h 49

Le lieutenant blond, épuisé, sentit que son holster s'était coincé dans un rétroviseur, fut obligé de s'arrêter et d'ouvrir les yeux. Il n'avait pas dormi depuis près de vingt-quatre heures, n'avait pas bu la moindre gorgée d'eau depuis quatre, avait parcouru trois fois le long tube de béton, d'une grille à l'autre, s'était éraflé la jambe jusqu'au sang et avait depuis longtemps cessé de penser. Il se contentait désormais d'avancer en boitant et en comptant machinalement ses tours, tel un marathonien désespérément à la traîne qui doit atteindre la ligne d'arrivée. Et il semblait bien qu'il se soit endormi en chemin.

Au deuxième tour, en plein milieu d'une section vide entre deux rangées de voitures endormies, dont les occupants ne bougeaient pas plus que des morts figés dans des positions inconfortables, le lieutenant, abruti par la chaleur et le manque de sommeil, eut soudain l'impression que tout le monde était vraiment mort, qu'il avait juste manqué leur passage de vie à trépas. Et il ne restait plus qu'eux deux dans le boyau de pierre encombré de voitures : lui et le menotté, qui tournaient en rond sans sommeil et sans but, suivant la même impulsion dont ils ne se rappelaient plus la raison, ne courant plus, ne cherchant plus à rattraper l'autre, mais marchant simplement, incapables de s'arrêter, de sorte que le menotté pouvait être n'importe où maintenant, devant ou derrière, et que cela n'avait pas la moindre importance.

Vers 4 heures du matin, il s'était rendu compte qu'il avait oublié le visage de l'homme sur lequel il était censé mettre la main et qu'il ne le reconnaîtrait pas même s'il le voyait, parce que ses traits s'étaient confondus dans sa mémoire avec les centaines d'autres faces d'hommes, de femmes et d'enfants. Il était tout à fait possible qu'il soit passé à côté de lui plusieurs fois sans le voir.

Et maintenant, plus de trente mille pas plus tard, il doutait même de l'existence de cet homme. La tâche originelle s'était éloignée, ne restait plus que l'itinéraire, en boucle, sans fin, et donc dénué de sens. Le tunnel avait depuis longtemps cessé d'être homogène et s'était décomposé dans son esprit en fragments, une succession de points de référence qui lui permettaient de mesurer non seulement la distance, mais aussi le temps : le long camion frigorifique avec une plaque polonaise, la Land Rover grise à la roue de secours ornée d'un autocollant brillant, la Gazelle cradingue et sa publicité pour les Boissons de Tchiornogolovka, la Citroën jaune où un gros chien roux anxieux refusait de dormir, une berline argentée avec un bouquet de pivoines mourantes sur la plage arrière, un dossier plein de documents piétiné, un break Opel avec un minuscule bébé dans un berceau. Et cinq minutes après le bébé, la Volkswagen coincée sous la grille, signe que le tour suivant commençait : Opel, dossier, pivoines, chien, Gazelle, camion frigorifique polonais et motard mort, jusqu'au portail fermé de l'autre côté, où il faudrait refaire demi-tour.

Il s'essuya le visage et cligna des yeux, pour tenter de se repérer. La Gazelle malpropre se situait sur la gauche ; devant elle, le taxi jaune au pare-chocs fissuré et la portière cabossée de la voiture de patrouille avec son gyrophare bleu et rouge sur le toit. À l'évidence, il s'était momentanément déconnecté et, tel un cheval fourbu, il avait regagné l'écurie. Il était presque 6 heures du matin, autrement dit vingt-quatre heures exactement s'étaient écoulées depuis qu'il s'était levé, préparé un café et qu'il avait pris son service. Autrement dit, sa garde venait de se terminer. Tout le monde dormait dans ce silence étouffant. Tout le monde sauf lui : le petit chauffeur de taxi aux cheveux gris dans sa Renault et le jeune Tadjik derrière sa publicité pour boissons poussiéreuse, maman-Peugeot et son fils bizarroïde, les trois passagers de la vieille Toyota RAV4, le gros Patriot et sa famille, les deux femmes dans la Porsche Cayenne, qui étaient les plus confortablement installées, car, une fois dépliés, les larges sièges du monstre allemand se transformaient en un véritable lit deux places. Et parmi les dormeurs, il y avait, bien entendu, ce salopard de capitaine avec sa grosse trogne renversée en arrière, gueule ouverte. Il laissait sortir sa patte grassouillette à la peau pâle, n'ayant probablement même pas bougé pendant que lui, son lieutenant, le pistolet braqué, arpentait le tunnel comme un putain de Rambo, en se demandant ce que ça ferait de tirer sur un homme. Comment il s'y prendrait et s'il en était capable, parce que ça ne lui était jamais arrivé de sa vie. Rouer quelqu'un de coups, flanquer un type au sol, le traîner et lui faire une clé de bras, ça, oui – une fois, il avait même été impliqué dans un interrogatoire particulièrement glauque, dont il ignorait l'issue, parce qu'il avait dû sortir avant la fin et rentrer chez lui sans poser de questions. Mais tirer sur quelqu'un, non, ça ne lui était jamais arrivé, il n'était pas fait pour ça. *Sale connard*, pensa-t-il haineusement en regardant la bouche fétide du capitaine. Il aurait dû se trouver du travail dans une banque. Comme collecteur de fonds, par exemple. Regarder autour de lui, analyser la situation, et ramasser de l'argent, parce qu'il traînait littéralement par terre. S'acheter une bagnole sans toit pour y trimballer des filles aux jambes nues.

Il s'approcha de la décapotable et regarda à l'intérieur. Le toit n'avait toujours pas été relevé, et la voiture rouge aux banquettes blanches ressemblait à un porte-savon de prix, ou plutôt, non, à un énorme coquillage nacré. Elle abritait deux corps splendides et bien soignés : le beau gosse aux dents blanches avec au poignet une montre à cinq cent mille roubles et sa petite amie mince et bronzée. La jupe de cette dernière s'était relevée et dénudait une longue jambe lisse, découverte jusqu'à mi-cuisse. Le lieutenant se sentit soudain si gêné que c'en était douloureux, les joues lui cuisaient, car il avait la sensation d'être entré dans une chambre à coucher qui n'était pas la sienne et de se tenir au-dessus du lit. Il fut pris du désir aigu de protéger cette jambe impudique d'une manière ou d'une autre, de la couvrir ou, au moins, d'ajuster la jupe. Mais, bien entendu, interdiction de toucher, et regarder ne faisait pas non plus partie des choses autorisées. Cependant, il regarda, longtemps, plusieurs minutes, si bien qu'il aperçut le grain de beauté au-dessus du genou, la cheville fragile, et le pied étroit et nu, et le petit orteil recroquevillé. Et puis une oreille rose et une gorge toute douce. Alors il se pencha et s'empara d'une mèche sombre aux boucles complexes, qu'il serra entre ses doigts et renifla. Les cheveux de la nymphe étaient soyeux et sentaient la fraise.

Il y eut soudain un mouvement dans la rangée voisine, qui le fit tressaillir de tout son corps, honteux, avant de se redresser. Le vieux barbu, qui s'était agenouillé à côté de sa Lexus, se signait en s'inclinant jusqu'à terre.

Lundi 7 juillet, 6 h 04

Le chat enfermé dans la cage de transport exiguë gratta la portière en plastique et se remit à pleurer, faiblement cette fois, mais le médecin l'entendit quand même, car il avait placé la caisse sous son coude avant de s'endormir. Le dos raide et la jambe droite engourdie, il commença par regarder sa montre et se redressa aussitôt, effrayé, presque certain de découvrir des rangées vides devant lui, parce que, trop profondément endormi, il aurait raté le moment où tout le monde avait rebroussé chemin et fichu le camp. Mais les voitures étaient toujours là, et les gens n'avaient pas bougé. *Bon sang, qu'est-ce que c'est que ça ?* pensa-t-il. *Il est 6 heures du matin. Est-ce qu'ils ont seulement l'intention de nous sortir de là ?*

— Mon pauvre coco, susurra-t-il au chat, qu'il sortit de sa cage et déposa sur l'asphalte.

Le gros matou blanc aplatit ses oreilles et se colla au sol, ainsi qu'il le faisait toujours dans les endroits inconnus. Les espaces ouverts et les odeurs étrangères l'effrayaient trop. C'était un vieux chat domestique castré, terriblement nerveux, même à la datcha : quand on le sortait sur la pelouse, ne serait-ce qu'un court instant, il détalait vers la maison, son fauteuil et sa litière.

— On n'a pas de litière, désolé, murmura le médecin. Fais tes besoins par terre, je nettoierai après.

Le chat le regarda d'un air de reproche, la queue frétillante. Il y avait douze ans qu'il ne faisait plus par terre. Il baissa la tête, renifla l'asphalte avec un déplaisir évident et s'approcha cependant de la grille, d'un pas méfiant et prudent. Soudain, il se faufila entre les barreaux et se retrouva de l'autre côté.

— Stop ! s'écria le médecin. Où tu vas ?

Le chat fila le long du flanc froissé de la voiture orange, plongea sous la roue avant droite et disparut. Le docteur se morigéna. Nul ne savait ce qui se trouvait derrière cette roue dangereusement inclinée : débris, huile, ferraille tranchante, sans compter qu'à tout moment l'épave mutilée risquait de s'effondrer et de l'écraser, cet imbécile. Le docteur s'agenouilla devant les barreaux, y pressa le visage et tendit les bras. Puis, à mi-voix, afin de ne déranger personne, il appela son chat.

Le jeune Volkswagen, dont la main était devenue énorme, dure comme une plaque de fonte et brûlante, ouvrit les yeux, vit au-dessus de sa tête une grosse lampe éclatante sous une cloche métallique et comprit sur-le-champ qu'il était allongé sur une table d'opération, mais s'était malencontreusement réveillé plus tôt que prévu. Il s'apprêta à en informer qui de droit, voulut prévenir qu'il était réveillé et sentait tout, qu'il ne fallait plus rien lui faire sans lui avoir d'abord administré une nouvelle dose de narcotique et sans avoir attendu qu'il soit à nouveau endormi, parce que, en l'absence d'anesthésie, ils ne pouvaient absolument pas procéder ainsi avec son bras. Il souffrait déjà, terriblement, il fallait patienter.

Il entrouvrit ses lèvres desséchées pour tenter de parler, mais rien n'en sortit, pas un mot, pas même un son. Et pendant qu'il essayait de reprendre le contrôle de sa langue indocile, ou du moins de sa gorge, parce que point n'était besoin de parler, gémir assez fort suffirait, ils l'entendraient et se rendraient compte qu'il était réveillé et sentait tout, ils lui feraient une autre injection… pendant qu'il s'y efforçait, donc – il y était presque, oui, il avait presque compris comment respirer et comment tourner la tête et produire un son –, il avisa sur sa droite un portail en béton effrité, avec les chiffres « 0-61 » tracés à la peinture à l'huile, puis il identifia une odeur d'essence et d'huile et reconnut sa voiture orange, accidentée et morte. Et tout lui revint.

Ce n'était même pas son idée, il n'avait eu aucune intention de le faire. Le feu était passé au rouge juste devant eux. C'est vraiment le pire moment, quand le feu passe au rouge sous ton nez et que tu te demandes si tu dois franchir quand même l'intersection ou non, si tu as le temps ou non, et ces idiots, évidemment, s'étaient aussitôt mis à crier depuis la banquette arrière : « Allez, vas-y, qu'est-ce que t'attends ? », sauf qu'il ne les avait pas écoutés. Il avait appuyé sur le frein et arrêté la voiture. Ils étaient restés longtemps coincés au feu, mais la rampe d'accès devant eux était déserte, et les filles, qui voulaient faire pipi, n'avaient cessé de lui donner des petits coups dans l'épaule : « Allez, qu'elles disaient, y a personne, regarde, pourquoi on reste là comme des moutons ? » Il avait vraiment été furax contre eux, parce qu'il était le seul à être sobre et qu'il devait les supporter, ces idiots qui finissaient leur vin en chouinant et en l'invectivant, pourtant il avait quand même résisté, parce que le feu était rouge. Il aurait peut-être fallu démarrer à ce moment-là, mais le feu était rouge, rouge encore, et personne ne bougeait autour d'eux, tout le monde attendait. C'est seulement lorsque le portail avait commencé à se fermer, quand les lourds vantaux de pierre avaient glissé l'un vers l'autre dans un lent craquement – on se serait cru en plein milieu d'un *Indiana Jones* –, et que du sable était tombé du plafond, qu'ils avaient tous hurlé en même temps. Quelqu'un avait crié : « Vas-y, fonce ! » Alors il avait tourné la clé, appuyé sur l'accélérateur et démarré en trombe, parce que vu la proximité du portail et la lenteur avec laquelle il se refermait, ils devaient avoir le temps, il en était sûr. Il n'était pas au courant pour la grille.

De sorte que, en définitive, il n'était coupable de rien, il ne voulait pas et il n'y serait certainement pas allé si on ne lui avait pas crié de le faire, il devait juste se rappeler qui avait lancé cette injonction quand le portail avait commencé à se fermer… Si seulement il pouvait se rappeler maintenant qui c'était, lequel d'entre eux. *Pas moi,* pensa-t-il en s'allongeant sur le dos, *ce n'est pas moi.* Il avait froid et terriblement soif, et il était vraiment désolé pour eux trois, vraiment navré. Il ne les avait plus revus depuis la grille et ne savait pas à quoi ils ressemblaient maintenant, et même lorsqu'il jetait un œil du côté de la voiture, il ne distinguait pas grand-chose, d'ailleurs il ne comprenait rien, si ce n'était qu'il ne fallait pas regarder. En revanche, il avait vu un os dépasser de son avant-bras, son propre os tout blanc. Il ne méritait pas ça, personne ne méritait un truc pareil, et il n'y avait aucune raison qu'il soit puni de cette façon.

Puis il renonça aussi à regarder son bras gauche – affreux, chauffé à blanc et pesant dans les cent kilos. Il était posé sur le bitume, ce bras, séparé de lui, le long de son flanc, attaché à une raquette de tennis rigide. Quelque chose de grave semblait être arrivé à ce membre étranger, qui n'avait plus rien à voir avec lui, qui le gênait terriblement, et pas seulement à cause de la douleur : il avait l'impression que sa peau dégageait une mauvaise odeur. Anormale, fétide, à peine tolérable. La raison de cette puanteur pouvait être tout autre, mais il avait lu vingt fois que ce genre de relents douceâtres et nauséabonds étaient précisément ceux de la mort. C'était d'ailleurs la conclusion la plus évidente et la plus raisonnable : ce n'était pas lui qui sentait, car il était vivant, et même son bras écrasé était vivant, irrigué, relié à son épaule. Néanmoins, l'odeur était là, toute proche, et elle devenait aussi difficile à supporter que la douleur.

Le petit stomatologue anxieux oublia l'asphalte sale, ce qu'il s'était interdit de faire même dans son sommeil (d'où son dos si douloureux et son cou raidi), et il était maintenant couché à plat ventre, quitte à tacher sa chemise claire, et percevait sous sa joue la rugosité des pierres et les grains de sable, parce qu'il fallait vraiment qu'il regarde sous la voiture. Il se disait que si son chat le voyait, si leurs regards se croisaient, il aurait beaucoup plus de facilité à le convaincre. L'animal était vieux, rancunier et n'avait jamais été enfermé aussi longtemps dans une cage de transport. De façon générale, il n'aimait pas du tout la cage et gardait une dent contre lui, même après une courte visite chez le vétérinaire : il ne grimpait plus sur le canapé et refusait la nourriture, allait jusqu'à se cacher dans l'armoire où il semait ses poils sur les cols roulés en laine du docteur. Le meilleur moyen de venir à bout de cette rancœur sénile, c'était de ne pas l'importuner, de le laisser tranquille et d'attendre. Mais le docteur n'avait pas ce loisir maintenant. Il se remémora un incident de l'hiver précédent : il avait accidentellement laissé le chat dans l'escalier, n'ayant pas bien refermé la porte pendant qu'il descendait les poubelles. Il n'avait remarqué son absence que deux heures plus tard, en plein dîner. Il avait alors parcouru les douze étages au pas de charge, volée après volée, pressentant déjà que le chat avait été jeté dehors. Quelqu'un lui aurait flanqué un coup de pied avant de le balancer par la porte, or il n'avait jamais vu la neige, ce matou, ne connaissait rien aux chiens et avait presque oublié comment sauter. Mais le docteur avait fini par le repérer au rez-de-chaussée, près des boîtes aux lettres, où une petite vieille lui avait même aménagé un lit d'un chiffon et donné une soucoupe contenant trois queues de poisson. Bref, cette fois-là, tout s'était bien terminé. Seulement, un tunnel de trois kilomètres et demi rempli de voitures, ce n'étaient pas les douze étages d'un immeuble, ça abritait bien plus de gens. Parmi eux, il y aurait forcément des êtres capables de faire du mal à un chat, d'autant que ces créatures sont faciles à blesser. Il fallait absolument le persuader de rentrer dans l'espace confiné entre les portes hermétiques et la grille. L'apaiser pour qu'il ne s'enfuie pas et ne s'égare pas dans le long et dangereux tuyau.

— Allez, viens, susurra tendrement le docteur à l'intention du vide, dans l'obscurité opaque derrière la roue avant tordue. N'aie pas peur, tout va bien.

En entendant cette voix, le jeune Volkswagen se retourna et reconnut le petit bonhomme pâlichon qui, quatre heures plus tôt, lui avait attaché la main à une raquette de tennis et qui, se rappelait-il, lui avait volé sa montre. Quoi que non, il la lui avait rendue. En revanche, pour une raison mystérieuse, il refusait d'appeler une ambulance, préférant farfouiller dans sa trousse à pharmacie comme s'il la voyait pour la première fois, et ses gestes étaient si maladroits qu'il n'avait pas l'air d'un médecin. Pourtant, cet avorton ridicule ne s'était pas enfui comme les autres, et il était le seul à traîner encore près de la grille, et lui, il avait trop peur et trop mal, il voulait qu'on lui apporte à boire, qu'on lui fasse une piqûre, que quelqu'un lui parle de son bras, qu'on lui dise qu'il n'avait rien à craindre, que tout serait bientôt fini, et que ce n'était pas lui qui puait comme ça, quelle absurdité, bien sûr que ce n'était pas lui.

— Tout va bien, je suis là, dit gentiment le petit bonhomme.

En entendant ces mots, le jeune Volkswagen se sentit honteux de tout ce qu'il lui avait craché récemment au visage. Il esquissa un sourire pour montrer qu'il était heureux de ne pas avoir été laissé seul, jusqu'à ce qu'il se rende compte que ce n'était pas lui que regardait le petit bonhomme.

— Hé ! lança-t-il.

Cette fois, sa langue parut lui obéir, mais le petit bonhomme regardait toujours dans une autre direction. Apparemment, il ne voyait pas plus le jeune homme que si celui-ci n'avait pas été là. Pendant une seconde, il se dit : *Et si je n'étais vraiment pas là, mais que je ne le savais pas encore ?* Soudain, la situation lui apparut véritablement sous ce jour-là : immobilité, douleur, froid, odeur nauséabonde, *et tu as beau crier, personne ne t'entend.* Cette idée l'effraya tant qu'il banda ses forces et se redressa. La grille brutale tira sur son bras cassé, lui causant une douleur insupportable, terrible. Il se mit à crier, fort, à pleins poumons, et comprit aussitôt qu'il était vivant, car le petit bonhomme de l'autre côté de la grille tressaillit, leva les yeux et le vit.

— Qu'est-ce qui se passe ? demanda-t-il. Pourquoi vous vous êtes assis ? Il ne faut pas. Donnez-moi juste une minute, vous voyez, j'ai un chat, il s'est faufilé sous la voiture…

— Un chat ? le coupa plaintivement le jeune Volkswagen, qui, quatre heures plus tôt, avait vu un os dépasser de son bras, qui n'avait pas du tout mérité ça et comprenait seulement à présent qu'il était tombé dans un vortex infernal dont il ne sortirait jamais, absolument jamais.

— Quel chat ? Vous avez tous perdu la boule ici ? Des cinglés, putain, qu'est-ce que vous fabriquez ?

Il avait mauvaise mine, pire encore que la veille. Ses paroles étaient indistinctes, son visage brillait, ses yeux partaient dans tous les sens, et son bras cassé, remarqua le docteur, était lui aussi dans un piteux état : rouge vif, il avait, en doublant de volume, repoussé l'attelle ensanglantée maladroitement fabriquée la veille. C'était une première pour lui et, désormais, cette éclisse improvisée faisait manifestement plus de mal que de bien au jeune homme. Ce bras devait être libéré et bandé de frais dès que possible, il n'y avait pas de temps à perdre.

— Prêtez-moi un téléphone, bande de salopards, cria le garçon. Juste un téléphone, je veux rien d'autre de vous. Je passerai moi-même mon coup de fil. Vous pouvez faire ça pour moi ?

— Aucune ambulance ne viendra, lâcha le médecin. On est enfermés ici et il n'y a pas de réseau. Laissez-moi desserrer un peu votre bandage, vous vous sentirez mieux. C'est bon, calmez-vous. Laissez-moi regarder, n'ayez pas peur, je suis médecin.

— Un médecin, bien entendu, dit Volkswagen en sanglotant. Donnez-moi au moins une pilule. J'ai mal ! Et j'ai froid. Et j'ai très soif.

— Je n'ai rien, je suis désolé, avoua le docteur. Je suis stomatologue, nous ne transportons rien avec nous. Mais je peux vous aider, je vais essayer, montrez-moi votre main.

À peine eut-il soulevé la bande de gaze médicale n° 10, 16 × 14 cm, que le médecin, le souffle coupé, maudit une fois de plus avec ferveur les fabricants de trousses de secours pour voitures, qui avaient rempli leur boîte inutile de bandes stériles de toutes tailles et de toutes formes, mais n'avaient même pas fourni le plus insignifiant des antiseptiques. Sept heures s'étaient écoulées et un antiseptique ne suffirait plus, c'était une certitude.

— Alors, c'est comment ? demanda Volkswagen, qui se recoucha docilement sur le dos et détourna même le visage, comme un enfant qui a enfin accepté de tendre un bras pour un prélèvement de sang et qui attend l'aiguille, mais sans regarder.

— Vous avez besoin d'antibiotiques, lui répondit honnêtement le médecin, qui avait pour habitude de ne pas mentir à ses patients. Votre fracture est ouverte et je n'avais rien pour soigner la plaie. Je crains que vous ne souffriez d'une infection. Laissez-moi vous refaire un bandage et réfléchir à une autre option…

Volkswagen, en larmes, se retourna et regarda son avant-bras pour la première fois depuis des heures. En dix-neuf ans et demi d'une vie parfaitement agréable, il n'avait jamais vu un bras humain ressemblant à ça. Il n'avait même pas soupçonné qu'un bras puisse avoir cette allure. *C'est donc moi*, pensa-t-il avec horreur. *C'est donc moi qui pue, au bout du compte.*

— Mais il n'est pas trop tard, ou si ? demanda-t-il en s'efforçant de garder une voix calme, mature, histoire que le petit stomatologue, lassé de ses cris, ne l'abandonne pas comme les autres. On va bientôt nous libérer ? Ça fait un moment qu'on est enfermés, non ? Quand est-ce qu'ils vont nous ouvrir ?

— Je ne sais pas, avoua le médecin.

À l'expression peinte sur le visage de son jeune patient, il avait aussi compris que sa phrase suivante devrait être plus assurée.

— Mais il y a beaucoup de monde dans le tunnel, vraiment beaucoup. On va trouver. Vous savez, les gens transportent parfois des sacs de médicaments, de toutes les sortes possibles. Laissez-moi aller les interroger, et vous avez aussi besoin d'eau et d'analgésiques, je vais en trouver et je vous les rapporte. Je dois juste rattraper mon chat. Dès que je lui aurai mis la main dessus, je partirai en mission.

Il va s'en aller pour de bon, pensa Volkswagen. *Je lui ai crié dessus, et puis cette histoire de montre, oh, pourquoi je lui ai crié dessus à propos de la montre, il va partir lui aussi, maintenant, et terminé, il ne reviendra pas.*

— Vous devez m'aider, martela-t-il, sentant aussitôt qu'il ne prononçait pas les bonnes paroles et pas avec la bonne intonation.

Il y avait une puérilité pathétique dans son ton, d'autant qu'il était sur le point de se remettre à crier.

— Vu que vous êtes médecin, continua-t-il pourtant. Vous ne pouvez pas me laisser tout seul ici.

— Naturellement, le rassura le médecin. Ne vous inquiétez pas, je...

Un chat, gros et blanc, sortit sans se presser de sous la voiture écrabouillée et secoua d'un air dégoûté sa patte souillée d'une matière sombre, de l'huile ou de l'essence.

— Te voilà, lâcha le médecin avec soulagement. Viens ici, mon petit nigaud, viens donc.

S'armant contre une douleur atroce, Volkswagen serra les dents et se redressa, puis tendant son bras valide, il attrapa le chat qu'il pressa contre son ventre. La bestiole feula et se débattit, mais ne parvint pas à lui échapper.

— Attention, prévint le médecin. S'il vous plaît, vous lui faites peur. Laissez-moi le récupérer.

Il passa la main à travers les barreaux de la grille.

Volkswagen secoua la tête et rampa aussi loin que possible. Il avait le vertige, le visage blafard du docteur tremblait et se brouillait.

— Apportez-moi d'abord les médicaments, cracha-t-il. Sinon, je lui arrache la tête.

Lundi 7 juillet, 6 h 17

Avant de renoncer et de se laver les mains de tout, de l'évadé, de son salaud de capitaine avec sa grosse gueule et de la sanction dont il ne manquerait pas d'écoper, le lieutenant décida de faire une dernière ronde, de parcourir ce foutu tunnel une dernière fois. Le responsable de cette ultime tentative de sa part était, aussi curieux que cela paraisse, le pope de la Lexus, qui, s'étant redressé après une dernière génuflexion, le surprit en train de reluquer la Belle au bois dormant de la décapotable. Bien que le pope n'ait pas exigé la moindre explication, le lieutenant, sans trop savoir pourquoi, ne put laisser cette scène sans commentaire et s'empressa d'informer le prêtre qu'il ne faisait pas que regarder des jambes nues, mais recherchait un criminel. Et le pope, à sa grande surprise, se détourna aussitôt de sa prière pour lui raconter qu'il avait vu de ses propres yeux l'homme menotté, laissé sans surveillance dans la voiture de patrouille que le capitaine avait oublié de fermer à clé, sortir tranquillement et se diriger vers l'entrée du tunnel, dans le sillage de la foule en débandade. La haine du lieutenant pour la grosse raclure à épaulettes, qui dormait comme un bienheureux alors que lui-même avait erré toute la nuit entre les files de voitures, tel un putain d'ours, ne fit que s'intensifier avec ce témoignage. Il prit sur-le-champ la décision ferme et définitive de se barrer de son poste dès le lendemain : il écrirait sa lettre de démission et ils pourraient tous aller se faire foutre. *« Descends-le, surtout. Si tu le vois, tire-lui dessus », mais lui, il se vautre et il pionce, le saligaud.* Sauf que le lieutenant ne pouvait pas non plus arrêter ses recherches maintenant, sous les yeux du pope à barbe grise. Aussi s'en fut-il de nouveau, boitillant désormais des deux jambes, tel un robot indifférent, juste pour parachever le cycle, en énumérant encore une fois pour lui-même : le chien roux de la Citroën, la berline avec les pivoines, le dossier plein de papiers. L'autobus bleu derrière lequel, six heures plus tôt, ils s'étaient cachés avec le binoclard de la Toyota et le gros père de l'UAZ, tandis que les gens se marchaient dessus dans les allées étroites entre les véhicules. D'ici une dizaine de minutes, l'Opel et son bébé seraient en vue, avec, au-delà, la grille… et terminé, demi-tour, il regagnerait la voiture, abaisserait le dossier du siège, délacerait ses souliers et piquerait un somme. Et ce gros porc bedonnant de capitaine, eh bien, qu'il fasse ce que bon lui semblerait.

Les vitres du bus étaient couvertes de buée, malgré les fenêtres et les portes grandes ouvertes. Comment faisaient-ils pour dormir, dans cette chambre à gaz ? se demanda le lieutenant écrasé de chaleur avec une compassion inattendue. Il n'y avait probablement pas assez de sièges pour tous les passagers. *Ils doivent être entassés comme des sardines dans une boîte. Combien sont-ils, quarante ? Mais même trente. Même s'ils ne sont que trente…* Il s'interrompit dans ses pensées. *Trente ou quarante personnes qui ne se connaissent ni d'Ève ni d'Adam, qui n'ont que peu de chances de se rappeler le visage de leur voisin. Quel couillon je suis !*

Il pouvait encore faire comme si cette pensée tardive et presque inutile ne lui était jamais venue à l'esprit. D'autant qu'il avait jeté un œil dans l'autobus au tout début, quand on se promenait encore. Il n'y avait pas le moindre type menotté là-dedans, juste de vieilles femmes qui avaient étalé sur les sièges des sacs en cellophane contenant des biscuits, du pain et du saucisson, qui lavaient des pommes avec de l'eau gazeuse et maudissaient à voix basse les salauds qui ne se souciaient pas que les gens soient désormais dans l'incapacité de rentrer chez eux à l'heure. Dans le même élan, elles avaient d'ailleurs maudit le lieutenant – sans passion, juste pour entretenir la conversation. Mais il n'avait plus remis le pied dans le bus, il avait reçu sa part de malédiction pour aujourd'hui. Il pourrait continuer jusqu'à l'Opel avec le bébé, puis jusqu'à la grille et revenir, achever sa quatrième tournée, dénouer ses lacets et se coucher. Demain, il remettrait sa démission. Il réclamerait ses congés non utilisés avant de démissionner. Et cette perspective était là, dans sa lumineuse clarté, à portée de main. Il était donc d'autant plus étrange que, au lieu de cela, il dégaine son arme, contourne l'autobus endormi et y monte par la porte arrière.

L'odeur qui régnait à l'intérieur était lourde et nauséabonde. Malgré les portes ouvertes, il y faisait si chaud qu'il eut l'impression d'entrer dans un bain de vapeur. On entendait des ronflements sonores, entrecoupés de sifflements, de fins filets de condensation ruisselaient le long des vitres. Les infortunés passagers étaient effectivement étendus un peu partout, certains sur les sièges, d'autres à même le sol malpropre, des sacs ou des paquets glissés sous leur tête. L'homme menotté lui sauta aux yeux : il somnolait, à moitié assis, adossé à la cabine du chauffeur et, bien qu'il ait caché ses poignets abîmés par les menottes sous une veste roulée en boule, le lieutenant le reconnut sur-le-champ : une joue tuméfiée, une arcade enflée. Il se souvenait même de son sourire, car chaque fois qu'il se retournait, cet homme étrange, quoique roué de coups et entravé, lui souriait bel et bien depuis la banquette arrière. Et ce sourire était normal, banal, joyeux même, comme si ce n'était pas lui, le lieutenant, qui lui avait défoncé le visage en le jetant à terre. Comme si ni la pommette fendue ni l'arrestation risquée elle-même, dont les circonstances et les raisons inquiétaient encore vaguement le jeune lieutenant, ne signifiaient rien et ne gâchaient rien entre eux.

Le prisonnier bougea soudain, leva la tête et ouvrit les yeux et, cette fois, il ne souriait pas. Ils échangèrent un regard qui dura de longues secondes : un regard sérieux, sans parole, séparés qu'ils étaient par la longueur du car et plusieurs dizaines de corps endormis, un regard qui transforma ces deux personnes sans presque aucun lien, l'une en cosaque et l'autre en hors-la-loi, l'une en chasseur et l'autre en proie. Et dès l'instant où la transformation s'acheva, l'homme menotté se remit d'un bond sur pied, sauta de l'autobus par la porte avant et déguerpit, tandis que le lieutenant dévalait les marches et s'élançait à sa poursuite.

Lundi 7 juillet, 6 h 23

— Pardonnez-moi, s'il vous plaît, commença pour la dixième fois le docteur, au désespoir, alors qu'une énième portière s'ouvrait et qu'un énième visage endormi se montrait.

Et pour la dixième fois, il se prépara à voir l'espoir avec lequel les personnes réveillées accueillaient le timide coup frappé contre leur vitre se muer en déception, en contrariété et en colère.

Il se dépêchait autant qu'il le pouvait, il essayait même de parler à toute allure, mais il n'avait pas beaucoup avancé : il n'avait parcouru que les trois premières lignes de voitures, zigzaguant comme une araignée d'eau effrayée. Et ceux qui étaient réveillés réagissaient de la même manière : d'abord ils se redressaient et secouaient les autres dormeurs, sûrs que ce maudit portail s'était enfin ouvert et qu'ils pouvaient repartir, et dans un second temps seulement, ils se rendaient compte que le petit docteur ne leur apportait pas de salut, mais que, au contraire, il était venu le leur prendre. Et, aussitôt, ils s'emportaient contre lui, malgré eux, pas personnellement, mais contre le porteur d'une mauvaise nouvelle. Certains fouillaient tout de même dans leurs sacs et lui présentaient des plaquettes de pilules, des flacons et des tubes entamés, cependant le petit docteur se sentait toujours dans la peau d'un mendiant faisant la manche dans un train de banlieue, il transpirait, s'excusait et marmonnait, sans cesser de penser à son chat. À son vieux chat au cœur fragile et au mauvais caractère, qui se cachait toujours sous le canapé pour échapper aux invités, ne supportait pas les caresses indélicates et ne venait s'allonger à côté de lui que si l'envie lui en prenait.

— Désolé de vous réveiller, bredouillait-il en assortissant sa phrase d'un sourire pathétique. Non, on ne nous a pas encore ouvert, non, désolé. Oui, je comprends, mais c'est urgent. Un homme est blessé, gravement blessé, il lui faut impérativement des médicaments. Vous n'en auriez pas avec vous ? Si vous n'avez rien contre, j'aimerais y jeter un coup d'œil. Encore une fois, merci beaucoup, débitait-il en regardant les boîtes froissées de cachets contre l'anxiété, de vitamines, de pastilles contre la toux et de gouttes contre le rhume.

Après quoi il s'excusait, remerciait et courait jusqu'à la voiture suivante.

Il était tourmenté par l'idée que tout avait mal tourné depuis le début, d'une façon terriblement tordue, et tout ça, à cause de lui. C'était lui qui s'était montré stupide et s'était fourvoyé – il y avait longtemps, cinq heures plus tôt, parce qu'il aurait pu trouver alors un antiseptique de mauvaise qualité, voire des antibiotiques, s'il n'y avait pas eu la femme à la brique de lait et son « Ils se croient tout permis », qui l'avaient privé du courage d'insister. À dire vrai, il s'était senti soulagé sur le moment, comme si, de cette simple réplique, la femme courroucée lui épargnait les désagréments, les humiliations et les conversations déplaisantes, parlait au nom de tout le tunnel d'une seule voix et lui évitait de chercher de l'aide, mais l'autorisait plutôt à se contenter de cette attelle ridicule et à s'endormir. Elle lui avait permis de se convaincre que d'autres viendraient s'occuper du reste et qu'il avait fait tout ce qui était en son pouvoir, même si ce n'était pas vrai. Bien sûr que non, et chaque minute qui passait ne faisait que l'éloigner un peu plus du bon déroulement des événements, l'embrouillait sans cesse davantage, toutefois sans qu'il sache trop pourquoi, il ne parvenait pas à s'échapper, et il roulait à n'en plus finir sur ces mêmes rails accablants. Il faisait des ronds de jambe, se trémoussait, prêt par avance à être rejeté : il n'exigeait pas, il demandait, parce qu'il était toujours mal à l'aise et continuait d'attendre que les choses s'arrangent d'une manière ou d'une autre. Parce qu'il était faible. Une mauviette. Maintenant, le jeune de la Golf allait perdre connaissance et écraser son chat, ou même le tuer volontairement, pour punir le docteur de sa lâcheté et de sa stupidité. Pourtant, en dépit de cette analyse de la situation, le docteur ne se précipitait pas, par exemple, vers sa voiture pour appuyer sur le klaxon afin de réveiller tout le monde. Même à cet instant précis, il éprouvait bien davantage de pitié pour le chat que pour le garçon. Mais, par-dessus tout, il se sentait désolé pour lui-même.

— Alors ? demanda une fille somnolente dans une Hyundai Getz bleue. Y a quelque chose qui vous intéresse, là-dedans ?

Elle lui avait fourré sous le nez sa trousse de maquillage ouverte.

Aspirine, ibuprofène, pansements. Quelques tampons, un poudrier, du rouge à lèvres et une brosse à dents. Un fatras inutile, rien d'intéressant.

— Oui, répondit-il. Merci beaucoup, je vais prendre ça, si ça ne vous dérange pas.

Il sortit une plaquette argentée d'ibuprofène dont restaient six des dix comprimés.

— Ce n'est pas exactement ce dont j'ai besoin, mais ça fera l'affaire. Et si vous avez de l'eau… Je vous remercie. Merci, vous avez été très utile, vraiment.

Tout en se dirigeant vers la grille, il fit tomber les cachets dans sa paume – petits, blancs, non marqués. Il froissa la plaquette vide et la fourra dans sa poche.

— Voilà, annonça-t-il, haletant. J'ai récupéré ça. Vous voyez ? Tenez. Et je vous ai aussi apporté de l'eau.

Pâle et ruisselant comme un noyé, le jeune Volkswagen était de nouveau couché sur le dos, le chat pressé contre sa poitrine. Pendant un bref instant, le docteur craignit d'arriver trop tard – l'un des deux était peut-être déjà mort, soit le garçon, soit le chat –, mais le jeune homme ouvrit les yeux et le chat remua une patte.

— Qu'est-ce que c'est ? demanda le blessé d'une voix rauque.

— Un antibiotique, mentit le médecin. Exactement celui qu'il vous faut. Maintenant que je vous l'ai apporté, vous pouvez le laisser partir. Je vous en prie.

— Non, répondit le garçon. Donnez-moi d'abord les cachets. Et j'ai aussi besoin d'une piqûre. Je souffre, vous avez dit vous-même que j'en avais besoin.

— Pourquoi vous vous comportez comme un bébé ? s'insurgea le médecin. Ça vous sert à quoi ? Je suis resté avec vous toute la nuit, je vous aide.

— Non, s'entêta le jeune.

— Si vous ne les prenez pas maintenant, ajouta le stomatologue, vous allez faire une septicémie. Elle a déjà commencé, regardez. C'est un processus très rapide, et même si on nous ouvre le portail sous peu, vous ne vivrez probablement pas assez longtemps pour le voir. Mais j'ai trouvé de quoi vous soigner. C'est très puissant, ça va vous aider. En attendant, je vais essayer de mettre la main sur une seringue. Et un peu plus d'eau. Mais vous devez me rendre mon chat. Vous ne pourrez pas prendre ces comprimés en continuant à le tenir. Il y en a six, il faut que vous en preniez deux maintenant et deux autres dans deux heures. Allez-y.

Le chat était fatigué et, alors même que, pour la première fois de sa vie, on le prenait par la peau du cou afin de le glisser entre les barreaux de la grille, il n'ébaucha ni résistance ni protestation. Docile, il se laissait pendouiller, pattes et tête ballantes. Le médecin s'empressa de le saisir pour le serrer contre lui et vérifier son cœur.

— Allons, allons, mon pépère. Qu'est-ce que tu as ?

Il resta un moment avec le chat dans les bras, puis s'accroupit précautionneusement et le replaça avec précaution dans la cage de transport, dont il verrouilla la porte.

— Tout va bien se passer, dit-il au jeune, qu'il ne pouvait plus regarder. Je ne serai pas long. Buvez l'eau que je vous ai apportée et essayez de dormir.

Le jeune Volkswagen observait sa paume, pleine de poils blancs abandonnés par le chat. Les pilules y formaient un tas humide et collant. *Je me suis contenté de le tenir,* pensa-t-il. *Je ne lui aurais rien fait. Il est évident que je ne pouvais pas tuer ce chat, très évident même.* Il aurait dû le dire à voix haute, naturellement, pour que le triste petit bonhomme comprenne, mais il s'avérait que les mots lui répugnaient, il se sentait soudain terriblement fatigué des mots. Alors il ne dit rien, il se borna à porter sa paume à la bouche et avala les six pilules d'un coup, puis il vida la bouteille en trois gorgées et ferma les yeux.

Le docteur ramassa ses deux boîtes, la grande et la petite, et les transporta jusqu'à la voiture.

Lundi 7 juillet, 6 h 54

Le capitaine se réveilla, leva les yeux vers le plafond jaune et enfumé de la voiture de patrouille et se remémora aussitôt tous les événements en un long travelling dégoûtant : le portail en béton avec les numéros, l'hystérique de la Peugeot, la bande de cinglés dans la Maybach, le prisonnier évadé et ce qu'on lui ferait, à lui, le capitaine, pas plus tard que ce soir, s'il ne réussissait pas à lui remettre la main dessus. Ce putain de portail s'était fermé à un très mauvais moment, et personne n'aurait jamais pu prévoir le truc. Mais maintenant qu'on était le matin, il semblait au capitaine refroidi et plein de remords que le portail et tout le reste de l'étouffant cauchemar qu'il avait enduré la veille ne constitueraient pas des excuses suffisantes et ne seraient pas compris. Il ne pouvait même plus s'expliquer pourquoi il s'était couché si facilement, si serein tantôt, en confiant ce qu'il y avait de plus important à ce jeune crétin qui avait même besoin qu'on lui souffle l'idée pour songer à se torcher le cul. Et qui s'en foutait de toute façon, parce que ce ne serait pas sa tête qu'on ferait tomber. À tous les coups, il avait fichu le camp quelque part pour pioncer à l'abri des regards.

Le capitaine regarda sa montre, jura entre ses dents et, ayant allumé l'émetteur, écouta brièvement le bruit mort, mécanique, qu'il en était venu à bien connaître. Il se retourna vers la banquette arrière vide, regarda avec dégoût la tache de sang qui avait séché sur la housse en velours, puis poussa la portière, sortit et commença à toquer aux voitures voisines. Il réveilla d'abord le costaud de l'UAZ, puis le binoclard de la Toyota et, après un moment de réflexion, secoua par l'épaule le godelureau de la décapotable. Il n'avait plus le choix : c'en était fini d'attendre.

Quand il découvrit le visage tendu du capitaine derrière sa vitre, Mitia ne ressentit aucun espoir. D'instinct, il pressentait que le capitaine n'avait pas de bonnes nouvelles à lui annoncer. Renfrognés et fripés, Patriot et Cabriolet regardèrent le gros policier sans plus d'enthousiasme et, lorsque celui-ci porta son doigt à ses lèvres et leur fit signe de s'approcher de la Ford de patrouille, ils y allèrent à contrecœur et s'immobilisèrent à bonne distance.

— Pourquoi t'as frappé à ma vitre ? À 7 heures du mat', s'agaça Patriot. C'est l'heure de mettre tes troupes en ordre de marche ? Ben, mets-y ton lieutenant.

Une ombre passa sur le visage du capitaine. Il n'était pas habitué à de telles libertés de la part de civils et, de toute évidence, il avait une réponse toute prête sur le bout de la langue, qui n'allait pas tarder à fuser, mais la lutte fut brève. Il ne resta muet que quelques secondes, puis se ressaisit et fit comme s'il n'avait pas remarqué le ton irrespectueux ni entendu ces paroles.

— Très bien, les gars, déclara-t-il. L'heure est grave et j'ai besoin de votre aide.

Oh-oh, capitaine, pensa Mitia. *Tiens donc. Quel balèze tu fais !*

— Qu'est-ce qui s'est passé ? demanda-t-il innocemment. C'est à propos de votre prisonnier, non ?

— De l'homme que nous avons appréhendé, rectifia sèchement le capitaine, revenant à la marche officielle des choses. L'individu appréhendé s'est échappé. Comme je l'ai dit, c'est grave et il faut...

— C'est toi qui t'es barré, l'interrompit Patriot. Je t'ai vu. T'as pas fermé ta voiture à clé.

— Vous m'excuserez, bien entendu, déclara Cabriolet, mais en quoi ça nous concerne ?

— Ah, fit Mitia. Il est donc dangereux au bout du compte. Ou je me trompe ? Parce que je ne vous ai pas très bien compris hier. Je me suis approché de vous, vous vous rappelez ? Vous m'avez demandé de ne pas vous empêcher de travailler.

— Il travaillait, tu m'en diras tant, ironisa Patriot. Il a envoyé le jeune trimer et, lui, il est allé roupiller. Tu as bien dormi, travailleur ?

L'amabilité forcée qu'avait affichée le capitaine fondit rapidement sur son visage. Son front et ses joues commencèrent à s'empourprer.

— Bref, lâcha-t-il à contrecœur. Il y a un criminel en liberté dans le tunnel. Je fais appel à vous, comme à des citoyens avec une conscience : il faut l'attraper.

— Il le faut pour qui ? demanda Mitia. Qu'est-ce qu'il a fait, vous pouvez nous le dire ? Il a tué une petite vieille à coups de hache ? Ou bien vous l'avez coincé au motif que sa façon de penser manque d'enthousiasme ? Parce que c'est pas la même chose, figurez-vous. Et si vous voulez vraiment qu'on s'organise en milice...

— Non, mais comment vous envisagez le truc, globalement ? insista Cabriolet. S'il est dangereux. On n'a pas d'armes, rien...

— Capitaine !

L'apostrophe retentit soudain entre les rangées de voitures, et tous les quatre frémirent en même temps avant de se retourner, unis pour un instant dans une même angoisse, au point de se rapprocher involontairement les uns des autres.

— Oui, reprit la voix, c'est à vous que je parle. Vous m'entendez ?

La nuit passée dans la minuscule Peugeot avait aplati ses boucles qui pendouillaient désormais. Son mascara avait coulé, ses paupières étaient gonflées de fatigue, en revanche il y avait encore plus de passion dans son visage rond. Elle fonçait sur eux d'un pas sûr et rapide, aussi furibarde que la veille. Et elle projetait des mots courroucés qui semblaient destinés à les clouer sur place pour les empêcher de déguerpir.

— Huit heures ! Huit. Heures ! On est bloqués là depuis une éternité ! Qu'est-ce que vous fabriquez, tous autant que vous êtes ? Qu'est-ce que vous vous chuchotez en douce ? J'exige de savoir ce que vous avez l'intention de faire. Oui, oui, capitaine, vous ! C'est votre responsabilité, d'ailleurs ! Il y a des centaines de personnes ici : vous avez seulement cherché à savoir comment elles se portaient ? Mais passez donc dans les rangs ! Non mais faites le tour !

Le capitaine poussa un gémissement à peine audible. Après tout ce qu'il avait enduré la veille, et compte tenu des ennuis qui l'attendaient presque inévitablement, l'apparition de cette femme infernale, insupportable, trois fois maudite, était la goutte d'eau qui faisait déborder le vase. D'autant que l'hystérique avait réveillé tout le monde : des visages mécontents commençaient à se montrer aux vitres des voitures voisines et quelques murmures d'approbation se faisaient même entendre, permettant de supposer que les choses n'allaient pas tarder à tourner une nouvelle fois au vinaigre pour le capitaine. Il prit une inspiration et s'avança vers sa Némésis, prêt à remettre les pendules à l'heure, à tuer l'émeute dans l'œuf et à lui rappeler ainsi qu'à tous les autres qu'ils n'étaient que la cinquième roue du carrosse, que personne ne les avait sonnés et qu'ils allaient encore avoir le culot de lui expliquer ce qu'il leur devait ? Il prévoyait déjà si bien comment il s'y prendrait pour leur rabattre le caquet et les obliger à se rasseoir dans leurs voitures, histoire qu'ils n'en bougent plus et ne viennent pas lui traîner dans les pattes, qu'il avait déjà ouvert la bouche. Quand, soudain, il vit son évadé qui déboulait droit sur lui dans l'étroit passage.

Il abattit la main sur sa cuisse pour y attraper son arme, il eut même le temps de remarquer la grimace de la garce à la

Peugeot, qui avait naturellement cru que le mouvement lui était destiné et s'était brusquement jetée de côté. Mais quelque chose s'accrocha à sa ceinture et resta coincé. Une seconde plus tard, l'homme menotté le percutait et le repoussait d'un violent coup d'épaule, le renversant presque au sol, avant de le dépasser en trombe pour filer vers l'extrémité du tunnel. Et tandis que le capitaine, projeté contre le flanc de la Ford de patrouille, telle une lourde tortue renversée, tentait de recouvrer son équilibre, tout en se débattant avec le fermoir indocile de son étui, le jeune lieutenant le dépassa au pas de course en martelant lourdement le sol, visage blême et bouche ouverte, comme s'il était la proie au lieu du chasseur.

— Aaaaah ! hurla le capitaine. Tu vas voir ce que tu vas voir, mon salopard !

Et il arracha enfin la sangle, sortit son pistolet et s'élança dans leur sillage.

Maman-Peugeot poussait des cris d'orfraie, les portières claquaient, quelqu'un criait : « Quoi ? Qu'est-ce qui s'est passé, est-ce que quelqu'un pourrait m'expliquer ? » et Mitia fut surpris de réaliser qu'il allait se mettre à courir lui aussi, sans réfléchir, en obéissant à un instinct stupide, à un besoin primitif de se joindre à la traque. Il bouscula même Cabriolet, jugeant que ce serait une bonne idée de s'élancer dans la rangée voisine, au cas où le fugitif rebrousserait chemin, pour lui barrer la route et l'intercepter, mais Patriot le reprit par le coude et le tira, exactement comme il l'avait fait précédemment, vers l'autobus.

— Qu'est-ce qui te prend, Binoclard ? fit-il d'une voix étonnamment sobre. Détends-toi. C'est leurs salades, ça ne te concerne pas le moins du monde.

Et, de fait, Mitia se détendit aussitôt, soulagé. La panique alentour s'estompa elle aussi : à l'évidence, tout le monde se sentit mal à l'aise en même temps. La scène avait de quoi scandaliser, bien sûr. Mais, *primo*, l'homme entravé par des menottes et les deux policiers étaient déjà hors de vue, disparus dans la partie déserte du tunnel ; autrement dit, tout ce qui se passerait de désagréable entre eux se déroulerait quelque part au loin, hors champ. *Secundo*, après huit heures d'attente, de sommeil chaotique dans des voitures exiguës, de chaleur écrasante et d'incertitude, nul n'avait plus d'énergie, tout simplement, pour se soucier des affaires d'autrui. Dans la morne lumière électrique, les visages étaient fripés. Sauf que leur montre indiquait 7 heures et quelques, autrement dit dehors, au-delà des murs de béton, le soleil s'était déjà levé, le fleuve roulait ses eaux jaunâtres, la ville se réveillait sans doute et vaquait à ses occupations matinales habituelles. Or, mystérieusement, ils étaient les seuls à rester enfermés sous terre, dans un étroit boyau de pierre. Sans raison jusqu'à présent, sans explication. Car c'était bien la question la plus importante, la plus pressante, qu'on ne pouvait taire plus longtemps : pourquoi ? Et aussi, combien de temps cela allait-il durer ?

— Excusez-moi, intervint Mme Cayenne – la plus âgée des deux. Je suis très gênée, mais est-ce que quelqu'un a de l'eau ?

La beauté de la Porsche, qu'Assia avait tant admirée la veille, paraissait elle aussi défraîchie et fatiguée. Sa robe noire était froissée, les veines de ses mains blanches saillantes et ses doigts boudinés par ses lourdes bagues. *Elle doit avoir dans les cinquante balais,* se dit Assia. *Voire plus.* Comme il fallait s'y attendre, Martyre grimpa aussitôt dans la Toyota et en ressortit une seconde plus tard avec la bouteille d'eau minérale à moitié vide dont Assia n'avait rien bu pendant la nuit, ce qu'elle regrettait amèrement désormais. Le visage de Martyre était solennel. Comme de bien entendu, puisqu'elle faisait une Bonne Action.

— Tenez, dit-elle. Prenez. Elle est entamée, ça ne vous dérange pas ?

— Merci, répondit Mme Cayenne, qui essuya le goulot avec une serviette et avala quelques petites gorgées distinguées.

Sur quoi, elle se versa le reste dans sa paume, s'humecta le visage, la nuque et le cou, et entreprit de frotter ses fines épaules nues.

— Mon Dieu, ce que ça fait du bien ! Merci beaucoup.

— En fait, intervint Assia, c'étaient nos dernières réserves. Au cas où ça vous intéresse.

— Assia, gronda aussitôt Martyre, bien qu'elle non plus ne se soit pas attendue à un tel usage de son eau. Pourquoi tu réagis comme ça ?

Mme Cayenne frémit et regarda la bouteille vide dans sa main.

— Mon Dieu ! s'exclama-t-elle. Oh, mon Dieu ! Je suis désolée, bon sang, je n'ai pas réfléchi !

Assia se détourna. À ce stade, tout le monde la dégoûtait : Martyre, la nana de la Porsche et son père. Surtout son père. Mais n'empêche, elle avait terriblement soif.

— Quelle idiote je fais ! bredouilla encore Mme Cayenne. Je vais vous trouver de l'eau. Tu entends, ma belle ? J'en achèterai à quelqu'un...

— Ne dites pas de bêtises, protesta Martyre d'une voix où perçaient des notes de colère.

La nymphe s'extirpa de la décapotable rouge et fit un petit signe de la main à Assia.

— Tiens, avale une petite gorgée de la mienne, mais tu te laves pas les mains avec, d'accord ?

— Miiince, je voulais justement nettoyer mes chaussures, ironisa Assia.

La nymphe plissa le nez et éclata de rire.

Voilà quelqu'un à qui ni la nuit passée dans une voiture ni le litre et demi de Jigoulevskoïé bu la veille n'avaient causé le moindre dégât. Elle était aussi belle et fraîche que la veille, les jambes pareillement appuyées au tableau de bord, sauf que ses petits pieds étaient poussiéreux aujourd'hui. Et ces jambes, longues, bronzées, dénudées jusqu'aux cuisses, ajoutèrent soudain une touche d'optimisme à la conversation. C'était un spectacle remarquable, et sacrément joyeux, bon sang. De telles jambes ne sauraient rester enfermées longtemps dans un fichu tunnel, elles insufflaient de l'espoir à quiconque les regardait. Évoquant le sable blanc des bords de mer et le vent salé, rappelant à ses admirateurs qu'au-dehors se levait une matinée estivale pleine de soleil et que la vie leur réservait encore des tas de merveilleuses surprises.

Le chauffeur de taxi grisonnant à la face sombre bondit de sa Renault, prononça quelques mots durs dans sa langue incompréhensible et cracha soudain sur l'asphalte, pile entre le taxi et la décapotable. Aussi surprenant que cela fût, la nymphe ne s'émut nullement de ce coup de gueule. Elle leva la tête vers lui, sans se presser, afficha une moue de défi et remua le genou.

Lorsqu'il grimaça et explosa, ce fut avec un plaisir manifeste qu'elle lui adressa un doigt d'honneur. Qu'il lui rendit, soit dit en passant, impeccable, fin et élancé. N'empêche, l'illusion de calme se dissipa et l'inquiétude revint.

— C'est bon, décréta maman-Peugeot. Ça suffit. On ne va pas tolérer ça plus longtemps. On nous a abandonnés à notre sort et personne ne bouge.

— Et qu'est-ce qu'on va faire ? demanda Patriot. On défonce les portails ?

— Il faut trouver un truc ! s'emporta-t-elle. N'importe quoi, on va pas rester là les bras croisés. En tout cas pas moi. Vous en avez peut-être rien à fiche, mais personnellement, j'ai un enfant qui doit rentrer chez lui. Poussez-vous donc de là. Laissez-moi passer, je vous dis !

Elle écarta les hommes et s'assit résolument dans la Ford de patrouille, alluma l'émetteur avec une dextérité inattendue, attrapa le micro et cria :

— Allô ! Vous m'entendez ? Est-ce que quelqu'un m'entend, allô ! Qu'est-ce que c'est que ça ! Allô ! Allô !

Et parce que, bien sûr, elle ne reçut aucune réponse, elle entreprit de tourner des manettes et d'appuyer sur des boutons, tantôt augmentant le volume, tantôt changeant de fréquence, mais les ondes demeuraient muettes et le haut-parleur continuait à gargouiller et à couiner de façon moqueuse. Ses joues s'étaient de nouveau couvertes de taches et ses prunelles flamboyaient. Du reste, elle semblait du genre à se déchaîner facilement et à passer aussitôt à l'attaque, sans pause. *Pas une femme, mais un pitbull,* songea Mitia avec un respect involontaire qui ne l'empêcha pas de reculer d'un pas. Qu'est-ce qu'il allait bien pouvoir faire, le capitaine ? C'était elle qu'il aurait fallu envoyer à la poursuite du prisonnier. Elle te l'aurait ramené avec les dents, ce fugitif !

— Pourritures, ah les pourritures ! Saletés de pourritures ! rugit maman-Peugeot, qui avait déjà jeté le micro et appuyait à deux mains sur tous les boutons, telle une pianiste enivrée de passion.

Ce n'était pas seulement le malheureux émetteur qui se prenait des coups : elle frappait le volant du poing, allumait les phares, puis le gyrophare sur le toit et enfin, comme on pouvait s'y attendre, la sirène.

La voiture de patrouille trembla, toussa et hurla.

Lundi 7 juillet, 7 h 13

Un hurlement furieux, insupportable, délibérément conçu pour causer à l'oreille humaine autant de souffrances que possible, dévala le long tuyau de béton dans les deux sens, se réverbéra sur les murs et le plafond, frappa les battants de pierre à l'entrée et à la sortie du tunnel et repartit dans l'autre sens, s'amplifiant en chemin et se démultipliant en écho. Il fut bientôt difficile de dire d'où il provenait et combien de sources il avait.

En l'entendant, le jeune conducteur de la Volkswagen se réveilla près du portail le plus éloigné. Il tourna la tête et vit à travers sa grille que, attirées par le bruit, les personnes des premiers rangs s'extirpaient à nouveau de leurs voitures, traînant des objets et attrapant des bébés, mais il n'interpella personne cette fois. D'abord, il n'avait pas la force de crier, ensuite, ils s'étaient déjà enfuis en l'abandonnant une fois, il aurait été absurde d'espérer qu'il en aille différemment maintenant. *Et alors ?* se dit-il. *Tant pis.* Il se remit donc à fixer le plafond, la lampe jaune qu'il avait prise une heure plus tôt pour une lampe de bloc opératoire et qui maintenant, étrangement, le rassurait. *C'est une ambulance, à tous les coups, quelqu'un a fini par appeler une ambulance et elle ne peut pas passer. Comme elle est coincée quelque part de l'autre côté, elle a allumé sa sirène, mais ce n'est pas grave, ils vont la laisser passer, on laisse toujours passer les ambulances. Et même dans le cas contraire, il reste toujours la possibilité d'y aller à pied. Il les préviendra que je suis là et ils viendront à pied pour me faire une injection et sauver mon bras. Et je lui expliquerai à ce moment-là que je ne voulais pas, que je le tenais, c'est tout, que je ne lui aurais jamais fait le moindre mal.*

La sirène réveilla les quatre personnes dans l'habitacle un peu trop frais de l'énorme Maybach Pullman : le vieil homme au visage jaunâtre, couvert d'un plaid jusqu'au menton, son auxiliaire aux cheveux blonds, le gros chauffeur en cravate et le garde du corps pâlichon, si déplaisant qu'il avait incommodé le sensible capitaine, la veille. Multiplié par les voûtes de pierre, le hurlement s'infiltra même à travers le verre blindé des vitres teintées et s'amplifia encore lorsque le garde du corps ouvrit l'imposante portière, sauta dehors et se tint dans le passage, visage tourné vers la source du bruit. Le chauffeur, qui n'était plus tout jeune, avait manifestement besoin de plus de temps, il cligna des yeux et secoua la tête dans l'espoir de se ressaisir et de présenter à son chef un visage gaillard et professionnel.

Mais, de ces deux-là, l'homme au visage jaunâtre n'avait cure. Irrité, il sortit de sous le plaid une main sèche et ridée, chaussa ses lunettes et se tourna vers son assistante, qui s'empressa de rajuster son chemisier, lissa ses cheveux et regarda sa montre.

— Que se passe-t-il ? Où en est-on avec la liste ? demanda le jaunâtre. J'attends votre rapport.

Elle ne répondit rien, fixant le cadran les sourcils froncés. Elle affichait un air féroce qui aurait pu donner à penser qu'elle s'apprêtait à le lui faire payer.

— Quoi ? Il n'est pas revenu ? Je lui avais donné deux heures, grommela le jaunâtre. Je *vous* ai donné deux heures. Pourquoi n'avez-vous pas vérifié ? Vous avez dormi trop longtemps ?

Cette simple question ne reçut pas davantage de réponse. Une seule chose était claire : le coûteux chronographe suisse au poignet de la femme en tailleur bleu était sur le point de fondre et de laisser couler des gouttes argentées sur le tapis en daim. Ou même de le traverser et d'atterrir sur l'asphalte.

— Permettez-moi d'y aller, suggéra le garde du corps en se penchant pour jeter un coup d'œil dans le salon. Je le ramène et je lui ferai dire ce qui se passe. Ça ne me prendra pas longtemps.

— Retourne à ta place, répliqua le jaunâtre. Assieds-toi ! Ce n'est pas ton travail. Vous en revanche, poursuivit-il en se retournant vers sa subordonnée mutique, vous y allez de ce pas et vous m'arrangez ça. C'est bien clair ?

— Oui, lâcha-t-elle en levant enfin les yeux. Oui, bien sûr.

Au sortir de la voiture, elle heurta le garde du corps, qui, au même moment, regagnait sa place, tout aussi impatient qu'elle d'exécuter l'ordre reçu, si bien qu'il ne lui cédait pas le passage. Pendant une seconde, leurs nez en vinrent même à se toucher et ils restèrent immobiles, tels deux boxeurs avant une pesée, mais la femme en bleu était trop en colère, et le garde du corps fluet plus petit et plus léger d'une dizaine de kilos, si bien qu'il finit par reculer et s'inclina ironiquement, semblable à un portier d'hôtel, n'eussent été sa veste noire bon marché et son pistolet sous le bras.

— Et dites-leur d'éteindre cette sirène débile ! entendit-on encore sortir de la Mercedes.

Puis la portière se referma.

Le cri terrifiant et menaçant de la Ford de patrouille réveilla aussi le jeune conducteur de la Gazelle, qui avait passé les six dernières heures enfermé dans sa cabine, allongé sur le large siège double, parce que, *sobhanallah wa bihamdih*[1], il effectuait cette rotation sans partenaire qui l'aurait obligé à partager la banquette. Après ce qu'il avait enduré la veille, il n'avait pas osé baisser les vitres et, pour ne pas se faire agresser à nouveau par le méchant Renault, il n'était même pas sorti pour se soulager. Il avait pissé dans une bouteille vide de cinq litres de Tchiornogolovka, avant de bien revisser le bouchon et de l'éloigner sous le tableau de bord. Il s'était couché en s'efforçant de chasser de ses pensées le pare-chocs fendu du taxi, son droit d'entrée dans la ville qui expirait à 6 heures du matin et l'impossibilité d'expliquer à quiconque cette histoire de portail et de grille. Ainsi que la débandade générale à laquelle, terrifié, il avait participé lui aussi, avant de rebrousser chemin pour verrouiller quand même le véhicule et sauver le chargement. Il aurait certainement pu achever la livraison à temps si on l'avait autorisé à passer. Sauf qu'il en avait été empêché par la grille et le portail, or il ne savait pas comment expliquer tout ça en russe, et il n'avait personne à qui demander. Tout ce qu'il savait, c'était qu'il se ferait certainement renvoyer le lendemain et que, quoi qu'il en soit, il ne toucherait pas un kopeck, car la règle était stricte : pas d'accident. Même ceux qui n'étaient pas dans leur tort étaient renvoyés, alors lui qui

1. « Gloire et louange à Allah » en arabe.

l'était… Il avait laissé tomber son téléphone, s'était baissé pour le ramasser et il avait relâché le frein pendant une seconde. Son véhicule, en avançant, en avait endommagé un autre. L'incident promettait à n'en pas douter des infortunes et des humiliations encore inconnues.

Toutefois, dans son sommeil, il avait oublié ses angoisses, comme seuls en sont capables les très jeunes gens, et il avait rêvé de quelque chose d'agréable et d'amusant. Et même lorsque la sirène avait retenti, il avait continué pendant quelque temps encore à baigner dans la gaieté sereine de son rêve, et c'était en souriant qu'il avait ouvert les yeux, sans difficulté ni crainte. Pour les poser aussitôt sur son bourreau de la veille, le chauffeur de taxi basané, qui, sorti de sa Renault, avait grimpé sur le marchepied de la Gazelle et le regardait fixement à travers la vitre. Le jeune Gazelliste ramena ses jambes sous lui et s'écarta prestement du carreau, certain que la sirène avait été déclenchée à cause de lui, pour le forcer à déverrouiller ses portières, à sortir et à subir la punition qu'il méritait après le pare-chocs embouti. Il s'imagina même une scène de film policier : des voitures, toutes sirènes hurlantes et tous gyrophares allumés, et des hommes en gilet pare-balles criant : « Sortez les mains en l'air ! » avant de mitrailler frénétiquement, comme s'ils n'attendaient que ça pour transformer le quidam en passoire. Aussi, lorsque le chauffeur de taxi grisonnant et furibond lui fit signe d'actionner le bouton, obéit-il en condamné, à savoir sur-le-champ et prêt à tout subir. Mais des hommes le tenant en joue avec leur pistolet, il n'en vit point. Pour une raison qui lui échappait, Renault ne le saisit pas par le colback pour le traîner dehors. Au contraire, le gars grimpa dans la cabine et referma soigneusement la portière derrière lui.

— D'où viens-tu, frère ? demanda-t-il en russe.

Puis il eut un geste étrange : il se pencha vers son prisonnier et lui posa une main sur l'épaule.

Le sourire paternel qui s'était dessiné sur ce visage sombre et peu aimable donnait plutôt la chair de poule qu'autre chose et ne fit que redoubler l'effroi du jeune Gazelliste, mais il avait été élevé dans le respect de ses aînés. Une question lui ayant été posée, il devait répondre.

— *Totchikiston*, lâcha-t-il docilement. *Pantchakent.*

Taxi-Renault soupira et secoua la tête. Déçu, mais sans colère, comme s'il s'était attendu à cette réponse et l'avait acceptée avant même de monter dans la voiture et d'entamer la conversation.

— Moi, je viens d'Andijan, déclara-t-il. *Ouzbekiston.* Tu es musulman, frère ?

Le jeune conducteur de la Gazelle, effrayé et à présent très seul, hocha la tête et répondit un « oui, oui » soulagé en russe, heureux d'avoir compris la question et de pouvoir y répondre. Il sourit aussi largement qu'il le pouvait. Et ce fut à ce moment-là que la sirène se tut et que le silence revint.

— T'as perdu la boule, espèce d'idiote ? cria Patriot lorsque ses oreilles entendirent à nouveau. Sors de là ! Sors de là, je te dis, et ne touche à rien d'autre, ou tout le tunnel va rappliquer ici !

Ils avaient réussi à éteindre cette satanée sirène assez vite, en à peine plus d'une minute, probablement, mais le mal était fait. Les files de voitures réveillées bougeaient et bourdonnaient tels des fils électriques sous tension, et les gens commençaient en effet à rappliquer. Heureusement, ça n'avait rien à voir avec la panique de la veille, personne ne criait, on ne se bousculait pas, mais plusieurs centaines de gens ayant passé plus de huit heures à attendre des nouvelles avaient entendu en même temps un son puissant et l'avaient tous interprété comme un appel, le signal attendu depuis longtemps d'un rassemblement. Ils s'étaient donc mis à la recherche de sa source. Ils affluaient des deux côtés avec leurs affaires, leurs craintes, leurs plaintes et leurs questions, et le petit carré d'asphalte aux abords de la Ford de patrouille devint soudain l'endroit où les deux flux étaient sur le point de se rencontrer.

— Assia, retourne à la voiture, ordonna Mitia.

Elle pivota et leva les yeux au ciel.

— Mais pourquoi, papa ?

— Monte dans la voiture ! répéta Mitia plus fort.

Mais il était déjà trop tard.

Les allées entre les voitures se remplirent instantanément de monde, eau montant soudain dans un étroit chenal, et il n'y eut bientôt plus nulle part où poser le pied. Les voitures se mirent à osciller, les ressorts à grincer. Personne ne courait ni ne poussait, les visages avaient le calme et la concentration que l'on voit dans les escaliers roulants aux heures de pointe, sauf qu'on n'avait aucune marche à gravir. Il avait assisté à une scène de ce genre, une fois, dans un passage souterrain après un match de foot : mille cinq cents personnes arrivant des deux côtés essayaient d'entrer dans le métro par quatre portes vitrées, et il se souvenait encore du silence, du bruissement des vêtements, du raclement des pieds et des respirations autour de lui, de toutes ces inspirations et expirations simultanées. Il lui était soudain apparu que sa volonté minuscule et insignifiante n'avait aucune importance, et que même s'il se précipitait vers la sortie ou repliait les jambes sous lui, il serait quand même entraîné vers le goulot d'étranglement.

— Laissez-moi, dit maman-Peugeot, qui avait pâli. Laissez-moi passer, s'il vous plaît.

Elle eut beau jouer des coudes, le flot qui arrivait en sens inverse avait déjà englouti sa voiture bleue et s'était figé autour comme du ciment.

— C'est vous qui avez actionné la sirène ? demanda une voix de femme. Y a des nouvelles ?

— Ils ont ouvert les portails, c'est ça ? lança quelqu'un avec espoir.

— Oh, bon sang, il était temps !

— Qu'est-ce qu'il a dit ? Répétez, je n'entends rien ! Ça concerne les portails ?

— Visiblement, on les a ouverts.

— Lequel, celui-ci ou l'autre ?

— Comment voulez-vous que je le sache ? Demandez-le vous-même !

— Liova, Liooova ! Donne-moi la main. Tout de suite !

— Ne poussez pas, il n'y a pas de place !

— Mais avancez donc !

— Attention, y a un enfant ici ! Liova !

— Ils ont ouvert ou non ? Qui a déclenché la sirène ? Laissez-moi passer !

La foule s'ébranla et enfla, telle une pâte débordant d'un moule. Quelqu'un alla même jusqu'à s'allonger sur le capot de la décapotable, ce qui tira un cri courroucé à la nymphe, puis un petit glapissement à Assia, qu'on écrasait contre le flanc rouge de la voiture. Mitia chercha sa femme du regard, mais ne la trouva pas. Derrière lui, la portière ouverte de la voiture de patrouille fit entendre un grincement, à deux doigts de sortir de ses gonds. *Il suffit d'un seul bruit bien fort,* pensa-t-il. *De quelqu'un qui craque nerveusement, quelqu'un qui tombe, ou se met à hurler, ou commence juste à se diriger vers le portail, et ça recommencera comme hier. Sauf que cette fois, il sera impossible de fuir.*

Il aurait fallu détourner leur attention, les arrêter avant que le vacarme soit trop important, leur expliquer qu'ils étaient venus pour rien et leur faire rebrousser chemin. Mais il était exclu de relancer la sirène, ça ne ferait qu'empirer les choses, alors il s'appuya à l'épaule détrempée de Patriot et grimpa sur le marchepied de la Ford. De là-haut, il put enfin apercevoir Sacha et la beauté-Cayenne dans une étreinte forcée à côté de la Toyota, le sommet du crâne d'une maman-Peugeot rosie par l'inquiétude, et Assia, petite maligne, qui s'était hissée à côté de la nymphette, dans son porte-savon de métal. Il leva la main et cria :

— Hé ! Écoutez-moi, tout le monde !

Et il se rendit compte alors qu'il n'avait pas la moindre idée de ce qu'il allait dire.

Entre-temps, les gens s'étaient bel et bien immobilisés et avaient levé le visage vers lui, tous aussi tendus et impatients les uns que les autres, oisillons guettant depuis le nid celui qui était censé leur donner la becquée. Tous, même Sacha et Assia, même Patriot et Cabriolet, qui se tenaient à côté de lui et savaient pertinemment qu'il n'avait aucune nouvelle à annoncer. Le silence s'installa, rompu seulement par les gémissements du garçonnet enfermé dans la Peugeot bleue. Et lui, Mitia, pour quelque raison absurde, se trouvait là, sous le feu convergent de centaines de regards, le bras levé dans une posture léninienne ridicule, précipité dans le rêve angoissant de l'écolier qui se retrouve devant le tableau noir sans se rappeler un traître mot de sa leçon. Aussi fut-il plutôt content quand, au milieu de la foule, il avisa la grande bonne femme maussade de la Mercedes et entendit la voix autoritaire qu'il commençait à connaître :

— Quelqu'un pourrait-il me dire où se trouve le capitaine ?

Lundi 7 juillet, 7 h 26

Il aurait avancé bien plus vite si un demeuré n'avait pas déclenché la sirène qui avait fait sortir tout le monde et précipité une foule énorme entre les voitures. *Je vous coffrerais bien volontiers, mes salauds,* pensa le capitaine haineux, en nage à force de devoir lutter contre le flot. *Où vous vous pressez comme ça ? Hein, bande de salopards ? Faut toujours que vous alliez quelque part.* Il joua des coudes et des poings, une fois ou deux, frappa même quelqu'un en plein dans les dents, mais malgré tous ces efforts et le pistolet devant lequel même les plus têtus cédaient, ils étaient trop nombreux et il s'enlisait, ralentissait et se faisait désespérément distancer. Il avait perdu le fugitif et le lieutenant de vue depuis un moment. Il s'était égosillé, mis à bouillir dans son uniforme trop étroit et avait frôlé la crise cardiaque. La dernière fois qu'il avait couru ainsi, c'était à l'armée, vingt-cinq ans plus tôt, et déjà, il n'avait pas montré de dispositions particulières.

Mais il était arrivé au bout des files de voitures. Il déboula dans l'espace vide et prit une grande bouffée d'air, aussi soulagé qu'un homme ayant réussi à regagner le rivage ou à se frayer un chemin hors des bois. Comme par un fait exprès, la sirène venait juste de se taire (il se fit la promesse de trouver le fumier qui avait appuyé sur le bouton et de lui péter les rotules) et dans le silence qui en résulta, il entendit distinctement, au-delà de l'endroit où il se trouvait, le martèlement de souliers sur l'asphalte. Cela ne pouvait signifier qu'une chose : le lieutenant avait assuré au bout du compte et il acculait sa proie contre le portail. *T'es cuit, espèce de merde,* pensa le capitaine avec enthousiasme. *T'iras plus nulle part maintenant.* Mais son cœur lui battait dans la gorge, son flanc le brûlait tant qu'il arracha son col, prit appui sur ses genoux et se figea, penché, pour tenter de reprendre un souffle devenu sifflant. Soudain, il éprouva une angoisse aussi glaciale qu'aiguë, comme si quelqu'un lui avait appliqué une paume glacée dans la nuque. Il eut la sensation que nul n'était plus besoin de courir où que ce soit, qu'il fallait plutôt regagner la voiture, s'asseoir, ôter ses bottes et desserrer sa ceinture. Que le lieutenant règle cette affaire tout seul. Et même s'il ne parvenait pas à rattraper ce putain de fugitif, peut-être que ce n'était pas bien grave. Oh, et puis merde, pour l'amour de Dieu ! La sensation fut brève, comme un accès de nausée, et se dissipa presque sur-le-champ lorsqu'il secoua la tête et se redressa. On cria quelque chose au-devant de lui, sans qu'il parvienne à distinguer les mots, vu la distance. *Il t'a rattrapé,* comprit le capitaine. *Tu t'es fait pincer, mon salaud, accroche-toi, maintenant.* Il ôta la sécurité de son pistolet et, d'un pas lourd, s'élança vers le début du tunnel.

Trois cents mètres plus loin, l'homme menotté atteignit la grille, se retourna et s'y adossa.

— Pas un geste ! cria le lieutenant, aussitôt envahi par un sentiment de ridicule, parce que l'homme qu'il avait cherché toute la nuit et poursuivi si longtemps se tenait là, sans bouger, et n'avait plus d'échappatoire.

Ils étaient tous deux à bout de forces, en nage et à peine capables de tenir debout. Ajoutez à cela que l'homme qui se tenait près de la grille avait les mains entravées, le coude lacéré jusqu'au sang et la pommette enfoncée. N'empêche, il ne s'était pas départi de cet air calme qui ne trahissait aucune peur, et semblait sur le point de sourire à nouveau. Le jeune lieutenant eut alors l'impression que, pour une raison inexplicable, c'était lui qui avait le plus peur des deux. Pourtant, il tenait un pistolet, tandis que le fugitif n'avait rien d'autre à sa disposition que cet étrange sourire.

— Pas un geste, répéta-t-il faiblement.

L'homme menotté sourit comme il l'avait fait la veille, lorsqu'il était allongé sur la banquette arrière de la Ford de patrouille.

— Écoute, dit-il, pourquoi tu me cours après ? Qu'est-ce que tu me veux ?

Le retourner et se placer derrière lui, se remémora le lieutenant. *Et l'escorter, si possible sans changer de prise. Marcher vite en poussant la personne appréhendée.* Il avait exécuté toutes ces manœuvres à de nombreuses reprises, et même si les mains du détenu étaient menottées devant lui et non dans son dos, ce n'était pas une tâche difficile. Afin d'éviter qu'il ne s'échappe à nouveau dans la cohue, il pouvait lui enfoncer son canon entre les omoplates et le pousser vers la voiture. Mais, pour ça, il aurait fallu s'approcher tout près de cet avorton tuméfié et, bizarrement, le jeune policier robuste n'y était pas du tout préparé.

— Ton capitaine est une ordure, reprit le menotté. T'es bien placé pour le savoir, t'as tout vu. On lui ordonne, il exécute. Mais t'es pas comme ça, toi, hein, lieutenant ? Je t'en veux pas, je comprends, alors pourquoi tu te retournerais pas et moi, je m'en irais de mon côté ? Il t'arrivera rien, à toi, t'es pas le chef. C'est entre lui et moi. T'es un type correct, je vois bien que tu t'es pas encore sali les mains. Laisse-moi partir, qu'est-ce que ça peut te faire ? Pourquoi tu t'impliquerais dans cette merde ? Pousse-toi, lieutenant.

Sur quoi il fit un pas en avant, son sourire toujours aux lèvres.

Alors instinctivement, sans réfléchir, le lieutenant recula d'un pas.

— Pas un geste ! cria-t-il en levant son arme.

Et il le mit en joue.

Lundi 7 juillet, 7 h 29

— Allons, écartez-vous, dit Mme Mercedes. Laissez passer.

Et une fois de plus, curieusement, l'astuce fonctionna. La foule impénétrable et hostile sembla aussitôt se ratatiner et se calmer, et la grande femme laide au visage de directrice de camp (*Bingo,* pensa Mitia. *Voilà à quoi elle ressemble, ou à une directrice d'école, m'enfin c'est la même chose*) n'eut pas à insister ni à répéter son ordre. Elle se dirigea simplement vers l'endroit qu'elle visait, la Ford de patrouille, et grimpa sur le marchepied, que Mitia lui céda avec un immense soulagement. Levant ses yeux clairs, elle reprit la parole :

— Bien, alors je repose ma question. Il y avait deux policiers ici. Où sont-ils ? Et qui. A allumé. La sirène ?

Une voix de femme confiante et irritée est un outil puissant, capable de transformer jusqu'à des adultes en enfants d'âge préscolaire surpris en plein méfait et qui vont se faire tirer les oreilles. Bien sûr, l'effet est généralement de courte durée, mais le premier réflexe est toujours celui-là : se justifier, se laver de l'accusation le plus rapidement possible. Aussi, même ceux qui n'avaient aucune idée du sort du capitaine et de son lieutenant, qui n'étaient pas là lorsque la sirène s'était déclenchée, éprouvèrent une gêne et une culpabilité identiques sous ce regard froid. Les gens se turent et se dévisagèrent les uns les autres.

— Vous n'avez qu'à les trouver vous-même, vos policiers ! lança maman-Peugeot de sa voix forte de pionnière. De toute façon, ils ne servent à rien. Et la sirène, c'est moi qui l'ai déclenchée !

Mme Mercedes baissa les yeux depuis son marchepied. Maman-Peugeot leva le menton. Elle avait une égratignure récente sur la joue, fruit probable de la récente agitation. Quant à ses boucles, elles étaient toutes aplaties.

— Qu'est-ce qui vous a pris de faire une chose pareille ? demanda calmement Mme Mercedes.

Le contraste entre elles était, bien sûr, saisissant. Une géante blonde à la mâchoire forte et une petite maman grassouillette tout droit sortie d'un comité de parents d'élèves. *Mince, on dirait Gandalf et Bilbo !* pensa Mitia. Il se détourna pour ne pas rire. Le moment n'était pas du tout propice. Mais il n'avait pas bien dormi, souffrait de la gueule de bois (la bière de Patriot était infecte, d'autant qu'ils n'avaient rien mangé pour l'accompagner) et, en plus, il venait de se payer une sacrée frayeur. Une vraie frayeur, fondée, et ses nerfs commençaient à lâcher.

— Au moins, répliqua maman-Peugeot, nous voilà tous réunis. Nous pouvons discuter de la situation, maintenant.

— C'était une décision complètement stupide de votre part, déclara Mme Mercedes. Stupide et dangereuse. Vous avez failli provoquer une bousculade.

— N'empêche, j'ai fait quelque chose, s'entêta maman-Peugeot, pas gênée le moins du monde. Sinon, nous serions toujours là à attendre Dieu sait quoi. Ça suffit ! Combien de temps on va rester comme ça ? Et vous êtes qui, vous ? Qu'est-ce qui vous fait croire que vous pouvez diriger cet endroit ?

Mme Mercedes ne répondit rien. Elle se borna à braquer son regard un peu plus haut et cessa de voir cette arriviste impertinente. Elle la raya de sa réalité.

— Il y a toutes les raisons de supposer que nous allons rester ici un certain temps encore, poursuivit-elle avec une gravité froide, redevenant la directrice de camp ou la proviseure de lycée que son auditoire privé de droits n'interrompt jamais. Je ne sais pas pour combien de temps. Mais le chaos doit impérativement cesser. Le chaos est toujours dangereux, surtout dans un espace confiné. Jusqu'à l'arrivée des secours, nous nous efforcerons de garder notre calme et être raisonnables. Maintenir l'ordre, établir des règles. Pour commencer, nous devons savoir combien nous sommes. Dresser une liste complète de toutes les personnes présentes dans le tunnel, afin de n'oublier personne, c'est important.

Il fallait bien lui reconnaître ça : elle avait l'air sûre d'elle et sévère, semblait être née là, sur son marchepied. *Bref, un bien meilleur Lénine que moi,* pensa Mitia avec une jalousie involontaire, dont il eut honte sur-le-champ. Cent ans plus tôt, cette femme infernale aurait probablement envoyé des escouades au combat, fusillé les traîtres à la révolution, battu les paysans pour s'approprier leur grain, et se serait promenée, toute de cuir vêtue, armée d'un Nagan ou d'un Mauser, si c'étaient bien les armes qu'ils avaient à l'époque. Bon, assez, il fallait qu'il dorme un peu. Qu'il sorte d'abord Assia de la décapotable, trouve Sacha et les enferme toutes les deux dans la Toyota jusqu'à ce que ce cirque soit terminé.

— Je vais vous inscrire, annonça Mme Mercedes en tirant de son sein un carnet plutôt grand, qu'elle agita en l'air. Approchez-vous un par un. Uniquement les conducteurs, sans vos passagers. Je ne veux pas d'attroupement. Une personne par voiture, qui me nomme ses passagers. Prénom, nom, âge, profession. Marque du véhicule et plaque d'immatriculation. Tous ceux qui ont été enregistrés retournent à leur voiture. Calmement, sans précipitation.

Elle s'assit dans le siège affaissé du capitaine, posa son carnet de notes sur ses genoux massifs, actionna son stylo et fit signe d'approcher à l'un de ceux qui se tenait à proximité, avec une indifférence de fonctionnaire, sans lever les yeux. Aussi efficace qu'un coup de baguette magique, ce geste bureaucratique transforma la masse hétérogène venue exiger des explications en une file docile, avant même que le premier participant à ce recensement imposé et, si l'on y réfléchissait bien, peu justifié ne s'approche, ne s'incline et ne commence à épeler son nom avec diligence. Non sans vérifier anxieusement ce qui était consigné sous sa dictée, comme s'il se trouvait non pas devant une voiture de patrouille sale au flanc cabossé, en plein milieu d'un boyau souterrain scellé aux deux extrémités, mais devant le guichet d'un bureau des passeports ou d'un centre de visas Schengen. *Ou à un interrogatoire,* se dit Mitia. *« Certifié conforme à mes déclarations. » Mais comment font-ils ? Est-ce qu'on leur apprend exprès à faire ça ?* Il se rendit également compte que Mme Mercedes n'avait pas répondu à la question de son identité à elle.

Curieusement, la plupart de ceux qui avaient pris les premières places dans la file d'attente étaient les passagers de l'autobus, qui se trouvait à une demi-heure de marche rapide minimum de la Ford de la police. Ils devaient se sentir vraiment mal, là-dedans. Ils s'agitaient, s'invectivaient et s'inquiétaient de l'absence d'un représentant parmi eux. Bien entendu, aucun ne se souvenait plus du numéro du bus, mais, magnanime, Mme Mercedes leur pardonna cette bévue. Sitôt recensés, ils repartirent en sens inverse, longue file fatiguée et usée, bientôt remplacés par d'autres, et l'enregistrement continua. Et bien que l'attroupement ne se soit pas résorbé – il n'y avait toujours nulle part où mettre les pieds –, c'était une foule différente, inoffensive, qui semblait s'être refroidie d'une vingtaine de degrés, et Mitia put même s'approcher de la Toyota, de Sacha et de la beauté-Cayenne. Toutes deux avaient l'air effrayées.

— Ça va ? demanda-t-il.

Sacha opina.

— Oui, répondit Mme Cayenne. Oui, merci. J'ai bien cru qu'on allait se faire piétiner. J'ai eu une trouille bleue. Si vous ne les aviez pas arrêtés… C'était très opportun et très courageux de votre part, vraiment. Vous nous avez toutes sauvées.

Gêné, Mitia se remémora une fois de plus sa chemise défraîchie et sa barbe de deux, voire trois jours. Les belles femmes étaient rares désormais à le complimenter.

— Je vais essayer d'ouvrir la portière, leur proposa-t-il à toutes les deux. Et montez dans la voiture. J'irai ensuite chercher Assia.

— Woy-zeck, épelait un grand rouquin en survêtement bleu ciel et claquettes en caoutchouc, planté devant la Ford. Woyzeck Mi-ło-szew-ski, *trzydzieści siedem*[1].

1. « Trente-sept » (*polonais*).

— Marque de la voiture et plaque d'immatriculation, répliqua sèchement Mme Mercedes, le stylo posé sur la page striée de lignes.

— Iveco, LB *jedenaście dziewięćset czterdzieści pięć*, déclara le rouquin. L. B. Un, un, neuf, quatre, cinq.

— C'est un camion ? demanda Mme Mercedes en relevant vivement la tête.

— *Tak*, répondit le conducteur de l'Iveco, qui s'assombrit quelque peu. *Wagon*[1].

— Chargement ? s'enquit-elle en retournant son carnet, qu'elle ouvrit par la fin.

Il s'y trouvait un nouveau tableau encore vide, où elle traça une ligne verticale abrupte en travers des lignes délicates toujours vierges.

— Qu'est-ce que vous transportez ? Vous avez le bordereau de chargement avec vous ?

— *Ne rozumiem*, dit aussitôt le Polonais, qui recula, avec une sévérité hostile. *Nie mówię po rosyjsku*[2].

Un Suédois ou un Allemand aurait sans doute répondu sereinement et présenté ses papiers, mais quarante-cinq ans de socialisme avaient laissé des séquelles, et l'intérêt soudain de la femme au carnet pour sa cargaison scellée avait manifestement éveillé chez le camionneur polonais les plus sombres pressentiments. Le visage vidé de toute expression, il tourna les talons et se dirigea d'un pas rapide vers son camion frigorifique. Mme Mercedes le regarda d'un air pensif.

Installé dans la cabine de la Gazelle, le chauffeur de taxi basané et grisonnant observait attentivement cet échange. Il baissa même sa vitre et sortit la tête pour mieux entendre. Lorsque le Polonais roux les eut dépassés en jurant dans sa barbe, le chauffeur de taxi remonta la vitre et se tourna vers son jeune compagnon.

— Qu'est-ce que t'as dans ton camion ? demanda-t-il.

— De l'eau, répondit le Gazelliste.

Pour appuyer ses dires, il montra la bouteille de cinq litres cabossée sous son tableau de bord, dont le contenu ne ressemblait pas du tout à de l'eau.

1. « Oui, un camion » (*polonais*) (*N.d.A.*).
2. « Je ne comprends pas. Je ne parle pas russe » (*polonais*) (*N.d.A.*).

Le chauffeur de taxi fronça les sourcils et hocha la tête avec une solennité sévère, en homme qui viendrait de recevoir la confirmation de ses craintes les plus sérieuses et s'enorgueillirait pourtant d'avoir eu raison.

— Ne sors pas, frère, dit-il, plein d'une douceur toute paternelle. Et n'en parle à personne. Sans quoi on va te la prendre.

Lundi 7 juillet, 7 h 32

L'homme menotté fit un nouveau pas en avant.

— On cherche à se venger de moi, dit-il. C'est un coup monté, j'ai rien fait, lieutenant. Et toi non plus, ça te plaît pas, je l'ai bien vu, hier. Il m'a laissé dans la voiture, ton capitaine, quand tout le monde s'est carapaté. Je suis pas un humain pour lui. Tu t'imagines que toi, t'es un humain à ses yeux ? Dans ce cas, il est où ? C'est pour ça qu'il t'a envoyé tout seul, pour pas être impliqué plus tard. Il t'a sans doute dit de me tirer dessus, non ? Pas vrai qu'il t'a dit ça ? Réfléchis. Il se salit pas les mains, il s'évite les ennuis, vu qu'il était dans la voiture. Je suis menotté, et ton capitaine est pas là, ce sera ta faute. T'es tout seul. Et ils vont pas te couvrir, lieutenant. Ils te colleront tout sur le dos. Donne-moi la clé, je les enlève, tu me reverras plus jamais, et personne en saura rien.

Le lieutenant recula lui aussi et s'immobilisa à nouveau, jambes écartées, visant le front, l'épaule, la poitrine, le ventre, le genou, puis de nouveau le ventre du fugitif. Ses yeux le piquaient à cause du manque de sommeil, sa chemise mouillée lui irritait le dos, et le pistolet se balançait d'un côté à l'autre, de plus en plus lourd au fil des minutes. Ses mains commençaient à trembler. L'homme près de la grille ne souriait plus.

— T'as quel âge, lieutenant ? demanda-t-il en se remettant à marcher. Vingt-cinq ? Vingt-huit ? T'as sans doute une chouette famille, une petite copine. Tu peux encore sauver la situation. Va-t'en d'ici. Va y avoir un sérieux grabuge, arrête de te soucier de moi, pense plutôt à toi. Bon, si tu veux, me donne pas la clé, laisse-moi juste repartir, tourne-toi, et je m'en vais. Tu raconteras que t'as pas réussi à m'attraper. OK ? On fait ça. Regarde-moi. Je vais juste m'en aller, d'accord ? Et toi, tu vas pas me tirer dessus. Regarde, je vais juste passer à côté de toi. Tu te comportes comme un chef, lieutenant.

Sur ces mots, l'homme au visage tuméfié s'avança, tandis que le lieutenant s'écartait et laissait retomber ses mains, avec la sensation curieuse d'être un figurant dans un western spaghetti bon marché, un personnage secondaire anonyme miraculeusement sorti d'un scénario censé être tout autre et n'ayant échappé à la mort qu'à l'ultime minute dans une rue déserte dont tous les volets étaient fermés, où le sable bruissait sous le vent et où roulait une boule d'herbe sèche. Bien que la mort n'ait vraiment pas semblé le menacer, le soulagement fut si fort qu'il faillit pleurer, persuadé qu'un très grand malheur venait de lui être épargné.

Et, naturellement, ce fut à cet instant précis qu'il entendit une cavalcade de pas derrière lui : le capitaine fit irruption dans ce décor morne en voie de désintégration, presque fondu, qui n'avait plus que quelques secondes à vivre. Écarlate, en sueur et affreux, telle une écrevisse au sortir d'une casserole d'eau bouillante.

— Espèce de salopard, grogna le capitaine.

Le lieutenant se recroquevilla, persuadé que les mots lui étaient adressés.

— Où tu vas, raclure ? Recule. Recule, je te dis !

La ceinture du capitaine, débouclée, pendouillait et lui tapait sur la cuisse. Le bleu de sa chemise d'uniforme avait pris une nuance plus foncée sous les aisselles et sur le ventre, le bouton du col, arraché, avait emporté un morceau de tissu avec lui, et il avait la respiration lourde et inquiétante d'un homme à deux doigts de la crise d'apoplexie. Pourtant, il marchait du pas rapide et assuré d'un duelliste s'approchant de la barrière. Quant au pistolet qu'il tenait dans sa paluche rousse, il visait fermement un point entre les yeux du fugitif. Celui-ci leva instantanément les mains vers son visage, comme pour arrêter la balle de ses paumes croisées, et recula vers la grille.

— Lieutenant ! cria-t-il. On avait conclu un marché ! J'ai rien fait, mince, lieutenant !

Non, non, non-non, pensa le lieutenant de vingt-six ans. Il plissa les paupières, s'imaginant assis dans la décapotable, la main gauche sur le volant de cuir et la droite caressant le genou soyeux de la nymphe. Il avait déjà tout fait : il avait abandonné, battu en retraite et, par-dessus le marché, il ne devait plus rien à personne, ni au capitaine ni à ce fugitif au sourire effrayant. Et il ne pouvait certainement pas empêcher l'un de tuer l'autre. C'était tout simplement injuste de l'impliquer, surtout maintenant qu'il avait renoncé à tirer et s'était même résolu à ne jamais tirer sur personne, jamais, quelles que soient les circonstances, et qu'il s'était réjoui de cette décision... Il était injuste de lui demander de renoncer à cette joie pour le bien de deux étrangers qui avaient des comptes de longue date à régler l'un avec l'autre. Son rôle était rempli, plus rien ne dépendait de lui. Et il n'était pas obligé de regarder son ancien patron loger une balle dans la tête de l'appréhendé, puis de lui ôter ses menottes pour faire croire que l'autre l'avait menacé lors de l'arrestation. Il se contenta donc de rester là, le dos tourné, et d'attendre le coup de feu.

Mais le coup de feu ne vint pas. Le capitaine le dépassa en trombe, dans un souffle d'air rance, fruit de quarante-huit heures passées dans une chaleur étouffante sans changer de vêtements, suivies par deux kilomètres de course. À l'évidence, sa rage était trop forte pour qu'il se contente de tirer de loin et d'en finir aussi vite : il s'apprêtait manifestement à savourer l'instant. *Ou peut-être que non*, songea soudain le lieutenant. Peut-être qu'il s'était trompé et que personne ne mourrait, que personne ne devait mourir maintenant. Ils allaient juste prendre le prisonnier sous les coudes, le ramener à la voiture, l'installer sur la banquette arrière, et tout serait terminé. Demain, il poserait sa démission, passerait un coup de fil à Liocha et, à la fin du mois, il serait assis dans une banque, en costume-cravate noirs.

— Alors, raclure, on a fini de courir ?

En entendant la voix satisfaite, triomphante et par conséquent presque affectueuse du capitaine, il rouvrit les yeux.

À présent tout près du fugitif, le capitaine lui appuya son pistolet sous la clavicule, saisit la chaîne des menottes de sa main libre et tira d'un coup sec, comme on le ferait avec un cheval récalcitrant après une longue poursuite : non pas pour l'arrêter, mais pour le punir, pour le faire souffrir en représailles. Histoire de l'effrayer une bonne fois pour toutes et de l'obliger à obéir. L'homme menotté gémit et oscilla, car le capitaine lui avait entaillé les poignets jusqu'à la chair, mais au lieu d'avancer d'un pas, il fit une chose étrange : il plia soudain les jambes et tomba sur les rotules telle une *rock star* en plein concert, projetant sa tête dans le ventre du policier. Ce dernier fut agité d'un soubresaut, comme si tout l'air était sorti de ses poumons d'un seul coup, et il tomba lourdement sur le côté, entraînant le prisonnier avec lui. Un instant plus tard, ils étaient tous deux sur l'asphalte, le lourd capitaine et sa proie aux mains entravées. La situation paraissait complètement irréelle, et le lieutenant eut même l'impression que se poursuivait le mauvais film étrange qui l'avait tant effrayé un peu plus tôt, sauf qu'il le voyait maintenant de l'extérieur, non plus en figurant, mais en spectateur. D'autant plus que les deux hommes qui se battaient dans la poussière étaient focalisés l'un sur l'autre, grognant, poussant et raclant le sol avec leurs bottes, et qu'ils l'avaient oublié.

Le capitaine, plus tout jeune et en piètre forme, avait à présent un teint betterave de mauvais augure. Il ne respirait plus que faiblement, avec force sifflements. De toute évidence, il ne pourrait pas résister longtemps à un combat sérieux : ses artères éclateraient ou son cœur lâcherait. Même s'il pesait dans les trente kilos de plus que son adversaire, et que lorsqu'on se bat couché, le principal avantage réside dans le poids : tôt ou tard, celui-ci vient à bout de n'importe quel autre atout. Pantelant, il attira son adversaire sous lui et se laissa maladroitement tomber par-dessus, en écartant ses grosses jambes… Et le coup de feu retentit enfin.

Pendant une seconde, tout se figea, tout mouvement fut suspendu, même la rotation des pales dans les énormes canons à air sous la voûte de pierre, et il n'y eut plus que le son, l'écho de l'explosion, démultiplié par les murs de béton. Puis le capitaine roula lentement, à contrecœur aurait-on dit, sur le dos et fixa le plafond, tandis que son petit prisonnier se relevait péniblement, tenant le pistolet devant lui. Ses mains tremblaient de façon visible et sa joue gauche était en sang.

— Ça ne te concerne en rien, gamin, dit-il. N'aie pas peur. Simplement, je ne veux pas mourir ici. Donne-moi la clé.

Le lieutenant plongea la main dans sa poche et lui tendit la clé des menottes au creux de sa paume ouverte.

— Merci. Je m'en souviendrai, dit l'autre en clignant de l'œil.

Le sourire affectueux, joyeux, était de retour, adressé à une connaissance amicale perdue de vue depuis longtemps, qu'il viendrait de croiser, sincèrement réjoui, au détour d'une rue.

Le jeune lieutenant, qui avait eu plus d'illuminations durant les neuf dernières heures qu'au cours de la vingtaine d'années écoulées, comprit enfin pourquoi ce sourire le gênait tant depuis la veille : il était déplacé, en décalage révoltant avec ce qui se déroulait. Il violait une sorte de pacte élémentaire. Même les âmes les plus simples réagissent instinctivement face à un échec dans le programme d'autrui : un échec est toujours effrayant, parce qu'il annule notre propre expérience, que ses conséquences sont impossibles à prévoir et prennent en défaut qui cherche à s'y préparer. Le lieutenant n'avait pas réussi à comprendre la moindre action de cet étrange M. Sourire, et il n'allait certainement pas s'obstiner davantage. Il ne répliqua donc plus rien et n'exigea pas non plus qu'il lui rende le pistolet de service du capitaine. Il se figea et regarda son ancien prisonnier filer d'un pas vif et léger vers les voitures, les coudes le long du corps, avec des allures de citadin s'élançant pour son jogging matinal.

Lundi 7 juillet, 7 h 49

Le bruit du coup de feu qui avait coûté la vie à l'infortuné capitaine ne fut pas entendu simultanément dans le tunnel. La distance joua son rôle dans le phénomène : l'onde sonore passa d'abord au-dessus du motard mort gisant à la renverse et, n'ayant pas rencontré d'obstacle, suivit le tuyau de béton, ralentit légèrement en atteignant les premières voitures et parvint à la voiture de patrouille avec près d'une seconde et demie de retard.

La file d'attente fut secouée d'un tremblement d'effroi, la fonctionnaire de la Mercedes leva brusquement la tête de son carnet, Mme Cayenne poussa un cri et pressa une paume sur ses lèvres. Mitia et Patriot échangèrent un regard.

— C'est quoi, ça, encore ? Un coup de feu ? demanda-t-on bêtement.

L'explosion d'un coup de feu était difficile à confondre avec quoi que ce soit, et quiconque avait déjà allumé une fois la télévision l'identifiait aisément.

D'un autre côté, les gens posent souvent des questions dont ils connaissent déjà la réponse, pensa Mitia. *Juste pour que quelqu'un aborde le sujet avec eux. Tu parles d'un dénouement, espèce de ridicule trouduc de capitaine. Mais le lieutenant, tout de même. C'est rien qu'un gosse, et joli garçon en plus.*

— Ils l'ont tué, c'est ça ? lui cria Assia de derrière les rangées de dos. Papa ! C'est ça ? Ils l'ont descendu ?

Elle entreprit aussitôt de s'extirper de la décapotable.

— Pourquoi parler tout de suite de « tuer » ? rétorqua Mitia en essayant de paraître sûr de lui. C'était un coup de semonce. Ils ont tiré en l'air, au moment de l'appréhender.

— De l'appréhender ? répéta Mme Mercedes, qui se leva pour dominer à nouveau la foule. De quoi vous parlez ?

— Ils avaient un type dans la voiture, se hâta de répondre Assia. Menotté. Et ce gros, là, il l'avait tabassé, je l'ai vu. Le prisonnier avait le visage en sang, acheva-t-elle en regardant autour d'elle, visiblement émue par l'attention générale.

Elle eut l'air alors si juvénile, si triomphale que Mitia eut envie de la serrer dans ses bras.

— Il y a donc un criminel en fuite parmi nous dans ce tunnel et personne ne nous en a informés ? s'enquit maman-Peugeot. J'ai bien compris ?

Cette déclaration eut beaucoup plus d'effet, et tous les regards se tournèrent avec anxiété vers la Ford de la police. La portière cabossée et la tache sombre sur le tissu de la banquette arrière prirent aussitôt une signification nouvelle et sinistre. « Un criminel, entendit-on dans les rangs de la foule. Un criminel s'est échappé. » Et la nouvelle se propagea en cercles de plus en plus larges.

— Il ne nous manquait plus qu'une fusillade ! s'écria maman-Peugeot, qui s'échauffait. On n'avait pas déjà assez à gérer qu'ils vont accourir ici et se mettre à tirer ? Dans un endroit bondé de monde ! Qu'est-ce que vous nous ordonnerez de faire, de nous allonger par terre ?

Curieusement, elle s'adressait à Mme Mercedes, qu'elle rendait manifestement responsable de la disparition des deux policiers, de toute action imprudente de leur part et des neuf heures de réclusion dans la touffeur et l'anxiété.

Ses joues flamboyaient de nouveau, sa voix avait grimpé d'un cran. Elle écarta même les bras, aussitôt semblable à un évangéliste star du petit écran. Un prêcheur court sur pattes et dodu, au mascara dégoulinant et à la permanente couleur « prune bien mûre » ayant perdu son brushing. Chaque mot qu'elle prononçait faisait mouche, et la foule derrière elle se mit progressivement à bouillir telle une soupe sur une plaque de cuisson chauffée à blanc.

— Ils ont complètement perdu la boule ! renchérit quelqu'un. Ils ont bien choisi leur endroit !

— Bon sang, mais quand est-ce que ça va s'arrêter ?

— Ils l'ont attrapé ou non ? Liova ! Donne-moi la main, Liova !

— Votre capacité à déclencher un mouvement de panique augmente de minute en minute, siffla Mme Mercedes entre ses dents. Vous n'avez donc aucun instinct de conservation ?

— Et vous, ne cherchez pas à me faire taire, rétorqua maman-Peugeot, écarlate. Du reste, vous non plus, vous n'êtes pas bien nette ! Commencez déjà par nous montrer vos papiers.

Quelque chose frémit sur le visage de la grande blonde. Pendant une seconde, elle parut sur le point de perdre son calme scandinave et peut-être même d'attraper sa petite interlocutrice à la gorge. Mais elle procéda autrement. Elle se pencha et ajouta d'une voix encore plus basse :

— Je gère la situation. Et si vous continuez à me mettre des bâtons dans les roues, je veillerai à ce que chaque heure jusqu'au sauvetage, qui ne sera peut-être pas pour bientôt, vous coûte personnellement très cher. C'est clair ? Je peux vraiment faire de ce temps un véritable enfer pour vous, croyez-moi.

— C'est ce qu'on verra, répliqua en souriant maman-Peugeot, d'une voix tout aussi basse. Vous avez tout à fait tort d'être aussi sûre de vous, ma chère. Inutile de chercher à m'intimider. Des gens de votre espèce, j'en ai vu des tas, et vos petites méthodes ne fonctionnent pas avec moi. Je ne vais pas marcher au pas et je ne laisserai pas les autres se laisser impressionner non plus. Vous devrez compter avec moi, tenez-vous-le pour dit.

Trois secondes et demie après le coup de feu, le son atteignit la lourde Maybach Pullman, qui somnolait à une rangée de distance de l'autobus vide de passagers. L'homme blafard dans son costume noir froissé leva la tête et regarda son chef jaunâtre. Il ne proféra pas un mot et veilla à ce que son visage conserve une expression blasée toute professionnelle, même s'il était clair qu'il en avait ras la casquette d'être assis à attendre dans ce siège de cuir glissant et qu'il ne demandait pas mieux que de sortir et d'entreprendre quelque chose, comme courir jusqu'à l'avant du tunnel et y rétablir l'ordre au plus vite, corriger les bévues de son arrogante partenaire.

— Reste assis, cracha le jaunâtre avec irritation, en réponse à la question que l'autre n'avait pas posée. Valéra va aller voir.

Le chauffeur entre deux âges à l'étouffante cravate framboise tressaillit et se retourna :

— Moi ?

Le front et la nuque du malheureux Valéra se voilèrent aussitôt de sueur, il déglutit, nerveux, et sembla se creuser la cervelle pour trouver un contre-argument à la fois valable et respectueux. Invoquer son inefficacité à l'extérieur et prétendre qu'il serait plus utile ici, à sa place au volant : pour s'occuper des fusillades et autres horreurs indéterminées, mieux valait laisser faire celui qui avait été spécialement formé dans ce but et recevait certainement un bien meilleur salaire. Mais la colère du vieux jaunâtre ne semblait pas l'effrayer moins que cette perspective, si bien qu'il se contenta de plisser les yeux, d'ouvrir et de refermer la bouche, tel un poisson hors de l'eau, puis, sur un soupir, de descendre docilement de la Mercedes.

— Tu y vas et tu reviens ! entendit-il en s'éloignant. Trouve-la, prends la mesure de la situation et fais-moi ton rapport. Profites-en pour lui dire que si je n'ai pas de liste d'ici une heure, je ne la laisserai pas revenir. Elle n'aura qu'à rester là-bas.

Valéra referma délicatement la portière derrière lui, de façon à ce qu'on n'entende pas de claquement. La serrure centrale émit un cliquetis assourdi dans les profondeurs du véhicule blindé redevenu forteresse. Opaque et imprenable. Même s'il finissait par trouver un argument aussi lumineux que convaincant, il n'aurait désormais plus personne à qui le présenter. Vers la droite comme vers la gauche, les rangées désertées étaient interminables. Quant à l'air surchauffé et vicié, il lui évoqua celui d'un vestiaire de l'armée. Le bus, lui, dégageait des odeurs de diesel usagé. Valéra reboutonna sa veste et, sans trop savoir pourquoi, ajusta sa cravate, se maudissant une fois de plus pour sa décision de la veille : pourquoi avait-il emprunté ce putain de tunnel au lieu de la Roubliovka ou, par exemple, la Mojaïka ? Sur cette ultime rumination, il se mit en quête de la garce aux cheveux blond-blanc, qui ne méritait pas son salaire, exorbitant soit dit en passant, vu qu'elle avait encore échoué à remplir sa mission. Il pourrait être en train de prendre son petit déjeuner chez lui, devant la télévision, tandis que le sifflement douillet du fer à repasser lui parviendrait depuis le salon. Sa femme lui apporterait une chemise toute chaude, sans le moindre pli, et il aurait encore deux heures de liberté avant le début de sa journée de travail. Au lieu de figurer dans ce tableau réjouissant, il remontait, en sueur, une file de voitures abandonnées, en écoutant le bruit de ses pas se réverbérer contre des murs de pierre.

Quand il atteignit la grille la plus éloignée, celle qui avait écrasé la petite Volkswagen orange, le coup de feu n'était plus qu'un écho, un « clac » à peine audible. Le jeune conducteur, dont le bras cassé et enflé était solidement attaché à une raquette de tennis, ne tressaillit ni ne bougea. Ayant sombré juste après avoir avalé les six comprimés d'ibuprofène inutiles que le triste stomatologue lui avait apportés, il n'avait rien entendu.

Lundi 7 juillet, 8 h 06

Le médecin mit quarante bonnes minutes pour effectuer le trajet depuis le portail avant jusqu'à la Ford de patrouille. Il y serait arrivé plus vite, mais la lourde caisse de transport le gênait affreusement, et il devait sans arrêt faire halte pour se reposer. Bien sûr, il aurait pu laisser le chat dans sa voiture, mais c'était irrespirable là-dedans et il y faisait encore plus chaud qu'à l'extérieur. Quant à laisser ses vitres ouvertes, il n'osait pas. Couché au fond de sa caisse, apathique et léthargique, le chat n'émit pas un bruit : on aurait dit un col de fourrure découpé d'un manteau ou un chapeau oublié dans une entrée. Le médecin avait l'impression que s'il se mettait à courir, le chat ne ferait que rouler à l'intérieur de la caisse, dont il heurterait les parois à l'instar d'un scarabée dans une boîte d'allumettes. C'était précisément pourquoi il marchait avec une telle lenteur et de telles précautions, tenant l'encombrante caisse en plastique à deux mains – un observateur extérieur aurait cru le voir porter une casserole pleine, dépourvue de couvercle, et craindre d'en renverser le contenu.

Il avait manqué le début de l'attroupement autour de la voiture de police, ainsi que toutes les explications, mais il ne faisait aucun doute que quelque chose d'important se déroulait ici : un attroupement compact produisait un vacarme de meeting et une blonde en costume bleu se dressait au-dessus d'eux tous, la même femme qui lui avait presque disloqué le bras pendant la panique et lui avait crié au visage : « Je ne vous lâcherai pas tant que vous ne m'aurez pas répondu. » Elle se tenait à présent sur le marchepied de la Ford et criait à nouveau :

— ... n'avancerons pas jusqu'à ce que la situation soit sous contrôle ! Nous ne sommes pas au bout de nos peines, ne nous comportons pas comme des enfants, calmons-nous et continuons !

À en juger par l'effet de ses paroles sur le bouillonnement de cette foule hétéroclite, la grossière femme en bleu avait réussi là où le docteur avait échoué : elle avait su les rassembler, plusieurs centaines de personnes en un même lieu, et les obliger à l'écouter. Il se rappela son idée désespérée de rejoindre la Škoda et d'appuyer sur le klaxon jusqu'à ce que tout le monde se réveille, et combien cette solution lui avait semblé inconvenante, impensable, au point qu'il y avait renoncé. Il avait reculé dès le début, même s'il avait une bonne raison, une raison urgente, et c'était précisément pour cette raison qu'il avait cheminé quarante minutes dans l'étouffant boyau de béton, en torturant son vieux chat, dans sa quête de la personne qui le soulagerait enfin de la tâche terrible qu'il s'était imposée. Et voilà qu'il l'avait trouvée, semblait-il. Peut-être la clé résidait-elle dans la grossièreté, dans cette confiance en soi agressive dont il était dépourvu. Le petit médecin tranquille n'aimait pas les grandes gueules, il s'efforçait même de les fuir, mais il ne pouvait pas différer plus longtemps. Regardant sa montre, il inspira une grande bouffée d'air et entreprit de se frayer un chemin à travers la foule.

— Je suis désolé. C'est très urgent. Pour l'amour de Dieu, excusez-moi, c'est vraiment très important. Excusez-moi, s'il vous plaît !

Soudain, le silence se fit et il se retrouva seul dans le vide. La grande femme le toisait avec la perplexité agacée que l'on destine à un cafard apparu au milieu d'une table dressée pour une grande occasion. Ses yeux clairs étaient allumés d'une lueur froide, percés de deux pupilles minuscules semblables à des graines de pavot.

— Excusez-moi, répéta-t-il, haletant. J'ai besoin d'aide. À l'avant du tunnel, il y a un homme dans un état très grave. Sans antibiotiques, il n'en a plus que pour quelques heures. Il lui faudrait aussi des analgésiques, dans la mesure du possible. Je suis sûr que quelqu'un parmi vous a ces médicaments. S'il vous plaît, une vie humaine est en jeu, si nous devions déclarer…

— Vous êtes quoi, médecin ? demanda rapidement la femme en bleu, qui descendit du marchepied.

— Quoi ? Oui, je suis médecin, répondit le docteur.

Et cette fois, il ne prit pas la peine de préciser qu'il était stomatologue, devinant que ses paroles manquaient déjà suffisamment de poids. C'était précisément le problème depuis le début : ses paroles manquaient de poids et il était temps que cela cesse. Il devait gommer ses intonations suppliantes, prendre un air confiant.

— Il risque de perdre sa main, il…

… *risque de mourir,* voulait-il ajouter. *Et il mourra probablement, quoi que je fasse maintenant,* mais il n'en eut pas le temps.

— Un médecin ? répéta-t-on dans son dos. Qui est médecin ici ? Vous ?

— Écoutez, le coupa quelqu'un d'autre. Ma femme en est à son huitième mois de grossesse, elle a eu des espèces de contractions toute la nuit. Ça vous dérangerait de l'examiner ? Léna, viens ici !

— Sergueï, non, ce n'est pas la peine, protesta l'invisible Léna. Tout est revenu à la normale…

— C'est faux, tu l'as dit toi-même ! Laisse-le t'examiner, il est médecin. Viens ici, je te dis !

— Et vous avez des médicaments ? Quelqu'un pourrait lui demander s'il a des médicaments ? On a de l'asthme et notre inhalateur est presque vide ! C'est tellement étouffant, cet endroit, si on a une autre crise, je ne sais pas...

— Et un truc contre la tension artérielle !

— Depuis mon pontage, je me sens hyper mal, c'était la première fois que je retournais à la datcha...

— Eh ben, constata Patriot, t'es fichu, toubib !

Le petit stomatologue se retourna avec son chat, embarrassé, les oreilles rouges, le devant de sa chemise couvert de poussière. Il posa la caisse à ses pieds et leva les paumes. Le geste manquait encore une fois d'assurance : exprimait-il une prière – qu'on l'écoute – ou une capitulation ?

Une femme en baskets et short en jean s'avança pour l'attraper fermement par le coude.

— Maman est diabétique, s'emporta-t-elle. Il ne lui reste plus qu'une dose d'insuline, vous comprenez ? Une seule dose. On pensait être rentrés à minuit !

Son visage de même que sa voix exprimaient une colère accusatrice. Elle avait dû passer sa journée de la veille à faucher l'herbe ou à s'occuper de ses plates-bandes : elle avait les épaules brûlées par le soleil, le bord des ongles vert foncé.

— Lâchez-moi, s'il vous plaît, la pria le médecin.

La femme en colère se tut et retira sa main.

— Je n'ai pas de médicaments, reprit-il d'une voix forte, sans oser lever les yeux. Je n'en ai aucun, je suis désolé. Rien de rien. Je suis vraiment désolé, je ferai ce que je peux, je vous le promets, mais je dois d'abord l'aider, lui. Vous voyez, avec sa main, il risque une septicémie, c'est très dangereux, et si nous ne trouvons pas rapidement...

— D'accord, dit la femme en costume bleu, qui remonta sur son marchepied comme sur une scène. Alors voilà ce qu'on va faire. Tous ceux qui ont besoin de soins médicaux, qu'ils viennent me trouver ! Problèmes chroniques, problèmes aigus... Je compléterai la liste et veillerai à ce que vous obteniez de l'aide. Le médecin s'occupera de vous selon le principe du premier arrivé, premier servi ! Vous, avec votre histoire de diabète, vous êtes dans quelle voiture ?

Elle rouvrit son carnet et se saisit de son stylo.

— Attendez, intervint le médecin. Commençons par les médicaments. Antibiotiques, insuline, bêtabloquants, analgésiques, inhalateurs… Il me faut une liste complète de tout ce qu'il y a à disposition. Mieux encore, pour ne pas perdre de temps, on va rassembler tous les médicaments en un seul endroit, ce sera beaucoup plus facile à distribuer…

La grande femme quitta son carnet des yeux et le regarda avec une expression nouvelle. Pendant une seconde, il crut même qu'elle allait sourire.

— Ça, c'est une excellente idée, docteur, lâcha-t-elle lentement en traçant une autre ligne verticale épaisse sur sa liste.

— Qu'est-ce que vous voulez dire par « rassembler en un seul endroit » ? demanda la femme en colère aux ongles verts. Vous voulez qu'on vous les donne ou un truc du genre ?

On s'agita dans la file d'attente.

— Mais bien sûr ! s'insurgea-t-on. Et qui va décider qui en a le plus besoin : vous ? Ou ce docteur avec son chat ? Mais qui va vous donner son dernier inhalateur, surtout si on est là jusqu'à demain ? Vous vous mettez le doigt dans l'œil !

La grande femme se redressa et l'on eut l'impression qu'elle avait grandi d'une tête. Elle balaya la foule du regard où elle repéra presque instantanément l'auteur de cette réplique – un chauve en gilet à pochettes. Alors elle sourit enfin, quoique le médecin n'aimât pas du tout son sourire.

— Dites-moi, demanda-t-elle d'une voix caressante, combien avez-vous d'eau dans votre voiture ?

Le chauve en gilet s'assombrit et se balança nerveusement d'un pied sur l'autre.

— De quoi je me mêle ? rétorqua-t-il en regardant autour de lui en quête de soutien. Il leur faut de l'eau par-dessus le marché !

— Vous n'êtes pas obligé de répondre, reprit-elle. Je vais simplement essayer de deviner. Vous arrivez de votre datcha, autrement dit, vous ne transportez probablement rien. Supposons que vous ayez eu une ou même deux bouteilles, et que vous ayez bu l'une d'elles pendant la nuit. Ou peut-être les deux, continua-t-elle en consultant son carnet, parce que dans votre voiture, vous êtes... deux. Mais même si vous n'avez pas vidé votre seconde bouteille, combien de temps va-t-elle encore vous durer, à votre avis ?

Le chauve demeura coi.

— Et vous ? continua la grande femme, en choisissant, pour destinataire suivante, l'épouse écarlate de Patriot. Supposons, supposons juste que nous soyons libérés non pas aujourd'hui, mais par exemple demain. Vous aurez de quoi nourrir vos enfants ?

Maman-Patriot fronça les sourcils et regarda son mari.

— Aïe, murmura Sacha. M'est avis qu'on est sur le point d'entrer dans l'ère du communisme.

— Au moins on entre dans quelque chose, commenta Mitia, tout aussi doucement. L'essentiel, c'est que ça se termine au plus vite. Et puis, qu'est-ce qu'il y a de mal avec le communisme ?

Il en avait plus qu'assez de cette réunion debout et surtout de cette proviseure de lycée avec son carnet.

— Tu es un imbécile, mon petit Mitia, chuchota Sacha en lui prenant la main.

Il oublia tout dans l'instant, car c'était la première fois depuis longtemps qu'elle l'appelait son « petit Mitia » et le touchait d'elle-même, avec la familiarité d'autrefois.

Mme Mercedes tourna vivement la tête et plissa les yeux, comme si elle avait entendu leur échange et en cherchait maintenant la source. Mitia comprit sans l'ombre d'un doute qu'elle ne devait pas y parvenir. Il s'avança, vint se placer devant sa femme et afficha un visage vide d'expression. Il ne se fâcha contre lui-même que lorsque l'antipathique créature en tailleur se détourna.

— Nous allons tous devoir faire un sacrifice maintenant, déclara Mme Mercedes de manière audible. Il y a plusieurs centaines de voitures dans le tunnel. Certains d'entre nous ont besoin de médicaments, d'autres d'eau ou de nourriture. De soins médicaux. Tout cela ne sera possible que si nous coopérons. Votre inquiétude est compréhensible, mais nous avons besoin de connaître nos ressources, pour nous entraider. Au lieu de perdre du temps à nous disputer, mettons-nous au travail. Qui ne s'est pas encore inscrit ? Approchez donc !

Et elle fit de nouveau cliqueter son stylo.

S'ensuivit une hésitation gênante. Personne ne se pressait d'approcher. La femme en short recula même d'un pas et croisa ses mains vertes sur sa poitrine. Il semblait bien que cette histoire de recensement perdait de son attrait à vive allure.

J'ai tout gâché, constata le médecin. *J'ai tout gâché une fois de plus.*

— Écoutez, commença-t-il. Inutile de nous remettre tous vos médicaments, vraiment, c'est une mauvaise idée, j'ai seulement…

— Bien sûr que non, l'interrompit-on.

Une petite femme joufflue, avec une égratignure sur la joue, fit un pas dans l'espace qui s'était libéré devant la Ford de la police.

— Je crois qu'on s'emballe un peu, là. (Elle porta un regard lourd de sens sur la fonctionnaire munie de son carnet.) Prendre aux gens leurs réserves personnelles, ça fait un peu… réquisition des récoltes, excusez-moi. Non, on ne va pas procéder comme ça. On est tous des adultes : si quelqu'un veut partager, qu'il décide ça tout seul. Mais l'eau ! ajouta-t-elle en levant un doigt. Au moins, l'eau dont tout le monde a besoin, on la trouvera ici. Il y en aura assez pour tout le monde.

Et son doigt grassouillet aux courts ongles framboise changea de direction pour désigner la Gazelle poussiéreuse dont le flanc annonçait : « Boissons de Tchiornogolovka ».

Le jeune Gazelliste tadjik ne comprit presque rien au discours de la femme aux cheveux rouges, tout comme il n'avait rien compris à toutes les conversations qui avaient précédé, bien qu'il ait écouté attentivement par sa vitre ouverte. Mais le doigt qu'elle lui pointa droit sur le front et la façon dont tous ces inconnus se retournèrent et le remarquèrent en même temps ne nécessitaient aucune traduction. Il rentra, résigné, la tête dans les épaules en s'efforçant de se cacher derrière son volant.

— Ça ne vous dérange pas de commencer par l'eau, n'est-ce pas ? demanda la petite femme.

Elle considéra la grande avec un sourire, en lui plantant son regard dans les yeux.

— Je ne veux pas vous empêcher de faire votre travail, reprit-elle, mais je pense que l'eau est bien plus importante que votre liste, non ?

Sa voix avait beau être douce, il sembla au médecin qu'un autre dialogue, silencieux celui-là, se déroulait entre les deux femmes, dont les intonations étaient loin d'être aussi amicales.

— Qu'est-ce qu'il y a à réfléchir ? intervint Patriot. On est bien obligés de boire.

— Nous, on a plus d'eau depuis hier, renchérit la femme en short.

— Il nous reste une demi-bouteille ! Pour deux ! lança alors, vindicatif, le chauve en gilet.

La fonctionnaire au costume bleu referma lentement son carnet, remit le capuchon de son stylo et le glissa dans la poche de sa veste. Elle arborait le visage calme et pensif de qui se trouve confronté à un curieux problème et explore les solutions possibles.

— D'accord, concéda-t-elle enfin. Occupons-nous donc de l'eau.

Et elle se dirigea vers la Gazelle.

— Verrouille tes portières, glissa le chauffeur du taxi grisonnant à son jeune voisin.

Sans attendre sa réponse, il se pencha depuis le siège passager et appuya sur le bouton de verrouillage, avant de tourner la manivelle qui permettait de remonter la vitre.

Lundi 7 juillet, 8 h 14

Bien entendu, rien n'y fit : ni sa tête baissée, ni la portière verrouillée et la vitre relevée, ni même son dangereux passager. On frappa un coup à l'extérieur, confiant et impérieux, et lorsqu'il releva les yeux, il les vit qui entouraient la Gazelle : la femme aux cheveux rouges, la grande aux cheveux blancs, le type en colère de l'UAZ, et une dizaine d'autres qu'il ne reconnut pas. Leurs visages se confondaient tous maintenant, affichant la même expression, si bien qu'il était inutile d'essayer de les mémoriser. La femme aux cheveux blancs leva son imposante main blanche et frappa à nouveau.

— Ouvrez, ordonna-t-elle.

À travers la vitre, sa voix semblait aussi étouffée que si elle lui parvenait de sous l'eau.

— N'ouvre pas, frère, insista le chauffeur du taxi Renault. Je te l'ai dit, ils vont te dépouiller.

— Ce n'est pas raisonnable, s'entêta la grande blonde de l'autre côté de la vitre. Vous vous rendez bien compte que vous devrez ouvrir. Les gens ont besoin d'eau.

— Il comprend pas le russe, déclara Patriot, qui s'approcha de la vitre du conducteur, plaça une main en visière sur ses yeux et scruta l'intérieur de l'habitacle. Hé, t'entends ? De l'eau ! Glouglou ! Tu piges pas ?

Le jeune conducteur de la Gazelle s'éloigna autant que possible de la fenêtre et regarda le chauffeur de taxi, faute de savoir comment réagir. Celui-ci secoua la tête.

— Attendez, vous lui faites peur. Il faut lui expliquer, déclara maman-Peugeot en relevant la tête. Il y a beaucoup de monde ici ! dit-elle d'une voix forte. Ils ont soif ! Les enfants ont soif !

Et elle fit le geste de porter la paume à sa bouche.

— S'il vous plaît !

— Il entrave que dalle. Pourquoi on embauche des types comme ça ? Traduisez-lui ! cria Patriot au chauffeur de taxi, avant de frapper à nouveau contre la portière.

Le basané grisonnant croisa les bras. Il n'allait certainement pas répondre à ce singe à la face rougeaude, visiblement persuadé que Tadjiks et Ouzbeks parlaient la même langue. Cet imbécile ne devait même pas savoir qu'il existait une différence.

— Vous devriez avoir honte ! s'offusqua maman-Peugeot. Pour les enfants ! Ouvrez la voiture !

— Bouge pas, frère, insista le chauffeur de taxi. Ils veulent prendre notre eau.

Le jeune Gazelliste acquiesça, il s'en était douté tout seul. Mais il ne pouvait pas, non, vraiment, il ne pouvait rien leur donner, car les trois cent vingt bouteilles de cinq litres qui se trouvaient à l'arrière ne lui appartenaient pas, et il y avait neuf heures qu'il aurait dû les livrer au centre d'affaires de la rue Vereïskaïa et remettre le bordereau de livraison, huit palettes bien enveloppées de cellophane, de quarante bouteilles chacune. C'était du reste pour cette raison qu'il n'avait pas bu depuis la veille au soir et qu'il était affreusement tourmenté par la soif, car s'il avait déchiré le film plastique et sorti ne serait-ce qu'une bouteille de cinq litres, on lui aurait refusé toute la palette et le bordereau de livraison n'aurait pas été signé. L'eau appartenait à quelqu'un d'autre et il avait interdiction d'y toucher. Il avait déjà échoué de toute façon : il n'avait pas livré la marchandise à temps, pas remis la voiture à celui qui prenait la relève et il avait enfoncé le pare-chocs de la Renault Logan jaune. Le jeune conducteur de la Gazelle était à présent sûr et certain d'avoir perdu son travail et, même si sa mère lui avait fait promettre de ne pas s'approcher de son oncle Faïzoullokh, il avait déjà songé à appeler ce dernier, pour lui demander d'intégrer son équipe qui s'occupait de finitions sur des cottages. Il pourrait aussi travailler comme concierge ou comme éboueur, il avait encore des options. Mais perdre la totalité du chargement et revenir avec une voiture vide, c'était impensable. Il s'agissait d'un délit pour lequel on ne se contenterait pas de le renvoyer, on l'emprisonnerait probablement comme un voleur. Et il ne pouvait rien leur expliquer, ni aux gens dehors ni à l'homme en colère assis à côté de lui, parce qu'il ne connaissait pas leur langue.

— Non, mais regardez-les, s'emporta la femme en short. Ils sont assis là comme si c'était normal. Ils ont verrouillé leurs portières, en plus.

— Ils ont verrouillé leurs portières ? répéta Patriot d'un air mauvais. C'est pas grave, on va arranger ça.

Sur quoi, il se dirigea vers son UAZ.

— Mince, murmura Sacha. Ils vont leur péter le pare-brise.

Autour de la Gazelle, la foule s'était vraiment densifiée et, en quelque sorte, alourdie. Patriot revenait déjà, frétillant d'impatience, un démonte-pneu dans la main.

— Mais c'est vrai qu'on a besoin d'eau, Sacha, commença Mitia avant de s'arrêter aussitôt.

Elle lui avait lâché la main et le dévisageait comme si elle avait affaire à un inconnu la collant d'un peu trop près dans un bus.

— Attends ! cria-t-il à Patriot. Eh, où tu vas ? Arrête.

Et lui aussi s'engagea dans la cohue autour de la Gazelle.

Lorsqu'il atteignit la fenêtre embuée et y frappa, les deux Asiatiques dans la cabine tournèrent leur visage vers lui et eurent soudain l'air d'un père et d'un fils.

— Écoutez, les gars, dit Mitia, en élevant la voix pour se faire entendre à travers la vitre. On peut faire ça bien. Combien elle coûte, cette eau ? On vous dédommagera plus tard, ou vous voulez que cette dame vous établisse un certificat ? Vous leur en feriez un, n'est-ce pas ?

Mme Mercedes acquiesça.

— Nous nous occuperons de l'indemnisation, déclara-t-elle sèchement. Ce n'est pas un problème. Il me faudrait juste le bordereau de transport. Vous avez les documents relatifs à l'eau ? Montrez-les-moi.

— Qu'est-ce t'as à me regarder en battant des paupières ? intervint Patriot. Allez, c'est bon, la question est résolue, ouvre !

Le petit chauffeur de taxi se pencha par-dessus son jeune voisin, approcha son visage basané de la vitre et dit dans son russe impeccable, en fixant Patriot droit dans les yeux :

— Nous n'avons pas besoin de certificats. C'est notre eau, et nous déciderons nous-mêmes contre quoi l'échanger.

— Quoi ? Qu'est-ce que t'as dit, putain ? rugit Patriot en s'empourprant.

— Vous n'êtes pas en position de négocier, déclara Mme Mercedes. Ne comptez même pas là-dessus.

— En quoi est-ce la vôtre ? renchérit maman-Peugeot. J'aimerais bien savoir comment vous avez fait pour vous l'approprier subitement ? Ce gamin, là, ce n'est qu'un chauffeur, et vous n'avez rien à voir là-dedans, ce n'est même pas votre voiture !

La foule se mit à vrombir.

— Ils sont prêts à l'échanger, c'est ce qui compte ! s'indigna la femme en short, qui regarda autour d'elle. Après tout, c'est normal, non ?

— On devrait en plus les couvrir de diamants ?! lança quelqu'un.

— Quel culot ! C'est tout de même honteux...

— Attendez, donc on n'aura pas d'eau ?

— Comment ça, on n'aura pas d'eau ? Attendez une minute, il fait quarante degrés...

— Bon, ça suffit les conneries ! aboya Patriot en serrant plus fort son démonte-pneu. Pousse-toi, Binoclard !

Il s'approcha de la vitre embuée de la Gazelle et enveloppa Mitia de sa chaleur.

— Tu vas voir ce que je vais lui échanger, à cet échangeur !

Allez vous faire foutre, pensa Mitia avec angoisse. *Allez tous vous faire foutre.* Ça tambourinait à nouveau sous ses tempes et il avait un goût amer dans la bouche. *Qu'ils fassent ce qu'ils veulent. Qu'ils cassent des vitres, vendent de l'eau, troquent de l'insuline. Je suis quoi, leur gardien ? Qu'est-ce qu'ils ont, ces deux-là, à se buter comme ça ?*

La Gazelle oscillait, le bruit s'amplifiait. Dans la cabine, le jeune conducteur se lamentait d'une voix grêle. Patriot leva le bras.

— Qu'est-ce qui vous prend ? Eh, mais ça va pas ? cria-t-on soudain tout près.

En se retournant, Mitia aperçut le lieutenant aux cheveux clairs.

Sa chemise était trempée, ses yeux aussi rougis que s'il avait plongé sans masque et venait de se hisser sur la berge. Il n'y avait aucune force dans son cri d'impuissance, aucune colère, seulement de l'effroi. Il avait l'air très effrayé, voire malade, mais il avait un Makarov à la main, dont la gâchette était armée. Cela s'avéra suffisant. Le raffut cessa aussitôt et Patriot abaissa le démonte-pneu.

— Qu'est-ce qui t'arrive, lieutenant ? dit-il. Tout baigne ?

— Vous l'avez attrapé ? demanda maman-Peugeot. Hein, vous l'avez attrapé, n'est-ce pas ?

— Où est votre supérieur ? la coupa Mme Mercedes. Où est le capitaine ?

Le lieutenant ne répondit pas. On aurait dit qu'il venait seulement de s'apercevoir qu'il avait toujours le pistolet à la main, et que ce constat lui procurait une surprise désagréable. Il relâcha précipitamment la gâchette et rengaina soigneusement son Makarov dans son étui, en repensant au gros capitaine allongé à sept cents mètres de là, sur le dos, avec une monstrueuse tache noire sur la poitrine, fixant le plafond d'un regard courroucé. La conséquence de tout ça, c'est qu'il était totalement libéré des ordres de la mégère de la Mercedes.

— Ils ne l'ont pas rattrapé ! s'exclama maman-Peugeot, dont les yeux s'arrondirent.

— Lieutenant ! lança vivement Mme Mercedes.

Il tressaillit et releva la tête, vaincu.

— Non, admit-il. On ne l'a pas rattrapé.

— À quel point est-il dangereux ? insista Mme Mercedes.

Le lieutenant se remémora le sourire caressant, les lèvres fendues et la façon dont l'homme menotté avait tendu la main : il lui avait donné la clé, tout simplement donné, parce qu'il n'avait pas moyen de s'y opposer.

— Qu'est-ce qu'il a fait ? insista maman-Peugeot. Parlez donc, nous avons le droit de savoir ! Il a fait quoi ? Tué quelqu'un ?

Le silence s'installa et tous les regards se braquèrent sur lui. Plusieurs centaines de personnes se taisaient et attendaient sa réponse.

— Oui, déclara le lieutenant. Il a tué quelqu'un.

Lundi 7 juillet, 8 h 28

— ... Ta bâche pourrie, on peut la déchirer avec le coude, grommela la nymphe en colère. À quoi ça sert que tu la relèves ! Quelle voiture débile, tantôt on est embêtés par le vent, tantôt par les mouches... !

— Allez, assieds-toi ! gronda Cabriolet.

Il avait ouvert le coffre, et la capote pliante se déploya en remontant.

— Tu peux toujours essayer de la déchirer. Monte, je te dis !

— Il ne va pas se montrer, répliqua le lieutenant. Pourquoi il ferait ça ? Il s'est fourré quelque part par là, il se planque...

— Toi, tu ferais mieux de te taire ! cria Cabriolet derrière son volant. T'es aussi de la police, va donc attraper ton maniaque !

Je vais plutôt te flanquer un bon coup dans la nuque, connard, pensa le lieutenant. *Si je te traîne hors de ta voiture, que je te mets face contre ton capot et que je te cogne, tu vas couiner. Quand on s'en prend à vos fesses, vous couinez tous pareil, bande de trouducs.*

— Tu vas l'attraper, n'est-ce pas ? demanda la nymphe, qui s'approcha, effrayée et tendre. Parce que c'est vrai que ça craint.

Il sentit sa rage s'éteindre aussitôt.

Elle dégageait une odeur étourdissante.

— Ne crains rien, lui dit-il. Tout ira bien.

Des paroles dont il eut honte sur-le-champ, tant elles semblaient stupides : il ne pouvait tout simplement pas lui promettre quoi que ce soit, surtout lorsqu'il y avait une foule pareille autour d'eux. Mais elle le regarda différemment, avec plus de chaleur : elle le voyait enfin, il n'était plus en uniforme, mais portait une cravate, une jolie veste et une chemise blanche bien repassée, au col raidi par l'amidon.

— Tu t'assois ou pas ? aboya le connard du cabriolet.

Elle leva les yeux au ciel, haussa imperceptiblement les épaules et sourit… pas à tout le monde, juste à lui, le petit lieutenant. Alors il lui sourit aussi et, pour la première fois depuis vingt-quatre heures, il se sentit très, très vivant.

Et puis, évidemment, une voix froide retentit derrière lui.

— J'ai besoin de vous. Tout de suite, lieutenant. Venez avec moi.

— J'aimerais bien savoir où vous l'emmenez ? intervint la joufflue de la Peugeot. Et nous, on fait quoi ?

— La même chose que tout le monde, répondit Mme Mercedes. Vous vous attendiez à un traitement de faveur ?

« Tout le monde » était en train de se disperser. On regagnait sa voiture par groupes ou individuellement, oubliant cette histoire d'eau, de médicaments et surtout le recensement inachevé. On abandonnait l'espace autour de la Ford de patrouille, lieu devenu dangereux, puits contaminé par la peste dont il fallait s'éloigner au plus vite. Les rangées entre les véhicules se dégarnissaient aussi rapidement qu'une plage à marée descendante.

— Venez, lieutenant, répéta Mme Mercedes en le prenant par le coude.

Elle avait des doigts de fer. Il ne voulait aller nulle part, bien sûr, et en fait, il aurait pu carrément l'envoyer paître, cette blonde-Terminator. S'asseoir sur le siège avant de la Ford en laissant la portière ouverte, placer le Makarov bien en évidence et attendre que la nymphe aux jambes nues vienne s'asseoir à côté de lui. Car c'était une évidence, qu'elle viendrait s'asseoir, tout comme il était clair qu'il avait pris sa décision et n'était plus obligé de rien, même s'il n'avait pas encore donné sa démission – aucune importance. Mais la grande femme en costume d'homme s'accrochait à lui, elle l'entraînait et, sans parvenir à s'expliquer pourquoi, il n'arrivait pas à s'opposer à elle, pas plus qu'alors, près de l'autobus, quand elle l'avait pris par le col et lui avait dit : « Halte-là, lieutenant. » Ou la nuit précédente, lorsque le capitaine l'avait envoyé attraper le fugitif dans le tunnel pour pouvoir, lui, aller se coucher.

Ou une demi-heure plus tôt, près de la grille. Tout en se promettant que sa nouvelle vie du lendemain serait radicalement différente, il obéit et suivit.

Maman-Peugeot accepta la défaite avec dignité. Sans s'arrêter pour ne pas perdre son élan, elle regarda autour d'elle et déclara :

— Eh bien, il ne nous reste plus qu'à nous protéger tout seuls. Nous allons organiser des tours de garde. Et s'il se montre ici, ce criminel, nous l'arrêterons…

— Et par « nous », vous entendez qui, si ce n'est pas indiscret ? s'enquit Cabriolet d'un air sombre, de sous sa toile de tente.

— À mon avis, répondit maman-Peugeot, il y a par ici assez d'hommes forts pour venir à bout d'un fugitif isolé. Tu l'as vu, n'est-ce pas ? Tu reconnaîtrais son visage ? demanda-t-elle à Assia. Alors ouvre bien les yeux, ma petite, sois vigilante.

— Genre, c'est moi qui dois monter la garde ? fit Assia.

Mais elle ne reçut pas de réponse.

— Et avec vous non plus, d'ailleurs, la conversation n'est pas terminée ! annonça maman-Peugeot en pointant à nouveau son doigt rageur sur le « Boissons de Tchiornogolovka ».

Après l'assaut auquel elle avait résisté, la Gazelle demeura aussi silencieuse que si elle était inhabitée. Le pare-brise poussiéreux était maintenant obstrué par un épais écran d'aluminium, qui dissimulait l'habitacle aux regards indiscrets. À l'intérieur, personne ne bougeait. Maman-Peugeot ralentit, le bras tendu devant elle, telle une petite gladiatrice, puis elle se dirigea vers sa voiture. Même de dos, elle n'avait pas l'air vaincue.

— Quelle affreuse mégère ! chuchota Sacha lorsque la portière de la Peugeot bleue eut claqué. Elle me fiche la chair de poule.

— Laquelle des deux ? demanda Mitia, sans malice.

— Elles sont flippantes toutes les deux, déclara Sacha. Je ne saurais même pas dire laquelle est la pire.

— Celle-là, sans hésiter, déclara Assia en désignant la Peugeot bleue de la tête. Elle ressemble à Dolores Ombrage, vous vous souvenez, dans *Harry Potter* ?

Et elle continua d'une petite voix suave :

— *Tu l'as vu, ma petite, alors ouvre grand tes yeux ! Attrape-le, ma petite.*

— Tu l'imites bien, commenta Sacha. C'est vrai. Imaginez-la dans un tailleur rose. *Et si tu ne l'attrapes pas, ma petite, on te donnera le fouet !*

Elle acheva son imitation sur une grimace de poupée et s'esclaffa.

Assia éclata elle aussi de rire, et elles continuèrent à échanger des répliques en regagnant la Toyota, Sacha sur le siège avant, Assia sur la banquette arrière, tandis que Mitia restait dehors, à écouter leurs voix douces et leurs rires étouffés par la vitre. La Porsche Cayenne faisait entendre un ronronnement confortable sur leur droite : à l'évidence, ses belles occupantes avaient remis l'air conditionné en marche. Cabriolet avait finalement attiré sa nymphe rebelle sous son toit peu fiable et agitait maintenant les bras, la tourmentant manifestement de reproches. La famille Patriot reprenait place à grand bruit dans l'UAZ qui la précédait. Le prêtre barbu de la Lexus somnolait à nouveau, et la voiture de patrouille était vide, une portière mal refermée.

Pour la première fois depuis deux jours, il se sentait presque bien, bizarrement.

Lundi 7 juillet, 8 h 37

— Alors ? dit Mme Mercedes en s'arrêtant pour laisser passer le lieutenant au milieu de l'allée, entre une Nissan Micra aux yeux de grenouille et une Kia couleur cerise.

— Racontez-moi. Qu'est-ce qui se passe avec le capitaine ?

— Il n'y a plus de capitaine, répondit le lieutenant, qui avait baissé la voix sans savoir pourquoi, vu qu'il n'y avait personne autour.

Elle acquiesça sans surprise. Son expression était concentrée.

— Donc c'est l'autre qui a son arme maintenant ?

— Oui, répliqua le lieutenant, soudain en colère.

Même le capitaine avec sa grosse trogne, tout bâtard qu'il ait été, méritait au moins un mot ou deux, un silence poli, un soupir, pour avoir péri dans l'exercice de ses fonctions. Ce n'était pas bien d'en venir ainsi droit au but.

— L'autre lui a tiré dessus, en fait. Il lui a mis une balle en plein dans le ventre, et il s'est barré. En emportant le pistolet.

Maintenant, elle devait se demander : *Et vous, qu'est-ce que vous avez fait ? Où étiez-vous ?* Le lieutenant, qui attendait cette question, avait sa réponse toute prête, l'occasion de lui sortir que c'était terminé pour lui, qu'il ne se laisserait plus avoir, qu'il n'allait plus exécuter les ordres de qui que ce soit. Après quoi, il l'enverrait se faire voir et retournerait à la Ford, à la nymphe, et à ses projets pour le lendemain matin. Mais elle lui jeta un regard sérieux et dit autre chose :

— Vous vous êtes bien débrouillé, lieutenant. Vous avez évalué la situation, vous avez tenu votre langue en présence de la foule. Nous n'avons pas besoin de mouvements de panique pour l'instant. Eh bien, mettons-nous au travail. Vous êtes dorénavant le plus gradé. Venez, nous n'avons pas beaucoup de temps.

Bien malgré lui, il se troubla, rougit et, radouci, la suivit docilement, non sans maudire l'imbécile qu'il était de s'être à nouveau laissé embobiner par des compliments à peu de frais. De quoi parlait-il ? On ne l'achetait même pas, on lui flattait juste le garrot, comme un bon chien de garde, avant de lui donner l'ordre suivant. Autrement dit, une nouvelle affaire, désagréable et dangereuse, à la rencontre de laquelle il se dirigeait de son plein gré, sur ses propres jambes. Mais, bizarrement, il était exclu, impossible de se tirer de là, bien qu'il ne puisse comprendre la raison de cette impossibilité, quels que soient ses efforts.

— Attendez ! cria-t-on dans leur dos. Attendez, s'il vous plaît !

Quelqu'un leur courait après dans une rangée, dont ils entendaient les halètements et le martèlement des pas. Le lieutenant chercha à tâtons le fermoir de son holster, mais ne l'ouvrit pas, car il n'y avait pas lieu de le faire. Celui qui leur courait après les avait déjà atteints et s'avérait un petit bonhomme hirsute, à l'allure ridicule, vêtu d'une chemise extrêmement froissée. Ses joues flamboyaient. Il portait une énorme caisse où se tenait un gros chat blanc qui raviva la mémoire du lieutenant et le persuada de laisser son holster tranquille.

— Où étiez-vous passée ? J'ai eu toutes les peines du monde à vous retrouver ! lança l'homme, plein de reproches.

Même s'il dut se plier en deux pour reprendre son souffle, il ne lâcha pas sa caisse pour autant.

— Je ne peux pas courir, c'est contre-indiqué pour moi, vous comprenez. Comment avez-vous pu partir ? Nous n'avons rien décidé...

— Nous le ferons, le coupa Mme Mercedes avec assurance. Nous prendrons toutes les décisions nécessaires, soyez juste un peu patient. Quelques imprévus ont surgi...

— Mais il ne peut pas attendre ! s'écria le petit bonhomme. Je vous ai pourtant expliqué son cas, bon sang. On peut reporter toutes les décisions, toutes, mais pour lui, non, impossible ! Vous aviez promis, et je ne vous laisserai pas repartir, je ne vous laisserai pas faire !

Le lieutenant, étourdi par le manque de sommeil, la chaleur et la succession d'événements chaotiques qui lui étaient tombés dessus au cours des douze dernières heures, eut un instant l'impression que le petit bonhomme fripé s'emportait à cause de son chat et exigeait des conditions spéciales pour l'animal.

— Non, mais ça dépasse toutes les bornes, déclara-t-il. Vous êtes devenu complètement cinglé. Fichez-moi le camp d'ici !

L'homme tressaillit et recula d'un pas.

— Vous aviez promis ! lança-t-il, au désespoir.

Mme Mercedes jeta un coup d'œil impatient à sa montre.

— Allez-y, dit-elle au petit bonhomme. Allez-y, je vous retrouverai.

— Fichez-moi le camp ! répéta le lieutenant qui tapa du pied.

L'amateur de chat fripé perdit de son allant et recula, non sans secouer amèrement la tête, avant de disparaître entre deux files de voitures.

Cinq minutes plus tard, ils rencontrèrent le chauffeur Valéra, que le vieux jaunâtre de la Mercedes avait envoyé « prendre la mesure de la situation ». Il venait lentement à leur rencontre dans sa veste boutonnée jusqu'au cou, sans être pressé d'arriver où que ce soit. De fait, voilà ce qui s'était passé : dès que la Maybach blindée avait été hors de vue, Valéra s'était arrêté une première fois pour se reposer, et tandis qu'il reprenait son souffle, appuyé contre le capot poussiéreux d'une voiture, il lui était soudain venu à l'esprit qu'il lui faudrait peut-être beaucoup de temps pour découvrir les circonstances du sinistre coup de feu, vu qu'il n'était plus tout jeune et peu entraîné à la marche rapide. Il était donc peu probable que quelqu'un lui en veuille pour autant. Il paraissait bien plus logique que la grosse garce aux cheveux blond-blanc se souvienne enfin de la raison pour laquelle on lui versait ces sommes obscènes et revienne d'elle-même au rapport. Cela lui éviterait à lui, Valéra, de devoir remonter le long boyau de béton jusqu'à l'entrée et de voir Dieu sait quelles horreurs et abominations, avant de rebrousser chemin. En février, il avait eu soixante-deux ans, il souffrait d'hypertension, son cœur faisait le polisson, et il avait promis depuis longtemps à sa femme qu'il prendrait sa retraite en même temps que son chef, mais qu'il n'y avait pas lieu de s'inquiéter, parce que son travail était sédentaire.

L'idée lui parut une solution idéale dans son évidence, et il fut aussitôt soulagé de ralentir la cadence, s'arrêtant de temps en temps, écoutant son pouls, grimaçant à cause de ses pieds douloureux, à l'étroit dans ses bottes trop serrées. Il n'avait même pas déboutonné sa veste, justement parce qu'il ne voulait pas tricher, et chaque goutte de sueur qui ruisselait dans son dos ne faisait que prouver encore qu'on l'avait envoyé pour rien et qu'il n'était pas à la hauteur de la tâche, même s'il faisait au mieux. Et s'il y avait des caméras sur les parois du tunnel (ce qui n'était pas exclu), elles montreraient toutes la même chose : un honnête agent qui s'efforçait d'exécuter un ordre injuste.

Le problème, c'était que la garce n'était pas arrivée à temps. À chaque arrêt, il avait scruté sa montre et plus les minutes s'égrenaient, plus il se rendait compte que son plan avait échoué. L'heure qui lui avait été impartie était presque écoulée, et même un sexagénaire à bout de souffle et aux pieds plats de stade 2 aurait atteint l'entrée et parcouru la plus grande partie du chemin du retour dans ce laps de temps. À moins, bien sûr, qu'il n'ait été retardé par quelque difficulté imprévue, mais cette difficulté, pensait Valéra avec angoisse, devrait être rapportée avec un luxe de détails à son retour. Les échanges qu'il avait eus ici et là en chemin lui avaient tout de même permis de se faire une vague idée de la situation : la police pourchassait un bandit en fuite, on avait promis de distribuer de l'eau, mais pour une raison ou une autre, ça ne s'était pas fait, et il y avait eu une vilaine bagarre avec des Tadjiks – soit qu'ils aient dérouillé quelqu'un, soit que quelqu'un les ait dérouillés – et il semblait que quelqu'un avait eu une crise cardiaque ou était tombé dans le coma, voire était carrément mort, seul dans sa voiture, une femme était visiblement en train d'accoucher, quel cauchemar, vous imaginez, accoucher sous terre, surtout si l'on n'avait même pas distribué d'eau. Ce serait vraiment bien qu'ils ouvrent ces foutus portails, parce que la situation n'allait faire qu'empirer, il ne fallait bien entendu compter sur rien ni personne, ben oui, qu'est-ce que vous voulez, on nous a oubliés, dans quel pays on vit !

Bref, il aurait été incapable de tirer un rapport un tant soit peu fiable de ces rumeurs éparses. Quant à mentir à son jaunâtre de chef, Valéra ne s'y était pas hasardé une seule fois en vingt-huit ans de service. Et maintenant, à chaque minute qui passait, la ruse innocente avec laquelle il avait entamé sa croisade se transformait inexorablement en tromperie, en désobéissance directe aux ordres, voire en sabotage. Pourtant, il n'avait pas la force de prendre une autre décision, ni même simplement d'accélérer le pas. Aussi avançait-il simplement d'un pas résigné, tel un vieux cheval condamné à l'abattoir…

Le salut apparut alors enfin devant lui : la grande bique blonde venait à sa rencontre, confiante et renfrognée comme toujours, flanquée d'un jeune policier aux cheveux clairs, de la même taille qu'elle. En ce merveilleux instant, ils avaient l'air d'un frère et d'une sœur sortis de quelque légende ancienne, ou même d'anges, de puissants guerriers de lumière qui lui apportaient, à lui, Valéra, la délivrance et l'espoir.

— Qu'est-ce qui vous a pris autant de temps ! s'écria le chauffeur en ouvrant les bras.

Jamais encore il n'avait été aussi heureux de voir cette maudite bonne femme.

— Il m'a envoyé à votre recherche, poursuivit-il avec un ton de reproche prudent. Il exige un rapport.

— Nous allons le lui faire sur-le-champ, répondit-elle sans s'arrêter quand elle le dépassa.

— Mais…, protesta Valéra en se retournant et en accélérant l'allure, si jamais vous avez autre chose à faire, peut-être que… Laissez, je m'en charge. Dites-moi simplement ce que je dois transmettre…

— Je m'en occupe, trancha-t-elle.

Et de marcher encore plus vite.

Le jeune policier la suivait du pas docile d'un prisonnier de guerre. Il ne se retourna même pas vers lui.

Valéra essuya son front moite et déboutonna enfin sa veste. Hors de question qu'il se laisse distancer. Au contraire, il devait les devancer d'au moins une demi-seconde, être le premier à arriver et à annoncer qu'il s'était scrupuleusement acquitté de sa tâche, ce qui lui permettrait enfin de regagner sa place derrière le volant, et de les laisser tous les deux se débrouiller à partir de là. Il desserra sa cravate, prit une profonde inspiration et, malgré ses jambes douloureuses, se mit à courir.

Lundi 7 juillet, 8 h 44

À cause des vitres hermétiquement closes, il ne tarda pas à faire très chaud dans la Gazelle, où flottait un air vicié. Le calme alentour était revenu depuis un quart d'heure, personne ne criait plus ni ne tambourinait à sa portière, mais le jeune conducteur n'osait pas soulever l'écran d'aluminium avec lequel ils avaient obstrué le pare-brise de l'intérieur. Ces rideaux argentés n'ajoutaient naturellement rien à la solidité des vitres, et il était fort probable que, si la température augmentait à ce point, c'était à cause de l'épaisseur de cette feuille d'aluminium. Par ailleurs, ne plus rien voir du tout était effrayant, plus effrayant même que de voir. Il était assis dans une pénombre brûlante, recroquevillé sur un siège de velours poussiéreux, avec le souffle court et bruyant d'un homme qu'on a enfermé dans un tonneau et jeté dans une rivière. Il s'efforçait d'occulter le fait que les gens qui venaient de lui hurler dessus et de secouer son véhicule se tenaient peut-être toujours dehors, tout près, bien que désormais silencieux. Attendant par exemple un ordre, une décision ou juste le moment où l'un d'eux, las d'attendre, briserait la vitre. Mais d'un autre côté, ils avaient pu en effet se disperser. Se laisser détourner par une nouvelle idée, aller chercher de l'eau ailleurs, et dans ce cas, s'il ôtait maintenant l'écran d'aluminium et se montrait à eux, il ne ferait que se rappeler à leur bon souvenir. Et les inviter à revenir.

Il avait révisé son avis sur des tas de choses, au cours du dernier quart d'heure, et il était prêt maintenant à ouvrir l'arrière de sa camionnette, à leur donner son chargement, les trois cent vingt bouteilles d'une eau qui appartenait à quelqu'un d'autre. Il avait capitulé et accepté l'inévitable : ils étaient forts, il n'y avait pas moyen de se défendre contre eux, même si sa mère n'aurait probablement pas été d'accord. Mais sa mère se trouvait loin, à Pendjikent, et n'exerçait aucune influence sur les événements. Quant au propriétaire du véhicule, qui lui avait demandé la veille de se rendre rue Vereïskaïa, il était tout aussi loin et tout aussi peu influent. Ni l'un ni l'autre n'était là, et lui tout seul, il ne pouvait plus résister.

Le seul moyen d'empêcher le prochain assaut, qui (il en était sûr) surviendrait tôt ou tard, c'était de sortir lui-même, de déverrouiller le fourgon et d'ouvrir les portières sans attendre l'attaque. De cette façon, tout prendrait fin sur-le-champ : l'emprisonnement dans cette boîte de fer étouffante et cette attente pleine d'angoisse. Et, bien entendu, il aurait procédé ainsi depuis longtemps déjà s'il n'y avait eu l'homme assis à côté de lui. Cet inconnu grisonnant en colère, qui s'était installé dans son véhicule une heure plus tôt, l'avait défendu en parlant en son nom, puis était resté avec lui. Malgré le pare-chocs brisé et les innombrables problèmes qui les attendaient tous les deux, il avait pris son parti et l'avait appelé « frère ». Désormais, c'était à cet homme courageux que revenaient les décisions, et le jeune conducteur de la Gazelle devait simplement rester assis, à subir la chaleur et la soif, en tâchant de ne pas montrer sa peur.

Il regarda encore une fois son voisin, affalé sur son siège, qui somnolait, sévère et concentré jusque dans son sommeil, ses mains basanées croisées sur les genoux. Le jeune homme détourna rapidement les yeux : ce n'était pas bien d'observer un homme qui dort. S'ils avaient au moins pu parler. Il lui aurait témoigné sa reconnaissance et, naturellement, se serait excusé pour le pare-chocs de la Renault, il aurait promis de gagner la somme nécessaire et de lui en payer un nouveau, de meilleure qualité et plus cher. Peut-être aurait-il osé demander à cet homme courageux de le faire entrer dans sa compagnie de taxis, afin de travailler à ses côtés, de l'aider, de lui laver sa voiture ou de lui faire sa vidange. Il était déjà capable de beaucoup de choses, comme poser lui-même un nouveau pare-chocs. Il avait juste besoin d'apprendre à parler russe, car rien dans cette ville maléfique et incompréhensible n'était possible sans cette langue ardue et incompréhensible, qu'il était déterminé à maîtriser. Il ferait tout ce qui était en son pouvoir pour commencer enfin à la comprendre et à la parler, car sa vie changerait alors du tout au tout. Ces pensées étaient si agréables, si légères qu'il en oublia même un instant la chaleur, son licenciement imminent et sa honte, et commença à s'endormir à son tour. Pour être presque aussitôt réveillé dans une secousse brutale, parce qu'on toquait à sa vitre.

Les coups étaient différents : discrets, contrairement aux précédents, suggérant que celui qui frappait ne voulait pas attirer l'attention. Le jeune Gazelliste se retourna pour réveiller son voisin, mais celui-ci, qui avait déjà ouvert les yeux, se tenait assis, le dos droit. On frappa de nouveau. Le visiteur invisible, dissimulé par l'écran d'aluminium opaque, n'avait manifestement aucune intention de battre en retraite. Les deux hommes enfermés dans la cabine se regardèrent un instant, puis le plus âgé fit un bref signe de tête, tandis que le plus jeune tendait la main et soulevait l'aluminium. Dehors, dans l'étroit passage entre le mur de béton et le flanc de la Gazelle se tenait un type maigre aux cheveux noirs. Il avait le visage tuméfié, la chemise maculée de taches sombres qui avaient séché. Lorsqu'il fut certain d'avoir été vu, il regarda autour de lui, pressa un index sur ses lèvres et leur offrit soudain un large sourire, tout joyeux, comme s'il participait à quelque jeu secret passionnant et les invitait à se joindre à lui. Puis il s'approcha plus près de la vitre, fit un clin d'œil au jeune chauffeur décontenancé, reporta son regard sur le chauffeur de taxi grisonnant, désormais sur ses gardes, et chuchota :

— Salut, les gars. Ouvrez, j'ai un truc à vous dire.

Sur quoi il releva sa chemise souillée.

Il avait une vilaine ecchymose violette qui courait le long de son flanc gauche, de derrière son dos jusqu'à ses côtes, et l'énorme crosse d'un pistolet dépassait de sa ceinture.

Le chauffeur de taxi se pencha vers la fenêtre pour observer attentivement leur joyeux visiteur, sa pommette ouverte et ses poignets écorchés. Puis, toujours sans un mot, il déverrouilla les serrures et poussa la portière.

Au même moment, à deux kilomètres et quelques de la Gazelle, la portière d'une gigantesque Maybach Pullman s'ouvrait elle aussi et Mme Mercedes lançait au lieutenant intimidé qu'elle avait soudain décidé de tutoyer :

— Qu'est-ce que tu as à rester cloué là ? Monte.

C'est donc là qu'elle a conduit le capitaine cette nuit, réalisa-t-il. Il n'avait aucune envie de grimper dans cette limousine inquiétante. Il décelait une symétrie désagréable dans la situation, comme la répétition d'un niveau dans un jeu à l'ordinateur : son gros chef malchanceux avait déjà tenté sans succès de le franchir, et ce fameux niveau commençait ici. L'invitation dans la grosse voiture noire lançait en quelque sorte le programme, la séquence d'événements qui avait fini par conduire le capitaine jusqu'au portail en béton marqué des chiffres « 0-60 » et s'était terminée pour lui par une balle en plein ventre. Il suffirait que le lieutenant accepte l'invitation pour que le programme se réinitialise et qu'il lui soit impossible d'en sortir, il en était sûr. *Je vais me faire tuer ici,* pensa-t-il avec angoisse. *Comment c'est possible ?*

— Allons ! s'impatienta Mme Mercedes. Tu nous fais un coup de chaud ou quoi ? Allez, voyons !

Il pouvait encore refuser, même maintenant. Contrairement au capitaine, elle ne lui avait même pas montré ses badges : le rang du lieutenant ne l'exigeait nullement, et ce statut inférieur lui octroyait une plus grande liberté. Il pouvait facilement jouer les idiots, tourner les talons et ficher le camp. Il n'aurait pas formellement contrevenu à quelque règlement que ce soit. Mais de l'intérieur de la méchante voiture se fit entendre une voix sèche de bureaucrate :

— Montez et fermez cette portière.

Aussi arrêta-t-il sur-le-champ de penser, pour se courber et grimper dans l'habitacle.

Lundi 7 juillet, 9 h 02

Le vin doit être acide, ça se voit dès l'étiquette : un vin de Crimée subventionné par l'État. On a pris le premier qu'on a trouvé sur l'autoroute, dans un magasin de station-service. Une bouteille verte, une petite image guillerette, le même bouchon à vis que sur les bouteilles de limonade. S'il n'y a pas de bouchon, mon chéri, dit maman, ce n'est pas du vin, c'est du vinaigre. Du vin-aigre. Elle tient un verre, rond comme une tête de chat, et le gros rouge déborde, dégouline le long des murs en épais ruisseaux sanglants. Je n'ai pas bu, maman, c'est vrai, ce n'est pas moi. J'aurais dû prendre un soda, une grande bouteille de deux litres avec des bulles, dans le frigo du magasin. Ils avaient une grande vitrine près de la porte, pleine d'eaux, gazeuses et sucrées, colorées et transparentes, pourquoi on n'en a pas acheté ?

Si, on en a acheté, je m'en souviens, elle est quelque part pas loin, maman. Elle a sifflé et crachouillé, la route l'a secouée, je l'avais sous mon coude droit, bon, elle est tiédasse, elle s'est éventée, mais tant pis, je veux juste qu'on me donne de l'eau, maman, il y en a, de l'eau.

La bouteille verte de vin de Crimée est couverte de buée, et à l'intérieur, il y a du vin blanc, bien frais. Katia boit au goulot, renverse du vin sur ses genoux bronzés. Fais-moi goûter, Katia. Il est acide ? Tant pis, je m'en fiche qu'il soit acide, tiens. Allez, Katia, s'il te plaît !

Katia rigole. Tu ne peux pas, tu conduis.

Juste une gorgée, ça me fera rien. Allez, mince, c'est pas juste.

C'est pas juste, dit Katia en se penchant. C'est pas juste, murmure Katia, et elle appuie son genou, son genou nu et chaud, contre mon bras. C'est douloureux et elle le fait exprès. Son œil droit est plein de fureur, gris, entouré de cils épais. Katia n'a pas d'œil gauche.

— Qu'est-ce qu'il dit ?
— Il appelle sa mère, non ? Oh, mon Dieu, regardez son bras.
— Il est si jeune.

Dites-lui d'enlever son pied. Je n'ai besoin de rien, c'est bon, dites-lui juste d'enlever son pied, ça fait mal, Katia, bon sang, ça fait mal, putain, qu'est-ce que tu fais, putain de salope, dis-lui, maman, elle m'a marché sur le bras, maman, elle va me casser le bras, ça fait mal, regarde ce qu'elle a fait, elle l'a déjà cassé, c'est sûr, la garce, elle l'a cassé, et le chat, le gros chat, là, il a sorti ses griffes, enlève-le, maman, enlève-le, enlève, s'il te plaît, s'il te plaît.

— Écoutez, il a besoin d'eau, on dirait…
— Mais il ne boit pas, je lui ai versé de l'eau dans la bouche, il n'avale pas, regardez, sa chemise est toute mouillée.
— N'en versez pas, il risque de s'étouffer. On pourrait peut-être lui humecter les lèvres ? Quelqu'un aurait un mouchoir en papier ?
— Moi, tenez.
— Reculez, laissez-moi l'examiner. Laissez-moi passer, s'il vous plaît, je suis médecin.
— Vous m'en direz tant. Et vous étiez où, jusqu'à maintenant, docteur ? Le pauvre garçon est allongé là, tout seul. Et regardez-moi cette saleté…
— C'est de l'essence ?
— De l'huile, je dirais. Ça vient de la voiture. Et lui, il a carrément la joue dedans… On pourrait peut-être au moins lui essuyer le visage ?
— Qu'est-ce que son visage vient faire là-dedans ? C'est son bras, regardez.
— Mais pourquoi vous restez planté là, docteur ? Il est là, il bouge pas. Faites quelque chose !

C'était la même femme en colère, le médecin la reconnut, celle qui avait apporté une brique de lait pour son chat, la nuit précédente, et lui avait dit : « Ils se croient tout permis. » Mais l'état du jeune homme avait empiré, de beaucoup, et maintenant une dizaine de femmes furieuses, munies d'eau et de mouchoirs, s'étaient rassemblées devant la grille. L'une d'entre elles s'était même accroupie pour passer la main à travers les barreaux et lui caresser les cheveux. Et une autre, bizarrement, avait jugé utile d'apporter une pomme. Une ridicule pomme rose avec un côté gâté. Toutes ces femmes le scrutaient, lui, le médecin, avec le même dégoût et le même air de reproche qu'afficheraient des gens ayant passé la nuit au chevet d'un patient gravement malade, en recevant au matin la visite de son médecin négligent. Elles attendaient, évidemment, qu'il arrange tout, qu'il sorte de nulle part une perfusion de dopamine, de l'oxygène et un bloc opératoire stérile. Qu'il fasse voler en éclats cette grille de cinq tonnes et, d'un claquement de doigts, convoque une équipe d'urgentistes. Alors même que, pendant tout ce temps, il n'avait réussi à obtenir de ces gens qu'une minable boîte d'ibuprofène.

— Dix heures se sont écoulées, cracha le médecin tremblant de rage. Dix heures ! Et c'est maintenant que vous avez pitié de lui. C'est maintenant que vous vous souvenez de son existence. Pourquoi vous ne m'avez pas écouté quand je vous en ai demandé ? Je vous ai dit que j'avais besoin de médicaments, que je n'avais rien, que je n'avais même pas de quoi nettoyer sa plaie ! Qu'est-ce que vous attendez de moi ? Un miracle ? Vous en serez pour vos frais, et cessez de me fixer comme ça, ce n'est pas la peine de me lancer ce genre de regards maintenant !

Il s'étouffa et fut secoué d'une quinte de toux qui lui permit aussitôt de se voir de l'extérieur : ridicule, tout rouge, dans une chemise froissée. Exiger et s'emporter ne lui réussissaient jamais. C'était sans doute pour ça qu'il avait choisi la stomatologie, soit le moyen le plus humble de soigner, le moins dangereux. Il avait une clientèle paisible, un petit cabinet rue Chabolovka, des Moscovites de souche âgés pour patients – prothèses de Bügel, couronnes télescopiques et discussions sur les petits-enfants. En huit ans, il ne s'était même jamais autorisé à tutoyer son assistante, et encore moins à se métamorphoser en dieu irrité : c'était là le privilège des chirurgiens, des réanimateurs et autres créatures qui sauvaient des vies, devant lesquels il était aussi timide que le reste des mortels. Et voilà qu'il criait et tapait même du pied. Il s'était oublié au point d'endosser un costume qui n'était pas à sa taille, bêtement, honteusement. Et surtout, bien trop tard.

— Et de l'alcool, ça ferait l'affaire ? demanda la femme à la pomme. Pour lui désinfecter le bras.

— Quels médicaments il vous faudrait ? demanda l'énervée, qui se releva difficilement de sa position accroupie et s'épousseta les paumes. Allez, dites-nous. Quels médicaments ?

— Que quelqu'un me donne un stylo et du papier, répondit le médecin. Je vous écrirai ça. Et apportez aussi votre alcool. Maintenant, reculez et ne me bloquez pas la lumière, je dois l'examiner.

Lundi 7 juillet, 9 h 24

— Donc on va procéder par rangées, à partir du début, lâcha Mme Mercedes entre ses dents.

Elle martelait férocement l'asphalte de ses talons, à croire qu'elle cherchait à y percer des trous.

— Voiture par voiture, reprit-elle. Ce sera encore plus facile comme ça, tout le monde est dans son véhicule, on ne ratera personne. Ne vous laissez pas distancer, lieutenant.

Il suivait la cadence. Après le savon que la femme de fer venait d'essuyer de son patron dans la Maybach, il éprouvait soudain une sorte de compassion pour elle. Le vieil homme aux lunettes dorées emmitouflé dans son plaid l'avait effrayé d'emblée, dès la première seconde : jaune, sec comme un lézard, dangereux. Le genre d'individu qui n'avait même pas besoin de crier et parlait à mi-voix, de façon à peine audible. Derrière les verres de ses lunettes, ses yeux étaient également jaunes, semblables à ceux d'un reptile. Il n'avait pas seulement gratifié d'un regard le nouveau policier anonyme qu'on avait traîné jusqu'à lui, il s'était mis à tailler son assistante en pièces, direct. Et pendant qu'il lui arrachait sa viande, morceau par morceau, le jeune lieutenant restait assis dans son siège de cuir glissant, transparent, plongé dans la contemplation de sa chaussure gauche. Et il était très reconnaissant à la fonctionnaire d'avoir pris sur elle la colère du vieillard et de n'avoir pas essayé une seule fois de l'impliquer dans la conversation. Globalement, elle s'était montrée réglo : elle n'avait pas cherché à tout leur mettre sur le dos, au capitaine et à lui, alors que ça aurait été la chose la plus facile à faire ; elle ne s'était pas trouvé d'excuses, n'avait pas pleurniché, mais avait au contraire maintenu ses déclarations et s'était même opposée au vieux à deux ou trois reprises, l'interrompant, ce chef jaunâtre que lui n'osait même pas regarder. Il aurait été faux de prétendre que Mme Mercedes avait tiré profit de son attitude, elle s'était fait sacrément remonter les bretelles, comme en témoignaient les plaques rouges qui s'étalaient dans sa nuque, pourtant elle continuait à marcher d'un pas assuré, le dos droit. *C'est peut-être aussi une garce,* pensa le lieutenant. Et il accéléra le pas. *Une garce, bien sûr.* Mais les autres passagers de la Mercedes étaient encore pires, tous les trois : le pépé reptilien, le grêlé taciturne vêtu de noir, avec son visage d'assassin, qui n'avait pas prononcé un mot pendant tout ce temps, et même le chauffeur bavard, qui, à peine assis derrière son volant, avait entrepris de rapporter, avec une servilité désagréable, comment il l'avait trouvée, ramenée et, après cinq bonnes minutes à jacasser, s'était épongé le front en soufflant comme un cachalot, feignant presque la crise cardiaque, dans l'espoir manifeste de s'attirer des louanges pour ses efforts. Globalement, la compagnie de ce véhicule officiel blindé était si ignoble que le lieutenant était prêt à retraverser ce putain de tunnel d'un bout à l'autre, en toquant à toutes les voitures, l'une après l'autre, et à exécuter n'importe quel ordre de sa sévère compagne jusqu'au soir ou jusqu'à ce que ces putains de portes hermétiques s'ouvrent, si cela lui assurait de ne plus retourner dans la Maybach.

— Pourquoi il a besoin de cette liste ? demanda-t-il aussi aimablement qu'il le put, les yeux rivés à cette nuque solide à la coupe nette.

Ce n'était pas qu'il tienne à connaître la réponse, mais parce que, obéissant maintenant aux ordres du vieillard à lunettes, ils se trouvaient soudain du même côté, cette femme morose en veste d'homme bleue et lui, et qu'il était temps d'en parler. De ces ordres débiles et incompréhensibles, de ces supérieurs de merde qui vous commandaient, par exemple, de tirer sur un homme aux mains entravées ou de dresser des listes dont personne n'avait besoin, et du ras-le-bol qui était le sien. Il s'imaginait lui raconter que, dès le lendemain, il allait leur balancer sa démission à la gueule et leur dire d'aller voir ailleurs s'il y était. Elle hocherait la tête d'un air compréhensif, bon, disons qu'elle hocherait au moins la tête, même s'il était interdit d'avouer ce genre de choses dans le service auquel elle appartenait.

— Je me répète, mais à quoi elle sert, cette liste maintenant, hein ? répéta-t-il donc en la rattrapant pour la regarder en face. On est quoi, le bureau des passeports ? Qu'est-ce qu'on va en faire, après ? Il vaudrait mieux distribuer de l'eau aux gens, ça serait au moins utile à quelque chose…

— En tout cas, lieutenant, répliqua-t-elle froidement, sans le regarder, l'utilité de votre présence ici n'a pour l'instant rien d'évident. Votre supérieur a été assassiné et, grâce à vous, un psychopathe armé court dans ce tunnel plein de citoyens pacifiques. Voulez-vous me rappeler combien il a de balles dans son chargeur, s'il vous plaît ?

— Six, répondit le lieutenant à contrecœur.

Il avait déduit du total le coup de feu tiré par le Makarov du capitaine, une heure et demie plus tôt, mais cela suffit à ressusciter dans son esprit le visage du défunt tourné vers le plafond – mécontent, surpris – et il sentit aussitôt ses jambes irritées jusqu'au sang, sa chemise qui lui collait au dos et le poids de ses près de vingt-huit heures sans sommeil.

— Six, répéta-t-elle avec dégoût. Voici donc comment nous allons procéder : vous exécutez les ordres et vous gardez vos questions et vos réflexions pour vous.

Ils continuèrent en silence. Pour la énième fois, le lieutenant se demanda pourquoi il continuait à obéir. Comment se faisait-il qu'il n'ait jamais osé, pas une seule fois, s'opposer à l'un de ces inconnus qui lui donnaient des ordres, lui criaient dessus et le chargeaient de tâches, alors qu'ils n'étaient rien pour lui (à l'exception du capitaine mort, mort, putain, mort depuis deux longues heures) et qu'il avait tout à fait la possibilité non seulement de ne pas les écouter, même cette salope hommasse, mais carrément de leur taper le front contre le mur.

Il en était là de ses réflexions quand il sentit sous son pied une chemise cartonnée qu'il connaissait bien, ouverte en plein milieu du passage. Sa couverture jaune portant l'étiquette « Reconnaissance de la marque : impact positif sur les ventes » avait fini par craquer et se déchirer, recrachant tout son contenu de papier. Une cinquantaine de pas plus loin apparut le break Opel avec son bébé dodu qui dormait, et presque immédiatement après, la grille interdisant toute sortie, devant laquelle une foule importante s'était amassée sans qu'il sache pourquoi. L'occasion lui avait à nouveau échappé.

Lundi 7 juillet, 9 h 43

Ils étaient vingt, peut-être trente. Ils n'avaient pas l'air de badauds poussés là par l'ennui. Ils paraissaient même s'être rangés en une file, si bien que le lieutenant pensa d'abord que quelqu'un, qui avait décidé de courber l'échine devant Mme Mercedes, était en train de dresser quand même la liste des passagers. Ce fut sans doute ce que pensa aussi cette satanée bonne femme, qui fendit sur-le-champ la foule avec la mine bureaucratique et légèrement irritée d'un policier de la sécurité routière arrivé sur les lieux d'un accident, qui s'apprête à disperser les quidams inutiles et à rétablir enfin l'ordre.

Mais ça ne sentait pas le recensement, dans ces parages-là, et personne n'avait non plus la moindre intention de la laisser passer. En fait, on ne lui prêtait aucune attention, parce que tout le monde observait le petit maigrichon vêtu d'une chemise froissée aux manches courtes et enfantines, en qui le lieutenant reconnut soudain le triste amateur de chats qu'il avait lui-même fait fuir, une demi-heure plus tôt, en chemin vers la Maybach. La caisse du chat se trouvait tout près, tandis que son petit maître était assis sur une chaise pliante en toile, les genoux écartés, et tenait la main d'une jeune femme enceinte aux cheveux roses et au nez orné d'un piercing. Il avait les yeux fermés.

— J'ai les jambes toutes gonflées, se lamentait la future mère d'un air offensé.

Il opina aussitôt avec impatience, sans ouvrir les yeux, et resserra les doigts autour du poignet de sa patiente, tout en remuant les lèvres.

On avait cessé de respirer dans la file d'attente, où l'on observait un silence de cathédrale.

— Laisse-moi donc passer, entendit-il derrière lui.

Le lieutenant sentit une paume ferme se plaquer entre ses omoplates.

— Écarte-toi, pourquoi tu restes planté là ?

Obéissant moins à cette paume qu'à la voix irritée, le lieutenant s'écarta. Une bonne femme trapue en Crocs turquoise élimées, dont le bronzage cuivré témoignait de longues heures passées à cultiver son potager, se fraya un chemin vers le couple étrange, figé devant le mur de béton.

— J'ai trouvé ça, annonça-t-elle en tendant un tensiomètre à l'ancienne avec une poire en caoutchouc.

Le petit homme ouvrit les yeux et se leva d'un bond.

— Vous êtes une personne en or, dit-il avec tendresse, acceptant des deux mains le vieil appareil, comme une offrande.

Et il entreprit aussitôt d'introduire les branches du stéthoscope dans ses oreilles.

La nana en or et en Crocs ouvrit la fermeture Éclair de la banane qui ceignait son gros ventre et en sortit une poignée d'ampoules, une douzaine de rouges minuscules et quelques-unes plus grandes, transparentes.

— Elles vous serviront peut-être à rien, c'est à vous de voir, dit-elle avec insistance.

Il était clair à son ton qu'il valait mieux que l'homme à la chemise d'enfant ne plaisante pas avec ce présent et qu'il lui trouve une utilité.

— On n'a pas encore de seringue, pour l'instant, on en cherche, les filles courent dans tous les sens.

— Oui, dit-il, bien sûr, merci. Merci beaucoup, je vais jeter un coup d'œil.

Serrant maladroitement le tensiomètre sous son bras, il accepta aussi les ampoules et répéta :

— Merci. Finalement, c'était simple comme bonjour.

Sur quoi, il s'accroupit et, avec les précautions qu'on prend pour manipuler des œufs frais, il entreprit de les placer une par une dans la boîte en carton, qui contenait déjà tout un tas d'autres choses : une pile de bandages et de lingettes stériles, un assortiment de paquets de pilules colorés, des flacons d'iode et de peroxyde, et même, curieusement, une bouteille de vodka Stolichnaya, entamée et sans bouchon.

La femme enceinte l'observait sans rien dire, le poignet toujours levé, attendant que le médecin (*mais oui, un médecin, quel abruti je fais !* se rappela le lieutenant à sa grande honte) délaisse sa boîte et revienne à son pouls et à ses chevilles enflées. Vu qu'elle était la première dans la file d'attente, elle n'allait pas houspiller le petit docteur pour qu'il se presse.

— Il va falloir consigner tout ça, déclara Mme Mercedes, qui repoussa elle aussi le lieutenant de l'épaule, pour s'avancer dans la lumière et examiner le contenu de la boîte. Puis répartir avec soin les médicaments de première nécessité. Au fait, vous avez réussi à trouver de l'insuline ? J'ai eu une demande...

Elle tira son carnet de sa poche.

Le petit docteur regarda autour de lui, ses yeux myopes clignèrent et il se leva. Le tube du stéthoscope pendait sous son menton tel un long macaroni noir.

— Non, pas d'insuline, déclara-t-il. Et pas non plus de quoi perfuser ni d'instruments chirurgicaux ou d'appareil de respiration artificielle. Vous pouvez me dénicher un respirateur ?

— Il faudrait quand même se fixer des objectifs réalistes, répliqua Mme Mercedes d'une voix exténuée. Je comprends que vous vouliez aider, c'est très bien, mais il faut une vue d'ensemble. Si nous commençons à distribuer des médicaments à tout le monde au lieu d'identifier d'abord ceux qui en ont le plus besoin...

Le médecin ne répondit pas. Il se détourna et retourna auprès de la femme enceinte, récupéra le tensiomètre coincé sous son bras, plaça le brassard autour de celui de sa patiente et, à coups de gestes rapides et furieux qui firent rougir jusqu'à ses oreilles et son cou, il actionna la poire.

— Écoutez, madame, reculez ! lança-t-on dans la foule. Vous lui bloquez la lumière.

— Madame a soi-disant eu une « demande », ricana la femme en Crocs.

— Vous vous êtes placé dans une position étrange, insista Mme Mercedes derrière le médecin. L'heure n'est pas aux émotions. Notre objectif est le même, visons-le. Asseyons-nous et écrivons à tête reposée ce dont nous avons le plus besoin. Après quoi, nous essaierons de nous le procurer.

Elle essaie de le convaincre, compris le lieutenant avec envie. *Ce freluquet, qui ne la regarde même pas, lui tourne le dos exprès, et elle, pas de problème, elle encaisse. Elle ne lui met pas la pression, elle ne lui cherche pas des noises, elle demande.*

— Passons le tunnel en revue, vérifions toutes les voitures, poursuivait Mme Mercedes. Je ne vais pas vous sortir un respirateur de mon chapeau, bien entendu, ce serait utopique, mais vous avez besoin d'antibiotiques, si j'ai bien compris, et ça, c'est tout à fait réaliste.

Le médecin lâcha la poire, qui, accrochée à son tube en caoutchouc, retomba avec légèreté sur le ventre protubérant de sa jeune patiente. On entendait l'air siffler en s'échappant du brassard du tensiomètre.

— On m'en a déjà apporté, répliqua-t-il en se retournant. Des antibiotiques, je veux dire. J'en ai même pas mal maintenant. Excusez-moi, dit-il à la femme enceinte. Permettez, ajouta-t-il à l'intention du lieutenant sans même lui prêter attention.

Il marcha droit sur lui, petit, les oreilles rougies, avec le pavillon métallique du stéthoscope se balançant sur son torse, telle une médaille en chocolat.

Le lieutenant recula et cela suffit pour qu'aussitôt le reste de la file d'attente s'écarte docilement, dévoilant la grille. Nul n'avait envie de regarder dans cette direction, parce que la voiture orange déchiquetée était toujours là, les éclats de verre aussi, et les chiffons, les taches d'huile sur l'asphalte… le petit jeune avec son bras cassé. Un merdeux en larmes portant la montre hors de prix de son père, qui tout récemment encore, pendant la nuit, avait pleurniché et exigé une ambulance, mais qui, maintenant, était allongé, sa nuque teinte en plein dans une flaque d'huile : gris, humide, horrible, un bras étroitement enveloppé dans un bandage, du poignet jusqu'à l'épaule. Mais ce qui, étrangement, produisit l'effet le plus désagréable sur le lieutenant, ce fut une pomme, d'un rouge vif tout guilleret, que quelqu'un avait glissée à travers les barreaux de fer et placée sous la joue du conducteur de la Volkswagen, comme sur une table de chevet dans un hôpital. Même s'il respirait, quoique rarement et avec des intervalles bizarres, c'était la pomme vivante et rouge à côté de la joue livide qui indiqua instantanément au lieutenant que le jeune homme était fichu, avant même que le médecin n'annonce :

— Il fait un choc septique. Ses reins et son foie sont sur le point de lâcher, à moins que ce ne soit déjà le cas, je ne peux pas le vérifier. Mais peu importe au fond, il ne pourra bientôt plus respirer seul, de toute façon.

Je n'avais pas compris, s'apprêtait à se justifier le lieutenant, absolument certain que le médecin allait le regarder, voire le pointer du doigt. *Vous auriez dû m'expliquer, au lieu d'agiter votre chat. J'étais censé deviner tout seul, c'est ça ? Et, de toute façon, qu'est-ce que j'aurais pu faire, vu qu'il m'était impossible d'appeler une ambulance ? Rien, et cette saloperie en fer doit peser dans les trois tonnes.*

Il aurait pu leur rappeler à tous qu'il ne s'était pas assis une seule fois au cours des dix dernières heures, pas seulement accroupi, pendant qu'eux-mêmes dormaient dans leurs voitures. Il avait fait tout ce qu'on lui avait ordonné, et il était encore là, bien qu'il n'en voie plus l'intérêt depuis longtemps. Et ce gars au bras cassé, il n'aurait jamais pu l'aider de toute façon, même s'il était passé outre aux ordres et s'était assis ici avec lui toute la nuit jusqu'au matin.

Personne ne s'intéressait au lieutenant cependant ni n'exigeait la moindre explication de sa part, pourtant ses joues et son front étaient aussi brûlants que s'il souffrait d'un coup de soleil, et tout à trac, il lui revint à l'esprit que ce petit minet, qui avait démoli la voiture que papa et maman lui avaient offerte pour son diplôme, avait jeté sa canette de Coca et s'était cogné contre la grille en criant : « On attend, s'il vous plaît, ils vont pas tarder ! » Ce souvenir lui donna la nausée.

— Écoutez, ce n'est assurément la faute de personne, déclara Mme Mercedes.

D'une voix telle que le lieutenant comprit d'emblée : elle travaillait toujours le docteur au corps.

Il s'était passé quelque chose entre eux tantôt, qui avait poussé le petit bonhomme au chat à les poursuivre sur deux bons kilomètres en criant : « Vous aviez promis », et maintenant il était en colère, pas contre le lieutenant, mais contre elle. Il était furieux, il bouillonnait littéralement. Voilà pourquoi elle n'insistait pas, n'exhibait pas ses insignes, ne plongeait même pas la main dans la boîte de médicaments, alors qu'elle en brûlait d'envie, cela sautait aux yeux : elle savait, la garce, que le petit docteur aux oreilles rouges pouvait sérieusement lui nuire et que, dans cette partie du tunnel, tous prendraient son parti à lui. Et si les autres apprenaient la mutinerie du médecin, la contagion risquait de se propager et plus personne ne l'écouterait, toute fonctionnaire qu'elle était. Le vieux jaunâtre de la Maybach achèverait alors de la bouffer toute crue, entrailles comprises.

— Vous avez le sentiment que vous auriez pu faire davantage, je comprends, concéda Mme Mercedes avec la tristesse pleine de chaleur maternelle. Mais vous avez tort de culpabiliser. Vraiment tort. Vous n'aviez ni les moyens ni les qualifications, et soyons honnêtes, dans des circonstances pareilles, même un spécialiste n'aurait pas pu faire grand-chose... Vous, vous êtes vétérinaire, n'est-ce pas ? Oh non, pardon, je me trompe, vous êtes dentiste.

Dans la file d'attente, on s'agita imperceptiblement et l'on s'adoucit un peu en tendant l'oreille.

— C'est autre chose que de faire un plombage ou de blanchir des dents, poursuivit Mme Mercedes d'une voix plus forte, mais toujours aussi affectueuse et maternelle. Qu'est-ce que vous pouviez faire ? C'était une blessure grave, une question de vie ou de mort, il aurait fallu un chirurgien, ou au moins un urgentiste, une aide professionnelle. Toutefois, vous pouvez encore être utile aux autres, c'est pourquoi je vous réitère ma proposition : réfléchissons à la manière d'organiser ça. Ce qui compte c'est de se fixer les priorités.

Le stomatologue fluet se tenait devant elle, rouge, ébouriffé, les poings serrés, comme un écolier sorti par l'oreille d'une bagarre. Il semblait même avoir rapetissé et tremblait tellement que le lieutenant se détourna, juste pour éviter de voir les excuses ou les bredouillis du pauvre malheureux, ses pleurs ou – par pitié, non ! – son évanouissement, parce que cette putain de garce avait, comme par magie, retourné la situation en cinq minutes et repris le dessus.

Le docteur inspira une goulée d'air bruyante. *Il va se mettre à pleurer*, devina le lieutenant sans même regarder. Magnanime, Mme Mercedes se taisait, prête à accepter sa reddition : elle avait le visage calme du prédateur rassasié, pour avoir déjà avalé et à moitié digéré son petit adversaire.

— Bon, dentiste, pas dentiste, faudra s'en contenter ! lança la dame aux Crocs turquoise, qui donna un nouveau coup de coude au lieutenant, pour l'écarter. C'est un médecin quand même, il est bien allé à l'école de médecine. Les gens attendent, là. Et il fait une chaleur à crever, y en a qui ont de la tension, et d'autres allez savoir quoi. Des tas de cardiaques. Vous savez faire les injections ? Les seringues seront là dans une minute. Regardez la boîte de cachets qu'on a, et on aurait couru partout pour rien ?

— Bien sûr que non, répliqua Mme Mercedes avec assurance. C'est pour ça que nous sommes ici, pour savoir qui a besoin de quels médicaments et pour les distribuer équitablement, selon la liste, afin qu'il y en ait pour tout le monde, ajouta-t-elle en haussant le ton.

Elle s'apprêtait à poursuivre, mais la brève réplique de la dame en Crocs avait produit une impression inattendue, aussi puissante qu'irréversible sur la file d'attente.

— Et donc on va rester à faire le pied de grue jusqu'à demain ? dit quelqu'un.

— Ils ont encore trouvé le moyen de nous faire ch... ! Bon sang, ils vont pas s'arrêter ? renchérit-on derrière.

— Eh bien, commençons par ceux qui sont déjà là. Tout le monde peut pas attendre, d'ailleurs. Hier, j'étais à cent quatre-vingt-dix, alors aujourd'hui, je sais même pas...

— Écoutez, on pourrait pas faire vite ? Madame, écartez-vous, qu'est-ce que vous avez à l'empêcher de travailler ?

— Vous savez que j'ai raison ! lança Mme Mercedes au médecin, d'une voix claire et profonde qui retentit au-dessus de la file d'attente en ébullition. On ne peut pas mettre en place un poste de santé pour quelques privilégiés, juste parce qu'ils sont dans des voitures voisines de la vôtre, et oublier les autres. Il y a forcément des gens qui ont besoin d'aide, à l'autre bout. Vous ne voulez pas que quelqu'un d'autre meure ici, n'est-ce pas ?

— Je ne veux pas vous parler, répliqua le médecin avec difficulté. Je. Ne. Vous. Adresserai. Pas. La. Parole ! insista-t-il.

Et il tapa du pied avec une grimace née de son sentiment d'impuissance.

Il va s'évanouir, se persuada le lieutenant, bouleversé, car cela faisait déjà dix minutes qu'il avait secrètement pris le parti du médecin.

Mais le médecin ne perdit pas connaissance. La jeune femme enceinte avec un piercing dans le nez, que tout le monde avait oubliée depuis longtemps, se couvrit soudain la bouche de sa paume, ses yeux roulèrent dans leur orbite et elle commença à s'affaisser le long du mur.

— Elle va tomber, attention ! cria-t-on de derrière.

Le docteur se précipita, l'attrapa par le coude et l'entraîna jusqu'à une chaise pliante.

— Ce n'est rien, dit-il, rien du tout, c'est la chaleur. Juste la chaleur, ne vous inquiétez pas, tout va s'arranger, asseyez-vous, je vais vous écouter… De l'eau, s'il vous plaît, vite !

Une bouteille d'eau de Sviatoï Istotchnik fut immédiatement trouvée, qui voyagea au-dessus des têtes et fut glissée dans la main impatiente du docteur.

— Et reculez tous, elle a besoin d'air ! ordonna-t-il avec colère.

— Qu'est-ce que vous attendez, tous ? ajouta la dame en Crocs, impérieuse. On s'écarte, allez, plus vite que ça !

La file d'attente obtempéra docilement.

— Vous avez besoin d'une invitation spéciale ? demanda la femme en tirant sans ménagement Mme Mercedes par la manche de sa veste bleue. Fini, le concert est terminé. Et elle reste là, à donner des ordres, en se prenant pour je sais pas qui, à l'empêcher de travailler. Y a une fille qui a failli mourir à cause d'elle. Quand elle va accoucher, c'est toi qui vas l'aider à mettre son bébé au monde ?

— Elle s'en fiche ! la soutint-on. Elle nous a fait perdre un temps fou, et ma tension est à cent quatre-vingt-dix sur cent !

— Empêcher un médecin de travailler, non mais quelle honte !

— Quelqu'un a son téléphone sur lui ? Faut poster ça sur Internet.

— Qu'est-ce qu'on a besoin de votre Internet ? Il suffira de déposer une plainte collective, c'est tout. On les vire pour ce genre de choses, maintenant.

— Comment va la fille ? C'est vrai qu'elle est en train d'accoucher ? Bon sang…

Le lieutenant abasourdi, qui n'avait pas souvent eu l'occasion d'assister à l'humiliation de ses supérieurs et qui en éprouvait par conséquent une joie des plus vives, presque indécente, se mit à imaginer avec délice son retour à la voiture, où il dénouerait ses lacets. Il avait oublié jusqu'à la nymphe, et dans ces minutes de plaisir, il ne rêvait plus que d'une chose : ôter ces chaussures brûlantes qu'il détestait, puis s'allonger sur la banquette et dormir. Dormir pendant trois ou cinq heures, jusqu'à ce que ces foutus portails se rouvrent. La mégère de la Mercedes était détrônée, le vieux jaunâtre était loin, et il n'était plus obligé d'obéir à qui que ce soit.

Il commença même à prendre la tangente, mais, à cet instant, la jeune femme enceinte repoussa la bouteille d'eau que lui tendait le médecin, baissa la tête entre ses genoux et vomit sur l'asphalte.

— Je n'ai pas besoin d'eau, balbutia-t-elle avec dégoût, bientôt secouée d'un nouveau spasme qui l'obligea à se plaquer une main sur la bouche. Mais ça pue trop, je ne supporte plus cette odeur.

Et l'on prit alors instantanément conscience de l'odeur en question. Qui filtrait à travers les vapeurs d'essence et l'huile répandue, anormale, fétide. Une odeur de chair.

Le médecin, toujours en train de s'agiter, marmonnait et faisait de nouveau crisser le brassard de son tensiomètre trophée, mais cela ne servait plus à rien. Levant la tête, Mme Mercedes prit une inspiration sonore, avec les narines dilatées d'un gros chien de chasse, puis elle sortit un mouchoir de sa poche et se le colla sur le visage.

— Juste derrière cette grille, il y a trois cadavres, déclara-t-elle d'une voix triomphale en désignant la Volkswagen mutilée. Ils sont là depuis onze heures. Avec cette température, il va devenir impossible de s'attarder ici. En fait, ce serait même dangereux ! Et aucune ventilation ne nous aidera. Êtes-vous d'accord avec moi, docteur ?

Le petit stomatologue retira le stéthoscope de ses oreilles, se pencha et le remisa soigneusement dans sa boîte.

— Docteur ! répéta Mme Mercedes. Est-ce que j'ai tort ?

À cause du mouchoir plaqué sur sa bouche, sa voix vibrait. Loin de l'étouffer, le coton du tissu paraissait l'amplifier au contraire.

Le docteur acquiesça à contrecœur et des plaques rouges se remirent à se déployer dans son cou jusqu'à ses joues.

Salope, pensa le lieutenant avec angoisse. *Non mais quelle salope !*

— Il faut tout remettre à plus tard, clama la salope d'une voix morne, d'où toute note triomphale avait disparu, parce qu'elle avait enfin gagné, définitivement cette fois-ci. Et évacuer les gens de cet endroit au plus vite.

— Pour aller où ? demanda, peu amène, la femme aux Crocs turquoise. Nos voitures et tout le tremblement se trouvent ici.

Mme Mercedes ôta le mouchoir de son visage et sourit.

— Nous allons déplacer vos voitures, répondit-elle. Toutes les voitures. Il y a beaucoup de place de l'autre côté, nous les ferons reculer. Mais le lieutenant et moi aurons besoin de volontaires pour lancer une alerte rapide. Qui est prêt à nous aider ? Venez que je vous inscrive.

Elle s'adossa à la grille, fourra le mouchoir devenu inutile dans sa poche et ressortit son carnet.

Lundi 7 juillet, 10 h 26

La nymphe se releva pour défroisser sa robe.

— C'est un vrai cauchemar, dit-elle. On peut vraiment plus poser le pied nulle part.

— Estimez-vous heureuse d'avoir un endroit où aller, répliqua la propriétaire de la Land Rover grise. Imaginez ceux qui se trouvent de l'autre côté. Les pauvres…

— J'imagine même pas, renchérit la femme en short. Pour les hommes, ça va, ils s'en fichent, mais pour les femmes, ça me fait de la peine. Je suis restée coincée quatre heures dans les embouteillages sur le périphérique de Moscou, cet hiver, j'ai cru que j'allais mourir, mais je n'ai pas pu. Je ne pouvais pas, c'est tout. Comment vous pouvez vous accroupir et baisser votre pantalon devant tout le monde ? Dans ce sens-là, on a eu de la chance, je l'admets.

— De la chance ? répéta Sacha. Vous rigolez ? Qui a eu de la chance dans cette histoire ? Ça fait presque douze heures qu'on est là. Je ne vois vraiment pas comment on peut expliquer ça !

Assia leva les yeux au ciel. Elle avait déjà entendu toutes ces répliques une dizaine de fois, et elle n'était même pas venue ici parce qu'elle avait envie de se rendre aux toilettes : elle n'avait tout simplement plus l'énergie de rester assise dans la Toyota et d'écouter les lamentations étouffantes de Martyre. Encore cinq minutes de plus et son cerveau se mettrait vraiment à bouillir.

Mais, bien sûr, Martyre lui avait emboîté le pas, avide de nouvelles oreilles. C'était mille fois plus cool hier, lorsqu'ils roulaient, puis restaient coincés sans parler dans les embouteillages.

— Il n'y a pas la moindre explication rationnelle à notre présence ici, reprenait Martyre en haussant le ton. Aucune. Ce n'est pas comme ça que ça marche. Et nous, on continue à faire semblant que tout va bien !

— Peut-être qu'un truc s'est cassé quelque part, s'empressa d'objecter l'épouse-Patriot.

Assia se rappela aussitôt que cette grosse bonne femme en T-shirt rose soutenait cette thèse depuis le tout début, et en employant les mêmes mots, dans le but de calmer sa fille tout aussi rose. Cependant, elle avait l'air beaucoup moins convaincue à présent.

— Qu'est-ce qui peut bien être cassé de si grave qu'on ait été incapable de le réparer après tout ce temps ? répliqua d'une voix tremblante la propriétaire chenue de la Land Rover. Ils savent très bien qu'il y a des gens ici, on pourrait ouvrir ces portails par la force, j'imagine ! Les découper ! Pourquoi ils ne les ouvrent pas ?

— Qu'est-ce que j'en sais ? répondit l'épouse-Patriot d'un air lugubre. Et pourquoi vous m'agressez ? protesta-t-elle avant de se retourner vers sa fille : T'as fini de traînasser, toi ? Viens, papa nous attend !

Patriot, impatient, faisait en effet le planton non loin de là, en compagnie de plusieurs hommes. Et bien qu'ils leur tournent le dos, leur seule présence suffisait à rappeler à toutes le criminel en fuite, qui, en ce moment même, pouvait très bien se tapir derrière la courbe du mur, en les observant.

— Oui, allons-y, sinon ça va finir par être gênant, suggéra une fille en baskets.

— Gênant, ricana la nymphe, qui baissa des yeux dégoûtés sur ses escarpins.

— Vous savez, ça ne me plaît pas du tout non plus, murmura l'aînée des Cayenne en rattrapant Sacha sur le trajet du retour. Je ne cherche pas à créer un sentiment de panique, mais je crois qu'il s'est passé quelque chose de très grave. De vraiment grave, vous comprenez ?

Sacha acquiesça.

— C'est ce que je crois, moi aussi, chuchota la propriétaire de la Land Rover. J'y pense depuis ce matin, je n'arrête pas. Et c'est arrivé là-bas. Dehors. C'est pour ça que personne ne vient à notre secours.

La fille en baskets ralentit le pas, inclina la tête avec inquiétude.

— Et moi qui ai utilisé toute votre eau, reprit Mme Cayenne, au désespoir. Je n'arrive pas à me le pardonner. Vous n'avez pas idée à quel point je suis désolée…

Et c'est reparti, constata Assia, qui cessa d'écouter. *Je devrais demander à la nymphe d'emménager dans sa décapotable, au moins pour une petite heure. Bon, OK, elle est bête comme ses pieds, et ses Louboutin de pétasse sont immondes. OK, c'est sans doute une pute, mais elle est amusante et pas désagréable. Et les sièges de la décapotable sont bien plus confortables.*

Loin devant, maman-Patriot traînait par la main sa gamine aux jambes pataudes. La nymphe ôta ses chaussures et continua pieds nus.

Lundi 7 juillet, 11 h 20

Lorsque Mme Mercedes, le lieutenant épuisé et un groupe de volontaires atteignirent finalement la Ford de la police, l'opinion de la sinistre propriétaire de la Porsche Cayenne, selon laquelle il se passait « quelque chose de vraiment grave », s'était propagée comme une moisissure nuisible jusqu'à empoisonner tout le monde. Au point que l'apparition de cette fonctionnaire revêche avec ses nouvelles instructions ne suscita pas la moindre protestation, bien au contraire : elle remonta soudain le moral général. La femme en costume bleu leur imposait peut-être des absurdités, n'empêche qu'elle leur proposait d'agir, et c'était toujours mieux que d'attendre dans un néant d'angoisse, entre les parois étouffantes de leurs véhicules. Sans doute l'avait-elle compris, elle aussi, si bien qu'elle se dispensa de préambule.

— Des gens sont morts à l'avant du tunnel, déclara-t-elle d'un ton sévère. L'odeur devient de plus en plus forte et c'est très dangereux pour les personnes stationnés à proximité. Tous les véhicules doivent reculer vers l'entrée. Vous avez des questions ?

Il n'y en eut pas. Elle n'en attendait aucune, d'ailleurs.

— Parfait. Alors regagnez vos véhicules et tenez-vous prêts. C'est le lieutenant-chef qui dirigera les opérations.

L'intéressé hocha la tête et agita la main avec une lenteur étudiée. Il avait les yeux aussi rouges qu'un lapin albinos.

— Merde, murmura la nymphe. Comment on va faire pour aller aux toilettes maintenant ?

— On trouvera une solution, répondit Sacha, à voix basse elle aussi. On n'aura pas le choix, faudra aller à l'avant.

— Oui, à l'avant, gémit la nymphe. Ça doit bien faire cinq kilomètres. Dites, vous auriez pas des pantoufles en rab ? Ou des baskets, je vous les rendrai…

Mitia toussota et refoula l'envie de lever la main. La pseudo-directrice d'école lui faisait un drôle d'effet, contre lequel il ne réussissait pas à lutter.

— Attendez, intervint-il tout en glissant sa main traîtresse dans sa poche. Il faut une zone sanitaire de ce côté aussi, d'au moins cinquante mètres. Les gens ne peuvent pas aller faire leurs besoins n'importe où, sinon ça ne va pas tarder à poser problème, ça aussi.

Mme Mercedes leva immédiatement la tête.

— Vous êtes médecin ?

— Non, répondit Mitia, qui se prépara à argumenter. Pourquoi, c'est important ?

— Vous avez entendu, lieutenant ? demanda Mme Mercedes d'une voix calme. N'allons pas jusqu'au bout, laissons cinquante mètres.

— Et pour l'eau, fit la nymphe, qui se rapprocha en soupirant. Demande pour l'eau.

— Encore une chose, ajouta Mitia. Il faut faire très vite. Plusieurs centaines de moteurs, ça va trop solliciter le système de ventilation, il n'est pas conçu pour ça. Les portails sont fermés et on a déjà brûlé beaucoup d'air. On ne peut donc pas se permettre une seule minute superflue. Il faut se déplacer par groupes : démarrer, reculer et couper le moteur dans la foulée, puis le groupe suivant enchaîne. Et ainsi de suite.

La grande fonctionnaire fronça ses sourcils blonds et fit mine de réfléchir – surtout, selon Mitia, pour bien lui rappeler une énième fois qui prenait les décisions ici.

— Ce n'est pas difficile, insista-t-il tout en se sentant rougir (Et allez !). Tout ce que vous avez à faire, c'est placer des régulateurs de circulation.

Elle sourit, chichement, sans se départir de son air d'autorité, et finit par acquiescer.

— Eh bien soit, on va placer des régulateurs, concéda-t-elle. Il en faudra combien, d'après vous ?

— Il faut qu'ils se voient les uns les autres, répondit Mitia. Donc, plus il y en a, mieux c'est.

— Vous pourrez aider ? demanda-t-elle alors. Il va falloir organiser l'opération et j'ai besoin de plus de volontaires. Nous n'allons pas revenir en arrière, nous n'avons pas le temps, il faudra les recruter ici.

— Moi ! lança une petite voix fluette, tout près d'eux, à l'évidence très émue. J'y vais, papa, inscris-moi !

Un bon père dirait naturellement à sa fille qu'il s'agit d'un point non négociable, qu'il n'y a pas de discussion possible. Que diriger la migration de dizaines de voitures dans un boyau de béton exigu, sans trottoir ni bande d'arrêt d'urgence est une affaire d'adultes, que les filles de seize ans doivent rester sagement assises dans la voiture et regarder les opérations par la vitre, jusqu'à ce qu'on les autorise à sortir. Mieux encore, jusqu'à ce que le portail s'ouvre. Mais le visage d'Assia était si enthousiaste, si joyeux, qu'il ne put même pas se rappeler la dernière fois qu'elle l'avait regardé de cette façon, avec l'air de penser que la décision dépendait vraiment de lui. Qu'il pouvait encore la rendre heureuse facilement en lui soufflant sur le ventre ou en la lançant au plafond – avec précaution, pour ne pas l'effrayer, mais la faire glousser. Ou encore en l'autorisant à verser une soupe peu ragoûtante dans l'évier ou à rester debout jusqu'à minuit. Quand, pendant tant d'années, vous voyez votre fille un week-end par mois, que vous reportez souvent à la semaine suivante ou à la Saint-Glinglin, le seul moyen de regagner un peu de son affection est de lui laisser faire tout ce que sa mère lui interdit. C'est pathétique, indigne, mais vous n'avez ni le droit, ni l'énergie, ni même l'argent pour le reste.

— Inscrivez-moi, insista Assia, sans plus s'adresser à lui, mais à la femme en costume bleu. Je prends cette portion du tunnel, je connais tout le monde ici.

Mme Mercedes opina, ressortit son carnet et regarda autour d'elle.

— Qui d'autre ? demanda-t-elle.

Je suis une merde, pas un père, se dit Mitia. Il leva cependant la main.

Lundi 7 juillet, 11 h 32

Le jeune conducteur de la Gazelle redressa son dos raidi et tourna la tête en prenant garde de ne pas faire craquer ses vertèbres. Il avait passé les trois dernières heures compressé entre ses passagers, tout en s'efforçant de ne pas bouger pour ne pas interférer dans leur conversation, redoutant une seule chose : attirer l'attention par quelque mouvement ou bruit stupide.

Il ne comprenait toujours pas pourquoi le chauffeur de taxi d'Andijan, homme à n'en pas douter intelligent et courageux, avait laissé monter dans la cabine un Russe au visage amoché, avec un pistolet à la ceinture. Il ne saisissait que des mots épars dans ce que les deux hommes se disaient, mais il était clair qu'ils n'étaient pas amis et que le chauffeur de taxi grisonnant n'aimait pas l'intrus. Pourtant, ce Russe à la chemise tachée de sang était toujours là, empiétant sur le siège conducteur et souriant comme s'il avait retrouvé des êtres chers après une longue séparation, et il parlait, il parlait beaucoup et vite. À plusieurs reprises, il tendit même la main pour tapoter l'épaule du basané d'Andijan, sans que celui-ci repousse cette main. Il grimaçait et s'écartait, mais ne la repoussait pas. Ce n'était visiblement pas lié au pistolet – ils paraissaient l'avoir tous les deux oublié –, non, il se passait quelque chose d'autre entre eux, quelque chose de confus, que le jeune Gazelliste n'avait pas la force de démêler.

Il avait également très envie de se soulager. La bouteille dans laquelle il avait uriné la veille traînait toujours sous le tableau de bord, mais, bien entendu, il ne pouvait pas l'utiliser maintenant ni sortir. Tout d'abord, parce que ce geste aurait interrompu une conversation à l'évidence de première importance. Et ensuite, parce qu'il se passait à nouveau quelque chose dehors. Après une longue pause, on entendit les portières claquer par-delà l'écran d'aluminium qui obstruait leur pare-brise, et des voix excitées se firent entendre. On s'était sans doute souvenu de l'eau stockée à l'arrière de sa camionnette, destinée à une entreprise portant un nom russe interminable, et on s'apprêtait enfin à faire main basse sur cette eau.

Il n'aurait pas osé parler de toute façon, même si, par extraordinaire, il avait été lui-même le propriétaire de la Gazelle (alors qu'il s'agissait d'une autre société au nom imprononçable, dont il n'avait jamais vu le responsable). Mais ni le véhicule ni l'eau, pas plus que le siège derrière le volant, qu'il avait cédé à l'homme au visage tuméfié, ne lui appartenaient. D'ailleurs, lui-même ne s'appartenait plus et dépendait dorénavant de la volonté de l'homme grisonnant d'Andijan, qui, quatre heures plus tôt, avait pris la décision à sa place et l'avait ainsi libéré de la douloureuse nécessité de choisir la conduite à adopter pour agir au mieux. Comment gérer l'eau et les gens au-dehors, fallait-il redouter l'étrange Russe et que faire au cas où les portails ne se rouvriraient plus ? Toutes ces questions difficiles n'étaient plus de son ressort. Il avait fait son choix : il se fierait à son aîné et, pour la première fois depuis de longs mois passés dans cette ville septentrionale hostile, il n'était plus seul, on le protégeait aussi sûrement que s'il était rentré chez lui. Tout était enfin redevenu simple et, pour cette précieuse simplicité retrouvée, il ne demandait pas mieux que d'endurer n'importe quoi.

— Oh, ils se sont mis à courir, commenta le Russe en remettant l'aluminium en place. Ils seront là dans une minute.

— Qu'ils viennent, répliqua sèchement le chauffeur de taxi d'Andijan.

Le Russe le regarda d'un air joyeux.

— Ah oui ? s'étonna-t-il. Et qu'est-ce que tu vas faire quand ils seront là ? Ou bien tu comptes là-dessus ?

Il tapota sa chemise sale, sous laquelle se dissimulait le Makarov volé.

Le petit chauffeur de taxi serra les dents. Oui, s'il avait laissé cet insolent pénétrer dans la cabine, c'était uniquement à cause du pistolet. Non parce qu'il avait peur, mais parce que l'arme pouvait vraiment être utile. Cet étranger, en revanche, avec ses traces de menottes aux poignets, n'était pas nécessaire en soi et, après les deux heures qu'il venait de passer à subir son bavardage désinvolte, l'homme lui était devenu antipathique jusqu'à la nausée. Ne restait plus qu'à décider comment et quand lui soutirer son arme et l'éjecter du véhicule.

— Tu t'imagines sans doute qu'ils vont te refiler de l'argent, hein ? demanda le Russe.

Et le voilà qui partit d'un petit gloussement semblant suggérer qu'il s'apprêtait à entendre une blague très drôle dont il ne voulait pas se gâcher le plaisir.

— Tu crois qu'ils vont chercher à te persuader de négocier ? Oh que non, mon pote. Ils vont juste faire sauter ton verrou, ils nommeront un responsable et ils entameront la distribution. Ils vont inventer une sorte de norme, genre une bouteille par voiture. Bon, ils vont commencer par s'engueuler, évidemment, au début, mais ils finiront par se mettre d'accord. Entre eux. Et toi, tu seras quantité négligeable, point. Personne te demandera même ton avis.

— Ils seront bien obligés, répliqua le chauffeur de taxi en regardant ses petits poings noirs, croisés sur ses genoux.

— Pas du tout. Bon, ils te laisseront aussi une bouteille, ce sont des gens comme il faut. Ou même deux, poursuivit le Russe sans s'émouvoir, avant de s'arrêter soudain et de se figer, la tête inclinée sur le côté.

Ses pupilles étaient aussi larges que celles d'un hibou ayant avisé une souris.

— Ah, reprit-il après une pause, la voix complètement changée. En fait, l'argent t'intéresse pas. Tu veux juste qu'ils te remarquent.

Et il se pencha, réduisant de façon désagréable la distance qui les séparait dans la cabine exiguë.

Le jeune Tadjik, frémissant, se cramponna encore à son siège. Le chauffeur de taxi resta tranquillement assis, sans lever la tête, sentant le regard poisseux de l'inconnu et attendant qu'il éclate de rire et termine sa tirade insultante, afin de lui fournir enfin une excuse. Une bonne raison, bien justifiée, de l'attraper par le cou et de lui renfoncer chacune de ses moqueries au fond de la gorge.

En quinze ans de ce métier honni de larbin, il ne s'était jamais permis de faire ça, même quand ses clients se comportaient comme des porcs. Ils lui donnaient du « tu », l'appelaient « en route » ou simplement « eh », ils s'affalaient dans sa voiture sans seulement lui dire bonjour et lui flanquaient des claques dans le dos, comme à un cheval. Ils annonçaient leur destination d'une voix forte, syllabe par syllabe, l'imaginant sans doute simple d'esprit ou sourd. Ils arrivaient avec vingt minutes de retard ou ne se présentaient pas du tout, oubliant d'annuler leur réservation. Ils déboulaient au milieu de la nuit, ivres et puants, cherchaient la bagarre ou voulaient au contraire le serrer dans leurs bras, lui jetaient des billets humides, tout fripés, vomissaient sur sa banquette arrière. Ils pelotaient leurs catins malgré sa présence et tenaient toutes sortes de conversations sans baisser la voix, dénués de la moindre vergogne. À croire qu'il n'existait pas. Ce qui ne les empêchait pas de se plaindre par-dessus le marché. Ils lui donnaient de mauvaises notes et rédigeaient de mauvaises critiques sur son compte, parce que sa patience et son silence ne leur suffisaient pas, ils voulaient en plus lui interdire de les mépriser. Le punir d'oser les mépriser.

Et l'homme au visage tuméfié, à qui il avait ouvert la portière trois heures plus tôt et qu'il avait laissé entrer dans la Gazelle, était comme eux tous : arrogant et aveugle, et c'était pour cela qu'il avait négligemment glissé son pistolet dans son pantalon et s'était comporté à l'instar du passager d'un taxi, protégé par son statut même de passager. Sans précautions, sans peur, il n'avait pas songé un seul instant que les règles avaient changé. Que le Makarov volé et les hématomes laissés par les menottes l'avaient privé de tous ses privilèges, et donc qu'un chauffeur de taxi asiatique, effrayé et dépourvu de droits *a priori*, pouvait lui faire tout ce qui lui passait par la tête maintenant. *Allez,* pensait-il, *continue à parler. Donne-moi juste une bonne raison.*

Mais le silence s'était fait dans la voiture. Le natif d'Andijan leva la tête et regarda leur hôte indésirable. Il s'était de nouveau éloigné sur le siège et n'agitait plus les bras. Au contraire, il avait posé les mains sur son ventre, et son visage avait changé : il ne souriait plus, ses yeux étaient attentifs et sérieux.

— D'accord, pigé, dit-il, et même sa voix parut différente, plus calme et plus douce. Tu veux qu'ils te supplient comme il se doit ? Pas de problème, parlons-en. Je suis partant pour n'importe quelle réjouissance, mon pote. Mais on est juste sous leur nez. Ce qu'il y a là-dedans, c'est écrit en grosses lettres sur le côté de ton bahut. Bon, je veux bien imaginer que personne mettra son nez dans la cabine, mais s'ils passent quelques heures de plus sans eau, ils vont quand même venir briser nos serrures, tu le saisis, ça, non ? Comment on va protéger la cargaison ? On a besoin d'un plan.

Ce revirement d'attitude, loin de réjouir le chauffeur de taxi, le mit au contraire sur ses gardes. Le fugitif russe à la chemise tachée de sang n'avait rien d'un simplet, il avait flairé le danger à temps. Difficile de savoir comment, mais il avait senti le coup, s'était concentré, et maintenant il attaquait le problème par l'autre côté, intelligemment qui plus est. D'où la nécessité de se débarrasser de lui encore plus vite. Il aurait pu le faire depuis longtemps, ça lui aurait évité de supporter son insolence condescendante. Même à soixante-quatre ans, le petit homme d'Andijan pouvait encore tuer un salopard à mains nues, mais, *primo*, il ne l'avait pas fait depuis la guerre et ça ne lui avait jamais procuré le moindre plaisir. *Secundo*, il était vieux jeu, il avait vraiment besoin d'une raison. S'il était tout à fait acceptable de ligoter un étranger antipathique, de lui confisquer son arme et de le chasser, il n'y avait là aucune raison de le supprimer.

— Et qu'est-ce qui te fait penser que je n'ai pas de plan ? demanda-t-il lentement.

— OK, répondit le Russe du tac au tac. Tu n'as pas l'intention de le partager avec moi ? Parce qu'on ferait bien de se mettre d'accord avant qu'ils viennent prendre notre eau.

— « Notre » eau ? répéta le chauffeur de taxi en s'esclaffant.

Ç'avait été plus fort que lui, tant étaient puissants la liberté, la force et le soulagement qu'il éprouvait enfin.

— Qui t'a dit que tu étais avec « nous » ? Je t'ai demandé de m'aider ? On lui a demandé de nous aider, frère ? ajouta-t-il en se tournant à demi vers le nigaud de Pendjikent.

Le jeune Gazelliste frissonna de nouveau. Il avait cessé d'écouter depuis longtemps, obnubilé par la crainte de se faire dessus et de décevoir cet homme courageux venu d'Andijan. Il ne comprit que le mot « frère », mais sans avoir la moindre idée de ce qu'on attendait désormais de lui. Aussi hocha-t-il d'abord la tête, puis, à tout hasard, il la secoua.

— On te l'a pas demandé, conclut le chauffeur de taxi, qui n'attendait de toute façon pas de réponse. On t'a rien demandé du tout, le Russe, on n'a pas besoin de toi.

Mais l'étranger au visage défoncé endura même cette pique.

— Je vais pas dire le contraire, convint-il, accommodant. M'enfin, du moment que je suis là, autant que je serve à quelque chose.

— Peut-être, répondit le chauffeur de taxi. Donne-moi ton pistolet et je te laisse rester.

Le Russe posa une paume sur la poignée du Makarov sous sa chemise.

— J'ai une autre proposition, lâcha-t-il.

Son sourire était revenu, large, aussi amical que lorsqu'il avait frappé à leur vitre au tout début.

Lundi 7 juillet, 11 h 43

Le plus difficile, ce fut de gérer la mégère de la Peugeot, qui n'avait pas – à son grand dam – assisté à la dernière réunion près de la Ford de la police. Elle avait donc commencé par exiger d'Assia un exposé détaillé des raisons pour lesquelles elle devait se plier à un énième caprice de la fonctionnaire, puis passé cinq bonnes minutes à ruminer contre les arrivistes qui s'étaient arrogé, on ne savait pourquoi, le droit de donner des instructions. Et pendant tout ce temps, Assia dut se pencher à la vitre de sa petite voiture bleue, qui n'était qu'entrouverte : « Ne t'approche pas trop près », « Non, c'est trop près » et « Parle moins fort, s'il te plaît, il est très fatigué ». *Et c'est elle-même qui a plongé jusqu'à la ceinture dans notre Toyota hier,* songeait Assia, attendant le moment d'en placer ne serait-ce qu'une.

Mais, en effet, le garçonnet joufflu semblait avoir du mal à supporter la situation. Le siège pour enfant avec ses harnais avait disparu, le gamin était maintenant allongé sur les genoux de sa mère, allée s'asseoir à l'arrière : il était lourd, gros et de toute façon trop grand pour la banquette. Pendant toute la durée de la conversation, maman-Peugeot ne cessa de lui caresser l'épaule, le dos et la nuque, de manière monotone et ferme, comme une pâte qu'elle pétrirait. Et avec la même constance, le garçon, irrité, tentait obstinément de repousser sa main. Une fois, sembla-t-il, il alla même jusqu'à la mordre. Il vint à l'esprit d'Assia que cette femme au visage rond et à la voix fluette de Dolores Ombrage la faisait mariner intentionnellement devant sa vitre, dans le simple but de causer avec quelqu'un, parce qu'elle ne pouvait tout simplement pas continuer ainsi plus longtemps. Et si elle, Assia, s'attardait ne serait-ce qu'une minute de plus, elle serait aspirée dans cette petite voiture de malheur, et la grande migration démarrerait sans elle.

Quand elle réussit enfin à s'enfuir, il ne restait presque plus de temps. Aussi se hâta-t-elle, courut-elle et, super-vite en fait, s'arrangea-t-elle avec le type à la grosse trogne de l'UAZ. Elle réveilla aussi le prêtre barbu dans la Lexus, et ordonna au *sugar daddy* de la décapotable de baisser sa vitre. Tout le monde lui avait obéi, tous, même le jeune lieutenant aux cheveux blonds (potentiellement *cute*, d'ailleurs, à condition de changer de coiffure et d'enlever son uniforme ignoble), qui n'avait personne à qui confier son volant. Il était donc resté dans sa Ford et, carrément chou, il avait attendu comme les autres qu'elle lui donne le feu vert.

La beauté triste de la Porsche Cayenne lui serra la main et lui dit qu'elle était formidable, que son père et elle étaient tous les deux formidables et que, dans une situation comme celle-ci, il était important qu'il y ait des gens qui ne se fichent pas de tout. La plus âgée des dames-Cayenne avait l'air hagarde, défraîchie, et affichait un effroi désagréable presque semblable à celui de la mégère de la Peugeot. Elle aussi parut chercher à retenir Assia à côté de sa voiture de luxe, d'où montaient des effluves de sucre et de cuir et où elle se trouvait maintenant seule, parce que la jeune beauté tatouée s'était également portée volontaire pour intégrer les rangs des régulateurs et avait déguerpi vers l'avant du tunnel. Bien que la propriétaire de la Porsche, avec ses bagues et sa tunique noire hors de prix, n'ait rien à voir avec l'oppressante Ombrage aux boucles violettes et que, loin de se lamenter et de se plaindre, elle ait fait l'éloge d'Assia et de son père, l'adolescente ressentit soudain en sa présence la même angoisse trouble et incompréhensible. Et quand elle regarda autour d'elle pour voir si Martyre avait entendu ces louanges et levait les yeux au ciel, elle lui découvrit le même visage décomposé par la peur, comme si les trois femmes partageaient un affreux secret qu'elles étaient convenues de taire pour l'instant à Assia et à elle seule.

Sauf qu'elle n'eut pas le temps de s'appesantir sur la question. Quelque part derrière eux retentit un cri bref et indistinct qui se répéta une seconde plus tard, plus proche et poussé par une autre voix. Dans la seconde qui suivit, des moteurs démarrèrent, encore loin, au niveau de la queue, mais cela signifiait que la migration avait débuté et que leur tour arriverait au plus tard dans une dizaine de minutes. *Voire plus tôt,* nuança Assia. Oui, ça pourrait être plus tôt, car les trois régulateurs de l'autre côté étaient des adultes. Par conséquent, tout se passerait comme sur des roulettes avec eux. Ça ne coincerait qu'avec elle, parce qu'elle avait passé trop de temps avec ces bonnes femmes inquiètes, à qui elle n'avait pas réussi à clouer le bec à temps. Elle n'avait même pas réussi à faire le tour d'une trentaine de putains de voitures… Voilà, elle avait tout gâché, l'énorme plan soigneusement élaboré. On n'allait pas tarder à rappliquer à fond de train pour lui crier dessus, et elle n'aurait rien à répondre.

« Je prends cette portion du tunnel, je connais tout le monde ici », se remémora Assia. Son ventre se serra de honte, de cette sensation sourde et dégoûtante qu'on éprouve à la fin d'un examen, lorsqu'il est temps de reposer son stylo et de rendre sa copie, et qu'on n'a pas fini, qu'on n'en est même pas à la moitié du devoir. Crétine, andouille, pourquoi s'était-elle mêlée de ça ? Ils auraient dû se débrouiller eux-mêmes. Le bruit se rapprochait, le bout du tunnel se brouillait et s'enfonçait, l'air devenait âcre à cause des gaz d'échappement ; la deuxième ligne de voitures avait démarré. Tout le monde la regardait, elle, la vache rougeaude, figée au milieu du passage, avec ses aisselles humides : la beauté de la Porsche, Martyre, le lieutenant blond dans la Ford, et leurs visages étaient les mêmes, les faces étrangères et sans expression d'un public de cinéma. Assia plissa les paupières. Elle avait la nausée et une envie brûlante de rentrer chez elle, auprès de sa mère, et aussi de faire pipi. Oui, bizarrement, ce

qui prédominait, c'était son envie de faire pipi, et il était évident qu'elle n'arriverait pas à se retenir, surtout sous tous ces regards. Elle allait se couvrir de honte et faire dans son pantalon. Elle n'aurait plus ensuite qu'à dégringoler en enfer, par un trou qui s'ouvrirait dans le bitume poussiéreux.

— Hé, la petiote ! En position ! hurla le type de l'UAZ, en se penchant jusqu'à la taille par sa vitre.

Il pointa son gros index vers un espace au pied du mur en béton.

— Vas-y, envoie les ordres !

Et de lui adresser un petit clin d'œil tout joyeux, comme si elle n'avait pas pris le moindre retard et qu'il ne lui restait quasi plus qu'une broutille à faire : aller se planter là-bas et agiter les bras.

Elle contourna l'UAZ, se cogna rudement le genou au passage contre le pare-chocs de la Lexus, atteignit son mur et regarda à gauche. Elle vit aussitôt son père, qui se tenait en retrait, les bras écartés comme un chef d'orchestre, et dirigeait sa portion de convoi vers l'entrée. Son T-shirt aussi était mouillé, assombri entre les omoplates, sa calvitie était visible au sommet de son crâne, il était tout petit et tout vieux… Ce serait bien s'il se retournait maintenant et la regardait ne serait-ce qu'une seconde, pensa Assia. Et il se retourna, la regarda et leva le pouce à son intention. Elle en fut si heureuse tout à coup qu'elle ne se rendit même pas compte qu'on y était, que son tour était arrivé.

Elle jeta un coup d'œil rapide sur la droite, où, à cinquante pas, le cou tendu, la jeune beauté-Cayenne en robe de deuil dansait sur la pointe des pieds, puis elle s'avança, leva les mains au-dessus de sa tête et frappa deux fois en criant :

— Démarrez ! C'est le moment, démarrez, s'il vous plaît !

À son cri, trente adultes se redressèrent sur leur siège et, d'un même mouvement, tournèrent la clé dans leur contact. Les voitures s'ébranlèrent. Lentement, sagement, elles firent marche arrière. La Land Rover grise, la décapotable basse sur pattes, l'énorme Lexus, la Cayenne noire, et les autres, ceux qu'elle avait pu prévenir comme ceux qu'elle n'avait pas eu le temps d'informer. L'UAZ Patriot poussiéreuse passa à côté d'elle, et l'homme à la grosse trogne sortit son coude épais, tenant le volant de son autre main. Il ne regardait plus dans sa direction, mais dans le rétroviseur, sans sourire à présent. Derrière lui, sa fillette rose avait écrasé son nez contre la vitre et montrait à Assia un petit bout de langue rose.

Lundi 7 juillet, 11 h 59

Lorsque la gamine de la Toyota se mit à sautiller en agitant la main, le lieutenant démarra le moteur, enclencha la marche arrière et regarda par-dessus son épaule droite. Les vitres de la Ford de patrouille étaient sales et embuées à l'intérieur, si bien que, deux minutes durant, il resta assis bêtement, le pied sur la pédale de frein, à attendre que le taxi jaune démarre, et pendant ces deux courtes minutes, il faillit s'endormir. Ce fut seulement lorsque la Peugeot ronde qui le précédait, klaxonnant avec irritation, mit son clignotant et s'engagea sur la voie du milieu que le lieutenant sursauta, regarda mieux et se rendit enfin compte qu'il n'y avait personne dans la fameuse voiture jaune, raison pour laquelle elle ne bougeait pas d'un pouce.

S'il avait pu ne serait-ce que fermer un peu l'œil au cours des dernières vingt-quatre heures et si, depuis 6 heures du matin, la veille, tous ceux qui en avaient trouvé l'énergie ne l'avaient pas envoyé sans interruption ici ou là, il aurait probablement réagi autrement : il serait sorti de son véhicule et aurait essayé de comprendre la situation, de trouver le chauffeur de taxi fugitif, il aurait prêté main-forte à la drôle de gamine. Même s'il n'était absolument pas censé réguler le trafic dans le tunnel, il l'aurait aidée, d'accord, parce que la nana n'était pas mal – même si c'était une adolescente, affreusement nerveuse de surcroît –, et elle l'aurait probablement remercié très gentiment ensuite. Mais, pour l'heure, tout ce qu'il voulait, c'était dormir. Déplacer cette maudite Ford, fermer les yeux et pioncer ne serait-ce qu'une demi-heure avant que la garce de la Mercedes ne lui saute de nouveau à la gorge. C'est pourquoi le lieutenant ne sortit pas et, sans aucun remords, de même que les cinq conducteurs avant lui, il déboîta dans la file voisine et recula comme on le lui avait demandé. Et avant même d'avoir coupé son moteur et dénoué les lacets de ses chaussures, il avait oublié le taxi vide ainsi que la fille en jean moulant.

La voiture de patrouille contourna la Renault jaune à damier, le « Boissons de Tchiornogolovka » crasseux et s'élança à la suite des autres. Assia aurait vraiment été mal avisée de chercher à la rattraper. Surtout sous les yeux de la jeune Cayenne tatouée, qui s'était visiblement beaucoup mieux débrouillée avec ses trente protégés et attendait désormais qu'Assia débarrasse la voie de ses deux derniers obstacles. Ses trois rangées à elle, bien sûr, étaient aussi impeccablement alignées que des chevaux avant le starter, et seule sa paume levée les empêchait de se précipiter. La pétasse portait sur Assia un regard qui la traitait d'idiote. De pathétique idiote inutile qui ne savait rien faire sans son papounet. Lequel papounet était probablement en train d'accourir depuis l'autre côté. Sans même se retourner, elle devinait qu'il serait là d'un instant à l'autre, qu'il la féliciterait sans sincérité et qu'il la renverrait dans la Toyota, vers le dos glacé de Martyre. Mlle Cayenne, quant à elle, leva vers le plafond ses yeux lourdement maquillés et haussa les épaules, afin que tous ceux qui attendaient son signal sachent exactement qui était responsable de ce fichu retard.

Assia lui adressa un doigt d'honneur et s'approcha de la Gazelle en longeant la rangée désertée. Le dos droit et le menton relevé, elle frappa à la vitre.

— Ohé ! lança-t-elle d'une voix forte. Ohé !

Et elle s'apprêtait à frapper encore une fois…

Toutefois elle n'en eut pas le temps, car, au même instant, l'écran en aluminium qui couvrait la vitre côté conducteur se souleva avec impatience : on aurait pu croire que les occupants de la cabine n'attendaient qu'un prétexte pour jeter enfin un coup d'œil à l'extérieur, mais qu'ils ne l'avaient pas trouvé avant qu'elle ne vienne frapper à la portière. Assia recula poliment d'un pas, s'efforça de prendre un visage aimable et s'apprêta à dire au jeune Gazelliste effrayé que tout allait bien et qu'il n'y avait pas lieu d'avoir peur. Qu'elle n'en avait pas après son eau et qu'elle mise à part il n'y avait personne d'autre ici, absolument personne, parole d'honneur.

Mais au lieu du jeune Tadjik, elle découvrit un brun maigre avec une entaille sanglante sur la joue. Et ce fut à cette écorchure qu'elle le reconnut, ou plus exactement qu'elle sut qui il était, avant même d'apercevoir les traces laissées par les menottes à ses poignets. L'homme lança un rapide regard par-dessus son épaule et baissa la vitre.

— Tiens, tiens, tiens, qui avons-nous là ? susurra-t-il d'une voix cajoleuse. Tu t'es perdue ?

— Vous devez déplacer votre voiture, répliqua Assia en faisant un autre pas en arrière. La reculer de quelques mètres.

L'homme à la joue tuméfiée inclina la tête sur le côté et sourit.

— Excuse, mais j'ai pas pigé, déclara-t-il. Faut aller où ?

Dans l'obscurité étouffante et argentée qu'elle entrevit derrière lui, Assia aperçut enfin le jeune conducteur de la Gazelle et le chauffeur courroucé de la Renault. Tous deux l'observaient en silence et, contrairement à leur passager souriant, ils n'avaient pas du tout l'air contents de la voir. Pourtant, d'une certaine manière, il était primordial qu'ils soient là, tout près, et que le type maigrichon ne soit pas seul dans la cabine.

— Il faut reculer, répéta Assia. Un petit peu. Pour laisser le plus de place possible à l'avant. Tout le monde a déjà reculé, il ne reste plus que vous.

Le souriant se pencha et passa la tête par la fenêtre. Ses deux voisins taciturnes disparurent aussitôt de la vue d'Assia.

— C'est vrai qu'ils sont partis, tiens, dit-il joyeusement, en regardant les rangées vides. Et ils t'ont abandonnée. Rappelle-moi d'en toucher deux mots à tes parents tout à l'heure. Ne te fâche pas, mais je les trouve bien insouciants.

Il avait des yeux d'un noir avide, avec les pupilles dilatées d'un chat dans une pièce sombre. Impossible de reculer davantage : il n'y avait plus que le mur de béton brut derrière elle.

— Va-t'en, fillette ! lança le chauffeur de taxi invisible. Tu n'as rien à faire ici, fiche le camp.

Il avait parlé d'une voix dure, comme entre ses dents serrées.

L'interlocuteur rigolard d'Assia secoua la tête, avant d'écarter les mains en simulant comiquement le regret. Genre : il aurait aimé poursuivre cette agréable conversation, s'il n'avait pas été interrompu par de grossiers personnages avec lesquels il était plus facile de tomber d'accord que de polémiquer.

— Désolé, nous n'irons probablement nulle part, pour l'instant, ma jolie, dit-il. Faudra vous passer de nous. Mais n'hésite pas à revenir discuter le bout de gras, si t'as une minute.

Sur un ultime clin d'œil, il remonta la vitre constellée de chiures de mouches. Une seconde plus tard, l'épais store d'aluminium s'agita et fut remis en place. Le « Boissons de Tchiornogolovka » redevint une boîte métallique crasseuse aux fenêtres aveugles.

Au loin, Mlle Cayenne lui criait quelques mots agacés qu'Assia ne parvint pas à distinguer. Elle fit quelques pas dans sa direction, en se disant que ça serait une bonne idée de lui refaire un doigt, mais, curieusement, elle n'y parvint pas. Ses mains et ses genoux étaient aussi mous que du coton.

— Assia ! lui lança son père en haletant. Ça va ?

Il avait le menton affreusement piqueté de barbe, son T-shirt était trempé et il sentait encore la bière de la veille. Il sentait toujours plus fort le lendemain, et puait jusqu'au soir.

— Et les transporteurs d'eau, qu'est-ce qu'ils fichent ? demanda son père. Ils nous refont le coup de la mutinerie ? Dans ce cas, cours leur demander d'attendre encore une petite seconde, aux voitures de devant, et moi, je m'en vais toucher deux mots à ces crétins.

— Non, n'y va pas, répliqua Assia.

Son père recula.

— Attends, dit-il d'une voix différente, qu'elle ne connaissait pas. Ils t'ont fait du mal ? Regarde-moi : ils t'ont fait quelque chose ? Ma puce, est-ce qu'ils t'ont fait quelque chose ?

— Ils m'ont rien fait, s'empressa de lui assurer Assia.

Ses joues étaient brûlantes, elle les sentait incandescentes même et rouges, probablement tomate.

— Tout va bien, papa, vraiment. C'est juste qu'ils veulent pas bouger. Qu'ils aillent se faire voir.

— Dites, y aurait un moyen de, je ne sais pas, résoudre le problème et arrêter de retarder les autres ? intervint la pétasse de la Cayenne. Des tas de gens attendent, je vous signale.

Elle avait une voix criarde de grincheuse, son front graisseux luisait et elle n'était pas si jolie que ça, vue de près. Elle n'aurait certainement pas dû porter une robe moulante aussi courte, en plus, avec ses gros genoux et ce bourrelet sur le ventre. *M'enfiiiin,* se répéta Assia, *m'enfiiiin, je ne sais paaaas.* Et elle se sentit un peu mieux.

Son père ne répondit rien à la pétasse en noir, il ne se tourna même pas vers elle : il considérait toujours la Gazelle poussiéreuse avec une expression étrange.

— Papa ?

— Oui. Bien sûr. Oui. On ne va pas poireauter plus longtemps. On va juste les contourner, et tout de suite. Allons-y ensemble, je vais t'aider.

Sur quoi il prit fermement Assia par le coude.

— Voilà, dit l'homme au visage amoché alors que les moteurs grondaient à nouveau de l'autre côté de l'écran d'aluminium.

Il s'adossa à son siège et s'étira avec un plaisir manifeste, jusqu'à faire craquer ses articulations.

— On a au moins une heure devant nous. Peut-être un peu plus. Mais faut qu'on y aille maintenant, avant qu'ils inventent encore un autre truc.

Aucun de ses compagnons basanés ne bougea ni ne répondit, le plus jeune par peur, le plus âgé parce qu'il n'arrivait pas encore à se décider.

Le sourire de l'homme au volant s'estompa légèrement. Il changea de position en soupirant.

— Écoute, dit-il du ton fatigué d'un adulte qui tente de persuader un enfant de descendre du rebord d'une fenêtre. On a tout vu et revu trois fois. Je veux pas te presser, mais on n'a vraiment plus le temps pour ça. Si t'aimes pas mon idée, dis-le-moi et je m'en irai, pas de problème. Parce que bon, sans vouloir t'offenser, j'ai quelques autres options. Vous, les gars, vous aurez qu'à rester ici à attendre qu'on vous saccage votre benne.

Le basané d'Andijan croisa ses petites mains sur sa poitrine et garda le silence quelques minutes de plus.

— Tu me plais pas, le Russe, lâcha-t-il enfin. Pas du tout.

— Ben, je me plais pas non plus, répliqua l'intéressé.

Et il partit d'un nouvel éclat de rire. Le chauffeur de taxi grisonnant serra les dents en entendant ce rire et le jeune conducteur de la Gazelle tressaillit avant de fermer les yeux.

— En revanche, je crois que mon idée est bonne, reprit le Russe. Et tu le sais. Y a pas d'autre solution. Soit ça, soit tu leur donnes ton eau et tu remontes dans ton taxi.

— Je pourrais te tuer tout de suite, répliqua le chauffeur de taxi. T'es entré dans ma voiture ; ton pistolet, tu l'as volé et tu sais pas comment t'en servir. Personne range un flingue dans son pantalon, parce qu'il faut beaucoup de temps pour le sortir. C'est pas ce qu'on m'a enseigné, le Russe, et me confonds pas avec les flics, t'auras même pas la possibilité de le dégainer.

L'homme au visage tuméfié ne sembla pas le moins du monde contrarié par ces paroles.

— Oui, convint-il, tu m'as eu sur ce coup-là, c'est sûr. Je savais bien que j'avais affaire à Chingachgook[1] avec toi. Mais, vrai de vrai, j'avais vraiment pas l'intention de m'en servir, sinon j'aurais pas passé autant de temps à essayer de te convaincre. Et mon petit doigt me dit que, toi non plus, tu vas pas me tuer, Grand Serpent. Mais bon, sérieusement, tu peux pas y arriver tout seul. Notre jeune ami est très gentil, ajouta-t-il en passant un bras autour du cou du jeune de Pendjikent pour lui tapoter la tête, mais il sert pas à grand-chose. Il faut que quelqu'un s'occupe de lui pendant ton absence.

Lundi 7 juillet, 12 h 21

Le mouvement commença par l'arrière du tunnel, deux kilomètres et demi derrière la Maybach Pullman, et le chauffeur Valéra, épuisé par sa randonnée matinale et maintenant assoupi au volant dans sa chemise défraîchie de la veille, sans son petit déjeuner, sa télévision, sa femme et son fer à repasser, ne l'apprit qu'un quart d'heure plus tard, quand l'un des régulateurs frappa à la vitre teintée. N'ayant pas reçu d'instructions lui indiquant s'il pouvait ou non ouvrir à des étrangers, Valéra se tourna vers son chef et attendit. Le vieux s'éveilla, rajusta ses lunettes et lui répondit par une grimace irritée. La fenêtre de la Maybach ne s'abaissait pour personne, ni pour la police ni pour les agents de la circulation, et un type avec un collier de perles en bois et une grosse barbe mangeant son visage juvénile – un écolier gras-

1. Chef indien, dit aussi Grand Serpent (les personnages du *Tunnel* y feront référence par la suite), protagoniste de plusieurs romans de Fenimore Cooper, dont *Le Dernier des Mohicans.*

souillet déguisé en bûcheron canadien ! – sollicitait maintenant son ouverture. Le petit bûcheron avait l'air un peu timide : de l'extérieur, la voiture blindée avec ses vitres miroirs devait sembler aussi imprenable qu'un sous-marin ennemi, et pourtant, il serra de nouveau son petit poing blanc et l'éleva pour frapper un nouveau coup. Le garde du corps assis à l'arrière se crispa et s'avança, pas trop, juste pour indiquer qu'il était prêt. Valéra attendait, bien résolu à ne pas bouger prématurément.

Après une nuit passée assis, leur chef n'avait pas bonne mine, ses lèvres étaient grises et ses paupières tombantes. Clignant lentement des yeux d'un air rogue, il regarda par la vitre et Valéra eut soudain l'impression d'avoir devant lui un retraité ordinaire qui se serait endormi sur un banc public et ne se rappellerait plus où il se trouve ni comment il est arrivé là. *C'est vrai qu'il décline, pépé,* pensa-t-il. *Dès qu'on sort d'ici, on file lui faire sa perfuse.*

Comme s'il avait entendu les pensées irrespectueuses de son chauffeur, le vieil homme se redressa brusquement. De derrière les lunettes, ses yeux lui jetèrent un regard froid.

— Toi, assis ! lança-t-il au garde du corps sans seulement poser les yeux sur lui. Et toi, ordonna-t-il au chauffeur, sors voir ce qu'il veut.

Valéra opina et tendit la main avec empressement pour baisser la vitre.

— Je n'ai pas dit : « Ouvre la fenêtre », entendit-il dans son dos. J'ai dit : « Sors voir. »

L'échange entre Valéra et le jeune barbu emperlé ne dura pas plus d'une minute. Ayant regagné sa place, il afficha un visage de marbre et expliqua à son chef, de plus en plus fulminant, qu'il avait été décidé de déplacer toutes les voitures de trois cents mètres pour créer une sorte de cordon sanitaire aux deux extrémités du tunnel, et que ce déplacement avait été initié et mis au point par sa propre assistante. Et quand le gros jeune homme en short et chemise à carreaux qu'elle avait envoyé à sa place ferait un signe de la main, la Maybach devrait démarrer en même temps que tous les autres et faire marche arrière. Il s'efforçait de ne pas regarder son chef. Bien sûr, Valéra n'était pour rien là-dedans, c'était la grande bique blonde qui avait encore une fois merdé, mais elle n'était pas là, et le vieux était réputé pour sa capacité à écorcher vif non seulement les coupables, mais également ceux qui se trouvaient malencontreusement dans les parages. Ayant terminé son rapport, Valéra se tut et se prépara à affronter la tempête. On n'entendait plus un bruit dans le salon. Il leva prudemment les yeux. Le garde du corps était assis, visage dénué d'expression, comme un mannequin dans un costar bon marché. Leur chef pianotait de ses doigts secs sur l'accoudoir en cuir, la joue secouée d'un tic.

Dehors, on entendit le bruit des moteurs qui démarraient et la voix fluette du barbu à chemise à carreaux : le convoi s'apprêtait à s'ébranler. La Fiat Panda portant l'autocollant « Bébé à bord » sur son coffre, qui stationnait devant la lourde Pullman, frémit et alluma ses feux de recul. L'autobus bleu près du mur opposé cracha un nuage de fumée noire et recula lentement : la voie de gauche s'était déjà mise en branle, et celle du milieu l'imiterait dans quelques instants. La Panda klaxonna avec impatience. Du coin de l'œil, Valéra vit le régulateur barbu lui adresser des signes désespérés de l'autre côté de l'allée, mais il ne toucha pas le bouton de démarrage : il attendait un ordre.

— Qu'est-ce que tu as à rester planté là ? Tu as besoin d'une invitation spéciale ? entendit-il enfin.

Alors seulement il démarra et enclencha la vitesse.

L'énorme limousine recula, et la voie de droite suivit avec soulagement, rattrapant ses voisines. Devant eux, l'asphalte se vidait, avec la lenteur d'un rivage quand la mer descend. Le régulateur joufflu devait s'être enroué, car il ne réussit pas à crier au suivant de la file et passa en courant dans l'allée, en agitant les bras.

Même ainsi, lentement et en marche arrière, se déplacer avait des allures de véritable cadeau : pendant les quelques minutes qui suivirent, Valéra oublia ses difficultés et ses inquiétudes, s'assit plus droit et se concentra sur le maintien de la longue Pullman dans le bon sillage, afin de ne pas rayer le flanc poli de l'onéreuse voiture contre le mur du tunnel, ou de ne pas briser le rétroviseur latéral. Il conduisait depuis quarante-quatre ans, et cette voiture, qui coûtait plus que le budget de fonctionnement annuel d'une petite ville des environs de Moscou, et certainement plus que la somme cumulée des salaires qu'il avait jamais perçus, Valéra la craignait et l'aimait tout à la fois, mais il en avait la maîtrise parfaite. Sa conduite s'avérait aussi agréable et souple que s'il roulait sur des rails, aussi était-il très content de lui. Il eut même le temps de jubiler un peu en jetant un œil au chauffeur de l'autobus, manifestement un novice qui, faute de savoir reculer, traînait sur sa voie comme un étron. Il était clair que ce couillon de manchot n'avait aucune idée de la longueur de son bus, puisque pas plus tard qu'hier, il roulait encore en tricycle. Ce fut traversé de ces agréables pensées que Valéra parcourut environ cent cinquante mètres et il espérait en parcourir encore au moins cent cinquante, quand son chef, qui s'était affalé dans son siège, ouvrit soudain les yeux, rejeta sa couverture avec une vivacité inattendue et beugla :

— Stop !

Et avec une voix telle que Valéra enfonça la pédale de frein sans réfléchir, sur-le-champ, comme un soldat. Il le regretta instantanément, mais trop tard. Le conducteur de la Panda, bien sûr, n'avait entendu aucun cri ni ressenti aucun frémissement, il avait donc continué à reculer sereinement et, une seconde plus tard exactement, il percutait de son coffre le radiateur étincelant de la Maybach. S'ensuivit un craquement désagréable, l'autocollant montrant un bébé nu trembla et se couvrit de cloques, et la petite voiture légère de marque italienne leva les fesses comme si elle avait foncé dans un mur de béton.

Valéra coupa le moteur et lâcha lentement le volant. Ça tambourinait dans ses oreilles, sa cravate lui serrait le cou. Il n'y avait pas à s'inquiéter pour la calandre : la carrosserie et même les vitres de cette Mercedes de cinq tonnes pouvaient résister à un fusil d'assaut ou au jet frontal d'une grenade. Mais il venait de se faire emboutir par un SUV piteux, sous les yeux de son propre patron, qui plus est dans un tunnel, à la vitesse ridicule de vingt kilomètres à l'heure. La honte lui serra les tripes, aussi cuisante que celle du stagiaire du dépôt d'autobus. Il restait assis, les yeux fermés, avec ses soixante-deux ans, ses chaussures trop étroites et la ceinture de son pantalon qui lui comprimait le ventre. Dieu comme il aurait aimé être chez lui, à la table de sa cuisine, où il aurait entendu le déclic de la bouilloire, signe que l'eau était parvenue à ébullition, senti le fumet des œufs brouillés à la tomate.

La portière avant de la Panda s'ouvrit et une jeune femme vêtue d'une robe bain de soleil en lin toute froissée en sortit. Elle fit rapidement le tour de sa petite voiture, observa avec amertume son coffre écrasé et se précipita vers la Maybach. Le verre renforcé de la vitre empêchait de distinguer ses mots, mais son visage, rouge de colère, indiquait clairement qu'elle n'avait pas apprécié la dernière manœuvre de la lourde limousine et qu'elle avait l'intention d'exiger une explication.

Les voitures voisines avaient déjà reflué, mais les suivantes, qui attendaient encore leur signal, n'avaient toujours pas commencé à bouger. Sur l'espace temporairement vide ne restaient donc que la Maybach hermétiquement close, l'infortunée Panda et sa propriétaire outragée. Elle frappa une fois, puis une autre, se pencha pour essayer de regarder à travers le verre opaque et frappa finalement du poing sur le toit. Quelques secondes plus tard, elle fut rejointe par le régulateur barbu trempé de sueur, venu s'enquérir de la raison de ce retard. Tous deux se mirent à tambouriner avec une vigueur redoublée.

Valéra rouvrit les yeux. Il était clair qu'il allait devoir ressortir, reboutonner sa veste et expliquer au gros imposteur emperlousé, sous les vociférations de la morveuse, que les voitures portant des plaques d'immatriculation comme la leur ne s'arrêtent jamais, même dans des cas bien plus graves qu'un coffre percuté, et qu'on ne martèle certainement jamais leur carrosserie du poing. On ne s'en approche même sous aucun prétexte et on s'efforce de ne pas non plus les suivre du regard. Mais à partir du moment où il avait décidé de s'épargner le trafic du dimanche soir sur la Roubliovka, de gagner vingt minutes en s'engageant dans ce maudit tunnel, tout était allé de travers et la situation s'aggravait d'heure en heure. C'était comme s'il avait quitté une route bien entretenue pour s'enfoncer dans des broussailles et dévalait maintenant la pente en prenant toujours plus de vitesse.

Il soupira et tendit la main vers la portière.

— Où tu vas ? demanda froidement son chef.

Valéra se figea, le bras tendu. Il ne sentait plus ses doigts.

— Ben, c'est que..., commença-t-il sans oser se retourner. Il ne faut pas ?

— Reste où tu es ! cracha son chef. Nous n'allons pas plus loin.

Lundi 7 juillet, 12 h 54

Une heure et deux minutes après le début de la migration, le dernier régulateur de la chaîne, un type bronzé avec un chapeau de paille sur la tête, reçut le signal de celui qui le précédait et leva le pouce. Les dix lignes de l'avant s'animèrent enfin. Leurs phares s'allumèrent, les portières claquèrent et l'odeur puissante de mort qui montait de la Volkswagen accidentée se mêla aux âcres effluves des gaz d'échappement de trente moteurs, sans pour autant diminuer – au contraire, elle redoubla d'intensité.

Assis sur son fauteuil pliant près de la grille, le petit stomatologue à la chemise froissée regardait les voitures s'éloigner et pensait à sa Škoda verte, achetée l'année précédente. Il l'appelait « ma fille », avait offert à son habitacle un nettoyage à sec complet pas plus tard que la semaine précédente, et elle allait sans doute se faire rayer ou percuter, ou simplement arracher son rétroviseur, sans qu'on vise par là l'édification de son propriétaire, comme le font certains lorsqu'un automobiliste se gare n'importe comment en travers d'un trottoir. Elle ne se trouvait pas loin, dans la sixième ligne, si bien qu'il n'aurait fallu que dix minutes au médecin pour courir jusqu'à elle, parcourir les trois cents mètres à reculons et revenir, pourtant il n'en avait rien fait. Et même lorsque l'une des femmes qui avaient passé le week-end à jardiner dans sa datcha s'était pointée, furieuse, en lui ordonnant de lui remettre ses clés, puisqu'il n'avait aucunement l'intention de bouger, il avait refusé et gardé son trousseau. Elle avait protesté, assuré que son fils se montrerait très soigneux avec le véhicule du docteur, et finalement elle s'était, semblait-il, offusquée. Elle en avait conclu qu'il avait tout bonnement peur de confier sa voiture à des inconnus, ce qui n'était pas bien. Il ne voulait absolument pas paraître ingrat, surtout après que ces rouspéteuses, qui l'avaient tant effrayé au début (et encore maintenant), les avaient pris sous leur aile, le jeune homme au bras cassé et lui, leur avaient rempli une pleine boîte de médicaments et s'étaient relayées, malgré l'odeur, pour prendre de leurs nouvelles. Pourtant, il n'avait pas donné sa clé et ne s'était pas davantage justifié. Peut-être était-ce là le problème : son incapacité à se justifier. Le jeune homme était inconscient, il respirait de moins en moins bien et cessait même parfois complètement. Pour lui, tout s'était joué cinq heures plus tôt, il n'avait plus besoin de personne, ni d'urgentistes, ni d'un hélicoptère sanitaire, ni du stomatologue assis devant la grille. Et c'était justement pour cela – le médecin en était sûr, même s'il aurait eu du mal à l'expliquer – que la Škoda devait rester stationnée là où elle était, et lui, le docteur, demeurer ici, de même que le chat enfermé dans la cage de transport, qui n'y était assurément pour rien. Tant que le garçon de la Volkswagen n'avait pas fini de mourir, rien ne bougerait.

Lundi 7 juillet, 13 h 19

La fonctionnaire de la Mercedes apprit avec quarante minutes de retard que la migration des voitures vers leur nouvel emplacement était terminée. Comme son chef jaunâtre l'avait prédit lors de sa conversation avec le capitaine incrédule, une petite heure d'action concertée avait suffi à modifier l'humeur générale. Ce plan-ci ayant été accompli, il était temps d'en élaborer un nouveau. Les gens voulaient savoir ce qu'ils avaient à faire et, petit à petit, par deux ou trois, ils commencèrent à affluer vers la Ford de patrouille. Cette fois, elle n'eut aucun effort à déployer pour les faire rappliquer. Certes, la voiture de police ne se trouvait pas là où elle était censée l'être, pas même dans la bonne file, mais lorsqu'on la repéra, elle avait le même aspect lugubre : un flanc poussiéreux cabossé, une tache douteuse sur la banquette arrière, et un jeune lieutenant indifférent à tout, qui dormait profondément, la bouche ouverte. Toutefois ce spectacle non plus n'indigna personne : des réunions avaient déjà eu lieu précisément là, si bien que vers 13 h 30, un groupe important de volontaires se pressait déjà autour de la Ford.

Contrairement aux deux policiers, pour qui l'audience dans la Maybach n'avait servi à rien (le plus âgé gisait maintenant mort avec une balle dans le foie et le plus jeune était si désespéré qu'il ne voulait pas se réveiller), la fonctionnaire en costume bleu obéissait scrupuleusement à son chef au visage jaunâtre et elle n'avait nullement l'intention de négliger cet heureux état de fait. De même qu'elle ne chercha nullement à réveiller cet imbécile de lieutenant, afin que ceux qui avaient encore des idées fausses concernant les hommes en uniforme aient le temps de contempler le garçon endormi et de se convaincre que ces idiots étaient inutiles sans commandement approprié. Elle accueillit elle-même les nouveaux arrivants, les inscrivit dans son carnet (espérant toujours qu'il y aurait au moins un autre médecin parmi eux, ne serait-ce qu'un ophtalmologue ou, au pire, un vétérinaire) et leur demanda de rester quelques minutes dans les parages, jusqu'à ce qu'elle ait inscrit tous ceux qui étaient prêts à prendre part à leur nouvelle opération. Ils firent donc ce qu'on leur avait demandé, sans protester ni poser de questions stupides, attendant patiemment les instructions.

— Pourquoi elle a besoin de cette liste, au bout du compte ? demanda Martyre en sortant la dernière lingette du paquet pour s'essuyer à nouveau le visage. Je n'en peux plus, je suis toute collante, merde, merde, grogna-t-elle en jetant la serviette à ses pieds. C'est toujours comme ça, avec eux, ils s'occupent de broutilles, ils inventent les conneries les plus insensées et les plus sauvages, comme par un fait exprès. On dirait un concours. Vu que tu as les pleins pouvoirs, fais au moins quelque chose d'utile ! Mais non, Madame dresse une liste. Dans quel but ? Qu'est-ce que ça peut faire, comment je m'appelle ou quelle est ma profession, si je suis coincée sous terre depuis quatorze putains d'heures ! C'est pour identifier mon corps plus tard ?

Elle s'arrêta un instant, inspira entre ses dents serrées, ramassa une lingette froissée sur le tapis de sol et commença à se frotter les doigts. Elle avait les mains qui tremblaient.

Waouh ! pensa Assia. Elle repoussa son sac à dos et s'assit, pour tendre le cou, intriguée. Martyre ne piquait jamais de crises d'hystérie. Elle était la championne des soupirs compliqués et des yeux levés au ciel, la spécialiste des remarques à la fois chuchotées et toxiques, capable de rester muette pendant des heures, si silencieuse que les mouches en crevaient. Mais crier comme une personne normale, non, cela ne lui était jamais arrivé.

— Voyons, Sacha, commença papa, pourquoi tu parles tout de suite de ton corps… ?

— Et quoi ? siffla Martyre, qui montra les crocs comme un cobra. Ça va se terminer comment, à ton avis ? Non, sérieusement, dis-moi quel scénario tu envisages, toi ? Parce que je ne comprends vraiment pas. Pourquoi. Encore une fois. Tu. N'en. As. Rien. À. Foutre ?

Elle en postillonnait. Elle était couverte de taches et postillonnait de façon hideuse sur chaque mot. Ce n'était même plus très amusant à regarder. Parce que, pour être honnête, Assia aussi trouvait tout brûlant, gras, malpropre : le revêtement du siège, le sac à dos sous sa joue, jusqu'à elle-même. Elle avait une envie terrible de crier, de cracher, qu'on la laisse rentrer chez elle, auprès de sa mère. Et oui, c'était effrayant. Vraiment effrayant, et depuis longtemps. Bien avant qu'elle se soit approchée de la Gazelle et qu'elle ait toqué à sa vitre.

— Je ne comprends pas ce que tu veux, dit son père.

Lui non plus n'avait pas sa voix habituelle. Visiblement, papa et Martyre avaient oublié de faire semblant en sa présence.

— Qu'est-ce que tu attends de moi ? Qu'est-ce que tu veux que je fasse, que j'ouvre les portails ? Que je mette fin à tout ça ? Je ne peux pas, Sacha. Et cette bonne femme non plus. Personne n'en est capable. Elle essaie juste de les occuper, tu piges ? D'une manière ou d'une autre. N'importe comment.

Pendant une seconde, le visage de Martyre fut le même qu'une heure plus tôt, quand Assia l'avait observée à travers la vitre, c'est-à-dire blanc et faible. La face d'un poisson dans un aquarium privé d'oxygène. Après quoi, elle repoussa la portière d'un coup d'épaule et bondit de la voiture.

Laisse-la aller se faire voir, papa ! brûlait de dire Assia. *Qu'est-ce que tu en as à foutre ?* Mais elle n'en eut pas le temps. La portière de son père claqua elle aussi, et Assia resta seule.

— Eh bien, dit Mme Mercedes en rangeant son carnet pour considérer son troupeau. Nous avons résolu un problème, vous et moi. Et très, très bien résolu.

Sous son regard sévère, mais bienveillant, les trente et quelques ex-régulateurs frémirent malgré eux et resserrèrent les rangs.

— Maintenant, reprit-elle en élevant solennellement la voix, nous devons régler la question de l'eau et de la nourriture.

Cette annonce déclencha une nouvelle vague d'applaudissements parmi les volontaires, qui se propagea aux spectateurs des voitures voisines. La foule autour de Mme Mercedes s'enthousiasmait et s'épaississait. Un peu plus et on allait soulever la grande fonctionnaire pour la jeter en l'air, jusqu'au plafond de béton. Ou, à tout le moins, se présenter tour à tour pour lui baiser la main comme à Don Corleone et lui prêter serment d'allégeance. Cette pensée, cependant, ne traversa l'esprit de personne. *C'est bien dommage, ç'aurait été marrant,* regretta Mitia tout en cherchant Sacha des yeux. Elle aurait pu elle aussi apprécier l'idée et rire avec lui. Il y avait peu – un an, un mois, une semaine même –, ils auraient échangé un regard, haussé les sourcils, et ils auraient ri sans bruit, pour que personne ne le remarque. Mais maintenant, devina-t-il en avisant son dos crispé, elle ne rirait pas. Non, pas maintenant. Absolument pas.

Mme Mercedes, quant à elle, regardait par-dessus les têtes, et le triomphe fanait lentement sur son visage. Elle cherchait le « Boissons de Tchiornogolovka » avec ses trois cents bouteilles d'eau sous cellophane, qui aurait obligatoirement dû se trouver quelque part ici, comme avant la migration. Or elle ne les apercevait nulle part. Et *idem* pour la Renault Logan jaune, au pare-chocs cassé. À croire que les deux voitures n'avaient jamais été là.

Attirer l'attention du public sur cette mystérieuse et malencontreuse disparition, à un moment où tout commençait enfin à se mettre en place, serait tout à fait dommageable. Naturellement, Mme Mercedes n'allait pas commettre pareille bévue. Après une infime hésitation, elle fit signe aux volontaires qui l'entouraient de l'attendre, puis, avec le même regard professionnel et confiant qu'elle affichait avant la désagréable découverte, elle contourna rapidement la voiture de police, grimpa sur son siège passager et secoua le lieutenant endormi par l'épaule.

Le lieutenant, qui rêvait d'une nymphe allongée devant lui dans la conque blanche de la décapotable, robe relevée et jambe impudiquement dénudée jusqu'à mi-cuisse, ouvrit les yeux sur le visage carré de la garce de la Maybach. Le contraste entre le rêve et la réalité lui parut si incongru qu'il décida de se rendormir le plus vite possible. Il plissa même les paupières, comme le font les enfants lorsqu'on les réveille pour aller à l'école. Et ensuite ils essaient de trouver une couverture pour se couvrir la tête. Mais il n'y avait pas de couverture dans la Ford, évidemment, et aucun espoir de se débarrasser de la garce-Terminator. Elle l'agrippait et le secouait avec la détermination d'un rottweiler. Et sa poigne était de fer.

— Où est la Gazelle, lieutenant ? demanda-t-elle d'un ton menaçant, mais suffisamment bas pour ne pas être entendue à l'extérieur. Où elle est ? J'aimerais bien savoir.

Le malheureux lieutenant battit craintivement des paupières et ne s'empressa pas de répondre. Son visage encore fripé par le sommeil témoignait du travail exténuant qui s'opérait en lui : soit il ne se rappelait pas, soit il ne savait vraiment pas, soit – et cela parut à Mitia l'explication la plus probable – il n'osait pas avouer à la féroce mégère qu'il avait chassé de sa tête les rebelles du « Boissons de Tchiornogolovka » et s'était simplement endormi dès qu'il avait déplacé sa voiture. Bien entendu, aucune de ces variantes ne pouvait le sauver : de l'extérieur, on aurait dit Mme Mercedes sur le point de se mettre à rugir, de claquer des crocs et d'arracher la jugulaire du pauvre malheureux.

Le jeune homme faisait pitié. Mitia s'approcha alors de la Ford (les volontaires apaisés s'écartèrent à nouveau docilement) et passa la tête par la fenêtre du conducteur.

— Tout baigne, dit-il. Ils sont là, pas très loin, je vais vous montrer.

Elle avait ses yeux froids et blancs de loup.

— Oh, c'est donc vous, lâcha-t-elle. C'était votre portion de tunnel.

— Non, intervint Assia d'un ton coupable, quelque part dans son dos. C'était le mien. C'est moi la responsable. Ils ont un type avec eux dans la camionnette, vous vous rappelez, celui qui s'est enfui. Je leur ai tout expliqué, vrai de vrai, et lui, il m'a sorti qu'ils bougeraient pas. Et ils m'ont envoyée promener. Ils se sont enfermés là-dedans, et c'est tout.

Mme Mercedes s'adossa à son siège et poussa un soupir très humain, avant de se flanquer un coup de poing dans le genou.

Le jeune lieutenant ne bougea pas, fixant, crispé, les commandes sur le volant qu'il avait entre les mains. Ses joues et son front étaient écarlates. *Espèce de lâche,* s'emporta mentalement Mitia. *Tu voulais dormir, bien sûr.* Il se retourna et se redressa si brusquement qu'il se cogna la tête contre la cloison.

— Tu lui as parlé, Assia ? Bon sang ! Et s'il s'était avéré dangereux ? Et s'il... ?

Sa fille se mordilla la lèvre en détournant le regard. Elle arborait le même visage qu'aux abords de la Gazelle, fermé et fatigué, censé insinuer qu'il lui posait des questions stupides ne méritant pas de réponse. Ce visage de femme adulte qu'il avait vu à la mère de sa fille et à Sacha, mais encore jamais à Assia.

Bien sûr qu'elle lui avait parlé, à ce tueur ou allez savoir ce qu'il était. Qu'elle l'ait reconnu ne l'avait pas empêchée d'engager la conversation avec les occupants, étrangers et dangereux, du véhicule. Et sans doute qu'elle était fière d'elle, la bécassine, parce qu'elle était à mille lieues d'imaginer ce qui arrivait aux filles de son acabit. Parce qu'on l'avait accompagnée à l'école jusqu'à ce qu'elle entre dans le secondaire, qu'elle n'avait pas reçu la moindre taloche et qu'on ne l'avait jamais obligée à finir sa bouillie. Parce que sa mère était loin et son père un trouduc. Un connard inutile à qui l'on ne pouvait confier un enfant.

Pourtant, il s'était passé quelque chose là-bas, près de la Gazelle poussiéreuse, il l'avait tout de suite compris, à la façon dont elle s'était pressée contre lui et l'avait repoussé pour l'empêcher de revenir sur ses pas et d'aller jeter un œil à la camionnette. Brûlante, étrange, très différente d'elle-même. Il avait compris, mais il n'avait pas insisté, faute de temps, même si, sur ce point aussi, il se mentait à lui-même, car il aurait eu le temps. Le problème, c'était qu'alors, la vérité aurait éclaté haut et fort : pour ajouter quelques points à son score de parent inapte, il l'avait laissée seule, sans surveillance, comme une adulte, tandis qu'elle n'était qu'une bécasse insouciante de seize ans, et on l'avait agressée. On lui avait flanqué la frousse. Il aurait fallu traîner le grossier chauffeur de taxi hors de la cabine, à cor et à cri, ou même se battre. Se faire frapper en plein visage devant elle. Alors il n'avait pas insisté, et elle n'avait rien dit, parce qu'elle avait décidé à l'avance qu'il ne ferait pas le poids. Elle avait décidé pour eux deux, en tant qu'aînée.

Il revit clairement descendre la vitre sale et Assia dans son petit T-shirt très court s'en approcher. Il en eut la nausée.

Les volontaires qui attendaient autour de la Ford commençaient à perdre patience. L'ardeur initiale, qui les avait soudés en un groupe uni et gaillard, s'estompait peu à peu, et quelques grognements irrévérencieux se faisaient déjà entendre.

— Qu'est-ce qu'il y a, là-bas ? demanda une voix de femme à l'arrière. Qu'est-ce qu'on attend ?

— Je ne sais pas vous, mais moi, j'attends de l'eau, par exemple, répondit quelqu'un d'une voix morne.

— Vraiment, les gars, passons aux choses sérieuses, non ?

— À ce propos, je ne vois pas la camionnette qui transportait l'eau, tiens.

— Quelle camionnette ? Où ?

— Oui, elle est pas là, c'est bien ça, le problème. Je me souviens très nettement...

— Vous avez peut-être confondu. Tout a bougé.

— Je ne confonds rien du tout. Je suis sain d'esprit, Dieu merci, elle se trouvait encore ici, ce matin, cette camionnette !

— Elle est passée où, alors, d'après vous ? Elle s'est envolée ?

— Pourquoi vous vous en prenez à lui, madame ? Je me la rappelle aussi. Il y avait une camionnette, ils refusaient de l'ouvrir.

— Comment ça, ils refusaient ? Vous m'en direz tant ! Ils refusaient !

— Comment vous les auriez obligés à ouvrir ?

— C'est très simple.

— Pardonnez-moi, intervint le chauve en gilet, qui remplaça Mitia près de la vitre de la voiture de la police. C'est quoi, le plan ?

Habité des pires prémonitions, le lieutenant jeta un coup d'œil à sa nouvelle patronne. Il se souvenait du portail de béton avec les chiffres « 0-60 », de la portion de tunnel vide, semblable à une rue déserte dans un vieux film, et du sourire de l'homme au visage tuméfié quand il avait tendu la main pour recevoir la clé des menottes. Et il comprit clairement qu'il ne voulait plus jamais revoir ce sourire, du tout, et qu'il ne participerait pas à l'assaut de la Gazelle, même si la mégère cauchemardesque menaçait de le dévorer tout cru. S'il devait ressortir son pistolet aujourd'hui, en ce dernier jour d'un service sans joie, il le ferait dans un seul but : qu'on lui fiche enfin la paix. Pour que ni la salope en veste d'homme, ni pépé-serpent dans la Maybach, ni même le type de la Toyota avec sa mignonne de fille ne l'entraînent à nouveau dans un scénario étouffant qui n'était pas le sien, qui – il en était absolument certain – se terminerait pour lui comme ça s'était terminé pour le gros capitaine. Il aurait dû mourir là-bas, près du portail, et maintenant il vivait du temps de rab, grâce à la décision hasardeuse qu'il avait prise, sans réfléchir. Plus rien ne pouvait être changé dans cette nouvelle donne fragile, car la réalité dans laquelle lui, le lieutenant, n'était pas mort, était encore bien peu stable et ne s'était pas complètement consolidée. Quant à l'ancienne, elle n'attendait qu'une excuse pour l'attraper et tout remettre à sa place.

Le silence au-dehors s'épaississait. Le chauve toussota et se balança d'un pied sur l'autre.

— Je n'ai toujours pas saisi, déclara-t-il. On va chercher de l'eau ou pas ?

Le lieutenant serra les dents et fit le dos rond, mais la salope de la Mercedes ne lui jeta même pas un regard.

— Et pas seulement de l'eau ! répondit-elle d'une voix forte.

Sur quoi, elle descendit de la voiture et se dressa sur le marchepied, tendant le bras devant elle pour ressembler une nouvelle fois à une statue de Lénine, sans la calvitie, la barbe et la fiente de pigeon.

— Il ne nous faut pas seulement de l'eau ! Nous allons tout vérifier, je répète, tous les camions un à un. On les ouvre tous, on évalue les ressources dont ils disposent, on réquisitionne légalement les biens de première nécessité, on établit une quittance et on distribue ! De façon juste et équitable !

Ce discours indubitablement léniniste, tant dans son essence que dans tous ses autres aspects (Mitia eut même l'impression que Mme Mercedes avait un peu – un tout petit peu – grasseyé en cet instant), fit la plus favorable impression sur ses auditeurs. À la quinzième heure d'emprisonnement, l'idée de dékoulakiser quelques camions anonymes ne leur semblait plus aussi discutable et archaïque. Beaucoup applaudirent, quelqu'un siffla gaiement. *Bon sang, si Sacha était capable de rire maintenant, comme tout serait plus facile !* Il chercha sa femme des yeux, mais ne la trouva pas dans la foule.

— Nous commencerons par cette extrémité et nous remonterons jusqu'à l'autre ! tonnait maintenant Mme Mercedes. Méthodiquement, histoire de ne rater personne ! À partir de là !

Elle se retourna et, tel un chef militaire, désigna avec assurance la queue de la colonne, d'où dépassait, flanqué de tous les côtés par de petites voitures de tourisme, le gros fourgon blanc d'un camion frigorifique polonais.

Lundi 7 juillet, 13 h 28

Un petit chauffeur de taxi d'Andijan sauta facilement d'une camionnette portant le logo « Livraisons OZON », remonta sa manche et consulta une nouvelle fois sa montre. Il avait déjà vingt minutes de retard et n'était toujours pas arrivé au bout du tunnel, ce qui le mettait en rogne. Il en voulait à ces idiots qui n'arrivaient plus à se loger dans leur propre ville et l'avaient construite de telle sorte qu'ils avaient des kilomètres de route sous terre. À ce Russe avec le sang d'un autre sur sa chemise, qu'il n'aurait pas dû autoriser à monter dans la camionnette. À lui-même pour lui avoir ouvert la portière, pour avoir supporté son bavardage insolent pendant trois heures et ne pas l'avoir tué lorsqu'il en avait encore la possibilité… pas seulement la possibilité, mais aussi la volonté. Il n'avait jamais eu le moindre désir de tuer un homme auparavant, mais celui-là, avec sa voix joyeuse et ses yeux vides et morts, il fallait vraiment le supprimer, ce serait une bonne chose. Il l'avait senti depuis le début, malheureusement il ne s'était pas fié à son intuition, jusqu'à ce que la gamine de la Toyota toque à la vitre de leur camionnette. Et ensuite non plus, il ne l'avait pas descendu, il ne lui avait même pas confisqué son pistolet, il l'avait laissé avec le gamin pour, lui-même, s'en aller sagement mettre le plan de ce type à exécution. Et c'était peut-être ce qui irritait le plus l'homme d'Andijan : le plan conçu par le Russe était bon. Si simple et si logique qu'il ne servait à rien de discuter et d'en concocter un autre. Et il n'avait pas non plus le temps de polémiquer.

Il marchait rapidement entre les rangées de voitures, jetant un coup d'œil par les vitres, observant les visages. Personne ne lui prêtait attention, il était invisible, un migrant basané entre deux âges qui s'était écarté du troupeau, ou qui avait échappé à son salopard de contremaître, ou qui avait simplement décidé de se dégourdir les jambes. Tant qu'il ne franchissait pas cette limite et ne leur adressait pas la parole, c'était comme s'il n'existait pas. Mais ensuite, tout changeait, et même si c'était à chaque fois nouveau et différent, il avait appris à deviner la tournure que prendrait la conversation, dès son commencement. Juste après sa première phrase, quand on le remarquait enfin. Or à la façon dont le conducteur de la Nissan Qashqai d'un blanc immaculé le regardait maintenant, il était clair pour le chauffeur de taxi d'Andijan, avant même de l'avoir salué et interrogé, qu'il allait perdre au moins cinq minutes ici.

— Tu es musulman, mon frère ?

— Pardonnez-moi ? demanda le conducteur de la Nissan, un beau Caucasien aux cheveux gris et à l'auriculaire orné d'une bague en or.

Il fronça le nez avec une irritation censée suggérer qu'on ne lui avait jamais posé une question pareille.

— Tu es musulman, mon frère ? répéta calmement le chauffeur de taxi.

Au moins n'était-ce pas le Russe qui avait imaginé cette phrase introductive, honnête et simple. Il l'avait choisie lui-même, et elle ne l'avait jamais déçu, même si, au début, certains avaient réagi avec contrariété ou embarras. Avant de répondre, ils regardaient souvent autour d'eux.

Le Caucasien fit de même. Derrière lui était assise une blonde replète d'une quarantaine d'années, les bras passés autour des épaules de deux adolescentes endormies. Elle portait sur leur visiteur un regard mêlé d'antipathie et d'inquiétude.

— Je n'ai pas saisi, répondit le Caucasien en fronçant les sourcils. Qu'est-ce que vous voulez ?

— Les musulmans doivent s'entraider, expliqua le chauffeur de taxi avant de se taire à nouveau.

À dessein, parce qu'une pause s'imposait aussi après ces mots : il s'agissait de mots importants, trop importants pour être mélangés aux autres.

La blonde remua nerveusement et s'apprêtait à intervenir quand son mari l'arrêta d'un geste. Son visage se détendit un peu.

— Ah ! C'est donc ça ! dit-il en fouillant dans la poche de sa veste.

Probablement pour y repêcher son portefeuille.

L'homme d'Andijan ne s'offusqua pas. Il avait eu plus d'une vingtaine de conversations sur ce modèle au cours de la dernière heure et, aussi bizarre que cela fût, pas une seule ne lui avait paru humiliante. Peut-être parce que, tôt ou tard, elles se terminaient toutes de la même façon. Pour la première fois depuis longtemps, il agissait comme il le fallait et savait exactement pourquoi. Il suffisait d'expliquer.

— Tu n'as pas compris, mon frère, intervint-il doucement, avant de sourire. Je ne suis pas venu te demander de l'aide, mais t'offrir la mienne.

Lundi 7 juillet, 13 h 30

Le bruyant recensement des volontaires, sans lequel Mme Mercedes n'acceptait personne dans sa brigade, étant enfin terminé, le groupe des usurpateurs frais émoulus qui, emporté par la vague de l'enthousiasme général, avait vu ses effectifs au moins doubler, se dirigea en cohorte désordonnée vers le camion polonais. Même de loin, le cœur qu'ils mettaient à leurs répliques était insupportable. Cependant, Sacha se sentit tout de suite un peu mieux. Au moins avaient-ils emporté avec eux leur joie stupide, et il n'était plus nécessaire de s'infliger leur visage plein d'un optimisme imbécile. Mitia avait raison, dans la voiture, de dire qu'ils avaient juste besoin de quelque chose, n'importe quoi, pour combler le vide de l'attente, et que c'était ridicule de sa part à elle de leur en vouloir pour cette raison. Mais elle bouillait de rage. D'une rage insupportable au point d'en avoir les oreilles qui bourdonnaient, à la fois contre eux tous, contre chacun d'entre eux, et principalement contre Mitia. Parce que, comme d'habitude, il avait opté pour la solution de facilité. Mitia le sagace, Mitia le charmant, qui n'allait pas tarder à se faire un tas de nouveaux amis.

Elle avait la nausée rien qu'à envisager de se rasseoir sur son siège poussiéreux, d'étudier la carte dessinée par les mouches écrasées sur le pare-brise. *Je te vendrai, vieux tacot rouillé !* lança-t-elle mentalement à la Toyota. *Dès qu'on sera sortis d'ici. Sur Avito, pour la moitié de ton prix. Je te vendrai dès demain.*

Les voix s'étaient tues, il ne restait plus que de la poussière et du vide dans les rangées entre les voitures. Elle fut soudain prise d'une envie dévorante de décamper d'ici. Ne rien emporter, ne pas regarder en arrière, simplement marcher le long de l'interminable file de voitures. Non pas pour connaître l'autre extrémité du tunnel, mais simplement ne plus être *là*. Sa décision de ne plus être là lui parut si évidente qu'elle ne chercha pas seulement à l'analyser. Elle tourna le dos au camion frigorifique condamné, contourna rapidement la Ford de patrouille… Quand elle dépassa l'UAZ Patriot, elle courait presque.

Aussitôt, une main de femme jaillit par la fenêtre d'une petite voiture bleue et lui barra le chemin aussi sûrement qu'une barrière de passage à niveau.

— Attendez, chuchota maman-Peugeot. S'il vous plaît, juste un mot.

Elle avait beau parler à voix basse, un point d'exclamation était clairement audible à la fin de chaque phrase. *Oh, mais va te faire…*, pensa Sacha, qui s'approcha pourtant et jeta un coup d'œil dans l'habitacle.

Le garçonnet joufflu dormait, le visage enfoui contre la poitrine de sa mère, semblable à un nourrisson qui aurait décuplé de taille. Maman-Peugeot remit sa main sur l'épaule de son fils, regarda Sacha et lui dit :

— C'est très dur pour lui ici. Il fait chaud et ils n'arrêtent pas de crier.

Il était évident qu'elle en bavait, elle aussi. Ses boucles s'étaient complètement affaissées, l'égratignure sur sa joue s'était enflammée, son visage était gris et défait. Même l'intérieur de sa petite voiture exiguë ressemblait à un champ de bataille où Mme Peugeot avait manifestement été vaincue – crayons cassés, papiers gribouillés et froissés, Thermos renversée. Et il vint soudain à l'esprit de Sacha que l'antipathique et dodue Ombrage n'était jamais allée aux toilettes avec les autres, qu'elle avait donc dû se débrouiller seule, sans doute à proximité, et qu'elle n'avait plus quitté son véhicule depuis la tentative d'assaut de la Gazelle. Combien de temps s'était-il écoulé, cinq heures ? Six ?

— Vous n'avez pas besoin d'aller quelque part ? demanda-t-elle. Vous voulez que je m'assoie avec lui un moment ?

Maman-Peugeot pinça les lèvres.

— Vous n'y arriverez pas. Ces enfants, je suis désolé, mais il faut avoir appris comment les gérer. Ça relève d'un enseignement spécifique.

Comme de bien entendu ! Du moment que tu n'es pas mère, tout le monde va te raconter que tu n'y comprends rien, que tu ne sais pas t'y prendre. Mais je ne peux tout de même pas m'en aller, c'est embarrassant.

— Il ne vous connaît pas, poursuivit maman-Peugeot d'une voix changée, plus douce. S'il a peur, il risque de vous frapper. Globalement, il n'aime pas du tout la voiture, surtout à l'arrêt, c'est toujours très difficile dans les bouchons. Il nous a fallu beaucoup de temps pour apprendre, pour nous habituer, vous savez : d'abord dix minutes, puis quinze, je lui faisais faire des tours d'immeuble, le soir, dans les cours. Vu qu'il n'y a personne, la nuit, on peut rouler vite, il aime la vitesse, il lui est même arrivé de s'endormir, et puis je me suis mise à allonger progressivement la durée. Mais rester immobiles aussi longtemps qu'aujourd'hui… Et ce n'est toujours pas fini, vous savez ? Je ne sais pas combien de temps il va tenir encore.

— On ne devrait pas l'emmener faire un tour ? demanda Sacha, résignée à rester coincée en cette compagnie. Vous savez, comme quand on emmène les petits se promener. Dès qu'il se réveillera. Vous avez un fauteuil roulant, non ? On pourrait le pousser dans l'allée. Par là, puis revenir. J'y allais de toute façon. On leur demandera de ne pas faire de bruit.

— Oui, oui. Une promenade, répéta maman-Peugeot d'un air absent. Dites-moi, pourquoi vous n'êtes pas allée avec eux ?

Elle avait enfin levé les yeux. Sacha eut la sensation que tout ce qu'elles venaient de se dire n'avait aucune importance, que la vraie conversation commençait maintenant, avec cette question.

— Ça me semble vain, répondit Sacha.

Et elle n'ajouta rien, parce qu'elle ne s'était pas même permis de formuler cette pensée, or voilà qu'elle l'énonçait à voix haute. *Waouh, tu as bien choisi ton moment !*

La femme avec son enfant sur les genoux la considérait toujours, avec une fixité pleine de sérieux, et hocha imperceptiblement la tête.

— Est-ce que je vous dérange ? demanda quelqu'un derrière elle, qui lui toucha l'épaule. Je suis désolée, mais je ne peux plus rester toute seule là-dedans.

La paume de la triste beauté de la Porsche était fraîche. Elle avait retiré ses bagues, qui avaient laissé de délicats petits traits blancs sur ses doigts. Non seulement elle fleurait bon le jasmin et la bergamote, mais elle avait de plus noué ses cheveux en un nœud élégant dans la nuque. Sacha fut soudain très heureuse de sa présence.

— Vous savez quoi ? dit-elle. Vous savez quoi ? Allons-y quand même. Non mais c'est vrai, quel intérêt de rester assises au même endroit ? Ils ont probablement ouvert le camion à l'heure qu'il est.

— Bonne idée, approuva Mme Cayenne avec un sourire qui la rendit encore plus belle.

Il ne pouvait rien arriver de mal à une personne dotée d'un tel sourire et d'une telle allure, les malheurs n'oseraient pas la toucher. Il fallait seulement demeurer près d'elle pour que cette sensation fragile ne se dissipe pas prématurément.

— Il vient juste de s'endormir, objecta maman-Peugeot d'un ton de reproche depuis la pénombre de sa voiture. J'ai eu un mal fou à le calmer.

Maintenant, elle allait lui supplier de rester et d'attendre avec elle, réalisa Sacha. Il serait impossible de partir. Mme Cayenne gardait le silence, enveloppée de ses effluves de jasmin.

— S'ils commencent effectivement à distribuer quelque chose..., déclara enfin maman-Peugeot. Je n'y crois pas vraiment, mais imaginons. Dans ce cas, demandez-leur de nous en mettre un peu de côté, s'il vous plaît. Si ce n'est pas trop vous demander.

— Bien sûr, se hâta de promettre Sacha. Nous vous apporterons tout ça ici.

Lundi 7 juillet, 13 h 34

Rideaux tirés, le conducteur roux de l'Iveco dormait sur la couchette confortable à l'arrière de la cabine. Il avait éteint le groupe frigorifique durant la nuit, mais n'en éprouvait pourtant pas la moindre inquiétude : la température de la cabine réfrigérée se maintenait longtemps. À l'instar du jeune Gazelliste tadjik, il n'avait pas de partenaire pour ce voyage. Aussi l'endroit spacieux où il dormait était-il tout à lui. C'était là qu'il avait passé la nuit et la moitié de la journée, et ce, pour deux raisons. Premièrement, tous les camionneurs expérimentés savent profiter d'un long sommeil et négligent rarement cette opportunité. Deuxièmement, il avait été alarmé par les questions de cette Russe munie d'un carnet où elle avait noté ce matin la plaque de son camion tout en faisant preuve d'une curiosité suspecte envers la nature de la cargaison enfermée dans son fourgon, sous deux scellés des douanes. De retour à son véhicule, il s'était enfermé à l'intérieur, avait caché les bordereaux de livraison et la clé de sa semi-remorque, mangé une saucisse fumée et demie, accompagnée d'une tomate, puis il avait jugé non seulement inutile, mais aussi imprudent d'engager d'autres conversations avec ses voisins indiscrets, et rester assis au volant, sous leur nez, n'était ni obligatoire ni même raisonnable. Alors, pour ne pas leur donner de nouvelles idées néfastes, il avait grimpé dans sa couchette et s'était promis de ne la quitter qu'en cas de besoin pressant. Jusqu'à présent, ce besoin ne s'était manifesté qu'à deux reprises : vers 10 heures, il était tranquillement descendu de la cabine par la portière côté passager et s'était soulagé contre la roue arrière du camion. À midi, il s'était brièvement assis au volant pour faire reculer l'Iveco de trois cents mètres, à la demande d'un inconnu poli portant des lunettes, qui lui avait expliqué en anglais que la manœuvre était nécessaire pour les personnes en tête de convoi et que tout le monde lui en serait très reconnaissant. À partir de ce moment-là, il avait considéré avoir rempli ses obligations de courtoisie, si bien qu'il était sincèrement indigné, deux heures plus tard, qu'on frappe de nouveau à sa portière. Il décida de faire semblant de dormir encore et de ne pas entendre frapper. Il s'allongea plus confortablement, coinça les mains derrière sa tête et referma les yeux.

Lundi 7 juillet, 13 h 35

— Nous n'allons nulle part, n'est-ce pas ? demanda la femme dans la Nissan blanche.

Elle lâcha l'une de ses filles endormies, replaça nerveusement une mèche teinte derrière son oreille et toucha l'épaule de son mari.

— Alik, nous n'allons pas nous y rendre, hein ? C'est une sorte de fanatique, à mon avis. Un fou. Tu as vu la façon dont il m'a reluquée ? Ils ont une sorte de secte là-bas ou quelque chose de pire, je te fiche mon billet.

Le mari ne répondit pas, soit qu'il n'ait pas entendu, soit qu'il réfléchisse, soit que, d'un avis différent, il rassemble des arguments. L'adolescente aux cheveux noirs, qui avait perdu le bras de sa mère, se frotta les yeux et porta un regard ennuyé par la vitre. Sa sœur s'était déjà rendormie, la bouche entrouverte.

— Alik ! insista la femme en se penchant en avant, ce qui réveilla son autre fille. Regarde-moi. Nous n'y allons pas. Il y a un autre type qui arrive, avec une tête de criminel… Peut-être qu'ils veulent juste qu'on quitte la voiture. Je ne sais pas, pour nous attirer quelque part. Va savoir ce qu'ils ont en tête ? Et celui-là, il tâte le terrain. À la recherche de pigeons qui tomberont dans le panneau.

Ces deux affirmations sur les sinistres intentions du petit chauffeur de taxi et de ses complices, énoncées l'une après l'autre, se contredisaient assurément. Leur locutrice elle-même parut s'en apercevoir, car elle s'empressa de poursuivre, avant que son mari ne puisse l'interrompre :

— Et puis après ! Même si c'est vrai. D'accord, ils ont de l'eau. Comment vont-ils s'y prendre ? Tu as une idée de ce qui va se passer dans leur camp ? Et nous avons les filles avec nous. Je ne veux même pas y penser, Alik, ça me flanque la frousse. Non, laisse-les se débrouiller entre eux. Cette femme avec le carnet, tu te la rappelles ? Elle a promis qu'il y aurait de l'eau, c'est son travail, laissons-la négocier avec eux, et pendant ce temps, attendons. Comme tout le monde. Ils annonceront le début de la distribution.

— Nous attendons depuis ce matin, Lara, commença doucement l'homme, qui tapota du doigt la montre dorée à son poignet.

Mais sa femme baissa justement la tête à ce moment-là et lissa soigneusement sa robe sur ses genoux. Pour elle, la discussion était de toute évidence terminée, l'essentiel avait été dit.

— J'ai soif, maman, gémit la seconde fillette à s'être réveillée.

— Tout le monde a soif, idiote, répliqua la première.

— Et ce n'est pas grave, renchérit la femme en passant à nouveau son bras autour des épaules de sa fille. Il suffit d'être patient. Regardez, tout le monde est assis à attendre. Ils vont nous appeler.

L'homme regarda par la fenêtre où l'étrange basané était venu lui faire part de sa proposition, il y avait de cela cinq minutes. Il remarqua que les allées s'étaient éclaircies et que certaines voitures étaient complètement vides. Soudain, il éprouva le malaise diffus que l'on ressent quand on a l'impression que tout le monde sait quelque chose d'important, mais que, pour une raison incompréhensible, notre entourage refuse de nous le dire.

— Tu sais quoi ? proposa-t-il à sa femme. Je vais aller voir par moi-même. Je ne serai pas long. Juste pour comprendre.

Loin de réjouir la femme assise sur la banquette arrière de la Nissan, cette idée la stupéfia.

— Et nous ? fit-elle en serrant ses filles contre elle. Nous allons rester seules ici, c'est ça ?

Lundi 7 juillet, 13 h 41

— Qu'est-ce qu'il y a là-bas ? demanda-t-on d'en bas.

Un volontaire en maillot de catcheur moulant, qui laissait voir son puissant dos velu, se retourna depuis la plus haute marche de l'Iveco et lança :

— On dirait qu'il y a personne. Peut-être qu'il est allé se dégourdir les jambes ?

— Comment ça, « personne » ? s'indigna le chauve en gilet. Frappez encore !

— T'as qu'à frapper toi-même, rétorqua le malabar poilu qui atterrit d'un bond sur l'asphalte. Je vous ai dit qu'il était pas là.

— Et donc quoi ? On fait demi-tour ? Écoutez, nous sommes en plein milieu d'une situation d'urgence, intervint un jeune homme avec des dreadlocks, pieds nus dans ses sandales. Nous pouvons l'ouvrir nous-mêmes et jeter un coup d'œil à l'intérieur.

— Et comment on va faire sans le chauffeur, j'aimerais bien savoir ? lui cria-t-on. On enfonce les portes ?

— Non, c'est un peu trop, je suis désolé. Attendons que le type revienne.

— Un véhicule avec des plaques étrangères, en plus. Vous imaginez le truc ?

— Il ne va pas tarder à revenir, où voulez-vous qu'il soit allé ?

Mme Mercedes se tenait au premier rang, haute comme une tour de siège, mais elle se gardait d'intervenir pour le moment. *Elle attend de voir de quel côté la balance va pencher*, réalisa Mitia, qui commençait peu à peu à comprendre le mode de fonctionnement de la fonctionnaire blonde. *Donc ils ne sont pas prêts. Ils ne veulent pas défoncer les serrures du camion polonais et prendre la nourriture par la force. Ils espèrent que tout se passera dans les formes. Tu vois, Sacha, et toi qui parlais de communisme.*

— On ne sait même pas ce qu'il y a là-dedans, déclara d'ailleurs la dame en short. Peut-être qu'il ne transporte même pas de nourriture.

— C'est un camion frigorifique, madame, nuança le chauve. On y trimballe pas du papier peint.

— Oui, mais si ça se trouve, c'est de la viande congelée, qu'il y a là-dedans, affirma quelqu'un. À moins dix-huit degrés.

— Oh, les gars, si vous pouviez seulement me laisser y rentrer cinq minutes ! J'en ai ras la casquette de cette chaleur !

— Prenez votre place dans la file d'attente !

On éclata de rire dans la foule, et il n'en fallut pas plus pour qu'elle s'adoucisse et se désintègre, tel un régiment à qui l'on aurait ordonné : « Rompez ! » En apparence, rien d'important n'avait changé, mais on ne formait plus une unité de combat chargée de récupérer des provisions, seulement une vingtaine d'individus isolés, fatigués et quelque peu désorientés. L'assaut avait bu la tasse avant même d'être lancé, et le camion polonais aurait fort bien pu être sauvé si son chauffeur, incapable de refouler plus longtemps son indignation, tapi derrière les rideaux de sa couchette, n'avait pas choisi ce moment, assurément fatidique, pour pointer enfin son nez de la cabine et crier :

— *Czego do cholery jeszcze ode mnie chcecie, kurwa mać*[1] *!*

1. « Qu'est-ce que vous me voulez encore, putain de bordel ? » (*polonais*) (*N.d.A.*).

Les langues slaves ne sont pas aussi semblables qu'il y paraît, néanmoins les volontaires parvinrent tout de même à identifier certains mots, et le reste du sens fut facile à deviner. Un moment de silence s'ensuivit. Mme Mercedes partit d'une petite toux autoritaire et s'avança.

— Nous contrôlons les marchandises transportées dans le tunnel. Veuillez avoir l'amabilité de montrer vos papiers. Permis de conduire, police d'assurance et bordereaux de transport.

Le chauffeur polonais se souvint immédiatement de la grande bringue en costume bleu et son visage se rembrunit. Les pires pressentiments qui l'avaient assailli depuis leur première conversation du matin près de la Ford de patrouille étaient en train de se réaliser, et il tenta d'utiliser l'argument qui l'avait aidé la fois précédente.

— *Ne rozumiem,* dit-il sur le ton le plus étranger possible. *Nie mówię po rosyjsku*[1].

Mais il sentait lui-même combien la tactique avait peu de chances de fonctionner à présent.

— Papiers, répéta, inébranlable, la grande bringue en tendant la main. Lieutenant, approchez.

Un jeune policier, le grand, apparut derrière elle et la situation prit aussitôt une tournure très officielle.

Le conducteur de l'Iveco maudit mentalement le jour où il avait accepté ce voyage et alla chercher les bordereaux demandés dans sa cabine. Sur chacun d'eux, il était écrit noir sur blanc et en deux langues que le camion frigorifique contenait onze tonnes de conserves de légumes et huit tonnes et demie de conserves de fruits, dans des boîtes métalliques ou dans des bocaux de verre : haricots blancs à la tomate, petits pois, concombres marinés, confiture de prunes, abricots au sirop et compote de pommes pour enfant, le tout pour une valeur totale de quarante-neuf mille euros. Il suffirait de produire ces papiers pour que sa situation, déjà peu enviable, devienne presque désespérée.

Deux longues minutes et demie plus tard, au cours desquelles le camionneur roux s'affaira dans sa cabine en lançant des bordées de jurons polonais à mi-voix, Mme Mercedes avait enfin les documents sous les yeux et son visage s'éclaircit. On aurait pu

1. « Je ne comprends pas. Je ne parle pas russe » (*polonais*) (*N.d.A.*).

la croire sur le point d'embrasser la page. Le Polonais, figé sur la plus haute marche de son poids lourd comme si l'asphalte en contrebas avait été empoisonné, attendait le verdict d'un air maussade.

— Je vais devoir vous demander d'ouvrir votre remorque, déclara Mme Mercedes avec une solennité sévère.

Les volontaires frémirent et resserrèrent les rangs.

— *Nie mogę, nie,* lâcha immédiatement le chauffeur de l'Iveco, donnant ainsi l'impression qu'il avait préparé sa réplique. *Przepraszam, to nie jest dozwolone, nie*[1] *!*

Perché sur son marchepied face à ces visages étrangers tous identiques, il se sentait comme un acteur dans une pièce de théâtre amateur, que personne n'écoute dans le public et qui, pourtant, est obligé de jouer son rôle jusqu'à la fin. Et puis, soudain, il reconnut un homme dans la foule, le type à lunettes, et il passa à l'anglais :

— *Tell her ! Please, you tell her, if I break the seal, I'll lose my license*[2] *!*

C'était pathétique à voir.

— *Look, I'm really sorry, I am,* répondit Mitia, compatissant. *But there are three hundred hungry people here. Nobody cares about your license right now. Just open the truck*[3].

— Pourquoi tu lui parles en anglais, grogna Patriot. Donc, moi, j'arrive à le comprendre, mais lui, non ? Putain, ils introduisent la mode de la fraternité entre Slaves, eux aussi. Tu comprends le russe, oui ? Hé !

Le rouquin polonais lui lança un bref regard et cracha sur le bitume.

— Donc tu comprends, constata Patriot avec un sourire. On te le demande gentiment, vas-y, ouvre !

— Traduisez-lui que nous réglerons les problèmes de douane, avança Mme Mercedes. Et aussi avec le propriétaire du camion. Nous allons tout documenter et il sera dédommagé.

---

1. « Je ne peux pas. Non, désolé, c'est interdit, non » (*polonais*) (*N.d.A.*).

2. « Dites-lui ! S'il vous plaît, dites-lui que si je brise le sceau, je perdrai mon permis ! » (*anglais*) (*N.d.A.*).

3. « Écoutez, je suis vraiment désolé, vraiment. Mais il y a trois cents personnes affamées ici. Tout le monde se fiche de votre permis en ce moment. Contentez-vous d'ouvrir le camion » (*anglais*) (*N.d.A.*).

Le conducteur de l'Iveco n'attendit pas la traduction. Il sortit un trousseau de clés de sa poche et le jeta aux pieds de la fonctionnaire.

Lundi 7 juillet, 14 h 02

Le chat ne miaulait pas, ne griffait pas le filet, ne semblait même pas bouger, et ce, depuis longtemps. La cage de transport se trouvait contre le mur, près du carton plein de médicaments. De l'endroit où il était assis, le médecin voyait le bord du petit matelas rayé et la pointe blanche de la queue, mais impossible d'aller vérifier. Pas à cause du jeune homme derrière la grille. Le docteur aurait été bien en peine de l'expliquer, mais, étrangement, ils étaient liés maintenant, le jeune homme et le chat… Ou non, ils étaient liés tous les trois, et c'était lui, le docteur, qui assurait le lien. Et comme il avait été impuissant à aider l'un d'eux, il n'avait pas le droit de se lever pour aller vérifier si l'autre allait bien, au risque de rompre un équilibre crucial. Du reste, précisément parce que le vieux chat castré comptait beaucoup plus pour lui. Et c'était peut-être pour cette même raison que le désagréable jeune homme qu'il ne connaissait pas était sur le point de mourir.

De surcroît, tant qu'il ne regardait pas dans la caisse, le chat restait en vie, et l'on pouvait espérer qu'il s'était simplement résigné à dormir en lui tournant le dos. Lui-même, bien entendu, ne méritait pas un tel cadeau, mais le chat avait son propre karma innocent, et intervenir maintenant dans le déroulé de ce karma reviendrait à nuire à son chat, à attirer la mort sur lui. Le docteur restait donc assis sans bouger sur le bitume sale, pile entre le conducteur mourant de la Volkswagen et le chat enfermé dans sa cage, suffoquant de chaleur et de puanteur, et il attendit.

Le jeune homme continuait à respirer. De façon superficielle, à peine audible et si rarement que l'oxygène ne devait plus lui être nécessaire. Ces respirations faibles et irrégulières étaient la conséquence d'une inertie banale, d'une mémoire musculaire mécanique. Tout ralentissait dans son corps enveloppé de bandages, tout se préparait à l'arrêt, ses poumons, son cœur, le flux sanguin dans ses veines. Ses reins et son foie s'étaient déjà éteints, ses intestins étaient morts, sa peau, refroidie, commençait à perdre sa couleur. Ce corps ne pensait plus, ne bougeait plus, ne ressentait plus la douleur, il ne lui restait plus qu'une tâche, la dernière, qui était en train de s'accomplir. Le petit stomatologue étourdi de fatigue se rendit compte qu'il occupait une place qui n'était pas la sienne et qu'il n'avait pas le droit d'être là. Alors il se détesta. Parce qu'il sentait sa jambe raide, parce que l'odeur le tourmentait, parce qu'il pensait à son chat et à sa voiture neuve laissée sans protection, et pour s'être demandé combien de temps cela allait durer. Pour son affreux désir d'être enfin libre de quitter cet endroit, et son incapacité à en partir, alors qu'il n'y servait plus à rien depuis longtemps, à croire qu'un être invisible continuait à l'évaluer maintenant encore. De tout ça, il ressortait qu'il était resté non parce qu'il l'avait voulu, mais par peur de décevoir les attentes de quelque juge extérieur, alors qu'aucun juge n'existait. Ils étaient tous partis, l'avaient abandonné. Le tunnel s'étendait à perte de vue devant lui, complètement vide : des lampes jaunes, des détritus, trois lignes de marquage au sol qui convergeaient là où le tuyau de béton s'incurvait vers la gauche, et pas une seule voiture à l'exception de sa Škoda verte. Solitaire et aussi poussiéreuse que si elle était garée là depuis quinze jours. Il se dit soudain que c'était peut-être le cas. Qu'il n'y avait rien non plus par-delà le tournant, juste ce marquage au sol, des détritus et le silence, et il était le dernier à rester dans ce tunnel, le dernier être vivant, seul avec quatre morts dont il ignorait le nom.

Il eut soudain l'envie aiguë de crier quelque chose de stupide comme : « Hé ! Y a quelqu'un ? », ou simplement de se lever d'un bond, de courir les trois cents mètres qui le séparaient du tournant et de s'assurer qu'ils étaient toujours là, les voitures comme les gens, de les voir ne serait-ce qu'une seconde. Mais il n'avait pas la détermination nécessaire, même pour cela. À cause de ce fameux juge invisible qu'il s'était inventé, il n'osa même pas céder à la panique et resta assis là, le cœur battant, respirant par la bouche et se disant : *Ça va aller. Tout va bien.* L'horloge indiquait 14 h 15, autrement dit, on était au milieu de la journée, et il n'y avait pas si longtemps, tous étaient encore là, les portières claquaient, les régulateurs criaient et une femme en Crocs courroucée le réprimandait pour son entêtement, exigeait qu'il lui donne les clés de la Škoda. Le docteur se remémora la conversation et la certitude qu'il avait eue de la voir revenir, pour vérifier comment ils se portaient, le gamin et lui. Elle allait recommencer à le harceler et à l'enguirlander ; et comme elle n'était pas encore venue, cela signifiait qu'il s'était écoulé une heure et demie, tout au plus, car il n'avait pas dormi. Bien sûr qu'il n'avait pas dormi, il ne pouvait pas s'être endormi. Ou bien si ? Près de la grille, le temps se distordait étrangement, le docteur l'avait déjà remarqué la nuit précédente, et s'il s'était tout de même endormi, bon sang, si à un moment donné, empoisonné par la puanteur et la solitude, il s'était débranché, alors c'était de nouveau la nuit, 2 heures passées, et cela expliquait pourquoi tout était aussi silencieux. Et pourquoi personne ne venait.

Le jeune Volkswagen relâcha un nouveau souffle, aussi rauque que si de l'eau lui stagnait dans la gorge. Le docteur ferma les yeux. *Arrête. S'il te plaît, arrête,* pensa-t-il, horrifié par lui-même. *Arrête de respirer.* Aussitôt, comme si c'était justement ce qu'on attendait de lui, qu'il capitule enfin et admette sa nullité, il entendit des voix et le bruit sourd de pas sur l'asphalte.

Lundi 7 juillet, 14 h 08

Les six ouvriers du minibus bleu, qui avaient raté leur train la veille, n'étaient encore jamais allés au début du tunnel, car ils avaient manqué la plupart des événements survenus après la fermeture des portails. En regagnant leur véhicule, ils avaient d'abord passé un long moment à calculer le préjudice occasionné par la perte de ces billets de train et à se disputer avec leur chef d'équipe, puis, après être parvenus à un accord difficile (parce que leur salaire au noir, ils l'avaient touché en commun, mais seuls quatre d'entre eux avaient dilapidé leur part sur ce voyage manqué), ils avaient passé le reste du temps à dormir dans la cabine, d'un sommeil paisible et profond, comme tout homme venant d'achever une rotation de plusieurs mois de travail, loin de chez lui, et qui n'a rien d'autre à faire. Ils ignoraient donc tout de la mort du gros policier et du recensement des passagers, ils n'avaient pas eu vent du scandale autour de la Gazelle, et pas davantage de la promesse de la fonctionnaire-Mercedes qui parlait de distribuer de l'eau, de la nourriture et des médicaments. Ils ne furent réveillés que par la migration, lorsque les moteurs se mirent à rugir et qu'une fille nerveuse fit irruption près de leur véhicule, criant et agitant les bras. Ils ne comprirent alors qu'une seule chose : le tunnel était toujours scellé aux deux extrémités, pourtant, pour une raison qui leur échappait, ils devaient redémarrer, mais pas avancer, non, il fallait reculer. Se disputer avec des étrangers sur leur territoire leur coûterait trop cher, et sur ce point ils étaient d'accord tous les six. Aussi déplacèrent-ils la voiture sans objecter, mais, une fois que tout se fut calmé, ils discutèrent de la situation entre eux pour aboutir à la conclusion qu'il se tramait vraiment quelque chose de dangereux et qu'il était temps de sortir de là avant qu'il ne soit trop tard. Une demi-heure après, ils avaient rassemblé leurs affaires les plus précieuses et les plus nécessaires, fermé le minibus à clé et se dirigeaient vers le portail le plus proche.

S'ils avaient voyagé à vide, ils seraient arrivés plus vite, bien évidemment, mais les deux premiers transportaient un générateur diesel, les deux suivants un compresseur de chantier et la troisième paire deux jerricans de gazole et un marteau-piqueur, si bien que le voyage leur prit quarante bonnes minutes. Curieusement, ce groupe d'hommes lourdement chargés n'attira que peu d'attention : à ce stade, beaucoup avaient depuis longtemps abandonné leurs voitures et se promenaient de long en large dans les allées, tandis que d'autres s'étaient carrément rendus vers l'arrière des files pour s'enquérir de l'eau et de la nourriture, et que d'autres encore ne manifestaient aucune curiosité. Personne n'essaya de les retenir, on ne leur posa pas une seule question, et pourtant ils marchaient vite, et sans regarder autour d'eux, tels les soldats d'une armée battant en retraite. Ils ne se risquèrent à une halte que lorsque la partie habitée du tunnel fut dépassée et que les trois cents derniers mètres d'asphalte vide s'étalèrent devant eux.

La première chose qui les frappa, et désagréablement, ce fut l'odeur. Celle de corps en décomposition qui séjournaient depuis quinze heures dans une chaleur intense. Au bout d'une centaine de pas, ils en découvrirent l'origine – l'amas de tôle froissée d'une Volkswagen Golf bousillée – et comprirent enfin pourquoi il n'y avait plus de voitures près du portail avant. Toutefois, ces découvertes ne les firent pas renoncer à leur plan. Au contraire, sans la moindre concertation, ils accélérèrent le pas, car, à présent, ils avaient vraiment espoir de le mettre à exécution sans témoins. D'où leur choc devant la dernière découverte qu'ils firent aux abords immédiats de la grille : un petit inconnu hirsute, en chemise très froissée, pâle et lui aussi d'allure plutôt cadavérique, qui se précipita vers eux en criant :

— Enfin ! Mon Dieu, qu'est-ce qui vous a pris tant de temps ? Et l'ambulance ? Est-ce qu'elle est là ?

Puis il tendit le cou et regarda avec impatience derrière eux. Une impatience si convaincante que les ouvriers en bâtiment, désorientés, allèrent même jusqu'à se retourner, croyant un instant que des secours arrivaient vraiment par l'arrière, comme lors de l'atterrissage forcé d'un avion : des équipes d'urgentistes en rouge et blanc, avec gyrophares, pompiers et policiers, une rampe d'accès mobile et un bulldozer. Mais il n'y avait personne, naturellement, aucun secouriste n'arrivait, juste une voiture sale au milieu du vide jaune, et un petit bonhomme échevelé, manifestement devenu fou, qui délirait comme tout le monde dans cet endroit oublié de tous. Après s'être entendus d'un regard, ils contournèrent le braillard toqué, déposèrent leur chargement contre le mur et commencèrent à dérouler leurs câbles. Ils avaient passé la moitié des vingt-quatre dernières heures dans l'habitacle surchauffé du minibus, ils venaient de traîner un tas de ferraille sur un kilomètre et demi, ils avaient chaud, envie de vomir et, surtout, de rentrer chez eux.

Loin de s'en offusquer, le stomatologue exténué, toujours convaincu qu'il se trouvait face à la première équipe de sauveteurs, courageux archanges surgis du monde supérieur et n'ayant pas de temps à perdre en conversation avec des mortels inaptes, observait leur travail avec dévotion. Oui, il était un peu surpris qu'on ait envoyé les techniciens en premier et non les médecins, mais d'un autre côté (et il accepta bien volontiers l'explication qui lui était venue à l'esprit), d'un autre côté, oui, c'était tout à fait logique. Bien sûr, on savait déjà, *là-bas*, qu'il y avait une grille et qu'elle interdisait tout accès au blessé, on avait dû les en informer. Ou peut-être, rêvait le médecin, peut-être que l'ambulance était déjà là, attendant simplement de l'*autre* côté du portail de béton parce que c'était plus rapide ainsi. C'était exactement la chose à faire, la chose logique et intelligente : débloquer la sortie et laisser entrer l'ambulance, plutôt que d'entreprendre de lui faire traverser un tunnel encombré de voitures. Il n'était pas question pour lui d'interférer avec ces gars patibulaires attelés à une tâche vraiment importante. Il s'interdit donc de les distraire, même s'il avait des milliers de questions à leur poser. Notamment sur ce qui s'était passé, au bout du compte. Ou si on était le jour ou la nuit.

Le générateur Honda de cinq kilowatts, dans lequel l'un des archanges avait versé le gazole du premier bidon, frémit et se mit à gronder. Le compresseur d'air hurla dans la foulée et le temps de poser des questions fut écoulé – et fort mal à propos, d'ailleurs, car le médecin venait justement de remarquer le T-shirt vert estampillé du logo de MegaFon que portait l'archange muni du jerrycan. Puis les claquettes en caoutchouc ainsi que les chaussettes blanches défraîchies qu'il avait aux pieds. Il se rendit compte aussi qu'aucun de ces six hommes bronzés n'était vêtu du blouson du ministère des Situations d'urgence, ni même d'une veste d'uniforme. Et enfin, que le seul outil à leur disposition était un marteau-piqueur industriel, du genre de ceux qu'utilisent les ouvriers de la route pour percer l'asphalte. Le grand gaillard en claquettes le souleva avec difficulté et le porta jusqu'au mur en le tenant devant lui tel un piquier médiéval. Et il en planta la gigantesque pointerolle directement dans le béton, à cinquante centimètres de la grille. De petits cailloux volèrent, l'air se troubla immédiatement, et l'odeur lourde des cadavres fut noyée dans celle de la poussière brûlante du ciment. *Bon sang,* comprit le médecin devenu sourd et, aussitôt, presque aveugle. *Mon Dieu, ils essaient d'abattre le mur.* Pas le portail, pas la grille, mais le mur. Il se rapprocha pour voir ce qui allait advenir.

Sous le martèlement de la pointerolle d'acier, le béton se fissura et s'effrita, mais le mur était épais et ne bougea pas davantage. Le visage et les mains de l'homme au marteau-piqueur devinrent aussi blancs que s'il s'était roulé dans une cuve de farine. Un gros morceau de béton tomba à ses pieds et se brisa tel un bloc de glace sur le sol d'une cuisine. Un autre morceau se décrocha à sa suite. Une mitraille d'éclats brûlants fusa bientôt dans tous les sens sous les coups du marteau. Le médecin avait oublié son chat, le jeune homme gisant à dix mètres, l'ambulance qui ne patientait pas à l'extérieur. Il attendait que le mur s'écroule, c'était plus important que tout… Cet écroulement était nécessaire en soi. Quelqu'un l'empoigna par l'épaule et lui cria quelques mots furieux à l'oreille. Impossible de les distinguer dans le vacarme. Sans un regard, il rejeta la main inconnue et s'approcha encore d'un pas, toussant et plissant les yeux. *Allez, bon sang. Allez !*

La pointerolle acérée qui frappait sans relâche s'enfonça soudain profondément, de la moitié de sa longueur, donnant à penser que le mur était mou sous la croûte extérieure et qu'il suffisait d'en atteindre le cœur. Le faux archange en claquettes de caoutchouc resserra sa prise sur l'arme et se précipita vers l'avant. Ses auxiliaires poussèrent des cris de triomphe. Le docteur cessa de respirer.

Une gerbe d'étincelles blanches jaillit du mur, juste sous l'extrémité de la pointerolle métallique, et tout fut instantanément noyé sous une fumée âcre. On aurait pu croire que quelque chose avait fondu et mijotait depuis longtemps dans l'épaisseur de la pierre, que le feu avait enfin trouvé l'issue qui lui permettait de déferler vers l'extérieur. La gigantesque grille trembla soudain, sursauta et retomba dans un claquement assourdissant. La Volkswagen Golf ne résista pas au deuxième coup que lui assena cette guillotine de plusieurs tonnes : elle se fendit en deux. L'essieu arrière éclata et, tête séparée du corps, la roue arrachée s'en fut faire des culbutes, avec sa joyeuse jante orange.

Les lampes du plafond clignotèrent, s'éteignirent et tout fut plongé dans le noir.

Lundi 7 juillet, 14 h 14

Quand l'obscurité leur tomba brusquement dessus, la femme assise sur la banquette arrière de la Nissan Qashqai poussa un cri et ferma les yeux. Le vieux de la Maybach leva un poing sec qui voulut atteindre son garde du corps à l'épaule, mais le manqua. Les passagers de l'autobus se levèrent d'un bond et entonnèrent un chœur de cris dissonants et plaintifs, tandis qu'à un kilomètre de là, trente-quatre volontaires et le conducteur du camion frigorifique polonais cessèrent de crier, levèrent simultanément la tête vers la voûte du plafond éteint sans parvenir à le voir.

Le petit chauffeur de taxi d'Andijan heurta du torse un rétroviseur invisible, se figea au milieu d'une rangée noire et se souvint inopinément du stupide gamin tadjik qu'il avait laissé dans le taxi avec le Russe dérangé. De sa ridicule bouteille sous le tableau de bord et de ses oreilles en feuille de chou. Et il se hâta de continuer sa route, les bras tendus devant lui comme un aveugle.

— *Bismi Allāhi Ar-Raĥmāni Ar-Raĥīmi,* se mit à fredonner le jeune conducteur de la Gazelle en enfouissant la tête entre ses genoux. *Al-Ĥamdu Lillāhi Rabbi Al-`Ālamīna Ar-Raĥmāni Ar-Raĥīmi Māliki Yawmi Ad-Dīni 'Īyāka Na`budu Wa 'Īyāka Nasta`īnu Ihdinā Aş-Şirāţa Al-Mustaqīma Şirāţa Al-Ladhīna 'An`amta `Alayhim Ghayri Al-Maghđūbi `Alayhim Wa Lā Ađ-Đāllīna*[1].

Lundi 7 juillet, 14 h 17

Au cours de la troisième minute d'obscurité impénétrable, quelqu'un de la file du milieu alluma ses phares – troubles, car couverts de boue. Puis une lumière rouge apparut de l'autre

1. « Au nom d'Allah, le Tout Miséricordieux, le Très Miséricordieux. Louange à Allah, Seigneur de l'univers. Le Tout Miséricordieux, le Très

côté de l'allée, et le xénon aveuglant d'un troisième un peu plus loin. L'impulsion se propagea des deux côtés, vers la queue et vers la tête, comme le courant dans une guirlande de Noël. Le long tuyau de pierre se mit à ressembler à un fond marin parcouru par un ruban à la luminosité terne.

Il y avait beaucoup de monde dans les allées, mais ni bruit ni mouvement. *Dieu merci, tout le monde sait qu'il n'y a nulle part où fuir,* pensa Mitia. *Sinon on serait en train de se piétiner les uns les autres.*

— Ce n'est pas inquiétant, papa, hein ? demanda Assia à mi-voix. Tout va bien ?

Mitia trouva la main de sa fille, la serra et leva les yeux. Dans la faible lumière de ces fonds marins, le plafond était à peine visible, mais l'un des lourds canons à air planait juste au-dessus de la cabine du camion frigorifique. Il était évident que les pales ne tournaient pas. Pas du tout. Elles étaient immobiles.

— Qu'en pensez-vous ? demanda Mme Mercedes presque aussi doucement qu'Assia. De combien de temps disposons-nous ?

Patriot vint se poster derrière lui.

— Putain, lâcha-t-il entre deux reflux de la bière de la nuit. Putain de putain !

Mitia lui donna un coup d'épaule. *Tais-toi. Ne crie pas, ne bouge pas. Ne gaspille pas l'oxygène.*

— Papa ? répéta Assia.

Sa paume était aussi glissante que la peau d'un petit poisson.

— Je ne sais pas, avoua Mitia.

Tout le monde levait la tête à présent, vers le ventilateur mort.

— Ça ne sera pas rapide, intervint le malabar en maillot de lutteur. Le cubage du tunnel est énorme. On a encore le temps de sautiller un moment.

— Ben justement, il faut surtout pas sautiller, répliqua quelqu'un. Sinon, l'air va se tarir plus vite.

— De toute façon, à un moment, y en aura plus, lâcha la dame en short. Je me trompe ?

Miséricordieux, maître du Jour de la rétribution. C'est Toi seul que nous adorons, et c'est Toi seul dont nous implorons secours. Guide-nous dans le droit chemin, le chemin de ceux que Tu as comblés de faveurs, non pas de ceux qui ont encouru Ta colère, ni des égarés » (*arabe*).

— Va falloir monter plus haut, annonça le chauve en gilet. Le dioxyde de carbone s'accumule en bas.

— Et comment vous allez vous y prendre, bon sang ? Oh purée, on va tous mourir asphyxiés.

— C'est pas ce qui pourrait nous arriver de pire, en fait, constata le malabar en maillot de lutteur. Au moins, c'est pas douloureux. On s'endort et basta.

— Que tu dis ! nuança le type aux dreadlocks. Une fois, je me suis retrouvé à trente mètres sous l'eau avec une bouteille d'oxygène vide, j'ai cru que mes poumons allaient éclater. Comme si on m'avait versé du feu à l'intérieur. Vraiment.

— Mélange pas deux choses qu'ont rien à voir, plongeur, répliqua le malabar. J'ai fait mon service dans un sous-marin. Ici, y a pas d'eau, donc pas de pression. L'air va juste devenir de plus en plus épais. Peu à peu, tu comprends ? Pas d'un coup. Tu le sentiras même pas.

Il parlait avec un calme étrange, voire une sorte de triomphe, comme si l'essentiel était de remettre à sa place le gamin à dreadlocks qui avait dû plonger trois fois pendant des vacances à Hourghada.

— Et donc c'est plutôt une bonne chose, c'est ça ? contra le plongeur avec un petit rire. Dans ce cas, allongez-vous et dormez. Le spécialiste est là.

Derrière eux, la femme aux ongles verts se mit à geindre, doucement, sur une seule note.

— Arrêtez de jacasser ! siffla Mme Mercedes. Nous allons procéder comme prévu. Nous avons encore du temps, et ce n'est pas du tout certain…

Elle ne put terminer. Quelque chose bourdonna dans les murs, les pales du canon à air frémirent et se remirent à tourner, lentement, avec autant d'efforts que si le tunnel était désormais rempli d'eau, mais que personne ne l'avait encore remarqué. Les lampes du plafond se rallumèrent dans la foulée, néanmoins la lumière aussi était différente, trouble, sous-marine.

— Ça y est ! s'exclama Assia de sa voix fluette. Voilà, tout va bien, je te l'avais dit !

La femme qui avait passé le week-end à la datcha laissa échapper dans le même souffle un sanglot et un éclat de rire. Le sous-marinier velu en maillot de lutteur se signa soudain, à grands gestes larges comme on le fait à la campagne, après quoi, prenant son élan, il flanqua une grande claque entre les omoplates du plongeur maigrichon. Lequel oscilla : les yeux fermés, il souriait.

— J'ai eu la trouille de ma vie, souffla Patriot à l'oreille de Mitia. Putain de merde !

— C'est une alimentation de secours, lâcha Mitia, sans regarder personne, afin de ne pas voir leurs visages.

Surtout pas celui d'Assia. La dernière chose qu'il voulait, c'était regarder sa fille pendant l'annonce qu'il s'apprêtait à faire.

— Il s'agit probablement d'une sorte de système destiné à suppléer à l'alimentation électrique extérieure pour le cas où elle viendrait à être coupée.

On n'entendait presque plus un bruit. À part le bourdonnement des lampes sous le plafond.

— Donc, certes, on a plus de temps maintenant, s'empressa d'ajouter Mitia, mais vous devez comprendre que ça va pas durer éternellement. L'alimentation de secours, je veux dire. C'est comme un générateur, qui fonctionne avec une batterie. Et, tôt ou tard, elle s'épuisera.

— Combien de temps va-t-elle durer ? demanda vivement Mme Mercedes. Cette batterie ?

Mitia haussa les épaules.

— Comment je pourrais savoir ? Je ne sais pas comment cette installation-ci a été conçue. Ça dépend de nombreux facteurs, en fait.

— Eh bien, découvrez-le ! s'écria-t-elle. Vous êtes ingénieur, si je comprends bien ? Alors mettez-vous donc au travail !

— Vous n'avez pas songé…, répliqua Mitia, qui, subitement, ne reconnaissait plus sa propre voix. Vous n'avez pas songé, répéta-t-il, haletant de chaleur et de rage, que c'est inutile ? Tout ce tralala ? Inutile ! Cela fait près de vingt-quatre heures qu'on est coincés ici, alors arrêtez de faire semblant. Ce n'est pas un accident, ce n'est pas un problème technique. Il s'est passé quelque chose là-haut, vous le comprenez, non ? Une guerre, peut-être, et une bombe nous est tombée dessus. Ou bien une météorite. Ou, je ne sais pas, une inondation. Et ils ne nous sauvent pas, parce qu'il n'y a plus personne pour venir à notre secours. Peut-être que nous sommes les derniers survivants, sans personne d'autre à l'extérieur !

Il entendit l'écho de ses propres paroles et se rendit compte qu'il avait crié. Un glapissement hideux. Les visages autour de lui étaient devenus identiques, pâles et tendus. Ces gens attendaient tous qu'on leur fournisse l'explication, que la vérité leur soit révélée. La dame de fer était la seule à le regarder de haut, à voir en lui un gosse qui piquait une crise dans un magasin de jouets.

— Vous avez terminé ? demanda-t-elle froidement.

Mitia opina, mais ne put relever la tête. Il avait mal à la gorge et l'envie puissante de s'enfouir sous terre. Sauf qu'il était déjà sous terre, et qu'il n'y avait nulle part où s'enfouir.

— Alors voilà, déclara Mme Mercedes de sa voix forte, en regardant son détachement de volontaires désorientés. La distribution de nourriture commencera ici dans une heure exactement. Je demande aux régulateurs de regagner leur territoire et de transmettre l'information à tout le monde. La mission est bien claire ?

Le détachement garda le silence. L'élan de tantôt avait complètement disparu.

— Rassemblement ici. Dans une heure ! clama Mme Mercedes, qui leur tourna le dos et s'en alla la première.

Des vibrations de colère émanaient de son large dos.

Et elle emportait les clés du camion frigorifique dans la poche de sa veste. Après un moment d'hésitation, les autres lui emboîtèrent le pas, un par un ou par petits groupes, sans se regarder. L'espace autour du camion se vida rapidement.

— Assia, dit Mitia en regardant autour de lui. Viens. Oui, allons-y…

Mais Assia n'était plus à ses côtés. Il ne parvenait même plus à se rappeler à quel moment il lui avait lâché la main.

— Ce que tu peux être idiot, marmonna Sacha. Bon sang, Mitia, tu es vraiment idiot. Sa mère est là-haut, elle.

Lundi 7 juillet, 14 h 33

Le jeune lieutenant, aux chaussures délacées faute d'avoir réussi à resserrer ses lacets, trébucha, leva la tête et vit le chien. Un gros setter roux enfermé dans une Citroën vide. L'animal avait l'air désespéré, langue pendante, long museau écumant. Il piétinait la banquette arrière et grattait la vitre au verre trouble.

— Assieds-toi, bêta, dit le lieutenant. Ils vont bientôt revenir.

Entendant sa voix, le setter bondit et heurta la vitre de la truffe. *Qui inflige ça à son chien ?* s'indigna le lieutenant. *Ils auraient au moins pu lui laisser un interstice pour qu'il ait de l'air.*

— Assis ! dit-il en abattant sa paume sur le toit de la Citroën. Assis, j'ai dit, espèce d'andouille !

Le chien baissa la queue et aboya. Ses oreilles étaient trempées. *Je devrais casser votre vitre, espèces de mange-merde. Et ensuite, allez courir dans tout le tunnel pour le retrouver.*

Mais il était interdit de courir. On ne pouvait plus rien faire, maintenant, ni courir ni même marcher rapidement. Cela faisait un quart d'heure que le lieutenant s'efforçait même de prendre des respirations superficielles, qui ne lui remplissaient pas les poumons à fond. En fait, il aurait dû rester dans la Ford de patrouille ; il n'avait pas envie de manger, de toute façon, il s'était même plus ou moins habitué à la soif, et la meilleure chose à faire aurait été d'aller se coucher. Les dormeurs consommaient moins d'air. Pourtant, il passa devant la Ford et continua, sans savoir pourquoi, parce qu'il n'avait aucune intention d'exécuter le dernier ordre de Mme Mercedes. Son service avait pris fin il y avait un quart d'heure, quand les lumières s'étaient éteintes, puis rallumées, et qu'un nouveau compte à rebours étrange avait commencé, dans lequel ni la nana-Terminator ni son chef aux allures de serpent ne jouaient plus aucun rôle. Penser à eux suffisait à l'emplir de dégoût.

Le setter gémit et gratta à nouveau la vitre. Ben oui, pourquoi ne pas le libérer, point barre ? Ou l'emmener ? Il était classe, ce chien ! Une bonne tête, des yeux intelligents, quel dommage ! Ils avaient dû le payer bonbon, le traîner à des concours, alors pourquoi le traiter comme ça ? Des monstres.

Il sortit son Makarov et tenta de briser une vitre à l'aide de la crosse, afin de ne pas effrayer l'animal. Il s'imagina glisser une main à l'intérieur, caresser la tête soyeuse et agripper son collier.

— Patience, dit-il au setter. Attends un peu.

— Eh ! Mais qu'est-ce que tu fabriques ? Éloigne-toi de cette voiture ! cracha-t-on dans son dos.

Un type râblé, vêtu d'un short et d'une chemise à carreaux, déboulait dans le passage, suivi d'une femme plus toute jeune aux cheveux coupés. Elle avait un foulard autour du cou.

— Kolia, il a un pistolet ! Kolia, arrête ! hurla-t-elle en écartant brusquement son mari.

Puis en deux bonds, telle une petite Spiderwoman grise, elle se retrouva à côté de la Citroën, à marteler le lieutenant de son poing acéré.

— Fiche le camp d'ici ! Dégage, espèce de voyou ! Et en uniforme, par-dessus le marché. Kolia, n'approche pas !

Le Kolia en chemise à carreaux, qui présentait une ressemblance insaisissable avec le gros capitaine, n'obéit néanmoins pas à sa femme et, sans la moindre timidité, entreprit de repousser le lieutenant à l'aide de son ventre rebondi. Ayant aperçu ses maîtres, le setter enfermé se déchaînait avec une énergie accrue.

— Tcharlik, mon bébé, n'aie pas peur, maman est là ! hurla la bonne femme.

Le lieutenant se sentit soudain terriblement offensé. Et pour avoir été traité de voyou, et en général.

— Allez vous faire foutre. Vous avez complètement pété les plombs ! leur lança-t-il à tous les trois, avant de se détourner et de s'éloigner, car il se savait à deux doigts d'éclater en sanglots.

C'est toi qui as envoyé ta fille là-bas, répéta mentalement le lieutenant à l'intention du binoclard de la Toyota. *Comment j'aurais pu savoir qu'il était monté dans la Gazelle ? Je ne l'ai pas vu faire. Je suis Batman, pour vous ? J'ai le temps d'aller partout ?*

De même que lorsqu'il l'avait vu dans la réalité, près du camion, le binoclard auquel il s'adressait dans son imagination le regarda sans le voir, grimaça et ne répondit rien.

Lundi 7 juillet, 14 h 46

— Où tu étais donc passée ? criait au même instant le vieux de la Maybach à sa grande assistante. Je suis obligé d'aller te chercher, maintenant, putain ? Il faut que je t'attende ? Tu as complètement perdu la boule ? C'est quoi, le cirque que tu as manigancé, avec cette migration dont tu n'as même pas daigné m'informer ? Tu vas finir à laver mes casseroles, espèce de poule débile ! Et à me servir le café !

Il s'étouffa, se couvrit de plaques et s'affaissa légèrement sur le flanc, mais son volumineux chauffeur cravaté et son garde du corps taciturne restèrent immobiles, le visage vide, fixant le plafond comme des écoliers dans le bureau du directeur. Ce n'étaient pas eux qui avaient merdé, bien entendu, c'était la garce au gros cul, qui avait bien mérité de se faire taper sur les doigts, et ce, depuis longtemps. Toutefois, le moindre mouvement imprudent, le moindre coup d'œil ou même la moindre expiration bruyante risquaient de faire oublier ce détail à leur chef.

— Seize heures de perdues, fit d'ailleurs celui-ci de sa voix enrouée, en tapotant de son doigt jaune la Breguet à son poignet osseux. À quoi vous servez, bandes de feignasses sans cervelle ? Vous ne savez rien faire. Des demeurés, je vais tous vous faire envoyer vous faire foutre.

L'orage se préparait depuis deux, voire trois bonnes minutes, et il devenait peu à peu évident que le vieux commençait à se dégonfler. Il allait se mettre à tousser, c'était imminent, et à cracher dans son mouchoir. Il se jetterait une pilule dans le gosier… Bon, au moins, il n'avait rien à portée de main, car pépé aimait s'adonner au lancer de verres, cendriers et stylos à plume. Il s'y était surtout mis depuis deux-trois ans, lorsque son arthrite avait commencé à le tourmenter.

La menace ne s'était pourtant pas encore dissipée, si bien que le garde du corps blafard s'était pétrifié, très professionnel, pour prendre de nouveau l'apparence d'un robot débranché. Quant à Valéra, qui transpirait sur le siège conducteur, il gardait les yeux braqués devant lui, car il était absolument certain que son chef était en mesure de déterminer le degré du respect qu'il lui témoignait, rien qu'en observant sa nuque.

Puis la femme en costume bleu fit tout à coup une chose étrange : en plein milieu de la promesse que lui faisait le vieux de la jeter dehors comme une chienne, elle tendit la main et prit une bouteille d'eau sur la tablette, dont elle dévissa le bouchon pour se mettre à boire longuement, à même le goulot. Valéra, n'osant ni se retourner ni cligner des yeux, compta les gorgées (quatre, six, dix, douze) et attendit que les cieux se fendent.

Au bout de vingt interminables secondes, la grande femme reposa la bouteille à moitié vide sur la tablette et s'essuya la bouche.

— Il y a environ cinq cents personnes là-dehors, dit-elle. Je ne peux pas être plus précise, je n'en ai répertorié qu'un tiers pour l'instant, ou un tout petit peu plus. Ils n'ont plus d'eau, plus rien à manger, et l'alimentation électrique externe s'est coupée il y a une demi-heure. Trente degrés, cinq cadavres et un criminel en fuite avec une arme. Vous savez pourquoi ils ne se piétinent pas encore les uns les autres ?

Elle se pencha, plantant les coudes sur ses genoux écartés.

— Parce que je travaille avec eux. J'ai endigué la vague de panique. J'ai évité une émeute, j'ai constitué un groupe de volontaires opérationnels sur lesquels on peut compter. J'ai même trouvé un médecin. Mais vous devinez la précarité de la situation, j'espère, et pour qu'ils continuent à coopérer, il faut qu'ils soient sûrs...

— Donc tu vas me réexpliquer la méthodologie à suivre, maintenant ? l'interrompit le vieil homme d'un air bougon. Madame travaille. Mais regarde ta montre, imbécile. Tu traînasses alors qu'il faut agir vite, pendant qu'ils t'écoutent encore.

— C'est ce que je fais ! répliqua l'assistante avec une voix telle que Valéra, au volant, ferma les yeux et cessa de respirer pour le cas où. Mais je ne peux pas les obliger à se mettre en rangs et leur dicter leur conduite. Ils m'écoutent parce que je leur ai promis de la nourriture et de l'eau. Nous allons commencer sous peu la distribution et poursuivre le recensement, mais ce ne sera pas rapide. Il me faut encore deux, voire trois heures.

Le vieux jaunâtre ne réagit pas à cette remarque irrespectueuse, il paraissait même avoir perdu tout intérêt à la conversation. Il regardait par la fenêtre, l'air de nouveau malade et somnolent.

— Et j'ai encore besoin de lui, ajouta la grande femme en désignant d'un signe de tête son taciturne voisin en noir. La question des armes à feu me gêne, il est temps d'y remédier.

Le garde du corps ne broncha pas, mais il rectifia toute sa posture, comme si quelqu'un s'était enfin résolu à l'alimenter en électricité.

Un silence de plusieurs minutes tomba sur la Maybach. La pause se prolongea, inhabituelle, étrange. Oubliant sa prudence, Valéra s'autorisa un coup d'œil dans le rétroviseur.

— C'est quoi, ce toubib ? demanda finalement le chef en se détournant de la vitre blindée. Quelle est sa spécialité ?

— Stomatologue, répondit la garce blonde avec un plaisir manifeste.

Lundi 7 juillet, 14 h 59

— Quand j'étais petite, j'étais terrifiée à l'idée qu'une bombe soit larguée sur nous, racontait doucement la beauté de la Cayenne. Au point qu'à l'âge de dix ans j'ai tout bonnement cessé de dormir. Je me couchais et j'écoutais les avions. Nous habitions près du métro Iougo-Zapadnaïa, l'aéroport de Vnoukovo est tout près. Il y avait une sorte de couloir aérien juste au-dessus de chez nous, les avions nous survolaient sans cesse. Je me couchais et à chaque avion, je pensais : c'est eux, ils profitent de ce qu'on ne les remarque pas dans la nuit pour venir nous bombarder.

Elle but une gorgée d'Absolut à la bouteille et la reposa sur l'asphalte.

— Est-ce que quelqu'un se souvient de la peur dans laquelle on vivait à l'époque ? Ou c'est juste moi qui suis anormale ?

— Arrête ça, pourquoi tu serais anormale ? protesta galamment Patriot en attrapant la vodka. C'était de la folie, cette période. On avait un instructeur militaire complètement cinglé, à l'école, on faisait de la course de fond avec des masques à gaz.

— Mon Dieu, mais oui ! Les masques à gaz ! s'exclama maman-Peugeot. Comment j'ai pu oublier ça ? Et en plus, c'est complètement stupide. Comment ça peut te sauver, en cas de bombe nucléaire ?

— Allongez-vous les pieds dirigés vers la déflagration et protégez-vous avec vos bras, récita Cabriolet en gloussant.

Il était déjà bien éméché.

— Ça sert à quoi, cette histoire de jambes ? s'enquit la jeune nymphe, sourcils froncés.

Naturellement, elle n'avait jamais entendu cette anecdote, n'étant même pas née dans les années 1980.

— Sur le ventre, les pieds vers l'explosion, rectifia Patriot. Blaireau.

Cabriolet ne s'offusqua pas. Visiblement, il n'avait même pas entendu.

— Et puis ma mère est venue dans ma chambre, poursuivit Mme Cayenne de la même voix douce tout droit sortie d'un conte de fées. Elle s'est assise sur mon lit et m'a dit : « Inutile d'avoir peur. Nous vivons à Moscou, nous serons bombardés les premiers. Ce sont les autres qui vont souffrir, l'hiver nucléaire, les radiations. Mais nous, nous disparaîtrons, et c'est tout. Nous ne sentirons rien. »

Sa belle-fille tatouée ricana et leva les yeux au ciel.

— Mon Dieu ! répéta maman-Peugeot et, oubliant l'ordre établi, passa devant la nymphette et Cabriolet pour rendre l'Absolut à la beauté-Cayenne.

Celle-ci prit le litre à deux mains, but une nouvelle gorgée et frissonna.

— Je suis désolée… Je ne peux pas boire ça. Je ne supporte même pas l'odeur. C'est une tradition sauvage, la présence obligatoire de la vodka pour les funérailles. Personne n'en boit, il en reste toujours. Je ne comprends pas pourquoi nous en avons acheté autant.

— Moi j'adore, répliqua sa belle-fille d'un air de défi. La vodka.

— Faut boire la nôtre, la russe, pas cette merde suédoise, commença Patriot, mais il surprit le regard de sa femme rougeaude et s'empressa de rétropédaler : Pardon, bien sûr. Mais, sérieusement, ils savent pas faire.

— Quelle… quelle femme extraordinaire que votre maman, hasarda prudemment la propriétaire de la Peugeot.

— Quoi ? s'étonna la beauté-Cayenne. Ah, oui… j'imagine. Mais vous savez, bizarrement, ça a marché sur moi, vraiment. Les enfants ne sont pas faits comme les adultes. Au bout du compte, le pire pour moi, ce n'était pas l'idée de mourir, c'était de rester la dernière debout. Vous voyez ? Que tout le monde soit mort et moi, pas encore.

Mlle Cayenne ricana de nouveau et se détourna. Tous se turent. On entendait les pales du ventilateur froufrouter sous le plafond, *wouf-wouf-wouf*, et les lumières bourdonner. Le garçonnet de la Peugeot soupira légèrement dans son sommeil.

Mitia releva la tête et regarda de nouveau Assia. Elle était assise dans la même position, adossée contre le flanc poussiéreux de la Toyota, sans bouger d'un poil depuis vingt minutes. Si elle s'était mise à pleurer, si elle lui avait crié dessus, il aurait peut-être pu faire quelque chose. Mais ce dos inaccessible et pétrifié d'adulte ne pouvait même pas être touché. Enfin, si, probablement, mais il ignorait comment.

Sacha le poussa légèrement du coude, et il eut beaucoup de mal à s'empêcher de s'écarter. Sans comprendre pourquoi, il était vraiment furieux contre elle en cet instant. Pas seulement contre lui, contre elle aussi.

— Tout va bien là-haut, déclara Patriot. On va pas commencer à s'imaginer ce genre de trucs. On va plutôt se mettre d'accord maintenant. Quelle putain de bombe pourrait nous être tombée dessus ? Hein, Binoclard ? T'as dit n'importe quoi, c'est tout.

— Qu'est-ce qui te permet d'être aussi sûr ? lui demanda sa femme avec une fureur inattendue.

Les taches vermeilles qu'elle avait sur les joues s'étaient propagées, jusqu'à lui ramper dans le cou.

— Tu le sais d'où, ça ? Ils en ont finalement eu marre d'attendre et l'ont larguée, ces salopards d'Américains.

— D'attendre quoi ? Que vous alliez dans votre datcha ? Arrêtez donc, vous êtes une adulte, bon sang ! la coupa Sacha.

— Et vous allez encore nous ressortir les Ukrainiens, ajouta maman-Peugeot d'un ton venimeux.

— Eux, oui, ils auraient pu, à ce propos, s'esclaffa Patriot. Encore heureux qu'ils aient pas la bombe, sinon ils nous auraient fait sauter en même temps qu'eux. « Que brûle ma grange et que brûle ma maison[1] ! » lança-t-il crânement, avant d'ajouter, avec l'accent ukrainien : Du moment que la vache de mon voisin crève !

1. Référence approximative à un dicton ukrainien, qui dit littéralement : « Si ma grange a brûlé, autant laisser ma maison brûler aussi. »

Maman-Peugeot explosa avec soulagement. Elle s'avança et se lança dans un discours passionné, débité à fond de train, que l'épouse-Patriot ne tarda pas à accompagner en canon, sur la même note aiguë, et même Sacha, Mitia s'en rendit compte soudain, même elle se mit en marche. Elle inspira un coup, releva le menton. Parce que c'était plus facile. Et cela valait de toute façon mieux que de boire bêtement de l'Absolut tiédasse en attendant que l'air vienne à manquer.

Il se leva. La tête lui tourna aussitôt, et à cette sensation désagréable vint s'ajouter la vrille de quelque chose de visqueux dans son ventre. Sa bouche s'emplit de salive. *Comment je peux être tellement ivre après six gorgées ? Ça doit être un effet de la peur,* pensa-t-il. *Et on n'a rien mangé depuis ce matin.*

— On vous lave le cerveau sur Internet ! À qui il appartient, ce « Web » ? Vous y avez réfléchi ? Mais réfléchissez ! s'emportait l'épouse-Patriot, d'une voix animée et presque heureuse.

Sacha s'étrangla sur une moitié de mot et se mit à rire, suivie dans son hilarité par la délicate beauté-Cayenne. Elles eurent soudain l'air de sœurs ou d'amantes. Cabriolet clignait lentement des yeux en scrutant le tatouage sur l'épaule de sa maussade voisine. Maman-Peugeot, toute seule, étrillait le couple Patriot.

Mitia resta immobile un moment, appuyé au toit de la Toyota, le temps que le sol et le plafond reprennent leur place, et fit quelques pas prudents sur le côté.

— Assia, l'appela-t-il. Assia, ma puce.

Lundi 7 juillet, 15 h 07

Le jeune conducteur de la Volkswagen mourut vers 15 heures. Le médecin ne put déterminer l'heure exacte, parce qu'il ne s'en rendit pas compte tout de suite, et puis il n'avait pas de carnet de bord où consigner l'heure du décès ni personne à qui la signaler. Il n'y avait pas plus de service auquel transmettre cette mort, et par conséquent, il lui était également toujours impossible de partir avant d'en avoir informé quelqu'un d'autre, ne serait-ce qu'une personne en dehors de lui. C'est pourquoi lorsque, à 15 h 10, le lieutenant aux bottes délacées atteignit enfin le portail de l'entrée, le petit dentiste était toujours là.

Il se traînait à quatre pattes le long de la grille, tâtonnant entre les barreaux, et ne parut pas du tout remarquer l'apparition du lieutenant.

Cela dit, la première chose qui attira l'attention du jeune policier, ce ne fut pas non plus le docteur. Il vit d'abord, de loin, un nuage blanchâtre de poussière de ciment, qui rendait l'air aussi trouble que l'eau dans un verre quand on y a mélangé du bicarbonate de soude. Puis un éparpillement désordonné d'éclats de pierre sur la chaussée, un enchevêtrement de câbles enveloppés par endroits de ruban adhésif, un jerrycan sans bouchon renversé et un générateur japonais rouge oublié en travers de la voie. Enfin, en s'approchant encore, il vit une fissure dans le mur de béton. Non pas une fissure, une cavité profonde. Une fracture hideuse, d'où sortait un lourd marteau-piqueur. Une odeur âcre de câbles brûlés flottait dans l'air.

— Oh, putain de bordel de merde, maugréa le lieutenant en tendant le bras vers la pointerolle d'acier.

Ce fut alors seulement que le médecin, tournant la tête, le remarqua.

— Faites attention, lui dit-il. Vous pourriez vous électrocuter. On dirait bien qu'ils ont touché un câble.

Le mur comme le marteau planté dedans avaient un côté inerte qui leur conférait une allure inoffensive. Le lieutenant tenta de se rappeler quelque chose de ses cours de physique, en vain. Seuls les mots « phase » et « prise de terre » refirent surface, si bien qu'il retira la main par précaution et demanda :

— Qui a fait ça ?

Le visage et les cheveux du docteur n'auraient pas été plus poussiéreux si on lui avait renversé un poudrier dessus. Du sang avait séché sur son front, rouge vif sur fond blanc, et avec ce maquillage bâclé, le stomatologue miniature ressemblait de façon inattendue à un Joker qu'on aurait arrêté de grimer en cours de route.

— Qui ? insista le lieutenant. Ils nous ont coupé l'air. Vous savez ce qui se passe là-bas ?

Au lieu de répondre, le médecin se remit à quatre pattes et continua à fouiller les gravats sous ses pieds.

— Figurez-vous qu'elle a disparu, dit-il d'une voix sourde. Je l'avais mise là exprès pour les avoir sous les yeux, puis j'ai été distrait et… disparue. Quelqu'un a dû la piquer, bon sang, comme c'est embarrassant.

— Qui ? demanda encore le lieutenant, notant que c'était la troisième fois qu'il posait la même question sans obtenir de réponse. De quoi vous parlez, en fait ?

— Elle était là, marmonna le médecin. Elle a coûté très cher, vous savez, le cadran… Son poignet était enflé, j'aurais dû la lui mettre à l'autre main, mais je l'ai enlevée. Je ne l'ai pas quitté. Comment cela se fait-il ? Comment peut-on voler sa montre à un homme inconscient ?

Il a perdu la tête, comprit le lieutenant, qui, sur sa demi-heure de trajet jusqu'au portail, avait vu toutes sortes de choses et ne s'étonnait plus de rien. Il s'approcha quand même de la grille et regarda le jeune de la Golf, celui qui avait le bras cassé. Le gamin n'était pas inconscient, il était mort. Très, très mort, complètement même. Et le lieutenant se sentit à nouveau aussi mal que si c'était lui qui avait volé cette putain de montre bling-bling. Comme s'il avait vraiment voulu enlever cet imbécile de setter roux aux deux vieux qui braillaient et qu'il avait fait exprès de laisser Mlle Toyota toute seule près de cette maudite Gazelle.

— Écoutez, il faut mettre la main dessus, déclara-t-il mollement, faisant référence non pas à la montre, mais aux idiots qui avaient court-circuité le câblage.

Pourtant, il comprenait d'emblée que rien ne réglerait le problème, autrement dit qu'il était inutile, absolument inutile, de les chercher.

— C'est impossible, maintenant, c'est fichu, répliqua le docteur tout aussi mollement. Et inutile.

La remarque était également vraie pour les six inconnus en fuite qu'il avait pris pour des sauveteurs comme pour la montre du jeune mort, et pour sa mort elle-même. Une mort ridicule, absurde, causée par une simple fracture. Il ne se rappelait déjà plus pourquoi il l'avait attendue et ce qu'il s'apprêtait à faire après.

Et puis, dans la cage de transport appuyée contre le mur du fond, le chat hurla. Un miaulement rauque, plein de ressentiment et assez fort, tel qu'on pouvait s'y attendre d'une créature restée enfermée Dieu sait combien de temps dans une petite boîte grillagée, qui avait essuyé des chagrins, la peur de la fumée, du feu et du vacarme, et jugé que l'heure était venue pour elle d'être enfin consolée.

Le petit stomatologue et le jeune policier, du haut de sa grande taille, sursautèrent et se regardèrent, puis le médecin se leva et se dirigea en toute hâte, de son pas claudicant, vers la caisse de transport.

— Il doit avoir faim, supposa le lieutenant, qui se rendit compte avec étonnement que ce constat le réjouissait terriblement.

Le docteur s'accroupit au-dessus de la caisse et regarda à l'intérieur.

— Pardon, mon doux, dit-il au chat. Je sais, je sais. Pardon, s'il te plaît.

Lundi 7 juillet, 15 h 09

L'Azerbaïdjanais chenu de la Nissan Qashqai blanche, qui avait perdu la dernière heure à essayer de calmer sa femme sans y parvenir, regarda par la vitre et vit la grande fonctionnaire en costume bleu, celle qui avait promis de distribuer de l'eau et de rétablir l'ordre, au cours de la réunion de la matinée près de la Ford de patrouille. D'après ce que pouvait en juger le propriétaire de la Nissan blanche, il y avait encore moins d'ordre dans le tunnel, et depuis l'extinction des lumières pendant trois minutes, la situation se détériorait à vue d'œil.

Tout d'abord, un petit groupe de personnes avait couru dans le passage, poursuivi par un second groupe un peu plus important, et il y avait eu une échauffourée, certes brève, mais violente, entre eux, au cours de laquelle les seconds coureurs cherchaient à convaincre les premiers qu'il n'était pas permis de courir. Ensuite, des jeunes avaient sans vergogne, devant témoins, brisé une vitre pour entrer dans une petite voiture pour la simple et bonne raison qu'elle avait une énorme pizza peinte sur une portière. Il avait alors voulu sortir de sa voiture pour la première fois : il savait qu'il n'y avait plus la moindre pizza dans la petite Matiz, vu que, la veille, il avait acheté la dernière Margherita pour ses filles. La somme payée contre ce disque de pâte desséché saupoudré de fromage était exorbitante, pourtant il l'avait versée de son plein gré, comme les autres clients. Mais le pillage, arbitraire et insolent, devait être stoppé immédiatement avant que la pratique ne se propage. D'autant que les voyous ayant vandalisé la malheureuse Matiz étaient presque des enfants, un peu plus âgés que ses étudiants. Il savait leur parler et ne doutait pas de parvenir à leur faire honte pour qu'ils cessent leurs exactions. Et, bien sûr, il aurait réussi, s'il n'y avait pas eu sa femme. Sa belle femme, intelligente et moqueuse, qui dirigeait son département à l'université comme un navire, qui tenait tête sans mal, non seulement au recteur carriériste, mais aussi à sa sévère belle-mère de Bakou, et qui, d'une manière irréversible, avait soudain pris peur la veille, lorsque le portail s'était refermé. À partir de ce moment-là, elle n'avait plus été elle-même. Elle parlait d'une voix rapide qu'il ne lui connaissait pas. Elle avait cessé de sourire. Elle ne laissait pas ses filles s'éloigner d'un pouce, ne voulait pas sortir de la Nissan et rechignait même à ouvrir les fenêtres. Il avait d'ailleurs suffi qu'il entrouvre sa portière pour qu'elle l'entoure de ses bras et se lance dans des lamentations avec ce débit précipité désagréable dont les femmes ont le secret. Après quoi, elle avait hululé à la façon des paysannes, avec des intonations si désespérées que les filles avaient éclaté en sanglots et qu'il n'avait pas bougé. Agacé, impuissant, furieux contre lui-même et contre elle, surtout contre elle, parce qu'il ne la reconnaissait plus du tout.

Il s'apprêtait à sortir pour la deuxième fois lorsque le gentil couple de la Hyundai Santa Fe voisine revint. Ils s'appelaient Igor et Natacha et, à 4 heures du matin, ils avaient bu le café d'une Thermos en plaisantant sur la fortune soudainement échue au livreur de pizzas boutonneux. Après la migration, les sympathiques voisins avaient donné des pommes aux filles, lui avaient demandé de s'occuper de la Hyundai et s'étaient rendus à l'arrière du convoi pour prendre des nouvelles. Lorsqu'ils étaient revenus, la douce et intelligente Natacha avait piqué une sorte de crise. Elle pleurait et s'était mise à lui crier subitement : « C'est les vôtres, c'est les vôtres qui ont fait sauter tout ça, quand est-ce que vous allez vous arrêter, bande de salauds ? » Les occupants des voitures voisines s'étaient tus et avaient commencé à regarder autour d'eux, affichant des visages identiques et étrangers, bien qu'il les connaisse presque tous par leur nom et qu'il ait déjà échangé deux-trois phrases avec chacun. Après cette vilaine scène (les filles s'étaient remises à pleurer), sa femme avait exigé que les vitres soient remontées et les portières verrouillées, et il n'avait pas discuté. Il devait réfléchir. Inutile d'interroger les voisins, il comprenait seulement qu'une nouvelle attaque terroriste avait dû se produire et que, comme d'habitude, on l'avait pris pour un bandit, un extrémiste radical. C'était déjà arrivé, du temps de sa jeunesse. Aujourd'hui encore, après chaque attentat ou prise d'otage, il devait attendre des semaines avant de pouvoir reprendre le métro sans risquer un contrôle d'identité tous les vingt pas ou de voir une fille paniquée se précipiter hors de la rame. Ce n'était pas qu'il s'y fût habitué, il avait simplement commencé à se rendre à l'université en voiture et même appris à en plaisanter. Lunettes, hypertension, soixante-quatre ans, et il ne laissait toujours pas les filles indifférentes. Docteur en sciences de l'ingénieur, professeur invité de l'université du Massachusetts, il ne plaisait pas à la police parce qu'il n'avait pas le nez qu'il fallait. *Oui, oui, Larissa, j'ai un beau nez, mais il passe mal dans le métro de Moscou.* Sa femme réagissait beaucoup plus vivement, ça ne la faisait jamais rire, elle.

Et pourtant, il n'y avait pas eu d'explosion. Une explosion, ce sont des destructions, des blessés, un grondement..., que personne n'avait entendus. Et dans un tunnel sous le fleuve, c'est aussi de l'eau, des tonnes d'eau qui auraient dû déferler pendant la nuit. Si quelqu'un choisissait un tunnel destiné à la circulation automobile pour une attaque terroriste, il essaierait de détruire la voûte et d'inonder l'ensemble du boyau de béton. Ou de le sceller et d'y répandre du gaz. Ou ne serait-ce que de faire exploser une bombe artisanale avec des clous et des vis quelque part au milieu, parmi les gens et les voitures. Un attentat terroriste est avant tout un spectacle conçu pour un public. Une performance à la complexité méticuleuse, dont le but n'est pas seulement de tuer quelqu'un, mais de le faire de la manière le plus spectaculaire possible. Bruyante, théâtrale. Il faut des titres tapageurs dans les journaux et des photos macabres, sans quoi le jeu n'en vaut pas la chandelle. C'est pourquoi les portails bloquant l'entrée et la sortie n'étaient pas seulement révoltants, ils étaient aussi d'une banalité révoltante. C'était un geste trop ringard, trop insipide, que d'enfermer simplement cinq cents personnes sous terre et de les laisser mourir à petit feu. D'une part, il y avait toujours le risque qu'elles soient secourues à temps. Et même si elles l'étaient pas, si les secours arrivaient trop en retard et qu'elles finissaient par toutes mourir, ce serait quoi qu'il en soit ennuyeux et sans effusion de sang. Pas assez retentissant pour faire vraiment trembler le monde. Des efforts et de l'argent dépensés en vain.

Il se rendit compte alors qu'il raisonnait comme un terroriste, et il s'emporta de nouveau, or ce fut à cet instant précis que la grande fonctionnaire surgit dans le passage. Elle marchait d'un pas rapide et assuré, sans regarder autour d'elle, à l'instar de tous ces gens qui savent exactement où ils vont et pourquoi. Elle était accompagnée par un homme blafard et fluet, vêtu d'une veste noire, dont le visage dénué d'expression était des plus désagréables. Des lunettes noires n'auraient pas été superflues, car les yeux de l'homme blafard étaient dénués de vie, autant que lui-même paraissait l'être. Il repoussait la foule avec une indifférence mécanique, en robot qu'on viendrait de sortir d'une boîte et de lancer dans cette allée pour ouvrir la voie à sa robuste compagne. Derrière eux, telle l'écume derrière un bateau à vapeur, se déployaient dans une course-poursuite hésitante dix ou douze personnes qui, de toute évidence, cherchaient à arrêter la rapide progression de cette femme, mais redoutaient de mettre en colère son accompagnateur blafard.

Et le beau propriétaire chenu de la Nissan, qui ne connaissait pas la pusillanimité mais éprouvait plutôt un agacement extrême, ouvrit enfin sa portière et sortit de sa voiture, cette fois sourd aux protestations de sa femme. Il lissa le pli de son pantalon, reboutonna sa veste et se plaça sur la trajectoire du cortège.

— Veuillez m'excuser, commença-t-il d'une voix sonore de conférencier, nous avons attendu assez longtemps. Et je pense que nous méritons tous…

Sans ralentir, le petit homme en costume noir pivota latéralement et lui assena un violent coup de coude dans la poitrine, comme si, en lieu et place de ce professeur invité chenu portant un foulard de soie autour du cou se trouvait par exemple une chaise ou tout autre objet inanimé, et que sa mission consistât simplement à l'écarter de leur chemin. Cependant, le propriétaire de la Nissan était un homme massif, qui dépassait l'avorton d'une tête, si bien qu'il oscilla un peu, mais ne libéra pas la voie pour autant.

— Jeune homme, dit-il de toute sa hauteur, en tendant une large paume devant lui, vous devriez apprendre les bonnes manières.

Il n'avait, bien entendu, nullement l'intention de déclencher un esclandre avec cette demi-portion grossière, il se sentait plutôt dans la peau d'un instituteur ayant surpris un élève de CE2 en train de piquer un petit somme.

— Dégage, chuchota le blafard sans lever la tête. Casse-toi, putain.

Il émanait même de lui quelque chose de froid, d'inorganique. Un mélange de métal et de lubrifiant, un produit synthétique suffocant. À l'intérieur de cette coquille artificielle, il n'y avait tout simplement personne avec qui négocier. Et pour la première fois depuis dix ans (c'est-à-dire depuis qu'il avait cessé de prendre le métro), le professeur, docteur ès sciences, auteur de quatre modélisations économétriques des migrations internationales prenant en compte le niveau d'éducation, eut soudain l'impression de se retrouver sur le quai de la station de métro Universitet, plaqué contre une colonne de marbre gris, les pieds écartés à largeur d'épaules. Sur le sol de granit gisait son cartable de cuir, et des étudiants passaient à côté de lui.

— Alik ! cria derrière lui sa femme de sa nouvelle voix vibrante d'humilité. Alik, non, je t'en supplie !

— Ça suffit, on n'a pas le temps, lâcha la fonctionnaire d'un ton ennuyé, après un regard à sa montre qui aurait pu suggérer qu'elle risquait de manquer son train.

— Alik ! répéta sa femme. S'il te plaît !

Alors il obéit, et s'écarta.

Lundi 7 juillet, 15 h 14

— Tu aurais dû sortir un flingue, pendant que tu y étais, connard, cracha entre ses dents la femme de la Maybach, quand ils eurent laissé derrière eux la Nissan blanche et son propriétaire.

Ce n'est pas pour ça que je m'échine à les organiser depuis si longtemps. Tu vas tout gâcher.

Son accompagnateur vêtu de noir ne pipa mot, comme d'habitude, et pourtant il se sentait visiblement plus libre sans leur chef jaunâtre, car il se permit un sourire somme toute un poil irrespectueux et jeta même un bref regard moqueur à la grande femme. Clairement, il n'avait pas oublié la soufflante que le chef venait de lui passer dans le salon de la limousine, et en ce moment même, il se repassait toute la scène avec délectation, comme un film adoré dont on tient à fixer les détails afin de s'en souvenir au cas où on voudrait le raconter. Elle imagina l'inévitable récit, les rires étouffés dans la guérite des gardes puant la chaussette malpropre et cet idiot de Valéra avec sa grosse gueule, qui n'arrêterait pas de jeter un œil dehors, pour vérifier que personne n'entendait, et qui échouerait comme toujours dans sa mission. Elle visualisa son visage rougeaud où la joie se mêlerait d'effroi, et leur sortie de la guérite. Ayant ri tout leur saoul, mais sans plus se regarder. Leurs tronches identiques et leurs costumes bon marché, leur complicité débile. Un duo de crétins qui ne se trouvaient plus balèzes que dans les toilettes pour hommes.

— Alors voilà le topo, dit-elle en barrant le chemin à cette petite merde.

La zone était clairsemée, ce qui tombait fort bien : à droite, ils étaient dissimulés par l'autobus aux vitres embuées, et même le groupe timide des activistes qui leur filait le train depuis la Mercedes s'était laissé temporairement distancer.

— Voilà le topo. C'est moi qui commande. C'est clair ? Et toi, tu vas faire ce que je te dis. Je te dis de sauter, tu sautes. Je te dis de t'asseoir, tu t'assois. Et si ça s'avère nécessaire pour ce qu'on a à faire, tu iras même jusqu'à aboyer. Je ne t'ai emmené que pour une chose. Une seule. Tout le reste, c'est moi qui contrôle. *Moi,* tu saisis ?

Le garde fluet ne moufta pas, refusant obstinément de croiser son regard, comme si une guérite pleine de crétins continuait à les observer. Elle brûlait d'envie de l'attraper par le menton pour l'obliger à lever la tête.

— Tu as saisi ? Je n'ai rien entendu !

Il attendit encore quelques secondes et finit par hocher la tête paresseusement, à contrecœur. Puis il regarda soudain pardessus son épaule, se balança en arrière et se dressa comme un chien de chasse. Au même moment, une voix joyeuse retentit derrière eux :

— C'est donc vous qu'êtes censée diriger les opérations ? Alors il serait temps qu'on fasse connaissance. On commençait à trouver le temps long, pour tout vous dire.

La femme de la Maybach se retourna. Au milieu du passage, une main légèrement appuyée sur la paroi du bus, se tenait un homme maigrichon, brun, à la chemise blanche tachée de sang. Il avait l'allure de quelqu'un qui a été battu longtemps et par une main experte : son œil gauche était presque fermé, sa joue enflée et noirâtre, ses lèvres gonflées et ses poignets entaillés jusqu'à la chair. Pourtant, il n'y avait ni ressentiment ni colère dans ce visage défoncé ; au contraire, on y lisait une sorte d'impatience joyeuse, comme si son propriétaire était sur le point de recevoir un cadeau très agréable. Et en souriait d'avance, anticipant le plaisir à venir.

Contrairement au jeune lieutenant et au chauffeur de taxi grisonnant, qui avaient commis la même erreur (bien que pour des raisons différentes), ni la grande fonctionnaire ni son compagnon taciturne ne se détendirent devant ce sourire affectueux. Au contraire, ils oublièrent sur-le-champ leurs récents différends. Ils n'eurent même pas besoin de se regarder ; de l'extérieur, on aurait dit qu'un dialogue silencieux, très bref, s'était instauré entre eux, et ils s'étaient tous deux rapprochés, concentrés, au point d'offrir soudain une ressemblance étonnante, celle de deux pièces d'un même rouage. L'homme près du bus observa ce changement avec une curiosité sincère.

— Je sais qui vous êtes, répliqua la femme. Pas besoin de présentations. Vous avez tué un policier et volé une arme. Et maintenant, vous avez confisqué l'eau dont tout le monde a besoin, dans l'idée farfelue que nous allons négocier avec vous. C'est naïf, parce que vous n'avez pas un seul atout. Nous sommes très nombreux et vous n'êtes que trois. Donc vous finirez quoi qu'il en soit par nous donner l'eau et les armes. Il y a deux options, l'une simple et l'autre compliquée, et la seconde vous coûtera plus cher. Vous le comprenez, n'est-ce pas ?

L'homme au visage tuméfié n'avait cessé de hocher la tête avec une admiration passionnée, puis il pressa les mains sur sa poitrine, comme pour dire « *mea culpa* ».

— Tout à fait ! convint-il. Je ne discute même pas, comme vous pouvez le constater. Et avec le capitaine, je ne vais pas nier, ça a mal tourné. Même si je faisais que me défendre, demandez au lieutenant, il vous confirmera. C'est pas bien de dire du mal des morts, n'empêche je vous mentirai pas, ce capitaine, c'était un salopard comme on en voit peu. Je pourrais vous en raconter de belles sur lui, mais vous en avez entendu des tas, des histoires comme ça, plus que moi, ça vous intéresserait pas. Bref, j'avais pas vraiment le choix, j'ai juste eu de la chance. N'empêche que j'en suis pas fier, non. Il a sûrement des gosses, une femme…

— Pose ton arme à terre, le coupa le petit garde du corps d'une voix morne. Lentement, que je puisse voir.

Pendant que l'autre tenait ce discours de repentance, il avait eu le temps de dégainer son propre pistolet et le pointait à présent sur le front de l'inconnu.

— Oh, fit celui-ci d'un ton vif. Dis-moi, c'est un flingue étranger que t'as là ? Donc t'as le droit à n'importe quel type d'arme ? J'y connais pas grand-chose, à vrai dire. C'est pas mon truc, avoua-t-il en écartant les bras avant de reculer d'un air timide. Les gars, en ce qui me concerne, pas de bol. J'ai pas d'arme sur moi. Je sais même pas tirer. Vous me croyez pas ? Tenez, voyez par vous-mêmes.

Il leva les mains, ce qui remonta sa chemise fripée et révéla un ventre couvert d'ecchymoses.

La grande femme redressa imperceptiblement le menton et le blafard en noir s'avança aussitôt d'un pas et accula l'inconnu contre le flanc du bus. On aurait dit que c'était la femme qui, ayant attrapé l'homme à la chemise fripée, le fouillait de la tête aux pieds. Le freluquet ne résista pas et supporta toutes ces désagréables manipulations sans cesser de sourire, allant même quelquefois jusqu'à glousser avec coquetterie. L'arme volée ne se trouvait en effet pas sur lui, et il ne pouvait y avoir que deux raisons à cette nonchalance inimaginable : soit l'homme qui venait de s'échapper de la Ford de patrouille était fou (et cette version ne résisterait, bien entendu, à aucun examen critique), soit il avait un autre atout dans sa manche, qu'il n'avait pas encore abattu. Une chose était claire : il représentait un problème plus sérieux qu'il n'y paraissait au départ.

— T'as un drôle de job, mon pote, commenta-t-il sur ces entrefaites. Non, je sais qu'on a tous nos hochets, mais, vraiment, tu prends ton pied, là, en ce moment ? Il m'a semblé que oui. Sans vouloir te vexer, j'ai même l'impression que t'avais la trique. Un tout petit peu, hein ? Non ? Avec le capitaine, d'ailleurs, c'était glauque pareil, il kiffait grave. Alors surtout, allez pas me gâcher le lieutenant, c'est un chouette garçon. Je l'ai pas vu depuis un moment, d'ailleurs. Il va bien ? Il m'a sauvé la vie, si on y pense, je me sens un peu, comme qui dirait, redevable…

— Bref, le coupa la femme de la Maybach, qui, debout depuis 7 heures du matin, avait passé plus de vingt-quatre heures dans les mêmes vêtements et commençait à perdre patience. Venons-en au fait. Je vois que vous avez un plan dont vous êtes très satisfait. Je vous donne deux minutes. Arrêtez de jouer la comédie et montrez-moi ce que vous avez en tête. Nous verrons ensemble si vous allez réussir ou non.

Son partenaire taciturne s'adoucit aussitôt, à croire qu'il n'avait pas de volonté propre, et relâcha l'inconnu bavard. Ce dernier rajusta sa chemise et remua les mains.

— Bien, reprit-il d'une voix complètement différente. Soit. C'est agréable d'avoir affaire à une personne intelligente. Je vous prierais donc de me suivre dans notre guitoune, pour ainsi dire.

Sur ces mots, il fit signe à ses deux convoyeurs de le suivre et longea l'autobus en passant le doigt sur sa carrosserie sale.

Lundi 7 juillet, 15 h 19

La Gazelle qui transportait de l'eau se situait au même endroit que seize heures plus tôt, sur la voie la plus à gauche, et la Renault Logan jaune au pare-chocs arrière cassé la précédait toujours. En revanche, l'écran en aluminium avait disparu des fenêtres de l'infortuné « Boissons de Tchiornogolovka », de même que le jeune chauffeur tadjik de la cabine, et tout ce qui se trouvait autour avait également l'air différent. Le changement ne résidait pas dans le fait que la gigantesque colonne s'était déplacée et que les voisins de la Gazelle crasseuse et du taxi miteux étaient nouveaux. Non, c'était autre chose : ils n'avaient plus de voisins du tout. Ni devant, ni derrière, ni à droite : un énorme doigt semblait être descendu d'en haut pour déloger de force les autres voitures, comme autant de pièces superflues sur un échiquier, afin de dégager un espace. Mais sans application particulière, à dire vrai, car les véhicules étaient positionnés n'importe comment. Toutefois, cette disposition désordonnée ne semblait aléatoire qu'à première vue, car dès qu'on y regardait de plus près, il était clair que les voitures *a priori* éparpillées au petit bonheur la chance construisaient en fait une barricade. Peut-être hâtive et peu soignée, mais une barricade tout de même, et il n'était plus possible de s'approcher de la Gazelle sans être aussitôt remarqué.

Au fond de la zone libérée, ou plutôt conquise, s'affairait un groupe d'hommes basanés. Cahin-caha, ils étaient justement en train de déplacer une Kia Rio toute pimpante, couleur cerise, en la poussant tantôt d'un côté, tantôt de l'autre, non sans s'invectiver joyeusement, tels les participants de quelque jeu sportif. La voiture tressautait et, à chaque secousse, se déplaçait légèrement, tournant peu à peu pour se retrouver en travers du passage.

— C'est ça, notre réaménagement des positions, déclara l'homme à la chemise tachée de sang, qui, avec une fierté toute parentale, désignait sa barricade de la main. Qu'est-ce que vous en pensez ?

La femme de la Maybach ne répondit pas, elle comptait les gens. Ils étaient au moins une quinzaine. Non, plutôt une vingtaine, si ce n'était plus. L'un d'eux se retourna soudain, comme s'il avait senti son regard, se détacha du groupe et se dirigea rapidement vers le bus, presque en courant – petit, grisonnant, visage sombre et tendu. On lui cria quelque chose qu'il n'eut pas l'air d'entendre. La poignée du Makarov du capitaine dépassait de la poche de son pantalon. Aussi la grande femme et son petit garde n'eurent-ils pas recours à la télépathie cette fois-ci, ils échangèrent enfin à haute voix.

— Dans la poche droite, dit-elle rapidement.

— Mains en l'air ! hurla son partenaire, qui mit l'homme en joue. Plus un geste, les mains derrière la tête !

— Les gars, voyons, qu'est-ce qui vous arrive ? soupira l'inconnu au visage tuméfié.

Le grisonnant s'arrêta à dix pas, mais sans lever les mains. Non, il préféra les écarter et bomber le torse, ce qui le fit aussitôt ressembler à la fois à un plongeur qui s'apprête à sauter du haut d'une tour et à une statue modèle réduit et courroucée de Gagarine.

— Mains en l'air, j'ai dit ! répéta le garde.

— Ou quoi ? demanda le grisonnant, le regard plissé. Tu vas me tuer ?

Ce fut seulement à ce moment-là que la femme de la Maybach reconnut le vieil Asiatique, qui, sept heures plus tôt, lors de l'assaut matinal de la Gazelle, s'était penché par-dessus le jeune conducteur et avait dit : « C'est notre eau. » Elle avait aussitôt rayé son visage de sa mémoire, mais se rappelait son russe pur et sans accent, ainsi que ses manières étrangement hautaines, inhabituelles chez un chauffeur de taxi clandestin.

— Écoute, mec, tu ferais vraiment bien de ranger ton canon, dit l'homme au visage tuméfié. Ça fait mauvais effet, les gens regardent.

De l'autre côté de la barricade, la vingtaine d'hommes s'étaient en effet tus, avaient abandonné ce qu'ils étaient en train de faire et s'étaient rassemblés en un groupe aussi tendu qu'un essaim de guêpes. Parmi eux se trouvait le gamin, le chauffeur de la Gazelle : dressé sur la pointe des pieds, tendant le cou, il avait le regard fixé sur le dos du petit chauffeur de taxi, avec ce mélange d'anxiété et de peur qu'ont les enfants quand ils regardent leur mère s'éloigner ou les chiens attachés devant un magasin.

— Qu'est-ce que vous leur avez promis ? De l'eau ? demanda la femme de la Maybach.

— C'est vous qui en promettez, lui répondit joyeusement son interlocuteur. Même si vous en avez pas. Voilà pourquoi personne vous aime. Alors que moi, je leur en ai donné, et regardez combien j'ai d'amis.

— C'est *nous* qui leur avons donné de l'eau, l'interrompit le chauffeur de taxi en insistant sur le mot « nous ». Parce que *nous* nous entraidons. C'est comme ça qu'on fait les choses, chez nous.

— Tout va bien, frère ? cria-t-on derrière lui.

Le chauffeur de taxi s'apprêtait à répondre, mais l'homme à la chemise tachée de sang le devança.

— Tout baigne ! Pas de problème, on fait que discuter ! répondit-il.

Et il adressa un sourire à la foule qui grondait méchamment près de la Kia, puis regarda la paire de la Maybach et ajouta à voix basse :

— Les gars, bon sang, vous me déconcertez. Soyons constructifs, d'une manière ou d'une autre. Qu'est-ce que vous voulez : faire la guerre ici devant tout le monde ou revenir avec de l'eau ?

— Range ton arme, le Russe ! lança le chauffeur de taxi. Et ne la sors jamais si tu n'as pas l'intention de tirer. Ça te donne l'air d'un amateur ridicule.

Un tressaillement à peine perceptible traversa le visage du garde mutique, mais sa grande partenaire dut lui envoyer un nouveau signal inaudible, auquel il obéit.

— Voilà qui est mieux, approuva le souriant. Je vois qu'on vous a convaincus. Discutons maintenant des conditions. Nos hommes resteront ici. On n'a pas besoin de beaucoup d'espace, comme vous le voyez, mais certaines choses ont dû être déplacées, désolé. Oh, et on confisque le bus. C'est déjà fait, en réalité. Tout le monde sera plus tranquille, comme ça.

La fonctionnaire de la Maybach se retourna. Effectivement, un tas d'enfants de tous âges se bousculaient sur le siège du conducteur, dans la vaste cabine du bus, tandis que les autres fenêtres, celles qui donnaient sur l'allée, étaient obstruées de l'intérieur par des couvertures ou des foulards. Elle se maudit de ne pas l'avoir remarqué plus tôt. De toute évidence, elle avait vraiment besoin de repos.

— Où sont les passagers ? demanda-t-elle. Et les propriétaires des voitures ? Qu'est-ce que vous en avez fait ?

Son interlocuteur haussa les épaules.

— Ils sont partis, lâcha-t-il. Vous inquiétez pas, il gèle pas. On a même donné de l'eau à certains. Ils vous attendent sûrement de l'autre côté. Tout le tunnel est à vous, on en a juste pris une petite partie pour nous, vous trouverez bien où loger les expropriés d'une manière ou d'une autre, les maltraitez pas. Ce qui est important pour nous comme pour vous, c'est de rendre les gens heureux, non ? Vous avez des gens, on a des gens. Tout le monde a soif, tout le monde a faim !

Maintenant qu'il avait un public, ses intonations étaient redevenues d'une bienveillance appuyée, ses yeux s'étaient mis à briller. De plus en plus passionné à chaque mot, il étendit ses bras maigres, couverts de bleus. Dans sa chemise sale, il ressemblait à Jean le Baptiste prêchant dans le désert. Ou plutôt, vu le contexte, à un prophète de l'islam. Peut-être même qu'un léger accent était apparu dans sa diction (ce que la femme de la Maybach et le chauffeur de la Renault notèrent avec le même agacement). Le groupe des hommes qui poussaient la Kia rouge s'était rassemblé autour d'eux, prêtant une oreille attentive à la conversation. Des visages féminins en alerte se montrèrent aux portes de l'autobus.

— Vous avez des enfants, on a des enfants, poursuivait le prédicateur de fraîche date en haussant le ton. On ne menace pas, on ne tire pas, on se respecte les uns les autres ! Vous nous respectez, vous ne nous empêchez pas de nous réunir, vous partagez votre nourriture avec nous, et nous vous donnerons de l'eau. En voisins. J'ai entendu dire que vous aviez des tas de provisions, un camion entier. Et les nôtres, ils n'ont pas besoin de manger ?

L'auditoire murmura son approbation.

— Vous avez bien entendu, déclara la femme de la Maybach de sa voix sonore. Nous avons trouvé de la nourriture et nous la distribuerons à tous, de façon équitable. Vous pouvez venir en chercher, comme tout le monde ! La distribution débute dans une demi-heure. Et nous avons aussi des médicaments, et un médecin ! C'est quoi, cette histoire de « à nous », « à vous » ? À quoi ça sert ? Nous avons un problème commun et un objectif commun : attendre les secours et veiller à ce que personne d'autre ne soit blessé. Nous sommes tous dans la même galère…

— Dans la même ? l'interrompit le chauffeur de taxi. Tu as amené tes sbires, ils ont crié, cherché à nous dépouiller de notre eau. Ils voulaient casser nos vitres. Tu t'imaginais que, comme on était faibles, on allait céder. Et maintenant, tu as ramené celui-là, avec une arme. Ce n'est pas bien de mentir, madame, tu n'es pas venue ici pour demander. Tu veux tout prendre pour toi. Mais ça ne marchera pas comme ça. On ne va nulle part. C'est vous qui allez tout nous apporter. Et ce n'est pas toi qui décideras qui aura quelle quantité, mais nous. Entre nous.

Sur quoi, il fronça les sourcils, car il réalisa soudain qu'il parlait de la même manière stupide, anormalement fort et avec des mots trop simples, comme si les deux Russes – la grande femme et l'allié souriant qu'il s'était trouvés – lui avaient imposé leur propre jeu factice. Comme si lui aussi prenait les autres pour des idiots. Voyait en eux une masse dénuée de volonté propre et facile à contrôler.

N'empêche, ce petit numéro bon marché fonctionna, pas en faveur de la fonctionnaire sûre d'elle cependant – elle avait perdu et le savait, si bien qu'elle jeta un œil à sa montre avec un ennui feint et lâcha, du ton officiel dont elle avait l'habitude :

— D'accord. Nous avons besoin de cent cinquante bouteilles. Qu'est-ce que vous voulez en échange ?

Le chauffeur de taxi d'Andijan ne prit aucune part au marchandage qui suivit, au cours duquel le nombre de bouteilles d'eau, de boîtes de haricots blancs et d'abricots fut modifié à plusieurs reprises. Sans trop savoir pourquoi, il ne put s'y résoudre. Il resta donc à regarder ailleurs, avec un pistolet inutile dans la poche de son pantalon, sans éprouver ni joie ni triomphe. Ça ne ressemblait pas à ce qu'il avait imaginé, et toute la situation lui apparut soudain comme un remue-ménage aussi mesquin qu'inutile, autant la barricade qui leur avait pris du temps que la répartition chicaneuse des provisions. Tout ce dont il avait envie, c'était monter dans sa Renault, verrouiller les portières et ne plus adresser la parole à quiconque. Et surtout ne plus revoir le jeune Tadjik, ses oreilles décollées, ses pieds chaussés de claquettes en caoutchouc et ses hochements de tête approbateurs et fervents après chaque réplique, n'importe laquelle, faute d'y comprendre un traître mot.

Ce fut seulement lorsque le fugitif russe lui donna une tape dans le dos, lui lança joyeusement « C'est toi qui commandes, Grand Serpent, va pas faire de bêtises ! » et s'en fut raccompagner leurs visiteurs, que le petit chauffeur de taxi eut un mouvement sec de l'épaule et leva la tête. Son visage basané ne se déforma que l'espace d'une seconde, mais la femme de la Maybach le remarqua et se retourna même pour le regarder à nouveau, plus attentivement.

— Voilà, annonça son guide souriant, sans plus la moindre trace d'accent.

Ils venaient d'arriver près de la Kia cerise, maintenant positionnée en travers d'une voie.

— Je vais pas plus loin, désolé. On va vous préparer l'eau, on va compter les bouteilles, elle sera prête dans une demi-heure.

Et il tendit sa main cerclée de la trace cramoisie des menottes au niveau du poignet.

— Nous aurons aussi besoin d'un passage vers la portion du tunnel de l'autre côté de la barricade, annonça la fonctionnaire sans prêter attention à cette main.

L'autre ne s'en offusqua pas, retira sa main et se retourna vivement.

— Qu'est-ce qui vous intéresse là-bas ?

— Vous avez isolé environ cent cinquante personnes avec votre barricade, répondit-elle. Vous ne voulez pas d'une émeute, d'enfants qui pleurent et que quelqu'un meure de soif, n'est-ce pas ? Croyez-moi, ce sera beaucoup plus difficile à vendre que l'idée d'annexer un bus. Alors, si vous voulez continuer à être perçu comme un artisan de la paix, vous les laisserez passer, afin qu'ils s'approvisionnent en nourriture et en eau, puis regagnent leur place.

— Je ne demanderais pas mieux, voyons, répondit-il attristé, mais mes gars... Ils se sont appliqués, ils ont déplacé des voitures. Imaginez comment ils réagiraient si tout le monde allait et venait. On perdrait tout l'intérêt de la chose, pour ainsi dire.

Il réfléchit et se gratta le menton, l'air perplexe.

— Faisons plutôt comme ça : c'est vous-même qui leur apporterez l'eau et les provisions, OK ? Vous prenez, je ne sais pas, dix hommes, pas plus, et on vous laissera la voie libre. Un geste de bonne volonté, comme on dit. Ça marche ?

Il tendit à nouveau sa paume sale, que la femme de la Maybach fut bien obligée de serrer, cette fois-ci, pour sceller l'accord.

— Dites-moi, qu'est-ce que vous escomptez ? demanda-t-elle, avant de se faufiler entre la minuscule Kia et un Land Cruiser Prado de deux tonnes, que les constructeurs de barricades n'avaient manifestement pas réussi à déplacer plus que très légèrement. Juste par curiosité, insista-t-elle, à votre avis, c'est quoi, la suite ?

Le brun maigrichon la regardait, la tête inclinée sur le côté à la manière d'un oiseau. Ses yeux étaient empreints d'un sérieux intense, en totale contradiction avec son ton badin.

— Vous ne nous dites pas ce qui se passe vraiment ici, répliqua-t-il au lieu de répondre. Donc on verra bien. En fonction des circonstances.

Lorsque la barricade fut à une vingtaine de pas, le petit garde dit doucement, en fixant son attention sur ses pieds :

— Donne-moi dix minutes. Je te rattraperai.

La grande femme secoua imperceptiblement la tête.

— Pas maintenant. Je te dirai quand.

— Et quoi, tu vas vraiment leur donner de la nourriture ? demanda-t-il, sans lever les yeux.

Curieusement, la question avait été posée sans perfidie, il s'agissait d'une clarification neutre, d'une vérification professionnelle normale, à laquelle elle répondit tout aussi simplement :

— Pas en totalité. Nous en distribuerons trois ou quatre palettes.

Son compagnon blafard acquiesça. Ils consultèrent tous deux leur montre au même instant et accélérèrent le pas.

— Tu sais ce que je pige pas ? reprit-il après une pause. Pourquoi ce vaurien a donné son arme au bridé. Il m'a pas semblé qu'ils étaient si copains que ça.

La femme de la Maybach sourit. Elle était irremplaçable, après tout, et il était bon de se l'entendre confirmer une fois de plus.

— C'est justement pour ça qu'il la lui a donnée, répondit-elle. Pour que tu ne le tues pas lui, mais l'autre.

Sur quoi elle sortit une serviette humide de sa poche et s'essuya soigneusement la main droite, doigt par doigt.

Lundi 7 juillet, 15 h 22

Resté seul avec son patron irrité, le gros chauffeur de la Maybach se tint bien pendant la première demi-heure, droit derrière son volant. Il s'efforça même de démontrer sa loyauté et son professionnalisme rien qu'avec le spectacle de sa nuque. Mais la tension de la dernière journée finit par l'emporter. Il se ramollit sur son siège, rejeta la tête en arrière et se mit à ronfler.

Curieusement, le vieil homme aux lunettes dorées ne réveilla pas son subordonné, bien que ses ronflements le mettent manifestement en colère. Il était globalement agité, se trémoussait, agitait le genou et regardait par sa vitre teintée avec une exaspération non dissimulée, en un homme à qui l'on aurait montré la même émission de télévision honnie pendant seize heures d'affilée. Ses traits s'étaient encore tirés, sa peau, plus jaune, suggérait qu'il souffrait d'une crise de coliques hépatiques.

L'ambiance à l'extérieur n'était pas des plus plaisantes non plus. Les trois minutes d'obscurité totale avaient inopinément forcé tous ceux qui s'étaient éparpillés dans le tunnel à revenir en courant, vers la protection illusoire de leurs voitures abandonnées, qui leur offraient l'analogue fantomatique d'un toit sous lequel se cacher. Vers 15 heures, la zone déserte autour de la Mercedes blindée s'était soudain remplie à ras bord. Sans que la populace ait rien de plus à faire que de lancer des plaintes stériles et de tenir des conversations angoissées totalement dénuées de sens. Tout avait été discuté depuis longtemps, et à maintes reprises : les mystérieux portails comme les raisons pour lesquelles on ne les avait pas encore ouverts. Aucune des théories émises ne pouvant être confirmée ou infirmée, toutes, même les plus folles et les plus absurdes, existaient maintenant simultanément, simplement parce que aucun nouvel élément n'était survenu depuis la fermeture des portails. Mais pendant l'heure et demie qui avait suivi la coupure de l'électricité extérieure, il ne s'était rien passé du tout, ce qui, d'une certaine manière, était encore pire.

Aussi, lorsque, à 15 h 30, la rumeur courut qu'à cinq cents mètres environ, des inconnus avaient bloqué le tunnel, s'étaient emparés d'un bus et en avaient tué tous les passagers, ou bien pris des otages et formulé des exigences, l'effet fut surprenant et inverse. Une excitation étrange, presque joyeuse, s'empara des files et, très vite, tous ceux qui ne dormaient pas et avaient entendu cette nouvelle sans aucun doute alarmante abandonnèrent à nouveau leurs voitures et se mirent en route vers la dangereuse barricade inconnue. Cette fois, on vit même se déplacer ceux qui avaient précédemment refusé de quitter leurs abris précaires, pour rester obstinément assis au même endroit depuis la fameuse nuit, et n'avaient pas participé à l'innocent recensement aux abords de la Ford de patrouille qui, bien qu'apparemment d'une complète inutilité, ne pouvait certainement pas vous nuire directement. Un observateur extérieur perfide aurait pu noter la tendance irrationnelle des gens les plus variés à chercher la source d'un danger juste pour savoir si ce danger était réel. Mais le seul témoin de cet exode soudain fut le fonctionnaire installé dans la longue Maybach, lequel, bien sûr, n'avait pas entendu parler d'une barricade, puisque les vitres pare-balles ne laissaient pas non plus passer les sons. Il constata seulement que les propriétaires des voitures voisines se dirigeaient vers la fin de la colonne par paires et petits groupes, et il en tira la seule conclusion possible : sa nonchalante assistante avait enfin cessé de faire l'imbécile et pris le contrôle de la situation.

Pendant un certain temps, un flot de retardataires issus des lignes de l'avant, qui avaient été les derniers à recevoir la nouvelle, passa devant la lourde limousine, mais il finit par se tarir et les allées furent bientôt vides. Quand il s'en fut convaincu, le vieil homme se rejeta dans son fauteuil et découvrit avec déplaisir qu'il avait machinalement mis en charpie toute une grappe de raisin dans le compotier, en écrasant les grains un à un entre ses doigts. Il s'essuya la main, dégoûté, sur le bord de son plaid qu'il laissa ensuite tomber par terre, puis appela d'une voix forte le chauffeur qui ronflait.

Valéra, que ses souffrances avaient épuisé, dormait profondément, la bouche ouverte, rêvant de sa datcha à Javoronki, d'un après-midi caniculaire et de sa femme sur la terrasse d'été, en train d'émincer des radis pour une *okrochka*[1]. Ses coudes ronds et roses, le cliquetis du couteau sur la planche, la toile cirée rouge avec ses tournesols, le bruit lointain d'un train… Ce fut au milieu de ces heures de langueur dominicale que la voix tranchante de son chef fit irruption. Valéra grimaça plaintivement et secoua la tête dans son rêve, mais celui-ci frémissait déjà et s'émiettait.

1. Soupe froide traditionnelle.

C'en était fini du soleil, de sa femme, de l'odeur froide des concombres. Il avait la bouche sèche, sa ceinture l'oppressait, les pieds avaient gonflé dans ses chaussures, et sous les yeux, il n'avait que son volant gainé de cuir blanc et la portière arrière froissée de la Fiat Panda avec l'autocollant « Bébé à bord ».

— Oui ! répondit Valéra d'une voix rauque.

Il s'efforça en même temps de se redresser, de se retourner et de faire semblant de n'avoir pas dormi.

— Oui ! On repart ?

Contre toute attente, son chef éclata de rire.

— Tu te fais vieux, Valéra, commenta-t-il avec plaisir. Tu t'es ramolli et tu as grossi. J'aurais dû te mettre à la retraite.

Valéra, qui avait neuf ans de moins que son chef, sourit, affichant (sans beaucoup s'échiner, d'ailleurs) une expression de confusion godiche et, juste au cas où, il s'avisa même de geindre un peu, en se frictionnant le cou. Toutes ces actions avaient pour but de donner raison au vieux et, si possible, de le faire rire à nouveau. Car, en effet, il n'était pas en colère. Au contraire, il semblait très satisfait de quelque chose.

— Ouvre, ordonna-t-il. On sort. N'oublie pas mes affaires.

Cet ordre surprenant sidéra tant Valéra qu'il se retourna, pour vérifier si la plaisanterie ne serait pas en train de se prolonger. En près de dix-sept heures, le vieil homme n'avait pas quitté la voiture une seule fois. Grâce à l'adénome prostatique dont son propriétaire était affecté de longue date, et pour lequel il avait fait installer des toilettes biologiques spéciales sous le siège central de la luxueuse Maybach (secret dont la divulgation aurait pu coûter sa tête au chauffeur), il n'en avait tout simplement pas eu besoin. La décision de quitter maintenant la forteresse blindée, alors qu'il se tramait Dieu sait quoi à l'extérieur et que son garde du corps n'était pas là, semblait tellement étrangère au caractère du vieux que, pour la première fois de sa vie, Valéra fut tenté de désobéir. Si jamais pépé était bel et bien devenu fou ou si, par ennui, il s'était pochetronné au whisky de la carafe en cristal, il était peut-être prêt à commettre des actes que lui, Valéra, paierait plus tard de sa tête. Mais la carafe était presque pleine, et les yeux du chef, bien que jaunes, ne trahissaient aucune ébriété ni aucune confusion.

— Sortons ! rugit pépé de sa voix méchante de tantôt.

Sur quoi, il saisit la poignée de sa portière. Alors Valéra, intimidé, capitula et déverrouilla docilement la serrure centrale.

Lundi 7 juillet, 15 h 33

Le chat hurlait sans relâche depuis vingt minutes, sur la même note désagréable et stridente. Par moments, il se rejetait sur le flanc et se mettait à griffer furieusement le grillage de sa caisse. Dans le processus, le jeune lieutenant renonça facilement à son rêve d'enfant et pardonna à sa mère, enfin convaincu du bien-fondé de son opinion selon laquelle chats et chiens étaient une même plaie.

Le docteur miniature semblait, lui, plutôt ravi de ces bruits cauchemardesques. Il n'arrêtait pas de regarder dans la cage de transport en marmonnant affectueusement : « Non, non, mon grand, ne te fâche pas », et il en vint même à rosir un peu sous sa couche de poussière de ciment, bien qu'il ait toujours l'air aussi fraîchement extirpé de décombres.

L'odeur, à peine tolérable près de la grille, s'estompait peu à peu, elle aussi, et juste après une Škoda au rétroviseur cassé, abandonnée, toute seule, elle disparut complètement. Bien que toujours chaud et vicié, l'air devenait plus facile à respirer. Tout devenait plus facile en général, même si le lieutenant aurait été bien en peine de s'expliquer pourquoi. Il ne comprenait pas non plus très bien ce qui le poussait à suivre le stomatologue crasseux. Mais, d'une part, il n'avait plus nulle part où aller, et, d'autre part, il fallait bien transporter le carton de médicaments et de seringues jetables, ainsi que la bouteille de vodka entamée, puisque les bras du médecin étaient encombrés par le chat.

Lorsque les voitures furent enfin en vue devant eux, tous deux, le médecin comme le lieutenant, accélérèrent machinalement le pas. Le premier parce qu'il espérait retrouver la dame courroucée en Crocs et lui demander si elle avait encore du lait, et le second juste pour avoir de la compagnie, parce qu'il ne savait plus quoi faire de lui.

Il était cependant étrange que personne ne déambule dans les allées et qu'aucune voix ne se fasse entendre. Même à distance, une telle concentration d'individus devrait faire du bruit : claquement de portières, toux, discussions ou rires. On aurait dû entendre des raclements de semelles, des paquets qui crissaient, des briquets qu'on allumait, les cris d'un enfant, mais il n'y avait d'autres bruits que les hurlements du chat et les échos qu'ils faisaient naître. L'éclairage de secours était aussi terne que celui d'un hôpital pendant la nuit, l'un des plafonniers clignotait. Les voitures alignées en trois files étaient vides, tout comme la Škoda Rapid qu'ils avaient laissée derrière eux. Le petit médecin trébucha et se tut, ce spectacle avait suffi à le faire retomber dans son cauchemar de tantôt, où les gens avaient disparu et où il se retrouvait seul dans le tunnel. Il se dit même qu'il était peut-être encore assis devant la grille, empoisonné par les émanations des cadavres, qu'il avait perdu la notion du temps, et que tout le reste – les six inconnus et leur marteau-piqueur, son chat ressuscité, le jeune policier – n'était qu'une illusion. Une scène de son rêve. La dernière hallucination d'avant la mort.

Et le lieutenant, pas moins choqué par ces rangées désertes, avait la sensation d'évoluer dans un film de zombies : il serait le dernier personnage à sortir pour découvrir que tous les autres avaient été mangés. S'il n'avait pas porté ce stupide carton avec ses cachets et sa bouteille de vodka, il se serait très certainement emparé de son pistolet.

Le médecin se pencha lentement, posa la cage de transport par terre et s'essuya le visage. Il avait les mains qui tremblaient.

— Ah ! fit le lieutenant en relâchant son souffle.

Il se serait bien donné une tape sur le front, mais il avait ce foutu carton entre les mains.

— Ils sont allés chercher de la nourriture. Elle avait l'intention d'organiser une distribution de nourriture, c'est ça. La garce, j'ai failli faire dans mon ben, mince !

Le petit stomatologue n'aurait pu imaginer l'expression « faire dans son ben » aussi farfelus que fussent ses cauchemars, pour la bonne raison qu'il ne l'avait jamais entendue auparavant. Cet ensemble de mots n'aurait tout simplement pas pu faire irruption dans son délire personnel, par conséquent, le lieutenant était sans aucun doute réel. Ainsi le reste se produisait-il aussi dans la réalité.

— Eh bien, allons-y, non ? suggéra-t-il en soulevant le chat, qui était assurément vivant, mécontent et n'avait rien mangé depuis la veille.

— Oui, en route, soupira le lieutenant en raffermissant sa prise sur le carton.

Dix minutes plus tard, ils passèrent devant une Maybach Pullman aux vitres miroirs, au moment où Valéra ouvrait la portière et sortait son crâne rasé dans le passage. Mais comme ils marchaient en silence et de l'autre côté, et que le chat enfermé dans sa cage en avait justement eu assez de crier, le chauffeur de la Maybach ne les remarqua pas. Et réciproquement. Ils atteignirent donc la barricade avec la certitude que le tunnel dans leur dos était totalement désert.

Lorsque le médecin aperçut la foule excitée devant lui, il supposa qu'il s'agissait de la file d'attente pour la nourriture, acheva de se persuader qu'il ne délirait pas et il se ragaillardit de façon notable. Au contraire, décontenancé, le lieutenant ralentit l'allure : il était bien placé pour savoir qu'il restait encore au moins un kilomètre et demi avant le camion frigorifique polonais. Aussi, n'attendant rien de bon de cette cohue, il éprouva le désir de faire demi-tour avant d'être entraîné dans une nouvelle querelle saumâtre. Mais, naturellement, il était trop tard. Quelqu'un dans les derniers rangs se retourna et remarqua son uniforme. En un instant, le stomatologue et le lieutenant se retrouvèrent à l'épicentre de cette foule et des événements qui s'y déroulaient.

On n'en était pas encore venu aux mains, mais un échange d'arguments avait déjà manifestement eu le temps de se produire, et ces disputes avaient été d'une telle nature que les relations entre les défenseurs de la barricade et les propriétaires des voitures environnantes s'étaient détériorées sans espoir de retour en arrière.

— Regardez donc ce qui se passe ! Non, mais regardez-les ! Ils se sont regroupés entre semblables. Ils ont comploté dans le dos de tout le monde, expliqua la propriétaire du setter, la femme avec un foulard autour du cou, que le lieutenant connaissait bien. Et non seulement ils ont confisqué l'eau, mais ils nous laissent pas passer, ils ont jeté dehors les gens du bus ! Ils se baladent, ils rigolent, ils manquent pas de culot, ces bandits !

Elle parlait fort et avait carrément crié sa dernière phrase en direction de la barricade. Son mari en chemise à carreaux se tenait tout près, sinistre, ayant viré au rouge brique sous l'effet de la colère.

— Ils font les braves ici, mais chez eux, ils auraient peur des leurs ! renchérit une autre femme.

Le médecin reconnut la sévère dame en Crocs qui, dans la matinée, lui avait déniché le tensiomètre et les antibiotiques pour le petit jeune.

— Qu'est-ce qu'ils ont à craindre, ici ? La police ? demanda un homme coiffé d'une casquette en toile qui lui donnait des allures de cueilleur de champignons. Ils ont tout acheté, personne les touche. Vous voulez égorger vos propres moutons dans le centre-ville ? Mais bien sûr, ne vous gênez pas. Vous voulez tirer en l'air depuis une voiture, dans la rue Tverskaïa, juste une petite minute ? Faites comme chez vous. On interdit aux gens de boire une bière dans le métro, en revanche ceux-là, ils peuvent tout se permettre. Et je suis moscovite depuis trois générations, soit dit en passant.

— Je ne pensais pas dire ça un jour, déclara le propriétaire du setter, mais c'est vraiment des sauvages, je suis désolé. Il faut quand même appeler les choses par leur nom. Nous vivons près d'un marché, j'ai peur de sortir de chez moi, honnêtement. Les jeunes filles se promènent, mais ces gars-là les sifflent et les importunent. Ils se rassemblent en meute, avec leurs regards mauvais. Ils sont capables de tout. Et ils obéissent à personne, y en a pas un qui veut s'en mêler !

— Fallait pas les laisser entrer, ces métèques, déclara avec autorité Kolia, chemise-à-carreaux-visage-brique. Ils en seraient toujours à niquer des moutons dans leur Machinsthan.

— C'est toi qui viens de dire ça ? À qui tu parles ? cria-t-on de derrière la barricade. Viens me le dire dans les yeux !

— Sors de là toi-même, sac à merde ! rugit Kolia en virant au marron. Tu serais pas en train de te faire dessus ? À un contre un, ramène-toi !

Et il fendit la foule.

— Kolia, que fais-tu ? hurla la propriétaire du setter en se cramponnant à l'épaule de son mari. Et vous ! cria-t-elle au lieutenant. Vous allez rester planté là sans rien faire ? Vous n'avez pas honte ? Kolia, je t'en supplie, Kolia ! Et celui-là, qui est là, à faire dans son froc. Mais vous servez à quoi, globalement ?

Le lieutenant, qui ne comprenait sincèrement pas en quoi ses chances de vaincre les usurpateurs et de récupérer l'eau différaient de celles de Kolia, n'éprouvait aucune honte. Mais il était à nouveau très vexé et ne désirait qu'une chose : que la mégère au foulard voie enfin son Kolia chéri se faire casser la figure. Cependant, elle se ramollit soudain, baudruche vidée de son air, se décomposa et se mit à pleurer.

— Faites quelque chose. Vous ne pouvez pas rester les bras croisés. On n'a rien, ils ont tout, ils ont l'eau, et ils nous permettent pas de passer. On peut pas laisser faire ça.

Le lieutenant, vaincu, fourra le carton de médicaments entre les bras du cueilleur de champignons en casquette de toile, tendit le bras et attrapa Kolia par la chemise.

— Fais pas ça, dit-il en réalisant qu'il s'était remis dans la mouise. Attends, mec, c'est...

Kolia se démenait, brûlant d'aller au combat, le tissu à carreaux craquait.

— Lieutenant ! retentit une voix forte et joyeuse dans son dos. Je me demandais où tu t'étais égaré.

Inutile de se retourner, au contraire, il fallait relâcher sur-le-champ le Kolia ventru, faire semblant de ne pas avoir entendu l'apostrophe, repousser deux ou trois dizaines de propriétaires de voitures anonymes et disparaître. Juste filer d'ici.

Mais la voix l'interpella de nouveau :

— Lieutenant ! Pourquoi tu fais semblant de pas me connaître ? Tu m'insultes.

Alors le lieutenant se retourna vers le visage émacié qu'il connaissait bien et le sourire qu'il s'était promis de ne plus jamais voir, quelles que soient les circonstances, et il pensa à nouveau avec angoisse : *Je vais me faire descendre ici. Maintenant, c'est certain.*

Son ancien prisonnier grimpa sur le capot d'une Opel Astra gris métallisé et le regarda par-dessus l'océan de têtes, de ce regard dont on couve un fils bien-aimé.

— Ils t'ont complètement lessivé, constata-t-il affectueusement. Tu veux un peu d'eau ? Viens donc chez nous. Viens, on va causer.

— Vous le lui direz, chuchota aussitôt la propriétaire du setter en se rapprochant. Allez-y, vous lui direz de nous laisser passer. Qu'on n'a plus rien ici. Ou qu'ils nous donnent au moins de l'eau…

Et, tout à trac, elle se mit à caresser l'épaule du lieutenant. Sa paume était petite et très chaude, et la femme à qui appartenait cette main, petite et vieille. Mais ils n'avaient pas emmené leur chien avec eux, donc la pauvre bête était toujours assise dans la voiture, probablement réduite à lécher la vitre de l'intérieur.

— Lioudmilla, arrête, grogna son mari à carreaux. Arrête, je te dis. Laisse-le.

La foule s'écarta soudain, libérant la voie vers la barricade aussi sûrement que s'il avait été décidé qu'il s'y rendrait seul, vers l'homme au visage défoncé qui, ce matin même, avait tiré une balle dans le ventre du capitaine, puis avait souri et fait un clin d'œil. Il n'y avait visiblement pas d'autre choix, et ce, depuis le départ.

Lundi 7 juillet, 15 h 44

Le vieux sortit tout seul, sans attendre l'aide de Valéra. Il poussa la portière, sauta et, en dépit des craquements dans son dos, contourna agilement les six mètres de la Maybach avant de disparaître de sa vue. Valéra sortit un sac de voyage du coffre, une mallette contenant des médicaments et, à tout hasard, un parapluie. Après quoi il actionna la fermeture des portières et se précipita à la poursuite de son chef, se demandant jusqu'où il lui faudrait aller et, surtout, pourquoi. Et puis ce qu'il découvrirait.

Mais il n'alla nulle part. Il avisa son chef dans l'étroit passage sur le flanc droit, excité et alerte comme après une injection, ses joues jaunes constellées de taches. Il examinait le mur de béton du tunnel avec la même délectation avide que si la paroi servait de support à un tableau de maître. *Pépé a bel et bien perdu la boule,* comprit Valéra, qui réfléchit aussitôt avec angoisse à la manière de lui faire regagner la voiture et de l'y garder au moins jusqu'au retour de sa blonde assistante. Alourdi par les bagages qu'il portait, il s'approchait précautionneusement, en repositionnant le long parapluie sous son bras et en composant sa première phrase, lorsqu'il remarqua la porte. Discrète, peinte d'un gris terne qui lui permettait de se fondre avec le mur, sans poignée ni inscription. Cette porte n'invitait personne à la pousser. Au contraire, on aurait dit qu'elle se cachait, au point de n'avoir même pas de trou de serrure. Et tandis que Valéra reconstituait dans sa mémoire l'enchaînement des événements qui avaient amené l'énorme Maybach ici, devant cette porte étrange qu'elle dissimulait aux regards indiscrets, le vieux se retourna et dit d'un ton impatient :

— Pourquoi tu lambines ? Viens donc ici tout de suite !

Sur quoi il s'avança et agita la main comme pour essuyer une fenêtre invisible ou comme s'il se tenait par exemple sur la tribune du Mausolée pour passer les forces militaires en revue.

Valéra se figea, tel un enfant dans un cirque, s'attendant malgré lui à un miracle, mais rien ne se produisit. L'électricité bourdonnait dans les lampes, il faisait chaud, et son vieux chef, dans son costume fripé, piaffait devant le mur et agitait les mains, comme une marionnette que l'on manipulerait depuis le plafond. Son visage était confus, presque effrayé.

— Ilya Andreïtch, commença Valéra de sa voix la plus douce. Maintenant, vous et moi, nous allons... vous savez...

Mais il y eut un sifflement dans le mur, puis un déclic et le rectangle gris de la porte frémit avant de se déplacer latéralement, à l'instar des battants d'un ascenseur. Valéra s'attendit un instant à voir de l'eau en déferler, ou bien son chef être aspiré à l'intérieur comme dans un vortex. Il devrait alors soit courir, soit se cacher derrière les cinq tonnes de la Maybach, ou même attraper le vieux dans ses bras. Mais la porte ne libéra pas la moindre goutte d'eau, son chef se précipita de lui-même dans l'ouverture sombre et, un instant plus tard, la lumière s'alluma à l'intérieur. *Exactement comme dans un ascenseur*, pensa Valéra, imaginant maintenant une cabine avec des boutons et un puits, un tuyau vertical qui pourrait être utilisé pour monter. Jusqu'où exactement ? Et pourquoi construire un ascenseur sous un fleuve ? Il n'eut pas le temps de s'interroger à ce sujet, redoutant que la porte se referme et que son chef remonte à la surface sans lui. Il s'élança donc dans son sillage.

À l'intérieur, bizarrement, il faisait froid. Il régnait une fraîcheur particulière, souterraine, de celles que l'on rencontre quand on descend chercher des concombres à la cave par une chaude journée. Il sentit immédiatement sa nuque en sueur et sa chemise collée à son dos. Il faisait également plus sombre ici, et la lumière était désagréable, bleutée, aussi Valéra s'arrêta-t-il sur le seuil et se dit qu'il attendrait avant de déposer son chargement, le temps que ses yeux s'habituent. En tout cas, il n'y avait pas d'ascenseur, ici, et pas non plus de cave, l'endroit ressemblait plutôt à un couloir. Une espèce de petit sas, éclairé par deux lampes ternes dans une gaine métallique. Quelques étagères couraient le long des murs, ça sentait la poussière, dans une atmosphère inerte et rance de maison abandonnée.

Puis Valéra cligna enfin des yeux assez longtemps… et laissa tomber son parapluie, car il découvrit tout en même temps : les respirateurs noirs de l'armée disposés sur deux rangées, une étagère avec des lampes à gaz et des trousses de pharmacie, une armoire entière de fusils à pompe identiques, et le pire de tout : une série de combinaisons jaunes de protection contre les radiations qui, avec leurs énormes casques vitrés, évoquaient un bataillon d'astronautes cloués au mur.

Si, à la place de Valéra, c'était le lieutenant de vingt-six ans qui s'était retrouvé là, il se serait aussitôt remémoré une trentaine de jeux vidéo et à peu près autant de films. Cet entrepôt dissimulé dans le mur lui aurait simplement indiqué qu'il avait découvert une récompense cachée et allait débloquer le niveau supérieur. Bref, que tout ne tarderait pas à s'arranger enfin. Cependant, le lieutenant se trouvait à ce moment-là dans un endroit ayant tout pour l'effrayer. Quant au chauffeur de la Maybach, qui, étant âgé de soixante-deux ans, avait servi au Kazakhstan entre 1976 et 1978 dans les forces de protection contre les radiations, il n'éprouvait pas le moindre soulagement. Au contraire, il en arriva à la conclusion définitive qu'il ne fallait plus rien attendre de bon et, pour la première fois, il se demanda s'il reverrait un jour sa femme et sa petite-fille.

Tournant la tête, il regarda la voiture qu'il avait conduite avec palpitation et fierté pendant trois ans et demi, qu'il avait fini par considérer comme un refuge invulnérable et sûr, et il eut brusquement envie de revenir sur ses pas, de sortir de cet abri et de se rasseoir au volant. De s'y rasseoir, point. Mais alors qu'il se faisait ces réflexions, la porte grise chuinta et se referma.

Lundi 7 juillet, 15 h 51

L'eau était tiède et sentait le plastique chauffé, mais elle était quand même délicieuse. Il avait oublié à quel point l'eau pouvait être délicieuse. Il avait oublié le docteur et la maîtresse du setter, la garce en colère de la Mercedes, même l'air qui se raréfiait, et il avait bu directement au goulot de l'inconfortable bouteille de cinq litres, en s'étouffant et en s'aspergeant jusqu'à ce qu'il ait la nausée. Et ce fut seulement après coup qu'il songea que tout le monde avait dû le regarder boire. Tout le monde l'avait vu – le docteur, Kolia à carreaux et sa femme éplorée. Le lieutenant avait le menton mouillé, tout comme le devant de sa chemise, parce qu'il avait bu sans faire attention et renversé beaucoup d'eau. Il rechignait désormais à se retourner pour ne pas croiser un regard.

Son ancien prisonnier l'observait, la tête inclinée sur le côté, avec une douceur toute paternelle.

— Prends ton temps, lieutenant, dit-il en souriant. Il y en a encore. Et la nourriture ne va plus tarder. Je me suis arrangé avec votre grosse mémère, c'est bon, ils nous l'apporteront direct ici, comme au restau.

Quelque chose avait changé en lui, cet homme maigre à qui il avait défoncé le visage, la veille, et flanqué des coups de pied sous les côtes (c'était très gênant d'y repenser maintenant). En apparence, tout était resté à l'identique : bleus aux poignets, pommette enflée, taches de sang séché sur sa chemise, et même ce sourire toujours aussi glauque. Mais, étrangement, l'effroi qu'il inspirait au lieutenant s'était encore accru depuis l'épisode près des grilles.

— Comment ça a tourné, là-bas ? demanda l'homme au visage tuméfié. Parce que je vais te dire un truc, lieutenant, écoute-moi. Va nulle part. Ils en ont rien à foutre de toi – cette bonne femme et tous ceux qui sont avec elle. Ils sont comme ton capitaine : pour eux, les gens sont de la merde. Qu'est-ce que tu leur dois ?

T'es un bon gars, je m'en suis rendu compte dès le début. T'es pas comme eux.

Sur ces mots, il s'avança et passa un bras autour des épaules du lieutenant. Lequel tressaillit, mais n'osa s'éloigner.

— Ils magouillent un truc, je te le dis. J'ai pas encore pigé quoi, mais ils sont louches. Marche pas avec eux, lieutenant, ils vont t'entuber. Reste donc avec nous. On te trouvera une petite place. On a besoin de gars comme toi, pas vrai, Grand Serpent ? Regarde-moi ce gamin, un vrai celui-là, pas comme ces enflures. Il m'a sauvé la vie, entre parenthèses.

Petit, tendu et féroce, le basané grisonnant à qui s'adressait cette dernière remarque ressemblait plus à un yakuza qu'à un Indien de roman et l'argument ne parut guère l'impressionner. Bras croisés, il détourna le regard et ne répondit rien. Ce ne fut qu'en y regardant de plus près que le lieutenant reconnut en lui le conducteur de la Renault jaune à damier, tant le chauffeur de taxi paraissait avoir changé lui aussi. Et le Makarov du capitaine pointait à présent de la poche du chauffeur-yakuza, ce qui n'était pas du tout une bonne nouvelle. Tout allait à vau-l'eau désormais, la situation ne faisait qu'empirer. Or le lieutenant n'avait aucune idée de la manière d'y remédier.

— Il faudrait leur distribuer de l'eau, déclara-t-il. Vous en avez beaucoup. Ils ne veulent rien d'autre, juste de l'eau, c'est tout.

Il serrait contre sa poitrine la bouteille de Tchiornogolovka et parlait à voix basse pour ne pas être entendu.

— Tu vois ? Quand je te disais que c'est un bon gars ! lança au chauffeur de taxi l'homme qui avait tué le capitaine.

Puis il se retourna vers le lieutenant et poursuivit :

— Écoute, ça nous gêne pas de leur donner de l'eau. C'est pas une question d'eau, tu comprends ça, non ? Il faut juste pas lui céder sur tout, à c'te bonne femme. Avec ces gens-là, faut toujours avoir un atout dans sa manche, sinon ils te bouffent tout cru. Alors t'énerve pas, frère, on va garder l'eau encore un peu. Jusqu'à ce qu'on pige ce qu'ils manigancent. À ce propos, elle t'a dit quelque chose ? demanda-t-il soudain. Tu sais, au sujet de toute cette histoire. T'es un peu son bras droit. La lumière, par exemple : qu'est-ce qui s'est passé tout à l'heure ? T'as rien entendu là-dessus ?

Ça venait peut-être de ses yeux. C'était la première fois que le lieutenant les voyait d'aussi près, et ils existaient séparément de sa voix et de son sourire, ils exprimaient autre chose. D'où, peut-être, la raison pour laquelle son sourire était si glauque : il ne collait tout bonnement pas avec ces yeux. Enfant, le lieutenant avait une peur bleue des clowns pour cette raison précise : de loin, ils semblaient drôles, mais, de près, on constatait qu'ils avaient deux visages, dont l'un était mal dessiné sur l'autre.

— Non, j'ai rien entendu, mentit-il, parce qu'il ne voulait pas parler de l'aération cassée et n'aspirait qu'à une chose : ficher le camp.

Immédiatement. Impossible de rester là, il avait atterri dans ce tunnel par suite d'une erreur qu'il devait corriger avant que la mort prévue pour lui dès ce matin-là ne se ravise.

— Et on dirait bien qu'elles brillent moins…, poursuivait sa mort souriante, en observant les lampes ternes du plafond.

— Ils me disent rien du tout, répliqua le lieutenant d'une voix rauque. Et c'est… merci, mais j'aimerais bien… je voudrais bien aller là-bas. Pour voir comment ils déchargent la nourriture. Je pourrais peut-être me renseigner, du coup… Sur la lumière et tout ça.

L'homme au visage tuméfié détacha ses yeux du plafond, secoua la tête et soupira, avec l'air affligé d'un père aimant ayant épuisé tous les arguments raisonnables.

— Non… Bon, si tu veux partir, vas-y, bien sûr. File. Pas de problème. Sérieux, lieutenant, c'est bon, je ne suis pas vexé. Note que je te demande même pas ce qui t'appelle là-bas. Tu veux pas te joindre à nous ? Je t'en prie, c'est toi le patron. Rappelle-toi juste qu'on est amis. Oui ? Ne l'oublie pas.

De ce discours plein de sous-entendus, le lieutenant comprit une chose : on l'autorisait à partir, et la tête lui tourna tant il était soulagé.

— Dans ce cas, d'accord, dit-il. Je vais y aller, oui. Merci…

Il fit deux pas, et, au troisième, la bouteille de cinq litres de Tchiornogolovka bascula soudain lourdement entre ses bras. Il s'arrêta et se retourna, même si c'était une mauvaise idée… Se retourner, tout autant que s'arrêter, d'ailleurs.

— Écoute, est-ce que je peux…, commença-t-il. Les gars, reprit-il d'une voix faible et enfantine, pour laquelle il se détesta sur-le-champ, ça vous dérange si… si j'emporte cette bouteille là-bas ?

Et il agita la main du côté du médecin désormais invisible, du cueilleur de champignons et de la mégère au foulard.

— Je n'ai pas besoin d'autant, vraiment. Pourquoi je resterais à piétiner ici avec ?

Il essayait encore de parler à voix basse, car il ne savait pas si l'on accéderait ou non à sa requête et, de plus, il avait beaucoup bu. De manière générale, toute cette conversation était plutôt merdique, et l'idée que quelqu'un d'autre ait pu l'entendre lui répugnait.

Le chauffeur-yakuza grimaça et garda le silence, mais la suggestion amusa plutôt l'homme au visage tuméfié.

— Je t'aime vraiment bien. Qu'est-ce qu'on peut éprouver d'autre avec toi, hein ? dit-il avant de s'esclaffer. Sauf que c'est une mauvaise idée, frère. Vraiment mauvaise, réfléchis donc. Ils sont combien, là-bas, une centaine ? Comment ils vont se la partager, ta bouteille ? Non, ils te remercieront pas. Crois-moi. Donc vas-y, file, on se chargera de ça nous-mêmes, comme convenu. Si tu changes d'avis, reviens. Je t'en dois une et je l'oublierai pas. Donc en gros, reviens si tu as besoin. Ou juste comme ça, pour me faire un petit coucou. Les gars ! cria-t-il en s'adressant non plus au lieutenant, mais au groupe d'hommes tendus qui gardaient l'extrémité de la barricade. On laisse passer notre ami, d'accord ? Tout va bien, c'est un ami !

Le petit stomatologue, comprimé dans la foule, regarda le jeune policier, avec qui il venait de parcourir un kilomètre très important, mettre un terme abrupt à ses négociations avec les usurpateurs de l'eau, tourner les talons et s'en aller de l'autre côté de la barricade. Sans se retourner, d'un pas rapide, comme s'il était en retard pour son train.

— En voilà un beau salopard ! commenta le gros rougeaud en chemise à carreaux.

— Oh, arrêtez ça, pour l'amour de Dieu. Je ne comprends pas ce qui vous surprend là-dedans, répliqua le triste sire à la casquette. Tout s'achète avec ces gens-là. Vous venez d'en avoir une belle illustration.

— Espèce de merde ! hurla le gros à carreaux à l'adresse du lieutenant qui s'éloignait. Chochotte !

— Kolia, viens, on retourne à la voiture, lui dit sa femme. J'en peux plus de rester ici, je suis fatiguée.

— On va juste avaler la couleuvre ? poursuivit Kolia. Les mecs ! Ils sont combien ? On pourrait pas les disperser ?

Il se dressa sur la pointe des pieds, étira son petit cou et jeta sur la foule un regard farouche, presque haineux, le regard de quelqu'un qui cherche un adversaire contre qui se battre. Ses yeux s'attardèrent un instant sur le frêle docteur et sa caisse de transport, puis sur le triste Moscovite de troisième génération, et enfin sur un groupe d'ouvriers robustes et bronzés, vêtus de T-shirts poussiéreux.

— Allô ! lança-t-il. Eh ben, les gars, pourquoi vous bougez pas de là ? Vous avez pas fini de vous tripoter la nouille ?

Cet appel passionné n'éveilla pas le moindre enthousiasme chez ses destinataires. Ils se tenaient contre le mur, la mine renfrognée, et cette attention inattendue ne les réjouissait nullement. En les examinant mieux, le médecin reconnut les six inconnus qui avaient endommagé le câble d'alimentation, deux heures plus tôt. L'ayant probablement reconnu, eux aussi, ils rentrèrent encore davantage la tête dans les épaules. Mais aucun autre volontaire ne se présentait pour démonter la barricade, et Kolia commençait à s'en rendre compte.

— Les gars, insista-t-il. Pourquoi vous réagissez pas ? C'est de la racaille, bon sang ! De la vermine ! Ça fait un moment qu'ils se sont pas pris une raclée, c'est tout. On leur en colle une dans les règles et ils se carapateront comme des cafards !

— Excusez-moi, vous nous proposez un combat à mains nues, c'est ça ? s'agaça une voix masculine. Un genre de pugilat à l'ancienne ? Ça ne vous dérange pas qu'on soit au XXIe siècle ?

— Qu'est-ce que ça peut foutre ! rugit Kolia, de nouveau rouge brique. Monsieur vit au XXIe siècle. Eh ben, restes-y sans eau dans ton putain de siècle. Tu vas voir qu'ils vont pas se priver pour te traiter comme de la merde !

— Ça suffit, Kolia, tenta sa femme d'une toute petite voix.

— Et quand ils vous colleront une balle dans le front, je serais curieux de voir ce que vous ferez, poursuivit la même voix masculine, manifestement blessée. Ça ne vous préoccupe pas qu'ils aient une arme là-bas ? Ou vous espérez qu'ils blesseront quelqu'un d'autre ? Vous êtes qu'un sale provocateur !

— C'est bon, on a touché un point sensible, là, intervint quelqu'un. Vous n'êtes pas d'accord ? Ils n'ont vraiment plus peur de rien. On ne peut pas procéder autrement avec ces gens, désolé, ils ne comprennent que la force.

— Ben dans ce cas, vas-y, attaque le premier, si tu as tellement envie de te battre ! Par souci de justice. Gapone[1] de mes deux ! Perso, je ne suis pas prêt à me prendre une balle dans la tête.

— Mais ils ne tireront pas, bon sang, on est au XXIe...

— C'est exactement ce qu'ils feront ! Voilà toute la différence. Comment vous ne comprenez pas qu'on ne peut pas combattre des barbares avec leurs propres armes ? Ça n'a pas de sens !

— Mais dans ce cas, on fait quoi, qu'est-ce que vous suggérez ? On laisse pisser ?

— Je ne suggère rien, qu'est-ce qui vous fait penser que je suggère quoi que ce soit, je dis juste...

— C'est pour ça qu'ils vous baisent ! brailla Kolia. Voilà pourquoi. Ils vous ont baisé, ils vous baisent et ils vous baiseront !

Les veines de son cou rouge de taureau étaient saillantes désormais.

— Bon, eh bien, ça devrait peut-être suffire, déclara une nouvelle voix, sonore, qui domina facilement l'écho des derniers mots. Ressaisissez-vous. Il y a des enfants, ici, des femmes. C'est scandaleux, votre comportement.

Kolia se figea un instant, la respiration rauque, puis pivota à demi et fixa celui qui venait de parler. Il évoquait maintenant un boulet de canon en fonte tombé dans une tranchée, une seconde avant l'explosion.

— Mais qui c'est que v'là encore ? lâcha-t-il. Mais que monsieur est donc beau !

En effet, l'homme qui lui faisait face était vraiment beau : de belle prestance, grand, avec une somptueuse chevelure blanche et un nez bosselé racé. Il portait une veste en lin coûteuse et un foulard en soie. Et à peine avait-il ouvert la bouche que tous

1. Prêtre orthodoxe qui eut une activité politique et sociale au début du XXe siècle et qu'on soupçonna longtemps d'avoir été un agent provocateur des services secrets du tsar.

avaient remarqué son indubitable accent caucasien. Immédiatement, le silence se fit, les têtes se tournèrent. *Oh là là !* pensa le docteur, qui serra plus fort sa caisse de transport et décida de ne pas regarder.

— Donc tu vas me dire ce que je dois faire ? Dans ma ville ! répliqua Kolia. Toi, à moi. Comment je dois me comporter. Dans ma ville.

— Oui, je m'en chargerai, si tu ne le comprends pas tout seul, répondit d'une voix forte le propriétaire chenu de la Nissan Qashqai, passant lui aussi au tutoiement.

Cela faisait trois quarts d'heure qu'il était dans la foule et il en avait tant entendu qu'il n'était plus le moins du monde enclin à la diplomatie.

— Et si je te cassais la gueule, par exemple ? demanda Kolia à carreaux.

Et le voilà qui s'avance, torse bombé et bras courtauds largement écartés. Ardent et rond comme un samovar. Ce qui le mettait surtout hors de lui en cet instant, c'était moins le ton méprisant, le nez ou même l'accent que le foulard. Un putain de foulard en soie.

— Essaie donc, espèce de malotru, rétorqua le professeur invité de l'université du Massachusetts.

Il s'avança en déboutonnant sa veste. Ayant toujours été colérique, surtout dans sa jeunesse, il comprenait bien que la bagarre puisse être un argument. Et puis, à l'instant même, en cette seconde précise, sa patience avait fini par s'épuiser complètement et il éprouva soudain une liberté et une clarté aveuglantes, telles qu'il n'en avait plus connu depuis des années.

En raison de l'attroupement, il n'y eut pas de combat au sens propre du terme, mais une brève et vilaine échauffourée entre les adversaires, qui valut au professeur invité une déchirure dans le revers de sa veste en lin, mais qui lui permit de son côté de balancer un coup de coude dans l'oreille de son adversaire. Les deux hommes s'empoignèrent ensuite à deux mains et se figèrent dans un corps-à-corps inconfortable, haletants et oscillants tels deux boxeurs amateurs. Malgré leur différence de taille, leur catégorie de poids était plus ou moins la même et il n'était pas aisé de deviner qui sortirait vainqueur.

La plus grande crainte du docteur était que les autres s'en mêlent. Non seulement parce que l'homme à l'accent caucasien n'avait pas d'alliés de ce côté-ci de la barricade, de sorte que le combat se transformerait inévitablement en lynchage, mais aussi parce que lui-même se trouvait trop près, au cœur même de la foule, pour pouvoir préserver la caisse de transport en cas de bagarre générale. Au début, cependant, aussi curieux que cela soit, personne ne s'interposa. Peut-être parce que le grand Caucasien était solide et chenu, et que son rival bedonnant n'était pas plus jeune, si bien que les hommes tout autour semblaient rechigner à l'idée de s'en mêler. Mais la petite femme de Kolia poussa alors un cri strident.

— Lâche-le ! Bandit, lâche-le tout de suite ! Mon Dieu, mais enfin, aidez-le, si ça se trouve il a un couteau !

Sur quoi, sans attendre, elle vola elle-même au secours de son mari, sauta et se suspendit, tel un sac à dos, aux épaules du professeur invité. Celui-ci poussa un cri, oscilla, mais tint bon, sans doute grâce à Kolia, qui l'épaulait fermement de l'autre côté. N'empêche, la petite femme entre deux âges étouffait l'homme âgé en dépit de sa taille et continuait d'appeler à l'aide. Ses jambes maigres chaussées de souliers orthopédiques gris se balançaient au-dessus du sol et la scène était à ce point sauvage que plusieurs spectateurs s'avancèrent, qui pour les séparer, qui pour les aider, juste pour que ça s'arrête. Et, bien entendu, ce fut alors que débuta la véritable foire d'empoigne, où personne ne comprenait plus rien et tous agissaient n'importe comment. Bien que ces actions collectives n'aient guère été dirigées expressément contre le professeur invité, ce fut lui qui en souffrit le plus, car il s'avéra finalement impuissant à supporter tout ce poids et s'effondra. Il tomba sur le flanc, sur l'asphalte piétiné, entraînant avec lui Kolia, sa minuscule femme et plusieurs autres personnes qui n'avaient pas desserré les mains à temps. Il percuta le sol avec un grand bruit, soit de l'arrière du crâne, soit de la tempe.

Ce son arrêta tout. Le chaos s'acheva dans la même seconde, la mêlée comme les cris. Tous ces gens tombés les uns sur les autres reprirent leurs esprits et commencèrent à s'éparpiller, aussi lentement et prudemment que s'ils s'étaient couchés sur une mine d'infanterie. Le professeur invité au nez bosselé apparut de sous l'amoncellement telle une pierre au moment du reflux de la marée. Blême, il demeurait au sol, immobile.

— Alik. Alik ! Non, non, non, non, non, non, mon Dieu, Alik. Mon chéri, oh bon sang ! Éloignez-vous, éloignez-vous tous, reculez, je suis là, mon chéri, viens, je suis là, reculez, ne le touchez pas, enlevez vos mains, éloignez-vous tous. Laissez-moi passer, reculez !

La belle blonde replète, à la chevelure en bataille, s'agenouilla devant son mari et écarta les bras, en oiselle devant son nid.

— Vous l'avez tué, gémit-elle. Vous n'êtes que des animaux. Vous l'avez tué.

Elle parlait d'une voix fluette, où l'on percevait même une pointe de surprise.

— Attendez, intervint le docteur, qui entreprit de se frayer un chemin vers l'homme allongé. Permettez-moi de l'examiner...

Il n'eut même pas le temps d'annoncer qu'il était médecin : la femme arqua le cou, grimaça et se mit à feuler.

— Mais c'est un docteur, intervint la dame en Crocs d'une voix que l'on emploie avec les enfants. Notre docteur, laissez-le examiner votre mari.

Sur ces mots, le médecin et son chat furent immédiatement poussés vers la femme assise au chevet de son mari. Celle-ci avait des yeux fous, et le petit stomatologue redouta un instant qu'elle bondisse pour le mordre. Mais le professeur toussota soudain et cligna des yeux.

— Mon chéri, balbutia sa femme, dont le visage, brouillé par les larmes, avait enlaidi. Dieu merci, mon chéri... Regarde-moi ! Où tu as mal ? Dis-moi, où ?

— Il est vivant, soupira-t-on dans la foule.

Le mot parut rouler dans toutes les directions, prenant de l'ampleur.

— C'est bon, il est vivant ! Tout va bien !

— Il lui faut de l'eau...

— Où on va la trouver, cette eau ?

— Eh bien, demandez autour de vous ! Vous êtes sûr que personne n'en a ? Cet homme souffre.

— J'ai de la vodka ! s'écria le Moscovite de troisième génération en soulevant le carton de médicaments, dans lequel glougloutait la bouteille de Stolichnaya entamée.

— Aboulez la vodka, c'est bien, la vodka, pour ça, d'ailleurs !

— Ne vous déplacez pas, donnez-la-moi, je la ferai passer…

Le professeur ressuscité s'assit tant bien que mal et secoua sa veste. Sa grande main ornée d'un anneau d'or tremblait violemment. S'armant de courage, le docteur finit par s'approcher.

— Comment vous sentez-vous ? demanda-t-il. Des douleurs ? Des vertiges ?

— À votre avis ? répliqua le professeur avec un sourire faiblard. J'ai soixante-quatre ans, mon cher, j'ai toujours mal quelque part. Lara, ma chérie, c'est bon, calme-toi, ne te mets pas dans des états pareils.

Contrairement à sa femme, il n'était pas en colère, mais plutôt gêné, et l'on voyait qu'il était embêté de se trouver assis sur l'asphalte sale, dans un pantalon couvert de poussière et une veste au revers déchiré. Sur le côté droit de son front, une grosse bosse était en train d'enfler.

— Vous avez peut-être une commotion cérébrale, dit le médecin avec le même sentiment de culpabilité que si c'était lui qui avait poussé l'homme en costume et lui avait fracassé la tête. Laissez-moi vérifier.

— Ce n'est rien, le repoussa le professeur, qui entreprit de se remettre péniblement sur pied, aidé par sa femme.

Ce fut à ce moment-là que la Stolichnaya arriva, apportée par la dame en Crocs turquoise, qui la tendit non pas au blessé, mais à sa femme. Celle-ci leva la tête et repoussa vivement la bouteille. Ses cheveux et sa robe étaient en désordre, ses joues striées de mascara et son genou gauche ensanglanté, mais elle avait retrouvé une allure menaçante et ses yeux dardaient des éclairs.

— Au diable tout ça ! lança-t-elle en détachant bien les mots. Rien à faire de votre vodka. Nous n'en voulons pas. Nous ne voulons rien de vous. C'est compris ? cria-t-elle au docteur. Alik, tu peux marcher ? Viens, on y va.

Sur ce, un bras autour de son mari chancelant, elle passa son épaule sous l'aisselle du blessé et jeta son autre bras sur le côté, où deux brunes fluettes, que personne n'avait remarquées jusqu'alors, vinrent se blottir comme sur commande. Après quoi elle les emmena ou les traîna tous les trois, de nouveau semblable à une mère-oiseau et en même temps à une infirmière transférant des blessés... dans une direction inattendue cependant : vers la barricade.

L'endroit comptait à présent deux fois plus de défenseurs, rameutés par le récent tapage. Certains avaient même grimpé sur l'Opel Astra et observaient l'arrivée de ces importuns avec la curiosité passive des spectateurs d'un film dans un cinéma de plein air. La femme s'arrêta devant l'Opel et les regarda l'un après l'autre, comme si elle cherchait quelqu'un, puis elle tendit le cou et trouva manifestement derrière eux celui qu'elle cherchait, car elle lâcha son mari, leva un bras charnu, tout blanc, et cria avec colère :

— Eh ! Vous vous souvenez de moi ? Oui, vous ! Vous êtes venu nous voir et vous avez promis de nous aider, vous vous souvenez ? Nous voilà !

C'était intentionnellement que le chauffeur de taxi d'Andijan n'avait pas suivi la bagarre de l'autre côté. Il n'avait aucune envie d'assister à ça, ce genre de scène lui répugnait. Il se tenait au milieu de l'espace clôturé par des voitures et tentait de se rappeler pourquoi tout cela était nécessaire. Qu'est-ce qui l'avait rempli d'une telle joie devant la réussite de leur plan, quand les personnes qu'il avait personnellement invitées à venir ici avaient subitement commencé à débarquer, et en grand nombre, qui plus est ? Où était passée cette joie, à quel moment avait-elle disparu ? Ainsi interpellé, il se retourna et reconnut la Russe aux cheveux teints qui, deux heures et demie plus tôt, l'avait regardé par la vitre d'une Nissan blanche avec l'effroi anxieux que l'on réserverait à un chien subitement doué de parole. Maintenant, son regard avait changé. Maintenant elle le voyait vraiment. Mieux encore : elle voulait lui parler.

Il s'approcha avec une lenteur délibérée de la barricade. Les quatre nouveaux venus observaient son approche : la femme blonde, son mari au costume coûteux et leurs deux sang-mêlés aux jambes fines. Ils avaient l'air de gens qui viennent de se faire dévaliser en pleine rue.

— Nous voilà, répéta la Russe. Laissez-nous passer.

Ce n'était pas une prière, il le comprit d'emblée. Les gens comme elle ne savaient pas demander, personne ne le leur avait appris. Ils vous indiquaient une adresse sans lever les yeux de leur téléphone, payaient sans vous regarder et savaient toujours mieux que vous l'itinéraire à emprunter. Et leurs intonations suggéraient qu'ils n'attendaient pas de réponse de votre part. Celle-ci aussi s'efforçait de faire croire qu'elle n'avait pas besoin de sa réponse, alors même que son visage était barbouillé de maquillage, que la bretelle de sa robe avait glissé jusqu'à son coude, révélant une épaule ronde qui, couverte de taches de rousseur, trahissait son âge. Les gamins qu'il avait chargés de garder le passage entre l'Opel et l'autobus reluquaient le spectacle en gloussant.

— Lara, ma chérie, commença son mari avec un agacement évident. Lara, je ne pense pas qu'il soit nécessaire…

On voyait bien qu'il lui était désagréable de se présenter là en tant que solliciteur et de laisser sa femme conduire les pourparlers à sa place.

Un Azerbaïdjanais, comprit le chauffeur de taxi d'Andijan, en prêtant l'oreille. *Ou un Avar. Non, un Azerbaïdjanais, c'est sûr. Ils aiment bien épouser des Russes, va savoir pourquoi.*

L'homme d'Andijan n'avait aucune envie de les laisser entrer, et pas seulement à cause de la femme. Pourtant, l'homme était l'un des leurs, quand bien même il lui répugnait de l'admettre. Et à en juger par son apparence, il avait besoin d'aide. Plus encore, l'homme d'Andijan la lui avait proposée. Les renvoyer maintenant signifierait que tout cela n'avait effectivement pas de sens, or le sens existait toujours bel et bien, il devait juste se le rappeler.

— Viens, mon ami. Nous allons vous aider, ta famille et toi, dit-il à l'Azerbaïdjanais chenu, avant de désigner sa femme d'un signe de tête, sans la regarder : Et trouve-lui de quoi se couvrir.

Lundi 7 juillet, 16 h 01

Mitia décolla ses paupières et réalisa qu'il était assis à même l'asphalte, appuyé contre la portière arrière de la Toyota, bouche ouverte, la langue enflée et adhérant au palais. Sa nuque était raide et il avait une soif inimaginable. *Putain d'Absolut,* pensa-t-il à sa grande honte. Pourtant ils n'en avaient pas bu beaucoup. *Comment j'ai pu perdre connaissance comme ça ?* L'étrange ivresse, qui s'était abattue sur lui à la vitesse de l'éclair, avait disparu aussi vite qu'elle était venue, ne laissant dans son sillage qu'un mal de tête lancinant et une soif intense. *Bien fait pour toi, idiot. T'as vraiment choisi ton moment. Qui boit de la vodka quand il n'y a pas d'eau ?*

Il était venu s'asseoir ici pour parler avec Assia, et il se rappela qu'il avait en effet échangé avec elle. Il lui avait touché l'épaule, expliqué quelque chose en élevant la voix. Il s'était fait l'impression d'être très persuasif, comme un vrai père. Mais elle avait de nouveau ce visage fatigué et étranger, et les mots qu'il avait employés n'étaient pas les bons, alors il s'était mis en colère et avait continué à parler. Puis il avait dû s'endormir. Ou plutôt tomber dans les vapes. En tout cas, il n'avait aucune idée de la façon dont la conversation s'était terminée.

Précautionneusement, pour éviter que ça batte trop fort dans ses tempes, il se leva. Sa tête était une boule de verre remplie d'eau bouillante, si bien qu'il lui était douloureux ne serait-ce que de lever les yeux. La pire des gueules de bois, pour laquelle il n'y avait pas de remède, à part s'allonger dans une pièce aux rideaux tirés en attendant que ça passe et boire de l'eau. Gazeuse, plate, sortie de la bouilloire, du robinet. Il imagina le jet glacé avec un léger arrière-goût de chlore, le choc sur ses dents, les gouttes dans son cou et la sensation de froid dans son ventre.

Il devait trouver Assia. Trouver un moyen d'arranger les choses. Que dire à une fille de seize ans qui te considère comme un trou du cul ?

Elle n'était pas dans la voiture. L'attroupement aux abords de leur véhicule s'était également dispersé, pour ne plus compter que trois personnes – le mari et la femme Patriot, flanqués de maman-Peugeot –, dans l'espace entre la Toyota et la voiture de police. La discussion politique s'était manifestement tarie avec l'Absolut, et maintenant ils étaient assis autour de la bouteille vide, comme des soldats auprès d'un feu nocturne, et ils chantaient. Chœur discordant de voix faibles et fatiguées.

— … qu'est-ce que tu aaaaas… à tourner au-dessus de moiiiii… tu n'auraaaaas pas ta proiiiiie[1]…

1. Paroles du « Corbeau noir », chanson traditionnelle cosaque.

Maman-Peugeot oscillait doucement au rythme de la chanson. Elle avait les yeux fermés, le front et les joues constellés de taches violacées. Contre toute attente, Patriot s'avérait doté d'une agréable voix de baryton.

C'était un peu gênant de les regarder, Mitia eut l'impression de lorgner par la fenêtre chez des inconnus. Il recula avant d'être remarqué et se tourna vers la décapotable. Les vitres du porte-savon étaient embuées. À l'intérieur, sous la capote de protection, la banquette grinçait en rythme et la nymphe gémissait. Sans grande passion, sur une seule note, comme dans un mauvais film porno.

On se comporte comme ça parce qu'on a peur, Assia. On a juste peur, alors on agit comme des idiots. Ou comme des porcs, pensa-t-il en surprenant son reflet dans une vitre. Quoique, à présent, il se sente surtout nauséeux. Écœuré, avec un sacré mal de tête et très, très assoiffé. Où était-elle donc passée ?

Il tourna prudemment la tête vers l'interminable rangée de voitures – à gauche, puis à droite – et aperçut Sacha en compagnie de la propriétaire de la Porsche Cayenne en robe noire. Elles arrivaient lentement à sa rencontre, absorbées par leur conversation, comme des écolières après la classe, et elles avaient l'air normal. D'une normalité inexplicable, irritante, sachant qu'elles étaient environnées de boîtes de fer brûlantes, coincées dans un boyau exigu sous un fleuve ; mais non, elles semblaient évoluer sur un boulevard ordinaire, bordé d'arbres et de bancs, ou dans une rue tranquille de la ville. Comme si tout allait bien. Ce fut son mouvement pour s'approcher d'elles qui les fit frémir et se prendre par la main.

— Vous étiez où ? Assia est avec vous ? demanda-t-il d'une voix rauque, en s'efforçant de souffler son haleine de côté.

Il se rendit compte au visage de Sacha que la précaution ne servait à rien.

— Non, Mitia, elle était avec toi. Quand nous sommes parties en tout cas, répondit Sacha.

Elle avait parlé de cette voix prudente et égale qu'on emploie avec des enfants sur le point de piquer une colère en présence d'invités, ou avec des psychopathes armés d'un couteau. De cette voix qu'elle avait employée l'avant-veille, dans la datcha de ses amis, devant les assiettes de burrata maison.

Il n'en fallut pas plus pour qu'il sente sa colère flamboyer de nouveau. Contre lui-même, contre elle, contre la beauté-Cayenne qui détournait poliment le regard. Contre les chants funèbres derrière lui et le tapage éméché dans la décapotable. Contre Assia. Contre le constat que, s'il y avait eu une flaque d'eau sale et tiède quelque part, même couverte d'une pellicule huileuse, il se serait allongé sur le bitume et l'aurait lapée.

À voir les yeux de Sacha, on aurait pu croire qu'il l'avait déjà fait et s'apprêtait à recommencer, et que son principal souci était de faire obstacle entre la beauté-Cayenne et lui, pour que celle-ci ne s'en aperçoive pas. Mais la Lexus LX570 bleu foncé de la file voisine s'anima à cet instant-là et fit entendre un bruit velouté, rassasié, d'estomac qui s'agite. Mitia, qui n'en croyait pas ses oreilles, se précipita vers le monstre à la carrosserie polie et tambourina à la vitre.

Au bout de quelques secondes, la vitre s'abaissa.

— Vous avez perdu la tête, putain ? siffla Mitia, s'étouffant à la fois de rage et de soulagement. Éteignez-moi ça tout de suite ! Le moteur ! Coupez-le !

Comme le propriétaire de la Lexus, hébété, ne se pressait pas pour réagir, Mitia passa la tête dans l'habitacle afin d'atteindre le contact. Il avisa alors une barbe grise, une étouffante chape noire et une énorme croix pectorale. Même s'il n'en frémit pas particulièrement, il fut tout de même un peu gêné. Il ne lui manquait plus que d'enguirlander un prêtre au vu et au su de tous. Mais oui, un prêtre, c'était sûr. Et, à en juger par sa voiture et sa croix de la taille d'une paume, haut placé dans l'Église. Étrange qu'il n'ait pas de chauffeur. *Comment se peut-il qu'on ne l'ait pas remarqué avant ?* Pourtant, depuis le début, la Lexus orthodoxe bleue était stationnée sous leurs yeux, à droite de la décapotable, et, la nuit dernière, la séditieuse maman-Peugeot avait même lâché quelques commentaires caustiques sur les revenus des hiérarques de l'Église.

Le saint père sentait l'eau de toilette de qualité à laquelle se mêlaient les relents d'un parfum sucré et une odeur de Valocordin. Sans quitter Mitia des yeux, il tendit vers le tableau de bord sa grande main blanche qui tremblait légèrement : il n'était pas habitué à ce qu'on le traite ainsi. Son doigt toucha un bouton et le moteur s'éteignit, laissant place à un silence gênant. Même les chants s'étaient tus aux abords de l'UAZ.

— Je suis désolé, marmonna Mitia, dont la colère retombait rapidement. Nous ne mettons plus les moteurs en marche maintenant. Les moteurs sont interdits pour le moment.

Quel était l'usage pour s'adresser aux prêtres ? « Saint père » sonnait étranger, catholique. Juste « mon père » ? « *Batiouchka* » ? Non, pas « *batiouchka* ». Impossible de prononcer ça.

— Je ne vais pas le faire tourner longtemps, dit le prêtre d'une voix posée, aussi veloutée que son moteur. L'air conditionné va fonctionner dix minutes, puis je l'éteindrai. Je souffre beaucoup de la chaleur. Car je… ne suis pas en bonne santé.

La croix posée sur l'ample ventre du *batiouchka* était énorme, ornée de quelques pierres et d'une couronne. Une vraie croix de roi. Était-ce vraiment de l'or ? Elle devait peser dans les cinq cents grammes.

— Vous savez combien d'air votre moteur brûlera en dix minutes ? demanda Mitia. Il y a cinq cents personnes ici. Ça donnera peut-être une heure supplémentaire à quelqu'un.

Le prêtre le regarda avec des yeux délavés de vieillard, sans rien comprendre, de toute évidence. Il avait effectivement l'air malade, avec sa peau grisâtre et son front couvert de sueur. Mitia réalisa soudain que le vieux barbu en soutane n'avait pas dû sortir plus de deux ou trois fois de sa voiture. Il n'avait parlé à personne et certainement pas pris part à l'assaut du camion frigorifique polonais, lorsque les lumières s'étaient éteintes.

— Ah, vous n'êtes donc pas encore au courant, conclut Mitia. J'ai une mauvaise nouvelle pour vous.

Le prêtre accueillit la mauvaise nouvelle avec un calme étonnant : il écouta Mitia sans l'interrompre et ne posa pas une seule question, comme s'il s'était attendu à quelque chose de ce genre. En outre, il s'avéra que son coffre contenait quatre bouteilles de Sviatoï Istotchnik et une boîte de chocolats Mozart à deux étages, luxueuse, du même or porphyrique que le rideau de scène du Bolchoï. Cette eau et ce chocolat, sitôt étalés sur le large capot avant de la Lexus, attirèrent immédiatement les enfants Patriot, qui surgirent tout somnolents de l'UAZ, le couple de la décapotable et, d'une manière générale, produisirent un effet extraordinaire sur les occupants des voitures environnantes.

La vague déferla sur les rangées, les portières claquèrent, et il y eut bientôt toute une file d'attente pour la distribution. Bien qu'il ait été clair d'entrée de jeu que ni l'eau ni même les chocolats ne suffiraient pour tout le monde, la file d'attente se comporta calmement, voire timidement. *Comme à l'église,* réalisa soudain Mitia. La magie de l'uniforme avait opéré : la soutane, la barbe blanche et la croix agissaient avec une puissance presque supérieure aux écussons de la police. Personne ne se poussait, tous se comportaient au contraire comme s'il était honteux de prendre ce morceau de chocolat doré et de boire une gorgée et demie d'eau gazeuse tiède, et qu'il serait beaucoup plus décent de céder ce droit à quelqu'un d'autre. *Voilà pourquoi je dois absolument trouver Assia, et vite, avant qu'il n'y ait plus d'eau.*

Il tourna la tête, essayant de deviner dans quelle direction courir, mais courir où que ce soit était désormais impossible. Les passages étroits entre la Peugeot, l'UAZ et la Porsche étaient encombrés d'inconnus.

Lundi 7 juillet, 16 h 12

Les quarante-six passagers du bus et les huit propriétaires des voitures confisquées atteignirent la Ford de patrouille aux environs de 16 h 15. Les quelques bouteilles de cinq litres de Tchiornogolovka, qu'un inconnu souriant à la chemise tachée de sang leur avait données pour la route, ils les avaient bues juste après la barricade, en se les répartissant à la hâte. D'abord parce qu'ils étaient tourmentés par la soif. Ensuite, parce que, désormais privés de toit, ils n'avaient plus aucun espoir de pouvoir défendre leur droit à l'eau.

Mais ils n'en avaient pas eu beaucoup – environ un verre par personne (les derniers encore moins), et cette eau ne leur avait guère apporté de soulagement. Il semblait également absurde de demander à être accueilli dans la voiture d'autrui, personne n'en avait d'ailleurs envie pour l'instant, car il y faisait encore plus chaud qu'à l'extérieur. De façon générale, ce n'était pas d'un abri temporaire que ces gens avaient besoin, mais d'être rétablis dans leurs droits d'avant, égaux à ceux des autres. Ils cherchaient donc un lieu où se plaindre et réclamer justice. Or, bizarrement, à part une voiture de police sale au flanc cabossé, le tunnel n'offrait aucun endroit de ce genre.

Le problème, c'était que la Ford de patrouille était fermée à clé et vide. Au lieu d'un représentant du gouvernement, l'espace aux abords de ce véhicule accueillait un gros prêtre âgé, vêtu d'une longue chape noire, et portant barbe et croix pectorale. Il exécutait un rituel semblable en apparence à la communion, sauf qu'en lieu et place du vin et du pain, c'étaient de l'eau minérale et des chocolats enveloppés de papier aluminium qui faisaient office de sang et de corps du Christ. Après tout ce qu'ils avaient vécu, les réfugiés épuisés ne s'étonnèrent même pas de ce qu'ils voyaient, cependant l'expérience les prévint contre toute réaction irréfléchie. Aucun d'eux n'aurait eu la force de revenir en arrière, d'autant qu'ils n'avaient plus nulle part où aller.

— Mince alors, il y a une secte ici aussi, chuchota une femme portant un lourd sac Bosco Sport. Qu'est-ce que c'est que ça, encore ?

— Oh, arrêtez donc. Pourquoi tout de suite une secte ? lui répliqua-t-on. Ils sont des nôtres, des orthodoxes...

— Eh, parlez pour vous ! lança une troisième voix. Je suis athée, moi, je vous signale.

— Écoutez, ça ne vous est pas égal ? C'est mieux que ces djihadistes.

— Bénissez-nous, *batiouchka* ! cria quelqu'un.

On lui ordonna de se taire.

Après ce cri imprudent, un homme aux lunettes embuées se détacha de la foule des communiants et se dirigea rapidement vers l'endroit d'où était venu le son.

— Assia ! cria-t-il en regardant par-dessus les têtes. Assia, tu es là ?

L'homme empestait la vodka. La première rangée de réfugiés cilla et eut un mouvement de recul.

Lundi 7 juillet, 16 h 15

— En fait, elle m'a dit d'aller au camion, raconta Assia. Je m'en souviens parfaitement. Genre, dans une heure, on se retrouverait tous au camion.

— Ça fait plus d'une heure, grogna la garce blonde de la Cayenne.

— Et genre, t'es sûre, c'est ça ? insista Assia.

Son téléphone avait rendu l'âme la veille, elle ne savait même pas si on était encore le jour ou le soir. Et comme les lumières avaient baissé, il lui semblait qu'il faisait nuit depuis longtemps. À tout hasard, elle jeta un coup d'œil aux poignets pâles de la garce. Le gauche disparaissait sous un fouillis de bracelets de cuir et d'argent, le droit laissait voir une longue cicatrice blanchâtre. Pas la moindre montre en revanche. Et nulle part où cacher un téléphone dans cette robe.

Mlle Cayenne s'arrêta.

— Mince, c'est quoi, ton problème ? Tu veux aller au camion, vas-y. Mais c'est elle qui a les clés de toute façon, elle les a mises dans sa poche. Peut-être qu'elle a changé d'avis et qu'elle ne reviendra pas du tout. Bon, bref, j'en peux plus de rester assise ici. Ils font vraiment ch…

Assia avait une faim de loup. Et soif aussi. Elle visualisa un bocal de cerises au sirop, bien frais, aux parois humides, et le déclic du couvercle. Elle commencerait par boire le jus, puis retirerait les fruits un à un avec ses doigts, les cerises éclateraient sur sa langue. De toute façon, elle n'en pouvait plus de demeurer figée près de la Toyota, la perspective lui répugnait autant qu'elle l'effrayait, alors que là, au moins, elle n'était pas obligée de penser à tout. Il lui suffisait d'aller chercher la femme qui avait les clés du camion frigorifique polonais, de ne penser qu'aux clés et aux conserves, et au type de cerises qu'elles renfermeraient – acides ou sucrées.

Au même instant, la grande fonctionnaire de la Maybach se dirigeait en boitillant vers le camion frigorifique attendant sa destinée et songeait non sans irritation qu'elle arrivait au lieu du rendez-vous avec une heure de retard. Ce contretemps l'obligerait sans doute à recruter de nouveaux volontaires. Le tueur de flics en fuite n'était pas le seul responsable de ce retard désastreux, son propre chef y était pour quelque chose, à qui il avait aussi fallu consacrer pas mal de temps. Le lieutenant paresseux et stupide en était également la cause, ainsi que cet avorton de garde du corps qui, à être trop resté assis dans la voiture, n'attendait qu'une excuse pour brandir son arme. Elle avait les pieds gonflés par la chaleur, ses chaussures, pourtant souples et confortables, ne lui avaient pas épargné cette souffrance, et ce merdeux faisait exprès de marcher trop vite. Bon sang, il courait presque, le petit trouduc, en espérant manifestement qu'elle lui demande de ralentir la cadence. Qu'elle avoue sa faiblesse. Qu'elle admette sa fatigue. Bref, tous les hommes jusqu'au dernier, ceux qui se trouvaient dans le tunnel comme ceux qui évoluaient au-dehors, semblaient désormais complètement inutiles à la femme de la Maybach. Ce constat expliquait peut-être pourquoi, lorsque deux régulatrices de tantôt arrivèrent à sa rencontre, elle ressentit soudain une étrange satisfaction, presque de la joie, même s'il s'agissait de toutes jeunes femmes, dans le début de la vingtaine.

— Oh, on venait pile vous chercher ! Y a déjà foule ! cria la première avec une voix de rapporteuse.

Le petit garde ralentit, reluqua longuement la robe moulante et les genoux nus, puis se retourna. La trogne du saligaud était empreinte de sarcasme.

— C'est ça, tes volontaires ? demanda-t-il à mi-voix, tout sourire.

— Faudrait se dépêcher d'y aller, hein ? insistait la fille en robe. C'est pas bien de prendre les clés comme ça. Elle appartient à tout le monde, cette nourriture, pour ainsi dire.

La seconde fille gardait le silence. Elle avait l'air effrayé d'une enfant à deux doigts d'éclater en sanglots et de courir vers sa mère ou de se fourrer le pouce dans la bouche. Elle n'avait même pas vingt ans, sans doute à peine plus de quatorze.

La femme de la Maybach ne prit pas la peine de répondre. Elle contourna le garde du corps ainsi que les deux filles et accéléra le pas, en tâchant de ne pas boiter.

Lundi 7 juillet, 16 h 23

Au bout de cinq minutes, il apparut clairement que la foule dont avait parlé la régulatrice aux jambes nues ne s'était pas rassemblée comme prévu devant le camion contenant les conserves, mais à cinq cents bons mètres de là, autour de la Ford de patrouille fermée à clé. Et elle était principalement constituée de réfugiés chargés de sacs qui avaient reconnu la grande fonctionnaire au carnet et enfin trouvé quelqu'un sur qui s'épancher. Ils lui barrèrent la route, l'encerclèrent et bruissèrent comme des mouettes en colère.

La dernière fois, au même endroit, on l'avait presque étreinte. Trois heures plus tard, la chanson avait bien changé. On aurait pu croire que c'était la femme en costume bleu qui avait laissé une cinquantaine de personnes sans abri, sans eau, sans espoir (et elle aussi qui avait fermé ces maudits portails, la veille), et qu'elle allait se voir infliger une punition bien méritée. *Pourvu qu'ils n'en viennent pas aux mains*, souhaita Mitia. Il se dirigea vers l'épicentre du remue-ménage pour en extirper Assia. La prendre par la main et ne plus la lâcher, jamais. Comment était-elle arrivée là ? Naturellement, il ne restait plus une goutte de Sviatoï Istotchnik.

Mme Mercedes se comportait, soit dit en passant, très différemment : elle n'éleva pas la voix ni ne se lança dans ses habituels discours, mais demeura silencieuse, l'air ennuyé, adulte isolée au milieu d'un groupe de très jeunes bambins gesticulant dans tous les sens. À un moment donné, elle regarda même sa montre, comme pour vérifier le temps qu'elle pouvait encore perdre à ces bêtises avant de s'atteler à des tâches vraiment importantes.

C'était une nouvelle tactique, mais qui fonctionna elle aussi : difficile de crier sur quelqu'un qui ne se laisse pas le moins du monde impressionner. Aussi, au bout d'une ou deux minutes, le bruit se résorba peu à peu de lui-même, la rage se flétrit et il n'y eut bientôt plus qu'un silence gêné. Mais même alors, Mme Mercedes n'ouvrit pas la bouche. Elle se dressait au milieu des accusateurs, la mine fatiguée et sévère, avec une manière élégante de tenir la pose, façon Stanislavski. On entendait gémir le garçonnet de la Peugeot, qui s'était réveillé et que sa mère tentait de réconforter par des roucoulements volubiles, pleins de tendresse. « Vous avez aussi réussi à effrayer cet enfant », semblait-on lire au-dessus de leurs têtes. Quelqu'un toussota, gêné.

— Vous avez l'intention de faire quelque chose ou pas ? demanda enfin la propriétaire du sac Bosco Sport.

Elle avait perdu de son assurance, cela dit, et parlé presque plaintivement.

— Nous commencerons la distribution de nourriture dans un quart d'heure, déclara Mme Mercedes en balayant l'assemblée du regard. Notre mission la plus importante est de nourrir les gens. Je suppose que personne ici ne va me contredire ?

La foule demeura silencieuse. Personne n'avait l'intention de contester, c'était une certitude.

— Et les questions d'ordre privé, continua-t-elle, nous nous en occuperons plus tard. Quand les enfants auront cessé de pleurer de faim. Vous pourrez supporter un petit peu d'attente ?

Il était douloureux de regarder la propriétaire du sac Bosco. Ses camarades d'infortune s'écartèrent imperceptiblement, se transformèrent en spectateurs et, sans qu'on pût expliquer comment, elle demeura, avec son sac olympique, la seule adversaire de la sévère fonctionnaire.

— Parfait. Passons aux choses sérieuses. Posez vos affaires ici pour le moment, conclut Mme Mercedes, avant de s'engager dans la rangée libérée.

La foule remarqua à ce moment-là seulement que la fonctionnaire n'était pas venue seule, cette fois. Juste derrière elle se mouvait un petit homme blafard, vêtu de noir, au visage effacé de fonctionnaire. Bien qu'il n'ait pas prononcé un seul mot pendant tout cet échange, sa présence conféra soudain un poids supplémentaire à toute l'affaire. Comme si l'image de Mme Mercedes, malgré son assurance, avait été incomplète sans cet homme banal en tenue civile et qu'elle se parachevait enfin. *Bizarre qu'elle ne l'ait emmené avec elle que maintenant,* réfléchit Mitia. *Je me demande bien pourquoi.*

— Liocha ! lança une voix de femme affairée. Liocha, on va poser les affaires ici, et vous, allez-y ! Mettez-vous dans la file d'attente !

Comme cela arrive immanquablement quand retentit l'expression « file d'attente », la foule se réveilla et se précipita. D'un seul coup, tous se souvinrent que le camion polonais était situé à au moins cinq cents mètres et qu'il y avait beaucoup de monde dans le tunnel. Jouant des coudes et se marchant sur les pieds, les réfugiés, mêlés aux propriétaires des voitures alentour, se dirigèrent en rangs serrés vers le camion frigorifique. Il devint sur-le-champ impossible de faire machine arrière dans les allées. Mitia se fit bousculer, il rejoignit le flot et poussa à son tour, tout en tendant le cou. Il vit Sacha et la beauté-Cayenne sur la voie de gauche, la famille Patriot sur la voie de droite et, enfin, la nuque rasée de sa fille loin devant.

— Assia ! cria-t-il. Assia, attends !

Mais elle n'entendit pas et ne se retourna pas davantage.

Lundi 7 juillet, 16 h 35

Le jeune lieutenant, qui atteignit la Ford de patrouille une dizaine de minutes plus tard, ne vit pas l'exode général vers le camion polonais : il trouva au contraire le même vide, les mêmes détritus et les mêmes voitures abandonnées qui les avaient tant effrayés, le docteur et lui, à l'autre extrémité du tunnel. Il eut l'impression que le vide l'avait suivi. Ou plutôt non, qu'il l'avait précédé. Cependant, le médecin n'était plus à ses côtés, et il ne s'étonnait plus de rien, il était même soulagé, peut-être. Comparé à ce qui se passait à la barricade, le vide ne semblait pas être la pire des options.

La bouteille entamée de Tchiornogolovka n'était plus en sa possession : il l'avait donnée sitôt – ou presque – que la barricade s'était trouvée hors de vue. À vrai dire, il ne l'avait pas donnée à proprement parler, il l'avait simplement posée sur l'asphalte, dans un passage entre les files de voitures, et s'était empressé de poursuivre son chemin. Sans se retourner ni tendre l'oreille, pour ne pas savoir qui mettrait la main dessus, s'il y aurait du grabuge ou quelque sordide partage, parce que ce n'étaient pas ses affaires et que l'eau n'était pas à lui. Surtout pas l'eau.

Et maintenant, il se tenait devant la Ford poussiéreuse, regardant par la vitre les sièges malpropres, la boîte à gants ouverte, le téléphone portable du capitaine, oublié sur le tableau de bord, tout en essayant de se rappeler pourquoi il était venu ici. Il devait bien y avoir une raison. Ou pas ? Il n'avait plus envie de boire ni de dormir. Même ses pieds dans ses bottes trop serrées avaient cessé de le faire souffrir depuis longtemps, sans même qu'il s'en soit rendu compte. On aurait dit qu'il n'éprouvait rien d'autre à part une sensation de vide.

— Vous avez pincé votre tueur ? demanda-t-on soudain dans son dos.

La voix, féminine, un peu rauque, avait retenti juste au-dessus de son oreille. Sa propriétaire aurait pu, en somme, s'être collée à lui pour l'embrasser dans le cou. Mais le lieutenant, qui ne s'attendait pas à entendre la moindre voix en cet instant, tressaillit et se retourna si vivement qu'il faillit tomber. Et juste devant lui, il découvrit la nymphe-Cabriolet dans une robe à laquelle manquait maintenant une bretelle. Pieds nus, échevelée, complètement ivre, mais toujours d'une beauté impossible, insupportable.

— Non, je ne l'ai pas attrapé, répondit-il avec une pointe d'impatience, parce que cela n'avait pas d'importance.

Elle éclata de rire et se rapprocha encore, car, en effet, cela n'avait pas d'importance, pas le moins du monde. Ses lèvres étaient barbouillées de chocolat. À présent que son parfum s'était presque entièrement éventé, on distinguait l'odeur de son corps, salée et brûlante. Sans ses talons, elle paraissait plus jeune et devait lever les yeux.

La portière de la Peugeot s'ouvrit dans la file voisine, livrant passage à sa propriétaire joufflue.

— Ah, lieutenant ! lança-t-elle. Pourquoi vous nous avez abandonnés ? Tout le monde nous a abandonnés. Ils sont partis, précisa-t-elle en désignant la queue de la colonne. Avec l'autre, là. Votre patronne. Et nous, ils nous ont abandonnés.

Elle est saoule, elle aussi, comprit le lieutenant stupéfait. *Qu'est-ce qui se passe ici ?*

— Elle va leur distribuer de la nourriture, expliqua encore maman-Peugeot. Alors ils lui courent après comme des gosses.

— Pourquoi vous y êtes pas allées ? demanda le lieutenant, machinalement parce qu'il n'était pas en mesure de penser ni à la nourriture ni à la garce de la Maybach, mais seulement à des jambes.

Minces, bronzées, avec de petits pieds crasseux. Et à des lèvres tachées de chocolat pour enfants, et à un grain de beauté au-dessus d'un genou, de la même couleur chocolat que si une goutte s'était échappée de ces lèvres… oh, bon sang.

— Je me suis bousillé les pieds, répondit la nymphe en regardant le lieutenant droit dans les yeux – avait-elle entendu ses pensées ? Je porterai plus jamais ces putains de chaussures.

— Il est fatigué, dit maman-Peugeot. Il a vomi. On ne peut plus le toucher, maintenant, il ne supporte plus le moindre bruit autour de lui. Mais ça, est-ce que quelqu'un peut le comprendre ? C'est plus difficile pour un enfant comme lui, beaucoup plus difficile. Il a besoin de conditions particulières. Et il ne boit pas d'eau gazeuse.

Bizarrement, elle jeta un regard meurtrier à la Lexus bleu foncé. Le lieutenant, qui se retourna, vit le pope barbu au volant. Celui-là même qui s'était agenouillé dans l'allée, la nuit précédente, en se signant et se prosternant. Il paraissait sobre, mais il avait l'air mal en point, bien pire que la veille, et incapable de se rendre où que ce soit.

— Il ne boit pas cette eau-là, répéta maman-Peugeot. Il la recrache.

— Pourquoi il la recrache ? demanda le lieutenant, en se souvenant des quatre litres d'eau de source qu'il avait abandonnés à un kilomètre de là.

— Il ne connaît pas le goût. Pas de bol, par ici, on n'a que ça, comme eau, précisa maman-Peugeot sur un ton suggérant qu'elle connaissait l'existence de la bouteille abandonnée.

— Il me semble qu'ils ont conclu un accord, à la barricade, dit le lieutenant avec culpabilité. Un échange de nourriture contre de l'eau. Il ne nous reste plus qu'à attendre.

— Y a que des boîtes de conserve dans ce camion, d'ailleurs, annonça la nymphe. Une nana m'a dit que son mari avait vu le bon de livraison. Genre des cornichons, des tomates.

— Qu'est-ce que c'est que cette nourriture ? s'insurgea maman-Peugeot. Rien que de la saumure. Plein de conservateurs.

— Ou des petits pois. Je pourrais probablement en manger un pot entier, ajouta la nymphe d'un air rêveur. J'ai une gueule de bois d'enfer.

— Il n'en mangera pas, s'entêta maman-Peugeot. Il n'est pas habitué, il ne goûtera même pas.

— Vous savez quoi ? Je vais y aller, s'empressa de proposer le lieutenant. Histoire de voir ce qu'ils ont. Si ça se trouve, y aura de la nourriture pour bébé. Des baies. De la confiture.

Et des petits pois, se promit-il. *Un plein carton de petits pois.*

— De la confiture ? Encore moins, ce n'est que du sucre. Même les fruits frais, il ne les mange pas tous, précisa maman-Peugeot, quoique de façon plus conciliante. Et les baies, il ne mange que celles qui sont sans noyau.

— C'est noté, répliqua le lieutenant. Pigé ! Sans noyau.

Le pope de la Lexus s'affaissa dans son fauteuil et ferma les yeux. *Pauvre pépé,* pensa le lieutenant éperdu d'amour. *Il est là, tout seul. Lui aussi, il a besoin de manger.*

— J'aime bien les cerises, aussi, ajouta tendrement la nymphe. Et les ananas. OK, écoute. Tu vas jeter un œil là-bas ? Ça te dérange pas ? Je vais m'allonger un peu, parce que ça tourne de folie, dans ma tête.

Sur quoi, elle se dirigea vers la décapotable d'un pas légèrement chancelant.

Une minute plus tard, le lieutenant se précipitait vers le camion, tout heureux, ayant oublié le médecin, la propriétaire du setter et son mari à carreaux, le terrible petit homme au visage tuméfié, et même l'interdiction de courir. Il imaginait la nymphe buvant le jus aigre-doux à même la boîte de conserve, ses lèvres qui deviendraient elles aussi douces et brûlantes, et il s'inquiétait seulement de savoir s'il poussait des ananas en Pologne. Et, le cas échéant, si on se les serait distribués avant qu'il n'arrive.

Lundi 7 juillet, 16 h 44

Les minutes qui s'écoulèrent entre 15 et 16 heures en ce lundi 7 juillet furent quasi les plus affreuses de la vie de Valéra. Bien que les soixante-deux années de cette même vie l'ait copieusement épuisé et que toutes sortes de choses lui soient arrivées, elles n'étaient que du genre banal, semblables à celles de tout le monde, et ne distinguaient pas du tout Valéra du lot. Au cours de la dernière heure, en revanche, il avait eu la sensation d'évoluer dans un film américain, et le plus détestable qui soit : des extraterrestres assoiffés de sang débarquent de l'espace, un monstre sort de la mer qui détruit des gratte-ciel avec sa queue, ou encore une météorite tombe du ciel et incendie Washington. Valéra, qui ne comprenait rien à ces films, n'en avait regardé qu'en de rares occasions, et encore, en compagnie, quand il lui avait été impossible de refuser. Valéra aimait *Dix-sept moments de printemps* ou *Il ne faut jamais changer le lieu d'un rendez-vous* avec Vyssotski et la série télévisée *Soldats*, mais les inepties sur les extraterrestres ou les météorites, non, il n'y croyait pas. Ce n'était pas réel, un divertissement pour les enfants et les imbéciles, et c'était du gâchis de perdre son temps à les regarder.

Et puis, tout à coup, au milieu d'une journée déjà difficile, une porte étrange s'était ouverte devant lui dans le mur, à un endroit où une porte était exclue. Et, derrière ce battant, tout se passait comme si l'imbécile, c'était lui.

La cache d'armes et de combinaisons antiradiations dissimulée, allez savoir pourquoi, dans le mur d'un banal tunnel routier, c'était encore quelque chose qu'il pouvait s'expliquer d'une manière ou d'une autre (quoi que non, il ne pouvait pas). Mais le couloir faiblement éclairé se terminait par une autre porte, pas du tout comme la première, qui ne cherchait pas à passer inaperçue et paraissait si incongrue entre ces murs en béton qu'elle donnait l'impression d'ouvrir sur un espace d'une nature complètement différente. Un sous-marin, par exemple. Un sous-marin secret, militaire, d'une technologie tout à fait nouvelle. Ou, disons, un vaisseau spatial. Et Valéra, intimidé, songea soudain qu'on ne savait jamais, finalement. Que c'était peut-être ça. Si ça se trouvait, ce fameux vaisseau spatial attendait vraiment au fond de la Moskova, et le couloir avait été construit spécialement pour en atteindre le sas. Aussi, lorsque la porte cosmique se déplaça latéralement et qu'une vive lumière jaillit derrière, Valéra poussa un cri, recula et pointa involontairement le long parapluie de son chef devant lui.

Bien qu'aucun extraterrestre ne se soit montré dans cet espace étrange, derrière la porte étrange, il se sentait toujours dans la peau d'un étranger, d'un intrus qui n'avait rien à faire là. Aussi resta-t-il posté sur le seuil, serrant la clé de la Maybach dans sa poche, au-dessus de la pile de bagages – valise en crocodile, trousse à pharmacie et parapluie-canne.

Le chef, lui, fut comme chez lui dès la première minute, au point qu'il parut rajeuni de dix ans. Lui qu'il avait fallu soutenir par le bras, voilà qu'il courait comme un cafard, regardant partout, touchant à tout. Il tâtait, caressait, reniflait presque, et enfin il grimpa sur le siège qui faisait face à une rangée d'écrans noirs et se mit à le faire tournoyer, genoux repliés, comme un gosse.

— Tu as vu ça ? Hein ? Tu as vu, putain ? s'écria-t-il, tout joyeux.

Un peu plus et le vieux allait se mettre à taper dans ses mains, à sauter par terre ou à parcourir la pièce cosmique sur son fauteuil à roulettes, d'un mur à l'autre. Son chef ! Seigneur, que ta volonté soit faite !

Il était à son service depuis trois décennies et avait vu son maître passer par tous les états possibles. Malade, ivre, et même à moitié mort. Il l'avait ramené du bureau, du *bania*[1], de la chasse, du Kremlin et de la résidence du premier personnage de l'État. Il l'avait même porté dans ses bras, parfois. Trimballé chez sa femme, ses putes, ses petits-enfants et ses médecins, et, de façon générale, il avait vu des tas de choses au fil des ans, qu'il ne pouvait même pas raconter à un pote autour d'un verre. Il ne tendait pas l'oreille, ne se mêlait de rien, sans même parler de poser des questions, et il savait très bien quand il lui était interdit de se retourner ou de regarder dans le rétroviseur. Son métier était simple : il tenait un volant, c'était une activité compréhensible, tout le reste existait en dehors de lui. Et même lorsque les portails s'étaient refermés cette nuit-là et que la garce au gros cul s'était mise à courir dans tous les sens à travers le tunnel et à traîner des policiers jusqu'au vieux, l'activité de Valéra n'avait pas varié : attendre les instructions, assis derrière le volant. Non qu'il ait été étranger aux inquiétudes : clairement, il s'agissait d'une situation extrême, et pas n'importe laquelle, un truc sérieux, et sa femme était probablement devenue folle depuis ce matin, elle avait dû user le téléphone à force de l'appeler. Mais rien alors ne dépendait de lui, si bien qu'il était resté paisiblement assis, sans attirer l'attention de ses supérieurs, et il aurait continué aussi longtemps que nécessaire, s'il n'y avait pas eu cette foutue porte dans le mur et tout ce qu'il avait découvert derrière. C'en était trop pour Valéra. Prenant son courage à deux mains, il se dandina d'un pied sur l'autre, toussota et demanda :

— Veuillez m'excuser, Ilya Andreïtch, mais… où sommes-nous ?

Étonnamment, cette question ne mit pas son chef en rage, il parut même satisfait, comme si lui non plus ne demandait pas

1. Bain public traditionnel russe, à vapeur chaude.

mieux que de parler depuis longtemps. Il se retourna énergiquement et se lança dans une tirade dont Valéra, sidéré par ce simple fait, ne put comprendre un traître mot. Le vieux s'empourpra, agita les mains, tel un orateur en tribune. Ses joues desséchées se constellèrent de taches, tandis que son toupet gris oscillait au sommet de son crâne. En un mot, pépé était tourneboulé, et Valéra, apeuré, souffrait dans son coin, dissimulait ses yeux et se demandait quand le chef finirait par comprendre qu'il ne s'exprimait pas devant un auditoire, mais seulement pour lui, Valéra, qui portait sa valise et son parapluie. Et comment la situation tournerait pour sa pomme. D'autant que pépé avait commencé par l'habituelle rengaine – la situation internationale, la propagande et la conspiration contre la Russie –, puis il s'était mis à employer des mots officiels relevant d'un autre jargon – du genre « programme stratégique », « protocole d'évacuation » et « capsule de survie » – qui s'était aussitôt fondu pour Valéra en un bourdonnement régulier, dénué de sens, telle une émission de radio dans une langue étrangère. Alors, par habitude, par inertie, il avait tout simplement cessé d'écouter. Comme il s'ennuyait, il s'était remis à penser à sa femme qui l'attendait pour le dîner, à la Maybach laissée sans surveillance et au fait qu'il était temps de rappeler à pépé qu'il devait prendre son médicament, mais comment procéder au mieux ? Maintenant, tout de suite, ou quand il aurait recouvré ses esprits ? Mais voilà que son chef sauta de son fauteuil et se précipita vers le mur du fond, où une nouvelle porte s'ouvrit, derrière laquelle Valéra vit des couchettes. Deux rangées de châlits superposés en acier avec des matelas sous cellophane.

— Quand je pense qu'ils ne voulaient pas construire cet endroit, cette bande de glands ! maugréa pépé. Tu parles d'un réchauffement des relations, putain. D'une détente. Nous avons eu toutes les peines du monde à le faire passer en commission. Comme quoi leur budget serait pas élastique, bordel ! Qu'est-ce qu'ils en feraient de leur budget maintenant ? Ils devraient prier pour nous !

Il ne s'adressait plus à Valéra, c'était une certitude, mais à un adversaire invisible, un opposant de longue date. Son ton était devenu venimeux.

— Coopération internationale de mes deux ! « L'Amérique est notre amie, l'Europe n'est pas notre ennemie. » Bande de débiles ! Ils ont ruiné le pays et l'ont vendu à la découpe… et pour quoi ? Ils sont où, vos amis ? Les voilà !

À cet endroit de sa tirade, il leva un poing sec et fit le geste de la figue à l'intention de son interlocuteur détesté.

— Comme d'habitude, on s'est ressaisi cinq minutes avant la grosse merde. Et maintenant, on va devoir se terrer comme des rats.

Valéra n'avait visité un abri de la défense civile qu'une seule fois, en 1993. Un copain importait à l'époque des jeans et des vestes en cuir de Turquie, et il avait obtenu un entrepôt pour pas cher, parce qu'il était mal situé, dans le trou du cul du monde, du côté d'Altoufievski, et qu'il était plein de ferraille soviétique déclassée. Ils s'étaient presque tués à la tâche à transporter à la décharge des bancs de prison rouillés, des pupitres et des chaises d'école, des tables de nuit gonflées par l'humidité et des panneaux du coin Lénine[1]. Mais d'abord, bien sûr, ils avaient pris une photo avec le tout nouveau Polaroid de son copain, revêtus de masques à gaz desséchés, avec, en toile de fond, l'affiche « STOP À LA COURSE AUX ARMEMENTS ». L'affiche montrait l'Oncle Sam, monté sur des pattes d'araignée filiformes, qui marchait à pas de loup vers le globe, une bombe atomique ventrue sous le bras.

— Qu'est-ce que…, commença Valéra, dont la bouche s'assécha. Je n'ai pas compris, Ilya Andreïtch, qu'est-ce que… ? C'est la guerre, ou quoi ?

— Qu'est-ce que tu croyais ? Espèce de débile ! Tu t'imaginais qu'on était juste là pour passer le temps ? Faut tout vous expliquer, vous réfléchissez pas ! Bande de moutons ! Vous allez crever et vous comprendrez même pas comment ! hurla son chef, en proie à un accès de colère inattendu.

D'un bond, il fut sur pied et leva la main, grimaçant, jaune, le nez crochu. Offrant soudain une ressemblance saisissante avec le méchant Oncle Sam, surgi de la vieille affiche, mais sans son chapeau haut de forme. Valéra se ramassa sur lui-même pour se

1. Bâtiment ou partie d'un bâtiment ou construction spéciale dans une entreprise ou un établissement, consacré aux manifestations communistes, aux besoins de l'agitation communiste et de l'instruction politique.

protéger des taloches de son chef, et pensa à sa femme. Sauf que, cette fois-ci, il y pensa correctement, vraiment, et se mit à pleurer.

— C'est bon, c'est bon ! cracha son chef avec humeur.

Pourtant, il ne le frappa pas, et sa voix se fit même presque humaine.

— Ne panique pas prématurément. Y a peu de chances qu'ils aient largué une bombe, l'époque a changé. Quoique... le système a fonctionné. C'est peut-être un truc biologique. Bon, bref, ressaisis-toi. Tu devrais me remercier de t'avoir pris avec moi, sinon tu serais assis dans un abri en ville, avec de la nourriture pour deux jours, et ensuite il aurait fallu sortir. Ici, c'est une toute nouvelle technologie, tu piges ? Un an et demi d'autonomie, même si le tunnel est inondé. On a eu le temps d'en construire que douze. Profond, sous l'eau, c'est plus fiable que dans le métro, plus facile à fermer hermétiquement. Tu m'entends ? Valéra ! Allez ! C'est pas la première fois, on va se refaire une petite guerre, c'est tout. On va leur montrer ce qu'on a dans le bide, à ces pédales.

Valéra ne voulait rien montrer à aucune pédale, pour l'heure, mais retourner à son dernier dimanche dans sa datcha.

— Un an et demi, répéta son chef. Minimum. S'il est rempli à pleine capacité. Techniciens, médecins, scientifiques, personnel. Il faut faire vite, tu comprends ? On n'a plus beaucoup de temps. On doit mettre un coup de collier.

Il avait l'air fatigué à présent, à la façon d'un vieillard, général grisonnant s'adressant à ses soldats avant une attaque, et Valéra se sentit mal à l'aise. C'est donc la guerre, songea-t-il. Maman, c'est vraiment la guerre ! Il s'essuya d'un revers de manche et demanda :

— Est-ce que je vais vous être utile ?

Pépé recula d'un pas, se redressa et redevint joyeux. À l'évidence, il s'attendait à cette question.

— C'est ce qu'on va déterminer, répondit-il gaiement, en jaugeant du regard le visage éploré de Valéra. On va voir si tu sers à quelque chose ou non.

Le chauffeur eut soudain peur de n'être bon à rien, et cette pensée éclipsa toutes les autres pendant une seconde.

— C'est bon, c'est bon, te fais pas dessus, s'esclaffa son chef en lui tapotant sa joue mouillée. T'as été à l'armée, non ? On trouvera bien comment t'employer. Tu sais toujours tirer ? Prends les fusils à pompe et retourne dehors. Mets-en dix dans le coffre, pas besoin de plus. Et prends-en un pour toi. Transmets-lui, à la grosse, qu'on est à l'intérieur et qu'elle peut se replier. Qu'il est temps de réunir le groupe. Qu'est-ce que tu attends ? File !

La porte cosmique s'ouvrit en sifflant. Avant d'avoir pu penser à quoi que ce soit, Valéra, abasourdi, s'engagea docilement dans la pénombre du sas où il examina le râtelier d'armes en clignant des yeux. Il n'avait jamais chassé – il plaignait les animaux –, conservait le pistolet d'alarme acheté dans les années 1990 au fond d'un placard de sa datcha, et la dernière fois qu'il avait tiré remontait à quarante-trois ans, avec une kalachnikov dans un champ de tir. Il n'avait vu de fusils à pompe qu'au cinéma et n'en avait jamais tenu un entre ses mains.

Le chef se tenait dans l'embrasure vivement éclairée de la porte, petit et jaune comme un extraterrestre.

— N'oublie pas de le charger, soldat. Et vérifie bien, *via* la caméra, qu'il n'y a personne, dit-il en refermant la porte de l'intérieur.

Valéra demeura seul dans le sas.

La lucarne grise de la caméra montrait le passage désert, le mur bétonné en face et le flanc étincelant de la Maybach, mais il avait peur de ressortir maintenant. Quelque chose semblait avoir commencé, dehors, quoique invisible pour l'instant, et stagnait aux abords de la sortie : des radiations, des gaz toxiques ou même de l'eau. Au cours de la dernière heure, le tunnel avait pu se remplir d'eau jusqu'à la voûte, ce ne serait pas l'écran noir et blanc granuleux qui le montrerait, mais cela expliquerait peut-être pourquoi il n'y avait personne, supposa Valéra. Parce qu'il n'y avait en fait plus personne, et depuis longtemps. Il jeta un coup d'œil plein d'angoisse à la rangée de scaphandres aux têtes de verre.

Lundi 7 juillet, 17 h 03

Au fond du camion frigorifique, la température était de plus douze degrés, mais par comparaison avec la chaleur qui régnait à l'extérieur, Mitia avait l'impression d'être entré dans un congélateur. Il faisait sombre, froid, et des nuages de vapeur s'échappaient de leurs bouches. Des tours de conserves sous film plastique se dressaient en rangs de plusieurs niveaux. De l'intérieur, le conteneur paraissait plus grand que de l'extérieur. Quelque part devant lui, Mitia entendait le bruit des pas de Patriot, et il ne parvenait pas à échapper au sentiment qu'il ne s'agissait pas du tout d'un camion, mais d'une sorte d'entrepôt ouvert la nuit, par exemple, où une alarme n'allait pas tarder à se déclencher et un vigile à débarquer.

Mais le conducteur rouquin de l'Iveco était pour l'heure en train de ramasser les scellés douaniers brisés qui gisaient sur l'asphalte pour les fourrer dans ses poches, et le camion frigorifique condamné ne s'était pas trouvé d'autres vigiles. Au contraire, une impatience presque tangible s'épaississait autour du véhicule, où s'étaient rassemblées plusieurs centaines de personnes au bas mot.

— Ohé, alors, y a quoi, là-dedans ? cria quelqu'un.

La foule fit entendre un grondement tendu.

— Comment on les transporte ? demanda nerveusement Cabriolet, en regardant la gigantesque palette de concombres marinés. Il faudrait un chariot élévateur.

Les bocaux, d'une contenance de trois litres, s'élevaient sur huit étages, presque jusqu'au toit.

Cabriolet, qui avait l'air mal en point, tenait difficilement sur ses pieds.

— Un par un, peut-être ? suggéra Mitia, avant de comprendre aussitôt qu'il racontait n'importe quoi.

La monstrueuse palette était aussi indivisible qu'une pyramide égyptienne, et retirer quelque chose du milieu signifierait effondrer l'ensemble, sur la propre tête de l'écervelé, par-dessus le marché. D'une certaine manière, le problème semblait insoluble, alors même que les concombres étaient là, gorgés de sucs, tout frais, dans leur bocal embué. *Pourquoi il a fallu qu'on se mette une mine, comme une bande d'idiots ?*

— Attends pour les concombres, intervint Patriot en émergeant de l'obscurité, l'haleine chargée à l'Absolut. J'ai trouvé des fruits au sirop là-bas, dans des boîtes de conserve.

— Les mecs, vous faites un gueuleton, là-dedans ? leur demanda-t-on de l'arrière.

Une tête hirsute apparut dans l'ouverture lumineuse, bientôt suivie d'une autre.

— Qu'est-ce qui vous prend autant de temps ?

— On commence dans une minute, attendez, dit Mitia. Tout est emballé, c'est pas pratique à décharger.

— On va vous aider ! lança une deuxième voix.

Sur ces mots, celui qui venait de parler prit appui sur ses bras et se hissa à l'arrière du camion.

— Eh, où tu vas ? aboya Patriot. Y a plus de place, on va se marcher sur les pieds ! Reste en bas.

Bizarrement, son argument n'impressionna guère le visiteur. Un instant plus tard, il était à l'intérieur et déambulait entre les palettes, bien vite suivi par son camarade, jugeant avec raison que s'il y avait de la place pour quatre, il y en avait bien pour cinq.

Naturellement, cette intervention n'aurait eu guère d'effet sur la suite du déchargement, ou peut-être aurait-elle même accéléré les choses, si le duo venu à la rescousse avait vraiment eu l'intention d'aider. Ou peut-être était-ce d'ailleurs le cas, au début, mais la montagne de nourriture sans propriétaire, cette abondance impensable, inimaginable, les priva soudain de toute volonté. Aussi l'hirsute se précipita-t-il droit sur la tour de concombres froids et, à la grande horreur de Mitia, commença à déchirer la cellophane, pour arracher un bocal comme une brique dans un mur de maçonnerie. Le second eut un geste encore plus inconsidéré : il tira une boîte de compote de pommes dans une palette voisine et courut avec vers la lumière comme s'il évoluait sur une scène, puis il la leva au-dessus de sa tête, tel un trophée, et cria :

— Liolia ! Regarde !

Ce cri joyeux, plein de fierté, produisit l'effet d'un pistolet de starter et quinze des personnes qui se tenaient à proximité se ruèrent vers le camion ouvert. Dès lors les rangs du fond s'agitèrent et se mirent à pousser. Le détenteur de la compote de pommes sauta sur l'asphalte et se dirigea vers l'invisible Liolia, la boîte toujours au-dessus de sa tête – on aurait dit qu'il traversait un fleuve à gué –, tandis que l'arrière du camion frigorifique commençait bel et bien à devenir bondé. Or cette pression était dangereuse, enragée, parce qu'il faisait noir et qu'on ne pouvait rebrousser chemin. Quand les dix premiers emportèrent leurs compotes trophées vers la sortie, les dix suivants grimpaient déjà, et il était impossible de passer. Les palettes tanguaient et grinçaient, le chauffeur rouquin se lamentait, impuissant. Une femme criait de loin : « Pas salés ! Prends-les pas salés, Vania, tu entends ? », tandis qu'une autre femme poussait soudain un cri – strident, prolongé, sur une note insupportable –, Dieu seul sait pourquoi, et cela marqua le début d'un complet foutoir. Avant même d'avoir commencé, la confiscation civilisée de la nourriture s'était en quelque sorte irrémédiablement ensauvagée, et le malheureux camion frigorifique polonais ressemblait désormais davantage à un train dévalisé par les Basmatchi[1].

— Ça va s'ébouler ! cria Cabriolet en tirant Mitia par la manche.

Son visage brillait dans l'obscurité.

Sans trop s'expliquer pourquoi, tous deux étaient encore en train d'étayer la tour de concombres de huit étages, dont le cœur avait déjà été partiellement arraché, et le tumulte n'empêchait pas d'entendre gémir le verre et se fissurer le contreplaqué utilisé pour séparer les niveaux. Jouant des coudes, Patriot passa à côté d'eux, dans l'espoir de regagner la lumière : avec les deux boîtes de fruits au sirop qu'il avait glissées sous ses bras, il ressemblait à l'une de ces grosses poupées qu'on place sur les samovars. Cabriolet abandonna les concombres et se précipita à sa suite. Après avoir jeté un regard frénétique autour de lui, Mitia attrapa la première chose qui lui tomba sous la main – impossible de repartir les mains vides, ç'aurait été stupide après tout ça – et prit place dans leur petit cortège, parce que c'était plus facile de se frayer un chemin à trois jusqu'à la sortie. Il y eut alors derrière lui un grondement, le fracas d'un effondrement, aussitôt suivi par une puissante odeur de vinaigre et d'aneth.

La foule était telle au pied du camion qu'il aurait fallu sauter direct dedans, comme une *rock star*. Mitia hésita – il n'aurait plus manqué qu'il estropie quelqu'un par-dessus le marché –, mais tout près, à une vingtaine de pas, il aperçut sa femme et sa fille et cria : « Sacha ! Je suis là, Sacha ! » Et il sauta quand même. Ou plutôt, non, il ne sauta pas, il se jeta – maladroitement, de travers, heurtant quelqu'un à l'épaule et au coude et se blessant

1. Guerriers des peuples musulmans d'Asie centrale qui se soulevèrent contre la domination russe et soviétique de 1916 aux années 1920.

le genou. Il faillit même déraper, parce que l'asphalte sous ses pieds, trempé d'un liquide rouge, était glissant – pendant dix pas, il crut d'ailleurs que c'était du sang. Il en fut certain, jusqu'à ce que des éclats de verre crissent sous ses pieds et que des baies s'échappent en roulant, mais cela n'avait plus d'importance, il aurait supporté le sang. Il avait frappé quelqu'un, et il recommencerait, juste pour s'extirper de cette cohue.

Retentit alors un coup de feu. Un coup de feu tout proche, réel, sans rien de commun avec le faible écho qui leur était parvenu de la grille, ce matin-là. Le silence se fit sur-le-champ. Celui qui avait tiré ne se cachait pas : au contraire, il était monté sur le capot d'une voiture poussiéreuse et tendait son bras armé vers le plafond – petit, blafard, en costume noir. La grande fonctionnaire de la Maybach se tenait à ses côtés, le visage orageux.

— Non, mais regardez-vous ! cria-t-elle. Regardez-vous donc ! C'est exactement à ça que ressemble l'anarchie ! Les forts doivent se battre, les faibles n'ont rien ! C'est ça que vous voulez ?

Sa voix était frémissante de rage et il ne lui manquait plus qu'une épée à la main. Ou au moins une faucille, ironisa soudain Mitia *in petto,* car ces deux-là – la femme de fonte en costume et l'avorton avec un pistolet au-dessus de sa tête – ressemblaient maintenant au couple sculptural du VDNKh[1], même si les dimensions n'étaient pas respectées.

— C'est ce que vous voulez ? répéta Mme Mercedes en tendant la main vers le camion démantelé. Ou nous allons tout de même essayer de nous comporter comme des gens civilisés ?

La similitude se renforçait. Comme toujours après une bagarre, la foule se tut, la mine coupable, et baissa les yeux. *Seigneur, viens-moi en aide,* implorait Mitia. Il était absolument exclu de se mettre à rire maintenant.

Sacha fit soudain entendre comme un sanglot et se couvrit le visage de sa paume.

— « Le Tché... kiiiste », gémit-elle, les épaules secouées de tremblements. « Le Tché-kiste et... et... la Fonctionnaire... »

1. Le VDNKh est un parc d'exposition permanent qui accueille notamment la statue monumentale de *L'Ouvrier et la Kolkhozienne,* à laquelle il est fait référence ici.

La beauté-Cayenne baissa rapidement la tête et se mit elle aussi à glousser en silence. Faute de comprendre, Assia fronça les sourcils et battit des paupières. Mitia ressentit un élan d'amour d'une vivacité insupportable.

Ce fut à cet instant que le lieutenant atteignit le camion-frigo, hors d'haleine. Il avait entendu le coup de feu à trois cents pas environ, et tout se mélangeait dans son esprit : la nymphe, le jus d'ananas, la maîtresse en larmes du setter et le capitaine mort, mais il avait dû ouvrir son holster pendant la course, même s'il n'en conservait aucun souvenir.

— Bien, dit alors la fonctionnaire de la Maybach en sortant son carnet. Bravo. Maintenant, tout ce que vous avez pris devra être restitué.

Son compagnon blafard, cependant, ne se pressait pas de ranger son arme, comme pour leur rappeler que cet appel à rendre son butin n'avait rien d'une requête et qu'ils feraient mieux de se dépêcher. En y regardant bien, le lieutenant reconnut en lui le grêlé qu'il avait vu dans la limousine de leur patron, le matin même, et referma son holster. Il comprit qu'ici, comme pour l'eau, tout était déjà résolu, et que les ananas aussi avaient maintenant des propriétaires.

S'ensuivit un silence désagréable. L'air ennuyé, Mme Mercedes tapotait son stylo sur son carnet, le grêlé fixait le plafond des yeux. *Et si on les envoyait, par exemple, se faire foutre,* pensa soudain le lieutenant, *comment ils réagiraient tous les deux ?* Mais avant que cette pensée rebelle ne prenne corps, une femme au visage très rouge s'avança et leur lança :

— Oh, mais allez-y, servez-vous, bon sang ! Ça, c'est tombé tout seul, entre nous soit dit. C'est resté un moment par terre.

Et elle posa aux pieds de la garce-Terminator blonde deux conserves de maïs doux.

Les autres lui emboîtèrent le pas à contrecœur, certains avec quelques boîtes de conserve, d'autres avec un carton entier, et la révolte prit fin.

De manière surprenante, la montagne s'avéra assez importante. En moins de dix minutes, les efforts combinés de la foule avaient permis de sortir près d'une palette entière du camion frigorifique, mais si variée qu'on aurait pu les croire soucieux de répondre à une commande. Lorsque le flot d'offrandes se tarit, Mme Mercedes évalua le butin et griffonna dans son carnet.

— Tout y est ? demanda-t-elle sévèrement.

Citoyens, remettez vos devises étrangères, pensa Mitia, et de nouveaux gloussements cherchèrent traîtreusement à s'échapper de sa gorge. Mince alors, il devait se ressaisir.

— Papa… Pa-pa ! siffla Assia en tirant sur sa manche.

Excitée, en colère, les joues en feu. Ah, te revoilà, Pavlik Morozov[1] !

— Nous aussi ! cria-t-elle en levant la main à la manière d'une écolière. Nous aussi, on en a !

Alors seulement il se rappela son trophée. Et, baissant les yeux, il éclata enfin de rire. Dans le carton léger qu'il avait entre les mains se trouvaient douze boîtes de concentré de tomates.

Lundi 7 juillet, 17 h 36

Impossible de respirer dans le bus. Les fenêtres étaient inamovibles, l'ouverture des quelques fenestrons et des portes n'aidait pas, bref, on se serait cru dans une serre tant l'air était irrespirable. La femme de la Nissan Qashqai blanche passa la paume sur la vitre pour en essuyer la buée. Le carreau était gras au toucher, et tout ici était à l'avenant : surchauffé et sale. Les sièges, le sol, les rampes, même elle. Sa robe était déchirée, son genou éraflé. Et, maintenant, elle s'était en plus sali la main, mais les lingettes étaient restées sur le tableau de bord de la Nissan.

Comme il l'avait regardée, ce petit fanatique ! On aurait pu croire qu'elle était nue, et pas seulement nue, mais sale. Alik avait dû lui mettre sa veste sur les épaules, qu'elle n'avait osé enlever qu'une fois dans le bus. Le véhicule, c'était pour les femmes ; ici, pas la peine de porter la veste.

Personne ne lui avait dit qu'elle ne pouvait pas sortir, d'ailleurs. Personne ne lui adressait la parole, en fait, et elle n'avait pas osé poser la question, alors qu'elle voulait voir son mari et aller aux toilettes. Tout s'était déroulé si vite qu'elle ne comprenait

1. Écolier soviétique érigé en modèle parce qu'il n'aurait pas hésité à dénoncer son père, opposant à la collectivisation.

même plus comment elle avait pu avoir l'idée de venir ici. Bon sang, depuis le début, elle savait qu'il ne fallait pas, elle l'avait même dit à Alik. Qu'il fallait rester dans la voiture. Il l'aurait écoutée si elle avait insisté, Alik l'écoutait toujours.

De l'eau, se rappela-t-elle. *Au moins, on a de l'eau.* Même ici, dans le bus, il y avait quatre bouteilles tièdes près de la porte d'entrée, et on pouvait venir s'y abreuver à tout moment, sans demander. Quelques heures auparavant, cette raison semblait suffisante.

Dehors aussi, l'ambiance triomphale s'était dissipée. Deux heures plus tôt, ils paradaient en rois, riant et traînant les bouteilles d'eau d'un endroit à l'autre, mais ils s'étaient vite lassés et restaient maintenant assis, moroses, en petits groupes disséminés sur l'asphalte. De l'autre côté de la barricade, le silence régnait également depuis longtemps, conséquence de la fatigue ou de la somnolence générales. *Personne ne va donc venir nous sauver ?* s'étonna la femme de la Nissan. *Comment c'est possible ?* Elle se retourna pour voir si les filles allaient bien.

Elles dormaient tous les deux. Cet endroit ne leur plaisait pas et, à présent, elles auraient dû se plaindre, se disputer entre elles et s'en prendre à leur mère – c'était elle qui les avait entraînées ici, après tout. Mais une vieille moustachue en pantoufles leur avait intimé de se taire. Elles s'étaient rencognées sur la banquette arrière depuis, muettes, bien différentes d'elles-mêmes, avec leur visage rougi par les larmes. Et elle n'avait pas dit un mot à la vieille, de peur d'aggraver la situation. Peut-être devrait-elle s'allonger et dormir, elle aussi, puisque, de toute façon, elle ne servait à rien.

Sauf qu'elle avait vraiment, vraiment besoin d'aller aux toilettes. Et de sortir un peu d'ici, ne serait-ce qu'une minute.

— Où tu vas comme ça !? lança la même vieille depuis son siège.

Elle avait ôté ses pantoufles et trônait, pieds nus, écartant comme au *bania* ses jambes variqueuses à la peau marronnasse.

Autrement dit, je n'ai pas non plus le droit de sortir, conclut la femme de la Nissan. Ce constat la fit soudain bouillir. Elle entra littéralement dans une rage aveuglante, non parce qu'elle savait déjà avoir commis une erreur, irréparable qui plus est, dont elle n'avait pas fini de subir les conséquences néfastes. Et pas non plus parce qu'elle s'inquiétait pour son mari, ni parce qu'elle avait tardé à intercéder en faveur de ses filles, sur lesquelles elle n'avait jamais crié elle-même ni laissé qui que ce soit d'autre le faire. La raison de sa colère, c'était que la vieille lui rappelait soudain sa belle-mère, bien que cette dernière fût une beauté sèche et soignée, sans pantoufles ni moustache, ni jambes épaisses et noueuses. D'une manière générale, il n'y avait apparemment rien de commun entre une aristocrate de Bakou dont la lignée se rattachait presque à des princes iraniens et cette reine d'autobus, sorcière malpropre aux dents en or et aux cheveux teints au henné. Et encore moins avec un vieil immigré clandestin d'Asie centrale. Pourtant, tous trois portaient le même regard sur les choses, un regard plein d'une indifférente supériorité. Comme s'ils avaient compris à l'avance qu'elle était faite d'une autre pâte, plus molle que la leur, et qu'elle ne se défendrait pas. Il suffisait de lui mettre une veste sur les épaules, comme on couvre la cage d'un perroquet.

Tu n'es pas des nôtres, disait ce regard. *Et tu ne le seras jamais, quels que soient tes efforts.* Pourtant, elle avait essayé, surtout au début. Quand on a vingt ans, on a du mal à croire qu'il puisse être des situations qui ne dépendent pas de nous, du seul fait qu'on est étranger. On peut apprendre à préparer le *khinkal*[1] à la perfection et même le *baklava,* le vrai, avec quinze couches de pâte pétrie à la main ; on peut donner naissance à deux filles et passer cinq ans en congé maternité pour prouver qu'on est une bonne mère, on peut soutenir son doctorat, obtenir une chaire, et demeurer cependant une bâtarde russe originaire d'Ieïsk, qui ignore le nom de son arrière-grand-père. Bon sang, elle avait même été une fois jusqu'à appeler la vieille garce « maman », souvenir cuisant s'il en était, parce que toutes les deux avaient réalisé sur-le-champ la fausseté perfide du terme, d'autant plus que sa véritable mère, la pauvre, avait toujours été si intimidée par cette fichue princesse iranienne qu'elle ne parlait d'elle qu'en chuchotant.

1. Plat traditionnel de la cuisine caucasienne, consistant en des boulettes de pâte cuite dans un bouillon de viande et servies avec le bouillon, la viande bouillie et de la sauce.

Ah, ma salope, pensa la femme de la Nissan, debout devant les portes ouvertes du bus. *Salope hautaine et méprisante. « Trouve-lui de quoi se couvrir. » Qu'est-ce que ça peut te faire de savoir où je vais ? Tu es qui pour crier sur mes filles ? Sur. Mes. Filles. Des centaines d'assiettes rejetées. « Ce n'est pas comme ça que ça se prépare, chez nous. » Des centaines de répliques prononcées comme si tu n'étais pas dans la pièce. Des centaines de règles : on ne marche pas comme ça dans la rue, on n'accueille pas son mari comme ça, les enfants n'ont pas le droit d'interrompre les adultes, une femme ne discute pas les décisions de son mari.* Pourtant, elle-même, la vieille hypocrite, disait tout ce qu'elle voulait et dirigeait un service de gynécologie. Elle avait pratiqué des avortements pendant quarante ans, fumait des cigarettes turques bien coriaces et vous sortait ses traditions ancestrales quand ça l'arrangeait, comme un atout aux cartes. Et chaque concession – maintenant que c'était clair, bon sang, enfin ! –, elle la prenait pour une faiblesse qui l'incitait à pousser encore son avantage. Voilà pourquoi il ne fallait pas céder. Jamais, sur rien, pas même d'un pas. Ce qu'il aurait fallu, c'était tout le contraire : d'entrée de jeu, envoyer la maudite sorcière au diable, en même temps que ses règles et ses ancêtres. Ne pas tolérer, ne pas s'adapter et ne pas ménager Alik, se contenter de donner à la mégère une tape sur la main, une bonne fois pour toutes, ne serait-ce que pour le bien de ses filles. Surtout pour elles.

Alors la femme de la Nissan, dans sa robe déchirée, avec son genou écorché, s'avança vers la vieille inconnue, qu'elle voyait pour la première fois de sa vie, et cria de la voix confiante et autoritaire dont elle s'était servie pour faire trembler des générations d'étudiants. Elle cria qu'elle en avait assez. Qu'elle ne laisserait personne – c'était bien clair ? « Personne » – lui dire ce qu'elle pouvait ou ne pouvait pas faire, et que si elle devait sortir d'ici, elle sortirait. Qu'on s'avise seulement – vous m'entendez ? – de l'en empêcher.

Et rien ne se produisit. Le bus fumant ne s'effondra pas sous sa colère ni même ne se réveilla, seuls quelques visages de femmes se retournèrent vers le bruit, avec une curiosité molle et paresseuse, pour observer la scène comme une querelle dans la file d'attente à la poste.

La vieille moustachue tâtonna du pied sur le sol, à la recherche de ses pantoufles, puis elle se leva lourdement en posant les mains sur les genoux.

— Tu veux pisser un coup ? demanda-t-elle, imperturbable. Viens, je vais te cacher avec un foulard.

Lundi 7 juillet, 17 h 48

Ce qui causait le plus de souffrances à Valéra, c'était ce fichu fusil. Il devait le loger sous son bras, caché sous un pardessus de cuir qu'il gardait dans le coffre pour les jours de mauvais temps. Ce pardessus le faisait terriblement transpirer, et à chaque pas, l'inconfortable morceau de fer cognait douloureusement contre sa cuisse, où un gros bleu devait s'être formé. Malheureusement, porter le fusil à découvert aurait signifié que lui, Valéra, était prêt à se battre, ce qui n'était absolument pas le cas. Il avait même envisagé de laisser l'arme dans la Maybach (voire d'y rester lui-même), mais n'avait pas osé : si ça se trouve, le chef observait ses faits et gestes *via* la caméra. Connaissant le vieux, c'était fort probable.

Valéra n'ayant aucune idée de l'endroit exact où chercher la garce blonde, il partit pour commencer vers la droite, vers la sortie du tunnel, pour la simple raison que c'était plus près. Mais pas trace de la grosse mère à la sortie, rien qu'un vide retentissant, l'horreur, un immense portail en béton qu'il voyait pour la première fois, et une odeur de mort suffocante. Tout cela effraya tellement le chauffeur qu'il revint en courant, malgré la chaleur, son souffle court et ses jambes douloureuses. Les voitures alentour étaient vides, si bien que ses pas retentissaient bien seuls, comme ceux du dernier survivant au monde. Comme il n'y avait personne, pas âme qui vive, il oublia très vite sa mission, son chef, la porte secrète dans le mur, la Maybach, et même sa femme : il lui semblait que les lampes s'éteignaient derrière lui, que l'asphalte s'affaissait, et qu'il devait courir plus vite.

Bref, il atteignit la barricade dans la panique la plus totale, écumant, avec une tache humide entre les omoplates. Lorsqu'il découvrit là environ cent cinquante personnes vivantes, quoique très épuisées elles aussi, il en pleura presque de soulagement.

Mais ses ennuis ne s'arrêtèrent pas pour autant, bien sûr, car la garce ne se trouvait pas là non plus. Pour ne rien arranger, il s'avéra impossible d'aller plus loin : le passage était gardé par d'autres personnes, manifestement dangereuses, qui paraissaient même armées d'un pistolet avec lequel ils avaient tué quelqu'un ou s'apprêtaient à le faire. Valéra se souvint alors, fort mal à propos, de l'arme cachée sous son pardessus et s'emmitoufla encore, car la guerre s'était révélée bien plus proche qu'il ne l'avait espéré. Pas en surface, mais ici même, au milieu du tunnel. Or, sans trop comprendre comment, Valéra en était l'unique soldat.

Il n'y avait pas si longtemps, l'apparition dans la foule d'un inconnu vêtu d'un manteau d'automne ne serait pas passée inaperçue. D'autant qu'il se comportait bizarrement : il déambulait anxieusement le long de la barricade, soupirait, se dressait sur la pointe des pieds et tendait son bras droit de façon inconfortable, pressé contre son flanc. Mais personne n'en avait cure. Après une heure et demie d'attente infructueuse, de menaces, plusieurs tentatives de corruption ou de supplications pour obtenir un peu d'eau ou même simplement la permission de passer de l'autre côté, où, disait-on, on procédait à une distribution de nourriture, le piquet en colère avait sombré dans le découragement et cessé d'être un piquet pour se transformer en camp de réfugiés épuisés par la soif, la chaleur et l'impossibilité d'obtenir la vérité. Ils ne criaient plus ni ne réclamaient, mais restaient assis, muets, le long des murs et dans les allées, avec l'impression désormais d'avoir été oubliés. Vu qu'il ne se passerait plus jamais rien jusqu'à la fin, il n'y avait aucune raison de regagner les voitures. Les visages étaient gris et somnolents, indifférents, certains dormaient.

Les défenseurs de la barricade avaient l'air plus gaillards et ne souffraient pas de la soif, mais le découragement s'était insinué en eux tel un gaz toxique sous une porte mal fermée. Les lampes brillaient faiblement et clignotaient parfois brusquement – de façon menaçante, anxiogène, dans un silence désagréable –, mais le pire, c'était l'absence d'événements. La Russe en costume, qui avait promis d'apporter de la nourriture, était partie et ne revenait pas, et on se chuchotait déjà qu'ils n'auraient jamais dû la laisser partir, voyons, et qui l'avait laissée partir, d'ailleurs ? On se demandait alors si des gars n'auraient pas dû l'escorter. Ou peut-être qu'il ne fallait pas rester ici, au milieu de ce boyau de pierre, mais aller voir tous ensemble ce qu'ils manigançaient là-bas. Parce que si personne ne revient, c'est qu'ils manigancent un truc, j'en suis sûr. Et quelqu'un se souvint de sa voiture abandonnée et du portail, qu'on ne voyait pas d'ici. Peut-être qu'il est déjà ouvert, tu piges ? Alors tantôt l'un tantôt l'autre grimpait sur le toit de la petite Kia et scrutait longuement les rangées vides, brouillées par la chaleur. Il n'y a personne, réalisaient-ils. Il n'y a personne de ce côté-là. Bizarre, à croire qu'ils n'ont plus besoin d'eau… Et, en définitive, il ressortait de toute cette histoire qu'eux aussi étaient piégés sous ces lampes qui s'éteignaient, dans l'ignorance la plus complète, et, par-dessus le marché, c'étaient eux qui s'étaient enfermés là tout seuls.

Ce fut probablement pour cette raison – pour distraire son armée de ces pensées manquant cruellement d'enthousiasme – que le chauffeur de taxi d'Andijan organisa une prière générale environ cinq minutes après l'arrivée de Valéra. Telle fut du moins l'impression qu'en retira le professeur invité au nez bosselé, qui, après avoir passé la dernière demi-heure à discuter avec l'homme en colère, avait le sentiment de commencer à comprendre quelque chose à son sujet. Lui-même refusa d'y participer, considérant la religion comme un anachronisme, et personne ne chercha à le faire changer d'avis. Mais lorsque la prière débuta – à même l'asphalte sale, sans tapis, et qu'une vingtaine de voix masculines se mirent à psalmodier en chœur : « *Bismi l-lâhi, tawakkaltu alâ l-lâhi, wa lâ hawla wa lâ quouwwata illâ bi-l-lâhi*[1] » –, il éprouva quelque chose qu'il n'arrivait pas à nommer, une nostalgie et un trouble oubliés. Semblables à ceux qu'il avait éprouvés, trois ans plutôt, au Sacré-Cœur de Paris, où des religieuses en robe blanche s'étaient mises à chanter et où il s'était figé devant le présentoir des bougies à deux euros sans oser aller plus loin, parce qu'il avait été témoin de la conversation d'autrui avec Dieu, en qui, lui, en tant que professeur, ne

1. « Au nom d'Allah, je m'en remets à Allah, il n'y a de force ni de puissance en dehors d'Allah » (*arabe*).

croyait pas, ce qu'il se prenait à regretter dans des moments comme ceux-ci.

La prière en arabe eut l'effet inverse sur Valéra. *Des terroristes,* comprit-il avec une clarté aveuglante. Voilà ce que c'est. Et il imagina aussitôt l'un de ces psalmodieurs se levant d'un bond en criant « *Allahou akbar !* » ou un truc du genre, et faisant exploser l'endroit – lui-même, ses camarades, le bus avec les otages, et lui, Valéra. Les gens autour de lui se réveillèrent également, s'agitèrent, et il lui sembla (comme il leur tournait le dos, il n'avait pas le temps de regarder autour de lui) que les cent cinquante personnes derrière lui étaient en ce moment même en train de s'allonger sur le sol et de se couvrir la tête de leurs mains, ainsi que le prônaient les affiches mangées par l'humidité sur les murs de l'abri antiatomique abandonné d'Altoufievski. Convaincu de vivre ses derniers instants, Valéra passa la main sur sa poitrine pour y chercher à tâtons la crosse du fusil sous son aisselle. Machinalement, sans réfléchir, parce qu'il n'avait aucune idée de ce qui pourrait ou non s'avérer utile, de la personne sur laquelle tirer ou simplement de sa capacité à tirer. Il régnait une chaleur si humide sous son pardessus que sa paume devint moite sur-le-champ, et il se souvint de la Maybach, immense et imprenable, qui n'avait pas peur d'une bombe et vers laquelle il n'aurait plus le temps de courir maintenant. Il plissa les paupières… Mais, contre toute attente, au lieu d'une explosion, il entendit une voix.

— Hé, mon pote ! criait-elle. Toi, avec le manteau, ohé !

Valéra ouvrit prudemment les yeux et vit un homme amoché – et pas qu'un peu, ses bleus avaient viré au noir – vêtu d'une chemise maculée de sang. L'homme se tenait du côté dangereux de la barricade, juste derrière les hommes en prière, et lui faisait signe du doigt. Il avait de profondes blessures aux poignets, signe qu'il avait non seulement été tabassé, mais d'abord enchaîné à quelque chose. Valéra devina qu'il s'agissait d'un otage. Qui s'était échappé du bus où se produisaient toutes sortes d'horreurs inimaginables, où souffraient des femmes, des vieillards et des enfants. Et cet homme allait lui demander de les sauver tous. D'accomplir un exploit et de mourir pour eux en héros.

Cependant, l'homme amoché se comportait étrangement : il ne chuchotait pas, ne cherchait pas à se cacher, non, il parlait fort et même joyeusement, sans laisser supposer qu'il allait lui demander quelque chose, mais, au contraire, qu'il avait une bonne nouvelle à lui annoncer.

— Mon pote, répéta-t-il. Juste un mot.

Il replia de nouveau son index pour l'appeler à lui. Quand Valéra se fut approché à contrecœur – juste un peu, un petit pas –, l'autre avisa directement le pan écarté du pardessus de Valéra et s'enquit, curieux :

— Qu'est-ce que tu trimballes là ? Hein ?

La question semblait innocente, et la voix de l'inconnu amoché était affectueuse, mais Valéra comprit aussitôt, d'instinct, qu'il s'était approché pour rien et que l'autre n'était absolument pas un otage. Il devait à tout prix ficher le camp d'ici fissa, si possible en courant, même si cette histoire de bombe n'avait été qu'une hallucination.

— Allez, insista l'amoché en souriant. Montre.

S'enfuir était exclu à présent. Impossible, point barre. Aussi incongru que cela soit, Valéra fut sauvé par la garce maléfique au gros cul, qui, en cet instant périlleux pour lui, rappliqua enfin, non pas seule, mais avec son garde du corps renfrogné et un groupe de types chargés de cartons. Elle fit stopper sa caravane devant le Land Cruiser Prado noir et frappa bruyamment du poing sur le capot.

Lundi 7 juillet, 18 h 15

La prière fut immédiatement interrompue par l'arrivée de la livraison de nourriture, comme si elle avait justement permis de la faire venir, atteignant par là son but. Ce fut le branle-bas de combat à l'intérieur de la barricade, ceux qui priaient se levèrent d'un bond et se ruèrent vers le Land Cruiser. Après une brève hésitation, le tourmenteur de Valéra se précipita lui aussi, mais, en chemin, il se retourna et lui lança un clin d'œil censé signifier qu'ils partageaient un secret réjouissant et que leur conversation ne manquerait pas de se poursuivre. Le moment était propice pour que Valéra se mette à courir sans se retourner, mais la garce était là, à trente pas, et sans doute l'avait-elle repéré, de son côté. Oui, en effet. Alors faute d'avoir la certitude que son chef conclurait à son utilité s'il revenait seul, il resta.

La femme de la Maybach, quant à elle, avait complètement oublié le gros chauffeur et ne cherchait absolument pas à le repérer. Elle venait de parcourir plus d'un kilomètre et demi pour la énième fois, par une chaleur écrasante, et elle rêvait d'envoyer au diable non seulement ses chaussures, mais sa veste, son chemisier et son soutien-gorge. Les jeter par terre, éteindre les lumières et se laisser tomber dans un lit bien frais. Pour résoudre l'épineux problème de la barricade (car il était temps de le résoudre), elle avait dû laisser la distribution de la nourriture et la constitution de la liste sous la responsabilité de cet idiot de lieutenant, à qui elle n'aurait pas fait confiance pour laver sa voiture. Par ailleurs, il n'avait pas été aisé de trouver des volontaires pour l'expédition de l'eau, elle avait perdu pas mal de temps à les convaincre, et elle devait encore rentrer. Il était 18 heures. Pour la première fois, elle commença à se dire qu'elle n'arriverait peut-être pas à faire face à la situation, pas à temps en tout cas. Aussi, lorsque le tueur de flics, avec son sourire narquois, plongea la main dans l'un des cartons, en sortit une boîte de haricots blancs et la brandit au-dessus de sa tête, tandis que son troupeau poussait des cris et s'étreignait telle une équipe de foot victorieuse, la femme de la Maybach éprouva soudain une irritation confinant à la fureur. Une fureur de personne normale, d'où la professionnelle avait disparu. Elle se mordit la lèvre jusqu'au sang pour ne pas saisir l'insolent par la gorge, craignant vraiment de ne pas pouvoir se retenir, malgré les conséquences.

Le chauffeur de taxi d'Andijan éprouva la même irritation étrange. D'abord en raison de la prière gâchée, interrompue en plein milieu. L'arrogante Russe aurait pu attendre. Il aurait même été correct, important de l'obliger à attendre sans rien dire près du mur et à écouter, pour qu'elle comprenne enfin : sa fichue nourriture n'était pas l'essentiel. Il ne s'agissait pas de nourriture, au bout du compte. Lui rabattre le caquet et lui apprendre le respect, et pas se précipiter vers elle comme des Indiens devant qui l'on faisait miroiter des perles de verre.

Mais il y avait autre chose. Oui, c'était une certitude. Depuis plusieurs heures, il était tourmenté par une angoisse aigre qu'il ne s'expliquait pas, ce genre de malaise que l'on ressent à l'aube quand on se réveille soudain avec le sentiment qu'un malheur s'est produit, mais sans parvenir à en retrouver le souvenir. Et l'arrivée de la caravane de ravitaillement, loin de dissiper cette inquiétude, semblait au contraire la renforcer. Il se tenait crispé, les poings dans les poches, grimaçant devant ces vociférations joyeuses et pensant : *Quoi ? Quoi ?* Cependant la réponse ne venait pas.

À bien y regarder, même le tueur de flics rieur avait sacrément perdu de sa sérénité de tantôt. Il était trop bruyant, trop agité, affichait un rictus tordu par l'effort, et ne cessait de regarder par-dessus son épaule, comme s'il avait laissé un sac plein d'argent sans surveillance. Puis les volontaires déposèrent leurs cartons de conserves, et on n'en compta que cinq (autant que le nombre de volontaires, en fait). Cinq cartons cabossés remplis de fèves aux champignons de la marque les En-cas de belle-maman, et rien d'autre. Alors le visage du tueur de flic s'allongea et son sourire disparut complètement.

— C'est quoi, ça ? demanda-t-il. J'ai pas saisi, stop, c'est quoi ?

Sa joue fut secouée d'un tic, puis il hurla :

— C'est pas ce qu'on avait convenu. Où est le reste ?

Sa voix avait grimpé de quelques notes, pour prendre un timbre aigu désagréable, presque féminin. Il semblait sur le point de taper du pied ou de cogner dans un carton.

Les acclamations triomphales se turent, remplacées par un silence effaré. L'homme d'Andijan au visage sombre leva la tête et sortit les mains de ses poches. Aussitôt, comme reflété par un miroir, le garde blafard remua. Les cinq volontaires qui avaient abandonné leurs familles pour cette expédition douteuse échangèrent des coups d'œil nerveux. La femme de la Maybach, en revanche, se détendit dans l'instant, comme si elle était enfin débarrassée de ses chaussures trop serrées. *J'aurais dû leur apporter un carton de concentré de tomates,* se dit-elle, ce qui manqua de la faire éclater de rire. *Vingt-quatre petits pots de la taille d'un poing de gosse, et les poser par-dessus. La cerise sur le gâteau.*

— Je crains que ce ne soit tout pour l'instant, déclara-t-elle avec un plaisir manifeste. Il a été difficile de trouver des porteurs. Vous comprenez, personne ne voulait venir. Après tout ce que vous avez fait ici. Et je ne peux pas les obliger, désolée.

— Pas de problème, répondit son interlocuteur en tentant de reproduire l'insouciance de son ton. Non, pour l'amour de Dieu. Mais ne le prenez pas mal, de votre côté, vous recevrez aussi de l'eau… ça fait combien selon le cours en vigueur chez nous, une dizaine de bouteilles ? Parce que, de toute façon, vous ne pourrez pas en transporter plus que ça.

La joue de l'homme fut secouée du même tic.

— Nous ne transporterons rien, répondit du tac au tac la femme de la Maybach, en haussant les épaules. La question a déjà été tranchée. Nous avons un camion entier de nourriture, ne l'oubliez pas. Vingt tonnes, ajouta-t-elle d'une voix forte.

Elle releva la tête, projetant ses mots vers la voûte en béton. Un témoin partial aurait pu penser qu'elle le faisait exprès, et il ne se serait pas trompé.

— Des légumes, des fruits, des jus… Il doit y avoir une tonne et demie de fruits au sirop à vue de nez. Il y a même de la compote de pommes, si je ne me trompe pas. On vient juste d'entamer l'inventaire, je ne saurais vous le dire précisément. Vous pouvez donc garder votre eau, vous en aurez plus besoin que nous.

Sa réplique, démultipliée par l'écho, produisit son effet sur les défenseurs de la barricade, qui réalisèrent soudain que le résultat de leur victoire et la récompense tant attendue pour leur loyauté n'étaient autres que quatre-vingts conserves des En-cas de belle-maman, en provenance de la ville polonaise de Białystok. Mais cette même réplique explosa aussi comme une grenade à fragmentation dans le camp de ceux qui montaient la garde de l'autre côté de la barricade. Quelque part, à un ou deux kilomètres de là, ils imaginaient un camion frigorifique blanc comme neige, ouvert tel un supermarché, exposant des rangées de fruits au sirop réfrigérés, des pyramides de petits pois dans des bocaux embués et des tomates baignant dans leur jus. Et tout ce qui les séparait de cette abondance, c'était un groupe de voitures inégalement réparties, une vingtaine de bandits pitoyables et un pistolet volé. Aussi rassemblèrent-ils leurs dernières forces et laissèrent-ils éclater leur colère, pour bondir et se mettre à crier tous à la fois, comme un seul homme, maudissant ces usurpateurs insolents qui avaient bloqué le tunnel et cette saleté de fonctionnaire en costume bleu qui les avait abandonnés au lieu de les protéger. Ils n'avaient plus rien à perdre. Le petit stomatologue timide se souleva même avec les autres, quoiqu'il ait commencé à se dire qu'il n'avait jamais quitté la grille et que tout ce qui l'entourait n'était qu'une partie d'un cauchemar compliqué. Mais, même dans un cauchemar, nous avons toujours la liberté d'agir. Aussi se mit-il à pousser des cris d'orfraie et à marteler de sa paume le toit d'une voiture qui ne lui avait rien fait.

Bref, il semblait que la révolte que le maître à carreaux du setter avait tant désirée sans réussir à la provoquer allait enfin éclater et serait sans pitié. Les défenseurs de la barricade se rendirent compte pour la première fois qu'ils étaient environ cinq fois moins nombreux que les autres et que, si quelque chose arrivait, aucune fortification ne les protégerait. Ils ne se précipitèrent donc pas pour la défendre, mais se contentèrent d'entourer d'un air lugubre les boîtes d'En-cas de belle-maman et d'attendre des instructions.

Ils les attendirent en vain. L'homme d'Andijan, sourcils froncés, se taisait. Il ne regardait pas les protestataires et ne songeait de toute évidence nullement à se servir de l'arme à sa ceinture. Quant au joyeux Russe à la chemise ensanglantée, qui avait lancé toute l'entreprise impliquant l'autobus et le déplacement des voitures, qui plaisantait beaucoup et promettait que tout le tunnel « n'allait pas tarder à rappliquer en rampant, les gars », il ne se ressemblait plus du tout et, fait notable, ne souriait plus. On se rendit compte alors très vite que son visage était tout à fait désagréable, ses yeux méchants, que l'on ne savait pas trop d'où il venait ni pourquoi on l'écoutait.

Ce fut à cet instant même que la femme de la Maybach avisa enfin la triste silhouette de Valéra près du bus. Il se tenait au milieu de la foule dévêtue, en long pardessus d'automne, aussi immobile qu'une statue, et sa physionomie n'exprimait rien d'autre que les dernières extrémités du désespoir.

— Voici donc ce que je propose, reprit-elle d'une voix forte, avant de lever à nouveau le bras façon Lénine et de répéter : Voici donc ce que je propose !

Ces paroles ne furent peut-être pas entendues vu le tohu-bohu, mais sa main levée fonctionna comme toujours. D'autant que cette main leur montrait un atout puissant et imbattable : un camion. Aussi incroyable et merveilleux que la Terre promise. Les deux côtés du front étaient aussi impatients d'en entendre parler à nouveau.

— Nous sommes tous très fatigués, déclara la femme de la Maybach dans le silence qui s'était fait. Nous pourrions commettre quelque chose de stupide maintenant. Mais vous comprenez vous-mêmes que ce bras de fer ne sert à rien. Je veux dire, qu'est-ce qu'on partage, ici ? Nous avons tout : de l'eau, de la nourriture, beaucoup de nourriture, assez pour tout le monde ! Et tout le monde peut se joindre à nous. Tout de suite. Il suffit de dégager ces voitures du chemin, et je vous promets...

— C'est bon, sœurette, la coupa l'homme à la chemise ensanglantée en ricanant méchamment. Raconte-nous d'abord ce que c'est que ce merdier. Ça fait deux jours qu'on est là comme des rats dans un bocal, sans qu'on nous donne le moindre début d'explication : pourquoi on est là ? Pour combien de temps encore ? Je ne sais pas, moi, par exemple, poursuivit-il en haussant le ton, est-ce que je suis le seul à avoir remarqué un truc étrange : partout où je regarde, t'es là ! Incroyable, parole d'honneur. Alors je me suis demandé : mais d'où elle sort, celle-là ? Tu viens, tu commandes, t'envoies les uns par ici, les autres par là. Et maintenant, t'as un camion plein de nourriture, et attention, on va la distribuer à tout le monde gratos. Quelqu'un l'a vu ce camion, d'ailleurs ? Il existe seulement ?

— Mais enfin, en voilà un délire paranoïaque, répliqua la femme de la Maybach, en jetant un regard à ces traîtres de volontaires qui, prudemment, s'esquivaient sur le côté.

— Faut croire que je suis de caractère méfiant, l'interrompit son interlocuteur. Sans vouloir t'offenser, je pense que tu mens comme tu respires, j'ai le flair pour ce genre de choses. T'agis pas en ton nom propre, je me trompe ? T'es en service commandé. Alors les autres, ils sont où ? D'où est-ce qu'ils nous surveillent ? Vous avez des caméras ou quelque chose comme ça ? C'est peut-être vous qui nous avez enfermés ici, hein ?

Aucune preuve ne pouvait venir étayer ses accusations, et la théorie des caméras secrètes paraissait particulièrement absurde, pourtant la graine du doute avait été semée, ça se voyait sur les visages. Les défenseurs comme les piquets devant la barricade levèrent la tête et scrutèrent le plafond. Même les volontaires jugeaient leur meneuse différemment, soudain quasi sceptiques quant à la réalité du camion, même s'ils l'avaient vu de leurs propres yeux.

— OK, fin de la discussion. Nous n'avons pas de temps à perdre en théories fantaisistes, décréta la femme de la Maybach. Si vous voulez rester, c'est votre affaire. Vous avez de l'eau, vous survivrez. Mais ces gens-là, eux, n'ont rien, dit-elle en désignant les ingrats qui montaient la garde de l'autre côté de la barricade. En les retenant par la force, ne nous voilons pas la face, vous les prenez en otages. Un délit qui sera puni par le droit pénal. Et si l'un d'eux, ne serait-ce qu'un seul, meurt de soif, d'un coup de chaleur ou même d'une appendicite, peu importe, ce sera vous, les coupables, et la peine que vous encourrez sera bien différente, beaucoup plus grave. Donc je vous suggère de libérer le passage et de laisser ces gens nous rejoindre. C'est ma dernière proposition. Nous allons partir et tout ce qui se passera ensuite pèsera sur votre conscience. La balle est dans votre camp.

Les cent cinquante piquets se tenant de l'autre côté de la barricade, qui, le matin même, n'étaient que de simples propriétaires de voitures et venaient d'être transformés en otages, qui plus est voués à la mort, se perçurent comme tels dès que ces paroles furent prononcées. Ils comprirent que les négociations étaient dans l'impasse et que la fonctionnaire en costume bleu allait vraiment partir maintenant pour ne plus revenir. Autrement dit, c'était vrai, ils allaient en effet commencer à mourir bientôt.

Les défenseurs de la barricade, une grosse vingtaine, qui, la veille, ne se connaissaient pas et qui s'étaient surtout rassemblés parce qu'ils voulaient la vérité et que personne ne les prive de leur eau, pour en définitive se muer en terroristes et en assassins, éprouvèrent le même choc et la même humiliation, parce qu'ils n'avaient tué personne et ne s'étaient même pas battus contre qui que ce soit.

Une angoisse particulièrement terrible étreignit le malheureux Valéra, quand il découvrit que sa plus grande crainte, en réalité, ce n'était pas une bombe ou une guerre, mais de retourner auprès de son chef à la face jaunâtre sans avoir rempli sa mission. D'être le maillon faible qui ferait échouer tout ce plan astucieux et complexe. Et la punition à venir était si impossible, si impensable qu'il leva la main, oubliant à la fois le fusil à pompe qu'il dissimulait et l'effrayant inconnu amoché, se préparant à crier qu'il était là. Tant pis s'il se trahissait ainsi, il voulait juste que cette satanée garce le voie enfin, le libère et gère le reste elle-même.

Mais ce ne fut pas la garce qui le sauva, non, ce fut un petit homme couvert de poussière blanche qui tapa du poing sur le flanc de l'autobus et cria d'une voix cassée :

— Non, ce sera sur votre conscience ! Sur votre conscience ! C'est vous qui m'aviez promis, rappelez-vous, vous m'aviez promis tout à l'heure ! Alors vous n'irez nulle part, je ne vous laisserai pas partir ! On n'est pas là pour s'amuser, il y a des vies en jeu !

À cet endroit de sa tirade, il s'enroua et se mit à tousser, sans pour autant arrêter de marteler le flanc du bus, de peur que les autres pensent qu'il avait terminé : le retentissant *boum-boum-boum* était censé remplacer ses paroles et empêcher la grande fonctionnaire de s'en aller sans l'avoir écouté jusqu'au bout.

— Je ne vous laisserai pas faire ! essaya-t-il encore.

Mais, dans sa hâte, il s'étouffa à nouveau sur sa toux. Tout le monde comprit qu'il ne parviendrait pas à terminer.

La femme de la Maybach se retourna néanmoins et reconnut le stomatologue récalcitrant, qui figurait en troisième position sur sa liste des problèmes non résolus, juste après la barricade. *Te voilà donc*, pensa-t-elle. Valéra se figea, la main levée, persuadé que cette satanée bonne femme l'avait enfin remarqué, qu'elle ne pouvait pas l'avoir manqué, et aussi que son pardessus avait dû s'ouvrir, parce que l'inconnu amoché fronça les sourcils, plissa les paupières et se crispa soudain, comme le font les chats avant de sauter.

— Emmenez-les, concéda le chauffeur de taxi d'Andijan d'une voix sourde.

Les deux cents personnes de part et d'autre de la barricade, qui ne savaient plus comment se désigner, le regardèrent en même temps.

— Emmenez tous ceux qui veulent vous accompagner. Qu'ils se joignent à vous !

Il ne s'était pas retourné vers la fonctionnaire russe en prononçant ces mots, il n'avait pas levé la tête et, plus globalement, il avait parlé comme s'il n'avait pas d'interlocuteurs ni n'attendait de réponse.

— Attends, frère, intervint son partenaire amoché.

Mais il était trop tard. Ayant entendu ces mots, la femme de la Maybach se dirigea droit vers le bus, suivie du taciturne compagnon qui lui collait aux basques. Personne ne tenta de les arrêter et, un instant plus tard, ils se faufilèrent le long de l'Opel Astra argentée pour se retrouver de l'autre côté.

La grande femme fit alors une chose étrange : au lieu de s'adresser aux anciens otages par l'un de ces discours énergiques dont elle avait le secret, de leur ordonner de dégager les voitures et de les conduire enfin vers la liberté, elle saisit le petit homme poussiéreux par le bras et l'entraîna derrière l'autobus, aussi facilement que s'il avait été une marionnette. Ils disparurent de la vue de tous. Son garde aussi, et à leur suite, jetant sans arrêt des regards autour de lui, un gros homme vêtu d'un long manteau, qui – oui, tout le monde l'aurait juré – n'avait encore jamais été vu et venait tout juste d'apparaître. Enfin, plus précisément, il avait surgi peu de temps avant l'arrivée de la nourriture.

Les deux cents personnes au statut pareillement incertain, qui s'étaient attendues à ce que les événements prennent une tournure très différente, se sentirent également déçues en cet instant et se regardèrent avec la même animosité ressuscitée. Tout avait disparu. Il n'y avait eu ni salut ni vérité et encore moins de camion plein d'ambroisie et de fraises fraîchement cueillies. Il ne restait plus que, seule pour eux tous, une Gazelle crasseuse avec six palettes d'eau tiédasse.

— La salope, dit le tuméfié à la chemise ensanglantée. La salope de salope !

Il flanqua tout de même un coup de pied dans un carton de conserves, dont les boîtes s'entrechoquèrent plaintivement.

Les cinq volontaires oubliés de tous échangèrent de brefs regards et reculèrent. Prudemment, l'un après l'autre, ils contournèrent le Land Cruiser, puis, sans se retourner, coururent vers le camion.

Lundi 7 juillet, 18 h 32

— Alors, attaqua la fonctionnaire de la Maybach. Voilà.

Elle devait reprendre ses esprits. Tout se passait plutôt bien jusqu'à présent, mieux qu'elle ne l'avait prévu, et même cet idiot de Valéra avec sa cible sur le front et son abruti de garde du corps n'avaient pas réussi à gâcher la chose, car ils étaient déjà à mi-chemin du refuge. Il ne restait plus qu'une broutille à régler : les otages et le minuscule dentiste qui avait enfin fini de tousser et luttait pour libérer son bras. Il avait la main blanche, toute sa personne était blanche d'ailleurs, comme s'il avait pris un bain dans du talc pour bébé. Elle inclina la tête et renifla. Il ne sentait pas la poudre, mais la construction, la poussière de roche humide.

— C'est du ciment ? demanda-t-elle sévèrement. Ne me dites pas qu'il y en a qui creusent ici. Vous vous souvenez que nous sommes sous le fleuve, n'est-ce pas ?

Le petit stomatologue ne répondit pas. Il souffrait d'un désagréable sentiment de redite, car tout cela s'était déjà produit : la gueule large de l'autobus, une Lada Kalina vide, la Thermos colorée sans bouchon, et la grande femme aux doigts forts et à la voix bureaucratique qui disait : « Je ne vous lâcherai pas tant que vous ne m'aurez pas répondu. » Sauf que la première fois, il tenait un chat et ne pouvait repousser la femme. *Le chat,* se souvint le médecin, transi. Il avait laissé la caisse de transport dans le passage, aux pieds de tout le monde.

— C'est vous ! s'écria-t-il. Tout ça, c'est à cause de vous, vous nous gênez ! Vous vous mettez toujours en travers de notre chemin !

Il repensa au gars mort, puis, sans lien apparent, au lieutenant qui s'était enfui. Cette teigne en costume bleu continuait à apparaître où bon lui semblait, quand bon lui semblait, et on ne lui échappait pas, chat ou pas chat.

— Pourquoi faites-vous cela ? geignit le docteur.

— Elle est avec un type qui est resté là-bas, déclara une dame en Crocs entre deux âges. Une grosse trogne, il était là, avec un manteau. Dès qu'elle l'a vu, elle a déguerpi.

Il apparut alors que les cent cinquante otages s'étaient mis en formation et prêtaient l'oreille à la conversation. Et leur mine ne laissait rien présager de bon.

— C'est ce que j'ai tout de suite pensé. Ils ont un camion, comme de bien entendu ! lança le Moscovite de troisième génération. Je me suis dit, vous savez, j'ai eu une illumination… y a quelque chose qui cloche.

— Je m'en fiche ! s'écria la propriétaire maigrichonne du setter. Je peux pas rester ici plus longtemps, il a dit qu'on pouvait passer ! Il a dit : « Qu'ils se joignent à vous ! » Et maintenant, ils ne nous laissent plus passer !

— Tu vas voir, s'ils vont pas nous laisser passer, rétorqua son mari à carreaux, les narines dilatées, avec un appétit carnassier. Je vais te les encorner, moi, fin de la discussion.

La femme de la Maybach semblait avoir attendu ce tournant de la discussion, car son visage s'éclaircit. Elle lâcha le petit docteur comme une valise.

— Vous avez très bien compris, oui, dit-elle. Parce qu'il ne vous laissera pas partir, c'est évident.

— Vous mentez encore, l'interrompit le médecin en grimaçant. Je l'ai entendu de mes propres oreilles…

— Tous ceux qui veulent, il l'a dit ! Il l'a dit ! renchérit la maîtresse du setter.

— Qui ça ? Le chauffeur de taxi ?

La femme de la Maybach haussa les sourcils et ricana, avec ostentation, à l'image des actrices du théâtre d'art de Moscou, afin qu'on les entende jusqu'au dernier rang.

— Vous pensez vraiment que c'est *lui* qui commande ?

La question prit l'auditoire au dépourvu. Ce migrant plus tout jeune à l'air endormi n'avait en effet pas vraiment l'air d'un chef terroriste : l'ampleur du crime paraissait effectivement dépasser de beaucoup les compétences du chauffeur de taxi.

— Qui commande, alors ? demanda la dame en Crocs après une pause. Le type en chemise qui parlait… ?

— Parfait. Donc vous l'avez quand même remarqué, répliqua la femme de la Maybach. Que je vous en touche deux mots. Cet homme est un psychopathe dangereux et impitoyable. Et un manipulateur très doué. C'est lui qui s'est évadé ce matin et qui a tué le capitaine de police. C'est lui qui a détourné la Gazelle et l'eau, qui a manipulé ces gens à moitié illettrés pour qu'ils vous prennent en otages. Et peu importe qu'ils aient changé d'avis ou non, vous comprenez ? Ils sont ses complices. Il ne lui restait plus qu'à faire d'eux des tueurs pour qu'ils soient piégés. Alors ne vous faites pas d'illusions, il ne vous relâchera pas. Vous êtes sa seule monnaie d'échange. Pas l'eau, non, mais vous. Vous êtes ceux qu'il échangera contre de la nourriture.

— Dans ce cas, négociez avec lui, pour l'amour de Dieu ! Vous avez plein de nourriture, là-bas ! dit la maîtresse du setter en pleurant à nouveau.

La fonctionnaire la regarda et, affectueusement, avec regret, elle secoua la tête.

— Ça ne servira à rien. N'essayez pas de comprendre, faites-moi juste confiance. Même si nous leur apportons la moitié du camion ici, il inventera autre chose. Il exigera la moitié du tunnel, puis l'autre moitié du camion, par exemple, ou un million de dollars, ou encore que nous nous convertissions tous à l'islam jusqu'à ce que quelqu'un perde ses nerfs et qu'il y ait en effet un mort. Il n'attend que ça – que vous agissiez stupidement – et il n'y aura pas moyen de s'entendre avec lui, quoi qu'on lui propose.

Certains des otages eurent peut-être à ce moment-là l'idée séditieuse que c'était la fonctionnaire blonde qui avait fait d'eux son unique atout, mue par des mobiles tout aussi douteux. Toutefois, le problème était réel : ils étaient bel et bien tombés entre les mains d'un maniaque qui voulait leur mort, et ils s'en rendaient parfaitement compte. Or ils n'avaient pas de plan, alors que la fonctionnaire à la voix forte en avait un, c'était sûr, sinon pourquoi aurait-elle fait tout un cirque avec ces conserves pour franchir la barricade, au risque de rester coincée définitivement ici ?

Et, il faut le dire, elle ne tarda pas à les mettre au courant de ce plan, car ses deux étranges assistants revinrent sur ces entrefaites, l'avorton blafard au visage flétri et le gaillard en pardessus, qui avaient disparu depuis une demi-heure et se dirigeaient maintenant vers le bus, en écartant la foule. Tous deux aussi pantelants que s'ils avaient couru, et toujours aussi peu assortis l'un à l'autre, à moins d'avoir été réunis dans le but de produire un effet comique. Ils n'avaient qu'une seule chose en commun : chacun portait à l'épaule une lourde grappe de fusils à pompe. Tout neufs, encore luisants de graisse d'usine.

— Une minute, vous aviez tout ça dans votre voiture ? s'étonna le médecin.

— Seigneur, que ta volonté soit faite, dit la dame en Crocs en se signant.

Lundi 7 juillet, 18 h 43

Dans l'enceinte de la barricade, l'ambiance était tout aussi inquiète. Les négociations avec l'ennemi semblaient s'être terminées de façon victorieuse : l'assaut n'avait pas eu lieu et tout était resté en l'état. En même temps, elles s'étaient mal déroulées et achevées sur une sorte d'étrange queue de poisson, qui n'apportait aucune satisfaction et ne faisait qu'aggraver leurs alarmes. Les défenseurs auraient sans doute eu du mal à s'expliquer où le bât blessait, mais ils avaient le sentiment d'avoir été stupides, d'être tombés dans un piège, et personne ne se pressait pour distribuer leur trophée de haricots blancs en sauce. Sorte de cheval de Troie, les conserves restaient sur l'asphalte, où elles formaient, encore emballées, une pyramide intacte.

Le chauffeur de taxi d'Andijan se pencha sur un carton d'En-cas de belle-maman et regarda à l'intérieur. Cette pitoyable offrande de nourriture était insultante. Pire que cela : conçue comme une insulte. Voilà pourquoi la fonctionnaire blonde n'avait pas voulu de leur eau : il ne s'agissait pas d'un échange, mais d'un crachat. D'une aumône condescendante. Tout avait soudain mal tourné et s'était tant embrouillé qu'il était urgent de ne plus rien faire, afin de ne pas accroître encore les dégâts. Il n'arrivait pas à comprendre à quel moment les choses avaient déraillé, où il s'était trompé, et ce qu'il devait dire à ces gens, maintenant. Ils étaient quarante-huit, en comptant les femmes et les enfants, autrement dit, ne rien faire du tout n'était pas une option.

On toussota derrière lui, comme s'il retardait une file d'attente. Le chauffeur de taxi se retourna et vit le type de Bakou, son nez bosselé, et sa femme russe aux épaules nues. Cette dernière avait retrouvé le visage de qui s'apprête à lui indiquer une adresse avant de lui ordonner d'éteindre la musique.

— Nous avons changé d'avis, annonça la femme, qui tenait fermement son mari par le bras. Nous voulons partir. C'est possible, n'est-ce pas ?

— Mon cher, renchérit affectueusement l'homme de Bakou. Ne vous vexez pas, mais nous allons y aller, en effet.

Le chauffeur de taxi se retourna vers le carton et en sortit une conserve, aussi humide et glissante que la peau d'une grenouille, puis une autre. Une bouillie de tomates brune clapotait dans le bocal.

— Alik, appelle les filles, dit la femme.

Le chauffeur de taxi se redressa et fourra presque de force la première conserve dans la main de la femme, donna l'autre au professeur, et tous deux, confus, se saisirent du cadeau.

Accroupi à côté de son ancienne voiture, le jeune Gazelliste ne faisait rien. Il se rendit compte que quelque chose n'allait pas, mais redoutant de s'en mêler, il attendait qu'on l'appelle. Voilà pourquoi il ne grimpait pas dans sa cabine : pour ne pas manquer le moment où l'on aurait besoin de lui. De plus, cet habitacle ne lui appartenait plus désormais, et, si ça se trouve, il lui était même interdit d'y monter.

Il avait aimé déplacer les voitures avec les autres, et plus encore distribuer l'eau à l'arrière de sa Gazelle, ça avait été une action importante, et il aurait bien aimé faire encore autre chose d'aussi utile. Il songea même à se rapprocher de son ami d'Andijan, si courageux, pour lui rappeler qu'il était là et à sa disposition, mais il n'osa pas. Et même lorsque l'homme d'Andijan ouvrit le carton de nourriture, le jeune Gazelliste, qui s'était levé d'un bond, ne bougea pas, afin de ne pas donner l'impression de vouloir être le premier à recevoir sa part. Il décida de prendre son tour plus tard, lorsque tous se seraient rassemblés, pas dans le but de prendre de la nourriture, bien entendu, seulement pour aider à sa distribution. Alors, pensait-il, tout redeviendrait normal. Mais les gens rappliquaient lentement, à croire qu''ils n'avaient pas faim, et beaucoup n'allaient même pas récupérer leur dû, si bien que l'atmosphère ne s'allégeait pas.

— Vous savez quoi ? Gardez-la, nous n'en avons pas besoin, dit la femme de la Nissan blanche en venant lui rapporter la boîte de conserve. Nous partons.

Le petit fanatique basané ne l'entendit pas, naturellement, il ne la gratifia même pas d'un regard, exactement comme trois heures plus tôt, lorsqu'il lui avait ordonné de se couvrir d'une veste. Elle était statufiée, cette maudite boîte de conserve dans la main, avec sa robe décolletée. Au milieu des jeunes barbus en survêtement, elle se sentait nue. Alors qu'en fait elle était invisible, et ce depuis dès le début : elle aurait tout aussi bien pu se déshabiller et faire la roue ou s'asseoir et faire pipi. Et elle aurait pu partir d'emblée, même alors. Il en ressortait que c'était elle-même qui avait tenu à se couvrir de cette veste, elle-même qui s'était enfermée avec ses filles dans ce bus dégoûtant, et inutile d'invoquer d'effrayantes vieilles bonnes femmes. La peur et la honte étaient les siennes : elle ne pouvait pas davantage les emporter avec elle que ce répugnant bocal de haricots. *Non, mais vas-y, regarde-moi,* pensa-t-elle en poussant le barbu le plus proche. *Regarde-moi.* Après quoi, elle tapota l'épaule du basané.

— Hé ! Vous m'entendez ? Reprenez ça.

L'homme d'Andijan qui, vers 7 heures du matin, avait cessé d'être un métèque et un invisible appelé « Hé, toi », sans pour autant en éprouver davantage de liberté et de joie, avait enfin fini de distribuer son premier carton de haricots dégoûtants et s'attelait à l'ouverture du second. Sans même comprendre pourquoi. Et, soudain, il sentit une main dans son dos, comme s'il était encore au volant et qu'on lui commandait de rouler plus vite ou qu'on lui glissait cinquante roubles de pourboire.

— Hé ! répéta la Russe, qui lui tapota de nouveau l'épaule avec impatience, paume ouverte, comme on flatte la croupe d'un cheval ou l'échine d'un chien.

Il se redressa lentement, très calmement, s'apprêtant à suggérer au professeur de Bakou de prendre sa femme et d'aller avec elle où bon lui semblait, ici ou ailleurs.

Sauf que ce n'était pas l'homme de Bakou, mais la fonctionnaire aux cheveux blond-blanc. Elle se tenait à côté de l'Opel argentée, dont elle paraissait ne s'être jamais éloignée. Elle n'essayait pas de franchir le périmètre, elle patientait, comme pour ne déranger personne. Il comprit néanmoins avec une clarté aveuglante qu'il n'y avait plus rien à faire, avant même de remarquer les armes.

La Russe aux épaules nues continuait à débiter quelque chose à une allure furieuse, mais cela n'avait plus aucune importance. La tête de l'homme d'Andijan abritait le silence sonore des fonds sous-marins. Il agita les mains, sans les lever, et se dirigea simplement vers la barricade. Comme le médecin une demi-heure plus tôt, le chauffeur de taxi se souvint que tout cela s'était déjà produit : la géante intruse en habits d'homme s'était déjà tenue au même endroit, entre l'Opel et l'autobus, et il l'avait également remarquée le premier, sauf que, cette première fois, il avait couru vers elle. À présent, il marchait lentement, parce qu'il n'y avait nul besoin de se presser.

Et la propriétaire de la Nissan blanche, avec sa robe souillée, son genou écorché et des taches sur les joues, le suivit, pour l'obliger à faire demi-tour, car il ne s'était toujours pas retourné et s'éloignait exprès, pour qu'elle reste avec sa honte, sa peur et ses haricots blancs puants.

Dix pas plus loin, l'homme d'Andijan aperçut des visages par-delà les fusils. Incertains, effrayés, exactement le genre de visages qu'on arbore quand on tire, poussé par la peur. Parce qu'une branche a craqué, ou qu'un oiseau s'est envolé, ou parce qu'on veut en finir au plus vite.

Partez, aurait-il dit, s'il avait voulu ajouter quelque chose. *Rassemblez vos troupes et partez, laissez-nous tranquilles.*

Non, aurait répondu la femme qui avait maintenant des fusils. *Nous n'en avons pas terminé ici.*

Vous avez un tunnel entier, ça ne vous suffit pas ? aurait-il pu répliquer, et sa phrase aurait eu des notes pathétiques, un accent de supplique. *Nous allons déplacer les voitures et vous laisser passer, mais ici, c'est chez nous !*

Non, ce n'est pas chez vous, aurait répliqué la femme. *Les voitures ne sont pas à vous, et le bus non plus. Vous n'avez pas saisi, il n'y aura pas de négociation. Vous devrez tout rendre, l'eau comprise. Je vous dirai où la rapporter.*

Elle n'avait pas d'arme. À cette distance – il ne restait que quinze pas, onze, neuf –, il distinguait chaque détail : les mains vides et calmes, les yeux délavés, les sourcils et les cils blancs. La veine dans le cou charnu et le bouton de sa veste serré sous la poitrine. La femme entendit elle aussi la conversation qui n'avait pas lieu entre eux, c'est pourquoi elle rejeta un peu la tête en arrière et sourit.

Et à la vue de ce sourire rassasié, il ressentit enfin la liberté qu'il avait perdue, ainsi que le soulagement et la joie, puis il s'élança et sauta. Il eut même le temps de voir le lourd visage blanc changer, perdre sa morgue condescendante et retrouver une seconde des traits banals, effrayés, féminins.

Lorsque le coup de feu retentit, il s'avéra que personne ne s'y attendait, à commencer par les ex-otages de fraîche date devenus miliciens de fraîche date. On leur avait promis qu'ils n'auraient pas à tirer, que les fusils étaient des faux, instruments d'une diplomatie de crise, et que tout se réglerait pacifiquement et rapidement. Aucun d'entre eux n'avait donc tiré. Pas même lorsque le petit homme basané, avec ses airs de moine bouddhiste en colère, glapit soudain et tenta de se percher sur l'Opel. Ils avaient seulement accepté de se munir des armes, pas de tirer, car cela prendrait beaucoup plus de temps.

Pourtant, l'homme en colère était mort, étendu sur le dos, bras et jambes en croix, paraissant encore plus petit et tout à fait inoffensif : on n'aurait pas dit qu'il venait de courir vers les armes en criant et montrant les dents, mais simplement de tomber d'un toit. Il avait des bottes poussiéreuses aux semelles inégalement usées et quelques pièces de monnaie roulèrent de la poche de son pantalon. Au-dessus de lui se tenait une blonde replète dans sa robe chamarrée, dont le devant était éclaboussé de la bouillie brunâtre d'un bocal cassé. Des éclats de verre, mélangés aux haricots et aux tomates, coulaient vers le bas de la robe avant de goutter lourdement au sol. La blonde (ils se souvenaient d'elle, maintenant) baissa la tête et s'efforça de secouer le tissu clair, pour le débarrasser de toute cette masse graisseuse, avec l'air dépité qu'ont les gens quand ils viennent de se faire asperger de soupe. Puis elle porta sa paume souillée à ses yeux, fronça les sourcils et, maladroitement, s'effondra sur le flanc, à même l'asphalte.

Son mari chenu au nez bosselé revenait déjà précipitamment du bus, un sac à dos Hello Kitty rose avec un pompon blanc et duveteux accroché à son coude. Il courait étonnamment vite pour un homme massif de son âge et il criait fort, sur une seule note : « Aaaaah ! aaaaaah-ahahahaaaaah, ahah-ahah-ah-aaaaaaaah ! » Sa bouche grande ouverte partait de travers, on aurait pu croire qu'il riait. Il faillit renverser le gamin, le conducteur de la Gazelle, qui trébucha et perdit sa claquette, mais aucun des deux ne le remarqua et ils continuèrent à courir, le grand vieillard et le gamin avec un survêtement de sport et une seule sandale. Ils étaient les deux derniers soldats d'une armée se précipitant dans une tranchée ennemie, et personne d'autre ne courait à part eux.

— Ne t'avise surtout pas de faire ça, cracha la femme de la Maybach au petit garde du corps dont elle agrippa l'épaule. Terminé ! J'ai dit : « Terminé ! »

Sa main comme sa voix tremblaient clairement.

Loin d'obéir, le garde continua de pointer son arme.

— Je ne le vois pas, dit-il entre ses dents serrées. Où il est passé ?

Il regardait par-delà les coureurs, faisant pivoter sa tête à la manière nerveuse d'un oiseau.

Mais l'homme au visage tuméfié avait bel et bien disparu.

Lundi 7 juillet, 19 h 22

La procession jusqu'au camion frigorifique bien-aimé, où attendaient fruits au sirop bien frais et compotes de pommes, s'étirait sur près d'un kilomètre. On avançait lentement, parlant à contrecœur et à voix basse, chargés de bouteilles d'eau, d'effets personnels et de cartons d'En-cas de belle-maman, non comme des personnes qui allaient enfin être récompensées de leurs longues souffrances, mais plutôt comme les passagers d'un train qui se serait renversé.

Tout était terminé : la barricade avait été démantelée, les otages libérés et les mutins amnistiés. Bien sûr, on avait beaucoup de peine pour la femme en robe, ainsi que pour son malheureux mari et ses filles. Pensez, quelle horreur, mourir ainsi, d'une balle perdue. Et devant ses enfants, qui ont tout vu, ça fait mal au cœur, de si gentilles fillettes. Mais personne n'était à blâmer, comme l'avait expliqué la fonctionnaire en costume, et à très juste titre : personne d'autre que le psychopathe en fuite et son complice abattu, qui étaient les seuls à avoir semé la pagaille et à cause de qui on avait failli s'entretuer. Et pourtant, tous avaient le vague sentiment d'avoir mal agi et en même temps d'être mis sur la sellette, blâmés malgré tout. Cependant non, naturellement, il n'y avait rien à leur reprocher, et même le malheureux veuf (mon Dieu, quand il a crié, j'ai bien cru qu'il allait se coucher direct à côté d'elle) n'était pas là, pour l'instant, il transportait le corps de sa femme de l'autre côté, vers le portail à l'avant, là où l'on étendait les morts, et il avait emmené ses filles avec lui. N'empêche, le rêve que représentait la merveilleuse abondance du camion avait soudain tourné au vinaigre et perdu de sa puissance.

D'autant que le dangereux criminel était à nouveau en fuite et qu'il fomentait probablement en cet instant précis quelque nouveau coup retors, comme le leur rappelaient le petit nerveux en noir, armé maintenant de deux pistolets, et dix fusils à canon court sur les épaules de dix miliciens très anxieux. Un onzième fusil pendait à l'épaule du gros chauffeur de la Maybach, qui ne le cachait plus, mais, bizarrement, n'avait pas eu l'idée de se débarrasser de son pardessus étouffant et semblait sur le point de rendre son dernier souffle.

Valéra n'était jamais allé aussi loin et rêvait de rebrousser chemin. Peut-être juste pour s'asseoir un petit moment dans la voiture, juste ça, cinq petites minutes, avant d'aller présenter son rapport à pépé dans la salle cosmique et n'en plus ressortir du tout. Il en avait fait assez, on n'avait pas besoin de lui ici, et il sentait aussi que le tir aux abords de la Gazelle ne suffirait pas à mettre fin aux troubles, parce qu'il y avait beaucoup d'armes en circulation maintenant et ce n'était qu'une question de temps avant qu'une autre fusillade n'éclate. Mais, bien entendu, la garce au gros cul refusait de le laisser partir ; elle tenait sans doute à faire son rapport la première.

La fonctionnaire marchait rapidement devant ses troupes complètement déboussolées, sans se retourner ni tarabuster personne. De l'extérieur, on aurait même pu croire qu'elle espérait se séparer à la fois du cortège qui s'étirait derrière elle et de l'escorte armée qu'elle avait elle-même équipée. Et percevant visiblement ce désir chez leur meneuse, les miliciens accéléraient eux aussi involontairement le pas, redoutant, aurait-on dit, que la grande femme en bleu ne les abandonne là et ne disparaisse : il n'y aurait alors plus personne à qui remettre ces maudits fusils. Cela expliqua pourquoi l'avant-garde du cortège arriva sur place quatre bonnes minutes avant les autres et presque au pas de course.

Pour les trois cents personnes qui se tenaient dans l'autre partie du tunnel, les deux dernières heures s'étaient déroulées très différemment : elles avaient mangé. Maïs doux, aubergines à l'huile et petits pois. Tomates marinées, *lecsó*[1] et confiture de fraises. Champignons en saumure, olives au citron. D'abord avec avidité et gloutonnerie, puis avec discernement et enfin lentement, en conversant, comme autour d'un pique-nique ou sur un marché dominical. Il y avait tellement de nourriture qu'elles n'entendirent même pas le coup de feu, il ne les concernait plus, pas plus que les portails de béton, les mètres d'eau au-dessus de leurs têtes et la possible fin du monde désormais. Quant à la fonctionnaire et à ses instructions, on les avait pratiquement oubliées.

Or voilà qu'elle était de retour, et pas seule. Treize hommes armés l'accompagnaient, qui observèrent le camion avec une admiration incrédule, voire une pointe de colère, escouade de marins révolutionnaires sur les marches du palais d'Hiver découvrant pour la première fois ce qu'étaient le marbre, les moulures dorées et les tapis de soie. Cette intrusion ne présageait rien de bon, c'était une évidence. Elle fut donc accueillie sans enthousiasme, et même avec crainte.

— Bien, dit la femme de la Maybach, qui aurait aimé en cet instant que tous, absolument tous ces gens disparaissent et que le tunnel soit vide, sans voitures, sans cartons, sans détritus, juste une bande d'asphalte propre et le bourdonnement des lampes. Bien, répéta-t-elle. Lieutenant, faites-leur un rapport sur la situation.

Son ordre demeura sans effet, cependant la situation ne nécessitait pas de rapport pour être évidente. Le lieutenant, qui avait reçu l'ordre d'effectuer le décompte des rations et de

1. Ragoût de légumes (poivrons, oignons, tomates...) traditionnel de la cuisine hongroise.

tout consigner, n'obtempéra pas. D'abord, il avait espéré que la satanée virago de la Mercedes et l'homme au sourire hideux se rencontrent à l'autre extrémité du tunnel et que, d'une manière ou d'une autre, ils s'éliminent mutuellement – peu importait comment, pourvu que ce soit définitif. Et, deuxièmement, il cherchait des ananas pour la fille aux pieds nus de la décapotable, et il était important de devancer sur ce coup-là son blaireau aux dents blanches. Personne ne lui donnait d'ordre, et lui avait encore moins besoin d'en donner, parce que tout allait bien, jusqu'à ce que cette putain de bonne femme revienne. Il décida donc de ne pas réagir.

Les miliciens avec leurs fusils, toujours en train d'admirer le camion, faisaient désormais penser non plus à des marins découvrant le palais d'Hiver, mais à des enfants devant un sapin de Noël. Le lieutenant se taisait. La femme de la Maybach attendait.

— P-p-p-permettez, bredouilla quelqu'un en s'avançant, en qui elle reconnut l'ingénieur de la Toyota RAV4. Je viens au rapport. Les concombres sont immangeables. Une saleté comme on n'en fait plus.

L'ingénieur empestait la vodka. Après cette sortie irrespectueuse, il conclut son rapport par un salut militaire fort cavalier qui ne manqua pas de soulever quelques rires prudents.

— Je vois qu'on ne s'est rien refusé, ici, commenta froidement la fonctionnaire, en balayant du regard les preuves de ce festin honteux.

Soudain, elle eut un mal fou à afficher cette froideur, pourtant absolument indispensable dans le cadre de l'affaire qui l'occupait.

— Nous étions convenus d'utiliser la nourriture avec parcimonie.

— C'est qui ça, « nous » ? J'aimerais bien savoir, cria-t-on de la foule.

— Qu'est-ce que vous allez faire, maintenant ? Nous envoyer au peloton d'exécution ? On est juste des gens qui ont cassé la croûte !

— Perso, moi, par exemple, j'ai rien convenu avec personne !

Les voix étaient anonymes et provenaient des derniers rangs, mais elles transmettaient fidèlement l'humeur générale.

— Eh bien, commençons déjà par le fait que vous n'êtes pas tout seuls ici, déclara la fonctionnaire.

— Écoutez, intervint l'ingénieur de la Toyota, qui avait cessé de faire le clown. On a vingt tonnes dans ce bahut. Vous vous figurez ce que ça représente, vingt tonnes ? C'est beaucoup. Ça nous fait de quoi manger pendant six mois.

— Mitia, pourquoi tu te fatigues à raisonner avec elle ? intervint sa femme, une rouquine maigrichonne. On vit dans un État policier, à l'heure qu'il est. Listes, rations, rapports à heure fixe. Si ça se trouve, on va nous faire ranger par ordre de taille !

En cas de besoin, vous vous rangerez par ordre de taille, oui, faillit répondre la femme de la Maybach, qui venait de libérer les otages, de démolir la barricade, et ne supportait pas ces poupées oisives aux lèvres perpétuellement pincées, toujours à pousser des cris hystériques sur Internet, persuadées qu'on les enverrait au goulag dès le lendemain. Elle jeta même un coup d'œil à sa milice, très tentée de faire mettre tous ces gens en joue, tant elle en avait marre de devoir les convaincre. Mais l'heure de donner ces ordres-là n'avait pas encore sonné.

Comme pour confirmer ces pensées, l'une de ses nouvelles recrues (en qui le lieutenant aurait reconnu le rougeaud Kolia) appuya son fusil contre une pyramide de pois verts, leva la main et s'égosilla :

— Liouda ! Liou-da, je suis là ! Où sont les nôtres ? Venez ici !

Il était parfaitement clair que ces « nôtres » étaient près de deux cents, que seules quelques infimes secondes ne les séparaient plus de leur arrivée et qu'ils découvriraient des fruits au sirop, de la confiture et des olives farcies, qu'ils oublieraient tout et deviendraient sourds tant que leur estomac ne serait pas rempli. Et il faudrait attendre, puis tout recommencer du début. Quelle erreur elle avait commise avec ce camion ! Elle aurait dû leur donner de l'eau, de l'eau, et rien d'autre. *Et il y a encore ce docteur,* pensa-t-elle en gémissant mentalement. *Va le trouver, maintenant, ce foutu stomatologue.*

Elle suivait fidèlement le plan et faisait tout son possible, seule qui plus est. Mais depuis la capture de la Gazelle du « Boissons de Tchiornogolovka », ce plan si peu étoffé avait connu des ratés et commencé à se désarticuler, telle une charrette ayant roulé sur une pierre. *Bien,* se dit-elle. *Bien. Je dois me ressaisir.* Au moins, ils étaient enfin tous réunis au même endroit, et il restait du temps. Pas beaucoup, mais tout de même. Seulement, elle avait raté quelque chose, quelque chose d'autre que le docteur et elle ne parvenaient pas à identifier.

Le cri poussé par l'un des inconnus armés, que personne n'avait jamais vu dans cette partie du tunnel, produisit une impression des plus délétères. On comprit que non seulement l'invasion n'était pas terminée, mais qu'elle n'avait même pas commencé. D'autant que, contrairement à son habitude, la grande fonctionnaire ne réagit aucunement à ce cri sans vergogne et garda le silence, le regard braqué quelque part au-dessus des têtes. *Elle n'a pas rembarré Sacha,* réalisa Mitia. *Qu'est-ce qui lui arrive ?* Il l'observa mieux et remarqua que la batterie de Terminator commençait elle aussi à s'épuiser. Son visage fatigué était presque humain : avec des poches sous les yeux, des cheveux luisants de gras, une veste qui s'assombrissait au niveau des aisselles. Ce n'était pas une Valkyrie en fonte, ni un robot, ni une directrice de camp, ni même une directrice d'école. Juste une femme d'âge moyen en surpoids, qui avait envie de rentrer chez elle, d'ôter ses chaussures et de s'endormir devant la télé. Sans comprendre pourquoi, ce constat l'effraya. Il eut même envie de la secouer. De la réveiller, de tourner une clé, n'importe laquelle, histoire qu'elle recommence à bouger et à faire entendre ses cliquetis.

— Hé ! dit-il en lui tendant bel et bien la main. Vous devriez, vous savez, manger vous-même un morceau…

Sacha ricana.

— Mitia, pour l'amour de Dieu ! Tu crois qu'elle a besoin de ta permission ? Regarde l'armée qu'elle a. Tu ferais mieux de lui demander où ils les ont eus, leurs flingues. Où elle les avait cachés. Sur qui vous allez tirer, on peut savoir ?

Cette dernière phrase, elle l'avait presque criée. La fonctionnaire cligna lentement des yeux et baissa le regard. Sacha était plus petite d'une tête… non, d'une tête et demie, mais il était trop tard pour l'éloigner, maintenant. Comme toujours. La grande femme avait croisé les bras et toisait Sacha, aussi hostile que la statue en fonte du Commandeur.

— Quelle image intéressante du monde vous avez, dit-elle enfin. Vous êtes entourée d'ennemis, pourtant tout le monde vous doit quelque chose : de la nourriture, de l'eau, des explications. Des hélicoptères de secours. Vous, en revanche, vous ne devez rien à personne. Vous ne faites qu'exiger, c'est ça ? C'est le droit que vous revendiquez, je ne me trompe pas ? Et malgré tout, vous n'êtes toujours pas contente, il y a sans arrêt un truc qui vous gêne. Que vous trouvez vilain. Et surtout, pas assez rapide, c'est bien ça ?

En dépit de leur dureté, il y avait quelque chose de changé dans la tonalité de ses paroles, qui paraissaient soudain venir du cœur, mues par des sentiments réels.

— Mais je peux tout de même vous poser une question maintenant ? Nous sommes ici depuis vingt heures. Qu'est-ce que vous avez fait pendant tout ce temps ? Vous vous êtes plainte, vous avez gémi, partagé des fraises au sirop, puis mangé l'équivalent d'une semaine de nourriture… En une heure, juste parce que vous en aviez le droit, c'est ça ? Non, attendez une seconde, cracha-t-elle avant que quiconque puisse objecter. Dites-moi, est-ce que l'un d'entre vous a pensé à ce qui se passait de l'autre côté de la barricade, par exemple ? Où on a retenu ces gens pendant une demi-journée, sans eau, sans rien, parce que quelqu'un s'est imaginé en avoir lui aussi le droit. Ça concerne cent cinquante personnes, entre nous soit dit. Ce n'est pas si loin, vous avez seulement pensé à aller y jeter un coup d'œil ? Ça vous a traversé l'esprit de donner un coup de main ? Une femme vient d'y être assassinée. Pour votre information. En laissant deux enfants.

— Com… comment ça, « assassinée » ? demanda Sacha, les lèvres blanches, en lâchant l'épaule de Mitia. Qui… ?

La fonctionnaire de la Maybach avait cessé de toiser l'impertinente rousse. D'une part, elle se sentait mieux à chaque mot, comme si sa veste trop serrée se déboutonnait, et, d'autre part, elle semblait avoir enfin trouvé le timbre adéquat.

— Et, pendant ce temps-là, vous mangiez, ajouta-t-elle non sans plaisir, en promenant son regard sur les visages déjà radoucis et coupables. Alors même que vous ne savez pas combien de temps vous allez rester ici. Vous voulez agir comme des enfants et ne penser à rien ? Je vous en prie ! Mais, dans ce cas, ne prenez pas la mouche si quelqu'un réfléchit à votre place. Et donc, oui, il y aura un contrôle. Que ça vous plaise ou non. Et il y aura des rations, une comptabilité stricte, et…

Là-dessus elle s'arrêta net, la bouche sèche. *La liste*, pensa-t-elle. Bien sûr, la liste qu'elle avait donnée au petit lieutenant.

— Lieutenant ! lança-t-elle d'une voix effrayée qu'elle ne se connaissait pas. Où est mon carnet ? Lieutenant !

Le salopard ne répondit pas. Les miliciens avaient lâché leurs fusils pour pouvoir éviscérer plus librement une palette de petits pois.

— Il est là, ce saligaud, chuchota le petit garde en glissant la main sous sa veste.

L'ingénieur et sa femme pâlichonne échangèrent un regard et devinrent soudain le sosie l'un de l'autre. *Stop*, voulut dire la fonctionnaire, qui apercevait maintenant elle aussi la chemise bleue, pas très loin d'ailleurs, à une trentaine de pas. Le grand dadais de lieutenant battit stupidement des paupières, tel un écolier surpris avec une cigarette. *Stop, je m'en charge*, voulut dire la fonctionnaire, mais elle ne put desserrer les dents, parce qu'elle était en train de vivre sa première crise de panique en trente-huit années de vie. Une vraie de vraie, avec une sensation de nausée, le dos en sueur et une faiblesse dans tous les membres. Pour ne pas tomber, elle appuya ses paumes sur le capot de la voiture la plus proche et inspira par le nez, puis elle aperçut son carnet. Dans les mains d'une des gamines-régulatrices, la plus jeune des deux, qui l'agitait au-dessus de sa tête comme un drapeau.

— Il est là ! Je l'ai ! criait la jeune fille. Je les ai presque tous eus.

La foule se scinda pour la laisser passer.

— Assia…, fit l'ingénieur de la Toyota d'une voix faible.

Et, à ce moment précis, deux cents anciens otages et ex-défenseurs des barricades, aussi exténués les uns que les autres, arrivèrent enfin en Terre promise, chargés de sacs et d'eau.

Lundi 7 juillet, 19 h 53

Il n'y eut pas d'invasion, au contraire, les nouveaux venus ressemblaient plutôt à l'infortunée tribu de Moïse après quarante années d'errance dans le désert. Il semblait bien que ces gens avaient en effet copieusement dégusté, qu'ils avaient même carrément subi une tragédie et que, pour démentir les propos offensants de la fonctionnaire de la Maybach, il leur fallait se montrer sous leur meilleur jour. Rétablir l'équilibre, arborer de la cordialité. En clair, nourrir tout le monde le plus rapidement possible.

Dans ce but assurément noble, un groupe de volontaires entreprit aussitôt de décharger du camion d'autres fruits au sirop et d'autres *lecsó*, tandis qu'un groupe différent faisait état du même zèle pour les distribuer. Au bout d'un quart d'heure, même ceux qui ne servaient à rien et n'avaient pas eu le temps de participer avaient cessé de se reprocher quoi que ce soit. Les nouveaux venus étaient affamés, pas difficiles et reconnaissants, la file d'attente avançait rapidement, joyeusement même, une jeune fille toute frêle en jean complétait la liste. Les fusils, oubliés depuis longtemps, étaient entassés près de la cabine du camion frigorifique. D'une manière générale, tout semblait revenu à la normale, pour le plus grand plaisir de la sévère fonctionnaire. Bien qu'elle-même, soit dit en passant, n'ait pas supervisé la distribution, ne se soit pas lancée dans ses discours habituels et ait plutôt paru anormalement effacée. À un moment donné, elle tourna même le dos et s'éloigna, en apparence indifférente à tout ce qui se passait. C'était peut-être mieux ainsi, les choses étaient plus faciles sans elle. Et puis, bien sûr, on ne respectait aucune norme dans la distribution. Il aurait été tout simplement mesquin de faire les radins et de compter les boîtes de conserve au lieu de permettre aux réfugiés qui avaient beaucoup souffert (imaginez leur nombre !) ne serait-ce que de manger à satiété. Après tout ce qu'ils avaient eu à endurer, mon Dieu, prenez encore un peu de compote de pommes pour votre enfant, les fraises au sirop sont bonnes, vous savez, bien sucrées. Prenez, prenez, il y en a plein.

La femme de la Maybach savait, sans même se retourner, que le désordre régnait à nouveau dans les derniers rangs, que ses instructions de ménager les provisions n'étaient pas respectées et qu'il ne serait pas difficile d'y remédier. Mais elle songea subitement : *Allez vous faire voir tous autant que vous êtes.* Elle déboutonna sa veste, se pencha pour soulever avec précaution son pantalon. Ses pieds, marinant dans leur jus, étaient aussi gonflés que si on leur avait injecté de l'eau sous la peau, et les chaussures lui entaillaient tant les chairs que la seule solution pour les ôter serait de les découper. Ses chevilles avaient bleui et le gonflement des tissus boursouflés, étrangement indolore, montait déjà jusqu'aux genoux. Elle ne sentait plus du tout ses orteils.

— Bon, alors, quoi ? fit le garde dans son dos. Il faut s'occuper de ce connard. J'ai fait le tour, il est pas là, à tous les coups il se planque quelque part.

Elle laissa rapidement retomber son pantalon sur ses jambes et se redressa. Ses tempes l'élançaient et la face grêlée oscillait devant ses yeux. Il avait un menton graisseux, maculé de coulures rousses laissées par le jus de tomate. Elle eut un haut-le-cœur.

— C'est peut-être le moment ? On y va ? s'enquit Valéra, qui tenait un cornichon déjà entamé dans sa patte rouge. Pépé est furax, là-bas...

— Non, faut d'abord résoudre le problème, le coupa le garde. Là, c'est pratique, il n'y a plus personne. Bref, vous restez ici pour l'instant. Je vais prendre quelques cogneurs avec moi et en route. J'aurais dû le descendre tout de suite, c'est évident, j'ai eu tort de t'écouter.

— Écoute-moi, ordure, répliqua la fonctionnaire à voix basse. Si tu agis encore une fois sans ordre, ça peut être n'importe quoi, je te raye de la liste, tu piges ? Je te fais tomber. Tu restes dehors. Dépêchez-vous d'essuyer vos gueules, tous les deux, et ne bougez pas de là en attendant que je termine.

Valéra s'empressa de fourrer le reste de son concombre dans sa bouche et lança un coup d'œil incertain au garde.

— J'ai sauvé ton cul, espèce de salope débile, rétorqua celui-ci d'une voix sourde.

Il avait le visage crispé, les yeux pleins de rage.

— Tu pourrais me remercier. Tu as pensé avec ta tête quand tu as distribué les armes ? C'est des putains de fusils. Tu sais comment ça tire, ces trucs ? Ça forme un putain de tapis, et *adios.* Si l'une de tes recrues avait eu les jetons et tiré avec, on aurait dans les vingt personnes au tapis.

La femme de la Maybach repensa à la blonde, à sa robe en lambeaux et à son genou blanc avec une égratignure toute fraîche, alors elle s'imagina brusquement avec mille détails prendre ce bâtard grêlé par la peau du cou, par son petit col graisseux bon marché, le soulever du sol et lui faire recracher d'abord les haricots trop cuits et ensuite chacune de ses paroles insolentes, une à une. Elle visualisa ses chaussures en train de se balancer dans l'air et ses dents claquer. Soudain, il y eut une sorte de dysfonctionnement derrière eux, dans la distribution bienveillante des fruits au sirop. Les voix se mirent à sonner autrement, tendues et plus aiguës, des bocaux s'entrechoquèrent, et finalement on entendit un cri puissant, plein de fureur :

— Ah mon salaud, t'es venu manger ? Donne-moi ça !

Un bocal percuta le sol. La femme de la Maybach repoussa le garde d'un coup d'épaule et, essayant de ne plus penser à ses pieds devenus insensibles, courut vers le camion. Le matelas pourri de l'asphalte rebondissait désagréablement sous ses pieds.

Comme toujours au début d'un scandale, la foule s'écarta et forma un cercle. Au centre d'un ring imaginaire se tenaient deux personnes : la solide propriétaire du sac Bosco Sport et un jeune basané barbu portant une veste de survêtement avec l'inscription « RUSSIE ». Une épaisse flaque de cerise s'étendait entre eux sur le bitume. L'avant des baskets blanches du barbu était lui aussi irrémédiablement taché.

— Pourquoi tu fais ça ? s'exclama le barbu, qui secoua sa jambe pour se débarrasser des éclats de verre.

Il avait les oreilles contusionnées et le cou rouge sang.

— Je t'ai reconnu, salaud ! Elles sont où, mes clés ? demanda la propriétaire du sac Bosco, portant elle aussi un maillot de sport aux couleurs de la Russie. Mes clés de voiture, je te dis !

En cet instant, ils ressemblaient à des membres de l'équipe nationale refusant de partager leur place dans une compétition.

Le barbu parut se flétrir un peu et regarda rapidement autour de lui, les narines devenues blanches.

— Ils m'ont pris ma voiture ! ajouta la propriétaire du sac Bosco en continuant d'avancer. Celui-là justement !

— Ah mais oui, c'est vrai ! s'exclama quelqu'un au dernier rang. Il fait partie de la bande !

Le bruit s'amplifia. Plus de la moitié des gens réunis-là n'avaient vu aucune barricade et comprenaient seulement que l'un des bandits dont leur avait parlé la fonctionnaire s'était faufilé ici en douce, dans leur zone sécurisée. Mais les récents otages, dont l'offense était encore toute fraîche, éprouvèrent soudain une indignation similaire et s'en réjouissaient même, comme s'ils sortaient brusquement d'une hypnose.

— Bandit ! crièrent certains. Sacrément culotté !

— Les clés ! rugissait la propriétaire du sac Bosco en tendant la main.

— Qu'est-ce que t'as à me coller ! Elle est là-bas, ta voiture, va la récupérer ! répliqua bien inconsidérément le jeune barbu, qui se retrouvait soudain seul contre tous.

Cette situation, l'absence de visage familier dans les parages, lui interdisait de se comporter en lâche.

Il ne s'était jamais rien permis de tel en ses moins de vingt-deux ans d'existence, aussi ne se limita-t-il pas aux mots, hélas, il s'efforça d'afficher son sourire le plus mauvais et cracha même sur la propriétaire du sac Bosco, droit dans sa paume ouverte.

Elle poussa un cri et baissa les yeux. Le glaviot épais moussait au creux de sa main, tel du bicarbonate de soude dans une pâte à crêpes.

— Raclure ! glapit de sa voix fluette la maîtresse grisonnante du setter. Raclure sans vergogne !

— Allons, allons, une seconde. On se calme ! intervint d'une voix forte la fonctionnaire de la Maybach.

Elle avait enfin atteint les lieux, avec un regrettable retard dont elle devait rendre responsables ses jambes enflées, sur lesquelles elle ne pouvait plus guère compter pour l'instant. La stupide altercation aurait encore pu être tuée dans l'œuf si la minuscule propriétaire du setter ne s'était pas précipitée sur ces entrefaites au centre du ring avec l'intention manifeste de gifler l'impudent barbu.

Tout se passa alors très vite. Bien sûr, le barbu en survêtement ne pouvait pas répliquer coup pour coup contre la mamie au foulard – elle était vieille. Il se contenta donc d'esquiver, simplement d'esquiver, point. Mais la mémé se déplaçait sur un asphalte couvert de sirop de fruits : ses jambes se dérobèrent sous elle et elle se flanqua par terre toute seule, parmi les éclats de verre et les baies écrasées. Elle se cogna les genoux, s'écorcha les coudes et se salit. Et tout le monde de s'écrier que c'était sa faute à lui, alors même qu'il n'avait touché personne. Il devint clair qu'il allait devoir se battre. Aussi rentra-t-il la tête dans les épaules tout en raffermissant sa posture, et il se prépara, car l'essentiel était de ne pas glisser, du moins pas tout de suite.

Mais un oiseau choisit cet instant pour tomber du plafond. Un oiseau gris mort, aux yeux voilés d'une fine pellicule comme s'il s'était jeté volontairement d'en haut, pour atterrir au milieu de la flaque de cerises. Quelques instants plus tard, à trente pas de là, un deuxième volatile s'écrasa sur le capot d'une BMW bleu foncé. Et au cours des minutes qui suivirent, tous les autres oiseaux du tunnel connurent le même sort : moineaux, hirondelles, pigeons et même quelques mouettes égarées. Certes, comme ils tombèrent en des endroits différents, la plupart de ces petites morts n'eurent pas de témoins.

Lundi 7 juillet, 20 h 02

— ... Non, bon, la grille, en théorie, on peut la casser, déclara le chauve en gilet, qui regardait en même temps sa montre, sans qu'on comprenne trop pourquoi.

— Et comment ça, si c'est pas indiscret ? demanda quelqu'un.

— Ce n'est pas bien difficile, en la tractant avec une voiture, suggéra la propriétaire du sac Bosco.

— Ben faudrait une sacrée voiture ! Vous avez une idée du poids que ça représente ?

— OK, d'accord, plusieurs voitures dans ce cas, on y fixerait des câbles et elles tireraient toutes en même temps !

— Ça vous tomberait dessus, vous avez vu la longueur des câbles ?

— Chérie, rappelle-moi tes notes en physique ? Là, c'est de la mécanique, un truc au programme du collège. Elle tombera de l'autre côté, et nous, on la tirera par le bas.

La discussion était professionnelle, presque banale, et curieusement, il n'y avait pas de panique, cette fois-ci. Cette étape semblait avoir été tellement dépassée que même les discussions sur les canaris dans les mines n'auraient pas eu de sens. Ils commencèrent à spéculer sur la manière dont tomberait la grille, sur le nombre de câbles qu'il faudrait y attacher et sur l'intérêt d'utiliser, par exemple, le poids lourd polonais si, supposons, on le désolidarisait de son compartiment frigorifique. Et pendant ce temps – Mitia le voyait par-dessus leurs têtes –, la fonctionnaire de la Mercedes feuilletait silencieusement son carnet de notes, sans les écouter, tandis que son avorton de tchékiste blafard, sans écouter davantage, se tenait au-dessus du tas de fusils couchés sur l'asphalte. Et là, derrière les têtes, quelque part entre les fusils et le carnet, se trouvait probablement Assia, mais il ne parvenait pas à l'apercevoir.

— N'oubliez pas le bus, à ce propos, c'est trois cent cinquante chevaux, cet engin-là, et ça pèse au moins une tonne quinze...

— Partons d'ici, dit soudain Sacha.

Elle respirait de façon superficielle et saccadée, et une étrange chaleur irradiait d'elle.

— Où ? demanda Mitia en lui prenant la main. Tu te sens mal ?

— Non, j'ai juste... S'il te plaît. J'étouffe.

Une jeune fille bouclée en robe verte, qui se trouvait devant eux, se retourna pour les regarder. Elle ouvrait des yeux ronds, également verts, comme ceux d'une sirène. On étouffait, en effet, et ce, depuis très longtemps, car les ventilateurs fonctionnaient à peine depuis cinq ou... non, six, six heures entières. *On a simplement décidé de ne pas y prêter attention*, pensa Mitia. *On a même cessé de les regarder.*

— ... Vous vous rendez compte de la quantité d'air qu'ils vont brûler ? D'autant qu'ils doivent rouler jusque là-bas, en plus...

— D'accord, alors qu'est-ce que vous suggérez ? Vous voulez qu'on se couche, les quatre fers en l'air ?

— Je ne dis pas qu'il ne faut rien faire, je dis qu'il faut d'abord envisager toutes les hypothèses. Pas se lancer dans un projet autodestructeur. La dernière chose dont on a besoin maintenant, excusez-moi, c'est de brûler ce qui nous reste d'air...

— Vous savez quoi ? Continuer à rester assis comme ça, c'est du suicide. Ça fait assez longtemps qu'on se tourne les pouces. Réfléchissons, alors ! C'est pas des imbéciles qui ont construit ce tunnel, c'est une structure complexe, conçue pour parer à toutes les éventualités. Il doit y avoir une issue. Une sorte d'escalier de secours, un ascenseur, je sais pas, ou un moyen de communiquer, au moins, on n'a pas vraiment cherché. Il faut faire le point. On devrait parcourir encore une fois le tunnel, histoire de tout bien regarder comme il faut…

— Mon Dieu, comment on peut continuer à faire semblant ! s'emporta Sacha, si fort que Mitia la lâcha immédiatement.

Le chauve en gilet et ses contradicteurs se turent et se retournèrent.

— Il n'y a pas moyen de sortir d'ici, continua Sacha. Que dalle. Il n'y a rien, pas d'escaliers, pas d'ascenseurs. On a un fleuve au-dessus de nos têtes. Trente mètres d'eau et du béton tout autour. En haut, en bas, à droite, à gauche, partout. De tous les côtés. Et on n'arrivera pas à le casser. Y a pas moyen, vous le comprenez bien, non ? On n'y arrivera pas. Le seul moyen, ce serait de le faire exploser. On ne sortira jamais d'ici.

Elle était très belle. Extrêmement belle, même quand elle disait des choses que personne ne voulait entendre, et qu'il fallait l'enlacer et l'éloigner avant qu'un nouveau chahut et un énième esclandre ne surviennent. Lui aussi en avait terriblement marre. Mais les visages autour de lui affichaient plutôt la gêne qu'ils auraient éprouvée si sa femme s'était soudain déshabillée ou avait entonné une chanson paillarde. Tout le monde sembla même prendre ses distances et un silence gênant se fit. On entendait les gouttes qui tombaient du plafond du camion frigorifique en train de dégeler.

Finalement, le chauve cligna des yeux et dit, froissé :

— Pourquoi le faire exploser tout de suite ? Le béton, ça se casse, soit dit en passant. Il suffit d'avoir des outils. Un perforateur, par exemple. Ou une perceuse à percussion…

— Mais on va le trouver où, ce perforateur, je vous prie ? l'interrompit-on.

— J'ai une visseuse dans ma voiture, plaisanta lugubrement quelqu'un, mais personne ne rit.

L'ambiance se dégradait rapidement.

— Mais ils tournent ! Ils n'arrêtent pas de tourner, là-haut !

La sirène verte pointait son doigt vers le plafond et se mit aussitôt à sangloter, bouche ouverte, comme le font les enfants.

— Oh, cessez tout de suite votre hystérie, c'est déjà assez écœurant comme ça, grommela une femme à lunettes.

Pourtant, la sirène secoua ses boucles et continua de sangloter.

— Stop !

En entendant ce cri vibrant, une vague parcourut la foule : de ses tréfonds surgit le jeune policier, tel un plongeur refaisant surface.

— Stop, répéta-t-il. Attendez. Pour faire bref, les outils, on les a. On a tout, je les ai vus.

Lundi 7 juillet, 20 h 13

— ...Vous voulez dire qu'ils ont percé le mur ? s'enquit vivement Mme Mercedes. Et vous vous avisez seulement de le signaler maintenant ?

— Comment ça, « percé » ? Où ça ? s'exclama le chauve en gilet.

Il fit craquer ses doigts et leva les yeux comme s'il s'attendait à ce que l'eau jaillisse, là, pile sur son crâne.

— Ils n'ont pas réussi, répondit le lieutenant avec angoisse. Ils n'ont pas réussi à passer au travers, je veux dire. Ils l'ont juste effrité un peu.

Ce n'était pas qu'il avait oublié la fissure dans le mur de béton, le marteau-piqueur, le compresseur et le générateur abandonnés à l'avant du tunnel, c'était juste qu'il avait fait en sorte de ne pas y penser. Pas davantage qu'au gamin mort de la Golf, au capitaine assassiné, et encore moins à l'air vicié. Jusqu'à ce que les oiseaux commencent à tomber, personne ne voulait y penser par ailleurs. Après tout, beaucoup de temps s'était écoulé, les ventilateurs tournaient toujours, et si ça se trouve, le gars de la Toyota avait fait flipper tout le monde pour rien. Le lieutenant s'était donc laissé distraire. Comme les autres. Il avait mis de côté les pensées désagréables. Mais tout avait repris de plus belle, était même monté d'un cran, surtout si l'on songeait aux onze nouveaux fusils, sortis d'on ne savait où. Son instinct soufflait au lieutenant de ne pas s'impliquer dans quoi que ce soit, mais au contraire de se tirer d'ici sur-le-champ. Il ne comprenait pas lui-même pourquoi il s'était montré pour parler de ces foutus outils, qui ne serviraient à rien de toute façon, et s'en repentit aussitôt. Mais il était trop tard, bien sûr.

— Un marteau-piqueur..., dit le chauve, un sourire confus aux lèvres.

Il regardait autour de lui avec l'air d'un homme qui ne réussit pas à croire que ses prières vont être exaucées aussi tôt et aussi littéralement.

— Et le générateur ! On est sur un autre niveau, là... Où sont tous ces trucs ? Pouvez-vous me montrer ?

— Près de la sortie, là où il y a la grille, répondit le lieutenant qui fit un signe de la main du côté de la Volkswagen Golf écrasée.

Les coordonnées de l'emplacement, assez claires, permettaient d'espérer qu'on se passerait de lui.

— Une seconde ! intervint Mme Mercedes, que les nouvelles circonstances paraissaient au contraire avoir mise au comble de l'irritation. Donc quelqu'un, dans notre dos, a pris un pari irresponsable qui nous a fait courir un risque énorme...

— Bon sang, mais vous ne comprenez pas ? l'interrompit le chauve. Ça suffit ! Mon cher, mais pourquoi vous n'avez rien dit ?

On aurait pu croire qu'il allait pleurer ou se jeter dans les bras du jeune policier.

Contaminée par son enthousiasme, la foule se réveilla et commença à s'agiter. De toute évidence, la tentative de briser le mur et de sortir enfin n'apparaissait plus à personne comme un pari irréfléchi.

— Oh, bravo ! Et bien joué, avec ça, il était temps ! lança une voix joyeuse. Mais, à votre avis, les gens, pourquoi ils ont pas terminé ? Ils sont partis en pause-déjeuner, ou quoi ?

— Bon, la pause-déjeuner, on l'a prise et reprise, on va aller finir le travail ! suggéra le propriétaire mafflu de l'UAZ Patriot, en administrant une claque sonore dans le dos du lieutenant. Qu'est-ce que vous en pensez, les gars ?

Le lieutenant se souvint de l'odeur de câbles brûlés, de la pointerolle poussiéreuse fichée dans le mur, des anneaux paresseux que dessinait le câble sur le sol, et se félicita mentalement de ne pas être entré dans les détails. Tout était mort là-dedans : la voiture, les quatre passagers, même l'air. Mort, voilà comment était cet endroit, de même que toute cette coûteuse ferraille japonaise, avec laquelle quelqu'un avait voulu se frayer un chemin vers la liberté, mais n'avait fait qu'empirer la situation. Elle ne pouvait leur être d'aucune utilité, c'était d'ailleurs pour cela qu'ils l'avaient abandonnée là-bas. Toutefois, le lieutenant n'avait nullement l'intention de faire part à quiconque de ces considérations. Non seulement à cause des fusils, mais aussi parce que tout le monde était terriblement heureux et ce ne serait pas lui qui gâcherait cette joie. Que s'en charge, par exemple, celui qui avait percé le mur.

Les six ouvriers du bâtiment sortis du minibus n'étaient cependant pas prêts à faire la moindre déclaration. Ils écoutaient le récit du lieutenant avec une grande inquiétude, s'attendant à voir surgir le petit bonhomme échevelé qui les avait vus enfoncer le marteau-piqueur dans le mur et sectionner le câble d'alimentation. Contrairement au lieutenant, ils savaient pertinemment que la pointerolle du marteau avait fondu en rencontrant le câble et resterait définitivement coincée dans le mur.

— Ceux qui n'ont pas eu le temps, vous finirez de manger là-bas ! s'esclaffa le chauve en gilet. Notre dîner, nous le prendrons chez nous !

Et il écarta ses bras maigres et blancs telle une *rock star* déglinguée des années 1980 avant de sauter de la scène dans le public.

— Une seconde ! Une. Se. Conde ! répéta la femme de la Maybach en touchant le chauve à l'épaule, avant de le secouer avec assez peu de délicatesse. Je peux poser une question ? Quelle est votre profession ?

Il se retourna, toujours souriant, car, naturellement, cette histoire de directrice avec son carnet lui était totalement sortie de l'esprit.

— Quoi ? Je ne vois pas ce que ça vient faire ici.

— C'est cependant une question simple, rétorqua la fonctionnaire d'une voix sonore, car elle savait très bien tenir un auditoire, et les autres se turent. Alors ? Je vous en prie. Auriez-vous l'amabilité de satisfaire ma curiosité ? Je pourrais regarder moi-même, bien sûr, ajouta-t-elle en caressant son carnet, mais pourquoi perdre du temps, n'est-ce pas ? Alors, quelle est votre profession ?

— Pourquoi vous me demandez ça maintenant ? répliqua le chauve en cherchant du soutien autour de lui.

Malheureusement, le public, déjà penaud, attendait la prochaine réplique.

— Bon, admettons que je travaille chez Piatérotchka[1]. Marchandiseur sénior. Cela n'a aucune importance, à mon avis...

— Et qu'est-ce que vous avez comme diplôme ? insista la fonctionnaire avec intérêt.

Il était pourtant patent qu'elle connaissait déjà la réponse. Même le chauve sentit enfin qu'il n'était pas nécessaire de continuer à répondre. Il fronça donc les sourcils et s'éteignit.

— Oh, vous n'avez donc pas fait d'études supérieures ? reprit Mme Mercedes. Je m'étais dit que vous étiez peut-être ingénieur structure. Ingénieur de projet. Spécialiste de la construction du métro, non ? Ingénieur en bâtiment ? Ce qui aurait expliqué pourquoi vous vous y connaissez si bien en tunnels.

Le chauve fixa ses bottes sans mot dire. Le sommet de son crâne était rouge vif.

— Et vous ? reprit la fonctionnaire en distinguant dans la foule le propriétaire de l'UAZ Patriot. Vous travaillez où ?

— Là où je dois travailler ! lança l'autre en s'assombrissant. En quoi ça vous regarde ?

— Je pense que ça nous regarde tous, répliqua la femme de la Maybach, qui croisa les bras. Pour évaluer votre niveau d'expertise. Il est en rapport avec les structures souterraines, votre domaine de travail ? Avec les structures souterraines complexes ? Situées sous un fleuve, précisa-t-elle en scrutant son auditoire silencieux. Vous laisseriez un facteur pratiquer une opération cardiaque ? À moins qu'on donne accès à la salle d'opération à un marchandiseur de chez Piatérotchka, en lui mettant un scalpel dans la main ? (À ce moment-là, le chauve en gilet leva la tête et inspira bruyamment par le nez.) Or, dans notre cas, excusez-moi, il s'agit d'une opération cardiaque. Et donc nous allons la confier à des gens sans éducation, sans qualification, sans expérience, qui ont jugé que nous pouvions casser le mur porteur d'un énorme (elle écarta les bras) tunnel sans qu'il s'effondre sur nos têtes ? Sommes-nous sérieusement prêts à leur confier nos vies ?

La dernière question (comme toutes les précédentes, d'ailleurs) était sans aucun doute rhétorique, et bien que le conducteur impoli de l'UAZ Patriot ne l'ait manifestement

1. Chaîne de magasins de proximité.

pas compris et s'apprête même à répondre, il n'en eut pas l'occasion.

— Mais c'est bien pire que cela, reprenait la femme de la Maybach en haussant encore le ton. Quelqu'un a déjà fait une tentative dont nous n'étions même pas au courant. Pensez-y. Nous aurions pu tous mourir ici, sans savoir à cause de qui, par la faute d'aventuriers qui n'ont pas jugé bon de nous demander notre avis. Mais nous ne nous laisserons plus faire. Nous allons prendre le contrôle de la situation maintenant.

Tout était redevenu comme avant : elle parlait, on l'écoutait et personne ne s'opposait à elle pour le moment. Néanmoins, la femme de la Maybach n'était pas satisfaite d'elle-même. Elle sentait qu'elle se pressait trop et commençait à bâcler le travail. Elle allait encore devoir improviser, effectuer une autre manœuvre, et elle n'avait même pas eu le temps d'étudier correctement la liste. Pour ne rien arranger, elle était aussi fortement déconcentrée par ses pieds. Ses pieds gonflés, ses chevilles, et maintenant ses genoux. Le tissu de son pantalon était tendu au point de craquer aux coutures, et elle ne comprenait pas pourquoi elle n'avait pas mal du tout, mais juste l'impression de se tenir dans l'eau jusqu'à la taille, de s'enfoncer lentement dans un marécage, voire d'être privée de jambes jusqu'aux cuisses.

— Ben moi, j'ai pas compris : c'est quoi, la prochaine étape ? demanda la propriétaire du sac Bosco. Du genre, c'est fichu, on va rester les bras croisés ?

— Je pense au contraire que cela vaut la peine d'essayer, déclara tout à trac l'ingénieur binoclard de la Toyota. Je ne suis pas ouvrier en bâtiment, évidemment, mais il est censé y avoir un treillis. Le béton est coulé dans un treillis d'armature, et c'est ce qui maintient le tout ensemble. Ça ne devrait pas s'effondrer, il ne s'agit que d'un morceau assez petit, juste l'extrémité du tunnel.

— Voilà, c'est bien ce que je dis ! fit le chauve, reprenant vie.

— Il est « censé » y avoir un treillis ? répéta la femme de la Maybach.

Non, elle ne les avait donc pas convaincus, au bout du compte. Voilà ce qui se produisait quand on bâclait le travail.

— Ça ne devrait pas s'effondrer ? C'est votre avis d'expert ?

— Écoute, ma petite dame, putain, qu'est-ce que t'as à nous pomper l'air ? explosa enfin le conducteur de l'UAZ. Avis d'expert, avis de ma paire. T'es diplômée de quoi, toi, de l'école du KGB ? Lui, c'est un technicien, il a fait des études d'ingénieur, il comprend sans doute mieux les choses que toi !

Il s'était tourné vers le propriétaire de la Toyota, à deux doigts, semblait-il, de l'attraper sous les aisselles pour le soulever fièrement au-dessus de sa tête.

— Donc bref, OK, y a un treillis, et qu'est-ce qu'on fait ?

— Je suis ingénieur énergéticien, nuança prudemment l'ingénieur. Ce n'est pas ma spécialité, mais j'en suis presque sûr. Nous devrions au moins aller jeter un coup d'œil. Surtout... vu qu'il y a des outils... ce serait idiot de ne pas essayer. Ça ne sert à rien de casser la grille, mais s'il faut percer, c'est précisément là qu'il faut le faire. L'endroit a été bien choisi, j'aurais suggéré la même chose. La sortie du tunnel ne se situe pas sous le fleuve, elle est en surface. C'est notre seule chance, à mon avis. Il suffit de percer le mur extérieur, grosso modo, un trou jusqu'à la route. Vous voyez ? Même si ce n'est qu'un petit trou. On ne réussira probablement pas à passer par là, bien entendu, mais on pourra au moins signaler notre présence.

— Pourquoi ça marcherait pas ?! lança quelqu'un avec ressentiment.

Il s'agissait d'un malabar vêtu d'un T-shirt vert MegaFon, en qui la femme de la Maybach reconnut l'un de ses miliciens.

— Elle est de combien, l'épaisseur ? ajouta-t-il. Cinquante centimètres ? Allez, mettons même un mètre. Ça va pas s'effriter, qu'est-ce qui pourrait bien s'effriter, c'est du béton ! Si on le retire avec précaution...

À ces mots, ses compagnons bronzés à en être noirs, qui avaient été les premiers, avec lui, à se porter volontaires pour prendre les armes, et qui restaient généralement unis comme les membres d'une famille d'hommes identiques, grands et robustes, échangèrent des regards pleins d'une anxiété incompréhensible. Et la femme de la Maybach remarqua soudain que six des membres de son groupe recruté à la hâte étaient couverts de la même fine poussière minérale que le stomatologue miniature en fuite. Voilà le détail qu'elle avait manqué, cette poussière si facile à repérer, même si, contrairement au médecin, les six gaillards avaient tenté, sans grand succès, d'épousseter vêtements et cheveux. Mais l'indice lui avait échappé, et il était maintenant trop tard pour les démasquer, car la foule avait déjà pris sa décision et buvait les paroles du manard inconnu dans son T-shirt vert avec autant d'avidité que s'il déclamait le Sermon sur la montagne. La femme de la Maybach s'en voulait énormément de son erreur, et à fort juste titre, car dans la seconde qui suivit, on apprit que ses six miliciens poussiéreux n'étaient pas seulement des professionnels de la construction, mais aussi, comme de bien entendu, d'anciens tunneliers qui avaient carrément travaillé pendant quinze ans dans la mine Boujanskaïa, près de Novovolynsk. La nouvelle les plaça d'emblée à des hauteurs vertigineuses (et cette nouille d'ingénieur avec eux) et les transforma non seulement en héros, mais carrément en titans. En autant de Prométhée qu'ils ne s'étaient encore jamais sentis être. Le dur labeur sans joie du mineur, les salaires qu'on omettait de leur verser, leurs épouses en colère, l'obligation de travailler six mois d'affilée dans un pays étranger… Tout cela n'avait pas été vain, et ce mur, au bout du compte, ils ne l'avaient pas non plus saccagé pour rien. Il ne leur restait plus qu'à terminer ce qu'ils avaient commencé et à rendre l'air à ces gens. Même si c'étaient eux qui les avaient récemment privés de cet air et que le marteau-piqueur sur lequel se plaçaient la plupart de leurs espoirs était mort dans son combat contre un câble d'alimentation, il leur restait un perforateur. Un vieux Makita solide, avec un jeu de dix marteaux à béton en alliage tungstène-cobalt, qui se trouvait toujours dans le minibus, à côté d'un niveau laser, de leurs passeports, de leurs sacs de couchage et d'un carton de nouilles coréennes. Il pourrait sans difficulté percer un trou dans une rue… Bien sûr qu'il le pourrait, même si cela prendrait plus de temps.

— Et en cas de besoin, y aurait toujours moyen de siphonner le gazole du bus, supputa Patriot.

— J'ai encore deux cents litres là-dedans ! cria le chauffeur de ce même bus depuis le dernier rang. Je venais juste de prendre mon service !

— Ça mettra combien de temps ? demanda le chauve, qui haletait d'impatience.

— On devrait en venir à bout en six heures environ, promit le joli M. MegaFon aux joues roses, après un bref coup d'œil à ses camarades.

Ceux-ci opinaient avec assurance.

Le plan prenait forme et se consolidait de minute en minute. Une femme à lunettes étreignait la sirène en larmes. L'ex-sous-marinier aux épaules velues assurait à qui voulait l'entendre que six heures, c'était correct, et huit heures aussi, vu le cubage, et puis, on avait quand même de l'air, même si ce n'était pas à plein régime, et les oiseaux, eh bien, les oiseaux, eh bien, oui, l'essentiel, c'était que les ventilos ne soient pas coupés, or les ventilos fonctionnaient, plus lentement, c'était tout.

— Bon sang, Mitia, dit Sacha. On va vraiment sortir ? Ne me mens pas, s'il te plaît. N'y songe même pas. On va sortir ou pas, Mitia ?

Elle se tenait tout près, les yeux brillants, comme si elle était prête à rire ou à pleurer, selon sa réponse. Il y avait tant d'espoir dans sa voix qu'il fallait, naturellement, répondre par l'affirmative. Dire « oui » pour qu'elle éclate de rire, parce que le plan était réalisable et qu'il pouvait fonctionner. Devait fonctionner. Cependant, sans trop savoir pourquoi, Mitia fut incapable de lui donner cette réponse. Il regardait la fonctionnaire de la Mercedes, qui s'adossait au flanc du camion et feuilletait son carnet à toute allure, comme avant un examen.

Lundi 7 juillet, 20 h 43

Les six tunneliers de la mine Boujanskaïa, l'ingénieur de la Toyota, le sous-marinier en maillot moulant de lutteur, et même le chauffeur de l'autobus, qui n'était d'aucune utilité, furent tacitement assignés à cette opération de sauvetage. La femme de la Maybach n'avait pas vraiment le choix. Elle choisit aussi au hasard un neuvième homme, le rondouillard en chemise à carreaux de son ancien détachement, parce qu'elle devait sortir au plus vite, avant que ne leur emboîtent le pas une centaine, sinon deux, d'experts, d'alarmistes et simplement de curieux qui voulaient être les premiers à voir le soleil. Elle eut du mal à les convaincre qu'un groupe restreint suffisait pour la tâche à accomplir et qu'au lieu de courir en masse dans le tunnel et de gaspiller le peu d'air restant, il était non seulement judicieux, mais vital, que tous les autres restent près du camion. Et là aussi, dans la mesure du possible, qu'ils respirent avec parcimonie, ou mieux encore aillent se coucher. Bref, si elle n'avait pas été si pressée, elle aurait recruté un groupe tout autre. Mais l'essentiel était que les quelque cinq cents personnes qui, jusqu'à récemment, grouillaient partout comme des fourmis cessent enfin de se fourrer dans ses pattes et s'assoient docilement autour du camion frigorifique polonais, tandis que le tunnel devant elle demeurait vide. Parfaitement désert. À chaque pas, elle se sentait mieux dorénavant, d'autant que ses jambes ne lui faisaient toujours pas mal. Il suffisait d'ignorer de quoi elles avaient l'air.

Elle laissa le garde grêlé passer devant elle, et ce petit con avec son Glock trottait entre les rangées, en jouant au ranger, bien que le psychopathe évadé, où qu'il se cache, soit seul, sans arme, et ne représente plus aucun danger. Le gros Valéra clopinait quelque part derrière sans plus participer à aucune conversation. La liste était dans sa poche. Quarante minutes et tout serait à nouveau sur les rails.

— Ne vous laissez pas distancer ! cria-t-elle. Nous n'attendrons personne !

— On ne peut pas aller plus vite, répondit Mitia, hors d'haleine, en changeant son fusil d'épaule. C'est dangereux, l'air s'est raréfié.

Il y avait en effet moins d'oxygène, et c'était particulièrement perceptible quand on marchait. La bouteille de Tchiornogolovka tirait sur son bras, ça cognait dans ses tempes, de la sueur lui ruisselait dans le dos. Les robustes mineurs de Donetsk crachaient et toussaient, le chauffeur du bus avait cessé de parler et se repentait manifestement d'avoir donné de la voix, le sous-marinier avait déjà trébuché deux fois et retourné un rétroviseur. Quant au type à carreaux, qui n'était plus tout jeune, il offrait un spectacle terrifiant. D'ailleurs, pour être honnête, même la fonctionnaire en fonte marchait difficilement, avec la raideur d'une statue qui se serait animée.

Combien de mètres on a parcourus ? Dans les sept cents ? Ce fichu fusil pesait de plus en plus lourd.

— Il faut... juste... s'adapter, c'est tout, haleta le sous-marinier. Ne pas respirer avec la poitrine, mais avec... le diaphragme. Comme en montagne.

Il fit la démonstration d'une respiration par le diaphragme, et ses joues devinrent légèrement bleutées.

Ou peut-être que nous n'atteindrons jamais cet endroit. Ou bien, si, et nous commencerons même à forer, mais ce sera trop tard de toute façon, parce que la limite est déjà dépassée et que nous ne disposons plus de ces fameuses six heures. Ou bien il n'y a rien du tout, là-bas – pas d'outils, pas de trou dans le mur, et le lieutenant a menti, réalisa soudain Mitia, qui faillit laisser échapper sa Tchiornogolovka. Évidemment qu'il avait menti, qui garderait le silence sur une telle chose pendant une demi-journée ? Pourquoi taire un truc pareil ? *Il a simplement sorti un truc pour que nous ne nous piétinions pas tant nous avions peur.*

— Attendez, dit-il. Une minute.

Et il posa son eau sur l'asphalte.

Lundi 7 juillet, 20 h 58

Les six ouvriers en bâtiment du minibus espéraient pouvoir éviter en principe la conversation désagréable à propos du trou dans le mur. Les outils auraient pu appartenir à n'importe qui. Mais l'ingénieur avait rétropédalé, s'était mis à avoir des doutes, et il y avait un risque que la mégère enragée fasse rebrousser chemin à l'expédition, si bien que la conversation eut lieu. Vraiment désagréable.

— ... Donc c'est vous ? demanda l'ingénieur de la Toyota. Quand les lumières se sont éteintes, c'était vous ?

— Et vous en avez pas dit un mot à qui que ce soit, ajouta le puissant sous-marinier avec hargne.

On aurait pu s'en tenir là, si l'un des ouvriers, un râblé aux moustaches blondes comme les blés, n'avait piqué une crise de nerfs juste à cet instant.

— Y a eu un court-circuit là-bas ! hurla-t-il. Quand on a cogné, d'accord ? La pointerolle est en bouillie, la grille est retombée ! Vas-y, essaie de faire ça à l'aveugle quand y a des câbles partout !

— Comment ça, la pointerolle est en bouillie ?

Le sous-marinier fronçait les sourcils.

— Vous avez tué tout le monde dans ce tunnel, renchérit l'ingénieur, dont les lunettes s'embuèrent soudain. Cinq cents personnes.

— Connards de bandéristes ! hurla le vieux à carreaux, avec la joie d'avoir enfin appris la réponse à une question qui le tourmentait depuis longtemps.

— Arrêtez-moi ce foutoir ! aboya la femme en costume. Ressaisissez-vous, tous autant que vous êtes !

Elle était vraiment gigantesque, et elle avait une voix à l'avenant. Aussi les douze hommes se soumirent-ils d'instinct, petits soldats sur le terrain d'exercice.

— Alors voilà, continua-t-elle, furibonde. Je ne vais pas me battre avec vous. À partir de maintenant, vous faites ce qu'on a dit. Ou bien vous rendez vos armes et vous rebroussez chemin.

S'ensuivit l'épisode de mutisme qui est de mise lorsqu'on se fait remonter les bretelles par le patron et que quelqu'un devrait protester, mais que personne ne se résout à y aller en premier.

— J'ai juste pas compris pour la pointerolle, dit enfin le chauffeur de bus. On va casser le mur à la main ?

Le contremaître en T-shirt vert ouvrit la bouche pour parler du Makita laissé dans le minibus et de ses dix marteaux à béton, pour expliquer que, cette fois-ci, il faudrait forer tout en bas, avec précaution, plus près du sol. Et si on retombait sur le câble, il faudrait reculer encore un peu, puisque, de toute façon, il n'y avait pas d'autre solution.

Mais l'enragée en costume l'empêcha de s'expliquer.

— Nous n'allons pas le casser, annonça-t-elle. On ne peut pas toucher au mur.

— Vous n'avez sans doute pas compris, dit l'ingénieur de cette voix particulière que le contremaître employait pour convaincre la propriétaire d'un cottage qu'une piscine de trois tonnes au premier étage s'effondrerait forcément dans son salon. Nous n'avons rien pour couper la grille. Notre seule issue, c'est le mur. Nous parlons du mur depuis le début…

— C'est vous qui n'avez pas compris, l'interrompit-elle calmement. Nous devons rester dans le tunnel. Nous ne pouvons pas en sortir.

Lundi 7 juillet, 21 h 12

— ... Qu'est-ce qu'il vous faut de plus, comme explications ? demanda la fonctionnaire avec un soupir de professeure fatiguée par la stupidité de ses élèves. Soyons sérieux. C'est un énorme tunnel avec des centaines de personnes coincées dedans. Ça revient à prendre un aéroport en otage. Ou le Goum[1]. C'est une situation d'extrême urgence d'envergure nationale. Dans ce genre de circonstances, tout est mobilisé. En une heure, tous les services de la ville auraient dû être là. On en est à vingt-deux. Pourquoi on ne nous a pas évacués ? Où sont les sauveteurs, la police, les médecins ? Où est l'armée, mince ?

Les volontaires gardèrent le silence. Ils se posaient toutes ces questions depuis la veille.

— Arrêtez de vous faire des illusions, déclara-t-elle. Vous n'êtes pas des enfants. Ils ne viennent pas à notre secours, parce qu'il n'y a plus personne pour nous sauver. Ce n'est pas un fantasme ou une théorie, c'est un fait. La ville a disparu. Je ne vous mentirai pas en prétendant savoir pourquoi, je l'ignore. C'est peut-être une bombe, une attaque chimique. Ou une arme biologique, par exemple. C'est précisément pour ça que le portail s'est fermé : le système est automatique, il ne se déclenche qu'en cas de catastrophe mondiale. Vous comprenez ? Et ça a marché. Autrement dit, vous ne pouvez pas remonter à la surface. Ni briser les murs. Ces murs sont notre seule protection pour l'instant.

Le jeune chauffeur de l'autobus hoqueta.

— Putain de bitte d'amarrage, fit le sous-marinier, sans qu'on comprenne trop pourquoi, mais avec conviction.

Et elle nous a fait déplacer nos voitures, se souvint Mitia. *C'était un peu stupide, comme si ce n'était pas pour de vrai.*

1. Grand centre commercial huppé donnant sur la place Rouge, à Moscou.

— Dans ce cas, quel est le but ? Pourquoi on a tourné dans tous les sens comme des idiots, depuis le départ ? Vous pouvez m'expliquer ? Puisque vous étiez au courant dès le début.

— J'essaie d'éviter la panique, enchaîna Mme Mercedes d'une voix aiguë. Vous ne semblez pas avoir une idée très adéquate de ce qu'est la panique.

— Il ne nous reste que quelques heures, répliqua-t-il mollement.

Il ne parvenait bizarrement pas à se mettre en colère ou à avoir peur, et il avait très mal à la tête.

— Disons peut-être cinq ou six. Et nous, on leur a dit de se coucher, comme au jardin d'enfants. Pourquoi ? Qu'ils meurent dans leur sommeil ? Vous savez, je pense que vous êtes folle, tout bêtement.

Le garde blafard oscilla et lui barra la route.

— J'y vais, déclara Mitia. Je veux voir ma femme et ma fille. Ou bien vous allez m'empêcher de partir maintenant ?

— Faut lui flanquer une tannée, c'est tout, lâcha le vieux à carreaux, qui s'empourprait de nouveau. Il te laissera pas passer.

Il posa sa patte rousse sur la lanière de son fusil.

Le chauffeur de bus fut secoué d'un autre hoquet sonore, visiblement douloureux. Le petit garde ne regardait plus que la main sur la lanière. Son visage était aussi morne que s'il se contentait de compter les doigts de cette main, mais même le vieil enfiévré était un peu troublé par ce regard. *Et si c'étaient des fous après tout ?* pensa Mitia avec un regain d'espoir. *À force de se gaver d'informations politiques de leur cru, ils se sont aménagé un jeu de survie. Et dans ce cas, tout ce qu'elle vient de dire ne serait que mensonges et absurdités. Explosion nucléaire, attaque chimique, armes biologiques, assurément c'est du délire. Une bande dessinée genre apocalypse zombie. Alors que tout va bien en surface. Et nous, on va suffoquer parce que deux paranoïaques tchékistes ont perdu la boule et jouent à la guerre.*

— Mais moi, je cherche à maintenir l'ordre, disait encore Mme Mercedes. Et je ne vous laisserai pas perturber les gens que j'ai eu tant de mal à calmer. Vous en avez assez fait, il est temps que vous participiez à quelque chose d'utile.

Elle s'avança devant les volontaires, avec la stature et la sévérité d'un adjudant-chef qui s'apprêterait à demander « Vous êtes avec moi, les gars ? » ou quelque réplique de ce tonneau. D'ailleurs, c'était le même genre de slogans qu'elle avait répété toute la journée : ils devaient avoir toute une méthodologie spécifique pour ces cas-là. Et le taciturne en noir aux yeux de poisson, visiblement prêt à tirer sur le premier qui manifesterait l'intention de déserter, ne cadrait pas avec un discours d'encouragement. Cela dit, c'était le troisième, l'homme à la grosse trogne dans son pardessus de cuir, qui gâchait le plus le tableau, car il n'écoutait même pas sa supérieure. Et il avait la face triste. Non, plutôt effrayée à mort, comme si le dernier bateau à vapeur s'apprêtait à partir et qu'il fallait tout abandonner pour l'atteindre.

— Excusez-moi, insista Mitia. Une seconde. Il y a quelque chose que vous ne nous dites pas, n'est-ce pas ? Si vous saviez qu'il ne fallait pas briser le mur, pourquoi nous avoir amenés ici ? Et nous avoir distribué des fusils… Où on va, là ?

Mme Mercedes abrégea son discours et se tourna vers lui comme une conférencière qui vient enfin d'entendre une réponse sensée de la part de son auditoire.

— Vous avez encore quelque chose d'autre là-bas, c'est ça ? Vers la sortie du tunnel ? précisa Mitia.

Un autre détail étrange ne cadrait pas, même dans l'hypothèse d'un jeu de survie dément. Oui, ça coinçait bel et bien.

— Et c'est pour ça que tout le monde doit rester à l'arrière, poursuivit-il lentement. C'est pour ça que vous avez passé la journée à les conduire là-bas, ces gens vous gênent, en fait.

Maintenant, elle semblait tout de même en colère et son visage était devenu désagréable. Vraiment très désagréable. Mais elle ne lui prêtait aucune attention, elle avait le regard braqué quelque part derrière lui.

— Qu'est-ce que vous faites ici ? Qui vous a autorisé ?

— Nous n'avons pas besoin d'une autorisation de votre part, répliqua Sacha.

Lundi 7 juillet, 21 h 18

— Il faut qu'on apporte quelque chose à manger au *batiouchka*, déclara l'épouse-Patriot d'un air de défi. C'est un vieil homme, il marche pas très bien.

Elle trimballait un grand cabas à carreaux bien rempli dans chaque main. Son mari et ses deux rejetons joufflus croulaient eux aussi sous les provisions. En effet, le prêtre isolé ne risquait pas de mourir de faim.

— J'ai laissé ma copine dans la voiture, dit le propriétaire aux dents blanches de la décapotable. Tout près, là, on la voit d'ici.

— Arrêtez de vous justifier, répliqua la petite dame en colère de la Toyota. On n'est pas à l'armée, Dieu merci.

Le lieutenant ne disait rien, sidéré que cette putain de femme-Terminator et ses putains de fusils, dont il avait voulu se tenir à l'écart, n'aient pas disparu et soient revenus se mettre en travers de son chemin. C'était un mauvais signe, suggérant qu'ils l'avaient attendu, lui, le lieutenant. Il serra le carton de petits pois qu'il venait de récupérer contre sa poitrine et s'imagina volant jusqu'au plafond de béton et atterrissant juste devant la nymphe, pendant que le blaireau de la décapotable et le reste de la compagnie se débrouillaient entre eux.

Au contraire, en voyant que l'expédition s'était arrêtée à mi-chemin, la gamine dans la Toyota s'anima furieusement et se précipita vers le groupe. Pas vers son papounet, d'ailleurs, non, elle fonça droit sur la mégère de l'enfer.

— Vous avez oublié quelque chose, c'est ça ? jacassait-elle. Vous voulez que je vous l'apporte ? Ou que j'appelle quelqu'un ? Dites-moi, si vous avez besoin, je peux y aller ! Indiquez-moi juste qui dans votre carnet. Je connais tout le monde...

— Assia, la coupa l'ingénieur d'une voix chagrinée.

Il n'avait pas l'air en forme, mais, bizarrement, la vue de sa famille parut l'affliger encore davantage.

— Ne cours pas, il ne faut pas courir...

Sur quoi il s'arrêta, sembla même oublier sa fille.

— Stop, reprit-il en fronçant les sourcils. Attendez...

Puis il se tourna vers la fonctionnaire de la Maybach et lui demanda :

— Mon Dieu, pourquoi vous aviez besoin de ça ? Vous avez recensé tout le monde. Elle vous sert à quoi, cette liste ?

Lundi 7 juillet, 21 h 25

Dans des conditions idéales, si tout s'était déroulé comme prévu, cette conversation vraiment franche aurait eu lieu plus tard, dans un autre endroit et certainement devant un autre public. Ces six travailleurs immigrés venus de Donetsk, ce policier stupide et cette bande de civils inutiles ne la méritaient certainement pas. Mais les conditions n'étaient plus idéales depuis longtemps, et la femme de la Maybach commençait à s'y habituer.

Elle ne s'était pas préparée à l'effet de son accès de sincérité, en revanche, à mille lieues de celui qu'elle escomptait.

Ils l'avaient écoutée attentivement et n'avaient pas posé de questions. Mais à la fin de son récit extrêmement concis (elle était pressée) et aussi franc que possible, il y avait eu une pause inconfortable, puis la rousse de la Toyota RAV4 avait soudain éclaté de rire – bruyamment, comme si elle s'étranglait.

— Un bunker ! gémit-elle. Ils ont un bunker maintenant, bien entendu. Excusez-moi, non, pardon, Mitia, ne te vexe pas ! Vous auriez dû voir vos visages...

Elle en avait les épaules qui tremblaient et des larmes dans les yeux.

— Mince alors, un bunker !

Et de glousser encore.

L'ingénieur-carpette ne s'était pas vexé le moins du monde, au contraire, il avait regardé sa femme avec une tendresse de bon toutou.

— C'est du délire..., lâcha d'une voix faible le bellâtre de la décapotable en se tournant, allez savoir pourquoi, vers le lieutenant. C'est n'importe quoi, non ?

La femme de l'ingénieur enfouit son visage entre ses mains toutes maigres et explosa avec une vigueur redoublée.

— Un *bordelàker* ! lança le grossier gaillard de l'UAZ Patriot. Putain, vous sniffez quoi, dans vos bureaux ?

Même le jeune lieutenant, qui avait passé un bon quart d'heure avec elle dans la Maybach ce matin-là et qui semblait en avoir assez entendu, fixait maintenant ses chaussures avec accablement. Il semblait seulement attendre que la conversation se termine pour être enfin libéré. Bon, cet imbécile avait eu le même visage dans la voiture, il n'avait donc probablement rien compris, ni alors ni maintenant.

Mais tant pis, ce bon à rien en uniforme, elle l'avait rayé de sa liste depuis longtemps, et les civils étaient d'autant plus inutiles. En revanche, plus embêtant, la révolte couvait au sein de son équipe de volontaires. Les anciens mineurs chuchotaient entre eux, visiblement tendus, tandis que le sous-marinier, le chauffeur de l'autobus et le gros père en chemise à carreaux fronçaient les sourcils, désertés par leur ferveur de tantôt.

— Kolia, on y va, non ? lâcha d'un ton las la bonne femme aux cheveux courts, celle qui avait été à l'origine de la bagarre près du camion, une heure plus tôt.

Le devant de sa robe était maculé de taches de cerises sanguinolentes, elle avait un bras enveloppé dans son foulard.

— J'ai une de ces tensions, là. Ou c'est mon cœur, je ne sais pas. J'ai pris de l'eau pour Tcharlik.

Le milicien à carreaux se débarrassa aussitôt de son fusil, avec une promptitude laissant penser qu'il en rêvait depuis un moment, et le fourra entre les mains du garde-avorton.

— Comment ça, on y va ? demanda le grossier personnage de l'UAZ. Eh, les gens, voyons ! Je croyais qu'on allait percer le mur ?

— Il a déjà été percé, grommela le bedonnant Kolia, en jetant un coup d'œil sévère du côté des mineurs fautifs.

Il n'alla pas plus loin, cependant, visiblement fatigué lui aussi. Il prit sa bonne femme aux cheveux courts par le coude, la soulagea de sa bouteille de Tchiornogolovka et ils s'engagèrent dans une rangée entre les voitures vides. Ils marchaient péniblement, lentement, semblables, de dos, à deux vieillards. Au bout de quelques secondes, le jeune lieutenant muni de son carton de conserves leur emboîta le pas, mais dans une rangée parallèle, car il semblait au contraire pressé.

C'est ce qui arrive quand on bâcle le travail, se répéta la femme de la Maybach pour la énième fois. La vérité ne faisait que tout gâcher – toujours, sans exception. Les faits bruts et désagréables conviennent rarement à qui que ce soit. D'accord, la femme de l'ingénieur ne riait plus, ce braillard de Patriot se taisait, le front plissé, et les miliciens perdaient eux aussi rapidement courage. Mais elle n'avait pas le temps d'en réunir de nouveaux. Son fumier de garde jouait avec son fusil : tantôt il le passait à gauche, tantôt à droite, rajustait son ceinturon. Il affichait une tronche réjouie.

— J'ai rien compris à cette histoire de mur, insista Patriot en fronçant les sourcils. OK, ils se cassent, mais nous, on n'a qu'à y aller...

Les mineurs se préparèrent avec une angoisse renouvelée à essuyer un nouveau tourbillon d'accusations. L'ingénieur de la Toyota soupira. Il ne quittait pas sa femme de ses yeux tristes de bon toutou.

— Quoi ? demanda-t-elle. Qu'est-ce qu'il y a Mitia ?

Et puis l'ingénieur, avec le même regard funèbre, se mit à parler du court-circuit et de la pointerolle inutilisable, et le chauffeur du bus recommença à hoqueter, et, au même instant, la femme de la Maybach sentit enfin ses jambes. Ses pieds soudés à vif, ses orteils morts, ses chevilles et ses genoux enflés. Chaque couture de son pantalon, chaque veine jusque dans son entrejambe.

— Bon, alors voilà. C'est terminé, déclara-t-elle. Je n'ai pas de temps à perdre avec ces bêtises. Il y a cinq cents personnes sur cette liste, cinq cents personnes qui méritent une chance, et nous partons maintenant. Tout de suite !

Elle balaya son escouade du regard.

— Ou alors vous restez. Et je me lave les mains de votre sort.

— Je vais avec vous ! se hâta de répliquer la gamine-régulatrice. Je peux faire tout ce que vous voulez, laissez-moi vous accompagner, d'accord ?

— Où tu veux aller ? Dans le bunker secret ? demanda la maigrichonne de l'ingénieur.

— Assia, c'est des mensonges, tout ça, commença l'ingénieur affligé. Assia, écoute-moi. Il ne faut aller nulle part, tu comprends ? Ça n'a pas de sens d'aller où que ce soit...

— Eh bien, n'y va pas ! s'écria la jeune fille. Je m'en fiche, va où tu veux ! Je voulais pas vous accompagner, moi ! Je voulais pas passer le week-end avec toi, pigé ?

— Excusez-moi, intervint le bellâtre de la décapotable en levant la main. Je... Je pourrais avoir un pistolet moi aussi, s'il vous plaît ?

Lundi 7 juillet, 21 h 33

Les vieux de la Citroën jaune, qui s'étaient finalement souvenus du chien qu'ils avaient enfermé dans leur voiture, furent rapidement rattrapés par le lieutenant, qui atteignit le premier la Ford de la police. Il n'arrivait pas à croire qu'on l'ait laissé partir sans se mettre aussitôt à sa poursuite, mais ce n'était sans doute qu'une question de temps. Il courut presque sur deux ou trois cents mètres, malgré la lourde boîte, les discours sur le manque d'air et tout le toutim. Il s'en fichait, parce que, selon les estimations les plus hardies, il ne lui restait plus que cinq ou dix minutes à vivre, et qu'il était inutile d'aller au-delà dans ses supputations.

La Ford était toujours aussi vide et silencieuse, les voitures paraissaient abandonnées. La carrosserie et le toit relevé du cabriolet étaient recouverts d'une fine poussière blanchâtre. Pendant un bref et horrible instant, le lieutenant crut être arrivé trop tard, que la jeune femme aux jambes nues et au grain de beauté chocolat au-dessus du genou n'était plus dedans. Que le temps s'écoulait différemment ici, aux abords de la Ford, que derrière les vitres troubles de la décapotable, il n'y avait plus que des grains de cette poussière sèche et blanche qu'on trouve dans une pyramide égyptienne. Il posa son fichu carton par terre (les boîtes de conserve s'entrechoquèrent), se pencha et heurta son front contre la vitre. À ce bruit, la nymphe ouvrit les yeux et tourna vers lui sa tête ébouriffée et ensommeillée. Elle était si méconnaissable qu'on aurait dit une inconnue, mais elle était vivante et toujours intolérablement belle – boucles humides sur les tempes, petit pli sur sa joue bronzée.

Et même si la nymphe, enfin réveillée, ne se précipita pas sur lui, mais sur le carton de petits pois, le lieutenant savoura un bonheur absolu pendant les sept minutes et demie qui suivirent.

La mémère joufflue bondit de la Peugeot et l'accueillit comme son fils bien-aimé. Elle poussa des cris, ouvrit les bras. Le pope barbu de la Lexus prit une boîte de Bonduelle avec un sourire affectueux, et ne refusa pas la deuxième qu'il lui proposa. Quant à la nymphe, sa douce nymphe à la gueule de bois, elle se mit à puiser les petits pois par poignées et se souvint enfin de lui. C'était un bonheur à crédit, un dernier rêve au petit matin, avant une journée qui s'annonce très pénible. Pourquoi n'était-il pas revenu ici plus tôt ? Il n'arrivait pas à se l'expliquer. Ni la mégère de l'enfer avec sa liste et ses fusils ni le mur qu'il ne fallait surtout pas démolir n'existaient ici. Aussi le lieutenant se garda-t-il bien d'en parler. Au contraire, il parla fruits : il n'y avait pas d'ananas dans le camion, mais les fraises des Polonais étaient bonnes et leurs cerises de la bombe, presque pas sucrées d'ailleurs, plutôt acidulées, et il pouvait y retourner, ce n'était pas loin. Il imagina même pendant une seconde qu'il serait possible de prendre la nymphe aux pieds nus par la main et de l'emmener goûter les fraises.

Mais les vieux de la Citroën passèrent à côté d'eux en clopinant, déjà sourds et léthargiques comme des zombies à qui on aurait attaché deux bouteilles d'eau de cinq litres, puis le reste de la compagnie se présenta bientôt, et le temps pris à crédit toucha à sa fin.

À la vue de la fonctionnaire de la Maybach et du groupe d'hommes armés de fusils, tout le monde oublia instantanément le lieutenant et ses petits pois. Maman-Peugeot grimaça et se posta aussitôt en travers de leur route pour savoir où ils allaient et quel genre de raid secret ils manigançaient pendant que chacun dormait, avec des armes par-dessus le marché. Pourquoi avaient-ils besoin d'armes dans un tunnel rempli d'enfants, de femmes et de civils, et où les avaient-ils trouvées ? Le prêtre à barbe grise sortit de la Lexus dans sa longue robe noire, fit quelques pas pesants à la rencontre de l'escouade armée et dit quelques mots d'une voix grave pleine d'importance. Quant à la nymphe, il lui suffit d'apercevoir son blaireau au poil lustré pour se jeter à son cou.

Seulement maman-Peugeot et le *batiouchka* étonné n'obtinrent aucune des réponses demandées. La virago de la Maybach, furieuse et aussi rouge qu'au sortir du *bania*, ne les gratifia pas même d'un regard. Visage de marbre, elle aboya à l'adresse de son commando écumant de ne pas rester en arrière et continua à avancer droit devant elle dans le passage. Elle marchait bizarrement. Avec ses jambes déformées qui frottaient l'une contre l'autre, sa nuque ruisselante et le dos tout froissé de sa veste, elle n'évoquait plus du tout Terminator. Curieusement, elle avait pourtant l'air encore plus dangereuse : même ainsi, de dos, il était clair que la poursuivre ne servirait à rien et ne ferait que coûter encore plus cher à l'intrépide. Tout le monde, y compris maman-Peugeot, le perçut d'ailleurs. Alors, au grand soulagement du lieutenant, cette sinistre cavalerie de l'Apocalypse, avec son sinistre arsenal, passa simplement, formation erratique qui taisait ses prophéties lugubres. Le destin offrit alors au lieutenant un autre cadeau inattendu : Cabriolet-trouduc, qui avait réussi lui aussi à se procurer un fusil, se dégagea de l'étreinte de sa tendre amie, lui déposa un petit bisou à la va-vite sur l'oreille et, lui promettant quelque chose par-dessus son épaule, se carapata à la poursuite du convoi.

Le dernier à partir fut l'ingénieur binoclard, qui n'avait manifestement nulle envie d'aller où que ce soit. Il avait l'air malheureux, celui d'un condamné aussi qui est sur le point de passer devant le peloton d'exécution. Il suivait le convoi cependant, à l'instar de sa fille, tandis que sa femme en colère restait et commençait à vider leurs sacs. Et pas dans le coffre, directement sur l'asphalte, dans le passage entre la Toyota et la voiture de patrouille.

— Quelqu'un pourrait nous expliquer ce qui se passe ? demanda maman-Peugeot. On a le droit de savoir, tout de même.

Sa voix était soudain aussi fluette que celle d'une enfant.

La femme de l'ingénieur ne répondit pas, elle entrechoquait les boîtes de conserve sans ménagement. Parmi les étiquettes apparut celle d'une conserve de cerises polonaises sans sucre.

— Je t'ai pris des légumes, dit l'épouse-Patriot. Des carottes, des betteraves, et encore un autre truc. Tu sais, en cubes, pour la soupe, sans sel apparemment. Il mange des légumes, ton gamin ?

Lundi 7 juillet, 21 h 42

Dès 21 h 30, le petit stomatologue de la Škoda Rapid verte avait commencé à souffrir tout particulièrement de son dos. Le reste était tout aussi insupportable : la chaleur, sa chemise qui lui collait au corps, l'air vicié, sa propre puanteur corporelle et la peur. Il avait compris depuis longtemps que cela ne finirait jamais et qu'il n'y avait pas d'échappatoire à cet enfer. Aussi avait-il très peur. Vraiment très peur. Mais son dos le faisait autant souffrir que si quelqu'un lui enfonçait une pointe de fer dans les reins et, posté au-dessus de lui, appuyait à lui en écarteler les vertèbres. Il ne pensait plus qu'à une chose : l'ibuprofène. Deux comprimés. Non, trois et s'allonger. Sur le flanc ou sur le dos, jambes tendues ou repliées. Parfois, passer le bras derrière sa tête le soulageait, ou tordre le cou comme ci, comme ça, ou encore prendre telle ou telle posture moins inconfortable. Parfois, rien n'aidait, à part le barrage de la novocaïne.

L'idée de se faire opérer terrifiait le médecin, si bien qu'il avait appris à négocier avec son dos capricieux, mais il lui était absolument contre-indiqué de porter des objets lourds. Aucun, cela finissait toujours mal, or le terroriste exécuté pesait son poids. Même s'ils avaient été deux pour transporter son corps – le gamin de la Gazelle ayant officié en qualité de second –, et que le chétif médecin n'avait eu à soutenir que les pieds du défunt dans leurs chaussures éculées, la charge avait été trop importante. Pour ne rien arranger, le médecin ne s'était pas allongé une seule fois au cours des dernières vingt-quatre heures. Il avait passé la nuit assis devant la grille avec le conducteur agonisant de la Volkswagen et pas seulement parce qu'il ne voulait pas s'allonger sur ce sol crasseux, certes, c'était entré en ligne de compte, mais ce n'était pas la seule raison. S'allonger à ce moment-là ne lui avait pas semblé convenable. Telle était du moins son sentiment. Non, ce ne serait pas bien. Et maintenant, assis de nouveau sur l'asphalte à côté de la Nissan Qashqai blanche, il souhaitait s'allonger lui aussi, pour que l'aiguille enfoncée dans sa colonne vertébrale cesse de le tourmenter, et, cette fois, il se moquait bien de la saleté. Pourtant, il n'osait pas, parce qu'il éprouvait la même chose. Ce n'était pas juste de s'allonger pour se débarrasser de la douleur. Pas décent, même si le silence régnait dans la Nissan depuis plus d'une heure. Les fillettes sur la banquette arrière avaient cessé de pleurer – probablement endormies – et leur père chenu au nez bosselé s'était tu lui aussi, il ne remuait plus et ne voulait rien savoir du médecin. Il avait porté lui-même sa femme morte jusqu'au portail, sans demander l'aide de quiconque ; il l'avait déposée sur le sol entre le générateur abandonné et les anneaux de câble poussiéreux, l'avait recouverte d'une veste, après avoir soigneusement abaissé sa robe sur ses genoux, puis il s'était relevé et avait tourné les talons. Pendant tout ce temps, il n'avait pas dit un mot à qui que ce soit, pas même à ses filles, et son visage était si complètement fermé qu'on ne pouvait rien faire pour l'aider. Même s'il était tombé en chemin ou, disons, si son cœur s'était arrêté de battre dans la touffeur de sa voiture, on n'aurait su l'aider, il serait mort, point. Comme le jeune Volkswagen et ses passagers, le motard aux sourcils blonds, le vieil Asiatique en colère et la blonde à la robe chamarrée. Et le médecin ne pouvait rien faire pour s'y opposer, il en était réduit au rôle de témoin. Inutile et impuissant. Il souffrait de la chaleur et du mal de dos, s'inquiétait pour son chat qu'il avait laissé à la dame en Crocs, et il avait très, très faim. Mais il n'osait pas s'éloigner, d'abord parce qu'il avait peur, vraiment peur de la grande femme en costume bleu, qui semblait l'attendre partout sauf dans cet endroit aussi reculé que désolé. Ensuite, parce que, après tout, il avait aussi pris un fusil. Quand elle l'avait suggéré, il avait obéi, s'en était saisi et l'avait braqué vers l'intérieur de la barricade. Et peu importait qu'il ne sache pas tirer, il en ressortait quand même qu'il était coupable. Lui aussi.

Et puis, il y avait le jeune de la Gazelle – maigre, hirsute, portant des tongs et un pantalon de survêtement. Qui était-il pour l'homme assassiné, qui gisait maintenant près du portail, son visage en colère tourné vers le plafond : un fils ? Un neveu ? Peut-être simplement un compatriote ou un élève, même les terroristes ont des élèves comme celui-ci, avec la goutte au nez et des oreilles décollées. Quoi qu'il en soit, il semblait désormais avoir décidé de suivre le docteur, se tenant patiemment à proximité, comme s'il n'avait nulle part où aller et attendait de nouvelles instructions, de la part du médecin, cette fois. Et bien que le petit stomatologue ne puisse être responsable d'aucun autre jeune homme, qu'il n'en ait pas le droit, il ne réussit pas à l'expliquer au jeune Gazelliste, parce que celui-ci ne comprenait pas le russe.

Bref, vers 21 h 45, le stomatologue épuisé s'était presque convaincu de devoir rester éternellement assis sur l'asphalte collant, adossé contre le flanc d'une Nissan qui ne lui appartenait pas, au motif qu'il ne méritait rien d'autre. Et comme cela se produit toujours dans ce genre de circonstances, des bruits de pas et des voix se firent aussitôt entendre venus de l'arrière du tunnel. En une minute littéralement, il apparut qu'il n'avait pas été assez puni.

— Docteur, vous voilà. Très bien, lâcha la grande femme en bleu qui paraissait encore plus grande vue d'en bas. Levez-vous, venez avec nous.

— Pourquoi ? Il n'y a personne là-bas, répondit le médecin.

Pourtant, en se tordant sous les douleurs que lui infligeait son dos, il se mit quand même debout, non pour obéir à cet ordre, juste pour réduire un peu la différence de hauteur. Il avait déjà eu le temps de voir les fusils et les visages renfrognés des hommes qui l'accompagnaient, mais la femme était la seule à lui flanquer la frousse, la seule qui réussissait à le faire agir contre sa volonté.

— Je n'irai nulle part avec vous, décréta-t-il donc en croisant les bras.

Sans trop savoir pourquoi, il tourna les yeux vers le gamin. Le jeune Gazelliste se figea comme un lièvre pris dans les phares d'une voiture.

— Qu'est-ce que c'est encore que ces bêtises ? Écoutez, nous avons besoin de votre aide, commença la femme de la Maybach en s'avançant.

Elle s'imaginait en même temps prendre le gringalet récalcitrant par le coude pour le traîner enfin sur les quatre cents derniers mètres, ou même le porter. Oui, le traîner sous son bras jusqu'à la porte, pendant qu'il agiterait ses petits membres faiblards en couinant.

Le docteur pâlit et recula, car il imagina soudain très clairement la même chose, au point de sentir ses côtes craquer. La voix de la femme en bleu avait des sonorités douces et lasses, les mots qu'elle prononçait paraissaient normaux eux aussi, cependant ses yeux étaient fous. Blancs, avec des pupilles minuscules : elle aurait perdu la raison sans que personne ait rien remarqué, pas même son propre minirégiment.

— Je n'irai pas avec vous, répéta-t-il plus fort, honteux de sa peur stupide, du garçon stupide aux claquettes en caoutchouc et de son absurde protestation à retardement. Vous n'avez pas le droit ! Laissez-moi tranquille !

Le visage de la femme se métamorphosa lorsque la colère y transparut. Dans un sens, c'était mieux ainsi, au moins ses yeux et son visage exprimaient-ils la même chose à présent, mais il ne savait toujours pas comment réagir si elle l'attrapait vraiment, ainsi qu'elle l'avait fait dans le bus. Ou si elle lançait sur lui son Azazello[1] dans sa veste de costume fournie par l'État.

— Vous êtes médecin, insista la femme en bleu. Cela relève de votre devoir, entre parenthèses. Vous refusez de nous aider ?

— Bon, bref, Sklifossovski[2], lâcha Azazello d'un air ennuyé.

Et il tendit un bras blafard tout aussi ennuyé, pour placer la main entre les omoplates du médecin et le gratifier d'une bourrade. Légère et presque sans regarder, comme on repousse une lucarne qui laisse passer un courant d'air ou une boule de billard sur une table, mais le dos du médecin s'engourdit sur-le-champ et cessa de le faire souffrir.

La portière de la Nissan Qashqai s'ouvrit pile à cet instant, livrant passage à son propriétaire chenu au nez bosselé et à la silhouette voûtée. Le jeune Gazelliste, qui venait de se prendre la portière blanche dans la nuque, revint à lui et s'éloigna en rampant ou roula sur le côté avant de se figer à nouveau, car le professeur invité était effrayant à voir. Pas à l'image des autres, mais propre à inspirer une peur originelle. Le devant de sa chemise en lin était taché de sang, il était d'une carrure puissante, encore plus grand que la gigantesque fonctionnaire, pourtant là n'était pas la question. En quoi elle résidait, cette question ? Le docteur n'eut pas le temps de le comprendre qu'il se recroquevillait déjà à la vue de cette colère nue, de même que se recroquevilla – l'espace d'une brève seconde – la femme sûre d'elle en costume bleu et même son tueur de poche au visage en plastique.

1. Personnage du *Maître et Marguerite*, de Mikhaïl Boulgakov, appartenant à l'entourage de Woland, c'est-à-dire Satan.

2. Célèbre médecin-chirurgien russe, dont le nom a notamment été donné à plusieurs établissements médicaux prestigieux.

— Si vous ne partez pas d'ici tout de suite, dans l'instant, je vous tue, déclara le professeur invité chenu par-dessus leurs têtes, sans que l'on sache trop à qui il s'adressait : uniquement à la fonctionnaire et à son détachement punitif ou bien à tout le monde, médecin compris.

— À quoi bon les supplier ? S'ils veulent pas, tant pis ! dit une jeune fille maigrichonne en jean.

Le docteur ne l'avait pas remarquée pour commencer et elle n'était certainement pas à sa place ici. Elle ne semblait pas plus âgée que les filles du professeur, et elle regardait le docteur comme s'il était vraiment coupable, plus encore qu'auparavant.

À la vue des traces de haricots séchés et des éclats brunâtres de sauce tomate sur la chemise du professeur, la femme de la Maybach sentit un goût aigre lui monter dans la bouche. Les lumières au-dessus de sa tête se mirent à vaciller, puis à se diluer. Quelque chose ne tournait pas rond chez elle, en fin de compte. Il ne manquerait plus qu'elle s'évanouisse à dix minutes de la porte. Le docteur miniature pouvait être garrotté. Garrotté et traîné de force, mais, plus important encore, il fallait qu'elle arrive à la porte, qu'elle y reprenne son souffle et se rafraîchisse. Le plus vite possible.

— Qu'il aille au diable, d'accord, on s'en occupe plus tard, dit-elle en tournant le dos à Nissan.

Elle partit la première du plus vite qu'elle put, sans même se retourner pour vérifier si les volontaires suivaient ou non. Espérant presque qu'ils désobéissent. Elle eut de nouveau l'impression que le tunnel derrière elle était vide – sans humains ni voitures – et qu'il serait assez facile d'atteindre la porte et de la refermer derrière elle. Puis de s'allonger par terre et d'éteindre la lumière.

Au bout de quelques mètres, elle fut rejointe par la gamine-régulatrice, qui glissa son bras sous le sien à la manière d'une écolière.

Lundi 7 juillet, 21 h 46

— … Tu es sûre, pas un seul ? Réfléchis bien encore. Ne serait-ce que des infirmières ? Peut-être des ambulanciers, des vétérinaires ?

De dos, la psychopathe de la Maybach s'était remise à ressembler à une proviseure de lycée. Elle avait adopté une voix de professeure, sévère, mais encourageante. L'espace d'une seconde, près de la Nissan, quelque chose avait paru se briser en elle. Mitia l'avait vue flotter, se ramollir, elle avait presque pris la tangente, comme si elle avait soudain eu la frousse. Ou, allez savoir, comme si elle avait repris ses esprits, au contraire, et que son programme insensé avait connu un bug. La Nissan blanche n'avait pas plus tôt disparu de leur champ de vision qu'elle s'était remise en selle. Et entraînait son Assia avec elle.

— Il y avait une pharmacienne, je crois. C'est bien une sorte de médecin, non ? répondit justement Assia en élève sérieuse devant un tableau noir. Une pharmacienne, ça conviendrait ?

— Non, ce n'est pas un docteur, mais ça fera l'affaire. D'accord, bien joué. Tu te rappelles à quoi elle ressemble ? Tu pourrais la reconnaître ?

Assia s'empourpra, au comble de la fierté, et hocha la tête. Elle s'efforçait même de suivre la cadence de la fonctionnaire.

— Excusez-moi, intervint Mitia.

Elles se retournèrent toutes les deux avec le même agacement.

— J'ai une question. L'homme près de la voiture, vous le connaissez ? Qu'est-ce qui lui est arrivé ? Il m'a semblé que vous vous connaissiez.

— Il a vécu une grande tragédie, répondit sèchement Mme Mercedes. Il a été pris en otage par le bandit et vient de perdre sa femme. Ce qu'il traverse est très pénible. D'autres questions ? Je dois vous raconter comment nous avons libéré les otages ? Vous rendre d'autres comptes ?

— Non, répondit Mitia. Je n'ai plus de questions. Vous permettez que j'échange deux mots avec ma fille ? Juste une minute, Assia.

La paume de son adolescente était brûlante et furieuse. Depuis qu'elle avait douze ans, interdiction de la prendre dans ses bras, ou même de la tenir par la main dans la rue. Il se l'était toujours expliqué ainsi : elle avait grandi, et les adolescents étaient hérissés d'épines, surtout les filles. Il ne comprenait rien aux adolescentes et n'avait personne à interroger – ni Sacha ni son ex-femme –, aussi s'était-il résigné : il avait essayé de ne pas empiéter sur son territoire, de respecter ses limites. Mais, à présent, il la tenait aussi fermement qu'une gamine de dix ans, parce qu'ils avaient déjà dépassé l'autobus – portes ouvertes, chiffons aux fenêtres – et la camionnette bleue des ouvriers du bâtiment, ce qui signifiait que le tunnel était presque terminé et qu'il ne pouvait plus tergiverser.

— Assia, écoute-moi, se lança-t-il le plus vite qu'il put. Je t'en prie. Ces gens sont dangereux. Il faut qu'on rentre tout de suite, toi et moi.

— Qu'est-ce que tu veux dire par « rentrer » ?

Elle avait levé la tête, attitude de l'adolescente qui venait de se faire interdire une sortie au cinéma avec sa copine ou confisquer sa tablette. Le genre d'interdiction qui n'avait jamais très bien fonctionné, d'ailleurs, même quand elle avait dix ans.

— Je vais t'expliquer, dit-il en s'efforçant de paraître calme, de ne pas l'effrayer et de ne pas se faire entendre par la grande bringue de la Maybach. Promis. On retourne sur nos pas et on parle, d'accord ? Et je t'expliquerai tout en chemin.

— Qui est dangereux ? Tu recommences, papa !

Ses yeux s'étaient allumés d'une lueur hostile, ses joues avaient pris une teinte rouge.

— D'accord. Si tu veux, on retourne vers cette voiture et on posera la question. Tu demanderas toi-même à ce docteur pourquoi il a peur d'elle. Tu l'as vu, non ? Les choses ne sont pas comme elle le dit, il s'est passé un autre truc. Sers-toi donc de ta tête, tu es une fille intelligente...

— J'irai pas, lâche-moi, tu me fais mal au bras !

En effet, il recourait à la contrainte et devait lui faire mal – il s'était pourtant promis de ne jamais user de la force, s'enorgueillissait de s'en être toujours tenu à sa résolution. N'empêche que, là, il la tenait fort, et le calme de sa voix n'y changerait rien. Rien ne serait en mesure d'annuler ça.

— Ils ont magouillé quelque chose, Assia, et un homme est mort. On ne peut pas faire confiance à cette femme, elle ment. On ne sait même pas qui elle est, on ignore tout, ses histoires ne sont que des mensonges, Assia !

Elle n'entendait rien de ce qu'il disait, bien sûr, pas un seul mot. Elle se mordait la lèvre, devenue sourde, visage vide et têtu. Une seule chose était claire : d'ici une seconde, sa fille allait se libérer et se précipiter loin de lui, il ne pourrait même pas la rattraper, tellement il était épuisé et à bout de souffle. À moins qu'il l'attrape et l'éloigne d'ici. Contre son gré, comme une enfant devant le comptoir du glacier. Elle se débattrait et sangloterait. Il se figura la scène, devina que cela gâcherait tout pour de bon, définitivement, et il oublia le reste tant sa colère se déchaîna brusquement – contre elle, contre lui-même, contre Sacha. Oui, contre Sacha, qui avait dit : « Vas-y, bien sûr, je comprends », alors qu'elle ne comprenait rien. Que dalle.

— Alors pourquoi tu es venu, si c'est des bobards !

— Ne crie pas, Assia, chut…

— Je t'ai demandé de venir ? Pourquoi tu es parti de là-bas ?

C'était une bonne question, à laquelle il n'y avait pas de réponse facile. *Parce que je suis un mauvais père et que ta mère n'est pas là. Parce que tu es petite et stupide et que tu n'as pas peur. Parce qu'on va probablement mourir ici, bébé, et que je ne sais pas comment m'y prendre pour te l'annoncer.* Mais aucune de ces réponses, toutes aussi vulgaires les unes que les autres, ne lui fut de la moindre utilité, car, à cet instant, ils furent enveloppés par une odeur de caserne infecte et le gros homme en pardessus de cuir, qui était resté près du bus, s'approcha de lui par-derrière et lui chuchota dans la nuque :

— Dites-leur… de m'attendre… De ne pas ouvrir… sans moi…

Mitia se retourna. Les cheveux du gros pépère étaient trempés, la sueur ruisselait sur son visage. Il paraissait avoir la soixantaine bien tassée et sur le point de faire une attaque, mais il y avait autant d'espoir et de joie dans ses yeux que s'il avait vu une source d'eau pure en plein milieu du désert. Ou même le buisson ardent.

Lundi 7 juillet, 21 h 52

La Maybach était à sa place, énorme comme une ancre, et la porte dans le mur n'avait pas disparu non plus. Après cinq heures interminables passées à l'extérieur, Valéra se réjouit de voir cette porte, derrière laquelle se cachaient des combinaisons de protection contre les radiations et d'affreuses couchettes superposées. Pendant les heures passées à la remorque de la garce blonde, il avait failli mourir ébouillanté et avait tellement souffert qu'il en était presque sûr : la porte avait été le fruit d'une hallucination. Et s'il parvenait à regagner cet endroit sans périr en chemin, le mur serait lisse, sans la moindre fissure.

Son autre peur était de n'être plus considéré comme utile et de se faire abandonner là. Qu'ils accélèrent le pas exprès pour l'empêcher de les suivre. C'était d'ailleurs ce qui s'était produit : lorsqu'il avait fait halte – pas longtemps, juste pour se soulager –, personne ne s'était aperçu de son absence et, sur les trois cents derniers mètres, il avait presque avancé au pas de course, s'emmêlant les pinceaux et avalant des bouffées d'air brûlant sans oxygène. N'empêche, la distance qui le séparait du reste du détachement refusait de se réduire, comme cela se produit dans certains rêves pénibles. L'expérience eut pour effet de conforter encore Valéra dans l'idée qu'il était en train de rêver. Bien entendu, la chaleur l'avait épuisé, il s'était endormi au volant et cauchemardait. Autrement dit, il n'était allé nulle part et rien ne s'était passé, cependant il ne réussissait pas à déterminer pour l'instant le moment de son réveil, car il avait beau passer ces instants en revue, tous l'effrayaient avec la même intensité.

N'empêche, lorsqu'il aperçut enfin sa Maybach chérie, il éprouva quelques brèves secondes de soulagement, voire de triomphe. Aussitôt remplacées par un nouvel accès de panique dès que lui revint le souvenir de son chef. Dans le scénario où Valéra ne dormait pas et où ses longues souffrances étaient réelles, le vieux l'attendait à l'intérieur depuis le même laps de temps. Pas la garce, pas ses stupides recrues, mais lui, Valéra. Et ce qu'allait lui valoir ce retard de cinq heures, Valéra osait encore moins se le figurer que l'absence de la porte ou son refus de s'ouvrir.

Or cette fichue porte (qui existait bel et bien) ne s'ouvrait pas. Du moins, pas pour le moment. Les recrues massées devant avaient la trogne affligée : visiblement, elles aussi avaient espéré jusqu'à présent que tout ce qui les entourait n'était qu'un rêve, et elles venaient seulement de se rendre compte qu'un réveil était exclu. La seule à être heureuse, c'était la gamine qui s'était agglutinée par hasard au convoi et que la garce avait emmenée, allez savoir pourquoi, sans doute pour appâter son binoclard de père. Lequel père, au contraire, en découvrant le rectangle que sa peinture couleur béton fondait dans le mur, fut glacé d'effroi et parut rapetisser. Telles étaient les particularités de cette porte : elle ne ressemblait à aucune autre, même fermée, elle ne laissait subsister aucun doute sur son caractère particulier.

— Tiens, regarde, tiens ! s'écria la gamine à son père blanc comme linge. Tout est vrai, tu vois ? Et tu as dit que c'étaient des bobards ! Eh ben, non, c'est vrai !

Et d'explorer la porte verrouillée à tâtons, avec une joyeuse impatience, comme un cadeau d'anniversaire soigneusement emballé. Cette impatience avait quelque chose de désagréable, à l'instar de sa joie, et ne trouvait pas le moindre écho en qui que ce soit. Même chez la salope au gros cul.

— Comment ça s'ouvre ? demanda finalement la gamine. Il faut faire un truc spécial ? Appuyer quelque part ? Elle est vraiment petite… On va tous pouvoir entrer là-dedans ?

— Non, ma chérie, répondit la garce avec une voix presque humaine que Valéra ne lui avait jamais entendue. Il n'y a pas assez de place pour tout le monde, là-dedans. Nous avons une tâche très difficile à accomplir maintenant, mais très importante. Et pas le droit à l'erreur. Tu comprends, n'est-ce pas ?

L'ingénieur binoclard sursauta en entendant ces mots et blêmit encore. Son T-shirt se couvrit de taches humides.

— Elle est scolarisée dans un établissement avec des enseignements renforcés en maths et en physique, dit-il d'une voix rauque. Elle a décroché une médaille d'or. Et elle vous a aidée à dresser votre liste. Son anglais est excellent. La pharmacienne, c'est elle qui l'a trouvée, vous vous rappelez ? Elle connaît tout le monde, vous n'y arriverez pas sans elle.

Sa dernière phrase atterrit dans le dos de la garce, qui ne l'écoutait plus. Elle restait là, la tête renversée en arrière, à fixer la peinture grise comme pour y percer un trou. *Elle ne sait pas l'ouvrir,* comprit Valéra. *Il n'y a qu'une clé et c'est pépé qui l'a, le rusé, dans sa montre ou dans sa manche. Et s'il était mort, là-dedans ? En cinq heures, sans sa perfusion, sans rien. Il n'avait pas l'air bien, ce matin, il avait une mine de merde.*

Les nouvelles recrues, qui fronçaient déjà les sourcils, commencèrent à échanger des regards. La garce fixait le mur d'un air furieux. Un peu plus, et ses yeux allaient jaillir de leurs orbites.

Mais la porte s'anima soudain et, sur un sifflement, se déplaça latéralement. Derrière, Valéra vit le sas qu'il connaissait déjà, les étagères de respirateurs et les combinaisons avec leur casque de verre. Un air frais et pur déferla sur eux, fenêtre ouverte en grand par une journée d'hiver.

— Entrons ! ordonna la garce en entraînant la fille à l'intérieur.

— Papa ? couina la gamine, qui regardait autour d'elle.

— Assia, ma chérie, répondit l'ingénieur sans bouger.

Il fourra son fusil entre les mains de Valéra.

— Vite ! cracha la garce.

Désormais muni de deux fusils, Valéra franchit le seuil d'un bond.

Les nouvelles recrues s'engouffrèrent à leur tour, non sans se bousculer, et le sas fut bientôt aussi encombré qu'un ascenseur bondé.

— Papa ! Papa ! glapit la gamine, que Valéra ne parvenait pas à voir, derrière les silhouettes massives des mineurs.

Mais la porte fit de nouveau entendre son sifflement et se remit en place. L'ingénieur binoclard était resté à l'extérieur.

Lundi 7 juillet, 21 h 54

— Pourquoi vous êtes resté ?

La voix, calme, était toute proche. Mitia se retourna et vit un petit homme à la chemise tachée de sang, à l'instar du conducteur chenu de la Nissan. On aurait pu imaginer que ces deux-là s'étaient battus ou retrouvés dans le même accident. Le visage de l'homme était maigre, fatigué et très amoché, mais ce fut à ses yeux, animés d'une vivacité moqueuse, que Mitia le reconnut, avant même de remarquer les écorchures sur ses poignets.

— Je savais qu'ils avaient caché le meilleur quelque part, fit l'homme en lui lançant un clin d'œil, comme la nuit précédente, quand il était encore menotté sur le siège de la Ford. Pourquoi vous êtes resté ? La gamine, c'est votre fille, non ?

— Qu'est-ce que ça peut vous faire ? répliqua Mitia.

Tournant le dos au criminel en fuite et tueur de flics, il rebroussa chemin dans la rangée déserte. Sa tête était bourrée de coton et vide de pensées. Elle n'en contenait plus une seule, non, mais au moins il n'avait plus à trimballer ce fusil. Il s'était débarrassé de l'arme, c'était déjà ça.

Le tueur de flics le rattrapa et marcha à sa hauteur.

— Ne vous fâchez pas, dit-il d'un ton conciliant. D'accord, ça ne me regarde pas. Mais, dites-moi, c'est quoi, cette caverne d'Ali Baba ? Que j'aie pas monté la garde pour rien. Ou donnez-moi au moins à boire. Vous refuseriez pas une gorgée d'eau à un homme, n'est-ce pas ? J'ai vraiment très soif.

Mitia se rendit compte alors qu'il portait toujours une lourde bouteille de Tchiornogolovka. Son bras était complètement engourdi.

— Tenez, prenez-la. Et allez au diable, dit-il en desserrant difficilement les doigts, avant d'ajouter, sans trop savoir pourquoi : Vous-même, vous n'étiez pas trop pressé de la partager, cette eau.

— Arrêtez, je suis pas quelqu'un de méchant, répliqua son compagnon en dévissant le bouchon pour boire quelques gorgées avides tout en marchant. Je sais pas trop comment formuler ça… C'est juste que mon expérience avec ces gars-là a jamais été très bonne. Et quand j'ai vu notre connaissance commune faire sa cheffe par ici, ça m'a rendu nerveux, allez savoir pourquoi. Je me méfie d'eux, vous saisissez ? Fallait pas se plier à ses quatre volontés tout de suite, avant de savoir ce qu'ils voulaient vraiment. Considérez ça comme une tentative de résistance, disons. Une fronde ratée, précisa-t-il en éclatant d'un rire agréable et léger. Ça s'est mal terminé, je vais pas prétendre le contraire, mais on était ric-rac question temps, donc on a dû improviser. C'est le seul moyen de pression qui m'est venu à l'esprit. À ce propos, vous avez saisi que c'est pas elle, la vraie patronne, dans cette histoire ? C'en est un autre qui commande, je peux vous le dire. Les généraux vont pas sur le terrain.

Tout cela n'avait plus aucune importance désormais, néanmoins, malgré lui, Mitia se souvint des lunettes à monture dorée ainsi que du profil jaune et dédaigneux dans le salon de la Maybach. L'homme au visage amoché lui coulait un regard en biais.

— Qu'est-ce qu'il y a, là-dedans ? Une sortie de secours ? demanda-t-il. Une sorte de couloir pour ramener leurs employés à la surface ? Quoi ? De toute façon, on m'y laissera jamais entrer, mais racontez-moi au moins. Ça fait trois heures que je suis en embuscade, figurez-vous. Me faites pas languir, je me creuse la cervelle depuis ce matin pour deviner ce qu'ils mijotent. Allez-y, tuez-moi si vous voulez, je pige pas la logique.

La Nissan blanche réapparut devant eux, complètement vide cette fois. Ni son propriétaire au nez bosselé et ses fillettes en pleurs, ni le médecin, ni le conducteur de la Gazelle n'étaient plus là. *Ils ne savent pas non plus,* pensa Mitia. *Personne d'autre ne sait, à part moi.*

Un setter irlandais roux, léger comme un guépard, heureux et aussi mouillé que s'il avait été aspergé d'eau les dépassa en trombe, dans le cliquetis sonore de ses griffes sur l'asphalte.

— Il n'y a pas de logique, déclara Mitia. Aucune.

Lundi 7 juillet, 21 h 55

— Vous devez comprendre deux choses maintenant, déclara la femme de la Maybach. *Primo* : vous êtes tous arrivés ici par accident. Seuls des spécialistes peuvent entretenir ces installations, et vous n'êtes pas considérés comme tels, ne vous y trompez pas. Ici, on n'a pas besoin de quelqu'un sachant conduire un autobus ou enduire les murs. Il y a cinq cents personnes là-dehors, et, parmi elles, les spécialistes dont nous avons besoin. Vous n'avez qu'une tâche : vous assurer que nous les trouvions à temps pour les amener ici en toute sécurité. En gardant bien à l'esprit que vous n'avez pas encore mérité votre place ici. Vous avez juste eu de la chance. Si vous échouez, on ne veut plus de vous dans ce refuge. C'est clair ?

Les neuf miliciens, qui venaient tout juste de participer à une expédition de sauvetage, ne furent même pas particulièrement affectés par cette soudaine rétrogradation. Muets, ils respiraient avidement et regardaient autour d'eux. L'histoire à moitié folle, à laquelle aucun d'entre eux ne croyait vraiment, s'était avérée, et il fallait d'abord digérer la chose. Sauf que la femme en bleu ne leur laissait aucun répit. Pire, elle les regardait comme si ce n'était pas elle qui venait de les entraîner ici, enfin, plutôt de les y pousser. On aurait dit que c'étaient eux qui l'avaient suppliée et qu'ils étaient maintenant à la fois ses obligés et des importuns.

— *Secundo*..., poursuivait-elle.

Et de se lancer dans un discours menaçant d'où il ressortait, entre autres, qu'ils devraient non seulement gagner leur place, mais aussi la défendre, et dans le vrai sens du terme, les armes à la main. Que, au nom de cet avenir commun, il faudrait consentir à des sacrifices, que si ordre leur était donné de tirer, ils devraient le faire sans hésitation ni question. Ceux qui n'étaient pas prêts à ces grands sacrifices pouvaient franchir directement la porte dans l'autre sens, retourner dans la chaleur et la puanteur, se battre pour des conserves polonaises. Et au cas où l'un d'entre eux s'aviserait d'utiliser une arme pour autre chose – pour organiser, par exemple, un coup d'État et ne pas exécuter les ordres les plus difficiles –, il devait garder à l'esprit que les protocoles d'activation étaient classifiés et que, sans eux, personne ne recevrait ni eau, ni nourriture, ni air. Personne. Donc les idées nuisibles de n'importe quelle nature, on les abandonnait une bonne fois pour toutes. C'était bien clair ?

Et avant qu'ils aient eu le temps de décider si c'était clair ou non, la grande femme en bleu leur tourna le dos, traversa le sas exigu pour gagner la porte suivante, plaçant une nouvelle fois son visage en son centre.

— Tarlouzes, dit la porte avec un timbre de vieillard irrité. Putains d'enculés, faut tous vous liquider, bordel.

Puis le battant finit par s'écarter avec le même léger sifflement que le premier. Et la lumière jaillit, aveuglante au point de faire mal aux yeux. Ça sentait l'ozone, comme après un orage, lorsqu'on sort d'une salle de cinéma obscure. La femme de la Maybach saisit par l'épaule l'adolescente en jean, qui sanglotait, la poussa devant elle dans l'embrasure étincelante et la suivit. Le gros père en pardessus de cuir se précipita derrière elles, mais il s'arrêta net sur le seuil et, avant d'entrer, retira son manteau de sa grosse patte moite et se lissa les cheveux. La patte tremblait de façon visible.

Les miliciens, à moitié ivres d'oxygène et de la mission aussi inattendue que terrible qui venait de leur échoir, s'apprêtèrent à s'élancer à leur suite.

— Vous allez où ? fit le blafard au costume froissé, qui, trois heures plus tôt, avait abattu le chauffeur de taxi d'Andijan et la propriétaire de la Nissan avec des fleurs sur sa robe.

Il se tenait sur le pas de la porte.

— Assis, murmura-t-il de sa voix morte.

Lundi 7 juillet, 22 h 23

— Écoutez, nous nous débrouillerons très bien tout seuls, dit maman-Peugeot. Allez vous reposer. Il s'ennuie, c'est tout, à force de passer autant de temps dans la voiture. On va encore faire quelques tours et il finira par s'endormir dans son fauteuil roulant. Allez-y, vraiment.

C'était leur troisième tour au compteur : passage devant la Ford de la police, puis jusqu'à la Land Rover grise et retour, avec un demi-tour devant un vieux break Volvo, pourtant le garçonnet n'avait pas du tout l'air endormi, au contraire, il avait manifestement envie de s'amuser. Il avait d'emblée refusé les carottes cuites en dés, et sa mère mécontente avait mis au rebut les fraises au sirop, au motif qu'elles contenaient plus de sucre que le Coca-Cola et que même les enfants en bonne santé ne devraient pas consommer ça. Cependant, la bonne nourriture pour enfants s'étant épuisée dans la Peugeot dès le milieu de la journée, ils durent se rabattre sur des betteraves en conserve pour le bortsch. Si la mère ne se montra guère enthousiaste à leur sujet, elles plurent contre toute attente au garçonnet. Peut-être à cause de la couleur, en tout cas il mangea le premier bocal à la cuillère, en ouvrant avidement la bouche, avant d'exiger qu'on lui donne le deuxième, dont il écrasa avec transport un morceau après l'autre, comme de la pâte à modeler, étalant les cubes violacés sur ses joues rondes, son T-shirt Spiderman et, manifestement très satisfait du résultat, sur le revêtement gris de la banquette. « Mon Dieu, dit l'épouse-Patriot, j'aurais dû utiliser un chiffon, ça partira pas maintenant », mais le garçon riait, et maman-Peugeot riait avec lui, regardant, pleine d'amour, les arabesques de betterave sur le velours, tels des dessins présentés pour un concours de jeunes talents.

Le *batiouchka,* qui, après les petits pois Bonduelle, avait boulotté un peu de tout, se sentit à nouveau mal et regagna sa Lexus. Le jeune policier reconduisit la nymphette aux jambes nues dans la décapotable et la tint sur ses genoux. Les enfants Patriot s'endormirent dans l'UAZ sous la surveillance de leur père, qui ne tarda pas à piquer du nez et à ronfler... après tout, il était 22 h 30. La longue journée était terminée et il n'y avait plus rien à faire. Les lampes bourdonnaient, fatiguées, dans un air qui stagnait, toujours plus épais. Le garçon en revanche était rassasié et joyeux, et maman-Peugeot, les joues vermeilles et la mine gaillarde, avait l'air de promener son fils sur un boulevard ensoleillé.

— Et ces jus, ils sont fabriqués à base de poudre, entre parenthèses, disait-elle. Ils ne contiennent que du sucre et des conservateurs. C'est la pub qui prétend le contraire.

— Oh, pousse pas le bouchon trop loin, lui répondait l'épouse-Patriot. Les jus sont malsains, pour Madame, qu'est-ce qu'on va pas inventer ? On en a bu toute notre vie, et on s'en porte pas plus mal, merci bien. Y a une nana, au boulot, qui mange rien elle-même et donne rien à sa fille. Une gosse de neuf ans, elle lui compte ses bonbons, du grand n'importe quoi.

— Elle a complètement raison, répliqua maman-Peugeot en faisant adroitement pivoter la poussette. Tu sais combien il y a de diabétiques aujourd'hui ? Et diabétiques dès l'école, tout ça parce qu'ils mangent de la nourriture transformée. Il ne faut pas être paresseux. C'est difficile de préparer une compote pour son enfant ? Il suffit de cueillir des pommes et de les faire bouillir. Et pas besoin de sucre...

— Ne va pas me dire que les crêpes sont mauvaises pour la santé, l'interrompit l'épouse-Patriot. Si tu goûtais les miennes ! Elles font deux doigts d'épaisseur, comme des beignets.

C'est peut-être pour cela qu'ils font des enfants, pensa Sacha. *Pour être certains d'agir correctement.* Dans la Toyota déserte, on n'agissait pas correctement. Absolument pas.

— L'année dernière, on a cueilli quatorze seaux de pommes Antonovka, à la datcha, expliqua l'épouse-Patriot. C'est ma mère qui les avait plantés, ces arbres. Elle est morte maintenant. La moitié des pommes s'est gâtée, on a dû les jeter. Et cette année, y aura pas de pommes. C'est pas une année à pommes, conclut-elle d'une voix soudain fanée et les lèvres tremblantes.

— Ohé, regarde-moi, dit maman-Peugeot. Qu'est-ce qui te prend ? Tout va bien, tu comprends ? Tout va bien ! Voilà ! Ne va pas imaginer quoi que ce soit.

Le garçonnet se balança dans sa poussette, tendit ses bras maculés de betterave et éclata de rire. Un homme à la chemise tachée arrivait à leur rencontre dans le passage, un large sourire plein d'affection aux lèvres.

— Mais qui est donc ce grand garçon tout cracra ? demanda le gai luron en s'accroupissant devant la poussette.

Derrière lui se tenait Mitia, aussi trempé que s'il venait d'essuyer une averse. Il avait aussi le visage humide et douloureux.

— Sacha, dit-il.

Lundi 7 juillet, 22 h 32

— Qu'est-ce qui se passe ? Ils sont revenus ?

La nymphe se pencha pour frotter le pare-brise embué. Il se passait quelque chose du côté de l'UAZ, mais difficile de bien voir, de derrière la Toyota.

— Laisse tomber, dit le lieutenant en se maudissant d'être resté avec elle dans la décapotable.

Il ne l'avait pas emmenée ailleurs, crétin qu'il était, il avait tergiversé, s'était assis sur le siège de cuir blanc, et il avait même discrètement tourné le volant deux-trois fois, parce qu'il n'était jamais monté dans une voiture comme celle-là.

La nymphe ne l'écoutait pas. Elle lui retira sa main et chercha ses chaussures sous le siège.

Il aurait dû l'embrasser. La prendre dans ses bras et la serrer à lui froisser sa robe. Dans l'idéal, immédiatement après le départ de son lâche de blaireau : elle l'aurait laissé faire. Ou encore maintenant, par exemple, elle le laisserait quand même faire, après quoi il sortirait et défoncerait la gueule du blaireau. Et de la belle manière, pour qu'elle le voie en action. Il s'imagina la scène, et se réjouit de ce plan simple et clair. Il tendit donc la main pour l'empêcher d'enfiler ses chaussures. Histoire de la retenir un peu et de tout faire selon le plan, comme il l'avait prévu depuis longtemps. Ce fut alors seulement qu'il remarqua son ancien prisonnier. L'homme au visage tuméfié qui avait tiré sur le capitaine, ce matin même, et que le lieutenant avait presque complètement rayé de sa mémoire, était apparu dans le passage entre la Toyota et la voiture de patrouille. Parvenu au niveau de la décapotable, il regarda le lieutenant stupéfait droit dans les yeux, leva le pouce à son intention et passa rapidement devant lui.

Quant au blaireau, il ne se trouvait pas près de l'UAZ. De tous les cavaliers de l'Apocalypse qui s'étaient dirigés vers l'avant du tunnel, une heure plus tôt, seul l'ingénieur binoclard était revenu. Et son apparition avait causé un sacré remue-ménage : sa femme rouquine était blanche comme linge, et maman-Peugeot, au contraire, couverte de plaques. Le seul que ce tintouin n'affectait pas était le gamin en chaise roulante, soudain très vaillant, voire enjoué. Curieusement, il avait les lèvres et le menton violets, comme s'il avait mangé un feutre.

— Et où… est passé tout le monde ? demanda la nymphe en regardant autour d'elle. Qu'est-ce qui a pris tant de temps ?

Personne ne lui répondit.

— Recommence du début, ordonna Patriot, encore ébouriffé et fripé par le sommeil. T'es pas entré à l'intérieur, alors ? C'est peut-être une annexe qu'ils ont là-bas. Une sorte de machin pour les pompiers !

Il commençait visiblement à bouillir, même s'il s'efforçait encore de chuchoter pour ne pas réveiller ses enfants aux joues vermeilles.

— T'es pas entré.

— Ce sont pas des tenues de pompier, répliqua l'ingénieur binoclard d'un ton morne. Celles des pompiers sont différentes.

— Mais si, c'est à ça qu'elles ressemblent, putain ! hurla Patriot. Les nouveaux uniformes sont exactement comme ça !

— Ce qu'il y a là-dedans, c'est des combinaisons de protection contre la radioactivité, insista l'ingénieur. Et des armes. Une armoire entière. Pourquoi les pompiers auraient besoin de fusils ?

Patriot le dévisageait avec des yeux injectés de sang et semblait sur le point de lui écrabouiller la tronche.

— Bon, on se calme, intervint maman-Peugeot. Vous allez faire peur aux enfants.

Le gosse de la Peugeot n'avait pas l'air effrayé : il se renversa en arrière dans sa poussette et se mit à donner des coups de talon sur le repose-pieds. Ses chaussures de sport n'étaient pas usées, leurs semelles étaient propres, et elles étaient ornées de petits Spiderman, semblables à l'exemplaire imprimé sur son T-shirt.

Le lieutenant, qui brûlait de dire quelque chose, se ravisa alors qu'il avait tout compris depuis une heure déjà. Peut-être depuis le début, en fait, quand il avait vu les portes hermétiques. Qui n'empêchaient le passage des gaz, de l'eau et des poussières radioactives que dans les livres. En l'état, elles ne servaient pas à grand-chose, sinon à leur donner un jour de plus, le dernier, ou deux, que l'on pouvait employer à vivre autrement. Mais la nymphe, qu'il n'avait pas embrassée, se balançait sur ses talons et sentait la fraise, il était trop tôt pour lui crier ces tristes vérités. S'il n'était pas complètement inutile d'en parler.

— Attends, intervint la femme de l'ingénieur, plus blanche que blanche. Attends, stop. Où est Assia ?

La joue de l'ingénieur de la Toyota fut agitée d'un soubresaut et son visage se contracta.

— Ils ont de l'air là-dedans, dit-il au lieu de répondre. Tout fonctionne : les lumières, la ventilation. Exactement comme elle l'avait décrit.

— Du délire, marmonna sa femme. Ou alors c'est une blague de mauvais goût ? Qu'est-ce que tu racontes, Mitia ? Parce que c'est des absurdités, tout ça.

— Vous parlez de salopards, hein ? Bon sang, mais quels salopards ! s'écria maman-Peugeot.

De vilaines plaques recommencèrent à lui descendre dans le cou.

— Que quelqu'un aille toquer à la vitre du *batiouchka*, dit l'épouse-Patriot. Je vais préparer les gosses.

— Pour les emmener où ? s'enquit la femme de l'ingénieur. Arrêtez, vous entendez ce que vous dites ?

— Alexandre, mon grand chéri, on arrête, chuchota maman-Peugeot en se penchant sur la poussette. S'il te plaît, on recommencera après, d'accord ? On prépare les enfants, c'est ça ?

— Il n'y a pas assez de place, là-bas ! cria brusquement l'ingénieur binoclard. Vous saisissez ? Il n'y a pas assez de place pour tout le monde. Il n'y en a même pas assez pour la moitié d'entre nous !

Tout le monde se tut sur-le-champ. Ils se la bouclèrent. Seul le gamin en baskets ornées de petits Spiderman gargouillait joyeusement en faisant des bulles violettes.

— Où est-ce qu'il n'y a pas assez de place ? J'ai pas pigé, demanda la nymphe.

Seule dans son cas, elle adressait sa question au lieutenant, en fronçant les sourcils comme s'il était un inconnu. Comme si c'était lui, le plus à blâmer dans cette histoire.

J'aurais dû l'emmener loin d'ici, regretta-t-il une nouvelle fois. *Dans la Škoda verte, par exemple. Et ils auraient pu se lever de bonne heure, ils ne nous auraient jamais retrouvés.*

Lundi 7 juillet, 22 h 45

Deux heures après que l'expédition de sauvetage, emmenée par la fonctionnaire de la Maybach, s'était dirigée vers l'autre bout du tunnel pour y défoncer le mur, on vit apparaître près du camion réfrigéré polonais un homme maigre, de petite taille, à la chemise très sale. Livide, il pressait une main sur son flanc gauche et haletait comme s'il venait d'achever un marathon, mais n'en ralentissait pas pour autant l'allure. Il avait l'air résolu, voire menaçant. Pour commencer, personne ne remarqua son arrivée. De toute manière, il était déjà près de 23 heures, et un demi-millier d'automobilistes éprouvés faisaient de leur mieux pour honorer leur part de l'accord, qui n'était pas la moins importante : ils s'étaient arrangés pour se coucher comme ils pouvaient et, à ce moment-là, ils dormaient presque tous. Certains étaient allongés dans leur voiture, d'autres dans les interstices entre les véhicules, voire le long des parois, si bien que l'espace autour du camion ressemblait à un aéroport, de nuit, dont tous les vols auraient été annulés à cause d'une intempérie.

Cette vision paisible ne calma aucunement l'homme à la chemise sale, au contraire, elle eut pour effet de redoubler son irritation : au lieu de ralentir, il avança vers le camion frigorifique sans craindre de déranger les gens couchés sur l'asphalte, en souhaitant même troubler leur repos. D'autant qu'il criait fort, sans discontinuer :

— Frérots ! Les gars, debout ! Dormez pas !

Après quoi, il attrapa une conserve de haricots blancs et se mit à cogner avec contre le flanc métallique du camion.

Ce fracas et ces cris produisirent aussitôt leur effet sur les dormeurs, qui s'éveillèrent avec l'effroi que provoque inévitablement tout réveil brutal, surtout lorsqu'on a été obligé de s'endormir non pas dans son lit, mais dans un lieu inconnu et dans une posture inconfortable. L'instant d'après, certains conçurent l'espoir fugace que le mur avait enfin été défoncé, que les épreuves étaient derrière eux, et qu'on les avait réveillés justement pour leur annoncer la bonne nouvelle. D'autres n'eurent même pas le temps d'espérer, car l'homme à la chemise tachée de sang grimpa sur l'aile du remorqueur et se mit à vociférer des choses vraiment effrayantes. Il criait par exemple qu'ils ne seraient pas sauvés, jamais, que le groupe qui était parti ne reviendrait pas, vous comprenez ? Personne ne viendrait jamais. Il n'y a pas moyen de défoncer le mur, les gars, aucun moyen, parce qu'il n'y a pas d'outils pour le faire : il n'en reste plus aucun, tout a brûlé ou fondu au cours de la journée, ceux qui en doutent n'ont qu'à aller vérifier. Et la fonctionnaire, cette menteuse, elle le sait bien, elle nous a tout simplement laissés tomber, frérots, en nous bernant pour qu'on s'asphyxie dans notre sommeil, car ces gens-là se fichent du reste du monde, ils pensent avant tout à sauver leur propre peau, qui est si précieuse, en laissant le peuple étouffer. Cette sale bête n'a même pas eu pitié des marmots, elle s'est barrée sans compatir au sort de qui que ce soit.

Bien qu'abasourdis par ce discours passionné, la plupart des automobilistes ensommeillés n'en crurent rien. Pour commencer, environ deux cents d'entre eux avaient déjà croisé l'homme à la chemise ensanglantée d'un côté ou de l'autre de la barricade, et ils espéraient oublier au plus vite et une bonne fois pour toutes ce qui s'était passé là-bas, l'effacer de leur mémoire comme un pénible incident relevant d'un passé lointain, où cet homme avait joué un rôle non négligeable.

Cependant, il était venu les rejoindre, trempé, éprouvé et manifestement effrayé comme eux. On voyait bien qu'il avait du mal à rester agrippé à l'énorme rétroviseur du remorqueur polonais, il n'était pas moins éreinté qu'eux-mêmes et, vers la fin de son discours haletant, il était même enroué. Mais l'essentiel, c'était qu'il avait rebroussé chemin pour les réveiller et les mettre en garde, alors que la fonctionnaire de la Maybach – que personne ne portait dans son cœur – n'était pas revenue. Non, elle n'était pas revenue, peut-être n'en avait-elle d'ailleurs jamais eu l'intention. On se remémora aussitôt son empressement à partir, ce qui semblait louche, son insistance pour que tous les autres restent, et sa répugnance à voir défoncer le mur donnant sur l'extérieur. Oui, elle faisait carrément la grimace, vous vous rappelez ? Et puis ces fusils, d'où les avait-elle sortis et à quoi étaient-ils censés servir ? Pourquoi personne n'avait posé la question ? Cependant, d'un autre côté, où diable avait-elle pu s'enfuir s'il était vraiment impossible de défoncer le mur ? Et pourquoi devait-elle ficher le camp ?

Toujours planté sur le marchepied du camion, l'homme trempé et éprouvé leur raconta alors une histoire incroyable, franchement fantaisiste, qui divisa de nouveau les automobilistes sidérés en deux camps, cette fois-ci pour une raison inédite. Car les uns y crurent aussitôt, tandis que les autres comprirent avec soulagement que ce n'était pas la peine d'écouter cet homme, puisqu'il était indubitablement fou. Autrement dit, tous ceux qui croyaient à ses inventions paranoïaques étaient soit des imbéciles prêts à écouter n'importe quel crétin, soit des cinglés du même acabit. Par conséquent, toute discussion avec eux était une perte de temps.

Pourtant, un bref et vif échange s'instaura entre les deux partis, qui se mua subitement en ping-pong d'insultes. Cela dit, il faisait trop chaud et l'on manquait trop d'air pour en arriver à se battre ou à paniquer, sans parler du fait que presque personne n'en aurait eu l'énergie. L'homme à la chemise sale s'avéra le plus raisonnable, s'abstenant de discuter pour ménager ses forces. Il attendit que la dispute se calme d'elle-même, patiemment enlacé au rétroviseur, puis il suggéra de trancher le débat d'une façon simple, en consultant un témoin. Car il existait bel et bien un témoin de son histoire à dormir debout, quelqu'un qui avait tout vu de ses propres yeux, et qui se trouvait littéralement à cinq minutes de marche de là, frérots, vraiment pas loin, à côté de la voiture de police. Il fallait se hâter de le rejoindre avant qu'il n'aille, par exemple, retrouver la perfide saleté de fonctionnaire, car on ne pourrait plus le ramener, à ce moment-là. Et de toute façon, ça serait bien utile de se dépêcher, les gars : ce n'est pas que je veuille vous faire peur, non, évidemment, mais l'air est près de s'épuiser pour nous tous.

Après cette tirade, la moitié des automobilistes se décida à le suivre, alors que la seconde moitié, quoique sceptique, n'en décida pas moins d'emboîter le pas à la première – ne serait-ce que pour voir le bobard démenti. Ensuite, il devint vraiment encore plus difficile de respirer. Très difficile, carrément, et comme le crétin louche l'avait prévu, plus personne n'osa se recoucher, à cette étape. Ils avaient tous si peur qu'au bout de dix petites minutes, les abords du camion frigorifique, dont le contenu fondait, n'abritèrent plus que des déchets, une constellation de boîtes en carton éventrées, des bouteilles d'eau vides et des dizaines de sacs oubliés.

Lundi 7 juillet, 22 h 49

— Je ne vais pas te présenter des excuses, dit Mitia. Je n'ai pas de raison de m'excuser, tu sais.

La Toyota avait une odeur de vieilles couvertures, le cendrier puait. Des voix leur parvenaient à travers la vitre : la nymphe se lamentait et le lieutenant grommelait. Les Patriot étaient en train d'extraire le pope ensommeillé de sa Lexus.

— Elle a seize ans, Sacha, invoqua Mitia. Écoute, qu'est-ce que tu attends de moi, hein ? Qu'est-ce que je devais faire, selon toi, l'enfermer dans le coffre ? Lui dire : « Fiche le camp, ça m'est égal » ? Te laisser ici toute seule ? Quoi ?

Pauvre, pauvre Mitia, qui voulait toujours faire de son mieux, mais qui avait d'abord besoin qu'on l'autorise à agir.

— Regarde-moi, reprit-il. Sacha, s'il te plaît. C'est bête de te comporter comme ça.

Sur le tableau de bord gisait une mouche morte, aussi desséchée qu'une momie. À croire qu'elle se trouvait là depuis un an. *Je vais mourir dans cette voiture,* pensa Sacha. *Dans cette boîte de conserve rouillée... il ne manquait plus que ça.* Cette idée n'était pas effrayante, simplement répugnante. Tout était si ridicule : la mouche, la poussière, le cuir fendillé du volant, le marmonnement vexé de Mitia. Oui, vraiment répugnant.

— On n'a pas besoin de sortir, dit Mitia. Tu veux qu'on reste ? Pas besoin d'aller ailleurs. On peut simplement rester sans bouger. Couchons-nous et dormons.

Il allait lui prendre la main, c'était évident.

— Je ne t'aime plus, Mitia, ajouta-t-elle. Tu comprends ? Ça fait très longtemps que je ne t'aime plus du tout.

Elle poussa la portière du coude et faillit emboutir le fauteuil roulant du joyeux garçonnet de la Peugeot. Le gamin rit et lui donna une tape sur la joue, de sa petite paume couleur betterave.

Lundi 7 juillet, 23 h 02

Le stomatologue se dirigea parmi les premiers vers la Ford de patrouille, où était censé les attendre le témoin de l'Apocalypse. Ce n'était pas pour s'entendre confirmer que la fin du monde était arrivée – il en avait acquis la certitude depuis un moment, aucun besoin de confirmation –, mais pour une raison toute simple : n'ayant pas trouvé où s'allonger près du poids lourd, il s'était endormi au bout du campement, presque au-delà de ses limites. Il n'avait fermé les yeux que brièvement, une minute, pas davantage, ce qui ne l'avait aucunement reposé. De surcroît, même dans son sommeil, il avait continué de souffrir du dos, si cruellement qu'il s'était demandé s'il réussirait à se remettre debout. Et puis, dans ces circonstances, était-ce la peine de se lever ? Tout effort semblait inutile, tandis que lui-même, le spécialiste des couronnes et des prothèses mobiles destinées aux frêles petites vieilles de Chabolovka, s'avérait encore plus inutile. Il n'avait plus envie de manger, il n'avait même plus soif : tout ce à quoi il aspirait, c'était rester couché dans le silence, sans plus penser à rien. Le discours de l'homme à la chemise sale n'avait eu aucune influence sur ce souhait.

Cependant, il se leva et se traîna vers la voiture de police, comme tout le monde, éprouvé et endolori, parce que sa vieille connaissance aux Crocs turquoise le lui avait ordonné. Cette femme irascible gardait non seulement le chat que le docteur avait laissé près de la barricade – à son propre étonnement et pour une raison qui lui échappait désormais –, mais aussi la boîte contenant des médicaments et des seringues, qui lui était sortie de l'esprit depuis un moment déjà. Elle l'avait attendu. L'ayant obligé à boire on ne sait quel jus trop sirupeux à même la cannette, elle lui apporta un gilet, pour qu'il l'enfile par la tête : elle s'agitait en jurant, à croire qu'il était malgré tout utile à quelqu'un, c'est-à-dire à elle-même, bien qu'il n'y eût pas moyen de comprendre à quoi il pouvait lui servir. Il l'avait déjà offensée une fois – il y avait longtemps, près de la grille, quand il attendait la mort avec le garçon de la Volkswagen –, il ne pouvait pas recommencer. Tout comme il avait avalé le dégoûtant sirop, il se résigna donc au gilet qui grattait, sans protester, et lorsqu'elle lui avait ordonné de se lever pour partir au plus vite, avant qu'*ils* ne fassent encore on ne sait quelles conneries, il s'était docilement levé pour partir, en serrant contre sa poitrine la précieuse caisse de son chat et en boitant des deux jambes. Voilà comment, à sa propre surprise, il se retrouvait parmi l'avant-garde de la colonne qui s'étendait de nouveau comme un long serpent fatigué – car plus un seul des maillons éreintés qui formaient cette colonne n'était capable ni de courir ni de marcher rapidement, même si les circonstances semblaient exiger qu'on se dépêche.

Sa bienfaitrice en Crocs avançait elle aussi d'un pas lourd, traînant pour une raison impossible à déterminer deux cabas où l'on entendait s'entrechoquer des conserves de haricots polonais à la sauce tomate et des bocaux de compote de pommes. Son fils, lui, transportait la boîte aux médicaments rescapée et la vodka Stolichnaya. Le docteur voyait pour la première fois ce quadragénaire, replet et bien rasé, qui se trimballait torse nu, vêtu d'un caleçon de bain au cordon noué sous le ventre. À la différence de sa sévère de mère, ce gars n'avait l'air d'apprécier ni la boîte ni le docteur. Cela étant, il appréciait à l'évidence encore moins le conducteur de la Gazelle aux oreilles décollées, car, sur le chemin, ce fut à celui-ci qu'il lança les regards les plus noirs. Cependant, le jeune Gazelliste ne s'en apercevait pas, s'appliquant à demeurer près du docteur et l'observant avec un mélange d'angoisse et d'espoir, comme s'il attendait un signe de sa part, ou bien un ordre, ou peut-être une explication, à moins qu'il n'ait peur de le perdre dans la foule.

Ce fut le docteur qui repéra le premier les feux poussiéreux de la Ford, sans en éprouver le moindre soulagement. Au contraire, il eut l'impression d'un déjà-vu affligeant, comme près de l'autobus – car tout s'était remis à se répéter. Ces derniers jours, le temps semblait tourner en rond, tout était circulaire, le ruban des événements paraissait avoir été collé pour que leur cycle recommence. Les gens s'étaient déjà réunis juste à cet endroit, autour de la voiture de police, sans que le docteur puisse se rappeler quand : ce matin ? La nuit dernière ? Les espaces entre les véhicules avaient déjà été remplis de monde à l'identique, et l'on avait senti, parmi la foule, la même attente collective d'un changement, d'une solution, d'une issue, sans qu'aucune se dégage. Or, désormais, la foule n'avait plus la même mine : elle avait cet air particulier des marathoniens lancés dans la deuxième boucle, qui ne sont plus portés par l'enthousiasme et qui commencent à comprendre qu'ils n'atteindront pas le finish. À l'école, le petit stomatologue avait été dispensé des cours de sport ; il n'avait jamais couru de marathon. Il avait très mal au dos et il savait qu'il n'y aurait pas de ligne d'arrivée du tout, que courir n'avait aucun sens. Il ne pouvait plus penser qu'à une seule chose : à son vieux chat à l'égard duquel il se sentait atrocement coupable, son chat fragile et peureux qui devait déjà avoir perdu la raison dans sa caisse étriquée où l'air devait manquer encore plus qu'à l'extérieur. À cause du docteur, le malheureux n'en finissait plus de souffrir pour rien, et, de surcroît, le chat n'avait rien mangé depuis la veille, car un félin ne se nourrissait pas de haricots blancs ni de compote de pommes, seuls aliments à disposition. Et, bien sûr, cette marche qui ne servait à rien ne ferait qu'ajouter aux supplices de l'animal, en tourmentant le docteur par la même occasion. Il s'en voulait, il en voulait aussi à la dame en Crocs, à ses cabas, à son fils torse nu aux chairs roses, au conducteur sans langue de la Gazelle et à l'homme à la chemise ensanglantée qui avait agité la foule – foule contre laquelle le docteur enrageait aussi, de plus en plus, à chaque pas.

Puis il vit le sympathique lieutenant qui l'avait empêché de mourir près de la grille, avant de l'abandonner devant la barricade, et il s'emporta contre lui également. Car sans ce lieutenant, tout aurait déjà été terminé – du moins pour eux deux, le docteur et son chat. Et il se jura mentalement de cesser de participer à ce supplice dénué de sens. Il allait arrêter, point, car il ne devait plus rien à personne ici. Sauf au chat.

Lundi 7 juillet, 23 h 04

— ... Oui, bien sûr, les enfants d'abord, dit maman-Peugeot en posant la main sur le dossier du fauteuil roulant. Les enfants d'abord. J'espère que personne n'est contre ?

De fait, personne n'était contre. Cependant, l'épouse-Patriot jeta des coups d'œil alentour comme si elle s'attendait à une bagarre et s'y préparait déjà. Les petits Patriot étaient là, ensommeillés et roses.

— C'est juste, les enfants et les femmes, approuva la femme en short. C'est même pas sujet à discussion.

— Je serais curieux de savoir avec qui vous envisagiez d'en discuter, fit le Moscovite de troisième génération. Je ne les vois pas, ces gens-là.

— Pourquoi elle a pas emmené les enfants tout de suite ? renchérit-on. C'était sûrement possible de commencer par eux...

— Ce sont des corrompus, comme d'hab, dit le Moscovite avec conviction. Ils ont emmené ceux qui les ont payés, et bonsoir la compagnie.

— Excusez-moi, mais vous n'avez pas honte ? l'interrompit la propriétaire chenue de la Land Rover. Si c'était vrai, expliquez-moi pourquoi ils ont agi comme ils l'ont fait ? Dans quel but ? Qu'est-ce qui les obligeait à nous fournir de l'eau, de la nourriture ?

— Oh, ça suffit, bon Dieu, l'interrompit-on elle aussi. Cet homme-là a tout vu de ses propres yeux...

L'homme qui avait tout vu de ses propres yeux, debout près de la Toyota sale, c'était l'ingénieur auquel toute l'assistance, propriétaire de la Land Rover comprise, avait dit au revoir tantôt, quand il s'en était allé défoncer le mur. L'ingénieur avait un de ces airs qui laissent présager de très, très mauvaises nouvelles.

— Allons-y ensemble voir ce qui se passe, proposa le marchandiseur de chez Piatérotchka. Pourquoi vous criez tous ? C'est peut-être un malentendu… Allons vérifier. C'est loin ? Vous pouvez nous montrer le chemin ?

En entendant cette suggestion raisonnable, l'ingénieur sur qui reposaient les espoirs collectifs parut encore plus perturbé. Et il devint alors évident qu'il n'était pas le seul à être perturbé : c'était aussi le cas de toute la compagnie autour de la Toyota. La petite maman de la Peugeot, le grand policier, le prêtre barbu, tous, même la fille à moitié nue du cabriolet, avaient la même expression, à peine perceptible encore et indéfinissable. Mais n'empêche, et comme il n'y avait plus d'espoir sur ces visages, cela faisait subodorer d'autres mauvaises nouvelles.

— Ne vous donnez pas cette peine, déclara la propriétaire rouquine de la Toyota sur un ton solennel et déplaisant.

Pour un motif inexplicable, il y avait une joie maligne dans sa voix, qui frappa tout le monde, y compris la femme de la Land Rover.

— Il n'y a aucune raison d'y aller, ajouta-t-elle. Ils n'ont pas besoin de nous, là-bas.

— Ce n'est pas tout à fait vrai, objecta l'ingénieur en évitant soigneusement de regarder sa femme. (Il semblait s'adresser à ses bottines.) Il faut savoir… En gros, je ne suis pas entré, mais… Ils ont un système autonome… L'air est purifié, il y a des réserves d'eau… Un circuit fermé, une source d'énergie indépendante. Si j'ai bien compris. Mais ces systèmes-là sont limités. Vous comprenez ? Ils ont des capacités maximales. Et manifestement, pas très élevées.

On se taisait autour de lui, comme au théâtre. Il semblait que même les lampes sous la voûte avaient cessé provisoirement de grésiller : on n'entendait plus que le souffle de cinq cents personnes ayant du mal à inspirer et à expirer.

— Qu'est-ce que ça signifie ? demanda la propriétaire de la Land Rover. Qu'est-ce qu'il raconte ? Je n'y comprends rien.

L'ingénieur regardait le sol sous ses pieds sans moufter. Et le silence s'épaississait.

— Oh, bon sang de bois ! s'écria la femme de l'ingénieur. Ça signifie ce qu'il vient de dire ! Ils n'ont pas besoin de vos enfants, là-bas, ils ont besoin de personnel. Pour faire tourner le système. D'ingénieurs, par exemple. D'agronomes, peut-être, de physiciens. De médecins. Et ne vous en faites pas pour eux, ils sauront sélectionner les gens qui leur seront utiles. Ils ont déjà des soldats.

Lundi 7 juillet, 23 h 07

Valéra laissa les deux fusils derrière la porte, dans le sas exigu où se trouvaient les scaphandres et où piétinaient les neuf recrues sous la surveillance du garde grêlé. Il avait réalisé au dernier moment que le chef n'allait sans doute pas apprécier de voir une arme, même si elle se trouvait entre les mains de Valéra. Avant d'entrer, il avait donc vite casé la sienne contre le mur. En revanche, il ne s'était pas décidé à ôter son pardessus en cuir, si bien que, depuis une bonne heure, il transpirait à grosses gouttes là-dessous et frissonnait en même temps : l'air dans la pièce aux écrans était glacial, il sentait le citron et il vous soufflait dans le cou depuis le plafond, comme dans un avion. Enlever le pardessus sans en avoir reçu l'ordre n'était pas correct, et il ne fallait pas non plus s'écarter du courant d'air : pépé ne l'avait pas encore remarqué et, d'un instant à l'autre, il risquait de poser les yeux sur lui pour vérifier sa tenue.

Presque aussitôt, pépé quitta le vestibule où Valéra se tourmentait, entraînant à sa suite la garce blonde dans la pièce aux châlits, et il y eut là, pour commencer, un esclandre effarant. Ils hurlaient tous les deux – non seulement le chef, mais la garce aussi, qui ne s'était encore jamais rien permis de tel avec ses supérieurs. À un moment, Valéra en vint même à imaginer qu'ils allaient se battre. Plus précisément, que pépé lèverait la main et qu'on lui rendrait la monnaie de sa pièce. Car il avait oublié d'appeler le garde et la grande bonne femme était assez costaude pour lui tordre le cou comme à un poussin. Ou l'étouffer avec un oreiller sur un châlit, par exemple, avant d'annoncer qu'il avait eu une crise cardiaque, ce qui la tirerait d'affaire. Mais pendant que Valéra se demandait s'il fallait jeter un coup d'œil dans la pièce voisine et intervenir (et si jamais il était trop tard, quelles seraient les conséquences pour lui ?), le vieux pressentit probablement ce qu'il risquait. À moins qu'il n'ait tout simplement manqué de souffle. En tout cas, les cris cessèrent, se muant en grommellements certes hargneux, mais bas. Et maintenant, cela faisait près de quarante minutes qu'on n'entendait plus rien à travers cette porte-là.

Ils ne seraient pas morts d'un truc ? se demandait Valéra avec inquiétude. *Il peut arriver tellement de choses. Ou bien ils ont fini par se mettre d'accord, au contraire, et ils sont passés dans une pièce plus éloignée, la plus importante, où ils n'auront plus besoin de personne.* Valéra se sentait désormais inutile ; il avait beau s'appliquer à imaginer une fonction qui serait la sienne dans cet espace cosmique, il n'y arrivait pas. Mais d'un autre côté, puisqu'on lui avait permis d'entrer ici – en laissant tous les autres à l'extérieur –, puisqu'on l'avait introduit ici, donc, on viendrait le récupérer. Il ne fallait surtout pas produire une mauvaise impression à ce moment-là. Aussi restait-il assis au bord de la chaise, dans son lourd pardessus, avec une veste bien boutonnée dessous, en arborant un air dispos et résolu au possible. Il gelait, transpirait, et ne quittait pas des yeux l'adolescente en jean : vu qu'elle était inconnue, on ne savait jamais, il était peut-être censé la surveiller.

D'autant que cette gamine n'avait rien à faire là. Elle avait tout au plus quinze ans, elle devait encore aller au lycée, c'était une morveuse qui n'avait pas sa place dans le fauteuil de choix, devant les écrans, tandis que lui, Valéra, qui connaissait sa position, s'était installé loin des moniteurs et des boutons. Pendant la première demi-heure, la fille ne fit que renifler et claquer des dents (elle portait un T-shirt très fin, autant dire rien du tout), et quand les cris derrière la porte cessèrent, elle se mit à feuilleter son petit carnet tout en rongeant son stylo, comme si elle bachotait avant un contrôle. Valéra avait depuis longtemps une dent contre les bons élèves. Regardez-moi cette nana, quel culot, et on lui a même fourni un carnet. Il avait manqué toutes les conversations à propos de la liste, en vertu de cette habitude qu'avaient les chauffeurs de ne rien écouter ni comprendre en dehors de ce qui les concernait (à savoir, notamment, à quelle heure il devait arriver avec la voiture, ouvrir le parapluie au besoin, et à quel moment regarder droit devant et devenir sourd). Sans cet utile savoir-faire, il n'aurait sans doute pas conservé son emploi pendant pas moins de vingt-huit ans. Mais cette affreuse journée avait cruellement éprouvé Valéra, et ses obligations semblaient avoir changé, sans qu'il en sache rien de concret. Il cherchait donc à se rappeler ces échanges, tant et si bien qu'il finit par avoir mal à la tête, à force d'entendre ce vacarme dénué de sens. Quant au maudit carnet, il soupçonnait qu'on y avait noté des choses importantes. La pétasse au gros cul devait vraiment avoir perdu la boule pour le confier à cette morveuse, ce dont elle serait punie sous peu, cela ne faisait aucun doute. À moins qu'elle n'ait étouffé pépé sur une couchette, à l'aide d'un oreiller. Elle en était parfaitement capable. Comment expliquer sinon pourquoi on n'entendait plus rien ? À cette étape, les idées de Valéra s'engagèrent dans un nouveau cycle, et il recommença à se demander s'il ne devrait pas frapper un petit coup discret à la porte, sans l'ouvrir pour regarder, juste poser une question… Mais, à ce moment, la petite nana se moucha, s'étira et appuya sur l'un des boutons cosmiques. Elle l'enfonça carrément, sans la moindre autorisation. Du coin où il était assis, Valéra ne vit pas exactement sur quel bouton elle avait appuyé, mais, soudain, l'écran au bout de la rangée clignota et s'activa, et l'on y vit apparaître un couloir, tout blanc et parfaitement désert.

— Tu vas te recevoir une de ces tapes sur la main ! s'écria Valéra.

Le couloir désert et lumineux l'effrayait encore davantage.

La gamine se retourna, les yeux écarquillés, avec l'air d'avoir complètement oublié sa présence dans son dos. Mademoiselle s'imaginait sans doute qu'on lui avait vraiment confié la place du chef, et qu'elle avait le droit de faire ce qu'elle voulait.

— Je voulais simplement savoir ce que montrait la caméra, dit-elle. C'est écrit, là : « Caméra 1 ».

— On peut écrire tout et n'importe quoi, répliqua Valéra sur un ton sévère. Tu crois qu'on a écrit ça pour toi ?

Désormais, il avait envie de se lever pour regarder, lui aussi, ce que filmaient les caméras : l'une d'elles lui donnerait sans doute accès à la pièce aux châlits et à ce qui arrivait à pépé, sans qu'il ait besoin de frapper à la porte et de demander. Il comprit subitement que les boutons sous les écrans ne servaient pas à lancer des fusées dans le cosmos ni à anéantir les États-Unis : la gamine était assise devant une installation de vidéosurveillance des plus banales, comme celle du bureau, de la maison du chef et de l'entrée de son village de villégiature. Une simple console, bordel, qui ne risquait pas de causer de gros dégâts. Mais, d'un autre point de vue, Valéra n'avait pas reçu d'instructions à ce sujet. Ni sur quoi que ce soit d'autre.

— Je me disais qu'on pourrait voir l'entrée. Papa est sans doute revenu…

Elle avait l'air malheureuse, pour un peu, elle allait se remettre à chialer. Son papa, oh là là. Elle avait fini par y repenser.

— Le dindon de la farce se disait plein de choses, lui aussi, lâcha Valéra. Reste tranquille et mets les mains sur la table, que je les voie.

Lundi 7 juillet, 23 h 13

— Où ça, près du métro Iougo-Zapadnaïa ? demanda Sacha. Nous avons habité là-bas, rue des Commissaires-de-Bakou, près du parc.

— Et nous, boulevard Vernadski, dit la beauté-Cayenne. Mon Dieu, je détestais ce parc. On y faisait du ski de fond quand j'étais à l'école, je me rappelle chaque arbre jusqu'à présent.

Elle avait un rire chaleureux, auréolée qu'elle était des senteurs de jasmin et de bergamote. On les sentait encore, ce jasmin et cette bergamote, ils ne s'étaient pas éventés.

— Bon, ensuite, quand mes parents ont divorcé, nous avons emménagé avenue de l'Université, maman et moi, reprit-elle. C'était plus pratique, puisque je voulais entrer…

— À la faculté de philologie ? l'interrompit Sacha.

Elle éclata de rire à son tour. *Mais bien sûr. J'ai bien fait de lui poser la question. Pourquoi ne l'ai-je pas posée plus tôt, bécasse que je suis ?*

— En quelle année ? Écoute, on a dû s'y croiser.

Elles allaient sans doute se trouver des connaissances communes. Peut-être qu'elles n'y avaient pas étudié exactement en même temps, mais, dans tous les cas, elles se dénicheraient quelque souvenir en commun. Une beuverie au belvédère sous les étoiles, une passion torride à la cité U, ou n'importe quoi d'autre. En cas de besoin, elles pourraient l'inventer. Lancer une passerelle d'ici vers la surface, à travers le béton et le gros fleuve jaune (était-il encore là, coulait-il toujours ?), jusque dans un printemps couleur lilas, vers le firmament et le mont des Moineaux, vers les pigeons et les bancs publics, vers la pyramide de sable qu'était l'université de Moscou. S'asseoir, s'ouvrir un pot de confiture de fraises à la con, ou plutôt un pot de concombres marinés, polonais, au vinaigre, qui ne croquaient pas sous la dent. Les sortir un par un avec les doigts. Dommage qu'ils aient épuisé les réserves de vodka. Elle aurait parfaitement collé aux circonstances.

— Non, à la fac de chimie, répondit la beauté au jasmin. Mon grand-père y était l'adjoint du doyen. (Soudain, elle se rapprocha et se mit à jacasser.) J'ai fini mes études, puis j'ai oublié tout ce que j'avais appris. J'ai travaillé dans la publicité, puis dans des musées, j'organisais des expositions. Pour être franche, je n'aimais pas la chimie, j'ai tenu cinq ans avec l'impression d'être au bagne. Et imagine-toi que j'ai décroché mon diplôme avec mention. Je suis censée être chimiste spécialisée en écologie. Compétente en pollution, en gaz d'échappement, en expertise de l'eau...

Elle rit de nouveau, mais, à présent, son rire et son regard étaient tendus, inquiets.

— Tu penses qu'ils ont besoin de chimistes, là-bas ? conclut-elle.

L'université de Moscou se désagrégea et tomba au fond de l'eau. Les bancs et les allées bordées de lilas furent submergés, les pigeons s'évaporèrent. La bergamote tourna à l'aigre, ça sentait le salon de coiffure, désormais, la poudre périmée, la robe humide qu'on portait depuis la veille.

— Et comment, qu'ils en ont besoin ! répondit Sacha. Ce qui leur manque, ce sont des chimistes, justement. Ils ne pourront pas survivre sans. Surtout sans écologistes.

— Elle n'a pas fait d'études, dit la femme-Cayenne de sa nouvelle voix tendue. Elle a quitté l'Institut dès la première année. Elle a vingt-quatre ans et n'a jamais occupé un emploi décent. Elle ne sait rien faire. Mais si le rapprochement familial fonctionne ? Si je leur dis que c'est ma fille ?

Elle faisait tourner une bague autour de son doigt. Une lourde bague, en vieil or, avec une pierre énorme.

Puis elle remit la bague en place. Assurément, elle n'allait pas la jeter dans la voiture.

On voyait encore la fin de la procession qui se dirigeait vers le refuge salvateur, croisade conduite par l'assassin en fuite, avec le pope barbu, qui s'était avalé une petite pilule et repris, hop là ! un regain d'énergie, et bien sûr, le gamin de la Peugeot dans son fauteuil roulant, symbole de l'enfance sans défense. Il ne leur manquait que les icônes fixées sur des bâtons ou – qu'est-ce qu'on portait déjà dans ces cas-là ? – des oriflammes ?

— Ne t'en fais pas, dit Sacha. Elle est jeune, elle est belle, ils vont peut-être l'accepter même si elle n'est spécialiste de rien. Il faut bien que quelqu'un leur ponde de futurs physiciens.

— Sacha, protesta Mitia, tu n'as pas honte ?

Pauvre Mitia, qui souffrait, pourquoi avait-il fallu qu'il revienne ? Rebrousser chemin dans l'autre sens, ce serait gênant maintenant.

Il n'y eut guère de cris ni de sanglots. On ne piétina personne. Douleur, colère, déni et résignation se succédèrent à toute vitesse, se fondant les uns dans les autres, en l'espace de cinq minutes. On n'avait plus de quoi bouillir, faute d'oxygène sans doute, si bien qu'on ne ronchonna pas longtemps avant de repartir. Avec sacs et mioches, en gardant ses bonnes manières, sans se bousculer. En discutant sur le chemin : savez-vous combien de places il y a ? Doit-on montrer son diplôme ? Mais qui trimballe son diplôme sur soi, vous blaguez ? Vous vous promenez donc partout avec ? On parla aussi des familles, que personne ne songerait à séparer, allons donc. Et les enfants, bien entendu, on accepterait tous ceux qui avaient des enfants, cela allait de soi, naturellement : les enfants, c'est l'essentiel. Et les mères, ne les oublions pas. Mais quand même, personne ne sait combien il y a de places là-bas ?

Peut-être que la possibilité d'entrer en ébullition n'existait même pas. Peut-être naissons-nous désormais sans cette capacité.

— S'il te plaît, Mitia, ce n'est pas la peine. Tout va bien.

Mme Cayenne leur tourna le dos et s'éloigna lentement pour rattraper la procession. Le chignon qu'elle avait dans la nuque se défit, libérant des mèches grasses qui luisaient. Ses chevilles étaient enflées comme celles d'une danseuse classique à la retraite. L'arrière de sa robe noire était couvert d'arabesques de poussière grise.

— Pourquoi t'étais collée à celle-là ? fit la nymphe bouclée. On aurait dit des copines.

En voilà une qui ne donnait pas l'impression d'avoir passé plusieurs journées dans un tuyau chauffé à blanc, sous terre, qui se fichait de la fin imminente de l'humanité et du fleuve sans doute en train de bouillir en surface. Tout cela ne pouvait rien contre elle. Un front lisse, des sourcils hauts, des jambes nues juvéniles. Pas d'œdème, pas d'hypoxie. Même ses cheveux demeuraient soyeux et bouclés, comme tout juste sortis d'une boîte. Une Barbie-Cléopâtre. Une Aphrodite affublée d'un accent méridional à couper au couteau, une beauté parfaite et écervelée. La terre engendre de ces fruits.

Le policier blondinet se tenait immobile à côté d'elle, comme un clou. Il ne respirait plus, ne faisait que la manger des yeux. On pouvait le comprendre, ce gars-là, il était K.-O. il se serait laissé découper en petits morceaux, mais elle ? Peut-être qu'elle était tout simplement bête comme ses pieds ?

— Tu devrais la laisser partir, conseilla Sacha au lieutenant. Parce que le casting va bientôt se terminer, là-bas.

— Va te faire foutre, répliqua paresseusement la nymphe. Va donc leur pondre des physiciens toi-même.

En entendant ces mots, le jeune lieutenant se remit enfin à respirer, et son soulagement fut tel que son dos se couvrit de sueur. Il était entièrement d'accord, il ne lui restait plus qu'à attendre la disparition définitive de l'ingénieur binoclard et de sa femme, à la suite des autres.

Mais l'épouse de l'ingénieur n'était pas pressée de disparaître et, allez savoir pourquoi, au lieu de se fâcher, elle se mit soudain à rigoler. Puis elle s'élança vers la Porsche Cayenne, ouvrit le coffre et se mit à en sortir des paquets et des sacs qui ne lui appartenaient pas, pour les jeter par terre. Son binoclard de mari ne disparut pas non plus, il continuait à fixer le mur d'un air sombre, indifférents aux sacs qui traînaient à ses pieds. De surcroît, on découvrit bientôt, non loin de la Ford, le minuscule docteur, tout poussiéreux, assis en silence sur l'asphalte, le dos contre une portière sale. Il avait encore plus mauvaise mine que l'autre jour, près de la grille, oui, il avait vraiment une mine de merde. Et comme si ces trois-là ne suffisaient pas, le maigrichon du « Boissons de Tchiornogolovka » se tenait accroupi à côté du docteur, lui qui n'avait absolument rien à faire là. *Oh, mais allez donc vous faire...*, pensa le lieutenant affligé qui se sentait de plus en plus lésé à chaque minute qui s'écoulait. *Pourquoi vous restez collés ici comme des mouches sur du miel ?*

— J'ai eu mon bac pro des métiers de l'alimentation à Kamensk, dit la nymphe. Je suis confiseuse. Si vous voulez savoir.

— Bravo ! s'exclama l'épouse de l'ingénieur. Une fille intelligente !

Elle en avait déjà fini avec le coffre de la Porsche et s'apprêtait à vider la Lexus orthodoxe. Ses yeux brillaient d'un éclat dangereux.

— Et vous, quel est votre diplôme ? demanda-t-elle au petit stomatologue.

— Il est docteur, répondit le lieutenant à sa place, en espérant qu'on en finirait ainsi avec les bavardages inutiles au sujet des diplômes et des facultés.

— Tant mieux ! s'écria la femme de l'ingénieur. Mes amis, un brillant avenir vous attend dans le monde nouveau...

Elle donna un coup de pied dans la conserve de Bonduelle vide abandonnée par le *batiouchka.*

— Dans le monde... radieux !

Là, son regard tomba sur le carton contenant des médicaments et des seringues jetables, que le lieutenant avait réussi naguère à traîner lui-même jusqu'à la barricade, et qui n'avait par ailleurs été d'aucune utilité à personne. Une bouteille de Stolichnaya, entamée et rebouchée avec une serviette en papier, dépassait de ce carton.

Le gars de la Gazelle sursauta et tenta de couvrir le carton de ses deux mains, mais la femme de l'ingénieur se fichait complètement des médicaments. Elle saisit la bouteille, retira la serviette du goulot avec ses dents et but une longue gorgée.

— Mitia ! dit-elle ensuite. Mitia, ne fais pas l'imbécile, d'accord ? Ce n'est pas le moment. Si tu te dépêches, tu peux y arriver. Beurk, elle est chaude ! fit-elle en grimaçant.

Elle s'essuya la bouche avec la paume.

N'empêche, ses joues étaient aussitôt devenues roses. L'ingénieur restait coi, comme s'il n'avait rien entendu. On pouvait redouter que la bouteille de Stolichnaya ne s'envole sous peu vers sa tête, ce qui déboucherait sur une querelle de couple des plus merdiques, mais on entendit à ce moment-là des pas pressés, et l'on vit arriver dans le passage le propriétaire de l'UAZ Patriot et sa grosse trogne. Il était rouge, en nage, à croire qu'il avait fui en courant depuis le portail le plus éloigné. *Oh, mais allez donc vous faire...*, pensa encore une fois le lieutenant.

— Tu as oublié ton diplôme ? demanda la femme écarlate de l'ingénieur.

— Je viens te chercher, Binoclard, fit le Patriote en guise de réponse. Pour faire bref : ils n'accepteront pas tout le monde, c'est sûr et certain, alors vas-y. C'est quoi, notre plan B ?

— Notre plan B consiste en un seul point, répondit la femme de l'ingénieur avant de boire une nouvelle gorgée de vodka.

— Écoute, lieutenant, l'interrompit l'ingénieur de la Toyota, qui reprenait vie soudain. Tu te rappelles où se trouvait la fourgonnette avec les outils ?

Le minibus bleu des mineurs n'était pas très loin et, curieusement, le lieutenant se rappelait effectivement à quel endroit précis il se trouvait.

— Tu peux me montrer ?

Pendant que le lieutenant préparait une réponse qui lui permettrait de clore une fois pour toutes le sujet du sauvetage, mais si possible sans effrayer la nymphe, le petit docteur assis contre la Ford, que tout le monde avait oublié, fit un bruit incompréhensible tenant à la fois de la toux ou du hoquet. Puis il se jeta soudain à plat ventre sur le sol et rampa agilement à quatre pattes vers l'ingénieur, comme pour lui étreindre les jambes.

— Il n'en sortira peut-être rien, continua l'ingénieur nerveusement, car toute retraite de sa part était impossible. Non, il y a fort peu de chances que ça donne quoi que ce soit...

Mais le docteur n'avait pas l'intention de l'étreindre, il continua de ramper en le contournant, avec la même agilité, sans ralentir, jusqu'à la Toyota. Arrivé à son but, il se coucha sur l'asphalte, fourra la main sous une roue poussiéreuse et en tira quelque chose. Et, soudain, il eut l'air parfaitement heureux, il rit et exhiba sa trouvaille. Sur sa petite paume salie, il y avait un oiseau. Un oiseau des plus banals, mort, les pattes en l'air.

Lundi 7 juillet, 23 h 38

Malgré la fatigue, la chaleur et l'air vicié, la croisade comprenant cinq cents personnes d'âges et de confessions divers, chargées de bagages, de nourriture et d'enfants, atteignit la Maybach Pullman étonnamment vite. Presque plus vite que le groupe de volontaires conduits par la perfide fonctionnaire en bleu, trois heures auparavant, alors même que ce groupe était exclusivement composé d'hommes costauds qui ne portaient rien de lourd.

Les cinq cents participants à l'expédition avaient pris collectivement et solidairement la décision de présenter un front uni, pour exiger ce qui était juste : laisser entrer les spécialistes pouvant être utiles, avec leur famille, et bien sûr, les enfants, les femmes, les vieillards, *et cætera.* Cela étant, personne n'avait envie de se tenir loin de l'avant-garde de la procession. Ses participants progressaient donc tous à la même vitesse dangereuse, et ils parvinrent au but presque au même moment, si bien que vers la fin du trajet, elle offrait un spectacle assez pitoyable. Mais ils étaient tous là, personne n'avait rendu les armes ni même abandonné ses bagages. Aussi, en voyant la lourde Maybach et la porte derrière – qui existait donc bel et bien –, la foule fut-elle parcourue par un soupir de soulagement : l'homme au visage amoché n'avait pas menti. Maintenant, après toutes les souffrances qu'ils avaient endurées, la porte promise devait sinon les laisser tous passer, du moins réagir à leur arrivée en s'ouvrant. Leur laisser voir les trésors qu'elle dissimulait.

Mais elle ne s'ouvrit pas. Le rectangle qu'on avait peint de la couleur triste du béton avait l'air de ne jamais devoir s'ouvrir. D'ailleurs, à y regarder de plus près, ça ne ressemblait pas vraiment à une porte : il n'y avait là ni poignée à saisir, ni digicode, ni inscription, ni même un trou de serrure.

— Alors, qu'est-ce qu'on attend ? demanda la propriétaire de la Land Rover. Il faudrait sans doute frapper ?

Elle avait les joues rougies par la longue marche, sa voix manquait d'assurance.

Il y eut une hésitation. Sans trop savoir pourquoi, personne n'avait envie de frapper, et les regards se tournèrent progressivement vers le prêtre chenu vêtu de noir : *primo*, il avait parcouru deux kilomètres en tête de la procession, ce qui lui avait donné plus de poids, même parmi les athées, et *secundo*, c'était lui qui se trouvait, pour cette raison même, le plus près de la porte.

L'imposant pope ne se hâta pas. Il commença par s'éclaircir la gorge, lissa barbe et soutane, puis il tendit une main potelée (rattachée à un poignet où brillait une lourde montre en or) et il donna trois coups juste au milieu du rectangle gris. Il attendit un instant, avant de recommencer. Ses coups produisirent un son étonnamment faible, à peine audible, comme si la porte était un trompe-l'œil peint sur le mur, et que, derrière, il n'y avait pas un refuge merveilleux, mais du béton sur un mètre d'épaisseur et l'eau jaune du fleuve, comme partout ailleurs. À part ce bruit pitoyable, il ne se produisit rien.

On se rendit compte alors qu'au cours de cette dernière heure, personne n'avait songé à ce qu'on ferait si la porte ne s'ouvrait pas.

Lundi 7 juillet, 23 h 40

— Où sont les toilettes ? demanda la petite nana d'une voix aiguë.

Valéra se réveilla et redressa la tête. L'effrayant couloir blanc sur le dernier écran était toujours désert. Les autres écrans demeuraient noirs.

— On va pas aux toilettes, répondit Valéra d'une voix enrouée.

De fait, il n'avait aucune idée de l'endroit où se situaient les commodités… sans quoi, il s'y serait rendu lui-même depuis longtemps.

— Mais j'ai vraiment besoin d'y aller !

— Qu'est-ce que tu veux que j'y fasse ? Patiente !

Il consulta sa montre et se remit à s'inquiéter. Qu'est-ce qui leur arrivait, là-bas ?

— J'ai très, très envie, insista Assia, même si ce n'était pas vrai.

Elle avait surtout grande envie de quitter cette pièce. De trouver la femme en costume bleu et de lui expliquer que cela n'allait pas : qu'elle était naturellement d'accord pour l'aider avec la liste et d'une manière générale, mais qu'elle avait besoin, pour commencer, de revoir son père.

— Reste assise, je te dis !

— On peut pas juste voir au moins ce qui se passe dehors ? insista Assia. Une petite seconde, pas plus.

Valéra n'avait pas le temps de penser à ce qui se passait dehors. Ce qui le préoccupait, c'était ce qui se passait dedans, plus précisément dans la pièce aux couchettes. Ou plutôt, ce qui ne s'y passait pas. Il en était pire que préoccupé, franchement effrayé. Mais comme il était sur le point de dire à la gamine qu'elle était la cinquième roue du carrosse et qu'elle n'avait pas le droit de regarder où que ce soit, elle tendit la main et appuya de nouveau sur quelque bouton.

— Ah, je vais te... ! fit Valéra, indigné, en s'agitant dans son fauteuil pour se remettre debout.

Il fut trop lent à la détente.

Un autre écran s'alluma, au milieu de la rangée, montrant le sas où se trouvaient les scaphandres et les neuf recrues. Elles étaient assises, alignées contre le mur, les jambes écartées, sans bouger, comme s'il s'agissait d'un arrêt sur image. Ou comme si elles étaient mortes. Valéra comprit qu'elles étaient mortes depuis longtemps, sans doute faute d'air. L'aération devait être tombée en panne, de même que dans la pièce aux châlits : le dernier endroit où l'on pouvait encore respirer, c'était ici, près de la console aux écrans.

Il finit par s'extraire du fauteuil et bondit.

— Attends, laisse-moi faire. Où est-ce qu'on doit appuyer ?

Mais, ce disant, il voyait déjà la série de boutons CAM 1, CAM 2, CAM 3, et ainsi de suite, jusqu'à la numéro 20. Il posa dessus ses doigts moites et appuya partout en même temps.

La femme de la Maybach était allongée sur le dos, les yeux fermés, en attendant que la couchette recouverte de cellophane cesse de se balancer sous elle comme un hamac. La tête lui tournait encore un peu, mais l'air, frais et pur, sentait légèrement le désinfectant... L'espace d'un instant, elle eut l'impression d'être à bord d'un train. Elle était en voyage, tout simplement, pour se rendre à Saint-Pétersbourg, par exemple, oui, à Saint-Pétersbourg. Par la fenêtre du train défilait une forêt d'automne transparente, il y avait un livre et une tasse de thé posés sur sa tablette... Mieux encore : elle était complètement seule dans le compartiment. Et même dans le wagon entier.

— Alors, vous vous êtes assez... *reposée* ? demanda le vieillard.

Après s'être gorgé de sang, il repassait toujours au « vous ».

À l'idée de devoir retourner dans l'espace étouffant et puant, elle eut de nouveau la nausée. Elle songea à ne pas répondre. Elle ferait semblant de dormir, elle gagnerait encore quelques minutes, le temps que la couchette cesse de se balancer. Naturellement, elle avait besoin de manger quelque chose, ne serait-ce qu'une barre chocolatée, ou de boire une boîte de lait concentré sucré. Mais, pour cela, il aurait fallu demander au vieux crapaud où étaient stockées les rations, et supporter une nouvelle dose de propos venimeux. Elle avait donc choisi de s'allonger, d'étendre les jambes pour une demi-heure. Ou bien une heure s'était-elle déjà écoulée ? La femme de la Maybach s'assit et posa précautionneusement les pieds sur le sol. Dieu merci, elle avait gardé ses chaussures, sans quoi, il lui aurait fallu marcher pieds nus.

— Vos protégés vont commencer à étouffer sous peu, lâcha le vieux sur un ton fielleux.

Il était assis sur le châlit d'en face – petit bonhomme jaunâtre, semblable à la marionnette d'un ventriloque. Ses petons chaussés de bottines anglaises ne touchaient pas le sol, et la fonctionnaire se réjouit à l'idée qu'elles devaient le serrer.

Il y avait beaucoup trop d'images : tous les écrans montraient en même temps des choses différentes, si bien que Valéra s'embrouilla et recommença à les passer en revue à partir du coin supérieur, en allant de la gauche vers la droite. Un couloir, une pièce, un autre couloir. Des étagères, des tables, des portes. Vides, vides, vides. Arrivé à la deuxième rangée d'écrans, il perdit encore une fois le fil. Les carrés se mirent à tressauter et devinrent flous. Il ferma les yeux un instant et secoua la tête pour se concentrer. Mais à ce moment-là, la gamine poussa un cri et l'attrapa par la manche. Elle lui désignait le milieu de la rangée inférieure. Juste sous l'image des jeunes recrues inertes, Valéra vit, comme à travers un interphone, un fragment du tunnel et une silhouette massive vêtue de noir ; en regardant plus attentivement, il comprit que c'était un pope. Un prêtre tout ce qu'il y avait d'authentique, avec une longue barbe blanche, une croix en pendentif sur la panse. Le pope avait l'air sur le point de se mettre à rugir « Arrière, Satan ! » en arrachant la croix de sa chaînette pour la fourrer dans l'œil de Valéra. Pardessus l'épaule du pope, il distinguait sa Maybach bien-aimée. Le cœur de Valéra se serra alors pour la deuxième fois : sur la longue capote étincelante, il y avait un type maigre, en bras de chemise, debout comme sur un ours qu'il aurait abattu. Il avait osé poser l'un de ses pieds sur le pare-brise avant. Et autour de la Maybach, dans tous les passages, le long des murs, remplissant l'écran jusqu'aux bords, il y avait des gens. Beaucoup, beaucoup de gens. Or tous regardaient droit dans les yeux de Valéra, dont ils paraissaient deviner la présence.

Le maigre sur le capot se retourna – l'avait-il entendu penser ? – pour regarder lui aussi droit dans la caméra. Valéra reconnut l'imposteur amoché qu'il avait rencontré six heures auparavant près de la barricade où les terroristes priaient leur Allah. Il se méfiait de toutes religions. Soudain, il lui vint à l'esprit, comme une évidence, l'idée suivante : Allah s'étant avéré inefficace, ils avaient amené un pope. Mais le plus important, c'était qu'un fait semblable devait faire l'objet d'un rapport au chef. Même à travers une porte fermée, et au plus vite.

— Qu'est-ce que c'est que ça ?! rugit ce même chef, juste dans son dos.

Valéra éprouva un soulagement et une terreur qui le firent instantanément ruisseler de sueur. Il s'apprêtait à expliquer ce qui s'était passé, à parler de la gamine et des boutons, des terroristes et du pope, cependant, pépé, les yeux exorbités, ne regardait pas Valéra, mais l'écran.

— Qu'est-ce que c'est, vous allez me le dire ? Comment ils ont su ? Qui leur a dit où se trouvait l'entrée ?

Papa, pensa Assia. *Il les a tous réveillés, il est revenu et, maintenant, il est là, derrière la porte.*

— Vous le savez parfaitement, dit la femme en costume bleu. À cette étape, il est impossible de dissimuler l'existence de cet espace. Je ne fais qu'agir selon le protocole.

Sa voix était fatiguée, comme ensommeillée.

— Va te le fourrer dans le cul d'un cheval, ton protocole ! T'as saboté tous les protocoles, t'as tout fait rater, putain !

Le vieillard féroce bondit en levant la main pour la frapper.

— On peut pas vous faire confiance, espèces de mange-merde bouchés à l'émeri, vous servez à que dalle !

Il ressemblait à un petit singe méchant. Il sautillait en montrant les dents, et la grande femme paraissait de plus en plus épuisée à force de l'entendre crier. On avait l'impression que désormais, tout lui était égal.

— J'agis selon le protocole, répéta-t-elle en fixant le sol. En tenant compte des circonstances. Nous sommes armés et préparés, tout est sous contrôle. Mais si vous souhaitez faire la sélection vous-même, aucun problème. Les agents de sécurité attendent, je vais vous conduire à eux.

Alors, Valéra, toujours déchiré entre le soulagement et l'horreur, se rappela que les agents de sécurité, c'étaient un tas de bandéristes, deux civils cinglés et un morveux – le conducteur de l'autobus qui ne savait même pas faire marche arrière. Et que ce groupe était sagement assis contre un mur, immobile, et n'attendait sans doute plus personne, ce dont il serait aussi utile de faire état. Mais le chef cessa soudain de vitupérer et prit un ton hautain :

— Elle parle de circonstances, putain. Elle a le contrôle. Quel cirque ! Le protocole, c'est huit heures pour une étanchéité maximale. On en est où, de la liste ? Vous avez choisi tous les gens qu'il faut ?

— Combien de personnes il fallait… choisir ? demanda la gamine, en bonne élève. On me l'a pas dit…

Et la voilà qui récupérait son carnet. Elle avait des yeux ronds comme des billes.

Valéra se félicita alors de n'avoir fait aucun rapport. Il recula pour aller se rasseoir délicatement, en espérant que son fauteuil ne grincerait pas, car le vieux, victime d'un nouveau coup de sang, s'était remis à hurler, trois fois plus fort qu'au moment où il avait vu la foule à l'écran.

Lundi 7 juillet, 23 h 42

— Allez, s'il te plaît, susurra le docteur. Mon chéri, qu'est-ce qui t'arrive ?

Il enfonça encore un peu le moineau dans la caisse de transport.

Tapi tout au fond, le chat ne bougeait plus. Le docteur tendit la main pour toucher son flanc velouté et poussiéreux. Sous la fourrure, on sentait une sorte de vide chaud : en une journée, les muscles privés d'exercice semblaient avoir fondu, il ne restait plus que les os, fins comme des baguettes de mikado. Le cœur du chat battait à coups rapides, mais faibles. Devant ses yeux entrouverts et le bout de langue desséché qui dépassait de sa gueule, le docteur se rappela soudain le jeune homme de la Volkswagen orange, et le lien incompréhensible entre eux, le gamin et le chat. Il avait nettement ressenti ce lien quand il était près de la grille, puis il l'avait oublié, mais le phénomène n'avait pas faibli, et maintenant, il tirait le chat à sa suite, comme un fil très résistant. Pendant tout le temps que le docteur avait passé à trimballer la caisse de transport pour l'éloigner du jeune mort, le fil n'avait fait que se tendre, et le docteur n'avait toujours aucun moyen de le couper.

— Il est sans doute endormi, commenta le lieutenant sur un ton morne, même s'il était convaincu depuis un moment que si le chat n'avait pas déjà crevé comme les oiseaux, il n'allait pas tarder à les imiter.

Il avait pitié du docteur, mais il regrettait encore plus tout ce temps qu'il perdait.

— Il n'a peut-être pas faim, tout simplement, suggéra la nymphe.

Elle s'était accroupie près de la caisse de transport. De l'autre côté, le gars de la Gazelle avait pris la même posture, et tous trois scrutaient la caisse en plastique bleue comme si c'était un téléviseur. Seulement le docteur, couché sur le ventre, leur bouchait la vue. Or, soudain, il se retourna dans un mouvement de rage inattendue.

— Il a du diabète, vous comprenez ? Il doit absolument manger. Il n'a simplement pas compris que c'est mangeable. Allez, mon chéri, regarde…

— Comment ça, il n'a pas compris ? demanda la nymphe. C'est un chat, tout de même.

— Domestique, répliqua le docteur, qui avait repassé la tête dans l'ouverture de la caisse. Il mange des boîtes. Royal Canin. Ce sont des petits morceaux de viande en gelée.

— Bon, alors, on pourrait peut-être le lui découper. Pour que ce soit en petits morceaux, proposa le lieutenant.

— Vous avez quelque chose pour trancher ? demanda aussitôt le docteur, subitement enchanté par cette proposition.

Il sortit l'oiseau mort de la caisse de transport, s'assit par terre et tendit la bestiole au lieutenant en le regardant avec espoir.

Évidemment, le lieutenant n'avait pas de couteau, mais manifestement, c'était à lui qu'il incombait de découper le moineau. Ou plutôt de le déchiqueter à mains nues. Quand sa mère vidait du poisson, il quittait toujours la cuisine pour éviter de voir les entrailles sortir du ventre argenté. Si jamais il les apercevait, il s'avérait ensuite incapable de manger.

— Ou peut-être qu'on pourrait l'écraser au pied, suggéra-t-il d'une voix faible.

Puis il recula, car il venait de se représenter le craquement humide qui se produirait sous sa bottine, et les plumes qui y resteraient collées.

Le docteur ne répondit rien, mais pâlit, lui aussi.

— Oh, puuuutain ! maugréa soudain la nymphe. Donne-le-moi.

Lundi 7 juillet, 23 h 44

Les six tunneliers de Novovolynsk, le sous-marinier en maillot de lutteur, le propriétaire du cabriolet et le conducteur de l'autobus méprisé par Valéra n'étaient, bien entendu, absolument pas morts asphyxiés. Le sas était rempli d'un air pur, frisquet et qui fleurait bon le citron. Pour commencer, ils s'étaient tenus correctement, sous le regard du blafard grêlé à la voix morte, s'attendant à voir s'ouvrir d'un instant à l'autre la porte conduisant vers l'intérieur, d'où viendrait l'ordre déterminant qui leur avait valu d'accéder à cet espace. Cependant, d'une part à cause de ce type (soit dit en passant, ses yeux aussi paraissaient morts), ils n'osaient ni toucher aux étagères ou aux scaphandres bizarroïdes, ni converser, ni même échanger des regards. Et puis, d'autre part, on n'était plus très loin de minuit, au terme d'une longue et terrible journée. Peut-être la plus longue et la plus terrible de leur vie, même s'ils avaient déjà connu pas mal d'épreuves. Ils ne parvenaient pas vraiment à y croire, à cette journée – pour l'assimiler, il aurait fallu pouvoir discuter en échangeant des regards. C'est pourquoi, au bout d'une heure d'attente, ils en vinrent à se ramollir, puis ils s'endormirent carrément, tous les neuf, aussi profondément que des enfants. Dans leur bref sommeil d'innocents, ils oublièrent le type grêlé, les fusils et leur sinistre mission à venir.

Or, quand la porte s'ouvrit, libérant un nouveau flot de lumière blanche chimique, il s'avéra que le grêlé s'était endormi, lui aussi : vu qu'il était assis contre la porte, il faillit tomber à la renverse. Sous le chambranle apparut d'abord la bonne femme en costume – en nage et écumante, comme si au lieu de se reposer, elle avait passé tout ce temps à courir sous un harnais. Les miliciens somnolents eurent même l'impression qu'au milieu de la fraîcheur citronnée, la mégère dégageait autant de vapeur qu'un cheval après cinq verstes au galop par un soir d'hiver. Son visage affichait un air qui les fit se lever d'un bond et former un rang, à tout hasard.

Derrière la bonne femme, ils virent surgir dans le sas l'adolescente aux cheveux courts de la Toyota, avec une expression qui permettait de conclure que rien de bon ne les attendait derrière la porte mystérieuse et que l'une et l'autre auraient bien aimé se tirer de là. Pour incroyable que ce fût, elle attrapa la dame de fer, non par la main, mais carrément par le cou, où elle s'y suspendit comme on peut le faire à la maternelle. Et pendant que les miliciens supputaient le bien-fondé d'une fuite hors de ces lieux, la bonne femme fit une chose surprenante : elle étreignit la gamine en retour. En ayant toutefois l'air de s'être prise elle-même au dépourvu.

Elles restèrent ainsi une demi-seconde, pas davantage, puis la mégère se mit à libérer sa nuque des doigts de la gamine. Avec les gestes délicats qu'on a pour ôter une guirlande du sapin de Noël.

— Amène-moi le stomatologue en priorité, compris ? fit une voix de vieillard depuis l'espace blanc.

La porte rayonnait telle l'entrée du paradis. Ou le hublot d'un vaisseau extraterrestre. On ne voyait pas encore celui qui venait de parler, mais la démence collective monta d'un cran après cette réplique, car les miliciens éblouis ne réussissaient pas à comprendre pourquoi, à cette heure-ci, à cet endroit précis, le gardien coléreux des portes cosmiques avait soudain besoin de se faire soigner les dents. Ils commencèrent à soupçonner un nouveau cauchemar alambiqué. Ou peut-être ne s'étaient-ils pas du tout réveillés.

— Qu'est-ce que tu as ? Va t'asseoir pour attendre, dit la femme de la Maybach à la gamine-régulatrice, en réalisant soudain qu'elle ignorait son prénom.

Elle ne le lui avait pas demandé, elle ne savait pas pourquoi.

— Je viens avec vous, s'empressa de répliquer Assia. Laissez-moi vous accompagner, d'accord ?

Elle avait en réalité très envie d'expliquer que le sinistre vieillard simiesque et le type ventru au pardessus ne lui plaisaient pas, mais alors pas du tout. Et qu'elle regrettait terriblement d'avoir tout gâché en échouant à dresser la liste voulue ; seulement, il n'y avait presque personne qui puisse convenir. Ni la petite maman-Peugeot et son fils, ni la famille de l'UAZ, ni la catin aux gros genoux de la Cayenne. Et encore moins la nymphe qui n'avait sans doute même pas fini le lycée. Même Martyre ne convenait pas. Ni Assia elle-même, car son père avait menti au sujet de l'école spécialisée en maths et en physique, pareil à propos de la médaille d'or. Mais comme tout le monde la regardait, elle se contenta d'ajouter :

— S'il vous plaît. Papa doit s'inquiéter pour moi, là-bas.

Ce disant, elle comprenait que c'était un argument idiot conçu par une idiote. Bête à manger du foin.

— Ce n'est pas possible, décréta la grande femme. Je dois y aller seule. Quant à ton papa, je vais le ramener ici, d'accord ?

Il n'en fallut pas davantage pour qu'elle devienne aux yeux d'Assia identique à tous les autres : une étrangère qui la dégoûtait.

— Va donc t'asseoir là-bas, ajouta la mégère. Allez, allez, dépêche-toi.

Assia aurait pu la pousser, courir vers la sortie et appuyer sur un bouton au hasard. Il devait bien y en avoir un qui ouvrait la porte de l'intérieur. Mais la femme la saisit fermement par les épaules et la repoussa en arrière, dans la pièce où se trouvait le vieillard simiesque. Celui-ci recula d'un bond, comme si Assia était contagieuse. Comme si tous les gens présents dans le sas étaient contagieux. Il tendit son cou jaune et aboya :

— Le stomatologue en priorité, j'ai dit ! Et plus de conneries ! S'ils font irruption dans le sas, vous y resterez tous avec eux !

Sur quoi, il écarta les doigts et frappa rapidement le mur avec sa paume, doutant apparemment qu'un seul coup suffise.

La porte du sas se referma dans un soupir. Le vieillard se retourna et examina pour la première fois Assia de près, avec l'air de la remarquer tout juste.

— Tu as étudié les ordinateurs, à l'école ? Les ordinateurs ? Tu as étudié ça à l'école ?

Même ses yeux étaient jaunes.

Quand la lumière paradisiaque s'éteignit et que la pénombre s'installa de nouveau dans le sas, les miliciens finirent par trouver le courage d'échanger des regards – certes brefs, mais entendus. La mégère de l'enfer et le grêlé avaient donc un supérieur, eux aussi, lequel supérieur venait d'être séparé d'eux par une porte, ce qui équivalait à l'ordre « Repos ! », quand bien même personne ne l'avait prononcé.

Toutefois, leur soulagement fut de courte durée. La bonne femme remonta sa manche pour consulter sa montre.

— Allons-y, dit-elle. On sort.

Lundi 7 juillet, 23 h 45

— ... En somme, une idée qui ne laisse pas grand-chose à espérer, dit Mitia. Probablement idiote...

On voyait cependant que cette idée lui plaisait et qu'il avait envie d'être interrogé à ce sujet.

Or personne ne lui demanda rien. Ni le docteur minuscule, qui avait perdu la tête, ni le jeune lieutenant, qui ne désirait manifestement qu'une seule chose : mettre enfin la main sur sa Barbie bouclée, et qu'on leur fiche la paix. Et encore moins le conducteur de la Gazelle en claquettes de caoutchouc qui n'avait tout bonnement rien compris à ses explications. Si bien que seul Patriot se dirigea vers le minibus, mais en silence, d'un air sombre, avec l'air de s'être ravisé, de se demander s'il ne devrait pas aller rattraper les autres.

— Ce n'est peut-être même pas la peine d'en parler, pour le moment, ajouta Mitia.

Son dos n'avait toujours pas séché, le bas de son jean était poussiéreux et effiloché. *Il serait plus que temps de jeter ce pantalon,* pensa Sacha, et elle eut aussitôt un accès de colère. Contre elle, contre le crétin de Patriot, mais surtout contre Mitia, de nouveau satisfait de lui-même, aussi incompréhensible que fût son enthousiasme. Là, maintenant, il était tout content, et il tournait la tête vers cette saleté de minibus comme s'il s'agissait du kiosque d'un glacier.

— Alors voilà, en gros, reprit Mitia, content de lui-même et animé, d'avoir inventé un nouveau moyen de tout arranger. Ils ont créé un court-circuit au niveau du câble d'alimentation, n'est-ce pas ? Un court-circuit comme il s'en produit souvent. À la sortie, qui plus est, tout au bout. Mais il n'y a pas qu'un seul câble, là-bas, vous me suivez ? Il est exclu qu'il y en ait un seul. Alors si l'on débranche la portion abîmée, par exemple…

La Stolichnaya avait un sale goût, pire encore que l'Absolut bue aux funérailles, et n'était d'aucun secours. Au contraire, elle ne faisait que redoubler la sensation de nausée. La triste ballerine de la Cayenne était sans doute en train de faire la queue en parlant de la faculté de chimie et de son grand-père, adjoint du doyen.

— … Si l'on arrive à comprendre comment les câbles se raccordent, et qu'on coupe la partie abîmée, on pourrait remettre le système en marche. Tu comprends ? On pourrait tout rebrancher.

— Dans quel but ? demanda Sacha.

Mitia se retourna et s'assombrit un peu. Patriot se retourna aussi, et ils la regardèrent comme s'ils avaient oublié sa présence.

— Pourquoi ? s'entêta Sacha.

Tous deux eurent le même air, vexé. Elle avait soufflé les bougies de leur gâteau d'anniversaire. Elle aurait volontiers posé une autre question, par exemple : « Comment tu y arrives, Mitia ? Comment ça se fait que tu te débrouilles avec une telle habileté ? » Mais la vodka tiède lui remontait dans la gorge et lui brûlait le palais, si bien que Sacha n'était même plus capable de se pencher pour reposer quelque part la bouteille de malheur.

— C'est bon, on y va, déclara enfin Patriot. La voici, la fourgonnette, d'ailleurs.

Lundi 7 juillet, 23 h 46

La manifestation devant la porte fermée ne dura pas longtemps – cinq minutes tout au plus –, c'est pourquoi elle ne put prendre l'ampleur attendue. Même lorsque l'homme au visage tuméfié grimpa sur la Maybach et rappela une fois de plus que le refuge était un bien commun, autrement dit que tout le monde avait le droit d'y entrer, bien sûr, étant donné que les refuges sont justement conçus dans ce but, son discours, s'il suscita dans l'assistance une approbation unanime et chaleureuse, n'engendra pas la rage. À vrai dire, plus personne n'avait la force de faire du charivari. Par ailleurs, la porte pouvait s'ouvrir d'un instant à l'autre, et l'on se retrouverait dans une fausse position. C'était déjà assez de voir l'orateur aux bottines poussiéreuses piétiner le capot de la limousine présidentielle, en y enfonçant carrément le talon par moments. D'un côté, autant l'avouer, ce spectacle faisait plaisir. De l'autre, il conférait à l'ensemble de la foule un aspect inutilement radical. Aussi, lorsque le rectangle gris de la porte remua et coulissa – on n'avait vraiment pas attendu bien longtemps –, nombre de gens pensèrent au même moment que ce serait bien si l'homme au visage amoché sautait de la voiture. La propriétaire de la Land Rover, qui se trouvait tout près, tenta même d'incarner cette idée collective : elle s'allongea sur le capot et tira l'homme par le pantalon.

— Descendez, feula-t-elle. Allez, plus vite que ça !

— Oui, je crains que vous ne soyez obligé de descendre, fit une voix féminine autoritaire. Sinon, il n'y aura pas la moindre discussion avec vous.

La fonctionnaire leur parlait depuis l'intérieur du refuge et n'avait manifestement pas hâte d'en sortir. Dans l'ouverture, on voyait seulement les visages tendus des ex-sauveteurs qu'on avait tantôt accompagnés vers la sortie en héros. Les mineurs bronzés, le sous-marinier en maillot de lutteur et le conducteur d'autobus constellé de taches de rousseur semblaient bien toujours les mêmes, cependant ils demeuraient à l'intérieur, sans passer le seuil, et portaient un regard ennuyé par-dessus les têtes, comme s'ils ne reconnaissaient plus personne. Et pour ne rien arranger, chacun tenait un fusil.

— Ils se sont vendus, les saligauds, commenta l'homme au visage tuméfié. Vous allez attaquer les vôtres avec des fusils, hein, voilà où on en est ?

Même si cette accusation paraissait parfaitement justifiée, la discussion à venir demeurait plus importante : la porte s'était ouverte alors qu'elle aurait pu rester fermée, et même les gens les plus éloignés de l'embrasure sentaient que l'air là-bas était différent : un air véritable et suave, semblable à celui qui entre de nuit par une fenêtre ouverte, dans une chambre enfumée. Alors, ce fut un concert de « chut ! », de tous les côtés, à l'adresse du grossier personnage, lequel finit par sauter du capot, quoique à contrecœur.

Cependant, la fonctionnaire invisible ne se satisfit pas de ce résultat.

— Et maintenant, dit-elle, je vous prie de reculer tous de dix pas. Par mesure de sécurité.

Tout le monde ne réussit pas à s'exécuter avec précision, mais les gens des premiers rangs firent de leur mieux, en se bousculant un peu, si bien que l'espace autour de la Maybach finit par se dégager en partie. Trois personnes s'y attardaient, qui n'avaient pas obéi à la fonctionnaire : l'imposant *batiouchka* avec sa croix, le garçon replet, assez malpropre, dans son fauteuil roulant, et sa maman au visage rond. Le prêtre était occupé à s'essuyer le front et les joues avec un mouchoir à carreaux, soit qu'il n'ait pas entendu l'ordre, soit qu'il ne se sente pas obligé de l'exécuter. Il avait l'air distrait. En revanche, la maman avait une expression des plus belliqueuses et c'était intentionnellement qu'elle n'avait pas bougé. Ses yeux lançaient des éclairs.

— Dix pas en arrière ! cingla-t-on au-delà de la porte.

— Qu'est-ce que ça veut dire ? Que vous avez peur de nous ? demanda la maman.

Saisissant la poignée du fauteuil roulant, elle le dirigea droit vers l'entrée, comme s'il s'agissait d'une mitrailleuse.

— C'est une mesure de sécurité ! répéta la porte. Un !

— Oh, mon Dieu, reculez donc ! s'écria la propriétaire de la Land Rover.

— Deux ! Trois !

À « Quatre ! », la femme aux joues vermeilles de l'UAZ Patriot surgit de la foule, prit par la taille le prêtre distrait et l'éloigna de la porte en colère, assez brusquement, comme on écarte un enfant de la bordure d'un quai. Plutôt que de s'en fâcher, le prêtre la suivit avec un certain soulagement. Cependant, le garçon en fauteuil roulant, qui avait gardé jusque-là sa placidité, éclata subitement de rire avant de se donner de grands coups sur la bouche, sur le nez, puis de nouveau sur la bouche, après quoi il se mordit la main. Et fort, comme si elle appartenait à quelqu'un d'un autre.

— Mon Dieu ! lâcha la propriétaire de la Land Rover sur un tout autre ton.

Au-delà de la porte, le décompte cessa et le silence régna... ou presque. Le garçonnet riait – du rire sonore et sans joie d'un jouet mécanique, sans desserrer les dents. À ce moment, tout le monde se rendit compte que ses joues, son menton et même ses doigts n'étaient pas couverts de crasse, mais d'un violet étrange qui aurait pu faire croire qu'il avait bu de l'encre.

— Il faut lui mettre une cuillère dans la bouche ! suggéra quelqu'un. Il risque de s'arracher...

La femme de l'UAZ lâcha le prêtre pour revenir sur ses pas.

— Je m'en occupe, je n'ai pas besoin d'aide ! lança la maman joufflue, qui fit pivoter le fauteuil roulant. Écartez-vous ! S'il vous plaît, éloignez-vous, laissez-nous passer ! Et ne le regardez pas ! Que personne ne le regarde !

La foule se serra encore davantage pour libérer le chemin, puis se referma de nouveau une fois qu'elle eut avalé la maman et son fils. Seule la longue voiture noire aux vitres miroirs demeura près de la porte aux senteurs suaves, qu'elle barrait à moitié. Cette voiture ramena les gens qui avaient assisté à la prise de l'autobus (quel qu'ait été leur camp) au souvenir pénible de la barricade pour l'appropriation de l'eau, épisode qu'ils n'avaient aucune envie de se remémorer. Et les autres étaient affligés par le spectacle du garçonnet qui continuait d'être secoué de son rire mécanique de poupée, quelque part dans les derniers rangs. Ils étaient affectés aussi par la capitulation de la belliqueuse maman, qu'ils avaient observée avec un espoir et une joie secrets, comme on regarde une personne qui ose faire éclater un scandale. Mais la porte l'avait vaincue, la maman était mise hors jeu, elle aussi, après le gueulard qui avait dansé sur la Maybach. Joie, espoir et impatience disparurent en même temps. D'autant plus sûrement que la porte se taisait, désormais, attendant, aurait-on dit, qu'on lui présente des excuses.

Enfin, après une pause théâtrale, certainement volontaire, les neuf miliciens jaillirent du sas en file indienne, tels des acteurs sortant de la coulisse, et se rangèrent des deux côtés de l'entrée. Ils tenaient leur fusil canon vers le haut : on les aurait pris pour une garde d'honneur prête à tirer en l'air afin de rendre hommage à un défunt, s'ils n'avaient pas eu des T-shirts froissés et une barbe de plusieurs jours. Ces vêtements défraîchis et ces visages nuisaient à l'effet d'ensemble, suscitant plutôt le souvenir d'une de ces vidéos qui circulent sur Internet, où l'on s'attend à voir apparaître un otage, la tête couverte d'un sac, que ses ravisseurs vont faire asseoir sur une chaise. Seulement, au lieu d'un otage, on vit sortir l'avorton en costar et, en tout dernier, la grande fonctionnaire en costume bleu. Les cinq cents automobilistes éprouvés, qui avaient eu le temps de se repentir, retinrent leur souffle, mais il leur suffit d'un regard sur la femme en bleu pour que leur joie et leur impatience s'évaporent totalement. Il était évident qu'elle sortait à contrecœur : elle s'arrêta avec un air dédaigneux, de profil par rapport à la foule, et balaya l'attroupement d'un regard ennuyé, où elle ne sembla voir qu'une file d'attente pour une consultation de quartier dans une polyclinique.

— On vous a certainement déjà expliqué la situation, dit la femme de la Maybach. Donc inutile de traînasser avec ça.

Depuis la veille au soir, elle avait passé tout son temps – ces heures interminables – à préparer ce moment. Elle avait renoué des fils qui partaient dans tous les sens, cherché des nœuds, écarté des obstacles, et voilà, elle avait réussi : les choses en arrivaient au point visé. Et malgré cela, allez savoir pourquoi, elle ne pensait qu'au train de nuit pour Saint-Pétersbourg, aux coussins blancs amidonnés, à la forêt humide qui filait derrière la vitre, mais même cette vision ne parvenait plus à la réconforter. Ses jambes lui faisaient mal sous son pantalon, elle avait un goût aigre dans la bouche, et très mal à la tête.

— Maintenant, je vais lire des noms de famille, dit-elle en prenant son carnet. Ceux que je vais appeler, et personne d'autre, vont s'approcher un par un, calmement, et se mettre à ma droite.

La fonctionnaire en bleu n'ajouta rien, elle se mit à feuilleter le carnet d'un air las. Il devint évident qu'elle allait lire un premier nom de famille, puis un deuxième et un troisième. La discussion promise, celle pour laquelle on avait fourbi ses arguments, n'aurait jamais lieu.

— Attendez, fit la propriétaire de la Land Rover en rajustant ses lunettes. Attendez une seconde, s'il vous plaît. Combien de places il y a, au total ?

— De places ? répliqua la fonctionnaire en levant les yeux du bloc-notes. Je ne vous l'avais pas dit ? Excusez-moi. Soixante, pas plus.

Les miliciens demeuraient immobiles, s'appliquant à fixer la paroi d'en face.

Lundi 7 juillet, 23 h 49

— Ilya Andreïtch, et si je faisais du thé ? proposa le bedonnant en pardessus.

Recroquevillé dans un fauteuil, le vieillard jaunâtre ne répondit pas plus que s'il n'avait rien entendu. Il regardait en secouant le pied l'image affichée par l'un des écrans du bas, qui montrait la portion du tunnel aux abords de la porte. Le lacet de sa bottine se balançait et tapotait le sol glissant : *clic, clic, clic.* Sauf que l'image n'avait pas de son, et qu'il ne se passait rien d'intéressant. Les gens formaient un arc de cercle, telles ces chorales dans les vieilles émissions télévisées en noir et blanc. Le centre du cadre était occupé par le dos de la grande femme au carnet. On n'arrivait même pas à déterminer s'ils échangeaient des propos ou s'ils ne faisaient que rester cloués sans parler.

Son père n'était pas là, ni Martyre. *Ils sont sans doute quelque part derrière,* se dit Assia. *À un endroit que la caméra ne filme pas.*

— Ou bien vous préféreriez boire un verre d'eau ? insista Valéra. Dites-moi juste où ça se trouve, et j'y vais tout de suite...

En fait, c'était la gamine qu'il aurait mieux valu envoyer chercher l'eau ou le thé, pour éviter qu'elle recommence à toucher aux boutons sans autorisation. L'humeur de pépé se gâtait dangereusement, depuis quelques minutes : il exploserait sous peu, et il n'était pas plus facile d'échapper à son courroux dans cette pièce exiguë que dans l'habitacle de la Maybach. En attendant, cette gamine stupide demeurait tout près de lui, visiblement inconsciente du danger. Valéra savait que dans les instants de ce genre, il était plus sûr de se tenir à l'écart sans moufter. Pourtant, pour une raison qui lui échappait, il se leva de sa chaise et annonça :

— Il faudrait prendre vos comprimés. Ce soir, vous n'avez pas encore pris vos comprimés...

Au second « comprimé », le vieillard produisit un borborygme et bondit de son fauteuil, comme pour frapper le bedonnant, à la nuque, mettons. Il semblait vraiment animé de cette intention, et l'on aurait bien dit que ce n'était pas la première fois, car le gros père eut subitement l'air d'un enfant, si bien qu'Assia éprouva de la compassion pour lui. Mais ce n'était pas son chauffeur que le vieux regardait, c'était elle, et il n'était plus jaunâtre, il avait pris la teinte orange d'un jus de carotte.

— Branche-moi sur Internet, ordonna-t-il en poussant son fauteuil vers elle.

— Quel... Internet ? demanda-t-elle tout en s'asseyant docilement, pour éviter qu'il se remette à hurler.

À tout hasard, elle passa une nouvelle fois les boutons en revue. Bien sûr, rien n'y avait changé, c'était toujours deux rangées de touches identiques, avec des numéros, des voyants lumineux et des fiches de raccordement.

— Comment ça, quel Internet ?! Il y en a plusieurs, ou quoi ? vociféra-t-il en jetant un coup d'œil au bedonnant. Il en existe de plusieurs sortes ?

Cette question insensée ne fit qu'accroître l'épouvante du gros père. Il écarquilla les yeux et se mit à ruisseler à grosses gouttes.

— Lance l'Internet russe, souffla-t-il à Assia dans un murmure féroce. N'est-ce pas, Ilya Andreïtch ? Elle doit se brancher sur notre Internet.

Le vieillard répugnant s'était penché et soufflait son haleine dans la nuque d'Assia

— Tu as étudié les ordinateurs, siffla-t-il. Ou bien tu as menti ?

Son odeur était tout aussi répugnante : il sentait l'hôpital et une espèce de puanteur de vieux.

— Qu'est-ce qu'elle peut avoir étudié, cette morveuse ? intervint le bedonnant. Si je vous faisais du thé, plutôt…

— Alors, vas-y donc, toi, sur Internet ! hurla le vieux jaunâtre. Je vais tous vous chasser d'ici, vous irez niquer vos mères !

Le bedonnant s'avança et se pencha à son tour sur les boutons, mais juste un peu, comme s'il regardait au fond d'un puits. Une goutte de sueur glissa le long de sa joue et s'écrasa sur la table.

— Minute, marmonna-t-il. J'ai pas mes lunettes, minute, il faut… Il doit y avoir une petite lettre bleue, je vais la trouver…

Son gros doigt tremblait, ses cheveux étaient trempés.

Valéra était presque sûr de l'existence de cette lettre bleue : sur l'ordinateur de son pote, elle permettait d'accéder aux informations, à la météo et au site Avto.ru. C'était tout ce que Valéra connaissait d'Internet, auquel il n'avait jamais éprouvé le besoin d'accéder. À moins que ce soit une lettre rouge ? Il lisait les putains de touches : « CAM 1, CAM 2, CAM 3 ». Toutes les lettres étaient noires.

— Une minute, sans mes lunettes, j'y vois rien…

Assia réalisa alors que le bedonnant en pardessus était vieux lui aussi, et qu'il mentait en parlant de lunettes. Subitement, elle eut une envie pressante d'aller aux toilettes.

Lundi 7 juillet, 23 h 51

— … Vous êtes devenue complètement folle ? Et les autres, vous allez leur demander d'aller où ? Qu'est-ce qu'ils doivent faire ?

— C'est a-mo-ral ! C'est franchement a-mo-ral !

— Soixante, pas plus ! J'aimerais bien savoir d'où sort ce chiffre. Il est écrit quelque part qu'il y en a soixante ? Montrez-m'en la preuve, pour commencer, je veux voir où c'est écrit !

— Elle va vous l'écrire, regardez combien de pages elle a déjà noircies !

— Non, je veux voir un document officiel, signé et tamponné ! Qu'elle me le montre !

— S'il y a un tampon, ça vous conviendra ?

— C'est a-mo-ral !

La fonctionnaire de la Maybach n'était aucunement perturbée par ces cris. Elle avait toujours la même expression, lasse et vaguement mécontente – le genre de mine avec laquelle on attend que le serveur nettoie votre table au restaurant, ou que l'enfant d'autrui cesse de pleurer –, et elle gardait le doigt appuyé sur une page du carnet, manifestement certaine d'annoncer la liste sous peu. De fait, c'était plus ou moins le cas : elle savait qu'il faudrait la débiter, cette liste, et qu'il y aurait alors de nouveaux cris, de l'indignation et des larmes. La sélection, c'était l'étape promettant le plus de désagréments, par conséquent permettre à la foule de se soulager d'abord un peu les nerfs ne pouvait qu'être utile pour la suite. La première vague de colère commençait à refluer un peu, tandis que la barrière invisible autour de la porte demeurait inébranlable et que la rage bouillonnait au-delà, à distance. Néanmoins, les gens avaient toujours envie d'entendre qui figurait sur la liste, la fonctionnaire le savait : ils finiraient par avoir cette envie.

— … Il doit bien y avoir un moyen de se serrer ! suggéra la propriétaire de la Land Rover, cinquante-neuf ans, diplômée en finances, qui travaillait comme cheffe comptable au parc d'attractions Skazka. Certaines personnes pourraient dormir par terre. On peut tout faire à tour de rôle, partager, on s'organisera !

Elle s'extirpa de la foule et atteignit la zone de neutralité devant la porte.

— On se demande bien comment ils ont fait leurs calculs ! s'écria le propriétaire de la Lada Prior, quarante-huit ans, instruction secondaire, marchandiseur dans un magasin de la chaîne Piatérotchka.

— Reculez tout de suite ! aboya un petit garde.

Je te collerais bien une muselière, pensa la fonctionnaire de la Maybach, qui avait le plus grand mal à se retenir d'attraper le salopard par le colback. Cette sale bête grêlée puait tant que c'en était insupportable, mélange de rôt à la sauce tomate, de chien mouillé et de chaussettes de la veille.

La grande cheffe comptable se figea à mi-chemin, les lunettes couvertes de buée.

— Qu'est-ce qu'il a fait, il l'a poussée ?

— Mon Dieu, il n'a pas honte, une femme d'âge mûr…

La foule était de nouveau agitée et bruyante, mais, désormais, le bruit avait changé. La barrière invisible parut devenir encore plus ténue, avec la réapparition, à l'arrière, de la physionomie répugnante du provocateur de la voiture de police.

— Il faut poser les calculs correctement, reprit la comptable d'une voix haute et vexée. Je ne comprends vraiment pas…

— Mais ils ont déjà monnayé toutes les places ! s'écria un homme à casquette de toile. Les places sont réservées à ceux qui leur ont graissé la patte, qu'est-ce que vous avez pas compris là-dedans ?

— Reculez ! Éloignez-vous tout de suite !

— Pousser une femme d'âge mûr…

— C'est a-mo-ral !

— Taisez-vous, tous autant que vous êtes ! s'écria la fonctionnaire de la Maybach.

Puis elle grimaça, car son mal de tête se muait en vraie migraine, de celles qu'il n'y a pas moyen de calmer et qui vous obligent à garder le lit pendant plusieurs jours. Maintenant, tout la faisait souffrir : la lumière des lampes du plafond, l'odeur d'huile des fusils des miliciens, la comptable glapissante et les relents sucrés du parfum de cette dernière.

— Si vous vous taisez, je vais tout vous expliquer. C'est une capsule. Vous comprenez ? Une espèce de sous-marin. C'est-à-dire un système de survie clos, conçu pour soixante personnes, pas plus. C'est le maximum : il n'y a pas moyen de diviser l'air en portions plus nombreuses. Nous avons besoin de faire un choix, c'est inévitable ; moins on perd de temps à se disputer, plus il nous en restera pour opérer une sélection responsable.

— C'est vous qui allez la faire, non ? demanda quelqu'un à l'arrière.

— Qu'on nous montre d'abord le document ! cria de nouveau quelqu'un, mais moins vivement qu'auparavant, le genre de cri plaintif qu'on pousse après avoir raté son tram.

— Oui, répondit la femme de la Maybach.

Les visages des gens ondulaient, flous et tous identiques, devant ses yeux ; ses pieds ne lui auraient pas cuit davantage s'ils avaient été plongés dans une marmite d'eau bouillante. Elle avait besoin d'avaler un comprimé d'Imigrane, d'ôter ses chaussures et de s'allonger.

— Oui, c'est moi qui vais choisir.

Lundi 7 juillet, 23 h 58

Lorsque tout le monde se mit à se bousculer en hurlant, le conducteur de l'autobus de la ligne n° 867 Rouza-Kountsevo se redressa et se balança d'un pied sur l'autre, une fois de plus. Il avait besoin de vider sa vessie – depuis un bail, depuis le moment où l'horrible bonne femme s'était mise à discourir sur le futur et les sacrifices, debout dans son vestibule cosmique. Il n'y avait pas eu moyen, ni pendant ce discours ni par la suite, de demander à aller aux toilettes. Il y était d'autant moins parvenu que personne d'autre n'avait formulé cette requête. En général, il était capable de se retenir longtemps, d'un bout à l'autre de son itinéraire, et s'il avait su ce qui allait se produire, il aurait bu moins d'eau. Il se serait même complètement abstenu d'en boire. Mais il ne s'était douté de rien, si bien qu'il avait vidé en chemin la moitié de la bouteille de cinq litres qui lui était échue. Maintenant, ces deux litres et demi voulaient sortir, pile au moment le moins propice, tandis que la bonne femme en costume gâtait la situation de plus en plus, incapable de calmer la foule agglutinée devant la porte.

Avant, quand le besoin était moins pressant, le conducteur était hanté par diverses idées pénibles. Il songeait, par exemple, à sa mère, qu'il n'avait pas appelée depuis deux mois, à une fille de Konkovo et même un peu au champignon nucléaire. Il pensait au fusil à pompe puant et à se renseigner sur son cran de sûreté. Il pensait aussi à ses passagers, quarante-six personnes – on ne les accepterait sans doute pas toutes, peut-être même n'en choisirait-on aucune. Dans ce cas, il faudrait les empêcher d'entrer, et comment ? D'habitude, on ne se rappelle pas ses passagers, mais, cette fois-ci, le conducteur avait mangé des pommes avec eux, il avait dormi sur le sol du bus, il ne pouvait pas les oublier – il se souvenait particulièrement bien non seulement des pommes, mais aussi du fait que les passagers l'avaient accompagné quand il était parti pour défoncer le mur.

Désormais, cependant, la douleur lui tenaillait le ventre, lancinante et brûlante, au point de lui faire oublier les passagers : il ne cherchait plus qu'un moyen d'éviter de se pisser dessus devant tout le monde. C'était par hasard qu'il s'était retrouvé de ce côté-ci de la porte : il n'avait pas fait son service militaire, le fusil lui faisait peur et il n'était même pas capable de le tenir correctement. Il était donc certain qu'on ne le lui pardonnerait pas s'il se couvrait de honte de façon aussi flagrante.

Comme par un fait exprès, les palabres devant l'entrée se prolongeaient. Quelqu'un proposa de voter, puis un autre, de tirer au sort ; certains crièrent « Oui, il faut voter ! », et d'autres « On tire au sort, au sort ! ». Le conducteur se dit qu'il pourrait peut-être – quand on commencerait à écrire des noms sur des bouts de papier et qu'il y aurait du remue-ménage – s'éloigner tout doucettement une minute, se cacher et uriner contre la paroi, derrière une voiture. Il pourrait peut-être laisser le fusil puant à son poste, ou bien aller pisser armé. Mais la mégère en costume dit : « non », tout court, « non », en levant la main. Il n'y aurait donc pas de tirage au sort. Alors, la foule cessa de crier : à croire que chacun avait compris l'inutilité de toute discussion. Mieux valait ne pas exaspérer cette bonne femme. D'autant qu'elle afficha soudain une mine d'exaspération totale. Bref, il ne pouvait vraiment pas lui demander la permission de faire ses besoins. Le conducteur de l'autobus Rouza-Kountsevo croisa les jambes en les serrant de son mieux et s'efforça de visualiser son itinéraire : Petite Ceinture, route d'Ilinskoïé, Nikolina Gora, périphérique ; Nikolina Gora, route d'Ilinskoïé, Petite Ceinture.

— … Vous gaspillez le temps qui nous reste à tous, disait pendant ce temps la maudite mégère. La liste est déjà prête, je vais vous lire les noms de famille, maintenant…

— Comment ça, elle est prête ?! intervint soudain une dame en short. Qui l'a dressée ? Et pourquoi vous avez fait construire un truc si petit qu'on peut y faire entrer personne ?!

Et soudain, elle se mit à pleurer, la bouche grande ouverte.

— Il y aura assez de place pour ceux qui ont payé ! fit de nouveau le type à la casquette de toile.

Il avait l'air si réjoui, à la différence des autres, qu'il les regarda avec l'air d'attendre des applaudissements.

— C'est construit pour des gens de leur espèce, qui ont acheté leurs places par avance ! Ils ont collecté le fric en douce !

Et tous de conspuer les corrompus.

— Ils n'ont aucune conscience !

— C'est a-mo-ral !

La dame en short pleurait à gros sanglots, une autre personne aussi. Quand quelqu'un commença à grimper sur la Maybach, le type blafard avec un holster sous son veston se remit à aboyer : « Reculez, reculez, j'ai dit ! » Le conducteur d'autobus comprit que la parlotte venait de repartir pour un tour. Gémissant mentalement, il s'adossa contre la paroi. Il n'en pouvait plus.

— Je ne vois pas comment nous allons faire la sélection ! gémit la dame à lunettes qui venait de proposer qu'on dorme à tour de rôle. Selon quel principe ? Les femmes et les enfants seulement ? Ça ferait quand même trop de monde !

La sueur coulait à grosses gouttes sur ses joues rouges. Tous les autres visages suaient de même, comme si la foule se tenait serrée dans un sauna. Les paumes du conducteur de bus étaient moites, autour d'un fusil devenu brûlant et glissant. Mais le pire, c'était le poids dans son ventre, le ballon piquant et incandescent qui tenait à peine dedans.

— Le principe est simple, répondit la mégère à la sale gueule, qui avait enflé, elle aussi, seulement, au lieu de rougir, elle avait viré au gris, comme une noyée. Le refuge doit rester viable, on a besoin en premier lieu de spécialistes : médecins, ingénieurs, scientifiques. Des biologistes aussi, des chimistes. Chacun doit pouvoir être utile...

— Utile ?! glapit la dame à lunettes, dont les joues rouges se mirent à trembler, faisant jaillir des gouttes de tous côtés. Et toi, tu seras utile à quoi, là-bas ? Y a un truc que je n'ai pas saisi !

— Quoi ? cria-t-on depuis les derniers rangs. Qu'est-ce qu'elle a dit ?

— Elle a dit qu'ils vont prendre les spécialistes !

— Et personne d'autre ?

— Bon sang, ils sont devenus cinglés...

— Quels spécialistes ? On n'entend rien d'ici !

— Comment ça, personne d'autre ?

Le premier rang s'agita et s'avança. La dame à lunettes, le type à la casquette en toile, la bonne femme en larmes et un chauve en furent éjectés et n'eurent plus moyen de revenir en arrière. Deux ou trois personnes, pressées par la foule, durent grimper sur la Maybach.

— Reculez ! Ne quittez pas vos places ! hurlait le grêlé aux holsters, qui faisait penser à un petit chien attaché au perron d'une maison.

Il consulta du regard la femme à la sale gueule, mais elle semblait désormais dans un état semi-comateux, les yeux fermés, sans réaction aucune.

Ça va exploser, pensa le malheureux conducteur d'autobus. Il songeait à la situation dans son ensemble, mais surtout à sa vessie en feu. Ou peut-être que cette dernière avait déjà éclaté, ce qui expliquerait la douleur qu'il ressentait.

— Écoutez-moi, s'il vous plaît ! lança une voix de stentor.

Le conducteur d'autobus usa de ses dernières forces pour se tourner vers cette voix, sûr et certain qu'elle provenait du vieux prêtre chenu à croix pectorale. Bien sûr, comment avait-il pu oublier le *batiouchka* ?

— S'il vous plaît ! répéta un homme, certes vieux et chenu, mais sans croix ni soutane.

De fait, il portait un vêtement blanc, taché de marron sur le devant : un type basané avec un gros nez. Malgré cet aspect, il y avait chez lui quelque chose qui fit faiblir les cris. Même le chien de garde aux holsters s'abstint d'aboyer, après un premier mouvement dans sa direction.

— Il y a là des enfants, déclara alors le vieux au gros nez de sa belle voix de prêtre.

Il ne regardait pas la femme en costume, il lui tournait carrément le dos.

— Nous avons des enfants avec nous, chers amis, et nous devons les sauver. Priorité numéro un, deux et trois, les enfants. Et seulement s'il y a encore des places, dans ce seul cas, on verra. On pourra réfléchir pour savoir à qui les attribuer. Les enfants d'abord. Cela va de soi. Il n'y a même pas matière à discussion.

À vrai dire, personne ne semblait avoir l'intention de discuter – avec quels arguments ? –, et le chauffeur de bus était d'accord, lui aussi. En fait, il aurait été d'accord avec n'importe quelle décision, du moment qu'on en finissait, parce qu'il n'en pouvait plus. Il n'y voyait plus clair, quelque chose tambourinait dans ses oreilles.

Pourtant, la mégère de l'enfer en costume vint tout gâcher encore une fois : elle sortit de son coma et lança, dans le dos du vieux, que c'était une excellente idée, bien sûr, seulement, il fallait être réaliste : Essayons donc de nous représenter ce que cela donnerait de laisser les enfants seuls dans le refuge. Parce qu'opéraient là des dizaines de processus complexes, dont le traitement de l'eau, l'éclairage, le traitement des déchets. Aucun d'entre eux ne pouvait fonctionner de lui-même, il fallait y penser, et dès maintenant. Le premier filtre à air, par exemple, serait encrassé au bout d'une semaine : Vous pouvez me dire qui le changerait ? D'après vous, les enfants auront moyen de trouver les filtres et la bonne façon de procéder, sans parler de l'eau et de la température ambiante ? Vous imaginez les changements de température qui peuvent se produire à l'extérieur ? Personne ne saurait les prévoir, il faudra donc réagir au plus vite, en modifiant la température à l'intérieur. Excusez-moi, mais faire monter des enfants dans un avion sans pilote ou les envoyer seuls dans le cosmos, ce n'est pas être humaniste, poursuivait la bonne femme d'une voix grinçante, mais si vous y tenez, faites-le. Elle parla encore, en appelant le vieil homme « mon cher » toutes les deux secondes, sans doute pour l'exaspérer au point qu'il se mette à vociférer comme les autres.

Naturellement, le vieil homme se fâcha et hurla : oui, non, c'était bien cela, être humaniste. On pouvait installer là-bas deux adultes, ou plutôt un seul, ce serait assez. Il suffisait de choisir quelqu'un qui serait capable de se débrouiller avec les filtres, l'eau et la température. Il ne s'agissait quand même pas de physique quantique, un diplôme technique suffisait, et une seule personne !

La virago grisâtre répliqua : Vous proposez votre candidature, à ce que je vois. Alors, le vieillard se mit à trembler de rage, et l'on crut qu'il allait la cogner. Une femme cria : Vous les avez comptés, vous pouvez nous dire combien d'enfants il y a ici ? Le grêlé aboya : Reculez d'un pas, tous ! Personne ne recula : il ne restait plus de place. À ce moment-là, le conducteur d'autobus perdit l'ouïe l'espace de quelques minutes, à force d'angoisse et de souffrances. Ce qui se passait dans son ventre l'absorba : une sorte de feu liquide montait de ses tréfonds. S'il se pissait dessus à cette étape, il y avait fort à parier que personne n'allait s'en apercevoir, mais cette possibilité lui était sortie de l'esprit.

Non, dites-moi combien il y en a ! criait une femme au loin, comme du fond de l'eau. Tous les sons semblaient provenir du fond de l'eau. Vous les avez comptés ou pas, ou vous avez pensé avant toute chose à vous choisir des serviteurs ? Reculez, reculez donc ! À ce propos, ils ont besoin de moins de nourriture, et on peut en installer plus de soixante là-bas ! Salopards, vous avez fait construire un truc bien trop petit ! Reculez, je vous dis ! Liova, allons-y, donne-moi la main, il y a un enfant ici, laissez passer l'enfant ! Je vous le répète : ce n'est pas une mission humanitaire, c'est un poste stratégique militaire, tout le monde doit travailler pour assurer sa survie… Salopards, vous n'avez aucune conscience !… Et la survie d'autrui ! Chacune de ces soixante personnes doit apporter sa contribution ! Ah, tiens, sa contribution ? Expliquez-moi donc quelle sera la contribution de ces gueules d'empeigne, par exemple. Dites-moi à quoi peuvent servir ces molosses armés de fusils.

Quand ces répliques-là fusèrent, il y eut comme un frisson parmi les miliciens. Le conducteur de bus finit par lever son regard brouillé et examina ses camarades. Il avait passé deux bonnes heures avec eux dans le sas, mais il n'avait même pas pu se présenter à eux. Chacun s'appliquait, comme avant, à fixer un point quelconque, mais ils étaient manifestement surpris par la tournure que prenait la discussion. Ce seraient des spécialistes, ces sales gueules sans vergogne ? Regardez-les, comme ils sont costauds. Il faudrait voir leurs diplômes : on aurait affaire à des chimistes ou des médecins ? Allez savoir s'ils ont le moindre diplôme. Quelqu'un se mit à glousser : Quels diplômes ? Arrêtez, je vous en prie ! Et beaucoup d'autres furent contaminés par son hilarité. C'était la maman toute ronde qui riait le plus fort. Elle avait réussi à se frayer un chemin jusqu'au premier rang, mais le garçon en fauteuil roulant n'était plus à ses côtés. Pour éviter de l'observer, le conducteur s'efforça de se répéter : Petite Ceinture, route d'Ilinskoïé, Nikolina Gora, périphérique ; Nikolina Gora, route d'Ilinskoïé... Un cri retentit alors : Attendez, je le connais, il est chauffeur de bus, celui-là, celui qui est en claquettes, c'est le chauffeur de notre bus, rien de plus.

Les six tunneliers de Novovolynsk, le sous-marinier velu et même le type à la montre hors de prix, qui s'était adjoint à eux par hasard, ne bougèrent pas en entendant ce cri. Toutefois, un changement se produisit soudain. Le conducteur de la ligne Rouza-Kountsevo eut l'impression d'être tout seul. Trempé, chaussé de ses claquettes en caoutchouc, avec une boule de feu dans le ventre et un fusil qui le gênait. On peut mettre trois gamins à la place d'un parasite comme celui-là, criait la terrible petite maman en le montrant du doigt, comme s'il lui avait causé du tort, alors qu'il n'avait rien fait de mal, à personne. Il avait mangé des pommes avec eux, dormi par terre avec eux, et il était allé défoncer le mur pour eux. En plus, il était prêt à leur donner du gazole, deux cents litres, il le leur avait offert sans qu'on lui demande rien, se rappela-t-il soudain, vexé au point d'être au bord des larmes. Il pouvait comprendre qu'on lui préfère les tunneliers et le sous-marinier, mais le type à la montre était complètement inutile, et par surcroît aussi suant que lui, vraiment pas mieux, à ceci près qu'il portait de belles bottines.

— Et elle, qui est-elle ? glapit la cheffe comptable. Qu'elle nous montre son diplôme !

Ses hurlements avaient la même odeur sirupeuse que son écœurant parfum.

— Trois enfants ! Trois enfants à la place de chacun d'eux !

L'amatrice d'esclandres de la Peugeot bleue jappait, au milieu d'effluves de savon ménager, de chlore, de vomi d'enfant ; le marchandiseur chauve, lui, vociférait dans des relents d'oignons pourris et de vieux torchons ; mais c'était le professeur chenu qui puait le plus : viande crue et En-cas de belle-maman, linges ensanglantés et haricots blancs. La fonctionnaire de la Maybach baissa la tête sur son carnet, malheureusement l'odeur poussiéreuse de la cellulose et celle, aigre, de l'encre lui montèrent au nez. Les lettres s'agitèrent, rampant les unes sur les autres. À l'intérieur de sa tête, quelqu'un fit crisser un morceau de polystyrène sur une vitre. Jamais encore elle n'avait souffert d'une telle migraine. Cela dépassait même la définition de la migraine.

— Des parasites ! grinçait le polystyrène. Pour qui elle se prend ?! Rrreculez, je vous dis ! On peut mettre trois enfants à la place de chacune de ces enflures !

Le polystyrène aussi empestait à vous donner la nausée et, en plus, il avait pris désormais une couleur toxique d'acide, qui percutait les yeux à la façon d'un stroboscope.

— Alors voilà ce qu'on va faire : pour commencer, on va compter les enfants ! Tous, jusqu'au dernier ! C'est seulement après qu'on décidera. Seulement après, et c'est valable pour tout le monde, pour tout le monde !

La propriétaire de la Peugeot 206 (âge : quarante-quatre ans, diplôme supérieur de bibliothécaire, femme au foyer) ne risquait pas d'être choisie, quels que soient les critères, même les plus étendus. Aurait-elle été une star de la chirurgie qu'elle n'aurait pas été choisie, et elle méritait de se l'entendre dire sur-le-champ, histoire de voir la tête qu'elle ferait. Mais la fonctionnaire de la Maybach ne voulait plus voir de têtes ni de couleurs, ni sentir des odeurs, surtout ne pas sentir. Elle avait besoin de revenir dans l'air frais et stérile, avant que toutes ces odeurs ne s'infiltrent de l'autre côté de la porte. Aussi continua-t-elle de fixer le carnet, de se concentrer sur les lignes qui sautillaient, pour les obliger à se calmer, et se contenta-t-elle de lire l'un des noms cochés, le premier à lui avoir obéi en s'immobilisant.

— Krassovski, Igor Vitaliévitch !

Le son de sa propre voix explosa dans sa tête telle une grenade, mais l'ambiance devint aussitôt moins bruyante : une couverture ouatinée venait d'être jetée sur la foule.

— Igor Vitalévitch ! répéta-t-elle. Ingénieur, spécialiste des systèmes de chauffage. Vous êtes là ?

— Krassovski, c'est moi, dit quelqu'un qui se tenait tout près. Vitaliévitch… Présent !

— Ovsiannikov, Konstantin Mikhaïlovitch, ajusteur en réseaux informatiques, lut-elle au hasard des noms cochés. Khabiboulina, Farida Roustamovna, climatologue.

Puis elle accéléra la cadence, passant d'une page à l'autre sans s'appesantir.

— Jouk, Alexandre Stépanovitch, technicien monteur, Zotov, Denis Ivanovitch, plombier-zingueur. Bondarenko, Zlata Borissovna, ingénieure méthode dans l'industrie alimentaire, Kim, Andreï Guennadiévitch, mécanicien radio. Steiner, Valéria Serguéievna, chimiste spécialisée en écologie.

Il n'y avait pas beaucoup de noms cochés, et ils se trouvaient tous près du début ; la fillette n'avait pas tellement avancé dans la sélection, mais on n'avait pas besoin de grand monde. Krassovski, le spécialiste du chauffage, s'était avancé, avec sa casquette en toile à la con et un sourire aussi stupide que mal assuré. Quelque part dans les derniers rangs, Ovsiannikov ou Jouk, encore invisible, se frayait un chemin en marmonnant : « Vous permettez ? S'il vous plaît, pardon, je peux passer ? » La fonctionnaire de la Maybach se promit alors : *un quart d'heure, maximum. Pas une minute de plus, même s'il faut pour cela choisir au jugé les trente derniers noms.*

— Où tu vas ? Je ne vais pas te laisser passer ! criait la comptable d'âge mûr en repoussant de sa poitrine le chauffagiste Krassovski, afin de lui faire reprendre sa place au premier rang. Ne laissez passer personne, retenez-les !

Mais le premier rang, déconcerté, ne réussit pas à enfermer l'agile Krassovski. Et lorsque Steiner, la chimiste spécialisée en écologie, se présenta dans sa robe noire froissée, ils la laissèrent passer, elle aussi.

— J'ai une fille ! Ma fille est avec moi ! C'est ma fille ! répétait la belle chimiste en poussant devant elle une jeune femme.

Si elle avait cessé de lire une seconde, la fonctionnaire de la Maybach aurait reconnu sa régulatrice. Sauf que les secondes étant comptées, elle n'interrompit pas sa lecture.

— Levon Samvélovitch Vartanian ! Ksenia Samouilovna Timokhina ! Egor Tarassovitch Kirilenko !

— T'as pas honte, salaud ! cria-t-on à quelqu'un.

— À la place de chacun d'eux, trois enfants !

— Reculez !

— Je suis Timokhina ! Voici mon passeport, Timokhina, regardez !

— Vous ne pouvez pas vous comporter ainsi, chers amis, attendez…

— … Ma fille ! Je suis avec ma fille !

— Reculez ! Tout le monde recule !

Les lignes s'étaient remises à sautiller, les noms cochés s'étaient taris. Une bagarre semblait avoir éclaté dans les derniers rangs, le premier s'était complètement disloqué. Le chauffagiste et le marchandiseur chauve sentaient pareillement les chaussettes et la sueur, sirop et chlore venaient s'additionner à l'ensemble, en même temps que des odeurs de graisse de pistolet, d'encre et d'oignons, mais la plus forte et la plus vigoureuse, c'était celle des haricots blancs, ces haricots gras cuisinés à la sauce tomate, et de la viande crue. Reculer d'un pas ne suffirait pas. Les haricots blancs s'insinuaient partout, dans ses oreilles et sa bouche, coulaient le long de son dos, imprégnaient les pages de son carnet.

— Koliada ! Chémiakine ! Alieva !

Il aurait sans doute fallu donner l'ordre à tout le monde de se taire et de reculer. Mettre un terme au scandaleux foutoir, reprendre le contrôle. Il y avait bien entendu un plan pour un cas comme celui-ci aussi, de même que pour tout le reste. Un protocole clair et concerté, et sans la migraine qui se muait déjà en attaque, elle se serait souvenue duquel. Mais le polystyrène grinçait, crissait et lui lacérait la tête, alors pendant une ou deux brèves minutes, non, moins de deux, juste une, elle oublia le protocole, l'ordre et à qui il devait être donné. Elle se figea, incapable de penser, obnubilée par l'odieux carnet, qu'elle devait sans trop savoir pourquoi feuilleter jusqu'au bout.

— Chaïkhoutdinov !

Et dans cette minute de faiblesse, dans ce moment le plus difficile, le plus ouvertement catastrophique de tous, elle entendit la voix dont elle avait le moins besoin. En plus des cris de la comptable et des hurlements d'hystérique de la Peugeot, des marmonnements coupables du chauffagiste Krassovski, en plus des noms et prénoms dénués de sens qu'elle-même ne parvenait plus à distinguer dans le brouhaha général, cette voix exécrable la frappa en plein crâne, descendue de quelque part sous le plafond.

— Les gars, pourquoi vous l'écoutez ? Elle ment ! Elle vous raconte des craques depuis le début, pourquoi vous la croyez encore ?

Le tueur de flics en fuite à la gueule en bouillie, qui aurait quand même dû être abattu d'une balle dans la tête sur la barricade, se dressait à nouveau sur le capot de la Maybach, pointant un doigt sale vers elle.

— Et la clé de cette porte, elle était déjà dans sa poche hier, entre parenthèses. Elle en a parlé à quelqu'un ? Pourquoi elle a rien dit hier, alors qu'elle a passé toute la journée à nous enfumer ? On l'a assez écoutée, à mon avis ! Pas vrai, les gars ?

Engoncée dans son costume bleu désormais complètement trempé, la fonctionnaire éprouva enfin une rage fraîche et salutaire, elle visualisa en détail le trou noir au milieu de ce front insolent, pile entre ces deux yeux insolents, et même sa migraine parut s'estomper temporairement.

— Vous êtes un terroriste, répliqua-t-elle au psychopathe à la chemise maculée du sang d'un autre.

Elle faillit éclater de rire, de le voir enfin cloué là où il devait l'être, coincé et sans échappatoire.

— Vous êtes un criminel, vous avez tué un homme. Vous avez pris des gens en otages pendant une demi-journée. Vous n'avez même pas le droit de vous adresser à ces gens maintenant. Votre place est en prison, et en vertu de la loi martiale…

Elle croisa le regard de son assistant grêlé et s'apprêta enfin à acquiescer. À donner l'ordre qui n'avait que trop tardé et à tout remettre sur les rails.

— Et moi, je crois qu'on en a assez d'écouter vos bobards ! s'égosilla le provocateur, qui était habilement descendu du capot pour se placer derrière son flanc blindé, et continuer à vociférer de là. On croule sous leurs bobards ! Il faudrait qu'on commence par vérifier ce qu'il y a vraiment derrière cette porte et combien de personnes peuvent y entrer ! Ils ont qu'à ouvrir, on verra bien par nous-mêmes !

— C'est ça, qu'ils nous montrent ! renchérit aussitôt l'hystérique de la Peugeot. Qu'on voie ça par nous-mêmes, on en a le droit ! Et c'est nous qui déciderons !

— Si ça se trouve, ils ont un vrai palais là-dedans ! ajoutèrent des voix de l'arrière.

— C'est pas possible que ce soit aussi petit que ça, qu'ils aient fait un truc si minus que personne puisse entrer.

— Reculez ! Regagnez tous vos places !

— C'est évident, elle ne veut pas partager ! Ça leur en fait pour plus longtemps.

La tronche amochée passa furtivement derrière la Maybach et disparut à nouveau, mais cela n'avait pas d'importance. La foule débordait des rives et tous se mélangèrent – la chimiste spécialiste de l'environnement avec sa fille et le professeur au nez bosselé, le chauffagiste Krassovski, la dame en short et Timokhina avec son passeport –, et tous criaient en même temps.

— Ils l'ont construit pour toi, salope, c'est ça ? Ils l'ont construit pour le peuple !

Juste devant elle, la fonctionnaire en bleu vit le visage déjà abîmé par l'âge de la comptable, tordu et rougi, elle pensa au sas derrière elle, aussi étroit qu'une boîte de conserve, et recula d'un pas. Un pas de lâche, car son moment de faiblesse, en fait, durait encore. Et elle heurta de son épaule gauche le chauffeur de bus rouquin. Elle ne le heurta pas, non, elle le toucha, l'effleura.

Mais aux yeux du conducteur de la ligne n° 867, qui avait franchi depuis longtemps la frontière de la douleur et qui, paupières plissées, résidait déjà dans son enfer personnel, cette bourrade accidentelle sembla un coup délibéré, la prolongation de ses autres souffrances. Il se cogna l'arrière du crâne contre le mur, gémit et, tout aussi accidentellement, tira vers lui le fût du fusil à pompe. Contre toute attente, l'arme émit un bruit sonore, un joli clic bien savoureux, comme dans les films policiers. Mais une seule personne l'entendit dans la cohue générale : le grêlé avec des holsters tapis sous la veste. Il se retourna, regarda le conducteur de bus droit dans les yeux pour la première fois et cria :

— Ne touche pas à la gâchette !

Son visage était devenu blafard, encore plus blafard qu'avant.

— Ôte le doigt de la gâchette ! Personne ne bouge, putain ! hurla-t-il ensuite au reste de la milice.

C'était un peu étonnant, vu qu'ils étaient figés là depuis plus d'une heure et qu'ils n'avaient nulle part où courir, si ce n'était se replier vers cette putain de porte, où ne les attendaient que des ennuis.

Mais le chauffeur du bus Rouza-Kountsevo, en claquettes de caoutchouc, avec une boule de feu dans les tripes, se rendit soudain compte que son index était bel et bien sur la gâchette. Et depuis longtemps, probablement depuis le début de la scène, car où tenir son doigt, sinon, quand on te donne une arme, même si tu n'as jamais tiré de ta vie. Surtout si tu n'as jamais tiré. Il éloigna le fusil à pompe le plus possible, pour bien voir son doigt et le retirer avec précaution, comme on le lui demandait.

— Maintenant ! Immédiatement ! hurla la femme en costume bleu… à lui, naturellement, parce que tout le monde ici criait et était en colère contre lui. Tout de suite… Vous allez rester dehors !

— Canon vers le plafond ! aboya le blafard aux holsters. Enlève le doigt de la gâchette !

Mais il était impossible de tout faire en même temps – remonter le canon, retirer le doigt et expliquer rapidement qu'il avait entendu et tout corriger.

Pendant une brève, une infime seconde, il quitta des yeux l'arme, se tourna vers la femme à la sale gueule et vit qu'elle ne le regardait pas, qu'en fait elle ne regardait plus rien du tout. Elle avait les yeux révulsés, la bouche tordue et criait comme si elle n'était plus elle-même. Les coutures de son pantalon avaient craqué au niveau de ses cuisses, de la poche jusqu'en bas, et un gros bourrelet de peau grise sortait du trou, semblable dans sa nudité à une escalope de poulet avariée sur l'étal d'un magasin. Il réalisa soudain que la femme en costume était morte, vraiment morte, mais qu'elle n'en était pas encore consciente. De même que le vieil homme au gros nez, la comptable, la petite maman braillarde, et ses quarante-six passagers… Mais bien sûr, et depuis hier, cela expliquait tout. Et si tel était le cas, lui aussi était mort, mon Dieu, lui aussi, devina le conducteur du bus, qui finit par se faire dessus tant il était soulagé.

— Chut, chut, qu'est-ce qui t'arrive ? fit le blafard tout près de lui. Tu m'entends ? Tout va bien.

En effet, la situation était redevenue normale, voire agréable. La douleur s'était évacuée de ses reins, elle avait cessé de le tourmenter, les cris autour de lui s'étaient arrêtés, et la voix de l'homme blafard s'était faite douce, dénuée de rage :

— Donne-moi ça. Laisse-moi le tenir.

Tout était terminé, puisqu'il était mort, ce n'était plus la peine de demeurer ici, plus la peine de quoi que ce soit, et peut-être même qu'on pourrait choisir un autre endroit, pas celui-ci, à condition de correctement se le représenter. *Par exemple, près de l'entrée de Nikolina Gora, où il y a un champ et des sapins sur la colline*, pensa le conducteur de bus en riant presque à cette idée. Il ne lui restait plus qu'à rendre son arme, car c'était elle qui le retenait, et rien d'autre.

Au même instant, la fonctionnaire en bleu se sentit un peu mieux elle aussi. L'une des raisons de cette amélioration était la même que pour le conducteur : les cris avaient cessé. Chacun s'était tu : la comptable, la garce de Peugeot, le marchandiseur chauve et la chimiste spécialiste de l'environnement... Quelqu'un devait les avoir mis en sourdine ou même effacés complètement. Le vide se fit dans la tête de la fonctionnaire, qui entendit enfin la voix du garde grêlé.

— Bravo, bien joué, et maintenant je vais le prendre. Chut, chut, chut, c'est ça, disait-il en fixant des yeux un point quelque part dans son dos.

Et la voix de l'avorton était si étrangement douce, presque aimante, qu'elle se retourna et vit l'un de ses miliciens, un jeune, pieds nus dans ses claquettes et portant un caleçon long en coton. Il tenait le fusil dans ses bras tendus, tel un bâton enflammé. Il avait les yeux fermés, les joues rougies et humides, et la même tache rouge et humide s'étalait sur le devant de son pantalon, coulait le long de ses jambes nues.

— Lâche ça, c'est bon, entendit le conducteur du bus, qui était presque libre.

Il décida que s'il devait vraiment retirer son doigt, il allait essayer maintenant, ce n'était pas difficile.

Il ouvrit les yeux et vit leurs visages, sous l'eau, pas de vrais visages, et le faux mur d'en face, et la grosse Maybach en toc. Il sourit le plus largement qu'il put et s'apprêta à leur dire de ne pas avoir peur. Leur expliquer qu'ils pouvaient faire comme lui, que tout le monde en était capable. Mais il n'en eut pas le temps, d'un chouïa, car derrière la gigantesque Maybach apparut encore un autre visage, complètement différent, très net subitement, vivant, couvert de bleus. L'homme ecchymosé lui fit un clin d'œil, lui sourit, puis leva la main au-dessus de sa tête et l'agita. Dans l'air vide qui les séparait surgit brusquement quelque chose de très réel, de trop réel même : le conducteur du bus parvint d'ailleurs à lire l'étiquette « Bonduelle, petits pois » et un truc à propos d'une nouvelle récolte.

La boîte le heurta de côté et lui cassa le nez, fendant sa lèvre en deux, écrasant ses dents de devant. Ce fut sans douleur, il était plutôt surpris de ne pouvoir respirer, d'être en train de tomber ou de se noyer, oui, sans doute se noyait-il, il aurait bien aimé savoir comment il en était arrivé là, et si les morts faisaient cela. Et il n'avait pas fait exprès d'appuyer sur la gâchette, c'était juste son doigt qui avait ripé.

Mardi 8 juillet, 0 h 19

La volée de plombs n° 00 (diamètre : 4,5 millimètres, rayon d'action : 35 mètres) explosa en une large gerbe lumineuse et tua d'abord la propriétaire entre deux âges de la Land Rover, Krassovski, le chauffagiste à la casquette en toile, et la jeune femme blonde de la Porsche Cayenne.

Timokhina, la professeure de biologie, qui se tenait un peu à l'écart, ne mourut pas tout de suite, car la paume du marchandiseur de chez Piatérotchka se trouva entre elle et le faisceau de grenaille, lequel arracha d'abord la paume et ensuite seulement, ayant perdu de la vitesse, transperça le foie et le poumon droit de Timokhina.

Les cinq dizaines de plombs restants percutèrent la paroi blindée de la Maybach et partirent dans différentes directions. Certains d'entre eux, changeant alors de trajectoire, atteignirent latéralement le troisième rang de la foule, épargnant curieusement les deux premiers, une partie fut déviée vers le plafond, une balle rebondit dans la nuque de la dame en short. Et la dernière partie de la salve, renvoyée d'où elle venait, toucha le plombier Zotov dans le dos, à l'épaule, et alla se loger dans le sac à dos où son propriétaire transportait des outils, des chaussettes de rechange et une combinaison de travail, ce qui sauva les quatre miliciens à gauche de la porte, la fonctionnaire en costume bleu et le garde grêlé en costume noir, qui, s'occupant du jeune conducteur de bus, n'avait pas vu la boîte de petits pois et ne s'attendait donc pas au coup de feu.

Le professeur invité au nez bosselé, quant à lui, fut le premier à voir la conserve lancée de l'arrière de la Maybach – il tournait le dos à la porte. Dès que l'homme au visage tuméfié leva la main, le professeur le reconnut et entendit le coup de feu avant même qu'il ne soit tiré, si bien qu'il se précipita vers ses filles. Dans sa course, il bouscula la petite maman-Peugeot au visage rond, qui tomba à la renverse. Le lourd professeur atterrit sur elle. Tous deux, gravement meurtris, restèrent néanmoins en vie.

La fonctionnaire en bleu eut le tympan éclaté parce qu'une cartouche de calibre 12, remplie de grenaille, explosa presque au-dessus de son oreille gauche. Sa tête lui sembla exploser, elle aussi, et bascula sur la droite, ce qui lui valut de recevoir dans les yeux, le nez et la bouche une giclée du sang de la propriétaire de la Land Rover grise. L'espace d'un instant, la fonctionnaire devint non seulement sourde, mais aussi aveugle, avec l'impression que ce sang était le sien. Ou que le coup de feu n'avait pas été tiré du tout, mais qu'elle était finalement en train de faire une attaque.

Le garde en noir, temporairement sourd lui aussi, mais autrement indemne, était à quatre pattes devant la porte, secouant la tête.

Quant à l'homme au visage tuméfié, immédiatement après avoir lancé sa conserve, il s'était de nouveau accroupi derrière la Maybach, et ne fut pas touché du tout.

Le coup de feu ne fut pas entendu depuis la salle des moniteurs ; sur l'écran gris et granuleux, il ressembla à un éclair triangulaire de couleur blanche. Un défaut optique, une erreur de la matrice, un bug. Les caméras avaient bien sûr été installées avec le son. Il se branchait à partir de fiches distinctes sur la console, mais personne n'avait effectué les raccordements. La jeune fille de la Toyota remarqua que les personnages en noir et blanc, qui étaient restés si longtemps devant la porte, à offrir un spectacle si ennuyeux qu'elle aurait pu s'endormir, avaient soudain commencé à tomber, comme dispersés par une rafale, mais elle ne comprit pas tout de suite la raison de leur chute ni ne se demanda d'où le vent pouvait bien souffler. Le gros chauffeur de la Maybach, qui ne regardait rien du tout depuis un moment, mais somnolait sur un fauteuil dans un coin, ne se réveilla qu'aux hurlements de son chef jaunâtre. Le vieux tapait du poing sur la table et beuglait comme un supporter de football. Le chauffeur devina à peu près ce qui s'était passé avant même de regarder, et avant l'adolescente de la Toyota. Il rechignait à regarder et songea même à se signer, mais il n'osa pas.

Le bruit du coup de feu parvint avec une seconde de retard au minibus bleu, dont la porte arrière était ouverte et la vitre brisée. Le claquement fut beaucoup plus fort que celui qui avait retenti dans la matinée, près de la grille de l'avant, et cette fois-ci, il fut suivi de cris. Les deux hommes qui, un quart d'heure plus tôt, avaient cassé la vitre du minibus pour s'emparer des outils enfermés dedans et les avaient étalés sur le bitume, se regardèrent, puis, sans un mot, abandonnèrent leur examen attentif des outils pour courir vers le bruit.

Mais la femme assise près du mur, qui n'était occupée à rien et paraissait tout aussi dégoûtée par les deux hommes, le minibus et le coup de feu, demeura assise encore quelques minutes. Elle vérifia les lacets de ses baskets et renoua celui de gauche. Puis elle se leva enfin, scruta le tas d'outils volés et y choisit un pied-de-biche de petite taille. L'ayant soupesé avec dégoût dans le creux de sa main, elle se mit à courir.

Contrairement au minibus, la décapotable stationnait assez loin de la Maybach, à près d'un kilomètre et demi, si bien que les cris ne purent l'atteindre. Ils se dispersèrent sur le chemin, demeurèrent coincés au niveau du premier coude du tuyau de béton. Par ailleurs, non seulement le toit de la décapotable était abaissé, mais l'onde sonore n'apportait qu'un coup de feu affaibli. Le lieutenant eut cependant l'impression de les entendre : non pas le coup de feu, mais les cris qui suivirent, comme s'il les avait attendus depuis tout ce temps. En outre, bizarrement, il vit la scène en fermant les yeux – avec les mêmes images que le chauffeur de la Maybach, mais en couleurs. Malheureusement, les cris dans sa tête refusaient de se taire, et l'image ne fit que prendre des teintes plus vives. Il se leva et commença à s'habiller. La jeune femme à demi endormie à ses côtés, brûlante et nue, avec ses cheveux sentant la fraise, lui demanda :

— Qu'est-ce que tu fais ? Sérieux ?

Il se souvint du pistolet, trouva l'étui sous le siège et le prit avec la même répugnance que la femme auprès du minibus quand elle s'était emparée d'un pied-de-biche volé.

— Connard, marmonna la jeune femme nue. Fous le camp, putain, dégage.

Les derniers à entendre le coup de feu furent le petit stomatologue de la Škoda Rapid et le jeune conducteur du « Boissons de Tchiornogolovka », qui avaient presque atteint le camion frigorifique polonais. Le Gazelliste se tourna vers le stomatologue, et celui-ci vers le chat. L'animal avait déjà mangé un moineau, puis un autre moineau et, à ce moment précis, il dégustait une mésange qu'il n'avait même plus besoin de plumer. Les os de l'oiseau craquaient, les pupilles du chat, dilatées, avaient la taille de petits pois. Son matelas était constellé de plumes.

Mardi 8 juillet, 0 h 21

— ... Comment ça, il faut fermer, il y a encore Sérioga ! On a oublié Sérioga !

— ... Éloignez-vous de la porte, armes au sol !

— ... Oui, attends, il est là, Sérioga, pourquoi vous avez fermé ? Les gars, qui c'est le plus proche, appuyez, on va laisser entrer Sérioga...

— ... Éloignez-vous de la porte !

— ... Débouche-toi le conduit auditif, camarade major, Sérioga est resté dehors !

Tout cela résonnait dans l'oreille droite de la fonctionnaire devenue aveugle – indistinctement, de loin, comme si elle était couchée au fond d'une piscine –, tandis que son tympan gauche ne laissait plus passer aucun son, parce qu'y retentissait un étrange sifflement, tout à fait désagréable, de l'air s'échappant de sa tête. Mais, en même temps, il était clair qu'elle était encore vivante et apparemment déjà dans le sas, même si elle ne se souvenait pas comment elle y était arrivée (une étrange lézarde s'était ouverte à cet endroit), et elle n'avait rien d'autre à faire que de s'occuper de ses yeux.

— Halte ! ordonna le garde du corps dans son costume noir très poussiéreux.

Il était en effet major, même s'il portait des vêtements civils. Son visage grêlé devenu encore plus blafard, il se plaça devant la porte et plongea la main dans sa veste.

— On fait d'abord entrer Sérioga, répliqua le solide tunnelier de Novovolynsk, qui, au contraire, s'était empourpré. Pousse-toi ou je t'écrase, ajouta-t-il en s'avançant.

Ses quatre camarades s'étaient également assombris et regardaient le petit major avec hostilité, tandis que le cinquième était en effet resté dehors à la faveur de la pagaille, tout comme l'infortuné conducteur de bus, dont personne ne s'inquiétait. La milice était donc réduite à sept hommes, où les tunneliers étaient désormais largement majoritaires.

Le major blafard se rendit manifestement compte lui aussi de cette désagréable asymétrie, car il sortit le Glock non réglementaire de sa poche et le pointa entre les yeux du chef d'équipe des tunneliers.

— Me mets pas en pétard, mec, dit-il à voix basse.

Sa bouche sans lèvres frémit et se tordit sur le côté.

— Sinon, vous allez tous aller chercher votre Sérioga.

— Vraiment ? répliqua l'autre en levant son fusil.

— Eh, eh, les gars ! Qu'est-ce qui vous prend ? fit nerveusement le sous-marinier en maillot de lutteur.

— Armes au sol et plus vite que ça ! aboya le petit major poussiéreux.

De son autre main, il sortit le Makarov du capitaine et l'agita vers les membres restants de la brigade insurrectionnelle.

Les mutins ne se plièrent pas pour autant aux ordres, ils firent exactement le contraire : ils se rapprochèrent les uns des autres et brandirent à leur tour leurs fusils. Le sas était vraiment devenu trop exigu.

— Qu'est-ce que vous faites, les gars ? dit encore le sous-marinier avant de reculer vers le râtelier de respirateurs.

La fonctionnaire dans son costume poisseux et brûlant se frottait furieusement les yeux. Le sang de la comptable de la Land Rover commençait à sécher. Ses doigts et ses joues étaient gluants, ses cils aussi collés que si elle avait été aspergée de peinture.

— *Everybody be cool, this is a robbery*[1] ! lança soudain le conducteur de la décapotable depuis un coin de la pièce et il se mit brusquement à glousser. Quoi ? Z'avez pas vu ? Ils sont en train de cambrioler un café, Tim Roth et une… machin-chose. Et il se tient là avec deux flingues…

À ce moment-là de son récit, le propriétaire de la décapotable s'accroupit un peu, en écartant les bras pour leur montrer la posture de Tim Roth. Il manquait des boutons à sa chemise de luxe et son bronzage, sous les lumières bleutées, avait quelque chose de cadavérique.

— Oh, non, c'est la nana ! C'est la gonzesse qui a les deux pistolets sur le canapé, vous vous souvenez ? Travolta sort des toilettes et lui aussi, il a un pistolet. Et Jackson, il est à une table. Alors ils se disent tout de suite : « Hop là ! » Bref, Jackson vise Roth !

Sur ces mots, le propriétaire de la décapotable se pencha, ramassa son fusil sur le sol et le pointa sur le ventre proéminent du sous-marinier, qui s'apprêtait à dire encore une fois : « Eh ! », mais se ravisa.

— Travolta, lui, il vise la gonzesse ! continuait Cabriolet, qui pointa le fusil sur le chef d'équipe en T-shirt vert.

Ses bras tremblaient, ses paumes dégoulinaient. Le reste des tunneliers, le major et le sous-marinier suivaient le déplacement des canons avec une même angoisse, mais la fonctionnaire ne voyait toujours rien, parce qu'elle ne parvenait pas à décoller ses satanés cils.

— Et la nana, elle vise à la fois Travolta et Jackson, en plaçant les bras comme ça, s'esclaffa Cabriolet en pointant le canon vers le major.

Son visage était trempé.

— Et elle reste là, à se demander : mais qu'est-ce que je peux bien faire ?

1. « Que personne ne bouge, c'est un hold-up ! » (*anglais*). Phrase du film *Pulp Fiction*, de Quentin Tarantino.

— Ben rien. Faut rien faire, suggéra le prudent major-avorton de la même voix douce qu'il avait utilisée tantôt avec le conducteur de bus. Tout doux, du calme...

Son visage à lui aussi était mouillé.

— Vous savez comment ils appellent ça ? le coupa Cabriolet. Un match nul mexicain. Un pat, en tout cas. Y en a un qui tire... et *pan, pan, pan !*

Le canon revint vers le sous-marinier, puis vers le chef d'équipe.

— Mais c'est tous des tueurs, tandis qu'elle, c'est sa première fois. Et elle flippe à mort ! Pour toi, par exemple, c'est bon ? demanda Cabriolet en se retournant avec son fusil vers le major.

— Tout va bien, répondit le major, qui avait oublié les tunneliers rebelles, ses mains engourdies et même les pistolets, mais qui fixait intensément le trou noir et enduit de graisse. Bref, calme-toi, allez, doucement, donne..., dit-il au propriétaire de la décapotable avec un effort évident.

Il se força même à le regarder dans les yeux.

— Tout va bien, t'entends, allez..., répéta, sur le côté, le chef d'équipe robuste avec le même effort.

Mais le propriétaire de la décapotable n'apprécia pas ces efforts à leur juste valeur.

— Ben pas pour moi, rétorqua-t-il.

Son sourire se tordit et devint complètement sauvage.

— Ça va pas du tout, putain. Je fais dans mon froc de trouille, merde !

Le fusil qui pointait l'aorte du major oscilla de nouveau.

— Dis donc, ma salope !

Le petit boîtier de l'intercom situé près de la porte la plus éloignée explosa soudain, recrachant la voix bien connue du vieux.

— Tu t'es attiré des ennuis, espèce de garce débile ?

Cabriolet frémit, et son doigt mouillé frémit lui aussi sur la détente. Le major fronça les sourcils, le robuste chef d'équipe s'accroupit. Quant à la fonctionnaire, elle pressa ses paumes moites sur ses joues, prit son élan et décolla ses cils.

— ... tu passeras la serpillière chez moi ! Tu sortiras les pots de chambre ! glapit l'intercom.

Comme sa vision ne revint pas tout de suite, elle dut plus ou moins trouver le boîtier à tâtons sur le mur et coupa le son. Sa paume laissa une empreinte brunâtre sur le plastique. Un vrai film de zombies ! Le chef des tunneliers, grand amateur du genre, eut même l'impression que cette bonne femme sanguinolente, à laquelle plus personne ne pensait, venait de sortir de sa tombe et s'apprêtait à planter ses crocs dans une oreille.

Par-dessus le marché, au début, elle grimaça et grogna, ce qui fissura les croûtes de sang séché sur son visage, puis elle fut secouée d'une quinte de toux, et une bulle rosâtre enfla sous ses narines.

— Connards, lâcha la fonctionnaire d'une voix rauque. Qu'est-ce que j'en ai ras le cul de vous !

Elle n'entendait encore sa voix que du côté droit, tandis que le gauche était sourd et chaud, à croire qu'on y avait introduit un bouchon humide. Et que sous ce bouchon stagnait un sifflement désagréable. Dans sa bouche et son nez, sur ses vêtements et dans ses cheveux, la fonctionnaire avait le sang de la comptable de la Land Rover, et sans doute pas seulement du sang, mais aussi de la cervelle et des éclats de dents. Son pantalon semblait avoir éclaté au niveau d'une cuisse, à moins qu'elle ne porte plus de pantalon du tout. Le carnet avec la liste avait disparu et traînait probablement à l'extérieur. Mais, au moins, elle n'avait plus mal à la tête. La migraine était partie et l'avait relâchée, complètement.

— Vérifiez vos crans de sûreté, *killers* de mes deux, dit le major d'une voix éteinte. C'est un petit bouton, à droite de la gâchette.

Il fut le premier à baisser les mains.

Mardi 8 juillet, 0 h 23

Quatre minutes après le coup de feu, le médecin et le jeune conducteur de la Gazelle atteignaient la Ford de la police, déjà très essoufflés tous les deux, surtout le médecin, que gênait beaucoup la lourde caisse de transport. Le conducteur de la Gazelle trimballait le carton de médicaments, mais n'empêche, il était plus jeune et aurait pu courir plus vite. Sauf que, la boîte ne lui appartenant pas, on aurait pu le soupçonner de l'avoir volée. Et puis sa place était désormais au côté de ce brave homme, si triste, qui l'avait aidé à transporter le brave homme mort d'Andijan jusqu'au portail. Il ne connaissait pas d'autres braves hommes, ici.

Ils n'y trouvèrent pas le lieutenant, qui avait un demi-kilomètre d'avance, mais une femme nue aux cheveux longs – très belle, très nue – qui se tenait à côté de la décapotable écarlate, à fumer une fine cigarette noire. Tous deux, le conducteur de la Gazelle et le médecin, se souvinrent immédiatement de cette femme, car quarante minutes plus tôt, elle avait plumé un moineau pour eux. Le conducteur de la Gazelle se détourna donc pour éviter de la regarder, mais pas le médecin. Au contraire, il se précipita vers la belle femme en tenue d'Ève, lui tendit la caisse contenant le chat et lui adressa quelques mots rapides. La femme ne prit pas la caisse, mais haussa les épaules et recracha des volutes de fumée vers le plafond. Le jeune Gazelliste se rendit alors compte qu'il la regardait quand même. Pour résister à la tentation, il lui tourna le dos et ferma les yeux. Mais il continuait à la voir dans sa tête, et elle était encore plus belle ainsi. Il se dit même qu'il la reverrait désormais toujours ainsi, nue, en train de souffler la fumée de sa cigarette vers le plafond. Même si personne n'avait remarqué qu'il la reluquait, c'était pourtant bien ce qu'il avait fait et il avait tout vu.

Le petit homme triste lui toucha finalement l'épaule, lui dit quelque chose d'incompréhensible de la même voix rapide et redémarra à fond de train, les mains vides, sans la caisse et sans le chat. Il ne fallait plus penser à la femme, non, mais porter son carton de médicaments à la suite du petit homme triste.

Lorsque le bruit de leurs pas s'estompa derrière la courbe du tuyau de béton, la jeune maîtresse de la décapotable écarlate (car la décapotable était bien la sienne maintenant) jeta son mégot, s'assit sur le siège à côté de la cage de transport et jeta un œil à l'intérieur. Le chat lui rendit son regard. Son museau blanc était maculé de sang de moineaux, ses yeux luisaient d'une lueur prédatrice dans la pénombre. Après quoi il fit le dos rond, baissa la tête et vomit des plumes.

— Sans déconner ! cria au chat la maîtresse nue du cabriolet. Sans déconner ! cria-t-elle à l'adresse de la rangée de voitures vides.

L'écho lui revint, tout aussi vide. Les lampes ronronnaient doucement au-dessus de sa tête, le ventilateur du plafond tournait lentement et par à-coups. Peut-être ses batteries étaient-elles en train de mourir.

La maîtresse de la décapotable ouvrit la porte de la caisse, sortit le chat et le posa sur l'asphalte. Le chat rentra sa queue et longea au petit trot la Lexus bleue pour retourner vers le camion polonais.

— Ouais, sans déconner… ! lui lança-t-elle.

Mardi 8 juillet, 0 h 24

C'était le minibus contenant les outils qui se trouvait le plus proche de la Maybach. Les deux hommes, qui avaient entendu non seulement le coup de feu mais aussi les véritables cris (pas ceux que le lieutenant avait imaginés), l'atteignirent cinq minutes plus tard. Le premier à l'atteindre fut le corpulent propriétaire de l'UAZ Patriot, pantelant, le visage ayant viré au noir. Écartant les coudes, il plongea dans la foule comme dans un lac et hurla « Katia, Katiaaa ! », tandis que l'ingénieur maigrichon de la Toyota RAV4 ne criait rien du tout, parce qu'il ne pouvait plus crier et qu'il ne pouvait pas non plus se frayer un chemin.

À ce moment-là, ils se séparèrent et virent des choses différentes. Ayant bifurqué sur la gauche, le propriétaire de l'UAZ aperçut sa femme et ses enfants, en sanglots mais sains et saufs. L'ingénieur, lui, se tourna vers la porte et vit la comptable de la Land Rover, morte, qui n'avait presque plus de visage, et Zotov le plombier, vivant, qui criait, couché sur le dos. À quelques pas du plombier, un fusil abandonné gisait au pied du mur. Le bitume près de la porte, désormais noir, luisait d'un éclat terne. On aurait pu croire qu'une flaque d'huile s'était répandue sous la Maybach.

Environ deux minutes plus tard, la propriétaire de la Toyota, à la recherche de son mari, accourait sur les lieux de la fusillade, armée du pied-de-biche qu'elle avait volé, mais elle vit pour sa part le fauteuil roulant renversé, oui, ce fauteuil d'enfant avec une roue pointant d'une drôle de façon sur le côté, et, à quatre pattes, la maman grassouillette de la Peugeot bleue. En revanche, la propriétaire de la Toyota ne put repérer le garçonnet aux baskets ornées de Spiderman derrière le fauteuil, pourtant elle savait qu'il ne devait pas être loin. Elle fut violemment bousculée à plusieurs reprises, mais s'en rendit à peine compte, parce qu'elle marchait tout droit vers la petite maman et sa poussette, en tenant, sans trop savoir pourquoi, le pied-de-biche devant elle.

Le menton du garçonnet était barbouillé de rouge, ses yeux révulsés. Si elle prit d'abord ce rouge pour du sang, elle se souvint ensuite des morceaux de betterave polonaise lorsque Mme Peugeot leva le visage vers elle. Sa joue droite était entaillée, elle avait une arcade fendue, ses ongles n'auraient pas été plus cassés si la petite maman avait gratté un mur avec. Ou débouclé des lanières rigides, par exemple. Elle regarda la propriétaire de la Toyota, grimaça, dit quelques mots, les répéta, mais l'épouse de l'ingénieur ne l'entendit pas, à cause des cris tout autour. Les cris du plombier qui avait reçu une balle dans le dos ; les cris du marchandiseur de chez Piatérotchka qui avait une main sectionnée – lui, la propriétaire de la Toyota ne l'avait pas encore vu, mais son mari, si. Les cris de ceux qui avaient été atteints par la mitraille dans le troisième rang (lequel n'existait plus, les rangs s'étant dispersés et mélangés) et d'une quinzaine d'autres personnes écrasées ici ou là par le mouvement de panique. Les cris des proches qui appelaient à l'aide, les cris d'autres qui s'étaient perdus dans la cohue, et des enfants, et de tous ceux qui restaient, comme cela se produit quand un avion s'écrase.

Pour mieux entendre maman-Peugeot, la propriétaire de la Toyota se rapprocha en pensant : *Le gosse est mort. Elle va me dire qu'il est mort.* Mais Mme Peugeot se retourna et dit autre chose : « Soulève-le de l'autre côté, je n'y arrive pas. » Elle avait un problème au poignet droit, soit cassé, soit disloqué, en revanche les jambes de son garçon étaient chaudes et vivantes. Comme le pied-de-biche gênait la propriétaire de la Toyota, elle le jeta.

L'ingénieur de la Toyota trouva le carnet près de la porte, les pages couvertes d'une écriture de collégienne. Il réagit alors en dépit de toute logique : il repoussa Steiner, la chimiste blonde (qu'il ne reconnut pas) et contempla d'abord le visage de la jeune femme assassinée en robe noire, puis la dame bronzée en short, Timokhina, l'enseignante de collège, et même la grosse comptable (qui n'avait presque plus de visage), quoique aucune d'entre elles n'ait pu être confondue avec sa fille et qu'elles soient toutes vêtues différemment. L'ingénieur se mit ensuite à courir dans tous les sens, à secouer les gens et à leur crier : « Vous n'avez pas vu une jeune fille, vous n'avez pas vu une jeune fille, vous n'avez pas vu une jeune fille ? » Mais personne ne l'écoutait et il n'apprit rien sur une quelconque demoiselle.

Le lieutenant atteignit également la Maybach maudite en un temps record, huit minutes seulement. Il était classé dans deux sports, en course à pied et en ski, mais dans l'air raréfié et bouillant, il venait d'établir un record personnel. Il était incapable de penser (plus encore, il n'en avait aucune envie), ni au pourquoi de sa course ni à ce qu'il allait faire une fois son but atteint. Il ne pouvait pas penser. Sur place, tout choix lui fut épargné par un inconnu âgé de haute taille qui, le premier, avisa son holster et sa chemise d'uniforme, se précipita vers lui et exigea qu'il l'accompagne sur-le-champ pour arrêter un homme. Un homme très dangereux qui avait déjà tué beaucoup de gens et qui en tuerait davantage, mon cher, si vous et moi ne l'arrêtons pas sur-le-champ.

L'inconnu chenu au nez bosselé était opiniâtre, environ trois fois plus âgé que le lieutenant et même plus grand que lui. Et bien que le jeune policier ait compris dès ses premiers mots qui il devait arrêter, avant même d'entendre l'énumération de ses caractéristiques, il se soumit et suivit le vieil homme jusqu'à la Maybach, comme s'il avait su dès le départ que l'histoire se terminerait ainsi. Dès l'instant où le prisonnier menotté avait dit : « Donne-moi la clé, tu me reverras plus jamais », il avait su que c'était un mensonge, que ça ne marcherait pas. Il avait juste essayé de gagner du temps. Et maintenant, ce temps était écoulé.

Toutefois, l'homme au visage défoncé, qui avait déserté les abords de la Maybach, demeurait introuvable. Il avait disparu, et personne ne se souvenait de l'endroit où il était allé. Et avec lui (bien que personne ne l'ait encore remarqué) avait disparu le fusil appuyé contre la porte.

Enfin, tout à fait en dernier, arriva le stomatologue épuisé, qui avait eu le plus long chemin à parcourir. Pour être plus précis, ce n'était même pas que le stomatologue se traînait, il était cramponné au maigrichon au visage sombre du « Boissons de Tchiornogolovka ». Ce dernier marchait pieds nus : quelque part près du bus aux fenêtres obstruées par des foulards de femmes, l'une de ses claquettes avait lâché, et il avait transporté l'autre dans le carton de médicaments, si bien qu'il en était venu à boiter un peu. L'homme triste avait beau être petit, il pesait son poids, et puis marcher sans claquettes sur l'asphalte faisait mal aux pieds. Par-dessus le marché, le chauffeur du « Boissons de Tchiornogolovka » s'efforçait de ne pas penser à la belle femme nue avec sa cigarette, il avait honte, puis il y pensait encore plus, et ça aussi le fatiguait beaucoup.

Vingt minutes après le tir, les cris s'étaient tus aux abords de la Maybach. Tous ceux qui s'étaient cherchés dans la bousculade s'étaient enfin retrouvés. Le plombier Zotov, qui avait de la grenaille de plomb dans la colonne vertébrale, avait perdu connaissance ; quelqu'un avait ficelé la main arrachée du marchandiseur de chez Piatérotchka à l'aide d'une ceinture, et il restait là, vivant et silencieux, tandis qu'une jeune femme du troisième rang, qui s'était pris des plombs dans le cou, venait de mourir. On cessa presque de se bousculer et de courir, car il est impossible de se bousculer et de courir pendant vingt minutes entières, surtout en l'absence de destination et d'air. Le stomatologue de la Škoda Rapid et son jeune compagnon eurent plus de chance que le propriétaire de l'UAZ, l'homme et la femme de la Toyota et même que le lieutenant, lesquels avaient assisté à la panique initiale, la vraie, celle qui se déclenche dans les toutes premières minutes. Mais le jeune conducteur du « Boissons de Tchiornogolovka » se dit quand même qu'il n'était probablement pas possible de remédier à la situation. Et qu'il était difficile de comprendre comment un seul coup de feu avait pu causer autant de dégâts.

Et, soudain, plusieurs personnes se ruèrent sur l'homme triste qu'il avait transporté accroché à lui. De nombreuses personnes, venant de différentes directions, qui paraissaient n'avoir attendu que lui. Le chauffeur du « Tchiornogolovka » se rendit compte que, une fois de plus, il avait vu juste : cet homme était vraiment bon et important, exactement comme l'homme d'Andijan. Et lui, le chauffeur du « Tchiornogolovka », avait à nouveau fait œuvre utile, sans commettre le moindre impair… à part penser à cette femme nue avec sa cigarette et au spectacle qu'elle offrait.

Le stomatologue ne pensait rien du tout, il se contentait de marcher pour ne pas tomber. À vingt pas du mur, il vit un homme blessé, à la main arrachée, qu'on avait bandée en dépit du bon sens et s'en approcha. Il y avait trop de choses qui allaient en dépit du bon sens ici, il devait bien en choisir une à rectifier.

— Le voilà enfin, annonça la dame en Crocs d'une voix avec laquelle on accueille un mari de retour de beuverie sur le pas de la porte.

Accroupie à côté du plombier Zotov, elle eut bien du mal à se relever.

— Vas-y, dis-moi ce dont tu as besoin.

— D'eau, répondit le stomatologue. D'alcool. De toutes les couvertures que vous pourrez trouver. De serviettes hygiéniques, de couches. Et de beaucoup de volontaires. Il faut évacuer tout le monde loin d'ici.

Le garçon du « Tchiornogolovka », qui avait transporté à sa suite le carton de médicaments, posa au même instant son pied nu sur un doigt. Un doigt humain tout rose, avec un ongle et une alliance. Et il cessa enfin de penser à la femme nue avec sa cigarette.

Mardi 8 juillet, 0 h 24

Dans la salle des moniteurs, ces minutes-là ne se passèrent pas bien non plus.

Le vieux jaunâtre commença par s'en prendre à la table, puis il cracha et vociféra à l'adresse des moniteurs, bien que personne ne puisse l'entendre ; ensuite il vociféra et cracha dans le boîtier de l'intercom et tapa dessus, bien que personne ne puisse l'entendre non plus. Puis il gargouilla soudain, se ramollit et commença à s'affaisser au sol.

Son gros chauffeur en pardessus, qui était resté assis dans un coin, immobile par prudence, se leva d'un bond de sa chaise, porta le chef jusqu'à son siège et s'activa autour de lui en mère attentionnée. Il lui desserra sa cravate, déboutonna le bouton au niveau de son cou ridé (ce qui lui valut une tape sur les doigts), lui présenta un verre d'eau et des comprimés.

Le vieil homme avala les comprimés, mais recracha l'eau avec colère dans la paume du gros chauffeur et continua de tempêter, de manière incohérente, comme s'il avait oublié les mots. Il était assis de guingois sur son siège et la jeune fille de la Toyota remarqua qu'il bavait, que sa braguette était ouverte et qu'il portait une couche. Cette dernière devenait de plus en plus sombre, car le vieux jaunâtre devait être en train de faire dans son froc. Pour ne pas regarder, elle se détourna et, sur un écran de la rangée du bas, elle vit son père debout juste devant la porte, son carnet entre les mains, et elle pensa : *Papa*, et elle cria « Papa, voilà mon papa ! ». Le papa en noir et blanc du dehors leva la tête, comme si le son pouvait parvenir jusqu'à lui, et la regarda droit dans les yeux.

Il n'y avait qu'un seul petit écran dans le sas, près de la sortie, où la fonctionnaire en bleu aurait dû voir son carnet disparu avec la fameuse liste, l'ingénieur et, quelques minutes plus tard, le médecin fugitif qui était revenu lui-même et déambulait à environ un mètre de la porte. Mais l'écran était masqué par le dos du major, et puis major et fonctionnaire essayaient en même temps d'évaluer les dégâts potentiels d'un coup tiré dans l'étroit sas, qui serait l'auteur du premier tir, dans quelle direction il partirait. Ce problème urgent les préoccupait tellement qu'ils ne pensaient plus ni au médecin ni au carnet. Les sept miliciens non plus, d'autant plus accaparés, et qui, pendant un bref mais désagréable instant, en vinrent à oublier leurs deux camarades encore à l'extérieur. Ce fut seulement une fois le moment désagréable passé, quand le major blafard eut enfin baissé les mains et que les miliciens embarrassés commencèrent à examiner leurs crans de sûreté (et, comme il s'avéra, la précaution fut utile) que la fonctionnaire aurait pu regarder l'écran. Mais elle n'en prit pas la peine, préférant s'asseoir par terre (son pantalon craqua au niveau des cuisses) et retirer la chaussure de son pied gauche gonflé. Puis de son pied droit.

Le gros chauffeur de la Maybach aspergeait le visage de son chef, comprenant clairement que pépé avait sans doute mélangé ses pilules et qu'il allait vraiment clamser, aussi simplement que cela, comme une personne normale – affalé dans son fauteuil, sa couche pleine dépassant de son pantalon – et ce constat lui parut étrange. Tellement étrange qu'il aurait été bien incapable de suivre les agissements de l'adolescente, qui recommençait à appuyer sur toutes les touches possibles en glapissant : « Papa, je suis là, papa ! » La fille de la Toyota sembla soudain avoir une révélation elle aussi : elle comprit que son père ne l'entendait pas et que les vieux cinglés ne lui prêtaient aucune attention. Elle se leva aussitôt d'un bond et se précipita vers la porte. Le gros ne fit que pousser un cri, mais le jaunâtre en couche siffla et, brusquement, se cramponna au coude de la gamine. Il avait des doigts glacés, pointus comme des crochets. Elle tapa dessus d'un coup sec, se dégagea de leur emprise et pressa sur un bouton dans le mur. La porte siffla avec la même colère que le pépé psychotique, coulissa, et derrière elle se dévoila le sas qui ne sentait plus le gel citronné mais le vestiaire masculin, auquel venait s'adjoindre une note immonde, impossible à identifier d'emblée.

Le père en noir et blanc de la gamine de la Toyota attendait toujours sous la caméra, la tête renversée en arrière : elle n'avait plus que dix pas à faire et un dernier bouton à actionner. Non seulement les hommes en sueur, armés de fusils, ne firent pas un geste pour l'arrêter, mais on aurait dit au contraire qu'ils avaient peur d'elle. Sauf qu'ensuite, la grande femme de la Maybach surgit et vint à sa rencontre. Complètement, absolument noire, comme enduite de charbon de bois… ou pas. Rouge. Foncé. Rouge foncé, et cette odeur nauséabonde, innommable, qui se dégageait d'elle… Non, elle n'était pas impossible à identifier, bien sûr. La grande femme sentait le sang, car elle était couverte de sang – son costume, son visage, ses cheveux – et les personnes tombées de l'autre côté de la porte n'avaient évidemment pas été emportées par une rafale de vent. Même l'idiote à la stupidité abyssale qu'elle était l'avait compris depuis longtemps, voilà pourquoi elle avait besoin de son papa.

— Ouvrez-moi une seconde, dit l'idiote crétine de sa voix de gamine de trois ans. Une petite seconde, d'accord ? Mon père est là pour moi, s'il vous plaît.

Mais la femme rouge se dressait en travers de son chemin, comme une heure plus tôt, sauf que cette fois elle ne promettait plus rien. Son pantalon était ouvert sur le côté, du haut de la cuisse jusqu'en bas, ses pieds nus avaient bleui, ses orteils, comme bouillis et tout collés, semblaient tout juste libérés d'un plâtre. Ou avoir été écrasés par une roue. Impossible de faire bouger la femme de l'endroit où elle semblait clouée, et il ne fallait pas la pousser, surtout à cause de ces pieds sur lesquels il devait être douloureux ne serait-ce que de tenir debout, et puis la monstrueuse idiote avait pu se méprendre sur le sang, elle avait déjà compris tellement de choses de travers. Soudain, c'était la grande femme qui avait besoin d'aide, qu'il fallait emmener hors d'ici, parce qu'elle ne pouvait plus marcher toute seule.

À cet instant précis, un nouveau hurlement de rage s'éleva de la salle des moniteurs, et tous tremblèrent dans le sas. La jeune fille de la Toyota serra la femme aux pieds nus aussi fort qu'elle le put et la porta presque jusqu'à la sortie, le propriétaire de la décapotable leur emboîta vivement le pas. Le sous-marinier se retira tout aussi vivement dans son armoire de sécurité, les quatre tunneliers se retournèrent vers leur chef d'équipe. Et ce dernier, prenant soudain son courage à deux mains, passa la tête par l'ouverture lumineuse. Plissant les yeux, il vit le gros pépère en pardessus qu'il connaissait bien et, à côté de lui, dans un fauteuil, une poupée – telle fut du moins l'impression qu'il en eut –, une affreuse poupée jaune vêtue d'un costume ou même d'un queue-de-pie, qui se tortillait et hurlait, comme si le gros père tirait des ficelles par-derrière. Lequel gros père criait probablement aussi sur elle, bien qu'on ne comprenne pas très bien pourquoi ni ce que c'était que ce bordel.

À l'instar de ses camarades, le chef des tunneliers avait vu beaucoup de choses dans sa vie, mais les dernières vingt-quatre heures l'avaient sacrément épuisé, sans même parler des dernières heures qui n'avaient été qu'une dinguerie ininterrompue. Pourtant, la poupée en queue-de-pie, sortie tout droit d'une pièce de théâtre télévisée de l'époque soviétique qui avait fait cauchemarder le futur chef d'équipe, alors âgé de six ans, pendant un sacré bon bout de temps, n'entrait dans aucune catégorie. Il aurait voulu crier, mais il avait la gorge serrée et aucun son n'en sortait.

— Foutez le camp d'ici, beugla la marionnette jaune en regardant le chef d'équipe avec des yeux furieux et absolument vivants.

Où appuyer ? demanda la fille. Je ne sais pas comment ça s'ouvre. Connaaaasse débiiile, s'époumona dans son dos une voix qu'on ne pouvait plus couper, tu vas bouffer de la meeerde, vous allez tous bouffer de la merde, connaaards. Cependant cette voix effraya surtout le chef d'équipe, car la femme de la Maybach au pantalon craqué ne l'entendait pas. Elle tenta de remuer les orteils et ne sentit rien : ni ses orteils, ni ses pieds, ni le sol froid. Elle avait la sensation d'être suspendue dans les airs. Si la jeune fille n'avait pas été là, elle se serait envolée jusqu'au plafond, ce qui aurait été fort à propos. Comment ça s'ouvre, demanda encore la jeune fille, or, bizarrement, la femme de la Maybach savait vraiment où appuyer, c'était facile pour elle. Soudain, tout était facile et il était même intéressant de voir si la main allait obéir.

La main obéit, bien qu'elle ne semble pas lui appartenir – brune, tachée et si craquelée qu'on aurait cru y voir de la peinture qui cloquait, ou plutôt non, de la peau, avec la chair, la montre au bracelet trop serré, et la manche sale de sa veste. Tout ce superflu était sur le point de tomber, et il serait alors encore plus facile de s'envoler. Bien sûr, pour cela, elle devait d'abord ouvrir la porte, comment ne l'avait-elle pas réalisé ?

— ... T'as complètement perdu la boule, dit le petit major poussiéreux. Ils vont te faire exploser la tête, ils ont deux fusils là-bas maintenant.

Mardi 8 juillet, 0 h 38

— Il n'est pas là, constata le lieutenant en se couvrant la bouche de sa paume.

Même à cent mètres de l'épave de la Volkswagen, l'odeur était si forte qu'il en avait le goût sur la langue. Elle flottait dans l'air, gaz au-dessus d'un marécage. On aurait pu la découper en morceaux, cette puanteur grasse, épaisse et horrible de viande morte. La poussière de ciment et les cendres liées au court-circuit s'y étaient noyées depuis longtemps, et le lieutenant regrettait vivement de ne pas fumer. D'avoir accepté de suivre le vieil homme au nez bosselé jusqu'à la grille, d'avoir accepté tout court. À chaque pas, l'entreprise lui semblait de plus en plus périlleuse.

— Qui irait s'aventurer là-bas ? demanda-t-il avec angoisse.

Il cracha pour ne pas déglutir.

— Il faut chercher partout, répliqua Nez bosselé avec colère.

L'odeur ne semblait pas le gêner, et même boitant fortement, il marchait plus vite que le jeune lieutenant.

— Nous commencerons par cette extrémité et nous remonterons le tunnel. Il peut être n'importe où. Tout le monde ne connaît pas son visage, il risque encore de faire semblant, vous comprenez ?

Le lieutenant comprenait. Il en comprenait maintenant bien plus qu'il ne l'aurait voulu sur l'homme au sourire affectueux, mais l'heure n'était pas encore venue d'en parler, à personne et surtout pas au vieil homme au nez bosselé. Lequel, n'étant pourtant pas son supérieur, lui donnait des ordres sans se gêner.

— Allons-y, mon cher, allons-y, il n'y a plus beaucoup de temps, disait-il justement en accélérant le pas.

À croire qu'il ne sentait vraiment rien du tout, s'étonna le lieutenant, qui, au contraire, n'avait plus du tout besoin de temps et ne trouvait plus de raison de se presser.

Les voitures étaient restées en arrière depuis longtemps, même la Škoda solitaire au rétroviseur cassé, vide et verrouillée. La grille apparut devant eux, la Golf orange, une pelote de câbles et un générateur japonais couvert de poussière. Et, naturellement, il y avait le gamin mort à côté de la Golf, dont la montre avait été volée et sur lequel le lieutenant ne voulait plus poser les yeux. À côté, le long du mur, deux nouveaux corps avaient fait leur apparition, qu'il ne connaissait pas, un féminin, en robe à fleurs, couvert d'une veste blanche, et un masculin, lui aussi la tête couverte, il ne voulait pas les regarder non plus. Il devina qu'il s'agissait des deux personnes qui avaient été abattues à la barricade dans l'après-midi, et le souvenir lui en revint aussitôt, très distinctement : « Lieutenant ! Pourquoi tu fais semblant de pas me connaître ? » ; et le sourire : « Tu veux un peu d'eau ? »

Lui, le lieutenant, il avait bu goulûment à cette bouteille de cinq litres, devant tout le monde, puis il l'avait emportée avec lui. Il se rappela aussi son soulagement, dont il avait moins envie que tout de se rappeler. Puis le motard au casque miroir, et le gros capitaine, qui émiettait toujours des morceaux de ses chaussons à la viande sur son pantalon, qui tabassait les appréhendés avec un plaisir manifeste et ne dédaignait pas de faire main basse sur leur portefeuille.

— Ça fait combien de personnes, mince ? pensa-t-il à voix haute.

Car il y avait aussi ceux qui se tenaient près de la Maybach, que personne n'avait transportés nulle part et qu'on n'avait probablement même pas dénombrés. Le lieutenant n'aurait guère pu développer sa pensée maintenant, car il n'était pas très doué pour les explications, mais, aussi étonnant que cela soit, l'homme au nez bosselé comprit.

— Il y en aura encore si nous ne faisons rien, déclara-t-il sourdement. Bien plus. Elle, on ne peut pas l'atteindre maintenant, mais on doit au moins l'attraper, lui. Ils sont tous les deux… un poison, vous comprenez ? Tout ça s'est produit à cause d'eux.

— Il faut inspecter le bus, déclara le lieutenant, qui venait de remplacer une entreprise périlleuse, par deux, voire trois pour être honnête, parce que, à l'instar de tous les autres sans doute, son compagnon au nez bosselé ignorait l'existence du pépé reptilien.

— Il se planquait là, la dernière fois. Et vérifier le camion. Je parie cent balles qu'il va essayer de magouiller un truc avec la nourriture.

Et il se retourna pour revenir sur ses pas.

L'homme chenu au nez bosselé regarda le corps de la femme dissimulé sous sa veste. Brusquement, il devint patent qu'il était vieux, très vieux, qu'il tenait à peine sur ses jambes. Que ses mains tremblaient et que l'entaille à sa joue suintait le sang.

— Je pourrais peut-être y aller tout seul. Et vous… vous asseoir avec vos filles, suggéra le lieutenant.

Non sans hypocrisie, car il n'avait aucun espoir de succès. Ni seul ni avec le vieil homme.

— Voilà autre chose ! s'écria l'homme au nez bosselé, qui s'emportait à nouveau. Qu'est-ce que vous faites à rester planté là, le temps presse !

Mardi 8 juillet, 0 h 41

— Salope crétine, maugréa le vieux jaunâtre en buvant un peu d'eau. Espèce de dinde. Tu finiras à la cuisine, à éplucher les pommes de terre. À récurer les chiottes, acheva-t-il en buvant encore un peu.

À chaque nouvelle gorgée, ses joues reprenaient un peu de couleur et, d'une manière générale, il semblait revivre. Il se redressa plus fermement, cessa de crier et perdit toute ressemblance avec la poupée effrayante que le chef d'équipe avait imaginée. C'était désormais un grand-père ordinaire, assis dans un fauteuil, qui se renversait un peu d'eau dessus. Et cette pièce interdite, derrière la porte cosmique, n'avait rien de particulièrement impressionnant. OK, des écrans, OK, des boutons, des comprimés sur la table. Et l'odeur n'était pas plus agréable que dans le sas. Pour être honnête, ça sentait même l'urine, comme dans une chambre d'hôpital. Le chauffeur mafflu, le major miniature et la femme au costume en lambeaux prenaient racine autour du pépé : ces quatre-là ne ressemblaient guère au gouvernement mondial ultime, et la pièce elle-même n'y faisait pas beaucoup penser non plus. Les miliciens ne s'aventurèrent toutefois pas à l'intérieur, ils se contentèrent d'un coup d'œil depuis le seuil. D'ailleurs, à vrai dire, où auraient-ils pu se loger, là-dedans ?

— Il est où, mon médecin ? demandait le pépé jaunâtre de la voix maintenant grincheuse d'un retraité dans une clinique. Je te l'ai dit noir sur blanc : le médecin est à faire entrer en premier, t'es sourde ou quoi, espèce de nouille écervelée ! T'as organisé un putain de cirque et moi, je dois attendre ici ? Il est où, le médecin ?

— J'ai suivi le protocole, protesta faiblement la femme.

On aurait dit qu'elle avait été renversée par un camion et qu'elle en avait réchappé par miracle. Elle se tenait de guingois, un peu chancelante, au point qu'elle semblait sur le point de tomber. Ou de s'asseoir, au sol par exemple, et de ne plus se relever.

— Je te l'ai dit : un médecin.

Le vieux s'entêtait dans ses caprices. Il se rejeta contre le dossier de son fauteuil et remua un genou. Il y eut un bruissement dans son pantalon, suivi par une forte odeur d'urine.

— Elle nous a ramené une morveuse qui a deux mains gauches : elle arrive pas à se connecter à Internet, elle sait rien faire, dit-il d'un ton malheureux. Vous, les mange-merde, vous êtes bons à que dalle, de toute façon.

— J'ai agi… selon le protocole, marmonna-t-elle en se balançant d'une jambe enflée sur l'autre.

Elle gardait la tête légèrement sur le côté et fixait un coin de la pièce.

— La première étape est la formation d'un groupe d'hommes de main. Deuxième étape : sélection de spécialistes techniques en nombre suffisant pour assurer la viabilité du refuge, la priorité est donnée…

— Je m'en branle de ton protocole ! s'égosilla pépé. Les étapes, je m'en tape ! Madame a des priorités ! C'est moi, ta putain de priorité, tu piges ?

Et il continua à vociférer pendant encore une minute ou deux, comme quoi il lui avait ordonné de faire venir le médecin, c'est clair, le mé-de-cin, et que sans médecin, il se contrefoutait complètement de la viabilité du refuge, qu'il s'en branlait de la viabilité et aussi de la sélection, si on ne lui amenait pas de médecin, et que pour tout le reste, deux techniciens intelligents suffiraient, voire un seul, du moment qu'il se sortait les doigts du cul. Et que tous les autres abrutis pouvaient aller crever dehors tout de suite, s'ils ne comprenaient pas la putain de priorité qu'ils avaient ici.

À ce moment-là, le pépé jaunâtre redevint orange, gargouilla, et le chauffeur à la grosse trogne lui présenta un nouveau verre d'eau. Les sept miliciens restant dans le sas se souvinrent alors soudain de l'autre vieux, au nez bosselé, qui avait récemment dit presque la même chose à l'extérieur. Que ce soit à propos du nombre de techniciens nécessaires, à savoir un, et d'une manière plus générale. Bien que les priorités de ces deux vieux soient différentes, la similitude les frappa de la manière la plus désagréable possible. D'abord parce que, dans les deux cas, le rôle qui leur était dévolu à eux, les miliciens, était très ingrat, quelle que soit la manière dont on l'envisageait. Et ensuite, la main sur le cœur, ils comprenaient que ni dans un cas de figure, ni dans l'autre, ni dans aucun cas de figure qui soit, ils n'étaient indispensables.

Mardi 8 juillet, 0 h 49

— Ça coule, ça coule, oh, regardez comme ça coule ! Ce n'est pas normal, si ? Pas aussi fort que ça ? demanda, anxieuse, une femme vêtue d'un T-shirt Homer Simpson.

Elle fourra dans la main du stomatologue un paquet de compresses de gaze neuves n° 10. Les compresses n'étaient d'aucune efficacité.

Les blessés n'auraient jamais dû être transportés où que ce soit. Il était dangereux de les déplacer, surtout un homme avec une balle dans la colonne vertébrale, qu'on n'aurait même pas dû toucher. Tout le tunnel était également jonché de détritus, non stérile, et rien ici ne convenait à un hôpital, et encore moins à un pseudo-hôpital, sans chirurgien, ni ambulancier, ni même infirmier, juste un stomatologue de la clinique Oulibka qui, en vingt ans d'une pratique tranquille, n'avait jamais rien incisé de plus délicat qu'une gencive. C'était une mauvaise décision, aussi mauvaise que toutes les précédentes. Mais soudain, à part lui, il n'y avait plus personne pour prendre des décisions, et rester là où l'on mitraillait des gens lui était apparu encore pire, et tout le monde autour de lui était instantanément tombé d'accord avec sa décision. Comme si quelqu'un – peu importe qui – devait juste prendre une décision. Et puis tout s'était déroulé très vite, presque spontanément : il s'était d'emblée trouvé des gens, de l'eau, des serviettes et des couvertures pour transporter les blessés, et le stomatologue n'avait eu qu'à choisir leur destination. Ce qu'il avait fait, parce qu'il n'y avait personne d'autre pour s'en charger à part lui. Et avec la même rapidité, dans ce lieu aléatoire, pas très loin, à cinq minutes environ de la terrible porte (lieu que le stomatologue avait choisi, sans être sûr de son choix), d'autres nouvelles personnes avaient commencé à écarter les voitures pour libérer de la place. Et puis, tout aussi rapidement, ces gens avaient apporté de l'eau, des serviettes et des couches, des dizaines de trousses de secours comme on en voit dans les voitures, et même une bouteille d'eau-de-vie fabriquée maison, miraculeusement intacte, que quelqu'un avait rapportée de sa datcha. Bref, ils lui avaient obéi au doigt et à l'œil, comme s'il était autorisé à leur donner des ordres. Malheureusement, ce lieu fortuit ne s'était pas transformé en hôpital ; lui, le stomatologue, n'avait aucun droit de se montrer aussi directif, et il ne croyait plus en ses décisions depuis longtemps.

Un homme à la main arrachée, par exemple, était encore vivant près de la porte. Il était assis, discutait, plaisantait même à propos de sa guitare, qui exaspérait sa femme. Le garrot avait été mal posé et probablement trop tard, mais il était mort en chemin, pendant qu'on le transportait sur une couverture tendue, et maintenant sa femme hurlait au-dessus de lui, et, avec elle, d'autres femmes qui faisaient ainsi grimper un peu plus l'affolement parmi elles. Et un deuxième homme était probablement sur le point de mourir, avec une dizaine de plombs profondément enfoncés dans le flanc gauche, qu'il ne pouvait pas extraire, et lui aussi avait sa femme qui pleurait de rage dans son T-shirt Homer Simpson, croyant encore que la grenaille de plomb pouvait être retirée, et qu'un produit anesthésique, un scalpel stérile et un chirurgien compétent allaient surgir de nulle part, et que toute cette agitation avait un sens. La jeune femme enceinte, avec un piercing dans le nez et des genoux écorchés, se tenait le ventre et criait qu'elle n'allait pas accoucher ici, qu'elle ne pouvait pas accoucher ici. On allongea à côté d'elle la jeune femme vêtue de noir qui avait été fauchée par une balle et dont la mère, assise au-dessus du cadavre, tapait sur les mains de tous ceux qui approchaient. Elle aussi était traumatisée, des filets de sang ruisselaient de son front, ou peut-être pas, car tout le monde était couvert de sang. Ceux qui avaient été touchés par la mitraille, ceux qui s'étaient brisé quelque chose dans la bousculade, et les autres qui les avaient transportés ici à bout de bras et dans des couvertures tendues. Le petit stomatologue lui-même, qui avait remis correctement son garrot à l'homme à la main coupée (effort inutile au bout du compte), et qui essayait maintenant tout aussi vainement d'empêcher un homme avec dix morceaux de plomb dans le flanc de se vider de son sang.

Il était agenouillé à côté de lui, appuyant et changeant les compresses engorgées, parce qu'il ne savait pas l'aider autrement. Il ne savait pas non plus faire la différence entre les blessés et les indemnes, entre ceux qui étaient gravement blessés et ceux qui l'étaient à peine, ni quoi faire de toute cette douleur et de tous ces cris qu'il avait rassemblés en un seul endroit sans trop comprendre pourquoi. Ou plutôt, il savait qu'il ne savait pas. Dès qu'il avait décroché son diplôme, il s'était empressé d'oublier son cours de médecine générale en poussant un soupir de soulagement, parce qu'il s'était rendu compte à ce moment-là qu'il n'était pas fait pour ça. Parce qu'il les avait trompés, n'étant pas médecin. Pas un vrai médecin en tout cas, il ne s'était jamais considéré comme tel, et maintenant, allez savoir pourquoi, il avait trouvé le moyen de s'impliquer dans cette histoire, or, inévitablement – il le devinait clairement –, il ne ferait au mieux que prolonger leurs souffrances.

— Vous allez faire quelque chose ou pas ? répétait la femme de l'homme au flanc criblé de grenaille. Ça coule, vous allez faire quelque chose, je vous dis, mais pourquoi vous restez assis là… comme ça !

Aux mots « comme ça », elle prit soudain son élan et flanqua un coup de poing dans l'épaule du petit stomatologue.

Il avait les épaules engourdies, les doigts tétanisés et les compresses étaient trempées. La douleur dans son dos était revenue, encore plus abominable qu'avant. La seule chose qu'il devait faire maintenant, c'était éloigner ses mains, mais même cela, bizarrement, il en était incapable.

L'homme, dont le sang imbibait une serviette de bain rayée, remua et cligna des yeux.

— N'appuyez pas, pourquoi vous appuyez aussi fort, ça fait mal, protesta-t-il, avant de se plaindre : Le sol est froid.

L'asphalte était au contraire brûlant et poisseux, et tout alentour était poisseux et brûlant, humide : l'air, la serviette rayée et le stomatologue lui-même, qui, pour cette raison justement, n'aimait ni les stations tropicales ni le *bania*, et qui, en été, se languissait toujours de l'hiver. Du blanc pur de l'hiver, de la forêt, du ski de fond, de la neige tombant sans bruit des arbres. Le stomatologue plissa les paupières et imagina la piste, le silence et les branches d'épicéa ployant jusqu'au sol.

— C'est vous, le médecin ? demanda-t-on à côté de lui.

On cognait à nouveau dans son dos douloureux, comme on frapperait à une porte.

Il se retourna pour crier enfin que non, il n'était pas médecin, n'était-ce pas évident ? Mais il se ravisa en voyant un prêtre. Un vrai pope en soutane, avec une barbe grise luxuriante et une croix. Pendant un bref et horrible instant, le stomatologue eut l'impression que le *batiouchka* était venu célébrer des funérailles ou bien – comment ils appelaient ça ? – accepter le repentir, et qu'il allait offrir ses services à l'homme au flanc criblé de mitraille et à sa femme en colère. Ou bien il ne les proposerait même pas, mais entreprendrait sur-le-champ de faire le signe de la croix, poserait ses belles mains blanches sur le mourant et chanterait quelque chose. La femme en colère, dans son T-shirt des Simpson, avait visiblement eu la même idée : son visage indiquait qu'elle était sur le point de déclencher une bagarre.

— Il n'y en a pas beaucoup, mais ils sont efficaces, dit le vieil homme, sans se rendre compte de la menace.

Sur sa belle paume blanche, il y avait deux boîtes de tramadol, l'une ouverte, l'autre entière.

— Ils sont très forts, tout le monde ne peut pas en prendre…

— Oui, je sais, dit le stomatologue, qui, au bout du compte, en savait assez.

Par exemple, que ces deux boîtes incomplètes permettraient facilement d'anesthésier tout son hôpital condamné pendant les six ou huit heures à venir. Que six heures, c'était probablement plus que ce dont il avait besoin. Et que le pope chenu ne devrait pas conduire de voiture, mais plutôt s'allonger lui aussi et se préparer à rencontrer sa plus haute autorité.

À dire vrai, le stomatologue n'avait rien pour se saisir des boîtes. Il ne pouvait toujours pas retirer ses mains – au contraire, même, il les pressait plus fermement. Parce qu'il s'était enfin rappelé pourquoi il avait couru jusqu'ici et le sens de sa démarche. Quel imbécile d'avoir oublié !

— Vous n'en avez pas besoin ? demanda le prêtre en fronçant les sourcils.

Sa voix était basse et sévère, sa paume tremblait visiblement.

— Si, bien sûr que si, s'empressa de répondre le stomatologue. Si, si, grand besoin, merci, c'est justement de ça que j'avais besoin ! Ma chère, si cela ne vous dérange pas trop…

Il s'était tourné vers la femme en colère qui lui avait donné un coup de poing, quelques instants plus tôt, et lui adressa son sourire le plus aimable et le plus digne d'un médecin.

Mais, dans la seconde qui suivit, il fut brusquement frappé de cécité. L'obscurité s'installa soudain, comme s'il avait reçu une balle dans la nuque ou qu'on lui avait enfilé un sac noir sur la tête. Ou qu'on avait éteint la lumière.

À cinq cents mètres de l'hôpital autoproclamé, entre une Mitsubishi Pajero vide et une Lada Priora tout aussi vide, le professeur invité au nez bosselé marcha dans l'obscurité sur un dossier intitulé : « Reconnaissance de la marque : impact positif sur les ventes ». Il perdit l'équilibre, se cogna à nouveau le genou et serait probablement tombé, sans le jeune policier pour le rattraper et l'empêcher d'atterrir par terre.

À une trentaine de pas, la propriétaire grisonnante d'une Citroën jaune sortit la tête de l'obscurité d'encre, cosmonaute en sortie dans l'espace, et appela :

— Tcharlik ! Tcharlik, bébé ! Je t'avais dit qu'on aurait dû lui mettre la laisse, lâcha-t-elle ensuite en se tournant vers son mari.

Cependant à l'intérieur de la Citroën régnait la même obscurité d'encre.

Son mari voulut lui prendre la main, mais il la manqua et ne put la retrouver.

— Vous avez une torche ? demanda le professeur au lieutenant. On a dû vous en donner une.

— Oui, bien sûr, répondit l'autre. Et des iPhone aussi. Et des réacteurs dorsaux.

— Tcharlik ! entendirent-ils de nouveau vers l'avant, plus fort. Tchaaaarliiiiick !

Le lieutenant reconnut cette voix. *Il fallait qu'ils le laissent sortir maintenant,* pensa-t-il. *Maintenant. Sans déconner.*

— Sans déconner, dit la jeune femme de la décapotable écarlate (plus nue, mais en robe) en levant la tête vers le plafond invisible et les lampes éteintes.

Seulement, contrairement à la maîtresse de Tcharlik, personne ne l'entendit.

L'espace était tout aussi obscur et désert autour de la Maybach, d'où l'on avait emmené non seulement les blessés mais aussi les morts. Ou plutôt, l'espace était presque désert, car près de la porte verrouillée dans le mur, il restait encore deux personnes assises par terre : l'homme et la femme de la Toyota, qui n'avaient pas suivi l'hôpital mobile. Elle avec le pied-de-biche volé dans le minibus, lui avec le carnet couvert de l'écriture d'écolière de sa fille. N'ayant rien à se dire, ils ne parlaient pas.

Un setter irlandais roux, en totale liberté depuis deux heures, apparut dans le passage entre les voitures, accompagné du léger cliquetis de ses griffes sur le sol. Ayant perçu une odeur d'humains, il s'arrêta, hésitant à s'approcher. La femme de la Toyota l'entendit respirer et resserra sa prise autour du pied-de-biche volé. L'homme actionna son briquet comme s'il s'apprêtait à enflammer le carnet, au lieu de quoi il se leva et brandit la flamme au-dessus de sa tête. Le cercle de lumière irrégulière s'éleva avec lui, lécha le mur taché et s'arrêta, frissonnant, près du ventilateur au plafond. Les pales ne tournaient plus.

— Ça s'est éteint, c'est ça ? chuchota, effrayée, la femme vêtue du T-shirt Homer Simpson. C'est fini ? Pour de bon ?

Quelque part, à proximité, on se mit à pleurer, là aussi en chuchotant, aurait-on dit. Tout était très silencieux, au point qu'on aurait pu croire le son mort en même temps que la lumière.

Pour de bon, oui, pensa le stomatologue, qui se calma soudain.

— Ma chère, dit-il dans l'obscurité, soyez gentille. Nous allons nous lever tout doucement, vous et moi. Les deux boîtes sont là-bas, nous devons les attraper sans les renverser…

Puis il fut aveuglé une seconde fois, car les phares d'un SUV voisin s'allumèrent soudain : une lumière bleue au xénon, aussi aveuglante qu'une lampe de bloc opératoire, le frappa en plein visage. Tout l'hôpital, qui avait perdu espoir, poussa un cri unanime. Un instant plus tard, une silhouette apparut dans le halo, fine et légère, qui paraissait ne pas toucher le sol mais demeurer en suspens dans l'air chaud, sur le point de déployer ses ailes ou de s'envoler vers le plafond. Le corpulent *batiouchka* se signa avec emphase.

Chassant ses larmes d'un battement de paupières (ses mains étaient encore occupées), le médecin scruta le nouveau venu et reconnut son jeune compagnon privé de langage. Le gamin basané de la Gazelle claqua la porte du SUV et s'approcha de lui en boitillant, un large sourire aux lèvres. Sa claquette gauche béait, si bien que la semelle en caoutchouc raclait maintenant le bitume à chacun de ses pas. Il y avait un trou dans sa chaussette devenue grise à cause de la poussière.

— Ma chère, dit le médecin. J'ai encore une faveur à vous demander, essayez de trouver un couteau. Bien pointu. Et faites apporter l'alcool ici.

Mardi 8 juillet, 0 h 52

Dans la pièce aux moniteurs, la situation était demeurée inchangée. Les lumières continuaient de briller, les climatiseurs ronronnaient, et même le parfum de citron était toujours perceptible, à croire qu'il était lui aussi distillé en portions parcimonieuses, en même temps que la lumière et l'air. Seules les caméras orientées vers l'extérieur étaient éteintes – avaient-elles été débranchées au motif qu'elles n'avaient plus rien à montrer ? Mais les gens à l'intérieur étaient trop occupés et, lorsque l'écran gris granuleux, qui, une seconde plus tôt, montrait encore la Maybach et le rectangle d'asphalte devant la porte devint soudain noir, seule l'adolescente de la Toyota s'en aperçut. Une fois de plus, elle pensa aussitôt : *Papa.* Elle ne pensait plus qu'à cela depuis longtemps : *Papa, je suis là, je suis là, papa,* et pour que cette pensée ne s'affaiblisse pas subitement à mi-chemin, elle gardait les yeux sur l'écran, juste au cas où. Mais l'écran s'était éteint, consumé, semblait-il, par cette pensée interdite, qui avait peut-être fait fondre un fil. Et personne ne regardait. Le vieux jaunâtre gargouillait et crachait dans son fauteuil. Tout le monde observait le spectacle qu'il offrait, redoutant visiblement de détourner le regard : peut-être attendaient-ils qu'il meure, ou bien craignaient-ils qu'il ne meure pas s'ils ne regardaient pas. Ils avaient oublié le sas, et donc la porte.

Les abords de celle-ci n'étaient pas déserts finalement. Le vieux beau de la décapotable était assis par terre, verdâtre et ruisselant, fixant le mur et bloquant le passage avec son pied.

— S'il te plaît, dit Assia tout bas. Je peux passer, s'il te plaît ?

Le vieux beau ruisselant leva la tête. Il n'avait plus rien de beau, il était même affreux, comme les autres, mais, n'empêche, elle le connaissait. Une fois, elle s'était assise dans sa voiture, sa petite amie aux escarpins à talons rouges lui avait donné de l'eau.

— S'il te plaît, insista-t-elle tout bas.

Car elle savait maintenant sur quel bouton appuyer, elle en était presque sûre. Si seulement il enlevait son pied…

Puis un léger cercle dentelé apparut sur un écran mort et sautilla, comme à l'allumage d'un économiseur d'écran ou si quelqu'un lui faisait signe… Oui, ce fut ce qu'elle pensa, c'était un signal à elle destiné. Et, soudain, elle vit son père, à deux pas, tout près, avec, à ses côtés, Martyre. Granuleux et gris, comme aperçus sous l'eau. Mais elle ne pouvait toujours pas crier, alors elle donna silencieusement un coup de pied dans le tibia de l'homme vert. Il gémit et commença à replier sa jambe.

— Où tu penses aller comme ça ? entendit-elle dans son dos.

Puis, brusquement, elle tomba… Pas de son propre chef, non, elle percuta douloureusement le sol, les lumières bleues du plafond la cognèrent en plein dans les yeux. Elle voulut dire qu'elle avait mal, bon sang, ou même crier qu'elle avait mal, mais elle en fut incapable, parce qu'elle n'avait plus d'air dans les poumons.

— Eh, doucement ! lança le chef des tunneliers de Novovolynsk.

Il n'avait pas de fille, bien qu'il en ait toujours rêvé, mais trois garçons qu'il voyait quelques mois par an et que, pour cette raison, il ne touchait jamais de ses mains.

Valéra ne dit rien, même si lui avait deux filles. Néanmoins, il fut bouleversé aussi, parce qu'il se rappela également ses filles, et que le major avait vraiment dépassé les bornes. Une tape sur la main, passe, même une tape dans la nuque. Mais pourquoi faire ça, ce n'était qu'une gosse.

Le major blafard était pour sa part très content de lui. Il traîna la petite conne dans la pièce et la flanqua dans un coin.

— Bouge pas d'ici ! Elle essayait d'ouvrir la porte, cette plaie, expliqua-t-il en se retournant vers le chef.

Tout était parti en vrille au cours des deux dernières heures, et ce qui venait de se produire dans le sas était particulièrement désagréable. C'était une situation vraiment merdique. Encore hanté par le souvenir de la bouche graisseuse du fusil qui se balançait entre son front et sa gorge, il avait d'urgence besoin d'un dérivatif pour briser ce souvenir. Pour prendre le contrôle de toutes les situations à venir. Et en même temps pour rappeler à pépé sur qui il pouvait vraiment compter.

— Enlève les mains de cette gamine, salopard, intervint la femme au costume en lambeaux, qui n'avait pas de fille, elle non plus, et n'avait d'ailleurs jamais voulu d'enfant.

— Dans ce cas, surveille-la, putain, rétorqua le major en souriant d'un air victorieux. Je suis le seul à devoir garder un œil sur tout le monde ? T'as réuni une armée de clowns, t'as perdu nos armes. Il nous reste plus qu'à ouvrir la porte maintenant que tu leur as offert deux fusils, ironisa-t-il en se retournant vers le vieux.

Il n'était pas sûr que pépé ait bien entendu ce qui avait été dit à propos des fusils la dernière fois et qui les avait distribués inconsidérément. Cela étant, le vieux paraissait avoir un problème, lui aussi. Il avait, semblait-il, cessé de gargouiller et se tenait plus droit, cependant il avait encore du mal à comprendre ce qu'il entendait.

— C'est toi qui as donné ces armes à n'importe qui, insista le major.

Et puis, aussi fort et avec la même insistance, il annonça que lui, le major, s'était fermement opposé à la distribution d'armes au premier bouffon venu, et qu'il ne fallait surtout pas ouvrir la porte dans la situation actuelle. Que cette situation était instable, complexe. Tel était son avis d'expert. Et comme lui, le major, était responsable de la sécurité du premier personnage de leur petit groupe, il ne permettrait à personne de le mettre en danger.

N'étant guère doué pour les discours, il n'était pas peu fier de lui (surtout de l'habileté avec laquelle il avait parlé du premier personnage de leur groupe). Et le personnage en question se tourna enfin vers lui.

— Monsieur ne permettra pas, répliqua-t-il en montrant les dents. Et la perfusion, c'est toi qui vas me la poser ? Gros branleur. Tu vas me faire mes dialyses ? C'est toi qui vas entrer les putains de codes d'activation ? Ou c'est celui-là qui va s'en charger ?

Le personnage se tourna vers Valéra à la grosse trogne, et à ces mots, une bulle explosa sous son nez jaune, que le chauffeur s'empressa d'essuyer avec une serviette. Il se reçut un nouveau coup, cette fois sur les lèvres, et pas du plat de la main, mais avec un poing sec et osseux.

— Ça suffit ! Pourquoi vous le frappez tout le temps ? s'écria Assia, qui éclata en sanglots.

Elle s'était promis de ne pas pleurer, elle n'en avait pas eu l'intention, mais ç'avait été plus fort qu'elle.

— C'est elle qui va entrer les codes ? continua le pépé jaunâtre en la pointant du doigt. Cette morveuse qui sait rien faire de ses dix doigts ?

La fureur le ranima, comme toujours et, en une minute montre en main, le major se retrouva dans une autre situation tout à fait inattendue, qu'il n'avait absolument pas prévu de prendre en charge. Car il était soudain devenu évident que c'était à lui qu'incomberait désormais la responsabilité non seulement de la dialyse et de la perfusion, mais aussi de la communication, qui était coupée depuis huit heures et pourquoi, bande d'abrutis sans cervelle, n'avait-elle toujours pas été rétablie ? Et lequel d'entre vous, espèces d'abrutis sans cervelle, va taper les putains de codes alors que personne ici ne sait même comment allumer l'Internet ?

Presque toutes les personnes présentes dans la pièce exiguë, y compris le major, prirent simultanément conscience de la même vérité désagréable : les mystérieux « protocoles d'activation » dont on avait tant parlé, il n'y avait personne pour les mettre en œuvre. Depuis le départ. La salle cosmique se transformait rapidement en une boîte de conserve pleine d'équipements incontrôlables.

La femme au costume en lambeaux s'empara du verre d'eau du vieux, s'en versa le contenu dans la paume et s'essuya le visage une fois, puis une autre. Sans pour autant réussir à faire disparaître le sang séché : au contraire, sa physionomie ne fit qu'empirer.

— Où sont ces codes ? Je peux les voir ? demanda-t-elle alors. Vous avez une sorte de clé électronique ?

— La clé que j'ai, c'est la bonne, fit le vieux, boudeur.

Il prit un air important.

Il ne connaît même pas le mot, pensa la fonctionnaire. L'aiguille émoussée recommença à geindre dans sa tête. *Naturellement. Il n'a jamais touché un ordinateur de sa vie. On lui lit ses rapports à haute voix, et ça fait dix ans qu'ils essaient d'accélérer les procédures. Bon sang, comment il a ouvert la porte ? On lui a mis une puce dans le bras, ou quoi ?* Elle eut envie de tirer le crapaud jaune de sa chaise, de lui retrousser les manches et de vérifier. Et puis, si nécessaire, de lui fouiller les poches. À moins que la clé ne se trouve dans son sac de voyage ? À quoi ressemblait-elle, d'ailleurs ? À un collier, un bracelet ? Une petite carte ? Peut-être à une sorte de clé USB ? Ce ne serait tout de même pas une histoire d'empreinte digitale ?

Elle dut basculer légèrement vers l'avant, car le vieux s'agita et chercha même le major des yeux. Ce dernier était lui aussi troublé, car elle ne se ressemblait plus du tout : laide, en haillons, couverte de coulures sanguinolentes, comme si elle avait rampé hors d'une tranchée. Et grande, très grande. Les bonnes femmes ne devraient pas être aussi grandes.

Le vieux était manifestement sur le point de se remettre à brailler, au lieu de quoi il se tut. Il jeta un coup d'œil nerveux aux miliciens qui s'étaient entassés dans une pièce où ils n'avaient pas leur place, puis à sa grande assistante, qui se tenait elle aussi d'une manière non réglementaire, désagréablement proche, et ne portait certainement pas la tenue réglementaire, et il opta pour une autre stratégie. Il s'assit, droit, rajusta ses lunettes et s'exécuta rapidement, sèchement : il leur rappela que des clés d'une telle importance n'étaient pas distribuées à n'importe qui et que s'il venait à quelqu'un des idées saugrenues, ce quelqu'un devait garder à l'esprit que rien ne fonctionnerait correctement sans ces clés. Rien. Alors, si celui qui détenait les clés avait besoin d'un médecin, tout le monde se mettrait en quête d'un médecin. Tout de suite, fissa, séance tenante. Imaginez, à Dieu ne plaise, qu'il arrive quelque chose au détenteur des clés – qu'il s'évanouisse, par exemple, qu'il meure ou qu'il oublie tout simplement où il les conservait, ces clés ! Dans quelques heures, il se produirait la même chose ici qu'à l'extérieur. Surchauffe, extinction des lumières et fermeture définitive.

Et au mot « extérieur », il avait pointé le doigt vers l'écran noirci de la rangée du bas. Les miliciens, le major, la fonctionnaire et même Valéra, qui s'était pourtant promis de ne pas regarder, tournèrent aussi docilement la tête que si on leur en avait donné le signal. Tous pensèrent la même chose : *Ça y est, ça s'est éteint.* Puis des pensées distinctes leur vinrent. La fille de la Toyota, par exemple, repensa tout simplement : *Papa,* alors qu'il avait disparu de l'écran où il n'y avait plus rien. Avait-elle tout imaginé ?

Pendant ce temps, le vieux jaunâtre, qui avait jeté un regard beaucoup plus confiant autour de lui, demanda :

— Qu'est-ce qu'ils attendent ? C'est pas clair ? Prenez vos armes, et en route ! Le docteur, priorité numéro un. Sortez, trouvez-le-moi, ramenez-le-moi, et pas d'entourloupes. Ensuite, on recrutera des techniciens, s'il reste assez de temps. Des questions ? Non ? Exécution.

Le major blafard se flétrit et passa une main sous son bras pour vérifier son holster. Cette nouvelle mission ne lui convenait visiblement pas du tout. Les miliciens froncèrent les sourcils et entreprirent de ramasser les armes honnies abandonnées sur le sol du sas. Seule la femme au costume en lambeaux hésitait, considérant le vieux de toute sa hauteur. À l'évidence, elle avait encore des questions.

— Venez, on y va, s'il vous plaît, lui dit Assia.

— Assise ! aboya aussitôt le major, sans savoir pourquoi, mais au cas où.

Il n'avait pas reçu d'instructions concernant la gamine, après tout.

Mais la grande femme se retourna. On aurait dit qu'elle venait de se souvenir de l'existence d'Assia ou qu'elle la voyait pour la première fois. Et aussitôt, elle parut rapetisser.

— Qu'elle vienne avec nous, suggéra-t-elle.

Erreur. Le vieux répondait « non » à toutes les suggestions, même quand il était de bonne humeur, juste pour les garder sur le qui-vive. Alors à plus forte raison maintenant, où l'heure n'était vraiment pas à la suggestion. De fait, pépé se rejeta aussitôt contre le dossier de son fauteuil et sourit.

— Non, laisse-la donc ici avec moi, répondit-il, tout joyeux, avant de se tourner vers le major. Et toi aussi, reste. T'avais l'intention d'aller où, gros branleur ?

Le major tressaillit de joie, relâcha son holster et comprit qu'il avait finalement vu juste, avec la gamine. Il avait vu juste, contrairement à cette mégère de l'enfer, malgré sa morgue et son salaire à cinq zéros. Elle s'était complètement gourée, la grosse, et c'était pour cela qu'elle clopinait derrière les clowns jusqu'à la sortie, pieds nus, avec un pantalon déchiré qui laissait des traces roses sur le sol propre. Il remarqua, en passant, que son propre costume n'était guère plus présentable (ou simplement sale) et ne convenait pas à l'éclat de la pièce. Cette pensée l'incita à cracher dans sa paume pour brosser ses manches et en chasser la poussière blanche.

Mardi 8 juillet, 0 h 54

— Vous comprenez, les gens, dans leur grande majorité, ne veulent pas commettre le mal, dit le professeur au nez bosselé, qui commençait à chercher son souffle.

Ils avaient ralenti le pas.

— Même ensemble, en foule, ils ne le veulent pas, ce n'est pas dans leur nature. Si vous les interrogez individuellement, chacun vous dira aspirer au bien, presque tous. Il faut obligatoirement que quelqu'un initie cette violence, vous voyez ? Obligatoirement. Quelqu'un qui les trompe, les embrouille ou les effraie. Quelqu'un qui jette la première pierre. Distribue les armes, pointe l'ennemi du doigt. Et cette personne-là, celle qui a commencé, est toujours la plus coupable. Voire la seule coupable…

Le professeur trébucha une nouvelle fois, gémit et son genou craqua.

— Faites attention où vous mettez les pieds, lui conseilla le lieutenant.

Il était déjà bien fatigué lui-même, et ils venaient à peine d'atteindre le break Opel avec ses fenêtres ouvertes et son berceau vide sur la banquette arrière. L'air était lourd, corrompu, l'odeur de la grille semblait s'être collée à eux et les avoir suivis. *Mince, on n'arrivera jamais au bus à ce rythme !* pensa le lieutenant, qui, après la nuit précédente, avait mémorisé ce trajet pourri dans tous ses détails pourris.

— On fait une pause ?

Il se pencha par la fenêtre du conducteur et alluma les phares de l'Opel.

— Quoi ? s'étonna le professeur. Non, mon cher, vous et moi ne devons pas nous reposer.

Et il continua, avec une vivacité échauffée par la colère, en développant sa thèse selon laquelle ces gens-là étaient les plus dangereux, même s'ils ne pressaient pas eux-mêmes sur la gâchette, et qu'ils n'étaient pas tourmentés par leur conscience, parce qu'ils n'en avaient pas, voyez-vous, pas de vergogne, pas de morale ni de compassion, et qu'il fallait les arrêter, eux précisément, par tous les moyens, eux d'abord, et qu'alors tous les autres s'arrêteraient d'eux-mêmes. Ou quelque chose de ce tonneau, pendant un bon quart d'heure.

Le lieutenant suivait, sans comprendre pourquoi cet homme âgé au nez bosselé, dont les genoux craquaient, qui avait la joue abîmée et deux gamines, cherchait à arrêter quelqu'un au lieu de rester assis avec elles. Alors même que les petites avaient sangloté et s'étaient accrochées à lui, et que tout cela n'avait plus aucune importance. Pour être honnête, l'homme au nez bosselé ne saurait lui être d'une grande utilité, par-dessus le marché. Il insistait sur la nécessité de vérifier chaque voiture, mon cher, chacune d'elles, ce qui ne l'empêchait pas de laisser passer des voitures du côté dont il se chargeait, à force de regarder autour de lui et d'agiter les bras. Aussi était-ce le lieutenant qui inspectait les véhicules, et c'était lui aussi qui allumait les phares et le rattrapait pour qu'il ne s'esquinte pas.

Pourtant, mince, il était sympathique et le lieutenant l'avait apprécié d'entrée de jeu, dès le début, près de la Maybach, sans trop savoir pourquoi. Et puis, visiblement, cet homme avait connu un grand malheur, pas comme tout le monde, différent, pire.

Parce que les autres, le lieutenant ne les appréciait pas du tout. Ils étaient de plus en plus nombreux à mesure de leur progression, et ils se comportaient de façon plus hideuse que jamais, si bien qu'il était même gêné devant l'homme au nez bosselé. Pourquoi gêné ? Le lieutenant aurait été bien en peine de l'expliquer, lui qui ne comprenait plus ses propres réactions depuis une heure. Bon, d'accord, pas une heure, disons une journée. Une journée longue et différente de toutes les autres, qui s'était en théorie terminée cinquante-quatre minutes plus tôt, mais qui refusait en fait de s'achever. S'il avait eu le choix, le lieutenant aurait choisi autre chose, bon sang, et ces gens n'auraient certainement pas fait partie de sa journée.

— Vous comprenez, on leur a enlevé l'espoir, professait Nez bosselé. Ça arrive, ils ont peur.

Et puis il dit aussi que la peur rendait tout le monde faible, mon cher, oui, rien à faire, il est difficile de résister à la peur, rien n'est plus difficile que de résister à la peur. Et rebelote, il oubliait encore une fois de vérifier de son côté, se retournait et percutait de nouveaux rétroviseurs.

Ils en étaient justement arrivés à une voiture particulièrement moche. Dont le lieutenant ne saisit pas d'emblée l'étendue de la mocheté : c'était une Nissan Juke aux phares à fleur de capot, bleue et féminine. Or de cette Nissan montait une musique poussée à plein volume et le grondement d'un moteur, parce que ses occupants, sans plus se soucier de quoi que ce soit, avaient mis l'air conditionné en marche. Mais l'homme au nez bosselé et lui en avaient déjà vu beaucoup, de ces gens qui se fichaient de tout, et des climatiseurs allumés. Le lieutenant lui-même ne se refuserait pas un petit coup de clim à présent. Il ouvrit la portière : il y avait là deux filles et trois hommes, collés les uns contre les autres, avec la musique à fond. Le lieutenant baissa le volume et demanda, très poliment, si quelqu'un avait vu un homme en chemise blanche avec le visage amoché et des bleus sur les bras. Il ne se départait jamais de sa politesse, bien qu'on lui répondît plus ou moins aimablement : la propriétaire du setter lui avait même craché dessus. Mais le conducteur de la Nissan Juke lui sourit et répondit par la négative – il ne l'avait pas vu –, les deux autres hommes à l'arrière secouèrent la tête, et les filles dirent « non », l'une comme l'autre. Le lieutenant referma la portière et entraîna le professeur plus loin, tandis que la musique se remettait à gronder derrière lui. Il était sur le point d'allumer les phares d'une Honda abandonnée quand il se dit soudain que les passagers de la Nissan Juke étaient assis bizarrement. Que cette compagnie était étrange – deux toutes jeunes femmes, belles et silencieuses, et trois trous du cul fripés et vaseux. Et leur musique aussi était étrange. Il fallait y retourner.

Il y retourna donc, rouvrit la portière de la voiture bleue. La première fille n'avait plus de T-shirt, tandis que la seconde était allongée à plat ventre. Soudain, ce fut comme s'il avait sous les yeux sa nymphe aux cheveux sentant la fraise, nue, dormant dans la décapotable. « Qu'est-ce que t'as, t'as des regrets, poulet ? demanda le bâtard sur le siège avant. Va t'en trouver une tout seul. » Nouveau sourire, paresseux, familier. Alors le lieutenant réagit de manière excessive. À cause de ce sourire. Pendant les trois ou quatre minutes qui suivirent, il ne pensa plus à rien. Et il se sentit bien enfin, léger. Il agissait seul, personne ne lui faisait obstacle et n'aurait pu le faire : il comprit de lui-même quand la coupe fut pleine. Malgré la musique à fond dans la cabine, le silence régnait, tout le monde le regardait – le professeur, les occupants des voitures voisines, et même les filles de la Juke – avec le même visage blême. Des tas de gens avaient accouru, lui sembla-t-il. Comme au cirque. Ses poings le piquaient, il semblait s'être démis un doigt, la poignée de son Makarov était glissante, et il avait envie de leur dire : « Qu'est-ce que vous foutez là ? » Ou tout simplement de les disperser. Il avait fait ce qu'il fallait, mais la liberté et la légèreté avaient disparu, et il n'éprouvait plus que du dégoût. La nymphe aux cheveux sentant la fraise l'attendait dans son porte-savon rouge au toit de chiffon, en revanche le lieutenant ne connaissait personne parmi ces gens-là et il ne leur devait rien, rien du tout.

— Mon Dieu, vous avez dû lui casser le bras ! lança le professeur au nez bosselé, dont les narines s'agitèrent de manière prédatrice, juste avant qu'il n'éclate de rire : Ah, mon cher, bravo…

Mardi 8 juillet, 0 h 58

On lui apporta bien vite d'innombrables couteaux – des canifs, des couteaux à champignon et même des couteaux de table. Mais ce fut la sirène verte aux cheveux bouclés qui trouva dans sa panoplie le couteau le plus aiguisé : un couteau à poisson, fin et long comme un scalpel, avec un aiguisage japonais spécial. La sirène l'avait dans son sac, à côté de son poudrier et de son porte-monnaie. Grâce à ce couteau et à une pince à épiler, elle aussi extirpée des tréfonds du sac de la sirène, le médecin retira les deux premiers morceaux de plomb de sa vie et s'attaqua au troisième. À chacun, le travail s'accélérait, en définitive pas aussi difficile qu'il en avait l'air. Au bout de huit minutes, il en avait déjà retiré la moitié et découvert par la même occasion que la sirène s'appelait Alissa et qu'elle n'avait pas peur du sang. Alors que la femme de l'homme qui avait reçu de la mitraille dans le flanc le craignait, elle. En revanche, elle était capable de lui procurer un couteau, une pince à épiler, de l'eau, des bandages et tout le reste en quantité illimitée, comme si elle le faisait littéralement surgir du sol. Et elle n'était pas la seule dans son cas : le médecin constata soudain que tous ses ordres étaient exécutés discrètement et sur-le-champ – « Apportez ceci, appuyez ici, encore de d'alcool, encore de l'eau, tamponnez-lui le front. Déplacez une voiture pour que la lumière tombe mieux et que le blessé n'ait pas à être déplacé. Non, pas seulement le SUV au xénon, toutes les voitures, encore, pour que les phares soient braqués vers l'hôpital » –, parce que dès qu'il avait retiré le premier morceau de plomb du premier homme allongé sur cette portion de bitume crasseux, cette portion de bitume crasseux était vraiment devenue, quoique pour une durée destinée à rester brève, un hôpital.

Cette transformation ne passa pas inaperçue, et de nouveaux patients commencèrent à affluer vers cet hôpital éclairé de tous les côtés et visible de loin. Leurs plaintes étaient variées, et ceux qui n'en avaient pas, qui redoutaient juste de rester assis dans le noir, accoururent avec eux. Et puis, à la neuvième minute (le médecin était en train d'expliquer à Alissa comment tamponner la plaie), l'homme et la femme de la Toyota arrivèrent, exactement pour la même raison : l'endroit était vraiment lumineux, visible de loin. Ou, plutôt, l'homme était venu pour cette raison. La femme en revanche ignorait sa destination et la raison de ce déplacement, mais n'avait pas eu la force de l'interroger. Exactement comme là-bas, devant la porte fermée dans le mur, d'où tout le monde s'était enfui et où il était resté. Elle n'avait pas réussi à trouver quelle question poser ni comment entamer la conversation. Elle s'était contentée de le suivre, son pied-de-biche à la main. La première chose qu'elle vit dans le cercle de lumière, ce ne fut pas l'hôpital, mais la belle chimiste de la Cayenne et sa belle-fille morte, puis maman-Peugeot et son garçonnet – mort ou encore vivant –, et les Patriot, vivants tous les quatre. Elle se précipita vers eux.

L'ingénieur de la Toyota lui non plus ne vit pas un hôpital mais un rassemblement, comme autour de la Ford de la police, où, deux heures plus tôt, il n'avait pas dit ce qu'il fallait et pas comme il le fallait. Alors ce fut à ce rassemblement qu'il s'adressa. Il s'avança au milieu du cercle illuminé et parla d'un court-circuit et d'un câble d'alimentation sectionné, d'une portion de circuit endommagée par accident, mais personne ne parut comprendre ni même l'écouter vraiment. Alors l'ingénieur annonça d'une voix plus forte que la lumière pouvait être rallumée, les ventilateurs remis en route, il en était presque certain. Rien n'était garanti, évidemment, mais on pouvait toujours essayer, et vite, car dans quelques heures, les phares s'éteindraient eux aussi et il n'y aurait plus rien pour s'éclairer.

Il fut finalement entendu. Quelqu'un demanda quel était l'intérêt de réparer l'arrivée d'air maintenant, excusez-moi, vu qu'il vient de l'extérieur et que Dieu sait ce qu'il peut contenir, cet air extérieur, s'il en reste seulement. Et nous ne savons pas si la situation n'empirera pas lorsque l'air circulera de *là-bas* jusqu'à nous, pardon, *à l'intérieur*, objecta quelqu'un d'autre. C'est vrai qu'on ne sait rien sur l'air de l'extérieur, cria l'ingénieur en réponse, de la même voix que tantôt, pour demander : « Vous n'avez pas vu une jeune fille ? » Mais on sait au moins une chose : si de l'air – n'importe quel air – ne commence pas à nous parvenir de *là-bas*, alors *à l'intérieur*, voyez-vous, il s'épuisera à coup sûr, et très bientôt. Peut-être même avant que les batteries des voitures ne meurent.

Le médecin, certain que le tramadol du prêtre avait été administré à tous les blessés graves, n'intervint pas. Il était occupé, et puis il avait en réserve six à huit heures sans souffrances ni cris. L'ingénieur de la Toyota n'avait tout simplement pas reçu d'antidouleur et il cherchait à présent sa dose de tramadol personnelle. Le médecin n'était pas responsable de ses agissements.

La femme de la Toyota était occupée elle aussi : elle étreignait la belle chimiste en robe noire. Un éclat de mitraille avait entaillé la peau du front de la beauté et arraché une mèche de ses cheveux, son odeur de jasmin s'était évaporée. « Elle veut pas qu'on lui fasse un pansement, disait l'épouse-Patriot. Tiens-la donc, toi, que je lui bande la tête. »

— Il suffit de trouver le local des panneaux de distribution électrique, dit l'ingénieur que plus personne ne contredisait.

— Le local des panneaux..., répéta en soupirant son adversaire anonyme, qui avait un coude bandé. On doit le chercher où ? Ça ressemble à quoi, au juste ?

— À quoi, à quoi, répondit le propriétaire de l'UAZ. Une grande boîte en fer, avec des machines automatiques à l'intérieur.

— Tu en as une pareille dans ta datcha, renchérit l'ingénieur. Sauf qu'ici, elle doit occuper une pièce entière. Il faut qu'on repère une porte.

La déclaration ne souleva guère d'enthousiasme.

— Une porte, on en a déjà trouvé une, je crois, merci bien, marmonna l'homme au bandage.

— Il doit y en avoir d'autres, s'obstina l'ingénieur. On va prendre des outils et reparcourir tout le tunnel, bien attentivement.

— Ben allons-y, quoi, déclara Patriot en se levant.

Une nouvelle dispute, et assez féroce, éclata alors, parce que (contrairement à l'ingénieur) le propriétaire de l'UAZ avait des enfants, assis là, entre parenthèses, ses propres enfants, donc s'il fallait courir chercher on ne savait quoi dans l'obscurité, que d'autres s'en chargent, qui n'avaient pas d'enfants ici.

Après cette tirade, le visage de l'ingénieur vira au noir et sa femme leva la tête, attendant qu'il dise quelque chose, n'importe quoi. On n'entendait plus un bruit, les lampes du plafond ne bourdonnaient plus.

— Elle ressemble à quoi ?! lança soudain une voix juvénile, vibrante d'émotion. Parce que bon, bref, y a une porte là-bas, comment dire... une porte, juste un morceau de fer dans le mur, quoi. On l'a secouée énergiquement, mais elle ne s'ouvre pas.

— Dans quel mur ? s'empressa de demander l'ingénieur, qui se retourna. Où ?

La voix était montée d'un groupe de barbus basanés assis en cercle à la lisière de la lumière et de l'obscurité. Son propriétaire, un jeune homme portant un maillot de sport marqué « RUSSIE », se leva lui aussi et désigna un endroit du côté de l'entrée.

— On était allés chercher des couvertures, expliqua le jeune barbu, embarrassé, avant d'expliquer que son frère transportait genre un carton entier de couvertures turques dans la camionnette « OZON », des serviettes, des chiffons, des tas de trucs, et que dans le mur derrière la camionnette, ils avaient aussi vu une porte, mais de l'autre côté, percée dans la paroi intérieure du tunnel, sans rien d'écrit dessus et fermée. Alors on l'a secouée.

— Secouée ? répéta l'ingénieur, dont le visage changea à nouveau, sans que cela annonce rien de bon.

Mardi 8 juillet, 1 heure

Quarante minutes après la fusillade, à 1 heure précise, deux personnes aux visages tuméfiés presque identiques se trouvaient dans le bus n° 867 Rouza-Kountsevo. Le premier, mince et brun, était là depuis un bon quart d'heure, car (le lieutenant avait raison) il s'y était rendu dès que ça avait commencé à s'agiter et à crier devant la porte. Il s'était installé sur la longue banquette de l'arrière, jambes étendues avec délectation, et il avait sombré dans un sommeil rapide et avide, ce genre de sommeil qui est le nôtre quand des affaires importantes nous attendent, que nous avons peu de temps et qu'il faut reprendre des forces.

Et l'autre, un rouquin en claquettes de caoutchouc et chaussettes brûlantes détrempées, était arrivé là par accident. Il errait au hasard dans l'obscurité, en trébuchant, parce qu'il avait l'impression d'être poursuivi et sans doute sur le point d'être rattrapé, et, soudain, il avait vu son bus. Il l'avait même senti, malgré son nez cassé qui le privait de l'odorat, il l'avait reconnu. Il était fatigué et n'avait nulle part où aller d'autre.

Ces deux hommes auraient pu ne pas se remarquer, car il faisait très sombre dans le bus dont toutes les vitres étaient tendues de foulards. Néanmoins, le premier se réveilla, facilement, dès qu'il entendit des bruits de pas et de respiration. Il s'assit, ramassa son fusil et comprit alors seulement que l'obscurité régnait à l'extérieur et que son repos venait justement de se terminer. Le second homme était en effet poursuivi, ou plutôt recherché, et une minute ou deux plus tard, des voix se firent entendre à l'extérieur. Le cercle menaçant d'une torche glissa sur les foulards. Sous ce faible éclairage coloré, les deux hommes au visage tuméfié se virent enfin, le fugitif maigrichon de la Ford de patrouille reconnut le jeune milicien aux cheveux roux sur qui il avait jeté, moins d'une heure plus tôt, une conserve de petits pois. Le conducteur de bus ne reconnut pas son agresseur, en revanche, et encore moins son arme, que l'autre tenait pourtant à la main. Il ne se souvenait pas du fusil ni de la boîte de conserve, seulement du coup de feu, et ce coup de feu avait arraché la main de quelqu'un, cette main s'était ensuite retrouvée en morceaux sur l'asphalte, des doigts d'homme plantés de poils noirs, éparpillés ici et là, avec sur celui du milieu un cal laissé par le maniement d'un stylo.

« Voilà son bus ! » criait-on derrière les châles. Le chauffeur roux s'empressa d'avancer à tâtons dans l'allée jusqu'à la cabine vitrée, car c'était là sa place, la cabine où étaient accrochés sa photo et le téléphone, où il avait laissé deux pommes. Le maigrichon se pencha, glissa son fusil sous le siège et sauta sans bruit sur l'asphalte, par la porte de derrière. Il fit le tour du gros véhicule et se heurta au faisceau de la torche. « Minute, lui dit-on. Il est là ! cria alors le maigrichon en plissant les yeux. Il est là, les gars. » Il écarta les bras comme pour une étreinte.

Le conducteur de bus rouquin n'atteignit pas sa cabine et, bien que ses poursuivants ne soient pas nombreux, peut-être cinq ou six, il n'eut pas le temps de les compter non plus. Le bus obscur fut soudain bondé, la torche effrayante bondissait, et il fut encerclé, saisi par le T-shirt, percuté en pleine poitrine, poussé en arrière, renversé. « Ma fille, entendit le conducteur rouquin en tombant sur le sol malpropre. Ma gamine, salopard. » Il en fut immédiatement horrifié et n'en douta pas, bien qu'il ne se rappelle que la main arrachée, rien d'autre après la main. Il voulait leur dire quelque chose, il fallait à tout prix qu'il leur dise quelque chose, mais il avait les dents cassées et la bouche pleine de sang. En fait, il ne pouvait plus parler. Et puis tout se déchaîna, soit qu'on l'ait frappé à nouveau, soit qu'en tombant il se soit cogné l'arrière du crâne contre le coin en fer de ce qui soutenait le siège. Il y eut un éclair sous ses paupières et il se retrouva enfin sur sa Nikolina Gora, parmi les champs et les sapins, dans la lumière d'un coucher de soleil.

Mardi 8 juillet, 1 h 09

— Terminé, recousez-le, décréta le médecin en laissant tomber le dernier morceau de plomb dans un bocal d'olives.

On entendit un cliquetis lourd et satisfaisant dans le bocal. La femme au T-shirt Homer Simpson regardait le docteur avec adoration. La même adoration que dans les yeux d'Alissa à la chevelure bouclée, aiguille et fil déjà en main.

— Couvrez-le avec quelque chose, maintenant, indiqua le médecin en se levant.

Il devait encore examiner l'homme avec un problème aux vertèbres et le garçonnet, oui, le garçonnet d'abord, et il y avait encore quelqu'un avec une grave lacération. Mais il allait donner la priorité au gosse. Si les oreilles du médecin tintaient un peu, il n'avait plus mal au dos, plus du tout.

L'hôpital autoproclamé s'avérait soudain vaste et bondé, ayant quasi doublé de taille en peu de temps et s'étant doté d'une vie propre. Il brillait, bourdonnait, distribuait de l'eau, des bandages et des serviettes turques.

Et, à la différence du couple de la Toyota RAV4, la fonctionnaire de la Maybach et ses sept miliciens identifièrent aussitôt un hôpital en cet endroit, bien qu'ils n'y soient parvenus que dix minutes plus tard. Les gens de l'hôpital, eux, virent autre chose : à la frontière de la lumière et de l'obscurité, ils découvrirent un groupe étrange muni de bâtons lumineux émettant un doux rayon bleuté. Personne ne songea à des torches, plutôt à des épées de Jedi. Et personne ne reconnut d'abord la fonctionnaire, car elle ne se ressemblait plus. Elle marchait en tête de son groupe maussade telle une Blanche-Neige géante, pieds nus, le pantalon en loques. Elle ne se retourna pas une seule fois vers ses nains armés de fusils, parce qu'elle les avait oubliés. En revanche, elle se remémora inopinément l'adolescente de la Toyota et la main qu'elle avait glissée sous son coude. Aussi, au lieu de chercher d'abord le médecin qu'on l'avait envoyée exfiltrer, commença-t-elle par sonder la foule en quête de l'ingénieur binoclard. Mais comme ce dernier était parti depuis trois minutes dans l'espoir de découvrir son local électrique, ce fut bel et bien le médecin que repéra la fonctionnaire.

— Qu'est-ce que vous voulez encore ?! lui lança-t-il de sa nouvelle voix, pleine d'assurance. Fichez le camp d'ici, et tout de suite. Ouste !

Et tout l'hôpital se retourna à son exemple.

Dans la seconde, la femme du marchandiseur assassiné de chez Piatérotchka se mit à pousser des cris terribles quoique inintelligibles, bientôt imitée par une autre femme. Certains se levèrent d'un bond, d'autres tendirent le cou et demandèrent : « Quoi, qui est là, qui c'est ? » La colère se propagea lentement et par à-coups, le long du mur de l'hôpital, d'une extrémité à l'autre. Comme plus loin, près du bus, elle demandait un exutoire, exigeait satisfaction. Seulement le chauffeur rouquin de la ligne Rouza-Kountsevo avait affronté cette colère tout seul et les mains vides, tandis que les miliciens étaient encore sept et armés, face à un hôpital désarmé. Cela étant, les miliciens n'avaient plus l'air aussi menaçants : sourcils froncés, ils se serraient les uns contre les autres, sans toucher à leur arme. Quant à leur grande cheffe, elle avait une allure des plus étranges, débraillée, à croire qu'elle aussi était venue leur prêter main-forte. Ayant laissé retomber sa torche bleue de Jedi, elle restait clouée là, les yeux baissés, jusqu'à ce que les cris s'affaiblissent, soit qu'elle ait su qu'ils finiraient par se taire ou soit que ça lui ait été égal. Après quoi elle déclara, même pas très fort, que, oui, il y avait eu une tragédie devant la porte. Que la situation avait été hors de contrôle et qu'elle, oui, oui, elle était prête à en endosser personnellement le blâme, si c'était nécessaire et si cela aidait certains à se sentir mieux, elle était prête, sauf que cela n'avait plus d'importance. Parce qu'il ne fallait pas se leurrer, s'il vous plaît, poursuivit la fonctionnaire. À ce moment-là, plus personne ne parlait, même la veuve du marchandiseur assassiné. Il ne fallait pas se leurrer, donc, il restait très peu de temps. Elle ne parlait plus comme elle l'avait fait devant la porte, elle avait abandonné la pression, la gangue de fonte de sa morgue, qui devait s'être envolée en même temps que ses chaussures de luxe – ce n'était plus qu'une femme, à peine vivante, tout aussi sale et ensanglantée, pieds nus, oh, et ses pieds, regardez, il y a sans doute du verre par là-bas, des tas de tessons partout.

Bref, si, en cet instant, la fonctionnaire avait par exemple demandé à être admise à l'hôpital en tant que patiente, ou même si elle avait sorti son carnet, les choses se seraient sans doute passées différemment. Mais la fonctionnaire n'avait pas son carnet sur elle, il traînait par terre devant la porte, à côté du corps de la propriétaire de la Land Rover, et elle prononça de tout autres paroles. Il s'avéra qu'elle était venue chercher un homme, un seul, et que c'était pour lui qu'elle s'était trimballée jusqu'ici pieds nus.

— Non, répliqua le petit stomatologue, avant de répéter, juste au cas où : Non.

Il s'était empourpré, d'un rouge douloureux et cuisant.

La grande femme le toisa. Le sang sur ses joues et son front s'était figé en un masque rouille, empêchant de déchiffrer son expression. Alissa aux cheveux bouclés avait arrêté ses points de suture et la femme de l'homme qui avait reçu de la mitraille dans le flanc le regardait aussi.

— J'ai ici un garçon avec un traumatisme crânien. Vu qu'il ne reprend pas connaissance, ça pourrait être un œdème cérébral. Vous avez un appareil d'IRM dans votre bunker ? demanda le médecin, que tout le monde regardait.

Il se mit à parler vite et fort, furieux parce qu'il avait aussi besoin de radiographies, d'échographies, d'une boîte chirurgicale et qu'il voulait savoir si elle était saine d'esprit pour penser que maintenant, « maintenant ! », cria-t-il, il allait la suivre pour prendre la tension d'un misérable inconnu, lui injecter des vitamines, ou allez savoir quoi. Ces mots lui semblaient faux, parce que l'espace d'une seconde dégoûtante, il eut vraiment envie de se retrouver dans la fraîcheur stérile de quatre murs blancs sentant l'ozone. De prendre une douche, de passer des vêtements propres. Et peut-être même d'exiger qu'on lui apporte le chat. Il craignait que ces pensées ne se lisent sur son visage. Elle gâchait toujours tout, cette sale bonne femme, à chaque fois.

Car ils doivent bel et bien avoir des appareils d'échographie et de radiographie. Un cabinet de stomatologue, comprit le médecin. *Bon sang, oui, bien sûr !* Soudain, il se sentit fatigué. Très, très fatigué, et il n'avait plus envie d'être en colère, et encore moins de crier. Il avait de nouveau mal au bas du dos, ses oreilles le cuisaient.

— Si vous me voulez tant, dit-il, prenez tout le monde, les familles, les blessés, tout le monde. Ou allez au diable.

— Il ne laissera pas entrer tout le monde, répliqua la fonctionnaire aux pieds nus. Si vous ne venez pas avec nous maintenant, il ne laissera entrer personne.

Et elle pensa : *Pas même nous*, mais se garda bien de l'énoncer à voix haute. Comme le médecin, elle était soudain terriblement fatiguée de cette conversation. De toutes les conversations en général.

La jeune femme enceinte à la frange rose poussa un gémissement bruyant, se souleva et se servit du bas de sa robe comme d'un chiffon pour essuyer l'asphalte sous elle avec l'irritation que l'on ressent lorsqu'on renverse du café sur un canapé blanc. Sa robe courte, dans un tissu clair, fut trempée en un instant. « Mince, elle a perdu les eaux », dit sa voisine en se penchant en avant. « Oh, elle est en train d'accoucher ou quelque chose comme ça », s'émurent les mamans alentour. « Ça y est, elle accouche », reprit-on plus loin, et la foule commença à bruire. « Non, cria la femme enceinte avec colère. C'est prévu pour le 4 août, c'est pas ça. » Elle relâcha le bas de sa robe et tenta de se lever. « Léna, Léna, arrête, assieds-toi », disait son jeune mari tout pâle. « Qu'elle se lève, si c'est plus confortable pour elle, qu'elle se promène », objecta sa voisine. « On m'a dit que c'était pour le 4 août », répétait la femme enceinte à la robe mouillée. Déjà debout, elle pleurait et se tenait au mur. Le médecin miniature l'avait rejointe en se faufilant à travers les rangées. L'hôpital s'éveilla à nouveau, les conversations reprirent et plus personne ne s'occupa de la fonctionnaire.

Dans son dos, le chef des tunneliers lui marmonna un truc, à propos d'un certain Sérioga – « Pendant que vous êtes ici, nous, on va essayer de le trouver » –, mais elle ne répondit pas ni ne se retourna. Elle avait envie de s'allonger sur une couverture poussiéreuse, d'ôter sa veste – pourquoi ne l'avait-elle pas encore enlevée, d'ailleurs ? – et de fermer les yeux. Elle trouva même l'endroit où elle s'allongerait, elle voyait cet endroit, la seule chose qui l'en empêchait, c'était la pensée de cette adolescente. « S'il vous plaît, je peux venir avec vous ? » avait-elle demandé, cette adolescente qui n'avait jamais eu de nom. Pourquoi n'en avait-elle pas eu, d'ailleurs ?

— Une pharmacienne ! lança la fonctionnaire que personne n'entendit, parce que le brouhaha avait repris. Une pharmacienne ! cria-t-elle en levant un bras au-dessus de sa tête.

Les fils craquèrent au niveau de son aisselle, un bouton sauta et sa veste partit en lambeaux.

Mardi 8 juillet, 1 h 11

— ... Un couloir de service, tu comprends ? expliqua Mitia. Y a tout là-dedans : de l'eau, de l'électricité, des conduits d'aération, peut-être même une sorte d'ascenseur d'urgence. Tu imagines, si ça se trouve, ça nous permettra de descendre dans le métro...

— J'ai pigé, le coupa Patriot haletant. Cours pas, on y voit que dalle...

— Peut-être du réseau ! poursuivit Mitia, qui courait toujours.

Lui aussi avait une respiration sifflante.

— Bon, c'est là que vont les réparateurs, il doit bien y avoir un moyen de contacter la salle de contrôle...

L'oxygène semblait s'être encore raréfié. Ou était-ce seulement une impression ? *Non, ce n'est pas qu'une impression,* comprit Sacha, *il y en a vraiment moins.* Sa poitrine la brûlait. Ce n'était qu'une question de temps avant que le cœur de quelqu'un explose.

— Bon alors, comment on va l'ouvrir ? demanda le jeune barbu en maillot de l'équipe de Russie, l'air pressé d'en venir aux choses sérieuses.

Il les précédait, léger comme un guépard, et non seulement il n'était pas hors d'haleine, mais on aurait dit qu'il voyait dans le noir par-dessus le marché. Les bandes blanches du maillot tricolore sur son dos puissant brillaient comme des panneaux de signalisation à la lumière des phares.

Il valait mieux courir de toute façon. Tout était préférable, plutôt que de rester assis en silence devant une porte verrouillée ou sur une couverture avec Mme Cayenne, à côté du corps d'une jeune femme assassinée.

— On la… secouera, répondit Mitia.

Il fut pris d'une quinte de toux qui s'acheva en crachat sur le sol.

Sacha s'arrêta, prêta l'oreille à la respiration de son mari et se dit : *J'aurais dû prendre de l'eau. Comme j'aurais dû prendre de l'eau !*

Le minibus bleu paraissait noir dans l'obscurité. La porte arrière, qu'ils avaient laissée ouverte, était maintenant verrouillée, et les outils étalés sur l'asphalte avaient disparu. Ils étaient de nouveau à l'intérieur, dans l'habitacle, où le jeune barbu athlétique s'était habilement introduit *via* une fenêtre brisée. En outre, dans ce même habitacle, ils avaient découvert un homme torse nu, armé d'un fusil, benjamin de l'équipe de tunneliers de la mine Boujanskaïa, et accessoirement neveu du contremaître. Après le coup de feu, il avait eu la même réaction que le conducteur roux de la ligne n° 867, il était retourné à l'endroit qu'il connaissait et considérait comme sûr. Il s'était débarrassé de son T-shirt car celui-ci était souillé du sang de l'institutrice Timokhina et ce sang lui brûlait la peau. D'instinct, sans réfléchir parce qu'il avait été formé ainsi, il avait ramassé les outils que quelqu'un avait éparpillés sur le sol.

Après une brève bagarre que les autres ne virent pas, la porte arrière du minibus s'ouvrit et tous deux – le tunnelier torse nu et le barbu en maillot de sport – en dégringolèrent, imbriqués dans une étreinte maladroite, sauf qu'ils perdirent en même temps toute envie de se battre, comme si le mobile de leurs coups était resté à l'intérieur, où qu'ils s'étaient télescopés par inadvertance dans l'obscurité, et qu'ils en étaient à présent un peu gênés.

Et puis le jeune tunnelier-milicien, resté assis pendant près d'une heure dans la boîte de fer surchauffée, se mit à discuter avec ses quatre visiteurs. Lesquels ne l'interrogèrent pas sur le tir, dont il était encore moins coupable que le conducteur de bus – et pourtant, il avait bien l'impression de l'être, puisqu'il s'était débarrassé de son T-shirt. La première question que l'ingénieur de la Toyota lui posa, ce fut au sujet de sa fille, et il répondit avec soulagement : oui, oui, il avait vu la gamine et elle allait bien, elle était vivante et elle n'était pas ressortie du bunker. Les lèvres et les lunettes de l'ingénieur tremblotèrent alors, sa femme se mit à pleurer et le serra dans ses bras, non pas le mari, bizarrement, bien qu'elle en ait eu envie, mais lui, un étranger torse nu, ex-, oui ex-, ça c'était sûr – milicien. Elle le serra contre elle comme s'il était un héros ayant personnellement sauvé leur gamine, et elle lui balbutia même : « Merci, merci, oh bon sang, Dieu merci ! »

Concernant ce qui se passait derrière la porte (la femme de l'ingénieur pleurait toujours), le jeune ex-milicien n'avait pas grand-chose à raconter – il n'avait vu que le sas et n'avait aucune envie de s'en souvenir, pas plus que du reste –, mais même là-dessus, on ne lui demanda rien. Eux non plus n'avaient pas besoin de cette porte maudite, car ils en visaient une autre, lui expliquaient-ils maintenant. Une toute nouvelle porte dans un endroit complètement différent. Il fut alors si heureux qu'il leur aurait donné non seulement le Makita, mais tout le contenu du minibus avec les clés, car il ne s'inquiétait plus que de savoir s'ils seraient d'accord pour l'emmener au lieu de le laisser seul ici.

Vers la fin de la conversation (il était déjà chargé à bloc et se demandait s'il devait emporter le fusil ou plutôt une visseuse, au cas où il aurait besoin de démonter des charnières – il penchait plutôt pour le tournevis), une autre joie tomba sur le jeune ex-milicien : des pas retentirent soudain derrière lui et une voix familière cria : « Sérioga, où c'est que t'étais passé ? » Alors il éclata de rire, alors même que dix minutes plus tôt, il était persuadé de ne plus jamais pouvoir rire.

Mardi 8 juillet, 1 h 13

— ... Préparatrice en pharmacie, d'ailleurs. Je suis diplômée de l'école de médecine de Saratov, j'ai suivi des cours de physiologie et d'anatomie, débita à toute allure une pharmacienne à lunettes entre deux âges.

Elle avait de grandes boucles d'oreilles en perles artificielles. Près de son pied droit se trouvait un sac à roulettes plein à craquer, dont elle tenait fermement la poignée, comme une valise dans une gare.

— Léna, allonge-toi et laisse-la regarder.

— Mieux vaut qu'elle marche, ça va prendre du temps, tout le truc…

— Vous m'en direz tant, ça peut être rapide parfois, faudrait voir à combien elle est dilatée !

— Des cours de pathologie, ajouta plus fort la pharmacienne. Et même de la médecine militaire, pendant deux semestres.

Elle avait une voix aiguë où l'on sentait poindre une sorte de ressentiment. La fonctionnaire à la veste sans boutons repensa soudain à la comptable de la Land Rover et ses joues se remirent à la picoter.

Léna, la femme enceinte, repoussa son jeune mari et refusa non seulement de s'allonger – « Mais où, hein, où je vais bien pouvoir m'allonger selon toi, tu veux que je me couche par terre ? » –, mais aussi qu'on vérifie l'ouverture du col de son utérus devant tout le monde et d'accoucher tout court. On entendait à peine le docteur miniature par-dessus ses lamentations. Et puis l'hôpital était aussi bruyant qu'une gare, et il y faisait très, très chaud, comme si la température grimpait d'un degré toutes les dix minutes. Peut-être était-ce d'ailleurs le cas. À moins, plus probablement, qu'ils ne veuillent pas s'en rendre compte pour l'instant. Ils se concentreraient sur leurs stupides bandages à base de serviettes et joueraient à l'hôpital jusqu'à ce qu'ils commencent à bouillir comme des grenouilles dans une casserole d'eau sur le feu ou qu'ils s'étouffent vraiment. *Et cette petite merde de docteur fera encore son capricieux, s'admirera pendant une heure de plus, mais quand tout commencera, je l'emmènerai de toute façon,* pensait la fonctionnaire, *et il le sait. Il n'aura pas de temps à leur consacrer.*

Certes, elle aurait pu s'emparer de ce bâtard par la force, en donner l'ordre. Elle aurait dû le faire et, une heure plus tôt, elle l'aurait fait.

— Onze personnes sous ma supervision, caquetait la pharmacienne dépitée, dont les perles artificielles tressautaient. Sans compter les chauffeurs et le service d'optique. Quatre certificats du ministère de la Santé, trente-deux ans d'expérience…

La fonctionnaire ne parvenait pas à se départir de l'impression que de l'eau s'était attardée dans son oreille gauche : quelque chose y gargouillait et se mettait aussi peu à peu à bouillir.

— Vous savez poser des perfusions ? la coupa-t-elle.

Retirant enfin sa veste décousue, elle la jeta par terre.
Le visage de la vieille pharmacienne changea immédiatement. Elle marqua une courte pause, se raidit et répondit, d'une voix complètement différente :

— Qu'est-ce qu'il y a besoin de savoir, là-dedans ? Je sais faire les piqûres et donc les perfusions. Il est âgé ? Je peux le laver, lui couper des ongles, m'occuper des escarres. Ma belle-mère est alitée depuis cinq ans. Nous vivons tous les trois, avec mon mari et elle. Sa sœur est aussi avec nous, ajouta-t-elle avant de se retourner : Valia ! Valia, venez vite.

Mardi 8 juillet, 1 h 17

Contre toute attente, ils avancèrent plus lentement avec les torches, peut-être parce que les outils étaient lourds, mais l'humeur générale paraissait globalement différente. Après une brève discussion, ils avaient décidé d'emporter les fusils, allez savoir, mais même avec ces fusils, les trois tunneliers fugitifs se dépouillaient un peu plus à chaque pas du milicien en eux pour redevenir les membres d'une expédition de sauvetage. L'ingénieur de la Toyota s'était calmé et ne faisait plus d'histoires, il marchait en pensant à sa fille. Sa femme avait cessé de pleurer elle aussi. Même l'impétueux barbu s'était calmé, qui avait reçu une longue torche bleue et la portait fièrement devant lui tel un flambeau. *La camionnette « OZON » ne devrait plus être loin, juste après le bus et la Gazelle dépecée,* pensa-t-il, en espérant seulement que sa mémoire ne lui jouait pas un tour.

Et pile à ce moment-là, à une trentaine de pas de la Gazelle, dont on apercevait déjà la cabine crasseuse, apparut soudain en travers de son chemin un homme – maigre et brun, au visage tuméfié – que le jeune barbu se rappelait bien également, pour l'avoir croisé sur la barricade, et dont la vue fut loin de le réjouir. La pensée de la barricade lui parut tellement incongrue en cet instant qu'il fléchit les jambes, comme sur le ring. Devant les lettres bleu et blanc qui s'étirèrent dans son dos, Mme Toyota eut l'impression qu'il s'apprêtait à bondir, aussi souple et silencieux que lorsqu'il courait tantôt dans l'obscurité.

L'homme au visage défoncé parut ne pas flairer le danger : il avança sereinement à la rencontre de la torche dont la lumière lui faisait plisser les yeux.

— Bonjour, bonjour !, lança-t-il d'un ton amical. Où vous avez trouvé d'aussi belles petites lampes ?

On se rendit compte alors clairement qu'il portait lui aussi un fusil à l'épaule, mais pas comme tout le monde, à savoir derrière le dos, non, lui il le tenait canon vers l'avant. Et il ne regardait pas les jolies petites lampes : ce qu'il reluquait avec autant d'attention que des cadeaux de Noël disposés au pied du sapin, c'était la mallette poussiéreuse contenant le Makita et tout un tas d'outils.

— Et ce fusil, là, il est à qui ? demanda à son tour le chef des tunneliers, sans amabilité aucune.

Il venait de reconnaître l'homme, mais il avait les mains prises. De même que ses deux camarades armés, qui avaient aussitôt songé au conducteur du bus rouquin, qu'ils auraient bien aimé rayer de leur mémoire.

— Soyez plus prudents, les gars, chuchota l'homme au visage amoché au lieu de répondre, avant de s'approcher encore. Les gens sont très en colère, et si j'étais vous, je...

— Moi, je resterais assis sans bouger dans ma voiture, déclara le propriétaire de l'UAZ Patriot, qui était le seul dans ce petit groupe à ne pas se souvenir de l'homme, car il ne l'avait vu qu'une seule fois et brièvement.

Il n'y avait personne dans les parages, et cet homme curieux se tenait tout seul dans un passage vide et sombre. Le propriétaire de l'UAZ se sentait de toute façon mal à l'aise et s'apprêtait à ajouter, en haussant le ton, que les gens devraient arrêter de raconter des conneries, maintenant, parce qu'ils allaient réparer l'arrivée d'air, il s'apprêtait à parler de la deuxième porte, du local avec les tableaux électriques et du couloir de service. Mais l'ingénieur binoclard de la Toyota lui donna un coup de coude qui l'empêcha de raconter son histoire. Il fut soudain gagné lui aussi par la nervosité, bien que lors de leur précédente rencontre, le fugitif de la voiture de police ne lui ait pas semblé le moins du monde effrayant.

L'homme au visage amoché fit comme s'il n'avait pas remarqué le silence qui s'était installé. Il souriait et caressait amoureusement la crosse de son fusil.

— Et l'autre, elle est où ? Elle vous suit ? demanda-t-il en tendant le cou.

Il scruta l'obscurité avec une sorte de joie – ou plutôt d'irritation – mêlée d'impatience. Pour la troisième fois, sa question resta sans réponse.

Le barbu à la veste de sport regarda le bras maigre dont le poignet portait la marque cramoisie des menottes et se demanda s'il pourrait l'atteindre à temps. Jusqu'à maintenant, il avait méprisé les armes à feu et n'y croyait pas vraiment, mais cette journée l'avait fait changer d'avis.

— Quoi que... Qu'est-ce qu'elle ficherait ici ? Elle se ferait descendre, raisonnait le maigrichon au visage tuméfié, qui s'adressait désormais à lui-même. Et vous aussi, ils vous descendront. C'est elle qui vous a envoyés percer un deuxième mur ? Pourquoi ? C'est ça que je comprends pas. Une vraie mare de boue, c'te bonne femme, impossible à suivre... Ou non, attendez, stop, s'écria-t-il en reprenant vie. Stop-stop-stop. Elle vous a envoyés nulle part, c'est ça ? Vous avez comme qui dirait abandonné votre poste ? Et où vous allez, tout pimpants comme ça ?

Il avança encore d'un pas, sans détacher ses yeux énamourés du Makita.

— Non, les gars, je sais pas ce que vous avez en tête, mais moi, j'irais dans l'autre sens avec tout ce chargement. Je le montrerais à la caméra, parce qu'ils ont des caméras là-bas, sûr à cent pour cent, je percerais même, peut-être un peu, pas trop profond...

— Ce qu'on en a marre de vous, bon sang ! s'emporta la propriétaire de la Toyota.

Elle avait le nez rouge, les yeux gonflés, mais ses larmes avaient séché, et elle était la seule du groupe à ne faire aucun calcul, pas le moindre. Ses cinq compagnons alourdis par leur charge imaginèrent en même temps qu'elle allait gifler le tueur de flics, par exemple. En tout cas, il était impossible qu'elle ne fasse rien.

— Ce que je peux en avoir ras le cul, putain ! rugit-elle en bousculant le jeune barbu à la torche pour mieux grogner : Fous le camp d'ici. Dégage, je te dis !

Et il s'avéra – à la surprise générale – qu'elle tenait un pied-de-biche au manche enveloppé de ruban adhésif.

L'ingénieur cria alors : « Sacha ! », et regarda sa femme pour la première fois depuis que le coup de feu avait retenti. Le chef d'équipe, qui avait laissé tomber la mallette du Makita, chercha à retourner le fusil, tandis que le jeune homme barbu se préparait à bondir, parce que lui aussi, il en avait plus que marre de toute cette histoire, et que la camionnette « OZON » était là, juste à côté.

— OK, OK, fit l'homme au visage amoché.

Il recula en levant les mains. Sa joue était secouée par un tic, le sourire s'effaça une seconde, puis revint presque aussitôt.

— Pas de problème, les gars. Vous voulez pas, le faites pas. Je vais aller faire un petit tour là-bas, ouais, je vais voir ce qui se passe. Et j'espère, ajouta-t-il d'une voix différente, à l'intention du seul ingénieur, que vous ferez rien d'imprudent dans c't'affaire. Vous avez une fille là-bas, vous pouvez pas vous permettre de prendre des décisions sous le coup de l'émotion. C'est vraiment pas le moment de s'émouvoir. Quoi que vous ayez en tête, vous devriez y réfléchir encore un poil. Pesez vos options, comme on dit. Et quand vous aurez bien réfléchi, revenez, parce qu'on l'ouvrira quoi qu'il en soit, cette porte, avec ou sans vous. On l'ouvrira, je vous le garantis.

Mardi 8 juillet, 1 h 21

— ... Dites-lui ce qui a tué le docteur. Quand il y a eu la fusillade, jacassait la pharmacienne de sa voix aiguë et désolée. Eh bien, ça l'a tué. Vous n'y êtes pour rien.

Ça tintait dans le sac de la pharmacienne, dont les roues s'affaissaient et grinçaient en tournant.

— En plus, c'était un stomatologue... Valia, vous êtes où ?! lança-t-elle en se retournant. Allez !

Le mari dégarni de la pharmacienne et la sœur de celui-ci, tout aussi mouillée et dégarnie, accélérèrent docilement le pas. Ils étaient roses et ronds comme les deux moitiés d'une même pomme. Lequel des deux s'appelait Valia ? Ce n'était pas très clair.

— Ça m'a étonnée à ce moment-là, continuait la pharmacienne. Un stomatologue, c'est quand même un peu bizarre...

Elle était déjà un brin essoufflée, mais elle devançait presque la grande fonctionnaire d'une demi-longueur.

Les torches bleues éclairaient en hauteur et vers l'avant, cependant le sol demeurait invisible, si bien qu'ils avaient l'impression de marcher dans l'eau jusqu'à la taille. Des trucs crissaient sous les pieds de la fonctionnaire, mais elle ne baissait pas les yeux. Elle se sentait légèrement mieux sans sa veste, son chemisier était presque sec, seul son pantalon la serrait maintenant, au niveau des cuisses et surtout des genoux. Derrière elle, les miliciens haletaient. Ils n'étaient plus que cinq : trois tunneliers, le sous-marinier bedonnant et le propriétaire de la décapotable.

Devant eux apparut l'arrière massif de la Maybach, qui disparaissait sous une couche de poussière blanchâtre.

— Les enseignements sont différents, pour eux, assena la pharmacienne. C'est hyper-spécialisé, leur domaine.

En caillant sur l'asphalte, le sang était devenu terne et formait une pellicule semblable à la peau sur le lait. Le corps de la jeune femme en robe noire avait été emporté, en revanche apparemment personne ne s'était soucié de la comptable du parc d'attractions Skazka. Non loin d'elle gisait, couchée sur le flanc, l'institutrice Timokhina en tailleur Bosco, mais son sac avait disparu. La fonctionnaire aperçut enfin son carnet froissé, pourtant cette fois-ci, elle ne prit pas la peine de se baisser pour le ramasser. À la place, elle regarda sa montre (vingt-neuf minutes s'étaient écoulées). Sa main était redevenue celle d'une étrangère. Blanche au-dessus du poignet, les doigts passés dans un gant de sang séché.

— Alors voilà, annonça-t-elle en se retournant. Je peux faire entrer deux personnes. Juste deux : votre mari et vous. Je n'ai pas le temps de vous expliquer, mais croyez-moi, il ne nous laissera pas entrer sans médecin. Nous dirons qu'il est médecin, il faudra faire semblant. Vous saurez faire semblant d'être médecin ? Allez, vite, répondez : vous pourrez ou pas ? Votre femme vous soufflera quoi faire. Vous l'aiderez, n'est-ce pas ?

Peut-être que tout tenait vraiment à cette veste. J'aurais dû l'enlever ce matin. J'aurais dû l'enlever hier.

Le mari dégarni de la pharmacienne ouvrit la bouche et battit des paupières, complètement dépassé. On aurait dit qu'il était tombé dans un fleuve avec ses vêtements.

— Il ne laissera entrer que deux personnes, insista la fonctionnaire. Le médecin et la pharmacienne. Les autres, ce sera pour plus tard. Je vais essayer de le convaincre que la pharmacienne est indispensable, mais il n'ouvrira pas sans le médecin, vous me comprenez ? Il veut avant tout un médecin, et je serai en mesure de le convaincre qu'il faut aussi laisser entrer la pharmacienne, pas plus. À condition qu'il y ait un médecin. C'est indispensable, sans médecin, ça ne marchera pas.

Les trois quartiers de pomme la dévisageaient en clignant des yeux, identiques, ronds, gris et roses. Inséparables depuis quarante ans, ils avaient oublié voici longtemps qui ils étaient les uns par rapport aux autres. Des week-ends, des vacances et des anniversaires passés ensemble, une vieille dame alitée dont ils s'occupaient ensemble, et la datcha parentale avec ses pivoines et sa cuisine d'été.

Si seulement je pouvais aussi enlever mon pantalon. Il la serrait affreusement, surtout au niveau des genoux.

— Alors ? fit la fonctionnaire.

— Valia, dit la pharmacienne en serrant plus fort son sac.

Les boucles d'oreilles en perles tressautèrent et l'on comprit soudain comment s'organisait la vie à la datcha, qui décidait des fleurs à planter, de l'heure de l'extinction des feux et de ce qu'on cuisinerait pour le petit déjeuner. De sa main libre, la pharmacienne prit la main de son mari et réduisit le trio à un duo.

— Valia, ma chérie, reste ici pour l'instant.

Mardi 8 juillet, 1 h 23

— Non, c'est une disqueuse qu'il faudrait, dit le chef d'équipe en tirant sur la grille.

Son visage était devenu le masque austère du professionnel sur le point de discuter un devis.

— Et vous avez pas de disqueuse ? s'enquit Patriot.

Les trois tunneliers gardèrent un silence lourd de sens. S'ils avaient eu une disqueuse à métal dans leur minibus, ils auraient réglé son sort à la grille de l'avant depuis onze heures. Cette grille-ci avait les mêmes barreaux épais, mais la porte qui se trouvait derrière était un simple battant en fer avec une poignée. La porte la plus ordinaire qui soit, ornée de l'autocollant vert d'un homme et du panneau éteint indiquant « SORTIE ». *Comment avons-nous pu ne pas le remarquer ?* s'étonna Mitia. *On est passés devant des milliers de fois. Et ce n'est probablement pas la seule ici.*

— On pourrait peut-être la percer, suggéra, malheureux, le barbu en maillot de sportif.

— Il faudrait une disqueuse, y a pas moyen sinon, déclara le second tunnelier à la moustache blonde comme les blés, après avoir tiré sur le battant, lui aussi. Il faut la sectionner.

— Pourquoi ils avaient besoin de mettre une grille ici, j'aimerais bien qu'on m'explique, s'agaça Sacha. Pour empêcher quoi ? Vu que ça ne donne pas dehors, pourquoi ?

Pour qu'on n'atteigne pas le couloir, pensa Mitia. *Qu'on ne commence pas à tout abîmer et à bousiller quelque chose. Pour qu'on suffoque ici sans bruit, ou qu'on crève tranquillement de faim. Tous les inutiles.* Et il repensa aussitôt à Assia, maintenant il ne faisait plus que ça : il pensait et repensait à Assia, au fait qu'il l'avait laissée là-bas toute seule, parce qu'il s'était dit que ce serait mieux ainsi. Elle l'avait regardé depuis le sas en appelant : « Papa, papa », mais elle avait fait preuve de son utilité, après tout. Elle leur était utile. C'était pour ça qu'elle respirait maintenant. Qu'est-ce qu'il avait dit, l'autre ? Des décisions irréfléchies ? Ou plutôt non : des décisions prises sous le coup de l'émotion.

— Bande de dégueulasses, dit soudain Sacha, qui se retourna et frappa la grille avec son pied-de-biche. Dégueulasses, dé-gueulasses !

Et elle frappa, et frappa encore.

Le son était aussi assourdissant que celui d'une cloche. On aurait dit qu'elle pleurait, maintenant, pour la première fois en vingt-quatre heures, elle n'était plus en colère, elle ne se taisait plus, mais elle pleurait vraiment. Seulement, il ne pouvait pas penser à toutes les deux en même temps. Il n'en avait jamais été capable.

— Ch-chut, du calme, qu'est-ce qui t'arrive ? fit Patriot en lui attrapant le bras pour lui retirer doucement le pied-de-biche. Qu'est-ce qui t'arrive ? répéta-t-il. On va trouver un truc, voyons. Hein, les gars ? insista-t-il en fixant Mitia. Là, on va trouver, d'accord ?

Le type au désagréable visage tuméfié se dirigeait vers la porte d'Assia et avait probablement déjà parcouru la moitié du chemin. *Des décisions prises sous le coup de l'émotion,* se remémora encore Mitia. *Des idioties irréfléchies.*

— On peut l'arracher avec une voiture, déclara-t-il. Il suffit de trouver un câble métallique.

Mardi 8 juillet, 1 h 27

— Ici, placez-vous sous la caméra et levez la tête, ordonna la fonctionnaire. Non, pas vous ! Lui.

Le mari dégarni de la pharmacienne fit sagement un pas et s'immobilisa. Il avait l'air encore plus désorienté sous la lumière des lampes, tel un spectateur que le magicien a forcé à monter sur scène.

— Choura, la tête, chuchota la pharmacienne en donnant un coup de coude à son mari.

Le sas ne sentait plus le citron mais les chaussettes et la transpiration, et le mur près du boîtier de l'intercom était taché de sang, en revanche les scaphandres, les rayonnages des respirateurs et l'armoire des armes impressionnaient toujours autant. Choura le rondouillard plissa les paupières et plaça son visage devant la caméra invisible. La sueur coulait à flots dans son dos et son crâne luisait d'un éclat rosé.

— Il n'est pas Choura, siffla la fonctionnaire entre ses dents. Vous devez l'appeler « docteur ». C'est bien clair ?

Elle aperçut ses chaussures par terre, près des rayonnages, éventrées et craquelées, le cuir comme retourné après un an passé sous la pluie, et elle songea : *Ça ne va pas marcher.* Ici, rien ne marchait, absolument rien, et ce depuis le début. Après tout, puisqu'il en allait ainsi, elle pouvait enfin se débarrasser aussi de son pantalon, du moins ce qu'il en restait. La peau sous le tissu était brûlante et moite, la toile la serrait au niveau des genoux et lui comprimait l'aine, elle était humide à l'entrejambe. L'espace d'une seconde, cela devint sa préoccupation première : enlever ce pantalon et gratter la peau en dessous, une jambe, puis l'autre, à deux mains.

— C'est qui, ça ? grogna l'intercom avec la voix de cet avorton de major.

Choura frémit en entendant cette voix terrible, rentra la tête dans les épaules et recula, mais sa femme le poussa de nouveau d'un petit coup d'épaule et lui fit reprendre sa place. La fonctionnaire au pantalon déchiré remarqua que sa fermeture Éclair était déjà baissée presque jusqu'au milieu. L'intercom crépita un peu, pendant que la réponse se faisait attendre, mais la fonctionnaire était préoccupée par sa fermeture Éclair – la baisser jusqu'au bout ou la remonter –, et la question l'accaparait. *Après le pantalon,* envisageait-elle, *après le pantalon, j'aurai encore le temps d'enlever le soutien-gorge. De le sortir vite fait, par une manche.*

— C'est le médecin ! annonça la pharmacienne d'une voix forte, en articulant bien, avec cette diction que l'on adopte pour parler aux sourds ou aux étrangers.

Debout à côté de son mari, elle souriait à l'intercom couvert de sang.

— Le doc-teur ! répéta-t-elle en détachant les syllabes. Et moi, je suis pré-pa-ra-trice en phar-ma-cie ! Pharmacienne avec trente-deux ans d'expérience !

Le boîtier constellé de taches marron cliqueta et se tut. La pharmacienne regarda la grande femme blonde avec le sourire figé d'une personne venue se faire photographier pour son passeport. *Ou pour le tableau d'honneur,* pensa soudain la fonctionnaire. *Bande d'idiots, bande d'idiots, d'i-di-ots.* Elle n'avait pas ri depuis plus de vingt-quatre heures, ou plutôt non, elle n'avait pas ri depuis des lustres. Pourquoi ? Pourquoi ne riait-elle pas ? Et, bon sang, comme ça la démangeait sous son pantalon !

— Reculez tous vers le mur, lâcha enfin le boîtier d'un ton morne.

Sur cet ordre, les cinq miliciens, qui se tenaient déjà le plus loin possible de l'intercom, tentèrent de reculer encore ; tous les cinq bien sûr, comme put s'en rendre compte la fonctionnaire, agrippaient toujours leur torche. La pharmacienne prit la main de son mari et le fit également reculer, si bien qu'il ne resta plus que le sac à carreaux monté sur roulettes dans le champ de la caméra. La porte intérieure siffla, s'écarta et le major, qui s'était déjà débarrassé de sa poussière, apparut, la mine sévère, dans l'embrasure de la porte. Il s'était passé de l'eau sur la figure, avait nettoyé son costume et les considérait avec l'indolence indifférente d'un colonel, ou plutôt d'un général. À ceci près que ses cheveux n'avaient pas encore séché et qu'ils brillaient d'humidité, séparés par une raie bien nette.

— Vous deux, par ici, dit-il.

Choura, apparemment sans connaissance quoique toujours debout, ne bougea pas.

— Oh, attendez, ça ne prendra pas plus d'une petite minute, dit sa femme qui sortit du rouge à lèvres de sa poche et, sans regarder, se le passa rapidement sur les lèvres.

Il était évident qu'elle aurait aussi voulu rectifier quelque chose à l'apparence de l'immobile Choura, mais elle se retint et, cette fois, s'abstint même de le pousser. Il la suivit comme mené par une corde.

Le major s'écarta pour les laisser passer, puis rapidement et avec une délectation manifeste laissa entrer la fonctionnaire, qu'il examina des pieds à la tête. Ce n'est même pas qu'il l'examina, il la détailla de la pointe des pieds jusqu'au sommet du crâne, afin de prolonger cet agréable moment. Il était très content de lui en cet instant.

— Bien joué, dit-il. Et maintenant, l'expert en informatique. T'as qui d'autre sur ta liste ? Récupère ton carnet, t'en auras besoin.

Mardi 8 juillet, 1 h 28

— Où tu vas, tourne plus à gauche ! À gauche, j'te dis, encore ! Encore ! rugit le chef d'équipe en frappant du plat de la main sur la cabine de la camionnette « OZON ».

— Liokha, crie-le-lui ! Il entend pas ou quoi ?

Liokha cria. Un cri inintelligible lui répondit en provenance de la cabine de la camionnette, mais celle-ci ne se déporta pas pour autant sur la gauche et, un instant plus tard, elle percuta l'arrière d'une petite Honda au nez retroussé. Du plastique s'éparpilla sur le bitume, les phares de la Honda s'éteignirent et il fit aussitôt plus sombre. Le jeune barbu se pencha hors de la cabine et jeta un regard de reproche à ceux qui avaient poussé le véhicule.

— Pourquoi tu vas tout droit, ducon, on te dit de tourner, et toi, tu vas tout droit, fallait aller sur le côté ! s'égosilla le chef d'équipe. Faut le remettre en place et tout recommencer !

Sous l'effort et la rage, il avait pris une carnation légèrement bleutée.

— Pourquoi vous avez poussé si vite ?! répliqua, agressif, le barbu dans la cabine.

Pendant qu'il prononçait ces mots, la malheureuse Honda se mit soudain à rouler toute seule et alla à son tour emboutir quelque chose… que l'on ne distinguait pas, maintenant que ses phares avant aussi s'étaient éteints.

— Pourquoi t'as pas mis le frein à main ? demanda Patriot, trempé comme tous les autres, mais pas bleu, non, rouge vif. Tu sais pas conduire ?

Le barbu fronça les sourcils sans rien répondre.

— Alors pourquoi tu t'es mis au volant, putain ! beugla le chef d'équipe en ouvrant la portière d'un coup sec. Sors de là !

— Les clés ne sont pas là, dit Sacha, haletante. J'ai cherché partout. Peut-être qu'on devrait aller plus loin, il y en aura bien quelque part…

— Non, c'est inutile, répliqua Mitia. On n'arrivera pas à ramener un véhicule jusqu'ici.

La Honda n'avait pas assez de champ d'action. Et la camionnette non plus, il n'y avait nulle part où la déplacer. Impossible de bouger quoi que ce soit : trois rangées de voitures sans clés, dont la moitié avec les roues bloquées. L'inconnu au visage défoncé devait être parvenu à la porte à l'heure qu'il était. *« On l'ouvrira quoi qu'il en soit, avec ou sans vous,* se souvint Mitia, en même temps que du sourire étrange et désagréable de l'individu. *Vous avez une fille, vous avez une fille. Vous avez une fille. »*

— Si, si, on va faire passer un autre véhicule ! grogna le chef d'équipe. Il suffit de pas conduire avec son cul !

Offensé, le barbu renifla. Liokha, un grand maigre aux moustaches blondes comme les blés, le remplaça dans la cabine.

— Qu'est-ce qu'on attend, j'ai pas pigé ? Allez, on décolle !

Le chef d'équipe fit le tour de la camionnette et voulut crier à nouveau : « Allez, on décolle ! », même s'il commençait à se demander pourquoi il était aussi pressé. Mais il se tut, car des types – sept ou huit, munis de torches et de démonte-pneus, et un, bizarrement, d'un extincteur – se tenaient maintenant près de la petite Honda et le regardaient d'un air mauvais.

— Donc maintenant, c'est ça que vous faites, vous défoncez les voitures des gens ? demanda l'un d'eux.

— C'est ta caisse ? répliqua d'un air de défi le chef d'équipe, qui n'avait pas eu le temps de changer de mode.

Les ennuis se profilaient à l'horizon, car, premièrement, la Honda accidentée n'était en effet pas étrangère à cet homme. Deuxièmement, un autre membre du groupe s'écria : « Eh, les mecs, je me souviens de lui, c'est un des salopards ! » Or le chef d'équipe avait les mains vides : outils et fusils étaient soigneusement alignés contre le mur. Le barbu en maillot de sport n'arrangea pas les choses : le raffut le fit accourir et, dans son élan, pousser les types, tandis que Liokha sortait de la camionnette et que Sérioga se précipitait vers un fusil.

Bref, la bagarre était inévitable, et elle allait être terrible, sans pitié, le genre de bagarre où s'affrontent des gens qui n'ont plus d'espoir, mais seulement de la colère. Sauf que le propriétaire rougeaud de l'UAZ intervint, et dans un rôle inhabituel pour lui : c'est que, l'espoir ne s'étant pas encore tari dans son cœur, il n'était pas en colère. Ou plutôt non : ayant brusquement compris que l'espoir subsisterait à une seule condition – l'absence de bagarre –, il ne se laissa pas aller à la colère. Avec un immense effort sur lui-même, il tenta de s'expliquer… avec des mots, bien qu'il n'ait jamais cru à l'efficacité de cette méthode jusqu'à cet instant.

— Les gars ! dit-il. Eh, les mecs, qu'est-ce qui vous prend ? On a trouvé un moyen de sortir !

Après quoi il raconta, aussi succinctement et éloquemment qu'il le put, la porte en fer et le couloir de service, le local des panneaux de distribution, l'électricité et les gaines de ventilation, les ascenseurs de secours et la descente dans le métro. Les voitures garées en travers de la route on va essayer de les déplacer, quand la Rangler jaune, là, de la rangée du milieu, pèse à elle seule deux tonnes et demie, alors qu'il suffirait d'arracher la grille. Juste l'arracher, tu piges, trouver un câble et une voiture avec les clés, et ensuite, on a tout sous la main :

les gars ont des outils, on a un ingénieur électricien, il est là, tout est là, tu piges ?

Ce discours coûta beaucoup au propriétaire de l'UAZ – encore plus rouge, il transpirait de plus belle –, mais ses mots remplirent leur office. Et peut-être même dépassèrent-ils ses objectifs, car ce difficile discours ne permit pas seulement d'éviter une bagarre.

— La Rangler, donc. C'est celle-là ? demanda l'homme à l'extincteur en allant y jeter un œil. Deux tonnes et demie ! Comme vous y allez, ironisa-t-il. Deux tonnes, maximum.

— Je sais où trouver un câble, à ce propos, ajouta un deuxième type. On va vous l'apporter.

Pendant qu'ils discutaient de celui qu'ils allaient envoyer récupérer le câble, M. Honda au nez retroussé s'approcha du propriétaire de l'UAZ et, fouillant dans sa poche, lui présenta, dans le creux de sa main, une clé accrochée à une boule de duvet rose.

— Fais attention, hein, lui dit-il.

Sa paume était rugueuse, très sale, et jurait avec le porte-clés duveteux. C'était avec cette main que, une demi-heure plus tôt, M. Honda avait tabassé le conducteur de bus rouquin, et il aurait bien aimé recommencer, peu importe avec qui. Cette envie n'avait absolument pas disparu.

— Peut-être que tu peux le faire toi-même, dans ce cas ? suggéra le propriétaire de l'UAZ sans prendre la clé.

Il se retourna vers l'ingénieur. Qui paraissait avoir perdu de son allant.

— Prends-la, putain, c'est bon, insista M. Honda.

Il ne pouvait rien dire d'autre et s'étonnait de seulement réussir à parler.

Mardi 8 juillet, 1 h 29

Les miliciens munis de torches et de fusils piétinaient toujours devant la porte extérieure. Ils ne s'insurgèrent pas du dernier ordre reçu et, sans un mot, sortirent avec le même visage que cinq minutes plus tôt, lorsqu'ils étaient rentrés. Qu'on s'imagine des figurants épuisés après une longue journée de tournage et treize prises, qui exécutent les ordres d'un cinéaste cinglé : ils se déplacent d'un endroit à un autre et semblent adopter les postures adéquates, pourtant ils ont oublié depuis bien longtemps quel est le sens de la scène à tourner.

Le cinéaste n'était même pas visible, il était probablement vautré dans son fauteuil, avec ses chaussures qui ne touchaient pas le sol, ou allongé sur un canapé enveloppé de cellophane. On était en train de lui remonter une manche pour enfoncer une aiguille dans sa veine. Ou peut-être lui changer sa couche. Il se pouvait que ses ordres ne soient plus qu'une agglutination de sons dépourvus de sens depuis longtemps. Le pouvoir des ordres était maintenant remis en question, toutefois la fonctionnaire au pantalon en lambeaux se retrouvait soudain à court de questions. Des choses bien différentes la tourmentaient : la lumière vive du sas, les plaies qui la démangeaient au niveau des aisselles et de l'aine, et l'agrafe de son soutien-gorge. Ces bretelles, fermetures Éclair, boutons et coutures qui malmenaient son corps et dont, sous cette lumière, il n'y avait aucun moyen de se débarrasser. Lorsque les portes bougèrent enfin – le battant intérieur se referma et celui de l'extérieur s'ouvrit –, ce fut presque avec soulagement que la fonctionnaire s'engagea dans l'obscurité, oubliant ce fumier de major, la pharmacienne aux perles en plastique et, à plus forte raison, l'informaticien pas encore identifié.

L'obscurité qui régnait à l'extérieur était brûlante et n'apporta aucun soulagement. La flaque de sang coagulé sentait, le corps de la comptable de la Land Rover et celui de l'enseignante Timokhina commençaient à sentir, et les odeurs de la grille, où gisaient le conducteur de la Volkswagen et ses trois passagers, le chauffeur de taxi et la blonde en robe chamarrée, devaient avoir rampé jusque-là aussi. Valia la rondelette au visage poupin attendait patiemment près du mur, tel un sac oublié, et le carnet contenant la liste était toujours ouvert sur l'asphalte, mais Valia et même le carnet se trouvaient déjà dans un monde parallèle, sans importance, qui n'avait rien à voir avec la fonctionnaire. Elle abandonna son bataillon fatigué devant la porte, passa derrière la Maybach et, enfin dans l'obscurité, ouvrit son pantalon pour glisser une main à l'intérieur, sous le tissu humide.

Au même instant, quelque chose de métallique, de dur s'enfonça dans son dos, juste entre ses omoplates, à l'endroit où se plantait l'agrafe de son maudit soutien-gorge, qu'elle aurait dû enlever en premier, bien sûr. Probablement hier.

— Pas un bruit et reste tranquille, dit derrière elle une voix qu'elle connaissait bien. Mains en l'air et avance.

Alors elle avança, telle qu'elle était, avec son pantalon déboutonné, et constata à son grand étonnement qu'elle n'avait envie ni de regimber ni de crier. Pas plus, d'ailleurs, que de lever les mains.

— Maintenant, fais-les venir ici, ordonna la même voix au bout d'une vingtaine de pas, lorsqu'il l'eut entraînée hors du champ des caméras et de la lumière des torches chimiques. Allez, sinon tu ne leur manqueras pas avant demain matin.

La fonctionnaire obéit encore et appela, même si cette tâche était difficile, car, ayant également oublié la milice, elle dut d'abord se concentrer pour se remémorer qui était ce « ils » et pourquoi, bon sang, ils présentaient la moindre utilité.

Les cinq miliciens entendirent son cri et s'approchèrent, accompagnés de l'éclat de leur torche semblable dans l'obscurité, à celui des poissons de haute mer. Ils virent leur cheffe aux pieds nus, par qui ils avaient beaucoup souffert et qu'ils avaient redoutée jusqu'à récemment, dans un état tout à fait indécent : non contente d'avoir les pieds enflés, des taches brunes sur son chemisier et un masque ensanglanté à la place du visage, elle avait maintenant la main droite plongée dans son pantalon. Dans son dos se profilait le maigrichon armé d'un fusil, qui avait l'air plus mal en point que la dernière fois, quand il sautait sur le toit de la Maybach. Tout ce qui l'entourait se détériorait maintenant, et rapidement.

— Vous, les gars, vous restez là et vous vous taisez ! leur lança l'homme. Je sais pas très bien tirer, donc allez savoir qui je toucherai.

Les miliciens n'avaient pas besoin de cet avertissement pour se tenir mollement à carreau et arborer le même visage que Valia – angoissé et vide –, le visage de la personne coincée dans une file d'attente interminable qui n'a pas bougé depuis longtemps. Et ils étaient probablement encore plus fatigués à ce moment-là, de sorte que le nouveau changement de pouvoir ne les surprit pas du tout.

Mardi 8 juillet, 1 h 31

— ... Sans vouloir vous offenser, je dois vous poser la question. Elle me tourmente à fond, dit le tueur de flics en gloussant, malgré ses mains tremblantes et la peine qu'il avait à tenir sur ses pieds. Expliquez-moi donc sur quel principe vous avez recruté cette armée ? Qui a décidé qu'il suffisait de distribuer des armes à des gens pris au hasard pour en faire des soldats ?

— Oui, convint la fonctionnaire avant de glousser inopinément. C'est assurément une erreur dans le plan.

— Oh, ma chère, cessez donc, je vous en supplie. Tout votre plan est une erreur. À l'instar de tous ceux que vous élaborez. Un idiot l'a concocté dans la sécurité de son bureau, juste pour cocher une case, pour que ses supérieurs lui lâchent la grappe. Ou même le patron en personne, encore plus idiot et avec qui, bien sûr, personne n'a discuté, n'est-ce pas ? On ne discute pas avec le chef, c'est interdit chez vous. Ces plans ne fonctionnent que sur le papier, et regardez le résultat honteux du vôtre. Tout s'est effondré d'entrée de jeu...

— Non, une seconde, l'interrompit la fonctionnaire en inclinant la tête sur le côté à la manière d'un oiseau, car elle n'entendait plus que de l'oreille droite. C'est vous qui m'avez mis des bâtons dans les roues depuis le début. Le plan n'a pas fonctionné à cause de vous. Il ne prend pas en compte les psychopathes.

— Ah, fit l'homme au fusil, bien sûr. Vous teniez donc à être les seuls psychopathes. Je sais que c'est beaucoup plus pratique, mais ça ne marche pas comme ça dans la réalité, ma chère, et c'est pour ça que votre plan a raté. Quant à vos supérieurs, pardonnez-moi, ce sont des idiots sans talent... Admettez-le, je vois que vous en brûlez d'envie.

La conversation se poursuivit et la fonctionnaire semblait même reprendre un peu de poil de la bête, en dépit du canon du fusil fiché entre ses omoplates, et du fait que son interlocuteur maigrichon l'appelle « ma chère », comme si ce n'était pas lui qui tenait cette arme. Les miliciens, eux, n'écoutèrent pas plus longtemps – ils n'étaient déjà plus des soldats, mais des individus lambda, cette conversation ne les concernait pas, ils décidèrent donc à tout hasard de regarder ailleurs.

— ... Mais on bavarde, on bavarde, vous et moi, dit enfin l'homme au fusil en reprenant ses esprits. On ferait mieux d'aller rassembler notre groupe.

— Ils ne vous laisseront pas entrer ! lança la fonctionnaire par-dessus son épaule. Le major connaît votre visage et il vous abattra sur le seuil. Ou plutôt non, il vous verra par la caméra et ne nous ouvrira pas la porte.

— Si je me présente seul, en effet, répondit son interlocuteur. Mais on rassemblera autant de monde que nécessaire. Il faudrait qu'on soit combien ? Une cinquantaine ? J'entrerai là-dedans, ne vous inquiétez pas, et ensuite, on trouvera comment gérer le major. Vous le portez pas particulièrement dans votre cœur, si ?

À ce moment-là, la fonctionnaire eut une réaction surprenante : elle éclata de rire. D'un rire assez glaçant qui attira même le regard des miliciens, avant qu'ils ne rebaissent aussitôt la tête, car si elle avait, Dieu merci, retiré la main de son pantalon, elle l'avait aussitôt glissée dans le dos de son chemisier. Ça craquait, là-bas derrière, des espèces de lanières. Si elle avait perdu la boule, il pouvait lui venir l'idée de se dessaper complètement, par exemple, or ils ne voulaient à aucun prix assister au spectacle.

— Convenez-en : qu'est-ce que vous avez à perdre ? continuait l'homme au fusil. Ça pourrait être intéressant. Qui sait comment les choses vont tourner ?

Le silence se fit. Derrière eux, près de la porte, haletait doucement Valia l'oubliée. La fonctionnaire souriait, les yeux plissés, et l'on entendait le grattement de ses doigts dans son dos.

Mardi 8 juillet, 1 h 43

La voix de la Honda au nez retroussé était fluette, mais avait la stridence d'une personne offensée.

— Le câble va se rompre ! cria le chef d'équipe. Il tiendra pas, pourquoi t'accélères ?

Avec les cris perçants que lançait la Honda dans sa marche arrière, Patriot ne l'entendait pas. Il avait l'air d'un extraterrestre dans cet habitacle exigu, d'un adulte devant un pupitre d'enfant.

Ils vont rappliquer, se dit Sacha. *La moitié du tunnel va accourir, alors qu'on ne sait même pas ce qu'il y a là-derrière.*

— Si tu reviens dans l'autre sens et que tu tires encore un coup, tu vas le péter ! s'égosilla le chef d'équipe, condamné, visiblement, à ce que ses ordres du jour ne soient suivis par personne.

Il avait ôté son T-shirt vert pendant le déplacement des voitures et, dans la lueur inégale des phares, il ressemblait vraiment à un mineur : torse nu, gigantesque et ruisselant, le visage bronzé. À ce stade, tout le monde ressemblait à un mineur rentrant d'une rude journée de travail, sans casque, et personne n'aurait su distinguer les véritables tunneliers des hommes, tous plus sales et épuisés les uns que les autres. Cependant, le succès de l'entreprise dépendait désormais de la petite cylindrée japonaise – une voiture de jeune femme ! – et du câble, qui ne semblait pas non plus très solide, puis de ce qu'ils trouveraient derrière la fameuse porte. Ce n'était peut-être qu'un débarras. Une pièce de service avec une table, une chaise et un portemanteau. Ou un escalier poussiéreux qui ne menait nulle part, une impasse. Si ça se trouve, il s'était trompé, ou il avait été le jouet de son imagination – bien sûr qu'il avait tout imaginé et, comme toujours, il avait fini par se persuader lui-même, parce qu'il ne pouvait pas rester assis plus longtemps.

Mitia était tout noir lui aussi, hagard et nauséeux, et il doutait. Sacha s'en rendait compte, et lui aussi, depuis longtemps. *S'il vous plaît, mon Dieu, faites qu'il y ait quelque chose là-derrière. Sinon, empêchez-nous de l'ouvrir.*

La Honda eut un brusque soubresaut, quelque chose claqua – *le câble,* pensa Sacha, *le câble s'est rompu* –, puis la petite voiture au nez retroussé bondit comme un poisson qui se serait décroché de l'hameçon et, emportée par son élan, s'en fut percuter le mur de son coffre. Et la grille, enfin sortie de ses gonds, s'abattit sur l'asphalte.

Le silence se fit, tous les bruits s'arrêtèrent d'un coup, à l'exception du ronronnement assourdi de la petite cylindrée endommagée. Personne ne bougeait, chacun imaginant en cet instant – comme cela arrive de temps en temps – le même débarras abandonné, des chiffons poussiéreux, un seau rempli de sable. Mais la portière de la Honda s'ouvrit alors en grinçant et Patriot en sortit. On aurait dit un boxeur, avec le sang qui coulait de sa bouche et de son nez, gouttant sur sa grosse bedaine blanche.

— T'avais pas mis ta ceinture de sécurité, espèce de couillon ? le rabroua affectueusement le chef d'équipe.

— Ben alors, les filles, qui c'est qu'on attend ?! lança Patriot en souriant avant de cracher sur l'asphalte.

Il oscillait sacrément.

— Allez chercher une perceuse pour papa.

— Un perforateur, rectifia le chef d'équipe. Assieds-toi un moment, papa, j'en fais mon affaire.

Mardi 8 juillet, 1 h 45

— ... C'est quoi le problème ? Il y a des places, vous pouvez venir avec vos familles, tout baigne ! Ohé ! répéta l'homme au visage tuméfié d'une voix sonore et joyeuse.

Ses paroles se réverbérèrent à nouveau sur les murs, puis montèrent vers le plafond avant de fondre quelque part entre les rangées.

La petite Citroën jaune était verrouillée, de même que toutes les autres voitures, aux vitres embuées de l'intérieur. Il n'y avait personne dans les allées sombres remplies d'échos.

— Vous devriez ranger votre arme, lui conseilla la fonctionnaire.

Elle avait tout de même réussi à ôter cette saleté de soutien-gorge en chemin et, bon sang, ce qu'elle se sentait mieux. Indécente comme elle ne l'avait plus été depuis longtemps.

— Personne ne sortira, sinon, vous leur faites peur.

— C'est vous qui faites fuir tout le monde, siffla-t-il entre ses dents serrées. Vos soudards ont des allures de peloton d'exécution.

Et d'élever à nouveau la voix :

— J'ai pas saisi, les gars, qui est-ce qu'on attend ? Je vous le dis, la question a été résolue, tout le monde a le droit d'entrer ! Arrivez donc !

Les miliciens armés de torches et de fusils devaient sans doute les effrayer un peu. Surtout depuis les voitures dans lesquelles se terraient leurs propriétaires. Et la voix qui leur promettait le salut ne recelait plus la moindre note de gaieté. À croire que la batterie qui alimentait l'homme au visage amoché s'était elle aussi épuisée, quelque part à mi-chemin, mais il n'avait rien pour s'en débarrasser.

— Je peux leur dire de reculer, suggéra la fonctionnaire. Ou bien de déposer les armes ?

— Très astucieux, en effet. Vous leur direz ensuite de les distribuer pour qu'on nous tire dessus avec, s'agaça-t-il. Très bien, les gars, on va faire bref ! On y va ou pas ? Dernière offre !

— Laissez-moi les emmener, insista-t-elle. Vous commandez l'opération, moi, je m'en fiche.

C'était la pure vérité.

— Arrêtez de jacasser.

Le canon du fusil tressauta et lui griffa la peau entre les omoplates, justement là où ça la démangeait encore un peu, pile au bon endroit.

— ... Et comme ça, vous n'aurez plus l'air d'un malfrat qui a pris une femme en otage, expliqua-t-elle patiemment, parce qu'elle voulait lui procurer le même soulagement.

— Ta gueule, salope, l'interrompit-il. Ta gueule, ta gueule, je vais t'exploser la tête, fit-il avant de se remettre à crier en se tournant vers les voitures silencieuses et fermées : Eh ! Donc on va rester assis là ? Merde, les gens, je vous offre une vraie chance, je peux faire entrer tout le monde, c'est à deux pas...

La Citroën jaune parut remuer, puis se figea à nouveau, mais ses occupants demeurèrent invisibles. De grosses gouttes rampaient sur le pare-brise et scintillaient dans la lumière bleutée des torches comme des perles de rosée à travers une forêt nocturne. L'air immobile durcissait aussi vite que du mortier de ciment, les gouttes de condensation étaient les seules à bouger. La fonctionnaire songeait mollement que les plans – tous autant qu'ils étaient – s'avéraient également inutiles, que le temps des plans était passé, ce qu'avaient compris aussi bien la milice que les occupants de la Citroën. Telle était la différence entre eux et l'homme qui tenait le fusil dans son dos : il n'était pas encore libre. Il était en colère et voulait autre chose. Sa rage avait quelque chose de stupide et de ridicule.

— Mais sortez donc ! aboya-t-il. Vous allez crever ici, idiots, crétins ! Pourquoi vous vous cachez ? De qui ? Quelle différence ça fait, maintenant ? Dépêchez-vous de sortir !

Il se précipita vers la Citroën, oubliant l'otage et les miliciens.

— Salopards, mais vous allez sortir ?

Il rugit et frappa la crosse du fusil d'abord sur le capot jaune, puis arracha le rétroviseur latéral et s'en prit enfin au pare-brise suintant, mais comme celui-ci ne se brisa pas, il dut s'y reprendre à plusieurs fois.

Le verre se déforma et se fissura. La fonctionnaire ressentit une nouvelle démangeaison entre les omoplates. Sans doute aurait-elle dû reculer pour éviter d'être touchée par les éclats. On entendit alors une femme crier dans la Citroën – un filet de voix sur une seule note – et la portière du conducteur s'ouvrit enfin. Sauf que l'homme au visage défoncé s'était attelé à une autre tâche : sans plus piper mot, il abattait méthodiquement sa crosse sur le capot et les montants avant, considérant à l'évidence que la petite voiture jaune lui avait fait du tort et méritait d'être punie.

— Qu'est-ce tu fais, face de bouc ? hurla le conducteur de la Citroën.

Visage rouge et ventre bedonnant, l'homme à la chemise à carreaux prit son élan et lança son poing en plein dans la pommette déjà fendue de l'homme au fusil.

Celui-ci oscilla, grimaça, mais resta sur ses pieds.

— Kolia, Kolia, non ! criait la femme dans la Citroën. Il est armé, Kolia !

Elle s'extirpa elle aussi de la voiture.

— Je vais t'arracher les jambes, connard ! rugit Kolia, qui ressemblait à une boule à carreaux.

D'une de ses mains rougeaudes, il empoigna le fusil, tandis que, de l'autre, il porta un nouveau coup à l'agresseur.

S'il tire maintenant…, se dit la fonctionnaire avec indifférence, avant d'abandonner sans aller au bout de sa pensée. Un vacarme commençait à s'élever : des portières claquèrent, des gens accoururent dans l'allée jusqu'à la voiture jaune, une ombre rousse, tout en légèreté, passa entre eux et l'on entendit le jappement hystérique et pitoyable d'un chien.

— Tcharlik, mince, Tcharlik, viens ici, vite ! hurla la femme. Kolia, mon Dieu, Tcharlik !

À ce cri, l'oreille droite de la fonctionnaire se boucha. Les sons redevinrent assourdis, lointains, on lui avait en quelque sorte enfoncé un bocal sur la tête. Alors elle regarda de sous son bocal le gros conducteur de la Citroën tirer le fusil vers lui, une femme suspendue à son épaule, tandis qu'un chien – un chien de chasse à longues oreilles – sautait dans tous les sens à côté d'eux, sans qu'elle puisse comprendre où était le canon, de quel côté, ni si cela avait la moindre importance.

Quelque chose sembla alors la pousser, fort, mais sans lui faire de mal, comme si l'on secouait son bocal, le haut et le bas échangèrent leur place et elle vit les gros grains de l'asphalte, un morceau de pneu et une botte. Rien d'intéressant, inutile de continuer à regarder, mais la chaussure, en remuant, retint son attention, d'autant que du sable et des petits cailloux s'en envolaient. *Je suis tombée.* Elle eut cette brève pensée, tout aussi inintéressante, mais la chaussure remuait, et la fonctionnaire l'observait quand même, juste comme ça, sans la moindre curiosité. L'homme au visage tuméfié était également tombé : il gisait sur le dos à côté de la Citroën, la respiration sifflante, il raclait le bitume avec ses pieds, toujours en colère apparemment, même allongé là. Et quelqu'un de vaguement familier, aux cheveux blonds, lui emprisonnait le cou de son bras replié. Ce bras-là était tout égratigné, alors qu'il ne l'était pas, pensait-elle, tantôt. Le maigrichon en colère, en train de mourir, enfonçait sans force ses ongles dans ce bras et ses yeux se révulsèrent. Puis il mourut et cessa enfin d'être en colère.

Il n'y avait plus rien à regarder, elle pouvait se dispenser de faire quoi que ce soit. *Quoi-que-ce-soit,* répéta-t-elle, prise du désir de s'allonger plus confortablement, car elle était très fatiguée, plus qu'elle ne l'avait jamais été. Très, très fatiguée. Le sol tanguait un peu sous elle, telle une couchette dans un wagon-lit, oui, un wagon dans un train de nuit pour Saint-Pétersbourg, dont les roues cliquetaient, les oreillers amidonnés crissaient et au-delà duquel l'air était frais et pur, la forêt humide baignée par la lune.

Mais même maintenant, on lui refusait le repos. Quelqu'un la secouait par l'épaule, lui tirait le bras, lui soulevait même la tête et lui aspergeait le visage d'eau. Le train frais disparut, et la lune redevint une lanterne bleue. La sienne, qu'elle avait laissée tomber. Même son ouïe lui revenait, fort malencontreusement.

— Qu'est-ce qu'elle a ? Elle s'est évanouie, c'est ça ?

— Reculez ! Allez chercher de l'eau !

— Mais ce n'est pas un évanouissement, regardez-la, bon sang...

— Ma chère, vous êtes blessée ? Vous pouvez vous asseoir ?

Elle obtempéra soudain et s'assit, contre son gré, parce qu'elle était habituée à agir ainsi. Sa peau la brûlait à nouveau, et tous les muscles de son corps la faisaient souffrir.

— Je... Je vais bien, merci, balbutia-t-elle sans conviction.

Elle se trouvait face au professeur chenu, qui la regardait avec une sollicitude affectueuse. Contre toute logique, elle ne cessait de le croiser dans les circonstances les plus diverses.

— Ne vous inquiétez pas, ma chère, c'est fini, tout va bien. Il ne vous fera plus rien, dit le professeur en lui tendant une boîte de petits pois dans laquelle quelqu'un avait versé de l'eau. Tenez, prenez, débarbouillez-vous et essayez de vous lever.

Il n'avait pas reconnu la fonctionnaire dans cette femme ensanglantée, terriblement meurtrie et pieds nus. D'ailleurs, personne ne la reconnut au début, parce qu'elle n'avait plus l'air d'un requin policé muni d'un carnet et vêtu d'un onéreux costume. Il ne restait presque plus rien du costume ni du requin, même lorsqu'elle se fut lavé le visage ou, plus exactement, lorsqu'elle eut étalé encore un peu de sang sur ses joues. Il était évident qu'elle ne se relèverait pas toute seule. Le professeur lui tendit alors la main, car c'était ainsi qu'il avait été éduqué.

Pendant ce temps, les gens affluaient. Tout le monde voulait voir l'otage miraculeusement sauvée et lui demander du même coup ce qu'avait crié le fou au fusil avant d'entreprendre le saccage de la malheureuse Citroën. Était-il vrai qu'on allait les laisser entrer ? Arrêtez ça, comment ils nous laisseraient entrer ? Non, mais peut-être qu'ils ont ouvert, j'ai entendu dire qu'il y avait des places, il a dit qu'il y en avait, je l'ai entendu de mes propres oreilles. Je me fiche de ce qu'il a dit, pourquoi vous remettez ça ? C'est vous qui recommencez, mais j'ai entendu dire que les familles allaient être autorisées.

La femme aux pieds nus et au visage mal nettoyé regarda soudain le professeur et déclara que tout était vrai et qu'il y avait bel et bien de la place. Et les familles ? Oui, aussi, répondit-elle. Que le professeur aille chercher ses filles, parce qu'elle aussi devait aller retrouver quelqu'un.

Le professeur au nez bosselé ne réagit pas sur-le-champ et, sans trop savoir pourquoi, tout le monde attendit qu'il reprenne la parole.

— Non, ma chère, je crains que ça ne marche pas, dit-il. C'est extrêmement honteux, de toute façon.

Mardi 8 juillet, 1 h 54

— Expliquez-moi, je ne comprends pas, y a vraiment le métro ?

— Réfléchissez, tout ce temps s'est écoulé et pas un mot de qui que ce soit...

— Arrêtez de dire n'importe quoi, ils ont un tableau électrique !

— Non, le métro, l'homme là-bas a parlé du métro !

Le grondement aigu du Makita retentissait entre les rangées mortes, tel le chant du coq. Le son attirait des curieux des deux côtés. Par paires, par groupes, individuellement, formant tantôt une file tantôt une foule, et les questions se faisaient de plus en plus sonores. Il fallait en effet expliquer, sans doute, mais quoi ? Ils étaient déjà quarante ou cinquante, et bientôt cent. *Des décisions irréfléchies*, pensa une nouvelle fois Mitia.

Au moins, elle a de l'air là-bas, répéta-t-il, non pas pour lui-même, mais à l'intention de son ex-femme. *C'était la seule issue*, répéta-t-il, et ce constat ne l'aida pas davantage. *« On l'ouvrira quoi qu'il en soit, avec ou sans vous. Vous avez une fille, vous avez une fille. Vous avez une fille. »*

— Et qu'est-ce qu'on va faire dans le métro, excusez-moi, mais quelle différence ? Un panneau électrique, on vous dit. C'est écrit là-bas.

— Où ça ? Où vous voyez que c'est écrit ? Quelqu'un voit quelque chose ?

— Oh, vous êtes sûrs qu'il faut ouvrir ? Quelqu'un sait ce qu'il y a là-bas, je ne sais pas, moi, mais s'ils ouvrent...

Et bien sûr, la chignole va se casser. Ou la batterie va s'épuiser.

— Non, c'est normal de se mettre à faire des trous comme ça ! Sans demander l'avis de personne !

— Quelle station ?

Le chef d'équipe ne se laissait pas démonter le moins du monde. Il se débarrassait des gonds de la porte à l'aide de son Makita et n'entendait ni les voix ni ses propres pensées. Beaucoup plus sûr de lui avec le perforateur qu'avec le fusil, il avait l'air presque heureux. Ses deux camarades se tenaient là, prêts à prendre le relais, mais le chef d'équipe n'était pas disposé à partager ce plaisir si précieux.

— Il peut y avoir des tas de trucs, derrière, entre parenthèses ! Ce n'est pas pour rien qu'il y avait une grille, et si ce n'est pas le métro, je ne sais pas...

— Eh bien, qu'est-ce qu'il peut y avoir, d'après vous ? C'est écrit « Sortie » !

— Où c'est écrit, montrez-moi !

— Et cette sortie, elle mène où ? Vous y avez réfléchi avant de percer ?

— Comme si c'était moi qui perçais ! Vous êtes drôle ! Pourquoi vous me demandez ça à moi ? Dites-leur à eux...

— Je vais pas me gêner, je vous signale. Très bien, c'est bon, arrêtez ! Vous m'entendez, ar-rê-tez tout de suite, je vous l'ordonne, éteignez ça ! Il y a des enfants ici !

Et une grosse femme en bleu se précipita d'un pas lourd vers la porte, d'autres personnes lui coururent après, d'autres se mirent en travers de son chemin. Le bruit s'amplifia. Il n'y eut pas vraiment de bagarre, plutôt la bousculade désagréable qui précède généralement une bagarre.

Mais le dernier gond, celui du bas, se brisa à ce moment-là, et le battant de fer, après avoir pendouillé, s'arracha.

Mardi 8 juillet, 1 h 58

La porte ne cachait pas de volée de marches descendant vers le métro – même ceux qui n'y croyaient pas s'attendaient sans trop savoir pourquoi à des escaliers qui descendraient et imaginaient ce qu'ils découvriraient de la même manière :

un escalator et des mains courantes en caoutchouc, des panneaux de signalisation et des flèches. La porte ne cachait pas non plus un débarras avec du matériel abandonné. Ce n'était qu'un étroit couloir poussiéreux qui partait dans les deux sens. Un tuyau en aluminium argenté courait le long du mur où se ramifiaient de gros câbles. Le couloir abritait une obscurité tout aussi inhabitée, et pourtant il y faisait sensiblement plus frais, comme il se doit sous terre, et ça sentait la pierre humide.

Les trois tunneliers munis de torches furent les premiers à entrer dans le couloir, ce qui n'était que justice, puisque c'étaient eux qui l'avaient ouvert. Ils laissèrent ensuite entrer l'ingénieur et sa femme, après quoi on recommença à se bousculer et à se disputer aux abords de l'étroit passage, cette fois pour savoir qui devait entrer en premier. Peut-être ceux qui s'étaient arraché le ventre à déplacer les voitures, à moins que personne d'autre n'y mette le pied pour l'instant, histoire de ne pas gêner qui que ce soit. Les avis étaient partagés et une dizaine de personnes franchit tout de même le seuil. Le débat se poursuivit à l'intérieur, car personne ne savait mieux s'il fallait aller à droite ou à gauche, qui exactement devait se diriger où, et ce qu'on ferait ensuite. On se rappela alors l'existence de l'ingénieur. Où se trouvait le fameux tableau électrique ? lui demanda-t-on. Ou bien le système de communication, ou allez savoir quoi ? Et combien de temps, lui demanda-t-on aussi, allait-il mettre à tout réparer ?

Toutefois, l'ingénieur de la Toyota ne donna aucune réponse à ces questions brûlantes. Il se tenait près du mur, silencieux, et lorsqu'il y eut une pause, il demanda tout aussi calmement et poliment à tout le monde de bien vouloir quitter le couloir, s'il vous plaît. Tout de suite, si cela ne vous dérange pas trop. Et puis, dehors, éteignez les lumières. Oui, s'il vous plaît, toutes. Oui, les phares aussi. Et si possible, plus de bruit. Je veux dire, pas un seul bruit. Pas le moindre.

Si cette étrange requête ne souleva aucune objection, c'est que l'ingénieur binoclard avait un drôle de regard et une voix tout aussi étrange. Une voix qu'on utilise généralement dans les cas extrêmes, les plus extrêmes même, si bien qu'au bout de trois ou quatre minutes, il n'y eut presque plus personne dans le couloir. Lorsque l'obscurité et le calme revinrent, la femme de la Toyota regarda du côté où se tenait son mari, bien qu'elle ne le voie plus. Elle voulait demander : « Mitia, quoi ? », ou simplement le serrer enfin dans ses bras. Ne rien lui demander, juste le serrer dans ses bras. Mais ses yeux, qui commençaient à peine à s'habituer à l'obscurité, distinguèrent soudain un rai de lumière. Une fente verticale, toute fine, rousse. Et encore une autre, perpendiculaire, au ras du sol.

— Putain de merde, lâcha le propriétaire de l'UAZ Patriot qui, lui non plus, n'était donc allé nulle part.

— Putain de sa race, renchérit le chef d'équipe, très ému, quelque part à proximité.

Mardi 8 juillet, 1 h 59

— Encore une fois, mes amis, je vous en prie : avec calme, commanda le professeur. Plus de violence. Nous avons un avantage numérique... Au fait, ajouta-t-il en se tournant vers la fonctionnaire, ne vont-ils pas trouver étrange qu'il n'y ait que des hommes dans le groupe ?

— Non, répondit-elle.

Elle afficha un sourire mauvais.

— Je te leur ficherais un coup sur la tronche et ce serait réglé, suggéra le propriétaire à carreaux de la Citroën. Manquerait plus qu'on les cajole.

— Aucune violence, lui rappela le professeur, sévère. Ça suffit comme ça.

L'homme au nez bosselé était plus gaillard et, d'une manière générale, il paraissait avoir perdu dix ans. Il marchait en sautillant, ne boitait presque plus, les épaules visiblement soulagées d'un gros poids. Et il disait des choses plutôt sensées, qu'il y avait eu assez de morts et que, maintenant, mes amis, nous avons une chance d'interrompre enfin ce cycle et d'arranger les choses, mais le lieutenant ne voulait pas l'écouter. Il ne savait pas où mettre ses mains ; il aurait fallu les détacher de son corps et il ne pouvait pas non plus les fourrer dans ses poches. Le lieutenant s'interdit d'y penser et, d'une manière générale, s'efforçait de vider sa tête de toute pensée, mais les propos du professeur l'écœuraient et son malaise se renforçait à chaque pas.

C'est pourquoi, lorsque la Maybach apparut devant eux et que la fonctionnaire annonça : « Mettez-vous là, il y a une caméra à cet endroit », le lieutenant, sans penser à rien, ne se rangea nulle part. Il continua simplement à marcher, même lorsqu'on l'appela, il ne se retourna pas.

Le professeur le rattrapa, sans difficulté, en l'appelant toujours « mon cher garçon ». Il n'avait plus l'air d'un vieil homme, tenait fermement le lieutenant et lui disait : « C'est presque terminé » et « Je ne comprends pas comment c'est possible maintenant », il s'emportait et ne comprenait vraiment pas, non. C'était un type bien, ce professeur, il avait un bon visage, mais sans pouvoir se l'expliquer, le lieutenant n'arrivait pas à le regarder. Pour le jeune homme, cette journée affreuse avait commencé par son refus de tuer un homme – un homme probablement mauvais – quand on le lui avait demandé. Et elle s'était terminée quand lui, le lieutenant, avait fini par le tuer quand même. Alors qu'il n'en avait pas reçu l'ordre. Voilà pourquoi il s'échappa et, sans prononcer le moindre mot, s'éloigna du bon professeur pour disparaître dans l'allée sombre aussi vite qu'il le pouvait.

Mardi 8 juillet, 2 h 01

Que ce médecin n'ait rien d'un médecin, qu'il ne soit qu'un docteur bidon, le major le devina rapidement. Le type était trop toqué : il restait à se balancer d'un pied sur l'autre dans son coin, ne s'approchait pas du patient, suait et tremblait bien trop de peur. Le major se souvint alors (hélas un peu tard) qu'il avait entrevu le vrai docteur à une occasion, près d'une Nissan Qashqai blanche, bien que l'homme ne l'ait guère impressionné. Il se garda cependant d'en aviser le chef. D'abord, il était trop tard pour l'en informer et cette révélation lui aurait coûté trop cher. D'autre part, ils s'étaient débrouillés jusqu'à présent sans médecin. La pharmacienne s'était révélée futée, comme nana, et vive, et elle s'occupait sans relâche de pépé, afin qu'il puisse revenir à lui. Elle lui avait pris sa tension, son pouls, lui avait injecté quelque chose, puis elle avait serré la vis à Valéra et à son gars bidon (le major comprit également que ce type n'était pas un idiot) et rapidement aménagé un hosto pour pépé dans la pièce voisine, celle avec les châlits. Bref, elle n'avait pas lâché le vieux d'un poil. Valéra lui apportait des trousses à pharmacie depuis le sas, allait lui chercher des couches dans le sac de voyage et, de façon générale, tout le monde se voyait assigner une tâche, personne ne posait de questions inutiles et ne traînait dans ses pattes. Pendant ce temps, le major tenait la boutique, pour ainsi dire, et occupait son temps fort utilement.

Par exemple, il retira enfin sa veste et ses bottes, qui le torturaient, et détacha son holster d'aisselle pour le poser sur un coin de table, pivota sur sa chaise et but un peu d'eau. Et comme ça, sans chaussures ni holster, il réussit à comprendre le fonctionnement de la télécommande de sécurité et trouva comment activer le son de la caméra extérieure. Sans aucun informaticien, soit dit en passant. Bref, tout allait bien pour le major, qui songea même à fumer une cigarette, en recrachant la fumée quelque part dans un trou près du climatiseur, ou bien là, à cette table. Aussi, lorsque la grande bringue blonde réapparut à l'écran de la rangée inférieure, le major en éprouva-t-il d'abord une certaine contrariété : elle n'était partie que depuis une quarantaine de minutes, il n'avait pas encore eu le temps de se languir d'elle le moins du monde. Mais d'un autre côté, le problème des maudits codes, qu'il faudrait bien entrer quelque part, n'était toujours pas résolu et le chef pouvait à tout moment rebondir et gâcher la vie du major.

Il alluma le micro, augmenta le volume – c'était vraiment simple comme bonjour, la manip – et demanda :

— T'as amené un pro en IT ?

La grande bringue frémit, releva la tête et le major se mit à rire. Ce serait marrant, naturellement, de l'envoyer tout de suite chercher quelqu'un d'autre. Il faudrait juste réfléchir à la spécialité nécessaire. Des techniciens, bien sûr, en suivant la liste, mais aussi… un masseur ? Ou un cuisinier, oui, un cuisinier, ce serait mieux. Et la renvoyer dehors, directement du sas.

— Oui, répondit la bringue en noir et blanc.

Sa gueule avait une pâleur inhabituelle… Elle s'était lavée, voyez-moi ça. Derrière elle, il y avait les abrutis de la milice avec lampes et fusils. Ceux-là, évidemment, ils n'en auraient pas besoin, mieux vaudrait prendre des filles à la place.

— Fais voir, ordonna le major, qui savourait l'instant. Je vois pas.

Après un moment d'hésitation, un freluquet apparut à l'écran, sans lunettes, curieusement. Même s'il aurait été bien en peine de se l'expliquer, le major était persuadé que les informaticiens portaient tous des lunettes et qu'ils étaient un peu plus jeunes. D'un autre côté, si la grande bique s'entêtait dans ses mensonges et que celui-ci aussi était bidon, il pouvait ne plus la laisser rentrer du tout en lui rappelant le prétendu docteur.

— Fais-le entrer, dit-il en ouvrant la première porte, tout en continuant à réfléchir : *Oui, des filles, au moins cinq. Pour faire le ménage, la lessive et tout le reste.*

Il n'eut pas le temps d'approfondir cette agréable pensée, car l'informaticien n'était pas entré seul. Une foule indistincte l'avait suivi dans le petit sas, dont il n'avait pas été question dans leur échange.

— Ooooh ! Stop ! s'exclama le major, avant de se rappeler qu'il fallait faire basculer le son. C'est qui, ça, j'ai pas pigé. Qu'est-ce qui se passe ?

— Comment ça, qui ? Le personnel technique, répondit, *via* le boîtier de l'intercom, la voix honnie, si pleine d'assurance. Trente-deux personnes selon le protocole, des spécialistes. Un chauffagiste, un ingénieur en communication, un programmeur, un électricien… Tu veux que je te les énumère tous ?

L'espace d'un instant, le major fut désorienté, bon sang. Parce qu'il y avait aussi un protocole concernant l'entrée dans le bunker : d'abord isoler le sas, puis ordonner à tous de reculer contre le mur, pour évaluer la situation. Mais cette mégère de l'enfer continuait de s'égosiller : un technicien en traitement des eaux, un plombier, un mécanicien radio, comme si elle lisait sur une feuille, et ses braillements, amplifiés par le haut-parleur, retentissaient de plus en plus fort. Et tandis qu'il cherchait un moyen d'en diminuer le volume, le chef se réveilla fort mal à propos dans son hôpital et se mit à s'époumoner de là-bas, en duo avec la garce. Le chef avait des questions à lui poser, à lui, le major. Ouvre, lui criait-on des deux côtés, ouvre, tu dors ou quoi, trouduc ?

Il était militaire, après tout, il n'était pas payé pour douter. On ne le payait plus pour quoi que ce soit, à bien y réfléchir. Le major se leva donc de sa chaise, se dirigea vers la porte du sas et appuya sur le bouton.

Mardi 8 juillet, 2 h 05

Les types qui avaient débarqué ne ressemblaient pas plus à des techniciens que les abrutis armés de fusils à une escorte. Ils se fondaient en un tout homogène, maintenant – en une foule mouillée et crasseuse qui se serait miraculeusement échappée d'un chantier au plafond effondré –, mais ce n'était pas ce qui dérouta le major. Leurs visages n'étaient pas adéquats. Il n'aimait pas ces tronches, leur nombre tout à coup dans la petite pièce, avec lui en chaussettes et sans veste. Mais ce qui lui déplaisait par-dessus tout, c'était la grande bringue, qui, contrairement à son habitude, ne dirigeait en rien ce bataillon malpropre, alors qu'elle aurait dû leur interdire de toucher à quoi que ce soit, isoler le périmètre le plus rapidement possible... rétablir l'ordre, en somme. Non, ils entraient et entraient encore, repoussant le major loin des écrans et des boutons, vers le mur opposé. L'espace d'un instant, il eut le nez collé à la chemise de quelqu'un, il vit – de près, comme au microscope – des fils blancs humides, se souvint de son holster oublié sur la table, et comprit soudain très clairement deux choses : il ne serait pas possible de rétablir l'ordre et il avait terriblement froid aux pieds.

À la différence du major, la jeune fille de la Toyota n'avait pas peur de ces hommes sales et à moitié nus. Elle s'extirpa du coin dont elle n'avait pas eu le droit de bouger, se dressa sur la chaise de Valéra et, tendant le cou, scruta avidement les gens qui entraient. Quand ils furent si nombreux qu'il n'était plus possible de distinguer qui que ce soit, elle se mit à crier : « Papa, papa ! », parce qu'elle était sûre qu'il était là, ou presque, jusqu'à ce que la femme de la Maybach se tourne vers elle.

Jusqu'à ce que tout le monde se tourne vers elle, car lorsque les enfants crient « Papa ! », les adultes se tournent. « Vous aviez promis, dit la fille. Vous m'aviez promis. »

La femme de la Maybach remarqua une ecchymose toute fraîche sur la joue de la jeune fille et pensa : *Elle n'avait pas d'ecchymose avant.* Elle demanda alors : « Est-ce qu'ils t'ont battue ? C'est lui ? Tu l'as battue, fumier ? »

Mais le major, pressé contre le dos blanc d'un inconnu, ne répondit pas à la question. Il ne l'avait frappée qu'une seule petite fois, pas fort, pour faire taire la connasse en herbe, ce n'était pas la peine d'en faire tout un pataquès, d'autant que le dos bougea un chouïa et que le major avait réussi à se rapprocher de la chaise, au dossier de laquelle il avait suspendu sa veste. Une bonne veste, entre nous soit dit, qu'on lui avait fournie au travail. Dans la poche de cette veste se trouvait le Makarov du capitaine, dont il voyait dépasser la crosse marron. Le major tendit la main, chancela sur le côté et ne put l'atteindre.

Elles parlaient encore, la gamine et la grande bringue, tous étaient distraits par elles, mais le major n'écoutait pas, parce que la foule continuait de tourner autour de lui, accueillant de nouveaux arrivants. Et, avec la foule, la pièce sous ses pieds tournait lentement mais sûrement dans la bonne direction. Et son bras aussi paraissait s'allonger, il n'avait qu'à l'étirer encore un peu plus. La sueur ruisselait sur le visage du major, ses aisselles étaient trempées, au contraire de ses pieds dans leurs chaussettes fines, littéralement gelés, presque jusqu'à l'insensibilité. Le major commit alors sa deuxième erreur : il se précipita. Il saisit la poignée de ses doigts glissants, et ne réussit pas à la retenir. Le lourd Makarov atterrit dans un claquement sur le sol. Le coup fut sonore : on aurait dit qu'un carreau s'était fissuré. La foule s'écarta alors un peu. Il aurait dû se baisser à ce moment-là, il aurait eu encore le temps. L'homme au large dos blanc sabota tous les efforts du major : une connaissance, en définitive. « Vous avez tué ma femme, dit l'homme en se retournant. Vous l'avez tuée. Ma femme. » Puis quelqu'un à carreaux, au visage rouge, assena un coup puissant dans l'oreille du major, et le noir se fit.

Mardi 8 juillet, 2 h 07

Un homme aux lunettes dorées, les joues légèrement rosies par l'injection qu'il venait de recevoir, se redressa sur un coude et demanda :

— Pourquoi ils traînassent là-bas, ces mange-merde ? Va falloir les attendre jusqu'au matin ?

Il enfonça son poing dans le flanc de son gros chauffeur, mais légèrement, sans colère. Il s'était calmé, avait somnolé un peu, sa colique était passée.

— Allons, allongez-vous, dit la pharmacienne. Allongez-vous, allongez-vous, voyons, où vous voulez sauter ? La perfusion n'a pas fini de passer, n'est-ce pas, docteur ?

Le médecin dégarni acquiesça en silence. Il fixait la poche transparente de solution de drotavérine comme s'il comptait les gouttes.

Les mange-merde traînassaient bel et bien de l'autre côté de la porte, seulement le chauffeur, qui piquait du nez, ne répondit rien à son chef. Ce vieux gros lard de Valéra avait l'air prêt à tomber de sa chaise au prochain coup de poing, et le jaunâtre, dans un soudain élan de magnanimité, baissa le bras. Il s'adossa à son coussin et se demanda s'il ne faudrait pas aussi injecter des vitamines à ce vieil imbécile. Charger le fragile stomatologue de les lui administrer… En voilà un à qui il serait bien temps de flanquer un coup de pied. Et à cette vache d'assistante aussi, qui recommençait à renâcler. Et à l'informaticien, d'abord, pour qu'il se dépêche d'établir la connexion.

Des perspectives agréables en somme. Aussi, lorsque, après une hésitation dont il ne comprit pas bien la raison, la porte coulissa enfin, l'homme aux lunettes dorées se redressa sur sa couchette, afficha une mine des plus sévères et s'étonna. Comme le major avant lui, il était absolument certain de voir entrer un boutonneux un peu voûté, car on se pliait non seulement à ses ordres, mais aussi à ses pensées en général. Or, contre toute attente, ce fut une paire très étrange qui apparut dans l'embrasure de la porte : un grand Caucasien au gros nez, monstrueusement sale, avec une bague de prix à l'auriculaire, et un autre type, gueule rougeaude et ventre proéminent, en short et chemise à carreaux. Et la paire se mit à déambuler entre les couchettes enveloppées de cellophane, sans se présenter à lui ni demander sa permission.

— C'est incroyable l'espace qu'il y a ici, constata Gros-Nez. Incroyable.

— Ouais, putain ! renchérit Gueule rougeaude avec émotion. Ils ont des lits, des couvertures, vise-moi ça.

À ces mots, Valéra finit par cligner des yeux et se réveiller : non seulement cette voix ne lui était pas familière, mais elle ne contenait aucune révérence. Une voix insolente, à vrai dire, ces inconnus n'avaient pas du tout l'air respectueux. Ils avaient même de quoi indigner. Bizarrement, son chef gardait le silence et restait assis, après avoir posé ses pieds maigres en chaussettes sur le sol. Avec le cathéter qui sortait de sa veine (Valéra jeta un petit coup d'œil en douce), son pantalon tout chiffonné, il paraissait minuscule, et vieux, très vieux.

Or les insolents inconnus furent bientôt suivis par d'autres, beaucoup d'autres, tout aussi sales et peu soucieux de se présenter. Waouh, pas mal, ce qu'ils ont ici, ça sent le citron, disaient les crasseux. Il doit y avoir une cuisine ici aussi. Allez voir, y a une cuisine ? Ohé, y aurait pas une douche, les gars, j'aimerais bien me laver.

— Valia ! Valia, Dieu merci ! s'écria soudain le dentiste replet, qui ne parlait pas beaucoup.

Il se précipita pour étreindre une nana replète elle aussi, et terrifiée, manquant de renverser le support de la perfusion.

Bref, il devint évident, même pour Valéra, qu'un désordre incompréhensible régnait, qui ne fit que s'accroître lorsque la garce blonde apparut sur le pas de la porte après tout le monde. Elle se dirigea droit sur le chef, s'assit silencieusement en face de lui sur sa couchette et écarta ses jambes affreuses. Son pantalon était en lambeaux, ses seins, qui avaient quitté le soutien-gorge, pendouillaient… Elle était effrayante de la tête aux pieds, gigantesque et quasi nue, telle la statue de pierre d'une femme préhistorique sortie tout droit d'un manuel. Non seulement ses haillons se détachaient, mais sa peau aussi, semblait-il.

— Idiote, chuchota pépé, dont la tête se mit à trembler. Mais quelle idiote ! T'as refermé la porte au moins ?

Mardi 8 juillet, 2 h 08

— Je le savais, d'ailleurs ! s'écria la grosse femme en bleu, menaçante avec son poing levé. Je savais que ça ne pouvait pas être comme ça et que tout était normal, là-derrière, vous comprenez, bien sûr, bien sûr que tout est normal !

Ils tentèrent de lui faire valoir, sans grand succès, que si tout était normal, comme elle l'affirmait, elle n'aurait peut-être pas eu à rester coincée là pendant vingt-quatre heures. Ils lui objectaient : « Voyons, comment vous pouvez imaginer qu'une moitié du tunnel continue de circuler tandis que l'autre est à l'arrêt ? Réfléchissez. Et de toute façon, ajoutaient-ils, la lumière ne signifie rien en soi. Y a peut-être juste une lampe qui est allumée, point. Allez savoir pourquoi elle est allumée là-bas, disaient-ils encore. N'allons pas nous monter le bourrichon, on n'a encore pas compris de quoi il s'agit. »

Seulement la femme en bleu était si agitée et si absolument sûre d'elle-même, si en colère et si peu disposée à écouter autrui, que ces conversations se turent. Et lorsque le Makita gronda de nouveau dans le couloir, ce furent d'autres conversations qu'on entendit. « On en est à quelle charnière ? C'est la dernière ou non ? Y en a combien en tout ? Deux, trois ? Qu'est-ce qui prend tant de temps, bon sang ? Ça va surchauffer. La chaleur qu'il fait ! Mais la batterie tient le coup. Les gens, là-bas, ceux qui sont plus près, jetez un œil, alors ? »

La batterie ne rendit pas l'âme et le Makita n'entra pas en surchauffe : à 2 h 10, le jeune tunnelier torse nu, couvert de copeaux de métal, sortit et confirma que le Makita avait rempli son ouvrage. Il n'avait cependant pas l'air particulièrement réjoui et lorsque, après un éclair de joie incertaine, ils regardèrent dans le couloir, ils n'y découvrirent eux non plus pas la moindre raison de se réjouir. La porte d'en face, sur laquelle ils avaient fondé tant d'espoirs, avait bel et bien été ôtée de ses gonds. Et derrière la porte brisée se trouvait, comme on s'y était attendu, le bras voisin du tunnel, celui où l'on circulait dans l'autre sens, propre et bien éclairé, mais complètement désert. Les lampes brillaient avec régularité, les marquages blancs tranchaient sur le bitume, mais il n'y avait ni voitures ni humains.

Ce tableau lumineux était aussi immobile qu'une toile peinte, et il était impossible d'y entrer, à cause d'une grille. Identique à celle qu'ils avaient arrachée de l'autre côté et aussi solidement verrouillée.

— Qu'est-ce qu'il y a là-bas ? Hein, qu'est-ce qu'il y a ? commença-t-on à demander depuis les derniers rangs, car certains ne voyaient pas.

— Laissez-moi passer, écartez-vous ! s'écria la femme en bleu, qui, poussant le jeune tunnelier, s'engouffra la première dans le couloir.

La propriétaire de la Toyota était assise par terre, près de la grille, et buvait l'air aussi goulûment que de l'eau. Car l'air au-delà de la grille était pur et suave, comme si rien ne s'était passé dans ce bras de tunnel. C'est pourquoi la femme en bleu ferma d'abord les yeux et aspira une goulée avide, histoire de faire provision, avec l'impression que là-bas aussi, dans cet endroit normal, tout risquait soudain de s'arrêter. Alors elle prit une autre goulée, et une autre encore. Puis elle appuya sa joue contre les barreaux métalliques pour voir jusqu'où et combien de temps se poursuivrait cette normalité, elle passa même ses mains à travers les barreaux et cria :

— Hé, hé, y a quelqu'un ! Nous sommes là, à l'aide !

— Il n'y a personne ! lui lança la propriétaire de la Toyota depuis le sol.

La femme en bleu refusa de croire ces paroles, bien que spectatrice elle-même du vide de ce bras de tunnel. Elle était tellement en colère qu'elle faillit lui flanquer un coup de pied. Quelle insolente, de rester assise là à rigoler ! La propriétaire de la Toyota ne riait pas, certes, mais on ne pouvait pas dire ce genre de choses, penser ce genre de choses. La ferme, connasse, la ferme.

— C'est le tunnel qui va vers la banlieue, commenta le propriétaire de l'UAZ. Ils sont combien, le dimanche soir, à l'emprunter ? Une vingtaine de voitures. Ils sont coincés à l'avant du tunnel, genre à deux kilomètres, ils nous entendront pas.

Sa grosse trogne ne riait pas non plus, mais lui aussi, la femme en bleu le jugeait coupable devant elle. Pourquoi avoir percé, brisé les portes, révélé cet asphalte propre et ces lampes ? Elle y voyait une blague méchante, cruelle, qu'on lui faisait, à elle personnellement.

— Et donc maintenant, c'est tout ? demanda la femme en bleu, oubliant déjà qu'elle avait proscrit ce genre de propos. Vous suggérez quoi ? J'aimerais bien savoir. Qu'on vienne ici respirer à tour de rôle. C'est ça, que vous suggérez ? Il n'y a pas assez de place pour tout le monde, vous le savez parfaitement. On n'entrera pas tous dans ce couloir ! Et les petits, regardez comme c'est exigu, ils vont se faire piétiner, les petits !

Sa voix était déjà pleine de vibrations sonores et dangereuses. Devant l'entrée du couloir, les gens s'alarmèrent. Qu'est-ce que c'était que cette histoire, bon sang, comment ça, il n'y avait pas assez de place ? Pas assez de place pour qui ? On voyait de la lumière. Regardez, il y a de la lumière. Et ils se bousculaient sur le seuil, sans se battre pour l'instant, mais avec anxiété et colère. Comment ça, pas assez de place ? Vous vous moquez ? Donc voilà, on se retrouve encore à manquer de place ? La femme en bleu était tout à fait d'accord, sa propre anxiété et sa propre colère ne lui suffisaient pas, il lui en fallait plus. Elle voulait les rassembler et les réorienter, contre la grille, les tunneliers, l'ingénieur, le propriétaire de l'UAZ, et surtout la connasse maigrichonne de la Toyota.

Pendant ce temps, le chef d'équipe, furieux et trempé, échangeait en chuchotant avec l'ingénieur, tout aussi trempé et furieux. Or la femme en bleu n'entendait ni ne comprenait ce qu'ils se chuchotaient, et de quel droit faisaient-ils des messes basses ? Ils n'avaient tout simplement aucune conscience, aucun d'eux, tout était scandaleux et inadmissible, tout, tout, tout, comment c'était seulement possible ? Comment n'avaient-ils pas honte ? voulait-elle crier, assez, as-sez, arrêtez ça tout de suite.

— Eh bien, amenez-les ici. Nous les installerons là, oui, là près des barreaux, nous mettrons tous les petits ici, lui dit la propriétaire rouquine de la Toyota, en se levant. Ne pleurez pas, il ne faut pas, regardez, ici. Allez les chercher, ils sont dans votre voiture ? Quel âge ont-ils ?

— Quatre et sept ans, répondit la femme en bleu, qui ne savait pas qu'elle pleurait. Ce n'est pas loin, je me dépêche, vous leur gardez une place, hein ?

— … Forcément, glissa encore une fois Mitia au chef d'équipe. Il ne peut pas y en avoir qu'une seule au milieu. Il doit s'en trouver une près de l'entrée, quelque part, personne n'est jamais allé voir.

Le chef d'équipe objectait – pourquoi y en aurait une tout à coup ? Qui avait dit qu'il y en aurait une autre, et pile à cette putain d'entrée ? – et il avait raison. Que pouvait-on lui répondre ?

— C'est à une demi-heure de marche, voire moins, s'entêta Mitia. On prend les outils et on part. Vous nous attendez ici : si on ne trouve rien, on cherchera le local des tableaux électriques. Mais il doit y avoir une autre porte. Voire deux, par exemple une à l'entrée et une à la sortie. J'en suis presque sûr.

Alors même qu'il n'était sûr de rien et qu'il redoutait de se trahir.

Le chef d'équipe objectait encore : dans ce cas, puisqu'il était aussi sûr de lui, qu'il cherche tout de suite son local électrique, comme il en avait d'abord eu l'intention, on lui avait apporté les outils pour ; en revanche, ouvrir des portes, c'était pas un travail d'ingénieur. On s'occupera des portes nous-mêmes, tu as déjà tenu un perforateur ? Qu'est-ce qu'on attend ? disait le chef d'équipe. Ta porte, on la trouvera sans toi.

— Il y a cinq cents personnes dans ce tunnel, répliqua Mitia. Elles vont toutes rappliquer. Tu imagines la scène ? On ne peut pas les laisser entrer dans le couloir.

Le chef d'équipe leva à nouveau sa torche bleue et observa l'étroit passage plongé dans la pénombre qui disparaissait après un tournant. Il ressemblait à Gandalf dans un souterrain, mais torse nu et sans barbe.

— Comment ça, pas les laisser entrer ? demanda-t-il, tout en sachant où l'ingénieur voulait en venir.

C'était d'ailleurs probablement la cause de son acharnement à protester, de son envie de cracher sur les lunettes du binoclard. Il aurait pu répliquer : « Va te faire foutre, t'as qu'à rester ici avec un fusil toi-même, est-ce que j'ai été engagé pour faire le planton avec une arme ? » Seulement la réponse était oui, en effet, et le fusil, c'était lui-même qui l'avait trimballé ici, entre parenthèses. *Oh, si seulement on avait une disqueuse !* déplora le chef d'équipe. *Comment ça se fait qu'on n'ait pas emporté une disqueuse ?* Il ramassa le Makita sur le sol, le tint quelques secondes dans ses mains et le tendit à l'ingénieur avec réticence, comme une valise bourrée de billets de banque.

— Dirige-le en biais, comme ça. Pousse pas dans la pierre, mais vers les gonds, et pas trop fort, compris ? Veille à ce qu'il reste pas coincé. Si tu casses la pointe, y en a pas d'autre de rechange.

— Bon ben..., lâcha Patriot. C'est pas comme si on avait trop le choix.

À l'extérieur, le bruit enflait. Non, mais expliquez-moi, qu'est-ce qu'il y a, là-dedans, quelqu'un arrive à voir ? On va nous laisser passer ou pas ? Poussez pas, pourquoi vous vous agitez comme ça, ils ont dit d'attendre pour l'instant... Encore attendre ! Qu'est-ce que ça veut dire ? Qui a dit ça ? Laissez passer, y a des enfants ici, Liova, Liova, donne-moi la main ! Quelqu'un pourrait m'expliquer, je comprends pas... Où vous allez avec votre gosse, c'est pas encore ouvert ! On étouffe, bon sang, poussez pas... Qui a dit ça, je vous le demande ! Liova, Liova !

Même si le chef d'équipe ne connaissait pas l'expression de « déjà-vu », tout cela lui était déjà arrivé, et l'angoisse déferla avec une intensité redoublée. Les voix s'agglutinaient et se démultipliaient. Il fourra une torche entre les mains de Patriot, prit son fusil contre le mur et marcha à la rencontre de la foule.

— Bon, ben..., répéta Patriot en agitant la lanterne bleue.

Il avait le nez cassé, ses yeux avaient commencé à enfler.

Comme le chef d'équipe avant lui, Mitia observa également l'étroit boyau sombre et les câbles courant le long de ses murs, puis il regarda Sacha.

— Trouve les miens, lui glissa Patriot. Et tous les nôtres. Tu les ramèneras ?

— Bien sûr, répondit Sacha.

Elle était belle, très belle même.

— Mais vraiment, insista Patriot.

À l'extérieur, une femme – pas celle en bleu, une autre – vitupéra.

— Pourquoi on ne peut pas !? Qui a dit qu'on ne pouvait pas !? Pourquoi tu es venu te planter là ? Pourquoi, salopard, salaud, qu'est-ce que vous fabriquez, bande de salauds !?

— On devrait leur dire de laisser passer les enfants, déclara Sacha. Les enfants peuvent s'asseoir ici, c'est permis.

— Il fait noir dans le tunnel, comment tu comptes t'y prendre ? demanda Mitia.

Elle l'enlaça enfin, sans réfléchir. On aurait pu croire qu'elle lui avait sauté au cou.

Mardi 8 juillet, 2 h 09

Bien sûr, pépé ne capitula pas, même si Valéra ne l'avait jamais vu aussi choqué, voire effrayé. Il ne rendit pas les armes, ce n'était pas dans sa nature. Il arracha la perfusion de sa veine, remit sa manche en place, alla jusqu'à se chausser, puis se cala au milieu de la pièce et prononça tout un discours, un bon discours, ronflant, sans jurer, sans trépigner : au contraire, il s'adressait aux inconnus malpropres sur le ton plein d'affection d'un père. En un mot, un discours digne de passer à la télévision : sur les heures dures et terribles qu'ils traversaient, sur les ennemis retors qui avaient attendu le moment propice, sur la nécessité de faire bloc, de tenir le coup. Et sur la patrie, qui allait renaître de ses cendres et ressusciter, qu'il fallait aider en mettant de côté ses intérêts personnels et consentir des sacrifices. Il parla très correctement et très longuement, et même s'il bouillait de colère à l'intérieur, cela ne se voyait pas.

Dans un coin, cependant, on se disputait pour savoir qui devait rester, qui devait retourner dans le tunnel et combien de temps ils avaient encore devant eux. Dans un autre coin, trois types patibulaires arrachaient le film en cellophane des lits superposés. La pharmacienne et son médecin se retrouvèrent également au cœur d'un scandale. Si, au total, la foule n'était pas si nombreuse que cela, il régnait dans le bunker un vacarme de champ de foire. On n'écoutait apparemment pas plus le vieux que s'il s'exprimait depuis un poste de télévision.

Alors il augmenta le volume – bien malgré lui, Valéra fut au comble de l'admiration, parce que perfusion ou pas, le vieux en avait bavé aujourd'hui, et il était clair qu'il grillait ses dernières cartouches – et se tourna vers le coin où l'on cherchait à déterminer qui devait être envoyé à l'hôpital et qui devait courir jusqu'au camion. Il affirma alors que les miracles n'existaient pas. On pouvait se persuader que tout était simple, mais ce n'était pas le cas, et si cinquante personnes s'entassaient dans un canot pneumatique prévu pour dix, elles se noieraient toutes. Les décisions difficiles devaient être prises de manière adulte. Il était clair que personne n'avait envie de les prendre, pourtant il n'y avait pas d'autre solution, le pays exigeait de nous que nous prenions des décisions difficiles et que nous fassions des sacrifices, oui, oui, des sacrifices.

On se calma enfin dans les coins et l'on se retourna. Les visages n'exprimaient que la plus vive hostilité, mais le vieil homme ne s'en rendit pas compte. Emporté par son élan, il se remit à parler d'ennemis, de cendres, de la patrie et des sacrifices à consentir pour elle. *Riche idée, cette histoire de sacrifice*, se dit Valéra avec angoisse. Il songea même à chuchoter au vieillard de ne pas trop insister là-dessus, mais faute de savoir comment l'interrompre, il n'osa pas.

« Attendez une minute, mais je le connais ! lança soudain quelqu'un, c'est ce type, comment il s'appelle déjà, oui, c'est lui. » Et à nouveau, le vieux ne flaira pas l'atmosphère, il n'était plus capable de flairer quoi que ce soit. Rayonnant, il se redressa et se nomma. Il avait la tête qui dodelinait, le nez qui coulait, mais il se tenait droit, comme à la parade ou pour une photo solennelle. Grand sourire aux lèvres, il s'apprêtait à discourir encore lorsque survint tout ce à quoi, avec une clairvoyance bien inhabituelle chez lui, Valéra s'était attendu depuis son réveil sur le fauteuil. Et peut-être même plus tôt.

« Tu nous as bien cassé les couilles, mon salaud ! » lança soudain une voix grossière. Un homme bedonnant à la face empourprée, celui-là même qui venait de reluquer les couvertures, sortit du coin où il se trouvait. Fondant en piqué sur le chef, il le repoussa d'un coup de bedaine, puis l'empoigna par le colback d'une patte rougeaude, tandis qu'il prenait son élan de l'autre. « Voyons, ne faites pas ça ! lui cria l'homme au nez bosselé et à l'auriculaire orné d'une chevalière. Nous étions d'accord. » Le ventru retint son coup. Il resta le poing en suspens, mais finit par obéir et le laissa retomber.

Sauf que pépé s'était ramolli de lui-même, ses yeux se révulsèrent et il s'effondra. Comme un sac, sur le côté, les genoux repliés. Sa tête heurta le sol et il fut alors semblable à une poupée, jaune, décharnée, dans un costume trop grand pour elle. Lorsque Valéra le souleva pour le porter jusqu'à une couchette, il s'avéra d'ailleurs aussi léger qu'une poupée, un costume sans rien à l'intérieur.

Valéra ignorait comment replacer la perfusion, il ne pensait d'ailleurs pas qu'elle puisse servir à grand-chose. La foutue pharmacienne s'était volatilisée, et le stomatologue dégarni lui avait carrément crié : « Je ne suis pas médecin, pas médecin du tout, vous comprenez, je travaille dans les services sociaux, alors laissez-nous tranquilles, pour l'amour de Dieu. »

Valéra se décida donc à retirer les bottes de son chef, le recouvrit d'une couverture, retapa son oreiller et s'assit à côté de lui, frappé par l'idée que le vieux pourrait ne pas se réveiller. Il n'arrivait pas à se rentrer cette idée dans le crâne. Caressant la main jaune, toute desséchée, il dit : « Qu'est-ce que vous avez été inventer, hein, Ilya Andreïtch. Promettez-moi de ne plus rien inventer... » Il imagina qu'ils se trouvaient en plein cœur d'un hôpital, dans la cacophonie des bips des appareils, et que quelqu'un n'allait pas tarder à arriver, vêtu d'une blouse blanche, qu'on lui ordonnerait d'aller attendre quelques minutes dans le couloir.

— Il n'avait pas de clé USB sur lui ? demanda quelqu'un tout près de son oreille.

Il ne comprit pas la question, regarda autour de lui et fut même content de voir la garce blonde, bien que, toujours à moitié nue, elle continue à le terrifier. Mais Valéra ne connaissait personne d'autre ici et il ne savait pas non plus quoi faire à présent. Si cette clé machin-chose était nécessaire, par exemple, pour ressusciter pépé, il était prêt à la chercher. Car il n'arrivait absolument pas à imaginer un monde sans le vieux.

— Il ne t'a pas montré ?

Elle avait fouillé le sac de voyage de fond en comble, qui gisait maintenant complètement dépiauté sur le sol. La foule piétinait les cachets et les mouchoirs éparpillés, l'étui à lunettes avait été écrasé comme si le vieux était déjà mort. Soudain, son esprit fut traversé par un reproche plaintif, surgi d'il ne savait où : « Son corps n'est même pas encore froid. » Pendant ce temps, la mégère de pierre, immense et complètement transformée, avait arraché la couverture du vieux et fouillait dans ses poches. Valéra n'arrivait même pas à plisser les yeux : il lui semblait qu'elle allait attraper pépé par les jambes et le secouer ou le jeter au sol, à côté de son sac de voyage. C'était affreux, plus affreux que tout ce qui s'était passé au cours de cette terrible journée. Impuissant et horrifié, Valéra se mit à pleurer.

— Il faut qu'on y aille, fit la voix fluette d'une gamine. On y va, non ? Venez !

La mégère se redressa, regarda autour d'elle et son visage s'adoucit.

— Oui, consentit-elle. Attends, donne-moi juste une seconde, montre en main.

La jeune fille hocha aussitôt la tête, sourit, puis, curieusement, enlaça non pas la mégère mais Valéra. Elle le prit dans ses bras en même temps que la chaise.

La mégère se pencha à nouveau sur le vieil homme, tout près, tout près. Valéra crut qu'elle allait lui dire quelque chose ou peut-être le mordre, au lieu de quoi elle donna une brusque pichenette à son nez jaune. Puis elles s'en furent, l'adolescente et elle, et Valéra resta seul à côté du vieux.

Mardi 8 juillet, 2 h 11

Le lieutenant ne remarqua pas la femme de l'ingénieur, qui, se dirigeant du côté de l'hôpital, arrivait en sens inverse. Il ne remarqua pas non plus l'hôpital lui-même, ni la foule devant la porte du couloir de service, ni le remue-ménage qui avait éclaté à proximité. Ce n'était plus son affaire.

Si le lieutenant n'observait pas ce qui l'entourait, il ne regardait pas davantage sous ses pieds, mais il ignorait surtout ses mains, écartant même les doigts pour ne plus éprouver entre eux la sensation d'une peau humaine vivante se transformant en peau non vivante. Il s'en retournait à l'endroit où tout avait commencé, à la voiture de police, à la décapotable rouge et à la jeune femme nue aux cheveux sentant la fraise, qu'il revoyait ainsi : nue, torride sur sa banquette blanche, même si ses mains lui interdisaient désormais de toucher cette jeune femme. De toucher quoi que ce soit, d'ailleurs. Il revenait tout simplement à son point de départ, sans plus savoir pourquoi à présent. En fait, le lieutenant n'avait pas d'autre point de chute, et il n'avait plus envie d'aller nulle part.

La femme de la Toyota le reconnut d'autant moins. Elle était si pressée qu'elle aurait couru si elle avait pu. Tous les visages lui semblaient aussi étrangers les uns que les autres. Des inconnus au face flou avaient déjà essayé de l'arrêter une fois et lui avaient demandé : « On a entendu dire qu'on avait repéré une sortie. Elle se trouve où, vous ne sauriez pas ? » Elle s'était dégagée en silence avant d'accélérer le pas. La foule avait déjà doublé de volume devant la porte conduisant au couloir de service et elle augmentait de minute en minute. Et, à chaque minute, l'impatience de cette foule grimpait d'un cran. Elle la sentait dans son dos, même à distance : ça gonflait comme un fragile ballon gonflé d'eau. En travers du chemin de cette impatience se tenaient trois tunneliers à bout de force et le gamin en maillot de sport.

C'était pour cela qu'elle brûlait de rebrousser chemin en courant, pas de se rendre à l'hôpital. Elle le détestait, maintenant, cet hôpital, parce qu'il était situé aussi loin. Parce qu'elle devait s'y rendre seule, dans l'obscurité, et qu'elle ne pouvait toujours pas courir, dans quelque sens que ce soit, même si elle changeait d'avis. Elle devait économiser ses forces.

À un moment donné (très rapidement), elle perdit la notion du temps. Autour d'elle régnait un vide retentissant rempli de voitures abandonnées. Personne, pas âme qui vive, et aucun phare allumé. La femme de la Toyota se dit soudain que l'hôpital n'était pas là. Qu'elle l'avait peut-être raté depuis longtemps – bien sûr, oui, bien sûr qu'elle l'avait raté, ou peut-être qu'il avait été déplacé, comme tout le reste, peu importait la raison, en tout cas il n'était pas là. Une sensation de solitude l'envahit soudain, pareille à celle que l'on éprouve en nageant de nuit dans une eau noire et que l'on ne distingue plus aucune lumière, que l'on ne sait plus où se situe le rivage. Cela se produit dans ces rêves pénibles où vous devez absolument vous rendre quelque part : le dernier train s'en va, la fusée décolle, le pont est sur le point de s'effondrer… Tout le monde est déjà parvenu à destination, mais vous êtes en retard, vous vous êtes laissé distancer avant même de partir, vous n'arriverez jamais à temps.

Alors elle se mit quand même à courir. À tâtons, haletante, les poumons en feu, des éclats de verre et de plastique crissant sous ses pieds. Dans son élan, elle percuta quelque chose de la hanche, tomba, se blessa aux genoux et aux coudes et, pendant de longues minutes, la tête envahie de bourdonnements, elle craignit de ne plus pouvoir se relever. Douta même qu'il le faille. Rester couchée était plus facile, elle était si fatiguée, si terriblement fatiguée, et si elle s'était, mettons, fracturé la hanche, tant pis, se dit la femme de la Toyota. *Tant pis. Je n'en peux plus, c'est tout. Je ne peux plus continuer comme ça, Mitia, je ne peux plus, je ne peux plus, je-ne-peux-plus.* Après quoi elle se leva et, boitillante, repartit.

Mardi 8 juillet, 2 h 14

Le plombier Zotov, touché à la colonne vertébrale par un tir de mitraille, était vivant. Il semblait endormi, de même que l'homme touché au flanc et, globalement, personne d'autre n'était mort au cours de la dernière heure. Pourtant, cette heure avait été pénible à l'hôpital, car la jeune parturiente aux cheveux roses ne criait plus, n'enguirlandait plus son mari effrayé, mais, à intervalles réguliers, poussait des gémissements sourds et inarticulés qui ne semblaient pas liés à ses contractions. Bizarrement, ces gémissements étaient pires que des cris, on n'entendait plus qu'eux dans l'hôpital. Le petit médecin, qui avait été d'une grande aide pour nombre des personnes présentes, était assis à ses côtés depuis une bonne vingtaine de minutes, l'air aussi décontenancé que son gamin de mari. Et aussi inutile.

— Crie, ma chérie, crie, ne t'en fais pas, tout le monde sait ce que c'est qu'un accouchement. Tiens, bois un peu d'eau, lui dit la dame en Crocs turquoise en soulevant la bouteille, comme avec un bébé.

Mais la parturiente ne criait plus. Sous sa frange rose, son visage avait enflé, son regard était vide. L'eau dégoulina de sa bouche.

— ... La nuit dernière, elle avait des tiraillements. Je lui ai dit : « Va te faire examiner par le docteur », mais soi-disant que tout était normal, répéta d'une voix morne le tout jeune mari.

Il s'essuya le front d'une paume humide.

— Et si le bébé s'était retourné dans le mauvais sens ? demanda Alissa aux yeux verts. Il doit y avoir un moyen de vérifier…

Elle l'avait déjà suggéré.

La parturiente gémit de nouveau. Le son montait de quelque part dans sa poitrine, un son sans âme, sortant de lèvres immobiles. On aurait pu croire qu'il s'agissait simplement d'un filet d'air qui s'échappait.

— Il faut lui faire une césarienne, décréta la dame en Crocs. Y a quelque chose qui cloche.

Elle tenait la bouteille avec difficulté. Et Alissa, la jeune Alissa, avait les yeux qui papillotaient lentement, alourdis par le besoin de dormir.

Le docteur ne répondit pas. Jusqu'à tout récemment, il était sûr d'avoir six ou même huit heures à sa disposition, or il apparaissait maintenant qu'il s'était trompé dans ses calculs. De même qu'il s'était trompé dans son décompte des cachets du prêtre : il n'en restait plus que trois. Trois tramadol ne suffiraient probablement même pas pour la jeune femme aux cheveux roses.

Il se leva, les tempes battant de pulsations aiguës et douloureuses.

— … Je lui ai même donné la fessée, dit maman-Peugeot, son fils sur les genoux. Et une fois, je me suis enfuie de la maison, tu imagines ? Je l'ai laissé seul dans l'appartement, j'ai claqué la porte, j'ai couru dans les rues pendant deux heures. Je m'apprêtais à me remarier, comme l'idiote que je suis.

— Ça n'a rien d'idiot, répliqua l'épouse-Patriot. D'où c'est que tu sors ça, t'es bête ou quoi ?

Les petits Patriot dormaient depuis longtemps, le garçon sous son bras gauche et la fille du côté droit. Et les deux filles du professeur, le visage blême et strié de larmes, faisaient de même, depuis tout aussi longtemps et tout aussi profondément.

Tout le monde doit se coucher, décida le médecin. *Ça passera plus vite. Si seulement il n'y avait pas ces gémissements.*

— Oh, donnez-lui quelque chose ! lui lança la propriétaire de la Porsche Cayenne. C'est impossible à supporter plus longtemps.

— Ah, les hommes, lâcha l'épouse-Patriot d'un air fatigué.

— Il faut faire une césarienne, répéta la dame en Crocs, qui avait laissé tomber la bouteille, mais n'avait pas jugé nécessaire de la ramasser.

On entendait l'eau se déverser par à-coups sur la chaussée.

Le médecin songeait qu'il n'avait pas redressé le poignet de maman-Peugeot : il était allé examiner son fils un nombre incalculable de fois, mais ne lui avait pas remis le poignet en place, qui devait pourtant la faire souffrir. Le prêtre barbu de la Lexus s'était assoupi, tête baissée, et dans le rêve qu'il faisait, il se tenait au tableau, sans avoir appris sa leçon. La femme au T-shirt Homer Simpson et la femme du marchandiseur assassiné, l'homme à la tête bandée et le conducteur de la Gazelle venu de Pendjikent dormaient ; les blessés aussi dormaient sur des couvertures et la femme enceinte aux cheveux roses gémissait moins souvent et moins fort. Le médecin se rendit soudain compte qu'il s'était rassis sur le sol et qu'au lieu de gémissements et de plaintes, il entendait le bourdonnement doux et régulier de la mer à marée haute… au coucher du soleil, oui, au coucher du soleil. Les phares commençaient probablement à s'éteindre. Ou peut-être que le noir s'abattait sur ses yeux, comme cela arrive en cas d'hypoxie. L'important était ailleurs : il pouvait s'allonger maintenant, il en avait très envie. Que cessent les cris et que bruisse la mer.

Mardi 8 juillet, 2 h 18

Le professeur au nez bosselé de la Nissan Qashqai et la propriétaire de la Toyota parvinrent par deux côtés opposés dans l'hôpital silencieux. Équipé d'une torche, le professeur arriva par conséquent plus vite et fut le premier à aviser les dormeurs, qui ressemblaient davantage à des morts, et il fut aussi le premier à crier. Il appela ses filles : « Amina, Zara, A-mi-na ! », mais elles ne répondirent pas. Il les chercha ensuite parmi les personnes allongées en rangs – immobiles, bleues sous sa lanterne bleue –, les trouva et se mit à pleurer parce qu'elles étaient vivantes. Elles ouvrirent les yeux. Mais ne lui sautèrent pas dans les bras. Personne ne sauta d'ailleurs.

La femme de la Toyota se présenta sur les lieux environ une minute après lui (à sa décharge, elle s'était fait très mal, en courant dans le noir), et elle qui pensait ne plus jamais pouvoir crier poussa un cri en entendant celui du professeur. Le trajet avait été pénible pour tous les deux, mais l'un et l'autre avaient eu récemment accès à de l'air normal, il leur restait donc des forces. Le professeur tirailla et secoua ses filles, il avait ouvert la porte pour elles, et maintenant elles pouvaient se rendre là-bas, tout le monde le pouvait, mes chéries, écoutez, tout le monde peut y aller. De son côté, la propriétaire de la Toyota secoua l'épouse-Patriot, la beauté-Cayenne et cette petite joufflue de maman-Peugeot. Elles se réveillèrent comme si elles étaient déjà au courant du bras de tunnel voisin, où il y avait de l'air et de la lumière, et des portes, qui jusqu'à récemment n'existaient pas et qui étaient à présent au nombre de deux… Elles l'écoutaient, mais ne se levaient pas.

Il y eut même une brève dispute entre le professeur et la propriétaire de la Toyota, parce que leurs propositions respectives n'étaient pas sans défauts. Il leur sembla même au début qu'ils se faisaient de l'ombre. Et que si l'un d'eux sortait vainqueur de la discussion, il pourrait persuader quelqu'un, le pousser à se lever et l'emmener avec lui. Mais l'hôpital leur faisait concurrence. Même si ces femmes et jeunes filles étaient tombées d'accord avec l'un d'eux et avaient choisi leur camp, même s'ils s'étaient mis à deux pour soulever cet hôpital, celui-ci privé d'air depuis trop longtemps, ne pouvait plus se remettre sur pied.

Mardi 8 juillet, quelque part entre 2 et 3 heures

Au début, ils parlaient encore. Ou plus exactement, Patriot parlait, comme quoi, évidemment, il devait y avoir une autre porte, sûr à cent pour cent, c'étaient quand même pas des trouducs qui l'avaient construit, c'était pas possible qu'il y en ait qu'une seule au milieu d'un si grand tunnel – bien entendu qu'il y en avait plus. Et ça n'avait rien d'étonnant que personne les ait remarquées : y avait personne à l'entrée et à la sortie du tunnel. Et peut-être qu'elle a tout magouillé exprès, comprit-il, pour qu'on les remarque pas et elle nous a fait déplacer les voitures, soi-disant pour créer une zone sanitaire, mais bien sûr, putain. C'est parce qu'il y a des portes, là-bas, à cent pour cent, c'est évident. Hein, Binoclard ?

Mitia plissait le nez et ne répondait pas. L'endroit sentait la poussière et les chiffons. Le bas plafond de pierre lui pesait sur la tête, des câbles morts serpentaient le long du mur, et la voix de Patriot était trop forte, trop joyeuse. On ne pouvait pas parler ici avec une voix aussi forte et aussi assurée. La torche de la milice éclairait au maximum un mètre devant eux et l'obscurité se refermait dans leur dos à chaque pas qu'ils faisaient.

Finalement – au bout de dix minutes ? ou vingt ? –, Patriot parut se vexer et continua dans un silence maussade. Son dos devint aussitôt le dos inconnu d'un étranger. La lumière de sa torche disparaissait de temps en temps dans un tournant. Et Mitia aurait bien aimé demander, là, oui, pourquoi il ne cessait de tourner, ce couloir trois fois maudit, et où donc il tournait ? Mais maintenant – après encore vingt minutes ? ou trente ? –, il était encore plus impossible de rompre le silence. Il s'efforça de compter les tournants empruntés et perdit le fil. Les murs semblaient s'être rapprochés ; il n'y avait plus de sons, seulement des bruits de pas et de respiration. Il était difficile de croire qu'il y ait quoi que ce soit au-delà de ces murs, à part les strates denses de la terre. Il lui vint soudain à l'esprit que ce long couloir n'avait pas de fin et qu'il devait s'agir d'un anneau. C'était cela, juste un étroit anneau de pierre dans les profondeurs de la terre, comme le dernier niveau avant la mort, chacun le sien. La mort devait ressembler à cela : un couloir circulaire de plus en plus étroit, sombre et sans air. *Et nous allons y tourner en rond jusqu'à ce que nous tombions.*

Puis le temps se mit à lui jouer des tours, s'étirant d'abord avant de disparaître complètement. Cela faisait déjà un bon moment – une demi-heure ? une heure ? cinq ? – qu'il marchait par inertie, bêtement, comme un âne bâté, en regardant ses pieds. Il ne pensait à rien, il lui semblait même qu'il ne respirait plus, et si tomber ne lui apparaissait plus comme une perspective effrayante, cela exigeait un trop gros effort de volonté. Aussi, quand Patriot se retourna et dit : « La voilà, la putain de salope, la voilà », n'éprouva-t-il aucune joie. Et devant Patriot, trempé et torse nu, qui dansait avec sa torche, il ne la ressentit toujours pas. Il se dit seulement qu'enfin, il pouvait tomber. *Là, maintenant, tout de suite,* pensait-il. *Maintenant, je peux.*

— Lève-toi ! hurla Patriot. Tu veux mon poing dans la gueule ?

***

... Il avait les mains tordues par les crampes. La mèche du Makita allait se casser, elle s'était déjà coincée deux fois : le gond supérieur était trop haut, hors d'atteinte, alors ils perçaient presque à l'aveuglette. L'air se tarissait et le moteur du Makita manquait des rotations, toussait et s'arrêtait soudain, puis se remettait tant bien que mal à tourner. La batterie, elle aussi, donnait des signes d'épuisement, comme leur torche agonisante : après avoir pâli, telle une fleur qui fane, elle n'arrivait plus à leur fournir de lumière. Tous étaient voués à suffoquer en même temps : les deux hommes qui faisaient tout de travers, le moteur japonais du perforateur et la torche.

Un miracle *in extremis,* ça ne se produit que dans les contes de fées, c'est pourquoi l'ingénieur de la Toyota et le propriétaire de l'UAZ, mourants, n'y comptaient pas. L'endroit n'avait absolument rien de féerique, ils n'avaient aucun doute là-dessus, et le dernier moment, ils le savaient aussi, était passé depuis longtemps. D'une certaine manière, l'occasion ne s'était pas présentée d'en parler, et ce n'était plus la peine d'aborder le sujet.

Aussi, lorsque la lourde plaque de métal se détacha finalement pour aller percuter le sol, l'événement ne leur apparut pas comme un miracle. Ça n'en était plus un. Ils se contentèrent de reculer mollement pour ne pas être heurtés par la porte arrachée. L'air s'engouffra dans l'ouverture et, avec elle, une vive lumière électrique. Et des voitures étaient visibles, par cette ouverture, disposées régulièrement, sur trois files. Propres, sans poussière, brillantes, comme sur le parking d'un concessionnaire automobile par une journée ensoleillée. Et devant la porte, il y avait un attroupement, des gens tout aussi propres que leurs voitures. Si propres que c'en était irréel. Pendant un instant, le propriétaire de l'UAZ Patriot, presque aveugle à cause de l'hypoxie, eut même une hallucination : il les vit tous vêtus de blanc, auréolés d'un halo lumineux.

— Bon sang, c'est pas trop tôt ! s'esclaffa l'un de ces êtres lumineux.

— Qu'est-ce qui vous a pris tant de temps ? demanda un autre avec un léger ton de reproche.

Le propriétaire de l'UAZ ne pouvait pas répondre : il respirait. Sa tête bourdonnait et la lumière qui pénétrait par l'ouverture l'aveuglait autant que, jusqu'alors, l'obscurité et le manque d'oxygène. Il dut plisser les yeux. Puis il grogna, passa sa main sale entre les barreaux de la grille et tenta à tâtons d'attraper soit le premier, soit le deuxième homme de lumière.

Les êtres purs poussèrent un cri et reculèrent.

— At… attendez, dit l'ingénieur de la Toyota.

Bien qu'il ne puisse pas voir de quoi il avait l'air, il se savait tout aussi sale et aussi affreux, exactement pareil.

— S'il vous plaît.

***

— … Ne vous inquiétez pas, ils sont déjà partis chercher le câble, il arrive, dit l'homme.

C'était lui qui avait dit : « C'est pas trop tôt. » Il avait perdu son halo lumineux, il ne riait plus, il était accroupi près de la grille et écoutait l'ingénieur avec le plus grand sérieux. D'ailleurs, il ne portait pas non plus de vêtements blancs. Un short des plus banals, un polo, des cheveux blonds. Il était très jeune, la trentaine, une pointe de ressemblance avec le lieutenant.

— Il faut encore. Déplacer. Des voitures, dit l'ingénieur d'une voix rauque.

Il était assis par terre et ne voulait pas crier, il se l'était interdit. Pour être honnête, il en aurait bien été incapable, de même que se lever.

— Les écarter. Toutes. Pas assez de place.

Peut-être qu'il devrait quand même crier : « Maintenant, magnez-vous, au galop, merde, pourquoi vous traînassez, pourquoi t'es encore assis ?! »

— Oui, oui, ne vous inquiétez pas, répéta son jeune compagnon. On a un câble, on va déplacer les voitures. Écoutez, ajouta-t-il, ça vous tente, une pastèque ? Vu qu'on est obligés d'attendre, de toute façon, je vous en apporte ? Imaginez, on en a dix-huit tonnes, un camion entier.

C'était vrai qu'il ressemblait au lieutenant, sympathique, avec un beau sourire. Cependant, le propriétaire de l'UAZ eut de nouveau envie de passer la main à travers les barreaux et d'effacer ce sourire. La seule chose qui l'en empêchait, c'était l'ingénieur de la Toyota, qui le regardait, sans rien dire, le regardait juste, mais très fort en quelque sorte. Pendant que l'homme de l'autre côté de la grille parlait des pastèques et du fait que, pour être honnête, ras le bol des pastèques, ils ne mangeaient que ça depuis vingt-quatre heures, vous imaginez, ils devaient encore rebrousser chemin, au moins l'un d'eux. Dire au chef d'équipe qu'ils pouvaient quitter leur poste et abandonner leurs fusils – abandonner les fusils, surtout, impossible de venir ici avec des fusils. Trouver leur famille. Et ils devaient se mettre d'accord sur tout cela sans paroles, pour que ces gentilles personnes ne changent pas d'avis.

— Ça y est, on vient d'apporter le câble, annonça le jeune homme en se levant. Arkadi Lvovitch ! lança-t-il à quelqu'un. On va probablement tirer avec la vôtre, vous n'avez rien contre ?

L'invisible Arkadi Lvovitch répondit quelque chose, mais le propriétaire de l'UAZ ne l'entendit pas. Son cœur battait désagréablement fort dans ses oreilles.

— J'ai compris, dit le jeune homme. Bien sûr, alors demandons à Sviéta, sa voiture aussi a l'air dans une position qui convient. Où est Sviéta ?

D'autres voix invisibles se firent entendre, probablement à la recherche de Sviéta. À un moment donné, le jeune homme quitta lui aussi le cadre, mais il réapparut bientôt et s'accroupit à nouveau.

— Ça y est, on a tranché, déclara-t-il joyeusement. Vous êtes sûrs de ne pas vouloir de pastèque ?

Des portières claquèrent et le premier moteur gronda à proximité. Le conducteur de l'UAZ secoua la tête sans un mot. Il avait très froid soudain, affalé sur le sol sans T-shirt. Depuis une minute environ, il sentait un bruit derrière lui dans le couloir, contre son dos nu. C'était un bruit lointain et doux, à peine audible, et il était occupé à essayer de déterminer si le bruit se rapprochait ou non.

***

Le professeur de la Nissan Qashqai blanche avait eu soixante-quatre ans en février, et bien qu'il soit encore solide – il avait tout de même porté sa femme décédée jusqu'à la grille –, de nombreuses heures s'étaient écoulées depuis, qu'il avait passées debout sans se reposer. Il avait puisé dans ses dernières forces pour atteindre l'hôpital, et ces forces s'étaient taries – fort mal à propos, car il ne pouvait plus porter aucune de ses filles, qui se rendormaient à présent. D'autant moins qu'il aurait été bien en peine de choisir entre les deux. Comme le professeur au nez bosselé ne voulait pas choisir, il était resté avec elles sur l'asphalte sale, à environ cinq minutes de la porte, dont il n'avait pas besoin maintenant et qu'il aurait difficilement pu atteindre tout seul de toute façon.

La propriétaire de la Toyota avait vingt-deux ans de moins que le professeur, mais elle aurait bien été en peine de porter qui que ce soit, elle aussi. Par exemple, le garçonnet joufflu de l'UAZ, le plus petit de tous, mais affreusement lourd, curieusement, que sa mère serrait dans ses bras. La propriétaire de la Toyota ne pouvait que se lever et marcher… pas très loin, sans doute, et pas longtemps. Et si on lui donnait le choix, elle retournerait auprès de son mari. Si l'heure venait de serrer quelqu'un dans ses bras, or elle était bel et bien venue. Ou plus exactement, cette heure était presque passée et, tout autant que les autres, elle méritait de profiter de chacune des secondes qui lui restaient.

Mais elle n'avait pas le choix. Le professeur avait dit que la porte maudite était ouverte, ce qui signifiait qu'elle devait prendre une tout autre direction. Elle devait trouver la jeune fille.

Laquelle jeune fille, soit dit en passant, arrivait à la rencontre de la propriétaire de la Toyota. Elle aurait couru, parce qu'elle pouvait courir, du moins le pensait-elle. Elle aurait probablement atteint l'hôpital, ou serait même parvenue un peu plus loin. Mais la fonctionnaire aux pieds nus boitait bas, elle avait commencé presque sur-le-champ à s'étouffer. Derrière elles se traînait aussi le conducteur du cabriolet avec son fusil, et ça n'aurait pas été bien de les abandonner à leur sort. L'extérieur était beaucoup plus effrayant qu'il n'y paraissait à l'écran. La jeune fille, qui ne regardait pas autour d'elle, ne reconnut pas sa belle-mère dans l'obscurité.

La propriétaire de la Toyota la vit en premier, puis, à côté d'elle, la commissaire baraquée de la Maybach en pantalon bleu et un homme avec un fusil. Elle cria : « Assia ! », mais aucun son ne sortit de ses lèvres. Elle essaya de dire : « Laissez-la partir » et « Assia, viens avec moi », elle se frappa la poitrine du poing, mais sans retrouver sa voix. Alors, bizarrement convaincue d'avoir toujours son pied-de-biche à la main, alors qu'il traînait par terre, près de la camionnette « OZON », elle se jeta sans mot dire sur cette maudite bonne femme, qui était certainement plus dangereuse que tous les hommes armés réunis. La jeune fille plissa les yeux, mais ne reconnut pas davantage sa belle-mère. La grande fonctionnaire laissa tomber sa torche pour repousser cette folle sale et effrayante dans l'obscurité. Celle-ci la saisit par le cou, comme pour la serrer dans ses bras, et elles tombèrent toutes les deux, disparurent en quelque sorte du cadre. La jeune fille et le conducteur de la décapotable finirent par s'enfuir, aussi effrayés l'un que l'autre.

***

Les trois tunneliers de la mine Boujanskaïa qui gardaient l'entrée du couloir de service ne coururent pas. Mais ils échouèrent tout de même dans leur mission, car ils ne tirèrent pas. Pas même dans le mur au-dessus de leurs têtes, ni dans le plafond. Il n'était plus possible de tirer des plombs n° 00 dans quelque direction que ce soit, en fait il n'était plus possible de tirer du tout : les tunneliers eux-mêmes et la centaine de personnes rassemblées devant l'entrée le savaient. Les fusils étaient une convention dont il ne fallait pas parler avant le moment venu, et quand le moment vint – quelqu'un dut s'évanouir ou entendre que quelqu'un s'était évanoui –, ces cent personnes, ou peut-être même l'ensemble de ces cent cinquante personnes, décidèrent d'entrer quand même dans le couloir. Alors les tunneliers s'écartèrent et les laissèrent passer.

Tandis que cette centaine de personnes et quelques-unes (ce qui faisait beaucoup) couraient, se bousculaient et tombaient dans l'étroit couloir, la jeune fille de la Toyota avait presque atteint l'hôpital assoupi, ne marchant plus que lentement et se tenant le flanc. L'hôpital dormait et brillait – devant, tout près, parce que son père l'y attendait, qu'il avait allumé la lumière pour elle. Mais la jeune fille avait le flanc tordu par une vive douleur ; soudain fatiguée, elle s'assit.

La fonctionnaire de la Maybach ouvrit les yeux et regarda le visage de la femme crasseuse, qui ne pouvait plus se lever, mais qui se cramponnait si fort qu'elle l'empêchait, elle, de se redresser, et Mme Mercedes essaya de se rappeler où elle avait vu la femme.

Quant au beau jeune homme qui ressemblait au lieutenant, accroupi près de la grille, il discutait avec l'ingénieur. « On a fait une petite erreur de calcul, expliquait-il, il faudra encore déplacer le bus, mais ne vous inquiétez pas. » Dans l'autre bras du tunnel, apprit l'ingénieur, qui ne pouvait plus que s'asseoir et écouter, il y avait aussi un bus, mais pas un bus de ligne. Dans ce bus-là voyageaient deux moniteurs d'une colonie de vacances sportive, un entraîneur et trente-neuf enfants. Les enfants, bien sûr, étaient comme des fous au départ, ils avaient dix-douze ans, vous imaginez comme ils s'ennuyaient. On a joué à la mafia et aux associations avec eux, on leur a même organisé un cross, c'est un endroit parfait pour courir. Dommage qu'on n'ait pas trouvé de ballon, on aurait pu organiser un foot...

Ça vient, littéralement, promettait le jeune homme derrière la grille. Vous savez, vous feriez mieux de rester en arrière, pendant qu'on tire. Ouais, répondit le propriétaire de l'UAZ, mais sans bouger pour autant. Le bruit se rapprochait de plus en plus, comme si de l'eau s'engouffrait dans le couloir. Une eau composée de cris et de bruits de pas, amplifiés par l'écho. Elle allait bientôt arriver, cette eau, c'était clair, et ne pourrait pas s'arrêter. Bien sûr, dit l'ingénieur, merci. Et il se disait : *Comment avons-nous pu en arriver là ? Oh, mon Dieu, comment avons-nous fait ?*

***

Vers 2 h 45, le lieutenant avisa enfin devant lui le côté cabossé, les gyrophares familiers de la Ford de patrouille et la Porsche

Cayenne au coffre relevé, et juste derrière, la décapotable rouge, intacte, le toit en place. L'asphalte entre les véhicules était jonché de plumes de moineaux, des chiffons traînaient dans l'allée et la caisse de transport du chat était ouverte. Si une ampoule brûlait faiblement à l'intérieur de la Porsche, il n'y avait personne alentour, pas âme qui vive.

Il avait mis du temps à parvenir jusqu'ici, jetant en chemin sa chemise, sa ceinture et l'étui pesant de son pistolet. Il avait failli tomber dix fois, avait même fait une chute et craint de ne pas pouvoir se relever, il avait depuis longtemps oublié le coup de feu, le professeur aux cheveux gris, et même l'homme qu'il avait étranglé près de la Citroën jaune. Il ne pensait plus qu'à la jeune femme aux cheveux sentant la fraise, convaincu pour une raison ou une autre que tout était resté en l'état dans ses parages et qu'elle l'attendait dans la décapotable.

Et à un pas de la voiture rouge, il se demanda pour la première fois pourquoi. La réponse à cette terrible question résidait à l'intérieur, tout près de lui, mais le lieutenant ne souhaitait pas la connaître. Il posa la main sur la poignée étincelante, sans parvenir à ouvrir la portière. Pendant que cette portière demeurait fermée, la jeune femme dormait toujours derrière les vitres sombres, sur les banquettes blanches, vivante et nue, telle qu'il l'avait laissée. *S'il vous plaît, oh, s'il vous plaît.* La transpiration s'était figée comme du givre sur les vitres de la décapotable, aucune goutte ne s'en détachait plus. Il n'y avait plus d'air à respirer ici, rien, depuis longtemps, ses yeux se fermaient. Il actionna la portière, leva les yeux vers le plafond et se mit soudain en colère. *Alors tu regrettes, putain ? Tu regrettes ?*

Le plafond sourd en béton ne tomba ni ne s'ouvrit, et surtout ne répondit pas. Mais quelque chose se produisit – pas tout de suite, mais assez vite, le lieutenant n'avait même pas eu le temps de rebaisser la tête. Une étrange traînée apparut sur la voûte de béton, qui sembla se rapprocher. La paroi grisâtre au revêtement inégal avait son allure habituelle, ponctuée de ferrures et de câbles, de lampes dans leur gaine métallique, et ces lampes se balançaient comme des rideaux sous un courant d'air.

Il y eut aussi des bruits : des cliquetis et des grincements, que le lieutenant ne remarqua pourtant pas, préoccupé qu'il était par les lampes. Qui n'étaient pas allumées et oscillaient. Il faisait plus clair aussi, il parvenait à voir jusqu'au mur d'en face, distinguait le toit poussiéreux de la Toyota, et le flanc bleu de la Lexus. Mais ce qui le frappa surtout, ce fut ce courant d'air, venu d'on ne savait où. Vif, frais, comme si la porte d'un *bania* surchauffé venait soudain de s'ouvrir en grand.

Mardi 8 juillet, 3 h 02

— Des conséquences-t-inédites… Aaaaah, pardon, pardon, on recommence, bredouilla la journaliste en robe moulante et gilet fluo.

— Merde, Aliona, grommela le caméraman.

— Des conséquences-z-inédites… z-inédites… z-inédites, répéta la journaliste en fermant les yeux pour mieux lier la syllabe délicate.

— Tu n'as qu'à dire « sans précédent », suggéra le caméraman.

— Non, c'est bon, ça roule. Allons-y. Les conséquences-z-inédites dans leur ampleur d'une attaque informatique qui a paralysé les services de régulation des aéroports, désactivé les GPS et les communications mobiles, perturbé les algorithmes de protection des installations stratégiques, ont finalement été complètement résorbées. Des centaines de milliers de personnes durant de longues… Oh, pourriez-vous ne pas marcher ici, s'il vous plaît ? Vous êtes dans le champ !

— Et vous, vous pourriez éviter de vous mettre en travers de notre chemin ! rétorqua un homme mal rasé, vêtu d'une veste bleue du ministère des Situations d'urgence. Les ambulances arrivent, ça se voit pas, non ? Fichez le camp d'ici !

— À ce propos, tu as filmé les ambulances ? demanda la journaliste quand le caméraman et elle eurent changé d'endroit. (Pour la quatrième fois, d'ailleurs.) Elle était comment, cette prise-là ? Ça allait ? ajouta-t-elle en se recoiffant. On voyait le portail ?

— J'ai pris un plan large depuis l'hélico, répondit l'opérateur épuisé. Quand les portails ont commencé à s'ouvrir. Viens, on reprend à « des centaines de milliers ». Et tu t'es remise à sourire, je te signale.

— Ah, OK. *Sorry*, c'est bon, je suis prête, déclara la journaliste en claquant à nouveau des doigts. Des centaines de milliers de personnes sont restées bloquées durant de longues heures dans le métro et les tunnels de la ville. Il a fallu vingt-quatre heures pour que le dernier ouvrage, le tunnel Nord-Ouest, soit enfin débloqué. Le nombre de victimes n'a pas encore été recensé, mais on peut conclure que le terrorisme a pris une nouvelle forme, d'une envergure plus importante que jamais.

Elle supprima ce sourire qui ne cessait de revenir sans raison sur ses lèvres, cet imbécile. Pourtant, le résultat n'était toujours pas satisfaisant. Ses mots étaient bureaucratiques, ennuyeux. Ce n'étaient pas les bons. Sa robe la serrait aux aisselles.

— Y a le gilet qui brille maintenant, nota le caméraman, maussade, qui n'avait pas dormi depuis plus de vingt-quatre heures.

Tous étaient dans son cas, personne n'avait plus l'esprit très vif.

La journaliste leva les yeux au ciel. Lequel s'éclaircissait déjà, même si le soleil ne se lèverait pas avant cinquante minutes encore. Dommage, la scène du sauvetage aurait été plus belle avec le soleil et l'aube. Et les images plus lumineuses. Les portails de béton s'écartaient toujours lentement dans un grondement d'éboulis.

— Je me demande pourquoi ils ne les ont pas simplement découpés, déclara le caméraman.

— Tu n'avais qu'à les découper toi-même, grogna l'homme mal rasé à la veste bleue. On a sorti des gens du métro. Les rames étaient immobilisées, les escaliers roulants aussi... tout ça à pied, avec des intervalles d'un kilomètre entre les stations. Tu sais combien il y en a ? Deux cents...

— Waouh, fit l'opérateur.

Lui-même n'en avait vu que quatre pendant la journée et une autre cette nuit-là, près de l'aéroport.

— Vous ne nous feriez pas une déclaration ? demanda la journaliste en ôtant rapidement son gilet. Toute petite, juste quelques minutes, littéralement. Un propos de première main sur les intervalles entre stations. J'ai entendu dire qu'il y avait des gens sur les voies...

Mais les vantaux du portail s'immobilisèrent enfin, et le brouhaha fut bientôt général. Le mal rasé agita les bras comme un régulateur, leur tourna le dos et cria quelque chose d'une voix rauque et déchirée. Les ambulances descendaient en deux colonnes la bretelle d'accès au tunnel.

— OK, dit la journaliste en renfilant son gilet. OK, d'accord. On les suit.

— Où ça ? protesta le caméraman en jetant son sac sur l'épaule.

— Tu veux avoir de bonnes images ou on continue à faire de la merde ?

À l'endroit où la bretelle d'accès se divisait, l'opérateur prit un peu de retard.

— Y a des gamins qui sortent par la gauche, dit-il, hors d'haleine. Aliona !

Quelques enfants débouchaient en effet du côté gauche du tunnel, qui furent sur-le-champ répartis dans les ambulances où on les enveloppa dans des couvertures.

La journaliste ne se retourna pas. Elle observait le boyau voisin, celui de droite, d'où pourtant personne n'était encore sorti.

— Il fait noir là-dedans, constata-t-elle. Bizarre, pourquoi il fait noir comme ça ?

L'une des ambulances s'engagea dans l'obscure ouverture en allumant sa sirène.

— Viens-viens-viens.

Les dix derniers mètres, la journaliste les parcourut presque au pas de course. Il y avait des taches dans le dos de sa robe et des sparadraps à ses deux talons.

Le caméraman se traînait derrière elle. Il n'avait aucune envie de se dépêcher.

Devant eux, plusieurs ambulances hurlaient dans le tuyau de béton. On voyait au loin le clignotement de leurs gyrophares bleus. Oui, il faisait vraiment aussi noir là-dedans que dans une grotte, et les voies étaient vides, sans une seule voiture.

Il n'y aura personne ici, voulut dire le caméraman. *C'est l'entrée du tunnel, idiote, ils sont tous de l'autre côté.* Et, aussitôt, il vit un cadavre sur le bitume, avec une tache marron sur sa chemise et un visage tout aussi marron. On sentait l'odeur même de l'extérieur.

— Tu filmes ? lui cria la journaliste.

— Qu'est-ce que vous fabriquez ? Vous voulez un procès ? aboya le mal rasé en accourant. Ramène ta… poupée au bercail !

Un chat sortit du tunnel en trottinant. Un chat blanc, tout propre, manifestement domestique, qui regarda le caméraman droit dans les yeux et s'immobilisa. Sa queue épaisse était dressée, dont l'extrémité s'agitait avec irritation. L'image était merveilleuse. Le caméraman s'accroupit et fit la mise au point. Il vit alors une jeune femme entrer dans le cadre. Une très, très belle femme aux longs cheveux. Elle portait une robe courte et sale, sur des jambes nues. Bronzées, minces, sales elles aussi. Ces jambes ne gâchaient en rien la merveilleuse prise de vues.

— Je t'ai eu, mon salaud.

La jeune femme se pencha et attrapa le chat.

— Vous allez bien ? lui demanda la journaliste. Vous pouvez parler ?

— Où sont les autres gens ? lui cria le mal rasé, dont la voix se brisa à nouveau. Depuis quand y a plus de lumière ?

Le soleil se leva. Pendant un instant, tout baigna dans une lumière rosée : le tunnel, l'asphalte, le sigle du ministère des Situations d'urgence sur sa veste. Et même le chat.

— Vous êtes seule ? Combien il y a de gens avec vous ? Ils vont bien ?

— Quand les lumières se sont-elles éteintes ?

— Ah, allez vous faire voir, répondit la jeune femme inondée de lumière rose.

Et elle s'engagea sur la bretelle d'accès au tunnel, le chat logé sous son bras comme un sac à main en fourrure.

Le caméraman, accroupi, filmait.

Retrouvez

LA BÊTE NOIRE

sur Facebook, Threads et Instagram

« Les voitures avançaient au pas dans le tunnel,
en trois rangées compactes, telle la farce au sortir d'un hachoir.
En un quart d'heure, les automobilistes avaient dû progresser
de trois cents mètres, pas plus, puis s'étaient arrêtés, complètement. »

Pour bien commencer l'année,
C'est au mois de février 2025
que l'équipe de Robert Laffont
a achevé la préparation de ce livre,
dont elle a confié la composition et la mise en pages
à nos complices de Nord Compo,
et l'impression aux vénérables imprimeries
Floch. Gloire à eux !

Pour plus d'information :

www.lisez.com

Imprimé sur du papier issu de forêts gérées durablement.

CET OUVRAGE
A ÉTÉ ACHEVÉ D'IMPRIMER
SUR ROTO-PAGE
PAR L'IMPRIMERIE FLOCH
À MAYENNE EN FÉVRIER 2025

N° d'édition : 68331/01 – N° d'impression : 106508
Imprimé en France